中国文学理论批评史教程（修订本）

ZHONGGUO WENXUE LILUN PIPINGSHI JIAOCHENG

张少康 著

北京大学出版社
PEKING UNIVERSITY PRESS

图书在版编目(CIP)数据

中国文学理论批评史教程/张少康著．—2版(修订本)．—北京：北京大学出版社，2011.6
(博雅大学堂·中国语言文学)
ISBN 978-7-301-19026-5

Ⅰ.①中… Ⅱ.①张… Ⅲ.①中国文学-文学批评史-高等学校-教材 Ⅳ.①I206.09

中国版本图书馆CIP数据核字(2011)第115529号

书　　　名：中国文学理论批评史教程(2版)(修订本)
著作责任者：张少康　著
责　任　编　辑：徐丹丽
标　准　书　号：ISBN 978-7-301-19026-5/I·2353
出　版　发　行：北京大学出版社
地　　　址：北京市海淀区成府路205号　100871
网　　　址：http://www.pup.cn　新浪官方微博:@北京大学出版社
电　子　信　箱：pkuwsz@126.com
电　　　话：邮购部62752015　发行部62750672　出版部62754962
　　　　　　编辑部62752022
印　刷　者：三河市博文印刷有限公司
经　销　者：新华书店
　　　　　　650mm×980mm　16开本　22.75印张　404千字
　　　　　　1999年4月第1版
　　　　　　2011年6月第2版　2020年3月第14次印刷
定　　　价：42.00元

未经许可，不得以任何方式复制或抄袭本书之部分或全部内容。
版权所有，侵权必究
举报电话：010-62752024；电子信箱:fd@pup.pku.edu.cn

目录

前言/1

一 中国文学理论批评的萌芽和产生——先秦时期/1

概说/1

第一章 文学的起源和文学理论批评的萌芽/2
第一节 文学的起源和初期的文学观念/2
第二节 文学理论批评的萌芽和"诗言志"的提出/5

第二章 儒家的文学观/9
第一节 孔子以"诗教"为核心的文学观/9
第二节 孟子"与民同乐"的文学观及其文学批评方法论/17
第三节 荀子对儒家文学思想的继承与发展/22

第三章 道家的文学观/27
第一节 老子的"大音希声,大象无形"论/27
第二节 庄子崇尚自然、反对人为的文艺美学思想/29
第三节 庄子"虚静"、"物化"、"得意忘言"的艺术创作论/32

二 中国文学理论批评的发展和成熟——汉魏六朝时期/39

概说/39

第四章 两汉经学时代的文学理论批评/40
第一节 西汉前期的道家文学观与司马迁的"发愤著书"说/40
第二节 封建正统文艺观的确立——从《礼记·乐记》到《毛诗大序》/44
第三节 儒家"定于一尊"与扬雄、班固的文学理论批评/49
第四节 王充对谶纬思想的批判和他真、善、美相统一的文学观/54

第五节　王逸对《楚辞》的评论与东汉后期文学理论批评的
发展/59

第五章　玄学的兴起与魏晋南北朝文学理论批评的
繁荣发展/62

第一节　玄学的兴起与文学观念的变迁/62
第二节　曹丕《典论·论文》的时代意义和曹植的
《与杨德祖书》/66
第三节　陆机《文赋》论文学的构思与创作/71
第四节　文笔之争和永明声律论/78

第六章　刘勰及其不朽巨著《文心雕龙》/82
第一节　刘勰的生平思想与《文心雕龙》的写作/82
第二节　刘勰的文学本体论/84
第三节　刘勰的文学创作论/86
第四节　刘勰的文学文体论/96
第五节　刘勰的文学发展论和文学批评论/98

第七章　钟嵘的诗论专著《诗品》/101
第一节　钟嵘以"直寻"为核心的文学思想/101
第二节　钟嵘对历代五言诗人的评价/106

三　中国文学理论批评的深化和扩展
——唐宋金元时期/109

概　说/109

第八章　唐代前期的文学理论批评和"诗境"的提出/110
第一节　唐初反齐梁文风中的两种不同倾向/110
第二节　陈子昂、李白和杜甫的诗歌理论/114
第三节　殷璠的兴象论和王昌龄的诗境论/118
第四节　皎然《诗式》与诗歌意境特征探讨的深入/122

第九章　唐代后期文学理论批评不同流派的分化
与发展/126
第一节　白居易和社会学派的文学理论批评/126
第二节　古文理论的产生发展和韩愈、柳宗元的文学思想/130
第三节　司空图论诗歌的"味外之味"、"象外之象,景外之
景"/141

第十章　苏轼和北宋的文学理论批评/151

第一节　北宋初期的时文与古文之争/151

第二节　欧阳修的"穷而后工"论和梅尧臣的"平淡"论/154

第三节　苏轼的文学思想和创作理论/157

第四节　黄庭坚的文学思想和创作理论/163

第五节　江西诗派的形成与宋代诗话的发展/168

第十一章　严羽和南宋金元的文学理论批评/174

第一节　南宋的诗文理论批评/174

第二节　严羽的《沧浪诗话》/180

第三节　宋代的词论/189

第四节　金元的文学理论批评/193

四　中国文学理论批评的繁荣和鼎盛
——明清时期/199

概　说/199

第十二章　明代文学思想发展中的复古和反复古/200

第一节　明代复古主义文学思想的发展和前后七子的文学理论批评/200

第二节　明代文艺新思潮的兴起和李贽的"童心说"/207

第三节　公安三袁的"性灵"说/211

第十三章　明代的小说戏曲理论批评/219

第一节　明代的小说评点和李贽对《水浒》的批评/219

第二节　明代的戏曲理论批评/225

第十四章　王夫之和叶燮的诗歌理论/231

第一节　王夫之的"兴观群怨"论和"情景融和"论/231

第二节　叶燮《原诗》的理、事、情论和才、胆、识、力论/240

第十五章　清代的小说戏曲理论批评/248

第一节　金圣叹的《水浒》评点和清代其他小说理论批评/248

第二节　李渔《闲情偶寄》中的戏曲文学理论/261

第十六章　清代前中期的诗文词理论批评/271

第一节　康熙时期的文学批评和朱彝尊的自得说/271

第二节　王士禛的神韵说/276

第三节　雍正、乾隆时期的文学批评和沈德潜的格调说/283

第四节　袁枚的性灵说/288
　　第五节　翁方纲的肌理说/293
　　第六节　桐城派的文论/296
　　第七节　清代的词论/301

**五　中国文学理论批评和西方文艺美学的交汇
　　——近代时期/305**

概　说/305

第十七章　传统文学思想的总结和革新/306
　　第一节　龚自珍和魏源的文学思想/306
　　第二节　姚莹的文学批评和方东树的《昭昧詹言》/311
　　第三节　刘熙载的《艺概》和陈廷焯、况周颐的词论/315
　　第四节　黄遵宪的"我手写吾口"诗歌理论/329

第十八章　中西文学思想的交汇和梁启超、王国维的
　　　　　文学思想/331
　　第一节　梁启超的文学思想和近代小说理论批评的
　　　　　发展/331
　　第二节　王国维的文学思想及其《人间词话》/339

修订后记/353
再修订后记/354

前　言

这本《中国文学理论批评史教程》是在我主要执笔撰写、由北京大学出版社出版的《中国文学理论批评发展史》上下卷的基础上压缩改编的。原书为学术专著，也曾用作综合大学中文系文学专业的教材，但是全书分量还是多了一些，有些问题也讲得过于专了一些，尤其对非文学专业学生、师范院校中文系学生和其他读者来说，更是如此。为了使一般大学中文系学生有一本重点更突出、更加切合实用的中国文学理论批评史简明教材，我按照以下几个方面要求重新作了改编：一、全书总的篇幅控制在原书的一半左右；二、进一步突出对中国文学理论批评发展史的基本规律、主要特点，以及有代表性理论批评家及其著作的论述；三、对每一个大历史阶段加写提要性的"概说"，使读者对中国文学理论批评发展的历史线索有一个轮廓性的清晰了解；四、吸收最新的研究成果，在压缩精简的同时，对有些重要问题的分析作适当的修改和补充。五、增加原书所没有写的近代部分。本书对于中国文学理论批评发展的历史分期，按照以文学理论批评发展的特点和规律为中心，结合历史发展阶段特征和文学创作发展状况的原则，分为五个时期：一、先秦——萌芽产生期；二、汉魏六朝——发展成熟期；三、唐宋金元——深入扩展期；四、明清——繁荣鼎盛期；五、近代——中西结合期。中国古代文学理论批评的发展有十分悠久的历史，内容极为丰富，形式多种多样，是对中国古代文学创作历史经验的总结，并反映了中国古代文学观念的演变，表现了各种不同的文学批评方法，以及具有民族传统和东方特色的审美理想和审美趣味。研究中国古代文学理论批评，能使我们深入领会中国古代优秀的文学传统和艺术精神，了解它和西方文艺美学的不同特点，并可以为建设当代新的文学理论，繁荣新时代的文学创作，提供有益的历史借鉴。愿这本教材能对普及中国古代文学理论批评的基本知识和历史发展概况，起到一点微薄的作用。

张少康
1997 年 6 月于北大承泽园

一　中国文学理论批评的萌芽和产生
——先秦时期

概　说

先秦时代是中国古代文学理论批评的萌芽产生期。文学理论批评总是后于文学创作的，因为它是人们对文学的认识和评论；而人们这种对文学的认识和评论，又是和人们对自然和社会的认识、社会生产力的发展、科学技术和思维能力的水平、思想文化和伦理道德的状况，以及文学在当时社会生活中的地位分不开的。先秦是一个很长的历史时期，包含着几个不同的社会发展阶段，从原始社会、奴隶社会一直到封建社会初期，但是，从总的方面来看，还属于文化发展的早期。这时，意识形态和文化领域内各个不同部门的界限还不很清楚，文史哲不分，诗乐舞合一，还没有明确的、科学的文学观念。所以这一时期的文学理论批评有以下几个明显的特点：

第一，文学思想和文学理论批评还处于萌芽和产生时期，它们大都体现在对总体文化的论述之中，而不是纯粹的、单一的。当时人们并没有把诗、乐作为单纯的艺术品，而是把它们作为政治、伦理、道德修养方式来对待的。"《诗》、《书》，义之府也；《礼》、《乐》，德之则也。"（《左传·僖公二十七年》）但是从另一方面看，人们在对总体文化的一般性论述中，也包含着许多对文学艺术的重要看法和认识。比如"文质彬彬"本来不是论文学，而是指人的思想品质和文化修养的关系，但它后来直接影响到对文学创作的内容与形式关系、质朴和华丽的不同风貌关系的理解。先秦诸子中有关"言"和"辩"的论述，本是指一般性的语言表达和辩说才能的问题，原也无关乎文学，然而，文学是语言的艺术，是以语言和文字为工具和媒介的，它也是被包括在"言"和"辩"之内的，对"言"和"辩"的要求，也包含了对文学创作的要求。

第二，先秦时期文学思想和文学理论批评的萌芽和产生，和哲学、政治思想有非常密切的关系，各种有代表性的文艺思想派别都是从著名的哲学、政治思想派别中派生出来的，不少重要的文艺思想甚至是蕴涵于哲学、政治思想体系之中，而不是以论述文艺的形式表现出来的。例如儒家的"仁政"学说不仅直接导致"与民同乐"美学思想之产生，而且成为后代提倡"风雅比兴"与"实录"原则的思想基础。庄子关于"虚静"、"物化"的论述，关于"有无"、"形神"关系的论述，关于言意关系的论述，都成为后代文艺创作理论的重要依据。

第三，先秦时期的文学思想和艺术思想、文学理论批评和艺术理论批评，是紧密地结合在一起的，难以截然分开，而且很多文学思想和文学理论批评都是从艺术思想、艺术理论批评中引申出来的。我国早期文字创造中就蕴藏着丰富的文学思想，"文"的概念就是受原始绘画的启发而产生的，早期的画论和文学理论也是相通的，而对诗的评论则几乎是和对乐的评论合而为一的，并且可以说是从乐论中派生出来的。

第四，先秦时期虽然没有专门的文学理论批评著作，大都还只是一些片断的论述，很多还不是直接的文学理论批评，但是已经涉及具有我国民族传统特色的文学理论批评中的一系列基本问题，并且为文学理论批评的进一步发展，从哲学和美学思想方面埋下了牢固的基石，后代文学理论批评中的许多问题都可以在先秦找到渊源。

先秦时期文学理论批评的萌芽和产生，大致可以春秋末期的孔子为界分为两个阶段：孔子以前，严格地说还没有什么正式的文学理论批评，在有文字记载前的原始音乐、舞蹈、绘画、歌谣以及雕塑艺术中，可以看出当时人们对文艺和劳动、宗教、自然和社会关系的认识，这和后来有文字记载的对文艺问题的论述有极为密切的关系。从《周易》、《诗经》、《尚书》等古代文献中，有关文艺问题的一些论述，已经表现出了后来影响最大的儒道两家文艺思想的历史渊源。从春秋末年的孔子开始，我国古代文艺思想和文学理论批评的发展进入了一个十分重要的历史时期。思想文化方面的百家争鸣局面，为多种文艺思想派别的产生提供了良好的条件。儒家和道家的文艺思想成为影响最大最深远的两派，分别从文艺的外部规律和内部规律两方面，为后来两千多年文学理论批评的发展奠定了基础。

第一章　文学的起源和文学理论批评的萌芽

第一节　文学的起源和初期的文学观念

中国古代文学理论批评的产生和发展，是和文学观念的形成与演变密切相关的,而文学观念又总是受文化发展状况及其特点的影响与制约的。初期的文学观念是在文学的起源过程中逐渐萌生的。有了文学和艺术,也就自然而然地有了文学观和艺术观。最初的文艺之产生是与人们为取得生活资料的努力奋斗和丰硕收获分不开的,距今六七千年前的半坡人在陶器上所画的奔跑的鹿、游动的鱼以及嘴里含着两条鱼的人面像,大汶口人按肥猪形象制作的红陶兽形器,都是他们为了生存向自然斗争获得胜利的象征,也是他们为获得更大胜利的理想和决心的表白,所以早期的文艺观总是和功利相联系的。而他们在进行原始的文艺创作时,也鲜明地表现出了模仿自然的思想,《吕氏春秋·古乐》篇曾说帝颛顼"令飞龙作效八风之音",又说帝尧"命质为乐,质乃效山川溪谷之音以歌"。至于"昔葛天氏之乐,三人操牛尾,投足以歌八阕",则更可以看出这两方面思想的结合。原始时代的文艺还往往和图腾崇拜和原始宗教有着很密切的联系,他们把文艺看做是一种通神的途径和方法,《左传》中记载夏代的"九鼎"上有精彩的图画,"铸鼎象物,百物而为之备,使民知神奸。故民入川泽山林,不逢不若,魑魅魍魉,莫能逢之,用能协于上下以承天休"。那时人们还没有创造出文字,所以也没有明确的文学观念,明确的文学观念之产生是和文字的创造紧密地联系在一起的。

中国最早的"文"的概念之本义,大约就是后来《说文》中所解释的:"文,错画也,象交文。"是指由线条交错而形成的一种带有修饰性的形式。甲骨文中的"文"字,与"人"字相近,金文中"文"字有的像人身(夂),上有花纹,因此"文"字的产生可能与原始人的文身有关。同时,这种"文"的含义也可能与原始时代陶器上的编织文有关。随着社会生活的发展,物质生产水平的提高,人们认识能力、想象能力的加强,"文"的含义也逐渐扩大和丰富,色彩的交错亦可引申为"文",就有了后来《乐记》中说的"五色成文"的观念。更进一步是发展为《系辞》所说的:"物相杂,故曰文。"任何事物的形式只要具有某种"错画"性或修饰性,均可称之为"文"。不仅自然事物有"文",社会事物亦有"文"。政治礼仪、典章制度、文化艺术,均可称"文"。人的服饰、语言、行为、动作,亦可为"文"。这种宽泛的"文"的概念在某种程度上是与"美"的概念接近的,是指事物一种美的形式。对文学理论批评和文学观念发展影响最大最直接的是比上述广义的"文"稍微狭隘一些的文化之"文"。《论语》中记载孔子所说的"郁郁乎文哉,吾从周"以及"天之将丧斯文也"中的"文",都是指西周的文化。孔子所说的:"行有余力,则以学文。"指的是文化修养。这些从文化的角度与范围所说的"文",自然也是包括了纯粹的文学在内的,但又不能等同于纯粹的文学。郭绍虞先生说先秦时期"文"的概念包含了博学与文章两个方面,这就文化之"文"的含义来说,有一定道理,但是在战国中期以前,实际上其中文章的含义,亦即辞章写作的含义,所占比重是很小的,主要是指学术,像《墨子·非命》中说的:"凡出言谈,由文学之为道也。"这里说的"文学"都是指学术,几乎没有什么文章的含义。

可是,到战国中期以后,作为文化之"文"的概念中,文章方面的含义就大大增加了。由于百家争鸣的热烈展开,私家著述的繁荣发展,辞章写作的地位显著地提高了,它在"文"的概念中之比重有了较大增长。有一些人的才能不是在学术方面,而是在辞章方面。所以,吕不韦主持编撰的《吕氏春秋》,曾"布咸阳市门,悬千金其上,延诸侯游士宾客,有能增损一字者,予千金"(《史记·吕不韦传》)。从这里我们可以看出学术与文章分离的征兆。从诗歌创作的发展来看,《诗经》时代还只是口头创作,并无专门的诗人。而到《楚辞》的时代,像屈原、宋玉、唐勒、景差等,实际上是专业诗人(辞人)了。同时,这个时期意识形态和文化领域中的各个不同部门的特点及其相互之间的差别开始受到注意和重视,文史哲混同不分的状况开始发生了变化,诗、乐、舞三位一体的状态被打破了。《楚辞》中的主要作品如《离骚》、《九章》等已不再与乐、舞相配。特别值得我们注意的是荀子对"五经"异同的论述,其《儒效》篇说:"圣人也者,道之管也。天下之道管是矣。百王之道一是矣。故《诗》、《书》、《礼》、《乐》之(道)归是矣。《诗》言是其志也,《书》言是其事也,《礼》言是其行也,《乐》言是其和也,《春秋》言是其微也。"传统的"六经"中包括了哲学、政治、历史、文学、艺术等不同的科学部门,战国中期以前人们还没有注意到它们之间的区别,然而荀子在这里不仅指出了"五经"都是明"道"的共性,而且着重指出了"五经"在如何明"道"方面又是不同的,各有自己的不同内容,不同角度,不同方式,都具备自己的个性。荀子的论述虽然还不是对"五经"所属不同学科特征的科学概括,但是已经指出了它们各有自己特点。这个问题的提出,客观上反映了意识形态和文化领域中各部门独立性加强这一历史现状。诗歌是先秦时期严格意义上的纯文学。但战国以前人们(包括孔子在内)都不把《诗经》看做是一部单纯的文学作品,而是把它作为一种广义的文化现象来对待的,把它看做一部政治、伦理、道德、文化修养的百科全书。孔子对他儿子说:"不学诗,无以言。"《左传》中大量"赋诗言志"的故事,也说明《诗经》乃是他们进行政治、军事、外交活动时必须熟练掌握的一种工具与手段。到了战国中期以后,诗歌是人的感情之表现这个特点逐渐被认识,甚至被强调得非常突出。荀子在《乐论》中说:"夫乐者,乐(le)也,人情之所必不免也。"虽是论乐,实亦通于诗。《楚辞》中则更明确地提出了"发愤以抒情"(《惜诵》)的主张。这是和当时整个文学观念的发展状况一致的。正是在这种背景下,文学的观念开始逐渐从学术向辞章转化。

总的看来，先秦的文学观念有一个发展演变过程，即是从最广义的一般性总体文化观念来看待文学，到逐渐认识文学的基本特点，并且开始和学术相分离，这是和中国文化发展的特点及其历史轨迹互相契合的。

第二节　文学理论批评的萌芽和"诗言志"的提出

中国古代文学理论批评的萌芽是在创造文字以后。中国古代的文字最初是一种象形文字，有的几乎就是图画文字。例如"象"，甲骨文作𧰼；"马"，甲骨文作𩡧；"老"，甲骨文作𦒳；等等。我们祖先在文字创造过程中表现了用符号模仿物象的思想。所以许慎在《说文解字叙》中说："仓颉之初作书，盖依类象形，故谓之文。""文者，物象之本。"然而，象形文字只是用符号模拟物象的一种最简易的直接描写方法，它大约相当于后来诗歌创作中的赋的方法。为了充分反映和表现复杂的事物和较为抽象的思维内容，文字创造势必要由直观模仿而发展为指事、会意等"六书"中的其他方法。为了创造更多复杂的文字，必须要借助于比喻，象征等手段。例如指事字⌒（上）和⌒（下），就有象征意义；而会意字𢕩（武）和𣲺（休），就有比喻意义。用脚趾比喻人，背着武器，表示"武"的含义。用人靠树木比喻休息。它们大约相当于后来诗歌中运用的比兴方法。

与文字创造相接近的是八卦的创造。八卦是一种抽象符号，是用来占卜吉凶的。八卦以一和- -为两个基本符号，组合成八个基本卦象，☰（乾）、☷（坤）、☴（巽）、☳（震）、☵（坎）、☲（离）、☶（艮）、☱（兑），由八卦两两组合形成六十四卦，每一卦的六个符号为六爻（如乾卦为䷀，坤卦为䷁等），共有三百八十四爻。这些卦的名称大约都是后来加上的。八卦是怎样创造出来的？它的每一卦又表示什么意义？据后来《易传》解释，认为是模拟自然事物而来的，例如《说卦》中说乾代表天，坤代表地，巽代表风，震代表雷，坎代表水，离代表火，艮代表山，兑代表泽，为八种宇宙间基本事物。《系辞》中则说是伏羲氏观物取象的产物。但这种说法从《易经》卦爻象及卦爻辞中都看不出来，可是《左传》、《国语》中引《易经》卦象所进行的占卜，则又有与《说卦》相同之处。因此，我们只能说八卦的创造可能是象征自然界的八种基本事物的，故而具有某种模拟自然的意向，可是还很不明朗。八卦之演化为六十四卦、三百八十四爻大约是在殷周之交，传说周文王"幽而演易"，也是有可能的。产生这样一个抽象的符号体系，说明当时人们的理性思维、逻辑思维能力已大大加强了。易象作为一种占卜的工具，它的主要特点是以一种抽象的符号来象征具体的现实事物，这就需要有丰富的想象能力。毫无疑问，它比文学创作中的模仿、比喻、象征要复杂得多了。用一种抽象的符号来表示某种具体的意思,从它的象征作用来说,与文学创作中的"兴"有相似之处。南宋朱熹《答何叔京》中指出《诗经》中的"兴"和《易经》中的"立象以尽意"是一致的。清代章学诚《文史通义》中强调了"易象通于诗之比兴"的道理。他说:"易象虽包六艺,与诗之比兴,尤为表里。"不过易象和文学的艺术形象又有原则不同,它不是具体生动的形象,而是一种抽象符号,它没有艺术形象的审美特征,没有感情色彩,没有具体可感性。最早比较明确地表现了文学理论批评见解的是《易经》《家人》卦的《象辞》:"君子以言有物。"以及《艮》卦爻辞《六五》:"言有序。"这是后世文学理论批评中有关内容和形式基本要求的滥觞。"言有物"即是要求文学创作必须有充实的内容,"言有序"即是要求文学创作具备能正确表达内容的精练的语言形式。伪《尚书·毕命》中所说:"辞尚体要,不惟好异。"即是对《易经》中这种思想的发挥。它成为中国古代文学理论批评的重要传统之一。

《诗经》是中国最早的一部诗歌总集,它收入了自西周初年至春秋中叶的三百多篇作品。《诗经》中有不少篇诗的作者曾明确地表达了他们写诗的目的,例如《大雅·嵩高》云:"吉甫作颂,其诗孔硕,其风肆好,以赠申伯。"这是周宣王之舅申伯被封于谢,大臣尹吉甫特地作诗送他,此处讲写作这首诗是为了颂扬他的德行。《大雅·节南山》云:"家父作诵,以究王讻,式讹尔心,以畜万邦。"这是周幽王时大夫家父讽谏太师尹氏弊政的。尹氏执政不公,任用小人,天怨人怒。作者说他写此诗是为了追究幽王身旁的"凶人",以改变其心,而达到抚养"万邦"的目的。《小雅·巷伯》云:"寺人孟子,作为此诗。凡百君子,敬而听之。"《小雅·四月》云:"君子作歌,维以告哀。"这都是诗人叙述自己的困苦状况,以期引起统治者注意,要求改变现实状况的。上述几首诗中,诗人所表达的作诗意图,在《诗经》中是有代表性的,非常突出地强调了诗歌的美刺作用,认为文学作品应当表现出人们对现实生活的褒贬态度,要以文艺为武器对现实生活,特别是对社会政治起积极的干预作用。

比《诗经》稍晚,春秋时期出现了比较正式的有关文学理论批评的论述,它们主要保留在《国语》、《左传》等书的记载中。我们可以把它归纳为两种说法:一是献诗讽谏说,二是观诗知政说,据《国语·周语上》篇记载,周厉王暴虐,召穆公遂对他进行了劝导,希望他能上纳讽谏,下察民情,以改善政治状况。他说:"故天子听政,使公卿至于列士献诗,瞽献曲,史献书,师箴,瞍赋,矇诵,百工谏,庶人传语,近臣尽规,亲戚补察,瞽史教诲,耆艾修之,而后王斟酌焉。是以事行而不悖。"《左传·襄公十四年》记载师旷对晋平公说:"自王以下,各有父兄子弟以补察其政,史为书,瞽为诗,工诵箴谏,大夫规诲,士传言,庶人谤。"由此可见,当时人们是把诗歌、音乐等文艺作品完全看做是一种为政治良窳提供例证,以达到改进政治目的之手段。因此中国古代的文学创作和文学理论批评一开始就和社会政治有特别密切的联系。观诗知政说比较集中地体现在《左传》季札观乐时发表的评论中。当时诗和乐是不分的。观乐实际上同时也是观诗,评乐实际上也是评诗,季札的审乐观诗完全把文艺作品看做是政治状况的反映。他说《周南》、《召南》"美哉!始基之矣。犹未也,然勤而不怨矣",认为从二南中反映的民情可以看出它已经奠定了周代教化的基础,虽尚未尽善,但民心劳而不怨。歌《郑》之后,他说:"美哉!其细已甚,民弗堪也,是其先亡乎?"认为音乐之烦琐细碎,象征郑国政令苛细,百姓无法忍受,是"先亡"的征兆。乐工又歌《小雅》,他说:"美哉!思而不贰,怨而不言,其周德之衰乎?犹有先王之遗民焉。"认为音乐中表现出百姓虽有忧心而无背叛之意,虽有怨愤而不尽情倾吐,不直接明言,说明周德虽衰,而先王之遗民尚在,风教犹存。季札从音乐(包括诗歌)的风格上去考察其中所体现的思想感情,从而借以辨别政治优劣,风俗好坏。这就把文艺看做是政治的晴雨表,把文艺与政治关系提到一种极端化的高度,似乎政治完全可以决定文艺。这种片面观点对以孔子为代表的儒家文艺思想曾产生了较为明显的影响。

中国上古时代的文艺实践中,诗、乐、舞三者是紧密结合而不可分割的。在诗、乐、舞三者之中,乐占有更为重要的地位,是三者的核心。所以,我国古代所讲的"乐",常常不是单指音乐,而是包括了诗、乐、舞三者在内的。《尚书·尧典》中记载舜的话说:"夔!命汝典乐,教胄子,直而温,宽而栗,刚而无虐,简而无傲。诗言志,歌永言,声依永,律和声。八音克谐,无相夺伦,神人以和。"这里的"典乐",即是包括了诗歌在内的,实际上也还有舞蹈。后来《礼记·乐记》中曾对诗、乐、舞三位一体的状况作了一个理论性的总结:"诗,言其志也;歌,咏其声也;舞,动其容也:三者本于心,然后乐气(当作"器"——引者按)从之。"说明诗、乐、舞三者都是人的心志之体现,但又各有不同的角度与方式。这种以乐为中心、诗乐舞三位一体的状况,决定了先秦论乐的内容实际也就是论诗的内容。而且先秦的诗歌理论批评实际是从音乐理论批评中派生出来的。那时的诗和乐是不分的,而乐的地位比诗要高得多。因为乐是和礼联系在一起的,礼乐是治国之本。礼主外,而乐主内。礼是按照当时的等级制度制订的礼节仪式等规定,而乐则是让人们从内心很自觉地去服从礼的规定,控制好自己的思想和感情,心悦诚服地按照礼的规定来实行应该有的行为举止。所以,那时的乐不是简单的艺术,不只是一种美的享受,而是要起到治心的功效的。先秦的乐论内容是非常丰富的,儒、道、墨、法等主要学派都有很多的音乐理论著作,我们现在研究他们的文艺思想,乐论是最主要的部分,无论在深度和广度上都要超过诗论。

在诗、乐、舞三位一体的论述中可以看到先秦时代对文艺本质的一个基本认识，这就是"诗言志"。"诗言志"这种观念最早是体现在《诗经》的作者关于作诗目的的叙述中的，但它作为一个理论概念提出来，最早大约是《左传》记载的襄公二十七年赵文子对叔向所说的"诗以言志"。因为《尚书·尧典》晚出，大约是战国时写成的，所记舜的话自然是不可靠的。赵文子所说指"赋诗言志"，但它和作诗言志是可以相通的。到战国时代"诗言志"的说法就比较普遍了。例如《庄子·天下》篇云："诗以道志。"《荀子·儒效》篇云："《诗》言是其志也。"《荀子·乐论》篇云："君子以钟鼓道志。""道志"即"言志"，《尧典》所说当是对这些论述的一个总结。

"志"的内容究竟是什么呢？杨树达《释诗》中说："'志'字从'心','㞢'声。"其实，"志"即是"心"；"心"借助语言来体现，即为"志"。所以汉人释"志"为"心所念虑"（赵岐《孟子·公孙丑》注），"心意所趣向"（郑玄《礼记·学记》注），是有道理的。"志"也有"情"的因素，因为"情"亦是蕴藏于心的。故孔颖达说："在己为情，情动为志，情、志一也。"（《左传·昭公二十五年》正义）所以，"诗言志"应当是指诗乃是人的思想、意愿、情感的表现，是人的心灵世界的呈现。但是，先秦时期人们对"志"的理解是比较狭隘的，所谓"志"，主要是指政治上的理想抱负。《左传·襄公二十七年》赵孟请郑国七子赋诗时说："武亦以观七子之志。"即是要看看他们的政治态度、理想抱负。《左传·昭公十六年》韩宣子对郑国六卿说："二三子请皆赋，起亦以知郑志。"则是要从郑国六卿的赋诗中了解郑国的政治倾向。所谓"赋诗言志"，乃是指借用或引申《诗经》中某些篇章来暗示自己某种政教怀抱。《论语·公冶长》记载孔子和颜渊、季路三人所言之志都与齐家、治国、平天下分不开。《先进》篇记载孔子与子路、曾皙、冉有、公西华之各言其志，亦是如此。因此所谓"诗言志"是指诗歌所表现的与政教相联系的人生态度与理想抱负。然而，到战国中期以后，由于对诗歌的抒情特点的重视以及百家争鸣的展开，"志"的含义已逐渐扩大，像《庄子》中所谓的"诗以道志"就不是孔子时代"志"的内容所能包括得了的了。"志"作为人的思想、意愿、感情的一般意义开始受到了重视。这在《楚辞》中有明显的表现。《离骚》中所说"屈心而抑志"，"抑志而弭节"，这个"志"的内容虽然仍以屈原的政治理想抱负为主，但显然也包括了这种政治理想抱负不能实现而产生的愤激之情以及对谗佞小人的痛恨之情在内。至于《怀沙》中所说："抚情效志兮，冤屈而自抑。""定心广志，余何畏惧兮？"这里的"志"实际上指的是他内心的整个思想、意愿、感情，而并非像《论语》中记载孔子师徒那种狭隘之"志"。因此，我们应当看到先秦"诗言志"的内容也是有发展变化的。

中国古代"诗言志"说的实质，就是把文艺看做是人的心灵的表现，这与西方古代把文艺看作是对现实的模仿和再现，是很不同的。柏拉图认为艺术是"影子的影子"。现实世界是模仿理念世界的，而艺术又是模仿现实世界的，虽然这都是不成功的模仿，但毕竟是模仿的产物。亚里士多德批评了柏拉图的理念论，更明确地把艺术看做是再现现实的产物。柏拉图、亚里士多德的时代相当于中国古代的战国时期，从这里我们可以看到东西方当时对艺术本质认识上的主要差异和各自的不同特点。

第二章　儒家的文学观

第一节　孔子以"诗教"为核心的文学观

　　孔子是中国古代最伟大的思想家、政治家、教育家，也是第一位重要的文学理论批评家。以孔子为代表的儒家文学思想对中国两千多年来文学创作和文学理论批评发展，产生了极为深刻的影响。孔子（前551—前479），名丘，字仲尼，鲁国人，从小勤奋好学，中年时开始为弟子讲学，并修订《诗》、《书》、《礼》、《乐》等经典。51岁至54岁这几年中在鲁国先后做过中都宰、小司空、大司寇，此后孔子又周游列国十四年，然而并未得到各国诸侯的重用。晚年仍以整理文化遗产、授徒讲学为主，为中国古代的文化教育作出了重大贡献。

　　孔子的文学思想以"诗教"为核心，强调文学要为政治教化服务，认为文学是以仁义礼乐教化百姓的最好手段。他的文学思想是和他的哲学、政治、伦理、道德、文化、教育思想紧密地联系在一起的。孔子生活在春秋末期经济、政治、思想、文化都发生着重大变革的时代。生产和技术的飞跃发展，使生产关系也有了新的变化。奴隶制日益走向崩溃，而代表封建制的新兴力量开始壮大。从思想领域来说，神的作用受到怀疑，天命鬼神的地位发生动摇。"天道"主宰一切逐渐过渡到"人道"主宰一切。昭公十八年子产提出了"天道远，人道迩"的问题。对人的作用的重视，成为这个时代非常突出的特点。孔子的哲学、政治、伦理、道德和美学、文艺思想中都深刻地体现了这个变革时代的复杂矛盾，他的思想中还保留着不少旧的东西，但更可贵的是他思想中的新内容。他之所以成为后来封建正统思想的代表人物，绝不是偶然的。

　　孔子在哲学思想上并不否定天命鬼神，主张"畏天命"（《论语·季氏》），然而他又表现了对天命鬼神的怀疑与动摇。他不相信四时更替、百物生长是一个有意志有人格的"天"在主宰的，鬼神究竟存在不存在，他不置可否。孔子注重的是具体的社会人事，对抽象事物的探讨，孔子是不感兴趣的。他的学生子贡曾说:"夫子之文章可得而闻也,夫子之言性与天道不可得而闻也。"故而从思维方式上看,孔子不愿对抽象理论问题作宏观的思辨的研究,他更注意的是具体实际问题的研究。这种思维特点对中国的文化传统和文学理论批评发展都有着深刻的影响。孔子在政治上有明显的保守方面,他不满于"礼乐征伐自诸侯出"、"陪臣执国命"的现象,谴责"八佾舞于庭"的僭越行为,但是他又主张要改革,要适应新的历史潮流。他所提倡的"克己复礼"的"礼",实际上已经注入了重视人道的"仁"的新内容。"仁"是新时代新思潮的核心,他要求以"仁"来改造和重建"礼",正是要求以"人道"为中心来确立各种典章制度。"仁"的主要意义是"爱人"(《论语·颜渊》),是"泛爱众"(《论语·学而》),重视人的地位与作用,要把人作为人来对待,而不是可以任意杀戮的贵族奴隶。他提出"为政在人"(《礼记·中庸》),认为统治者应当"节用而爱人,使民以时"(《论语·学而》)。据《左传》记载他还主张对百姓要"宽猛相济",反对"苛政猛于虎"(《礼记·檀弓》),尖锐地批评了统治者的暴虐。这种以"仁"为中心的重"民"、重"人道"思想,后来就逐渐发展为孟子的"仁政"、"民本"思想,从而为中国古代具有民主进步倾向的文学与文学理论批评奠定了思想基础。

以"仁"为内容,以"礼"为形式,孔子建立了他的系统的伦理道德观念。他要求人们以此作为自己人格修养的最高准则,以仁德修身,方能以仁德治国。他强调"己所不欲,勿施于人"(《论语·颜渊》)。要求人人都能将心比心,"己欲立而立人,己欲达而达人"(《论语·雍也》)。提倡重道义,轻私利,"君子喻于义,小人喻于利"(《论语·里仁》)。强调"志士仁人,无求生以害人,有杀身以成仁"(《论语·卫灵公》)。不要以个人利害欲望损害"仁义",而要以"仁义"来约束自己,以达到修身、齐家、治国、平天下之大目标。也就是说,从人性的培养来说要以"仁义"之共性来抑制个性的自由发展。"非礼勿视,非礼勿听,非礼勿言,非礼勿动。"(《论语·颜渊》)以"礼"来严格地规范自己的言论行动。一切以是否符合先王圣人的言行为准则,不允许自己任意发表个人意见,不允许"异端"思想的存在,而只能"述而不作,信而好古"(《论语·述而》)。这种严格的伦理道德观念起到了以共性扼杀个性的作用,对人的创造力的发挥是一种极大的束缚,它对文学创作和文学理论批评的健康发展都是不利的。所以,在严格的儒家思想影响下的文学创作和理论批评,常常缺少独创性,复古模拟色彩浓厚,封建说教成分很重。由于对礼的重视,所以孔子的诗论也是从乐论中派生出来的。孔子说:"文之以礼乐,亦可以为成人矣。"作为道德修养来说,乐是完成君子的道德修养的最为重要的部分。所以他十分重视《诗经》的音乐之邪正,他说:"吾自卫返鲁,然后乐正,《雅》、《颂》各得其所。"孔子那些有关《诗经》的论述,都可以看做是他音乐理论的延伸。

与上述哲学、政治、伦理、道德思想相联系的是思想方法上的"中庸"之道。中,即是中正、中和、无过无不及。庸,即是用,或训为常,郑玄的《礼记·中庸》注说:"用中为常道也。"《论语·雍也》:"中庸之为德也,其至矣乎!"孔子认为事情既不要"过",也不要"不及"。"过犹不及",两者都是不好的。这是他观察、研究、评价一切事物的基本态度和方法。中庸之道,是孔子处于变革时代思想矛盾状况的反映,他企图在新与旧、进步与保守的激烈冲突中,把双方调和统一起来。这种思想方法也深刻地体现在他的美学与文艺批评标准之中,后来儒家乐论和诗论中的"中和"观念即由此引出。

孔子在美学思想上的主要特征是强调美和善的结合,而所谓"善"的具体内容,即是他的仁政德治以及以仁义礼乐为中心的伦理道德观念。据《论语·八佾》中记载,孔子说:"子谓《韶》:尽美矣,又尽善也。谓《武》:尽美矣,未尽善也。"《韶》是歌颂舜德的古乐,尧舜是他心目中的圣贤之君,称《韶》尽美尽善,这是很自然的。但是,为什么说《武》尽美而未尽善呢?《武》是歌颂周武王的古乐,说它未尽善,历代有两种解释:一是汉代郑玄、清代焦循、刘宝楠等,认为是武王伐纣胜利后,没有来得及使天下太平就死了,故孔子以为未尽善。一是汉代孔安国、宋代朱熹等的解释,认为武王伐纣是以征伐取天下,而不是像尧舜那样以揖让受天下,故曰未尽善。我们认为后一种说法比较符合孔子原意。孔子这种美善统一的思想也反映在他对自然美的看法上。他提出"知者乐水,仁者乐山"(《论语·雍也》)的说法,朱熹《四书章句集注》释道:"知者达于事理而周流无滞,有似于水,故乐水。仁者安于义礼,而厚重不迁,有似于山,故乐山。"孔子认为人们之所以认为自然山水是美的,而喜爱它,是因为它的某些方面有似于人的精神品德,能象征人的仁义之性。这种"尽美尽善"的音乐美学观成为孔子以"诗教"为中心的文学理论批评的基本出发点。

孔子的文学理论批评是以对《诗经》的评论为主而展开的。所谓"诗教"其实也是从"乐教"而来的,即是强调音乐诗歌与政治教化之间的联系。"诗教"之说见于《礼记·经解》篇:"孔子曰:入其国,其教可知也。其为人也温柔敦厚,诗教也。"《礼记》所引不一定是孔子原话,尤其是"温柔敦厚"之说显然是汉儒对孔子"诗教"的认识,并不全符合孔子思想。不过,用"诗教"来概括孔子的文学思想则是有道理的。孔子关于文艺的一系列论述都是围绕"诗教"而展开的。下面我们分五个方面来加以论述。

1. 文艺与道德修养、政治外交活动的关系

《论语·泰伯》篇记载,孔子在论述人的道德品质修养时提出了"兴于诗,立于礼,成于乐"的基本原则,孔子认为诗、礼、乐是人们进行以"仁"为中心的道德修养的几个必经的阶段。"兴于诗",据何晏《论语集解》引包咸注云:"兴,起也。言修身必先学诗。"为什么修身必先学诗呢?因为人的道德修养总是要从具体、感性的榜样学起,而《诗经》在孔子看来,就提供了许多这样的典范,使人们的言谈立身行事有了可靠的合乎礼义的依据。孔子曾教育他的儿子说:"不学《诗》,无以言。"(《论语·季氏》)又说:"人而不为《周南》、《召南》,其犹正墙面而立也与?"(《论语·阳货》)也正是从修身必先学诗的角度提出来的。《诗经》当时在它的接受者那里往往已经具有和它本身很不同的意义。例如《论语·八佾》记载孔子和子夏讨论《卫风·硕人》即是如此:"子夏问曰:'巧笑倩兮,美目盼兮,素以为绚兮。'何谓也?子曰:绘事后素。曰:礼后乎?子曰:起予者商也!始可与言《诗》已矣!"这首诗本是描写女子的美貌的,但孔子却从"绘事后素"中引申出了先仁后礼的道理。他们都是按照自己的需要去理解《诗经》的含义的,懂得了这一点我们才能全面地确切地把握"兴于诗"的意义。"立于礼"从道德修养过程来说,是比"兴于诗"要更深入的阶段。礼,是贯穿"仁"的原则精神的一系列礼节仪式的规定。它可以区别上下贵贱,匡正名分,使不同等级的人有与自己地位相当的言论行动。《论语·季氏》记载孔子说:"不学礼,无以立。"从学习生动形象的《诗经》,到掌握礼的各种原则规定,实际上也就是从具体感性认识进一步提高到理性认识,使自己立身行事,严格地遵循礼的规定。然而,孔子认为一个人的道德修养到这里并没有完成,还要通过音乐的陶染,来改造自己的情性,改造自己的内心世界,使自己从本能出发就做到"非礼勿视,非礼勿听,非礼勿言,非礼勿动"。孔子所说的"乐",不是一般的"乐",而是指浸透了仁的精神的先王之雅乐,或谓正乐。《论语·宪问》记载孔子说:"文之以礼乐,亦可以为成人矣。"其意义正在此。无论是诗还是乐,孔子都把它们作为道德修养的必要组成部分,而对诗和乐作为艺术的审美特征与审美作用,则是常常被忽略或否定了的。同时,文艺对道德修养的作用也被无限地夸大了。

孔子对文艺在政治、外交活动中的作用给予了极高的评价。《论语·子路》记载:"子曰:诵《诗》三百,授之以政,不达;使于四方,不能专对;虽多,亦奚以为?"孔子提出这个问题在当时是有现实根据的。从《左传》等书的记载来看,《诗经》在当时政治、外交活动中的作用确是十分突出的。当时人们在政治、外交活动中为了表达自己的意图,体现一定的礼节,都需要借助于赋诗来实现。清代劳孝舆在《春秋诗话》中说:"自朝会聘宴以至事物细微,皆引诗以证其得失焉。大而公卿大夫以至舆台贱卒,所有论说皆引诗以畅厥旨焉。余尝伏而读之,愈益知《诗》为当时家弦户诵之书。"如果不懂《诗经》,不会灵活地引申和运用诗的意义,那么在政治外交活动中就无法听懂别人的意图,也无法委婉地表达自己的要求,就可能失礼,甚至导致政治外交活动的失败,还有可能酿成"诗祸"。反之,如果善于熟练地运用"赋诗"的方法,就可能比较顺利地取得政治外交斗争的胜利,并获得比预期更好的效果。例如《左传·文公十三年》载鲁文公和晋侯谈判结束后,在归国途中遇到郑伯。郑伯在倨地宴请文公,想请他代为到晋国去说情,表示愿意重新归顺于晋。这一场交涉全部是通过"赋诗"来进行的。郑国子家先赋《小雅·鸿雁》,取其首章:"之子于征,劬劳于野。爰及矜人,哀此鳏寡。"表示郑国弱小,希望文公怜悯,给予帮助。鲁国季文子赋《小雅·四月》,取其首先四句:"四月维夏,六月徂暑,先祖匪人,胡宁忍予。"表示行役逾时,思归祭祀,无暇再去晋国了。郑国子家又赋《载驰》之四章及五章,表示小国有急难,恳请大国援助,用许穆夫人闻卫灭,思归求大邦救助之意。于是鲁国季文子又赋《小雅·采薇》之四章,借"岂敢定居,一月三捷"之意,答应再到晋国去一次为郑国求情,使两国重归和好。这样,一场交涉总算办成了。又例如《左传·襄公十六年》记载,晋平公即位不久,与诸侯宴会于温,请与会诸国大夫赋诗,提出"歌诗必类"!意为赋诗必当有表示恩好之意。但齐国大夫高厚赋诗"不类",结果晋大夫荀偃大怒,说"诸侯有异志矣"!于是和各国大夫一起盟誓:"同讨不庭!"齐国高厚只好逃归,因赋诗不当几乎引起一场大祸。类似的例子在《左传》中还有很多记载,可见孔子"不学《诗》,无以言"的说法并非故意夸大其义,而是《诗经》在当时社会生活(特别是政治生活)中的特殊地位的真实反映。孔子对文艺与政治、外交活动之间密切关系的论述,固然是他的整个思想体系导出的必然结论,同时也是时代风尚所使然。

2. 关于文学批评的标准

孔子在对《诗经》的评论中还明确地提出了他的文学批评标准,这就是《论语·为政》中所说:"诗三百,一言以蔽之,曰:思无邪。""思无邪",本是《诗经·鲁颂·駉》篇中的一句话,孔子借它来概括全部《诗经》的特征。"思"字有两种解释:一是作为语助词解,没有实际意思;二是作思想内容解。但对理解全句意义来说,这两种说法并无多大差别。"无邪"即是"归于正"。邢昺《论语注疏》说:"诗之为体,论功颂德,止僻防邪,大抵皆归于正,故此一句可以当之也。"孔子认为《诗经》各篇的内容都是合乎他的政治思想、伦理道德和审美标准的。然而,《诗经》实际内容则是相当复杂的。既有歌功颂德之作,也有暴露批判之作;既有天真朴素的爱情歌唱,也有严肃庄重的祭祀乐词;既有下级官吏牢骚不满的发泄,也有王公贵族享乐生活的写照。总之,不同的思想内容,是很难用一个标准概括的。很多古代学者就已看到了这一点。所以,对"无邪"的解释也有两种不同观点。汉儒认为《诗经》三百篇完全符合儒家"正"而"不邪"的标准,为此他们给《诗经》加上了很多牵强附会的"史实",对不少普通百姓的爱情诗及表现他们对社会黑暗愤激不满情绪的作品作了歪曲解释,结果使《诗经》许多篇章的真实面目被掩盖起来了。例如说《关雎》是表现"后妃之德"的;说《摽有梅》是"召南之国,被文王之化,男女得以及时也";说《静女》是"刺时也,卫君无道,夫人无德";等等。《毛诗序》是这种说法的典型代表,后来郑玄等大儒亦均持此种说法。到了宋代,以朱熹为代表的宋儒,感到这样穿凿解诗实在不能说服人,于是提出了另一种解释,认为"无邪"是指读诗人而言。《朱子语类》说:"思无邪,乃是要使读诗人思无邪耳,读三百篇诗,善为可法,恶为可戒,故使人思无邪也。若以为作诗者思无邪,则《桑中》、《溱洧》之诗,果无邪耶?"其《诗集传》中《柏》篇注云:"学者诚能深味其言,而审于念虑之间,必使无所思而不出于正,则日用云为,莫非天理之流行矣。"他认为《诗经》中有一部分就是"淫奔"之作,但读诗人如果内心正而无邪念,则可以从这些诗中获得教训,可以从反面起到劝诫作用。朱熹这种解释的优点是认识到了文学作品的价值与效果,不只决定于他本身的内容,同时也与接受者的状况有着密切的关系。

但是,对于理解孔子"思无邪"的原意来说,上述两种说法都并不合适。汉儒把《诗经》三百篇看成都是同一思想倾向的作品,显然是不符合实际的,而朱熹所分的"善"、"恶"也是完全从封建礼教角度出发的。至于说"无邪"是指读诗者自然亦非孔子本意。孔子的"思无邪"说和《诗经》实际内容上的矛盾,乃是孔子基本思想矛盾的反映。孔子既有维护旧制度的保守落后一面,又有反映时代新思潮的积极进步一面,因此,他可以把《诗经》中的这些不同内容、不同思想倾向的作品,都包容在他的"思无邪"之内。孔子所理解的"无邪"并不像后来汉儒、宋儒那样狭隘,他既对《雅》、《颂》给予很高评价,但从"可以怨"的角度出发,也可以赞同像《伐檀》、《硕鼠》、《七月》这样的作品。对于那些描写爱情生活的作品,有些他可能是根据当时的社会风尚和《诗经》的特殊地位,作了一些附会政治、道德内容的解释(如对《硕人》),但是不能根据这些个别例子来判定他对所有这类作品的理解。孔子对《诗经》中表现普通百姓的思想、感情、愿望的作品和表现下层官吏牢骚不满的作品的肯定,是和他提倡"仁"的思想的新内容相联系的,也正是他重视人的价值,对下层人民的同情在文艺思想上的表现。孔子"思无邪"的从审美方面看,就是提倡一种"中和"之美。"无邪"即是不过"正",符合"中正",也就是"中和"。孔子赞美《关雎》是"乐而不淫,哀而不伤"(《论语·八佾》)。这就是一种"中和"之美。《论语集解》引孔安国注云:"乐而不淫,哀而不伤,言其和也。"朱熹《诗集传》中说"此言为此诗者,得其性情之正,声气之和也"。从音乐上说,中和是一种中正平和的乐曲,也即儒家传统雅乐的主要美学特征。从文学作品来说,它要求从思想内容到文学语言,都不能过于激烈,应当尽量做到委婉曲折,而不要过于直露。这种思想后来在荀子那里得到较为充分的发展。

3. 论文学的社会作用

孔子从"诗教"的观点出发,对文学作品的社会作用给予了极高的估价。《论语·阳货》篇记载道:"子曰:小子何莫学夫诗?诗可以兴,可以观,可以群,可以怨。迩之事父,远之事君;多识于草木鸟兽之名。"孔子对文学作品的美学作用、认识作用、教育作用等乃至知识学习方面,都作了充分的肯定。他的"兴观群怨"说对后来的诗学理论产生了极为深远的影响。

"兴",是就文学作品的审美作用而言的,故而朱熹解释为"感发意志"(《四书章句集注》),指诗歌的生动具体艺术形象可以激发人的精神之兴奋,感情之波动,从吟诵、鉴赏诗歌中可以获得一种美的享受。诗歌的这种美学作用,可以使读者产生丰富的艺术联想,所以何晏《论语集解》引孔安国注说"兴"是指"引譬连类"。诗歌所引起的联想内容有具体的,也有抽象的。例如《论语·学而》篇记载:"子贡曰:'贫而无谄,富而无骄,何如?'子曰:'可也;未若贫而乐(道),富而好礼者也。'子贡曰:'诗云:如切如磋,如琢如磨,其斯之谓与?'子曰:'赐也,始可与言《诗》已矣,告诸往而知来者。'"由《淇奥》中的两句诗联想到了一个人在道德品质修养中,要反复推敲不断深入。孔子是非常强调学诗要充分发挥这种联想作用的。孔子师徒对《淇奥》的理解也和对《硕人》的理解一样,有牵强附会之处,但都表明孔子很重视从具体、生动形象中联想起某种抽象的一般意义。可见,孔子实际上已接触到了文学的作用,不只决定于作品本身的客观意义,也与读者有密切关系。文学的美学作用是作者与读者共同创造的。

"观",是就文学作品的认识作用而言的,而孔子所说"观"比较侧重在诗歌所反映的社会政治与道德风尚状况以及作者的思想倾向与感情心态。《论语集解》引郑玄注说:"观风俗之盛衰。"朱熹《四书章句集注》说:"考见得失。"这基本上是对的,但都显然比孔子的原意要更为狭窄。孔子讲的"观",不仅是观诗的客观内容,也观诗人的主观意图,针对当时盛行的"赋诗言志",也可以观赋诗人之志。从诗"可以观"的论述中,可以看出孔子对文艺与现实关系的理解。他要求文艺能比较具体、比较确切地反映现实的真实状况,体现了孔子文艺思想中的现实主义特征。

"群",是就文学作品的团结作用而言的。《论语集解》引孔安国云:"群居相切磋。"朱熹在《四书集注》中说是"和而不流"。孔子认为文学作品可以使人们统一思想,提高认识,交流感情,加强团结。孔子和他的弟子通过研究

《硕人》、《淇奥》而统一了对人和礼的关系以及加强道德修养的认识,便是"群"的最好例子。孔子所说的"群",是在"仁者爱人"与"泛爱众"的基础上的群,而不是少数人以某种共同利益为基础的小宗派之"群",故《论语·卫灵公》云:"子曰:'君子矜而不争,群而不党。'"

"怨",是就文学作品的干预现实、批评社会的作用而言的。《论语集解》引孔安国说:"怨刺上政。"这个解释指出了"可以怨"的主要内容,但是不很全面。黄宗羲在《汪扶晨诗序》中就说过:"怨亦不必专指上政。"从《诗经》中许多表现"怨"的作品来看,并非都是"怨刺上政",有一些是对社会上不合理现象的牢骚和不满,也可以包括爱情婚姻方面的不如意遭遇。不过,"怨"的主体是指对现实不良政治的批判。孔子对"怨"的肯定,也是和他提倡的"仁"相联系的。他允许百姓对"不仁"的现象直接通过诗歌来加以揭发,这正是孔子思想中的民主和进步因素的集中表现。它也是孔子对古代献诗讽谏传统的一个理论上的概括与总结,并成为中国文学理论批评发展史上的重要传统。孔子的"兴观群怨"说对文学的社会作用作了相当全面的分析,它对中国古代文学理论批评的发展产生了深远的影响。

4. 论文学的内容和形式关系

《论语·卫灵公》曰:"子曰:辞达而已矣。"孔子认为语言文辞的作用在于充分地表达人的思维内容,也就是说,形式的根本目的在完美地体现内容,不必要片面地离开内容去追求形式的华丽。《礼记·表记》中引孔子说:"情欲信,辞欲巧。"这当然不尽可信,但其基本思想是和孔子一致的。所谓辞欲巧,即是说要能巧妙地表达内容。《左传·襄公二十五年》记载孔子曾有"志有之:言以足志,文以足言,不言,谁知其志?言之无文,行而不远"之说,主张"言"要有"文",即是强调文辞应当有所修饰,形式也是要讲究的,然其目的还是为了更好地表现内容,并使它起到更大的作用。孔子对内容和形式关系的看法,是与他以仁、礼为中心的道德修养学说有密切关系的。《论语·雍也》篇云:"子曰:质胜文则野,文胜质则史,文质彬彬,然后君子。"这里,"质"是指人的内在品格,"文"指人的外在仪表,"文质彬彬"是要求人既具备"仁"的品格,又有"礼"的文饰。这种文质并重的观点根据《论语·颜渊》篇的记载,还被孔子的学生子贡作了进一步发展:"棘子城曰:'君子质而已矣,何以文为?'子贡曰:'惜乎!夫子之说君子也,驷不及舌。文犹质也,质犹文也;虎豹之犹犹犬羊之鞟也。'"子贡认为虎豹之皮与犬羊之皮的区别就在于其毛色不同,说明形式美不美直接影响到内容的价值。子贡的认识是否体现了孔子思想,是可以研究的,但这至少表明了以孔子为代表的先秦儒家对形式还是相当重视的。孔子关于文质的论述,后来被运用到文学创作中,成为要求文学作品内容与形式完美统一的基本理论,并在中国文学理论批评的发展中始终起着主导作用。孔子这种以内容为主导,形式与内容并重的思想,是对《周易》中"言有物"、"言有序"思想,以及《左传》襄公二十四年穆叔的"大上有立德,其次有立功,其次有立言"的"三不朽"思想之直接继承与发展。

5. 论雅乐与郑声

孔子关于音乐的论述,其实也是对诗歌的论述,其中比较突出的是对"雅乐"与"郑声"的看法。孔子提倡雅乐,反对郑声,态度是非常鲜明的。《论语·卫灵公》记载孔子说:"行夏之时,乘殷之辂,服周之冕,乐则《韶》舞。放郑声,远佞人,郑声淫,佞人殆。"又《论语·阳货》篇也记载孔子说:"恶紫之夺朱也,恶郑声之乱雅乐也,恶利口之覆邦家者。"从音乐的角度来看,所谓"雅乐"即是"古乐",主要是曲调平和中正,节奏比较缓慢的音乐,这可以表现古代先王功业的音乐(如《韶》《武》之类)为代表,《诗经》中的《雅》《颂》所配之乐也属这一类。孔子认为雅乐可以陶冶人的思想感情使之正而不邪,有助于养成以仁义为特点的高尚道德品质,而不会去作悖礼违义的事情。"郑声"实际是指当时的"新乐",它的节奏明快强烈,曲调高低变化较大,故容易激动人心。所谓"淫",是指过分,不合中正平和之意。孔子认为新乐任其感情之自然发展而无所节制,容易诱发人们的私欲,不利于培养以仁、礼为内容的道德品质,所以要"放",要禁绝之。他把"雅乐"比作正人君子,把"郑声"看做逸佞小人。这是孔子文艺思想上比较保守方面的集中表现,是不合乎时代潮流的。其实当时多数人喜欢的不是古乐而是新乐。据《礼记·乐记》记载,魏文侯曾说他听古乐就觉得疲倦要睡觉,而听新乐则精神百倍,乐而忘倦。孔子贬斥郑声新乐的思想,是中国长期封建社会中看不起民间新文艺,把戏曲、小说视为不登大雅之堂的低贱之作的重要根源。

由于孔子在封建社会中处于崇高的"圣人"地位,所以他有关文学理论批评的论述,无论其积极的还是消极的,都有十分深远的影响。但是历代儒家虽都以孔子为祖师,对他思想的理解则都带有他们的时代与个人特点,并不与孔子完全相同,在文学理论批评方面,也是如此。

第二节 孟子"与民同乐"的文学观及其文学批评方法论

孟子(前372—前289),名轲,战国中期邹(今山东邹县)人,曾受业于孔子孙子子思门人,他在新的历史条件下继承并发展了孔子的学说。孟子在文学思想上基本上是和孔子一致的,也十分强调文艺与政治教化之间的关系,他对儒家文学思想的发展主要表现在下述两个方面:一是提出了"与民同乐"的文艺美学思想,二是提出了"以意逆志"与"知人论世"的文学批评方法论。

孟子"与民同乐"的文艺美学思想是在孔子以仁礼为内容的诗乐论发展起来的,他的诗论也是建立在乐论基础上的。孟子所处的时代,新兴的封建制已经在许多国家代替了旧奴隶制。孟子思想的主要方面是符合这一历史发展要求的。他在孔子"仁者爱人"的思想上进一步提出了"仁政"的问题。他认为新兴封建君主要巩固自己取得的政权,必须要懂得争取民心的重要性,要看到人民的力量,这也是从春秋末年广泛的奴隶暴动中得出的经验教训。《梁惠王》上篇孟子从《尚书·汤誓》"时日害丧,予及女偕亡"的记载中指出:"民欲与之偕亡,虽有台池鸟兽,岂能独乐哉?"他看到国家之兴亡与民心之向背是密切联系着的,为此他提出了著名的"民为贵,社稷次之,君为轻"的重要思想,认为一个君王要使自己的统治得以巩固,决不可置民于水火之中而不顾,否则人民活不下去,起来造反,君王也要垮台。因此帝王必须要施行"仁政",只有让人民安居乐业得到温饱,才能使自己统治得到稳固。以民为本是他的"民贵君轻"思想的基本出发点。民本思想在当时条件下,毫无疑问是有很突出的民主精神与进步意义的。孟子"与民同乐"的文艺美学思想正是在"仁政"与"民本"思想的前提下发展起来的。他在《离娄》中说:"桀纣之失天下也,失其民也。失其民者,失其心也。得天下有道,得其民,斯得天下矣。得其民有道,得其心,斯得民矣。得其心有道,所欲与之聚之,所恶勿施,尔也。"《梁惠王》篇说:"黎民不饥不寒,然而不王者,未之有也。"要做到"与民同欲",一是要施行仁政,二是要发扬仁教。而仁教主要是乐教,亦即仁声之教。其《尽心》篇说:"仁言不如仁声之入人深也,善政不如善教之得民心也。"仁声之教即是善教。赵岐注云:"仁声,乐声雅颂也。"这一点孟子和孔子是相同的,但是孟子认为仅有仁声之教是不够的,作为上层统治者还必须有"与民同乐"的实际行动。他在《梁惠王》下篇中说:"为民上而不与民同乐者亦非也。乐民之乐者,民亦乐其乐;忧民之忧者,民亦忧其忧。乐以天下,忧以天下,然而不王者,未之有也。"这里所说的"与民同乐"之"乐",是指快乐之乐,指一切美好事物之享受,包括物质和精神两方面,自然也包括诗乐在内。以百姓之乐为乐,以百姓之忧为忧,作为衡量一切文艺作品的标准,无论是诗、乐、舞还是别的文艺,都要看它能否"与民同乐"。从"与民同乐"角度出发,孟子在对待古乐与新乐的态度上与孔子有很大不同。孟子认为古乐之所以要尊敬,是因为古圣贤之君能"与民同乐",只要能"与民同乐",则今乐亦何妨?《梁惠王》篇说:"今之乐由(犹)古之乐也。"能"与民同乐",则"今乐"也即是"古乐"。孟子发展和革新了孔子的音乐思想,实际上肯定了"今乐"。虽然孟子也批评

"郑声",但和孔子已不完全相同了。

孟子对儒家文学思想的另一个重大发展,是提出了著名的"以意逆志"与"知人论世"的文学批评方法。《万章》上篇中,孟子针对咸丘蒙对《诗·小雅·北山》的错误理解,指出要全面确切地理解诗的内容,必须善于"以意逆志"。

> 咸丘蒙曰:"舜之不臣尧,则吾既得闻命矣。《诗》云:'普天之下,莫非王土,率土之滨,莫非王臣。'而舜既为天子矣,敢问瞽瞍之非臣,如何?"曰:"是诗也,非是之谓也;劳于王事而不得养父母也。曰:'此莫非王事,我独贤劳也。'故说诗者,不以文害辞,不以辞害志,以意逆志,是为得之。如以辞而已矣,《云汉》之诗曰:'周余黎民,靡有孑遗。'信斯言也,是周无遗民也。"

问题是由咸丘蒙提出的,他听人说,有高尚道德的人,君主不能以他为臣,父亲不能以他为儿子。舜不以尧为臣民,虽然尧让位于舜,但舜一直等他死后方真正即位。舜的父亲瞽瞍在舜做天子时,又不算他的臣民,这和《诗经》中"率土之滨,莫非王臣"之说,岂不是矛盾了吗?孟子回答说,这是他对诗的本意缺乏正确理解,不懂得如何读诗的一种表现。孟子认为咸丘蒙所引的诗句联系全篇,旨在说明"莫非王事,我独贤劳",而所谓"率土之滨,莫非王臣",也应看做是诗歌的一种夸张描写,并非是说人人皆为王臣,无一例外。就像"周余黎民,靡有孑遗",旨在说明"旱甚",而非真的"周无遗民"一样。所以读诗不能"以文害辞,以辞害志",亦即不能以个别文字影响对词句的了解,也不能以个别词句影响对原诗本意的认识,应当"以意逆志",即用自己对诗意的准确理解,去推求作者的本意。对"以意逆志"的"意"历来有不同理解。一种认为"意"指读诗人之"意",即是读诗人自己对诗篇内容的理解,由此出发去求诗人之志。多数《孟子》注本均取此说,如后汉赵岐说:"志,诗人志所欲之事。意,学者之心意也。""以己之意,逆诗人之志,是为得其实矣。"朱熹于《四书章句集注》中也说:"当以己意逆取作者之意,乃可得之。"到清代又出现了另一种说法,认为此"意"乃系指客观地存在于诗篇中之"意"。这种看法比较主要的代表是吴淇,他在《六朝诗选定论缘起》中说:"不知志者古人之心事,以意为舆,载志而游,或有方,或无方,意之所到,即志之所在,故以古人之意求古人之志,乃就诗论诗,犹之以人治人也。"吴淇主张从诗篇的客观意义出发去探求诗人之志,是比较科学的,所以近人多采此说。但是,它并不符合孟子的本意。从孟子的思想体系及他说诗的状况看,这个"意"乃是指读者之意。

如何才能正确地做到"以意逆志"呢?孟子认为必须要能"知人论世",深入地了解诗人的生平、思想、品德、遭遇等状况以及诗人所处的时代状况。

《万章》下篇中说：

> 孟子谓万章曰："一乡之善士，斯友一乡之善士；一国之善士，斯友一国之善士；天下之善士，斯友天下之善士。以友天下之善士为未足，又尚（上）论古之人。颂其诗，读其书，不知其人，可乎？是以论其世也。是尚友也。"

这里讲的是交友问题，但是孟子说到对于古人不仅要"颂其诗，读其书"，而且还必须"知其人"，而要"知其人"就必须"论其世"。这样就涉及要了解作品，必须先了解作者；要了解作者，应当了解其时代的问题，因而也是批评和欣赏文学作品的重要原则与方法。对这种方法，孟子也有过具体实践。《告子》下篇云：

> 公孙丑问曰："高子曰：'《小弁》，小人之诗也。'"孟子曰："何以言之？"曰："怨。"曰："固哉，高叟之为诗也！有人于此，越人关弓而射之，则己谈笑而道之；无他，疏之也。其兄关弓而射之，则己垂涕泣而道之；无他，戚之也。《小弁》之怨，亲亲也。亲亲，仁也。固矣夫，高叟之为诗也！"曰："《凯风》何以不怨？"曰："《凯风》，亲之过小者也；《小弁》，亲之过大者也。亲之过大而不怨，是愈疏也；亲之过小而怨，是不可矶也。愈疏，不孝也；不可矶，亦不孝也。孔子曰：'舜其至孝矣，五十而慕。'"

《小雅·小弁》传说是周幽王因为宠信褒姒的谗言，而将太子宜臼放逐，宜臼的师傅就写了这首诗。另一说是周宣王时尹吉甫因宠信后妻，驱逐了前妻之子伯奇，伯奇就写了这首诗。究竟孰是不可考，但这首诗确是一个被放逐的儿子抒写忧愤之作。孟子和高子、公孙丑等是根据后一说来评论此诗的。高子认为对父母表示不满，有怨的情绪，是一种不孝的行为，故云是"小人之诗"。然而，孟子则认为高子的评论太"固"，即太死板了。他指出对于"怨"，要有具体分析：如果亲人犯了小过失，怨是不对的；如果犯了大过失，不怨反而显得疏远而不亲近。怨亲之过大者，正是"亲亲"之表现，亦即"仁"。那么，《凯风》为什么不怨呢？传说《邶风·凯风》写的是一个有七个儿子的母亲想要改嫁，这七个儿子为了安慰母亲，尽其孝道，就写了这首诗，对亲人的过失加以开导。孟子和高子、公孙丑也是按这个传说来理解此诗的。孟子认为这位母亲是犯了小过失，"亲之过小而怨，是不可矶也"。因亲人微小过失的刺激而发怒，也是不孝行为，所以《凯风》不怨。孟子对这两首诗的比较分析中所表现的封建伦理道德观念，自然是不可取的。但是他善于从不同作者及其诗作的不同背景分析出发，来评价不同的诗篇，恰恰正好是对"知人论世"方法的具体运用。

孟子的"以意逆志"与"知人论世"都是针对春秋时"赋诗断章,余取所求"的主观臆断解诗方法而提出来的。例如《左传·襄公十五年》记载,楚国子午为令尹,他善于"官人",懂得怎样把合适的人安排到与其相宜的岗位上去。然后说:"《诗》云:嗟我怀人,置彼周行。能官人也。"《周南·卷耳》是写妇女怀念征夫的,这两句之意是说女子怀念丈夫,无心采摘卷耳,把筐搁到了大路上。《左传》显然是歪曲了其原意,后来《毛诗序》以此来解诗,结果就使《卷耳》一诗的真面目被掩盖了。类似的例子在《左传》中还很多。因此,孟子要求改变这种风气,提出救弊措施,无疑是很有积极意义的。然而孟子在理论和实践上仍是有矛盾的。他解诗也常常免不了受"断章取义"的时代风气影响。比如《梁惠王》下篇孟子举《公刘》及《绵》为例,说"公刘好货","太王好色",显然也是一种曲解。公刘为周代创业之始祖,率领氏族由邰迁至豳,此几句诗是描写他为迁移所作准备,与"好货"无任何关系。《绵》写周文王祖父太王率氏族由豳迁至岐的情况,与"好色"亦无任何牵连。类似的例子在《孟子》中还很多。这些说明孟子对《诗经》的理解大都不是从诗篇客观意义出发,而是从主观臆测出发,去理解诗人之志的。所以,他所说的"以意逆志"之"意",乃是读诗人之意,这是很清楚的。但是,读诗者之意也并非都不能正确反映诗篇之意,如果读者能运用"知人论世"的方法,比较客观地去认识和理解诗篇,那么是可以准确地推求出诗人之志的。从文学鉴赏的特点来说,任何欣赏者总是带着自己的主观色彩去理解诗的,读者对诗的理解和认识不可能不带有他本人的人生观、世界观、道德观、艺术观等的影响。因此,我们完全不必因为"意"是读者之"己意",就觉得似乎"以意逆志"的方法没有价值,完全变成读者的主观臆测了。

由于孟子文学批评的理论与实践中存在着明显的矛盾,所以过去有些学者特别强调要把"以意逆志"与"知人论世"很好地结合起来。如清代顾镇在《虞东学诗》的"以意逆志"条中说:"正惟有世可论,有人可求,故吾之意有可措,而彼之志有可通。""夫不论其世,欲知其人不得也。不知其人,欲道其志亦不得也。""故知论世知人而后逆志之说可用也。"王国维在《玉溪生诗年谱会笺序》中也说:"由其世以知其人,由其人以逆其志,则古诗虽有不能解者寡矣。"当然,"知人论世"亦须从正确分析实际情况出发,任意乱断其人其世,也是不可能得到正确结论的。

孟子对后世文学批评影响比较大的,还有"知言养气"说。"知言养气"说是孟子哲学思想的重要组成部分,而不属于文学理论批评,但对后来文论中的"文气"说具有奠基作用。《公孙丑》上篇云:

(公孙丑)"敢问夫子恶乎长?"(孟子)曰:"我知言;我善养吾浩然之

气。""敢问何谓浩然之气?"曰:"难言也。其为气也,至大至刚,以直养而无害,则于天地之间。其为气也,配义与道;无是,馁也。是集义所生者,非义袭而取之也。行有不慊于心,则馁矣。"……"何谓知言?"曰:"诐辞知其所蔽,淫辞知其所陷,邪辞知其所离,遁辞知其所穷。"

孟子在这里所说的"浩然之气"是指人的仁义道德修养达到很高水平时所具有的一种正义凛然的精神状态,所以说这种"浩然之气"是"配义与道",是"集义所生","无是,馁矣"。有了这种"浩然之气",就能具备一种崇高的精神美、人格美,就能"知言":不仅自己言辞理直气壮,而且善于辨别各种错误的言辞。可见,志、气、言之间是有密切关系的。"夫志,气之帅也。"(《公孙丑》上篇)"志",指心,即指人的内在人格与品质,"气"就是这种"志"在精神状态上的体现,而"言"是具体表现"气"的特点的。所以,孟子认为必须首先使作者具有内在精神品格之美,养成"浩然之气",然后才能有美而正的言辞。这种思想影响到文学创作,就特别强调一个作家首先要从人格修养入手,具有高尚的道德品质,然后才有可能写出好作品。孟子所说的"气"是仁义道德修养的结果,是可以学而后至的,而非先天个性气质特征之表现,因此与后来曹丕所论之"气"不同,韩愈《答李翊书》中所说之"气"与孟子较为一致。

第三节　荀子对儒家文学思想的继承与发展

荀子(前313—前238),名况,字卿,又称孙卿,战国后期赵国人。荀子是一位以儒家思想为主,又广泛吸收了其他各家思想的集大成思想家。荀子的学说反映了中国文化发展中各派文化思想融合统一的特点,所以对儒家文学思想有许多新的发展。荀子直接论述文学的言论并不多,但是他有反对墨子《非乐》篇思想、专门论述音乐理论的《乐论》,后来代表儒家文艺美学思想的经典文献《礼记·乐记》,就是在荀子《乐论》的基础上形成的。所以荀子的文学思想也是儒家音乐美学思想的派生物。他的文艺思想主要有以下几方面:

第一,"天行有常"的自然观对他的文学思想的影响。荀子在《天论》中明确否定了天是有人格、有意志的神的观点,他指出:"天行有常,不为尧存,不为桀亡。"天道不能主宰人事,"强本而节用,则天不能贫。养备而动时,则天不能病。修道而不贰,则天不能祸"。在人和自然的关系中,他充分肯定人的积极作用,重视发挥人的主观能动性。他说:"大天而思之,孰与物畜而制之,从天而颂之,孰与制天命而用之!"敬重天、思慕天,不如把它作为物来畜养之,而控制它;顺从天、颂扬天,不如掌握它的发展规律而利用它。这是他提出的一个"人定胜天"的光辉命题。为此,他十分重视人的创造性在文艺发展中的作用,强调作为精神产品的文艺可以产生积极的社会效果。这个特点非常鲜明地体现在他的《乐论》之中。

荀子提倡学习,认为一个人无论在道德修养上还是艺术创造上,要达到完美的境界都必须经过顽强的学习和实践。他指出:人性本恶,人们生而有各种欲望,它们不一定都合乎礼义要求,只有认真学习,才能节制自己欲望,使之去恶从善,如果能积善成习,可以逐步成长为圣人。此理亦可通于文艺创造,只有不断的学习和实践,才能创作出日臻完美的文艺作品。他在《劝学》篇中说:"君子知夫不全不粹之不足以为美也,故诵数以贯之,思索以通之,为其人以处之,除其害者以持养之,使目非是无欲见也,使耳非是无欲闻也,使口非是无欲言也,使心非是无欲虑也。"他以"全"和"粹"之美作为最高标准,而实现它的关键是学习、思索、实践。这种"全"和"粹"的美的境界,既是对道德品质修养的要求,对审美理想的追求,也是对创作完美艺术品的主体方面的要求。荀子认为人性的美和善,必须经过人为的努力学习和锻炼,方有可能达到。他在《礼论》中说道:"性者,本始材朴也;伪者,文理隆盛也。无性,则伪之无所加;无伪,则性不能自美。"荀子这里所说的"伪"即是指人为之努力。荀子认为性与伪的区别即在一是先天的,一是后天的,而"无伪,则性不能自美"。所以人性之美关键是在后天的学习。"性伪合",然后才有美的人性之出现。从文艺创作来说也是如此。创作对象必须经过创作者的主观努力,对之进行艺术的加工和改造,方有可能使之成为真正完美的艺术品。

荀子肯定自然和社会都是不断发展变化的,所以在政治上提倡"法后王",为此,他主张文艺创作也要从现实出发,不断有新的创造、新的发明,而不能固守旧框框,唯以复古为尚。荀子虽然尊重"五经",然而对它们还是有所批评的。他在《劝学》篇中说,"五经"虽然体现了"先王"之道,但时代久远不能用以解决现实问题。他说:"《礼》、《乐》法而不说,《诗》、《书》故而不切,《春秋》约而不速。"《礼》、《乐》虽是经典法则,但并未作具体详尽说明,《诗》、《书》是前朝掌故,并不能切合今天现实;《春秋》过于简约,不能使人很快明白其意义。因此,他认为不能把"五经"当做死条条来背诵,而提出要"学莫便乎近其人",要向现实中真正有学问的人来学习。在《儒效》篇中,荀子指出俗儒之缺点即是"不知法后王而一制度,不知隆礼义而杀《诗》、《书》"。这里的"杀"是贬低其地位之意。这是对以孔子为代表的儒家思想中的保守方面的大胆批评。他吸收了法家思想中重视现实的积极因素,对儒家思想作了革新。在文艺的形式方面,荀子也主张要有新的创造,并且身体力行,做了很多努力。他创作的《赋》篇,对"赋"这种新文学形式的发展起了重要作用。刘勰《文心雕龙·诠赋》篇中,对荀子和宋玉在赋的发展史上的作用曾做了充分的肯定。

他说:"爰锡名号,与诗画境,六义附庸,蔚成大国。"

第二,明道、言志、抒情相结合的文学观之形成。荀子的思想虽是博取众家之长,但还是以儒家思想为主体的。他在《非十二子》篇中对各家都有严厉的批评,唯独对孔子评价甚高,认为他的学说超乎各家之上,具有"总方略、齐言行、壹统类"的标准、示范作用。他对《诗经》也很有研究,传说毛诗即是经过荀子及其学生而流传下来的。荀子文学思想从根本上说也是继承了孔子思想的,是非常强调文学和社会政治、伦理道德之间的关系的,但是他的论述比孔子具有更强的哲理性,范围也比较宽。他认为文学是明道的,不过他说的道与孔子之道,内容不完全相同。这主要表现在两方面:首先,荀子的道既是圣人之道,即社会政治之道,同时又是具有哲理性的自然规律之道。这大约是吸收道家思想成果而形成的。《天论》篇中说,万物都有道,所以"万物为道一偏",而圣人之道则是作为这种自然规律之道的集中表现,"百王之无变,足以为道贯"。其《儒效》篇中说:"圣人也者,道之管也。天下之道管是矣,百王之道一是矣。"他把圣人之道提到了自然规律的高度来看待,又把哲理之道具体化为圣人之道、社会政治之道。这也是一种糅合儒道之表现。其次,荀子的道既是先王之道,又是后王之道,这是和他法后王的思想一致的。他的道不是圣贤固定不变的条条,而是适应新时代变化情况的道,也就是说,道的内容是可以不断的扩大与丰富的。道既有其贯穿如一的中心,又有其"应变"的方面。《解蔽》篇云:"夫道者,体常而尽变。"《天论》篇云:"一废一起,应之以贯,理贯不乱。不知贯,不知应变。"这又显然是吸收了法家重变化重现实的内容,而对儒家思想的一种发展。因此荀子所主张的文学要明道的观点,与孔子相比已有了很多新内容。

不仅如此,荀子关于文学明道的思想还和他对意识形态与文化领域中各部门不同特点的认识有密切关系。荀子所处的时代由于意识形态与文化领域中各部门的逐渐分离独立,使他对这些部门的不同特点有了较为清晰的认识。他在《儒效》篇中指出《诗》、《书》、《礼》、《乐》、《春秋》虽然都是"明道"的,但各自又有不同的角度与特点。《书》是讲社会政治事情的,《礼》是讲人们应遵守的礼节制度以及为何照此行动的,《春秋》是通过历史事实的记载来体现作者微言大义的。然而,《诗》则是抒写人的心志的,《乐》是陶冶人们的感情、使之中正平和的。文艺有它独特的明道方式。明道和言志的结合,亦即共性与个性的统一。

更为重要的是,荀子对"言志"的理解也比孔子有了进一步的发展,这就是他充分重视了"言志"中的抒情因素。当时诗和乐还没有完全分离,荀子对于音乐本质的阐述,也可以反映他对诗的认识。他在《乐论》中一方面指出音乐也是"言志"的："君子以钟鼓道志，以琴瑟乐心。"另一方面又强调音乐乃是人感情的自然流露："夫乐者，乐也，人情之所必不免也，故人不能无乐。"说明音乐是以情道志的，自然，这个"志"中是既有思想因素，亦有感情因素。这是对春秋以来"言志"说的重大发展。故相传由荀子学生传下来的毛诗，在西汉前期的《毛诗大序》中就明确提出诗既是"志之所之"，又是"吟咏情性"的。这种明道、言志、抒情结合的文学观既反映了文学与其他社会科学的共性，又反映了文学本身的特点，即其个性。毫无疑问是对儒家文学思想的重大发展。

在文学批评上，荀子认为应当以"道"作为最基本的标准，一切言论行动包括文学在内都应当合乎"道"。《正名》篇云："辨说也者，心之象道也。心也者，道之工宰也。道也者，治之经理也。心合于道，说合于心，辞合于说，正名而期，质请而喻。"荀子在这里特别强调指出，言辞应当符合于辩说的需要，辩说应当符合于人内心的意图，而人内心的意图应当符合于"道"。言辞辩说是心对道的认识之表现。而在"明道"的方面，应当学习先王、圣人，以他们为榜样。圣人所留下来的经典，如《诗》、《书》、《礼》、《乐》、《春秋》等，则是圣人"明道"的代表作。所以，在荀子的思想里已经具有明道、征圣、宗经思想的萌芽。然而，这又不等于是提倡复古，它应当是与适应新的变化、符合现实需要相统一的。他要求以道、圣、经的原则来指导现实。他在《赋》篇中说："天下不治，请陈佹诗。"所谓佹诗，即是变诗。王先谦《荀子集解》云："荀卿请陈佹异激切之诗，言天下不治之意也。"说明荀子要通过诗歌创作来干预现实，这和司马迁说他"疾浊世之政"（《史记·孟轲荀卿列传》），可以相互印证，这和后世儒家以明道、征圣、宗经来强调复古、提倡"述而不作"是不同的。

第三，对文艺和政治关系的系统阐述。荀子在《乐论》中对先秦儒家关于文艺和政治的关系作了全面的理论总结。《乐论》是荀子针对墨子《非乐》论而写的一篇辩驳文章。荀子《乐论》的直接思想来源当是《左传》记载的季札观乐，《乐论》的核心是论说音乐在社会政治生活中的重要地位和作用。《乐论》最主要的贡献是提出了"音乐→人心→治道"的模式。它认为音乐可以感化人心，从而影响社会风尚，决定政治的治乱。这样就把音乐的作用提到了极端的地位。音乐是人的感情之自然流露，所以具有特殊的能陶冶人心灵的作用。"夫声乐之入人也深，其化人也速，故先王谨为之文。"荀子认为人性本恶，天生就要求满足自己的私欲，故其思想感情有邪而不正的方面，为此需要有好的音乐来感化它，使之改恶从善，先王制雅颂之乐，其目的正在这里。他说，由于音乐是人感情的自然流露，"故人不能不乐，乐则不能无形，形而不为道，则不能无乱。先王恶其乱也，故制雅颂之声以道之"。音乐有正声和奸声之不同，人情亦有顺气与逆气之差别，这是两相呼应的。"凡奸声感人而逆气应之,逆气成象而乱生焉。正声感人而顺气应之,顺气成象而治生焉。"这样荀子就揭示了音乐→人心→治乱之间的必然联系。正声感人而人心中之顺气应之,顺气成象就能使风俗醇正而社会安宁、政治清明。反之,奸声感人而逆气应之,则社会就要大乱。这就把音乐对政治的作用提到了绝对化的高度,似乎音乐可以决定政治了。荀子提出的"音乐(文艺)→人心→治道"的模式反映了儒家对文艺与政治关系基本思想,后来直接为《礼记·乐记》、《毛诗大序》所接受,成为长期封建社会中儒家正统文艺思想的核心,它的功过需要在历史发展过程中作具体的分析评论。荀子在《乐论》中还全面地阐述了礼乐关系,提出了礼别异、乐合同的思想。荀子发挥了儒家关于礼以节外、乐以和内的思想,指出礼作为礼节仪式、典章制度,是节制人们行动的准则。人都有天然的欲望和要求,如果任其自由发展,则必然产生过度追求,从而引起争端,故而需要以礼来加以控制,使之局限于自己应有的分内,而不超越这个界限。但人的这种欲望是产生于人的内在本性的。从根本上说还是要陶冶人的内在本性,使之自觉不会产生非分要求,这就需要用乐以和内,使人在思想感情上平和中正,不生非分之想,在精神品德方面统一到共同的原则上。荀子这种礼乐观进一步突出了文艺和政治的关系,是对孔子"兴于诗,立于礼,成于乐"的继承与发展。

  荀子在《乐论》中还提出了"以道制欲"的重要命题。他说:"乐者,乐也。君子乐得其道,小人乐得其欲。以道制欲,则乐而不乱;以欲忘道,则惑而不乐。"从人格修养上说,要以道来限制欲望的任意发展;从文艺创作和欣赏来说,要以道作为判别优劣的标准。音乐给人以快乐,以美的享受,但是,君子之喜爱音乐是因为它体现了道,而小人喜爱音乐则是为了满足自己的欲望要求。"以道制欲"是一个哲学上的命题,也是一个美学和文艺上的命题。从哲学上讲,是不允许人性的自由发展,抑制人的个性,只能让它按照礼义的方向发展。从文艺和美学上讲,"以道制欲"要求文艺创作严格地以"礼义"为基本内容,把"礼义"作为审美的前提条件,不允许有越出"礼义"的文艺创作和审美观点。中国历史上很多文艺和美学思想的论争,都是为了冲破"以道制欲"的枷锁,以求得文艺和美学的自由发展。

  从上述对文艺和政治关系理解出发,荀子把"中和"之美作为衡量文艺作品的美学原则。他把孔子那种还处于朦胧状态的中和观念,从理论上作了明确的概括与总结。《劝学》篇说:"乐之中和也。"《乐论》讲得更多:"乐中平则民和而不流。"中平即中和。又说:"故乐者,天下之大齐也,中和之纪也,人情之所必不免也。"《儒效》篇说:"乐言是其和也。"音乐是如此,诗歌也是如此。《劝学》篇中说:"诗者,中声之所止也。"这当然是偏重指诗之乐章的,不过中和也包括诗的内容和风格在内。中和方能合乎道,合乎道始能有中和之美。这种中和观念,自然是对孔子"乐而不淫,哀而不伤"的发展,但也和中国春秋时代的音乐美学思想有关。《国语·周语》记载,周景王时伶州鸠论乐,即认为"中声"、"中音"是合于"天道"、"神人"的最高最美音乐。这大约是和西周以来注重"德治",强调要调和矛盾的政治思想有联系的,同时也与中国古代注重"和"之美的传统分不开的,讲究要五色相调、五音相配、五味相参,认为"物一不文","和实生物,同则不继"。而从孔子到荀子则把美学和文艺上的"中和"观念与政治道德更加密切地联系了起来。"中和"遂成为儒家传统美学思想的核心。

第三章 道家的文学观

第一节 老子的"大音希声,大象无形"论

先秦以老子、庄子为代表的道家文学思想是与儒家可以并驾齐驱的大派别,在中国古代文艺史上,从对文艺的民族传统特点的形成与发展来看,其实际作用比儒家更为巨大而深刻。道家文艺思想的基本特点是着眼于文艺的审美特性以及文艺的创造过程,特别是对文艺创造的主体修养问题,从心理、生理等角度作了多侧面、多角度的阐述,把理想的审美境界和道的境界统一了起来,所以,和儒家之注重文艺的外部规律不同,道家更多的是研究文艺的内部规律问题。不过,道家的文学思想也是其音乐思想的延伸,在这点上是和儒家一样的。

老子(约前580—前500),姓李,名耳,字聃,楚国苦县厉乡曲仁里人。司马迁《史记·老子韩非列传》说他是"周守藏室之史也"。又说:"老子,隐君子也。"老子年岁比孔子略大,孔子曾向老子问"礼",《老子》和《论语》都是他们的学生所写定。中国在孔子以前还没有私学著述,因此《老子》成书当在《论语》之后,其中明显杂有战国的思想。从文艺思想的实际发展看,儒家文艺思想的形成与发展,显然要早于道家文艺思想。老子对文艺和美学的主要贡献有二:一是对"象"的论述;二是对"虚静"的论述。前者是从审美的角度对艺术创造的客体所要达到的标准的描述;后者是从心理的角度对审美主体所提出的要求。而这两方面又都是建立在以"自然之道"为中心的哲学本体论基础上的。老子认为宇宙万物的本源是"道",它看不见、听不到、摸不着,所以说是"无状之状","无物之象"。"道"始终处于运动变化之中,它"独立而不

改,周行而不殆,可以为天下母"。"道"既是万物产生的本源,又有它自身发展变化的规律。人不能用主观的人为的力量去改变这种自然规律,而应当无条件地顺从这种自然规律。"人法地,地法天,天法道,道法自然。"司马迁概括老子学说是"无为自化,清静自正"。唐代张守节释云:"言无所造为而自化,清静不挠而民自归正也。"老子强调绝对尊重自然规律,却又否定了人的主观能动作用,故而他崇尚自然无为,否定人的智慧与创造,主张"绝学"、"弃智",对人为的文艺也持否定态度。他说:"五色令人目盲,五音令人耳聋,五味令人口爽。""信言不美,美言不信。""善者不辩,辩者不善。"但是,实际上老子并不是真正不要文艺,他要求的是一种完全摒弃人为而合乎天然的文艺,与道相合的美的境界。所以他提出了"大方无隅,大器晚成,大音希声,大象无形"这样著名的命题。这"大音希声,大象无形"原本并非是美学的范畴,是指"道"的特点,但这也符合他对文艺与美学的要求。他认为最美的声音就是没有声音,最美的形象就是没有形象。王弼在"大音希声"下注道:"听之不闻名曰希,不可得而闻之音也。有声则有分,有分则不宫而商矣。分则不能统众,故有声者,非大音也。"有声是指具体的声音,它只能是声音之美的一部分,而不可能是全部,故非"大音"。而"无声"则可以使你去想象全部最美的声音,而不受具体"有声"之局限,故而是"大音"。因为,"道"是"无状之状","无物之象",它比一切具体的"状"和"象"都高,是"万物母",具体的"状"和"象"都是由它派生出来的。所以,"无声"为"有声"之母,"无形之象"为"有形之象"之母。"大音希声,大象无形"是一切艺术和美的最高境界,达到这种境界实际上已经进入了"道"的境界。这里没有任何人为痕迹与作用,完全符合于自然。

　　这种"大音希声,大象无形"的境界,人们怎样才能体会到呢?这就涉及无和有、虚和实的关系了。老子说:"三十辐共一毂,当其无,有车之用。埏埴以为器,当其无,有器之用。凿户牖以为室,当其无,有室之用。"老子认为无和有、虚和实之间存在一种辩证关系,"有无相生",以"无"为本,而人们又可以从"有"去体会和领略"无"的境界。这里他以车轮、陶器、房子作比喻,说明"无"和"有"是相互依赖的。没有车轮中车毂的空隙,也就没有车的作用;没有陶器中间的空处,也就失去了器皿的作用;没有房屋中央的空间,也就不可能成为房屋了。车轮、陶器、房屋之所以有它的价值和作用,主要在于"无"或"虚"的作用。老子强调了"无"和"虚"的作用,但对"有"和"实"的作用又有估计不足的缺点,从他举的这些例子中我们可以看到实际上这种"无"和"虚"是必须依靠"有"和"实"才能体现出来的。"大音希声,大象无形"的境界,总是要有某种具体的"声"和"形"来暗示、引导、象征,方能使人联想和体会到的。例如白居易《琵琶行》中讲到的"无声"与"有声"之间关系："大弦嘈嘈如急雨,小弦切切如私语;嘈嘈切切错杂弹,大珠小珠落玉盘;间关莺语花底滑,幽咽泉流冰下难。冰泉冷涩弦凝绝,凝绝不通声暂歇。别有幽愁暗恨生,此时无声胜有声。银瓶乍破水浆迸,铁骑突出刀枪鸣。曲终收拨当心画,四弦一声如裂帛;东船西舫悄无言,唯见江心秋月白。"在那种情况下,"无声"确是比"有声"更能充分地体现琵琶女的复杂感情。但是这种"无声"的境界及其作用,是不能离开前后两个"有声"的高潮的,否则就不能形成"无声"境界,读者也无法去联想其内容。虽然老子对"无"和"有"关系理解上有偏激之处,然而他提出的"大音希声,大象无形"境界的影响是十分深远的。他把这种理想的"大音"、"大象"看做是体现了绝弃人工、委任自然的审美特征,是一个有无相生、虚实相成的完美境界,它含有无穷妙趣,使人体会不尽,给人以丰富的想象余地,这实际上也就是中国古代艺术意境的主要特征。可以说,老子的"大音希声,大象无形"论已为中国古代艺术意境理论的产生奠定了哲学和美学基础。

　　为了获得"大音希声,大象无形"的境界,也就是进入"道"的境界,老子认为作为主体的人必须要有"致虚极,守静笃"的心理状态,使自己忘掉周围一切,也忘掉自身存在,这样就可与物同化,而完全顺应自然规律,为此老子提出了"涤除玄览"的思想。玄览,河上公注云："心居玄冥之处,览知万物,故谓之玄览。"老子要求审美主体必须排除一切主客观因素的干扰,内心虚静,然后方能洞察宇宙,览知万物。主体的审美心胸只有达到"涤除玄览"的境界之后,方能使艺术创造完全合乎自然而具有"大音希声,大象无形"之妙。因此,虚静、玄览乃是道家所倡导的一种特殊的审美观照。老子关于虚静、玄览的论述对庄子的文艺和美学思想影响很大。

第二节　庄子崇尚自然、反对人为的文艺美学思想

　　庄子(约前369—前286),名周,战国中期宋国蒙人。曾为漆园吏,是一个小官。庄子和梁惠王、齐宣王同时,但比孟子要稍晚一些。庄子是很有才能的,据《史记》记载,楚王曾派人以"千金"聘他做宰相,但是他拒绝了。庄子对当时黑暗的现实非常痛恨,抱有一种极为愤激的心情。对社会有非常清醒的认识,感到它已经不可救药了。为此,他悲观失望,隐居出世,主张回到古朴的先民生活时代去。所以庄子的思想里对"人为"的一切均持否定态度,而对"天然"的事物,则给予了最大的肯定与赞扬。他也强调"天道自然无为","道"是不能以人为力量去改变的自然规律。他提出"无以人灭天,无以故灭

命"(《秋水》),强调要尊重事物客观存在的内在规律,而不应当以人的主观意志去任意违背它。然而,他又把这一点绝对化了,否认人可以掌握自然规律,能动地去改造自然,得出了人只能消极地顺应自然,完全无所作为的结论,也提出了"绝学"、"弃智"的主张,认为人对知识和技能的掌握,会破坏事物的自然规律,并妨害自己去认识"道"、掌握"道",所以在《逍遥游》中提出"至人无己,神人无功,圣人无名"的结论。庄子这种哲学观点反映在文艺美学方面,就形成崇尚天然、反对人为的审美标准和艺术创造原则。庄子认为最高最美的艺术,是完全不依赖于人力的天然的艺术,而人为造作的艺术,不仅不能成为最高最美的艺术,而且还会妨害人们去认识和体会天然艺术之美,对人们任其自然的审美意识起一种破坏作用。他认为,人为地用色彩、线条创造的绘画,用声音节奏创造的音乐,用语言文字创造的文学,其实是最蹩脚的艺术,它使人们忘记了真正的自然本色美。庄子说:"擢乱六律,铄绝竽瑟,塞瞽旷之耳,而天下始人含其聪矣。灭文章,散五采,胶离朱之目,而天下始人含其明矣。毁绝钩绳,而弃规矩,攦工倕之指,而天下始人有其巧矣。"(《胠箧》)只有毁掉一切人为的艺术,人们才能懂得什么是真正的艺术,才能耳聪目明,发现天然的至高的美。他把古代著名的艺术家、工艺家看做是破坏人们天然审美意识的罪人。他说:"五色不乱,孰为文采;五声不乱,孰应六律,夫残朴以为器,工匠之罪也。"(《马蹄》)

庄子的片面性就在于他把尊重自然规律绝对化,否定了人的主观能动作用,诚如荀子《解蔽》篇所批评的:"蔽于天而不知人。"这样,便否定了人们艺术实践的必要性。但是能不能由此得出庄子是根本否定文艺的结论呢?不能。庄子是否定人为造作的艺术,而提倡完全天然的艺术。艺术本来是人的创造,否定了人的创造,还有什么艺术呢?其实,庄子也不是简单地否定人为的艺术,这方面他对老子有重大发展,他着重论述了人如何在精神上通过"心斋"与"坐忘",而进入"天地与我并生,而万物与我为一"(《齐物论》)的、与"道"合一的境界。人的主观精神能达到这样的状态,完全与自然同趣,那么,他就能"独与天地精神往来"(《天下》),而他所创造的艺术,也即是天然的艺术,与天工毫无二致,这时的人工也就是天工了。这种艺术虽也是人工创造,但因主体精神与自然同化,因而也绝无人工痕迹,而达到天生化成的程度。这才是庄子论艺术创造的真正精义所在。因此关键不是在于是否人工创作,而在于创作主体的修养能否达到在精神上与"道"合一的问题。所以,他讲的一系列技艺创造故事,如庖丁解牛、轮扁斫轮、梓庆削木为鐻、津人操舟、吕梁丈夫蹈水、佝偻者承蜩等,无不贯穿着这样的精神,这也是他对后代文学艺术创造影响的主要所在。历来受庄子影响的文学家、艺术家,不仅没有一个否定艺术创造,而且都是极为重视艺术创造的,只是要求无任何人为造作之迹,而完全合乎天然而已!

庄子对他所理想的天然艺术境界,有过许多生动的描绘,这就是音乐上的"天籁"、"天乐",绘画上的"解衣般礴",文学上的出乎"言意之表"。他在《齐物论》中把声音之美分为三类:人籁、地籁、天籁。这是三个不同层次的音乐美境界,是按"人为"因素的大小、有无来划分的。人籁是指人们借助于丝竹管弦这些乐器而吹奏出来的声音,它即使再好也属于人为造作,属于最低层次。地籁是指自然界的各种不同孔窍,由于受风的吹动而发出的声音,它们是靠风力的大小来形成不同的声音之美的。地籁虽没有人的作用,但要依赖于风这个"外力",所以还不是最自然的。天籁则是众窍的"自鸣"之美,它们各有自己天生之形,承受自然飘来之风而发出种种自然之声音。"咸其自取,怒者其谁也?"它和地籁之区别在不受"怒者"之制约,完全是"无待"的,所以是最高层次的音乐美。符合于"天籁"的音乐称为"天乐",其特点是:"听之不闻其声,视之不见其形,充满天地,苞裹六极。"(《天运》)唐代成玄英认为这就是《老子》所说的"大音希声,大象无形"之境界,"大音希声,故听之不闻;大象无形,故视之不见;道无不在,故充满天地二仪;大无不包,故囊括六极"。故郭象说:"此乃无乐之乐,乐之至也。"

绘画方面庄子欣赏的是"解衣般礴"式的画,《田子方》篇云:"宋元君将画图,众史皆至,受揖而立;舐笔和墨,在外者半。有一史后至者,儃儃然不趋,受揖不立,因之舍。公使人视之,则解衣般礴,裸。君曰:'可矣,是真画者也。'"具有这种精神状态的人,画出来的画,就和自然本身没有差别。庄子认为用笔墨所能画出来的画,都是有局限性的,总不如自然本身来得美。一个画家不管他有多大本事,也不能把自然之美全部描绘出来,总是会有人工痕迹,而只有自然本身所体现出来的,才是最美的"真画"。这种对绘画的要求,其实也不是不要画,而是要求人在主体精神上实现与道合一,这时画出的画就没有人工痕迹,而与自然一致了。

从运用语言文字来写作的文章(包括文学在内)来说,即要不受语言文字局限,而求之于"言意之表",这样才能真正体现"妙理"。《秋水》篇说:"可以言论者,物之粗也。可以意致者,物之精也。言之所不能论,意之所不能察致者,不期精粗焉。"郭象注道:"唯无而已,何期精粗之有哉!夫言意者,有也;而所言所意者,无也。故求之于言意之表,而入乎无言无意之域,而后至焉。"庄子所说的"道"是语言不能表达,心意不能察致的,因为用语言去论说,用心意去思索,都属于"人为"努力,这是无法达到的。只有无言无意,任其自然,才能真正领会"道"的妙理。

"无乐之乐"、"解衣般礴"、"言意之表",成为我国古代音乐、绘画、文学所竭力追求的一种最高的境界。庄子把老子哲学上的境界具体发展为艺术上的境界。这里也可以看出庄子(包括老子)所追求的是一种绝对的"全之美",而不是"偏之美"。人为造作的艺术总不能体现全美而只能表现偏美。《齐物论》中说:"有成与亏,故昭氏之鼓琴也;无成与亏,故昭氏之不鼓琴也。"对昭氏鼓琴所已表达出来的音乐之美是有所成了,而对昭氏鼓琴所没有表达出来的音乐之美,则又是有所亏了。故郭象注说:"夫声不可胜举也,故吹管操弦,虽有繁手,遗声多矣。而执龠鸣弦者,欲以彰声也。彰声而声遗,不彰声而声全。故欲成而亏之者,昭氏之鼓琴也;不成而无亏者,昭氏之不鼓琴也。"昭文作为古代最出色的音乐家,他一鼓琴也只能表现"偏而不全"的音乐美;他干脆不鼓琴,反倒能使人想象到"全"的音乐美。庄子认为:人为的音乐,不管有多大乐队,有多高的水平,只要吹拉弹唱出来,总是有所遗漏的,不可能把声音之美全面地表现出来。所以只有"无乐之乐",方为"至乐"。传说陶渊明"性不解音,畜素琴一张,弦徽不具,每朋酒之会,则抚而扣之。曰:'但识琴中趣,何劳弦上声。'"无弦琴之音,可以由人们去自由想象,不受任何"人为"之限制,是最自然的,也是最完美的。"全之美"和"偏之美"也是一种整体与部分的关系,它对后来文艺创作上的重要影响之一是追求整体的美,即所谓"以全美为工"(司空图语)。

第三节 庄子"虚静"、"物化"、"得意忘言"的艺术创作论

要在艺术创造上达到"天籁""天乐"、"解衣般礴"、"言意之表"这样的理想境界,庄子认为从创作主体来说必须要具备"虚静"的精神状态,从创作主体和客体的关系来说必须要达到"物化"的状态,而从创作方法上说则要努力做到"得意忘言"。

"虚静"是庄子所强调的认识"道"的途径和方法,同时也是能否创造合乎天然的艺术之关键。"虚静"从认识论的角度看,有它的两重性。一方面它要求人必须"无知无欲","绝圣弃智"。比如他所提出的导致"虚静"的方法:"心斋"和"坐忘"。《人间世》云:"若一志,无听之以耳,而听之以心;无听之以心,而听之以气,耳止于听,心止于符。气也者,虚而待物者也。唯道集虚,虚者,心斋也。"这就是要废止人的感觉、知觉器官的作用,使自己无知无欲,绝思绝虑,进入空明寂静的心理状态。又,《大宗师》说:"堕肢体,黜聪明,离形去知,同于大通,此谓坐忘。"这就是要使人忘掉一切存在,也忘掉自己存

在,抛弃一切知识,达到与道合一。可见"虚静"是排斥人的一切具体认识与实践活动的。但是,"虚静"还有另一方面的重要意义,它可以使人进入到一个"大明"的境界,能从内心深入把握整个宇宙万物,洞察它的变化发展规律。其实,老子讲的"涤除玄览"就有这层意思,魏源《老子本义》说:"涤除玄览,非昧晦之谓也,即明白四达而能无知也。"庄子对此论述得极为充分,《天道》篇说:"圣人之静也,非曰静也善,故静也。万物无足以铙心者,故静也。水静则明烛须眉,平中准,大匠取法焉。水静犹明,而况精神?圣人之心静乎,天地之鉴也,万物之镜也。夫虚静恬淡,寂寞无为者,天地之平,而道德之至,故帝王圣人休焉。"水静了,浊物下沉,才能清澈见底;心静了,方能如镜子一样照见万物。庄子强调"心"必须离开人的一切利害关系,不受私欲杂念干扰,排除知识对它的奴役作用,这时才能自由地进行审美观照。《在宥》篇中庄子认为必须抛弃一切具体的、局部的、主观的"视"、"听"、"知"等,才能真正达到"大明"境界,也即是人的认识之最高境界。《天地》篇云:"视乎冥冥,听乎无声。冥冥之中,独见晓焉;无声之中,独闻和焉。"不能摆脱人为"视听",也就不能"见晓"、"闻和"。可见"虚静"并不是消极的,而是有非常积极的目的的。这和后来荀子讲"虚静"时提出要达到"大清明"境界,是完全一致的。"虚静"后来对文艺创作思想所产生的巨大影响,不是它的消极方面,而恰恰是它的积极方面。

庄子把"虚静"看做人认识的最高阶段,达到这个阶段后,人对宇宙间一切事物及其内在规律即能了如指掌,一清二楚,而不会受任何具体认识的片面性与局限性之影响。这种"虚静"论的致命弱点是他把"大明"境界的获得与人的具体认识与实践对立起来了。他不把认识的最高阶段的获得看做人的无数具体认识和实践的结果,是在人的长期具体认识和实践基础上产生的飞跃;相反,是把人的具体认识和实践看做获得这种最高认识的障碍,认为必须抛弃一切具体的认识和实践,才能达到这种认识的最高阶段,这就把人的认识过程颠倒了,事实上,排斥了具体的认识和实践,是不可能获得"大明"境界的。"虚静"的认识论体现了中国古代思维方式上的重要特点,即重在内心的体察领悟,而不重在思辨的理论探索。在庄子看来,这些属于宇宙万物的本质和规律,亦即"道"的内容,是无法言说清楚的,就像《天道》篇轮扁斫轮故事中的"数",它只能靠人们去意会,所以这是一种"体知"而不是"认知"。不过这种"体知"之中又富有"认知"内容,它不只是一些直观的、经验的内容,不只是事物的表象,而是包括了事物的本质和内在原理的。这种思维方式特点对中国古代文艺思想和文学理论发展有重大影响。

庄子"虚静"说对后来文艺创作和理论批评的影响是通过他的一系列论

技艺创造故事来实现的。他在论这些技艺故事时，贯穿了一个基本思想，即是要使技艺创造达到神化，与造化相吻合，最关键的是要使技艺创造者具备"虚静"的精神状态，达到"大明"的境界。正是在这一点上，技艺创造和艺术创作是相通的。庄子认为只有达到"虚静"，才能排除一切主观和客观杂念对自己的干扰，才能智照日月，洞鉴万物，深入领会创造对象的外在形态特点和内在规律，集中精力进行复杂的创造活动，使创造者与被创造者融和为一，使主体和客体进入到"物化"的状态，这时就能创造出与自然同化的技艺产品来，这个道理和艺术创造是完全一致的。《达生》篇论梓庆削木为鐻之所以能使见者"惊犹鬼神"，是因为梓庆能"斋以静心"，培养自己具有"虚静"之精神状态。他"不敢怀庆赏爵禄"，抛弃了一切个人名利私念之干扰；他"不敢怀非誉巧拙"，不怕别人指摘，不喜别人赞扬，此种心理负担也全部丢开了；他"辄然忘吾有四枝形体"，连自己本身的存在也忘记了，自然也不再受自己感觉器官的束缚和局限，而达到了认识上的"大明"。这时，从梓庆来说，已经不再感到主体的存在，他进入山林，好像自己就是所要创造的对象，完全进入了"物化"的境界，这就是"以天合天"，主体的"自然"（天）和客体的"自然"（天）合而为一，不知是庄周变蝴蝶，还是蝴蝶变庄周，更不知究竟是庄周还是蝴蝶。这样的创作自然是和造化天工完全一致的了。

　　对"物化"在技艺创造中的特点和重要性，庄子在《达生》篇中论传说中的能工巧匠倕时还说过："工倕旋而盖规矩，指与物化，而不以心稽，故其灵台一而不桎。忘足，履之适也；忘要（即腰），带之适也；知忘是非，心之适也；不内变，不外从，事会之适也。始乎适而未尝不适者，忘适之适也。"工倕之所以能做到"指与物化"，首先是因为他"心与物化"。能做到"忘适之适"也即是"以天合天"，技艺之高超，与造化同工。诚如徐复观《中国艺术精神》中说："指与物化，说明表现的能力、技巧已经与被表现的对象，没有距离了。这表示出最高的技巧的精熟。"用"虚静"、"物化"来要求艺术创造，是中国古代论艺术创造的首要标准。《达生》篇中说吕梁大夫蹈水故事道：吕梁之水高悬瀑布二十多丈，冲波而下；下面水流急湍，溅沫四十里，尽是大漩涡。但是，吕梁大夫披发吟歌，悠游自在地游乎其中，孔子问他"蹈水有道乎"？他回答说："亡。吾无道。吾始乎故，长乎性，成乎命。与齐俱入，与汩偕出，从水之道而不为私焉。此吾所以蹈之也。"所谓"从水之道而不为私"，即是说符合于水之自然规律而不以主观意志去左右它。"与齐俱入，与汩偕出"者即是"以天合天"之"物化"境界也。由此可见，庄子的"虚静"正是为了达到"物化"，而"物化"之要害是使主体与客体完美地默契合一，不知是我还是物，亦不知是物还是我。物我不分，方能创造出化工造物般的艺术珍品。这是庄子艺术创作论的要害之所在。中国古代论艺术创作，不是着重去讲如何模仿现实，再现现实，而是强调主体精神境界的修养；不是讲对客体如何观察了解，而是讲如何才能充分发挥主体最大限度的创造功能。但是这种创造又不是完全主观的，而是与客观自在状况与内在规律完全吻合的。从主体入手而讲到与客体的结合，是中国古代艺术创作理论的重要特点。

庄子在论述这一系列技艺创造故事时，目的是要借此说明"虚静"的重要意义，因此也都贯穿了要排斥一切具体的认识与实践的含意。但是这些具体的技艺创造故事本身又有自己的客观意义，而这些客观意义往往又正好说明了要获得"大明"境界，必须要经过大量具体的认识与实践的经验积累才有可能。因此，庄子在论这些技艺创造故事时，他的主观意图与故事的客观意义又有矛盾的一面。例如《养生主》篇的庖丁解牛故事：庄子认为庖丁之所以在解牛时能够"游刃有余"，达到如此神化水平，是因为他摆脱了具体感官的作用，才进入了与"道"合一的"虚静"状态。庖丁说："臣之所好者道也，进乎技矣。"所以，他能顺其自然，依其天性，解牛之时，目无"全牛"，"以神遇而不以目视，官知止而神欲行"。他的感官作用全部废弃，无知无欲，只凭与"道"合一的精神来解牛。但是，实际上这故事本身正好告诉我们庖丁之所以有这种高超的解牛本领，恰恰是经过了长期反复的"解牛"实践才获得的。他历经十九年，解牛数千头，故对牛的特点与规律早已烂熟在心，懂得各种不同特点的牛的状况。他看到的牛，不是浑然一体之物，他能一眼看穿牛的内部结构，对牛的筋骨、肌肉、经络、皮层等组织情况了解得清清楚楚，他知道从何处下手，即能迎刃而解。这就说明技艺创造（包括艺术创作）必须从具体的认识和实践中去总结经验，方能掌握其客观规律，使之达到炉火纯青的地步。又比如《达生》篇所记痀偻者承蜩的故事，虽然庄子本意也要说明"无知无欲"方能达到"虚静"而进入"大明"，但故事本身的客观意义却不同。这个驼背老头儿要克服生理上的缺陷，从竿子上放二丸不掉到放五丸不掉，使身体、手臂能纹丝不动，其过程是十分艰苦的，要有顽强的毅力，付出辛勤的劳动，进行持久不懈的刻苦锻炼，才能达到"承蜩犹掇"的神化水平。其云："五六月，累二丸而不坠，则失者锱铢；累三而不坠，则失者十一；累五而不坠，犹掇之也。吾处身也，若厥株枸。吾执臂也，若槁木之枝。虽天地之大，万物之多，而唯蜩翼之知。"可见，技艺创造（包括艺术创作）是一个艰难的劳动过程，"无知无欲"、"绝圣弃智"是不可能达到最高的艺术境界的。由于这些技艺故事本身的客观意义否定了庄子"虚静"说的消极方面，因此后代受庄子"虚静"说的影响主要是其积极方面。后代的文艺家并没有因为强调"虚静"而否定了知识学问技巧的重要性，这点在陆机《文赋》和刘勰《文心雕龙》中都可以看得很清楚。

庄子的"虚静"、"物化"之艺术创作论对古代文艺创作理论的影响是极其深远的。从魏晋以后,它就被广泛地运用到诗、书、画、乐等方面,不仅从道家派生出来的玄学家讲"虚静",而且佛家、儒家也讲"虚静",不过从文学艺术理论批评的发展看,主要还是以老庄为代表的道家的影响最深,尤其是庄子那些技艺神化故事更是直接把哲学上的"虚静"和艺术创作联结起来的桥梁。

庄子对言意关系即语言和思维关系的看法,对中国古代文学理论和文学创作关系极大。文学是语言的艺术,那么,言究竟能不能尽意,即语言究竟能不能把人思维过程中的一切内容都充分地表达出来呢?先秦诸子中对这个问题的回答是有分歧的。儒家是重视言教的,他们认为言是能够尽意的,故十分推崇圣人之书,奉为经典。《周易·系辞》中说:"子云:'书不尽言,言不尽意。'然则圣人之意其不可见乎?子曰:'圣人立象以尽意,设卦以尽情伪,系辞焉以尽其言。'"《系辞》所引是不是孔子的话,已不可考。但《系辞》作者讲得很清楚,孔子虽然认为要做到言尽意很困难,然而最终圣人还是可以做到言尽意的。后来汉代的扬雄曾发挥此意道:"言不能达其心,书不能达其言;难矣哉!惟圣人得言之解,得书之体。"(《法言·问神》)所以儒家强调要努力运用语言去充分地表达思维内容,尽量做到最精确的程度。

以老庄为代表的道家则与儒家相反。他们都主张行"不言之教"。老子说:"知者不言,言者不知。"庄子又进一步发展了这种观点,他说:"道隐于小成,言隐于荣华。"(《齐物论》)他认为言不能尽意,圣人之意是无法言传的,所以用语言文字所写的圣人之书不能真正体现圣人之意,不过是一堆糟粕而已!世人不懂这个道理,以为圣人之书是可以反映圣人之意的,故非常珍贵这些书,其实这是完全不值得珍贵的。其《天道》篇云:"世之所贵道者,书也。书不过语,语有贵也。语之所贵者,意也。意有所随。意之所随者,不可以言传也,而世因贵言传书。世虽贵之,我犹不足贵也,为其贵非其贵也。"轮扁不仅说齐桓公所读之书为糟粕,而且以斫轮为喻,说他神妙的斫轮技巧,"口不能言",虽"得于心而应于手",但"臣不能以喻臣之子,臣之子亦不能受之于臣,是以行年七十而老斫轮"。庄子强调语言文字的局限性,指出它不可能把人的复杂的思维内容充分体现出来。这种对言意关系的看法是与他整个哲学思想体系联系着的。在他的思想体系里,道与物、无与有、神与形、意与言、虚与实,都是类似的相对应概念,后几方面都是从道与物的关系上派生出来的。

既然"言不尽意",而书籍不过是"圣人之糟粕",那么,是不是可以完全废弃语言文字了呢?其实也不是。庄子自己的观点不是也要用语言文字来表达吗?庄子及其后学编写的《庄子》一书,不也是为了宣传庄子的思想吗?实际上庄子也不是不要语言文字,不过,在他看来语言文字不过是表达人们思维内容的象征性符号而已,是暗示人们去领会"意"的一种工具罢了。《外物》篇云:"筌者所以在鱼,得鱼而忘筌。蹄者所以在兔,得兔而忘蹄。言者所以在意,得意而忘言。吾安得忘言之人而与之言哉!"《外物》篇不一定是庄子本人著作,但这种观点是符合他的思想的。他认为"言"的目的在"得意",但"言"本身并非"意",它是不能尽意的,然而它可以像筌蹄之帮助人们获得鱼兔一样,也可以帮助人们"得意"。鱼兔非筌蹄不能得,而筌蹄又决非鱼兔。如果拘泥于"言",认为"意"即在此,反而不能"得意",故必须"忘言"而后方能"得意"。"言"只能起一种暗示、象征作用。"得意忘言"这是庄子解决言不尽意然而又要运用语言文字的矛盾之基本方法。后来魏晋玄学兴起,王弼正是用这种方法来解释言、象、意三者之间的关系的。

"言不尽意"、"得意忘言"涉及的语言和思维关系,是一个十分复杂的问题。语言作为一种表达人的思维内容的物质手段来说,只能算一种并不称职的工具。人的思维活动中,有抽象的部分,也有形象的部分,而语言在表达这两方面内容时,都不是十全十美的。数理逻辑方面的许多高度抽象的理论,往往只能用符号公式来表达,而很难用语言来确切表达。形象思维的内容更是极为生动而细致,语言则总是带有抽象性和概括性的,也不可能把它充分体现出来。至于人的潜意识方面的思维内容,更不可能用语言来明白地叙述。当我们用语言来描绘客观事物时,实际上已经舍弃了许多丰富生动的内容,而只能反映一个大致的轮廓。例如当我们看到一朵玫瑰花时,它本是具体的"这一个",但用语言来表述时,显然已经是不少类似的玫瑰花之概括了,已经不是原来的"这一个"了。我们观看晚会的焰火,觉得非常美,可是不管怎么描写,总不如亲临其境体会得具体真切。俗语说:"百闻不如一见。"其道理即在此。文学艺术的特点是要求愈生动、愈具体、愈形象才好,而语言是不能完全满足这个要求的,很难做到十全十美。从这个角度说,"言不尽意"是一种客观存在,而庄子对这一点是认识得非常深刻的。但是,从另一方面说,除了语言之外,还有什么更好的表达思维内容的方式呢?音乐、绘画等有胜过语言的方面,而总的说是不如语言的。我们只能承认语言文字还是最好的工具,所以,儒家重视"言教"也是有道理的。我们应该说,"言尽意"和"言不尽意"都有其合理的方面。

那么,语言的这种局限性是不是一点也不能突破呢?也不是。语言这种局限性是可以在一定程度上有所突破的。庄子提出的"得意忘言"论正是企图要解决这个问题。他把语言作为"得意"的工具,利用语言可以表达的方面,借助于比喻、象征、暗示等方法,来启发人们的想象和联想,引起人们对生活中经验过的某种认识和印象的回忆,联系和形成许多更加丰富复杂的思维内容,以获得"言外之意",要从有限的语言文字中,领会无限的"言外之意",所以不能拘泥于语言文字,要沿着它所比喻、象征、暗示的方向,充分驰骋自己的想象,发挥接受者的主观能动性,去补充它、丰富它,以获得比语言文字已经表达出来的内容更加广阔得多的内容,这就是"得意忘言"论的真正意义之所在。

　　对文学作品的创作来说,它恰恰不要求"言尽意",而要求"言不尽意"。文学作品如果都只是意尽言中,就没有味道了。文学作品以形象思维为主,又有抽象思维和潜意识内容,它的意义与价值,是由作者和读者共同创造的。因此,更需要使语言含有不尽之意,让读者去思考、回味,用自己的经验、体会去进行艺术的再创造。这里的问题是:言与意的关系并非和筌蹄与鱼兔的关系完全一样,言与意之间还是有直接联系的,至少是意的一部分,故能起到一种特定的引导作用,使"作者得于心,览者会以意"(《六一诗话》引梅尧臣语),否则,就不能起到作者所企图达到的暗示、象征作用,接受者的创造也就会和原作者没有关系了。在这一点上庄子对言意关系的论述是有片面性的。把语言文字的作用贬得过低,就可能导致创作的神秘化。言意关系问题的提出,特别是言不尽意、得意忘言说的流行,对中国古代文学创作和文学理论批评产生了难以估量的巨大影响。它在魏晋以后被直接引入文学理论,形成了中国古代注重"意在言外"的传统,并且为意境说的产生和发展奠定了理论基础。

　　先秦时期除儒道两家外,其他各家在文学思想上也各有一些自己的特点,例如墨家强调功利,对文艺采取否定态度,它集中体现在《墨子·非乐》篇里。法家认为文艺必须对法治有利,主张"先质而后文",在《商君书》和《韩非子》中也有很多论述。《楚辞》中体现了"发愤以抒情"的文艺思想,在《离骚》和《九章》中都有论说。《易传》有关"修辞立其诚"和"言有物"、"言有序"的论述以及"观物取象"、主张发展变化的思想,特别是《系辞》对后来文学思想的发展,尤其是对《文心雕龙》,都有很深刻的影响。

二 中国文学理论批评的发展和成熟
——汉魏六朝时期

概　说

汉魏六朝是中国文学理论批评的发展和成熟时期。这个时期差不多有八百年,它经历了两汉经学时代和魏晋南北朝玄学和佛学时代两个文化思想上不同的发展阶段。如果说先秦时期主要是为文学理论批评发展奠定了哲学和美学思想基础的话,那么,汉魏六朝则是在这种哲学和美学思想基础上,发展成为系统的具体文学理论批评。从大的方面说,这一历史时期的共同特点则是自觉的文学理论批评的发展,对文学的本质和特点作了进一步的探讨。两汉时期,文学从学术中分裂出来而成为一个独立的部门,有了专业的文人队伍,同时也有了专门的文学理论批评著作。魏晋南北朝时期,文学理论批评获得重大发展,全面成熟,并进入了一个高潮,产生了像《文心雕龙》这样"体大思精"的不朽巨著,从而形成了中国文学理论批评自己的独特民族传统。

两汉经学时代的特点是强调文学和政治教化的关系、文学的社会教育作用,侧重于探讨文学的外部规律。汉代儒家思想在先秦的基础上有了新的发展,形成封建社会的正统思想,儒家的文艺思想也发展成为封建正统的文艺思想,其基本纲领就是"文学→人心→治道"的"诗教"公式,注重于阐述文艺和现实、文艺和时代的关系,并明确提出了美刺讽谏说。在文学创作思想和文学批评上进一步形成了原道、征圣、宗经的原则,在对《楚辞》和汉赋的评价中,也都贯穿了以儒家经学为指导的思想。不过,汉代文学思想发展中也并不是只有单一的儒家一派,西汉初年的道家文艺思想虽然在汉武帝定儒家于一尊后没有得到进一步发展,但其潜流一直是存在的,并且对扬雄、王充等都有过影响。东汉随着反对谶纬神学迷信思想而出现的异端思想家桓谭、王充等,对儒家传统的文学思想也有不少重大的突破。

魏晋南北朝时代由于儒家思想的衰落,玄学和佛学的兴起,文学理论批评方面的特点是摆脱了儒家经学附庸的地位,开始重视文学本身的创作和审美特征,注意对文学的艺术表现技巧的研究,侧重于探讨文学的内部规律。道家文艺思想经过汉代《淮南子》的发展,魏晋玄学的改造,以及与佛学的融合,在这一时期有比较大的发展,并直接影响到系统的文学创作理论的形成。玄学思想的一个重要特点是儒道结合,援儒入道,以道为体,以儒为用,并从言意、形神、虚实等方面为文学创作理论的发展奠定了基础。特别是嵇康的《声无哀乐论》这篇重要的音乐美学论文,直接否定了《乐记》中"音乐→人心→治道"的文艺思维模式,强调声音只有"自然之和",而与人之哀乐感情无关,自然也和社会政治没有必然联系。这种心声二元论是和玄学的言意关系论一致的,它很自然地推动了整个文艺领域对艺术本身特征的探讨。佛教与玄学的结合以及在南朝的繁荣兴旺,有力地促进了玄学文艺美学思想的发展,使文学内部规律的探讨更加全面深入,文体分类和表现方法的研究日益具体细致,提出了一系列重要的文艺美学范畴,从而形成了完整的文学理论体系。中国文学理论批评发展中的"外儒家而内释老"的文学思想基本特色开始确立。所以汉魏六朝是中国文学理论批评发展的最为重要的历史时期。

第四章 两汉经学时代的文学理论批评

第一节 西汉前期的道家文学观与司马迁的"发愤著书"说

西汉是儒家经学的极盛时期,但在西汉前期(汉武帝以前)儒学的地位并不高,而黄老思想则占有统治地位,这是适应于由动乱到统一和实行与民休息、发展生产这种政治、经济政策需要的。因此文学思想上主要反映了道家的观点,但已有儒道合流倾向。从贾谊到刘安及其主编的《淮南子》,都鲜明地表现了这种特点。由于这时的文学创作主要是受《楚辞》影响,以写作骚体辞赋为主,所以文学批评也较多地是对屈原及《楚辞》的评论。

最早对屈原和《楚辞》作出评价的是贾谊(前200—前168)。他在《吊屈原赋》中充分肯定了屈原的为人,赞扬了他不向黑暗现实妥协、不与谗佞小人同流合污的高尚精神,但是他并不赞成屈原过于执著,甚至"自沉"。继贾谊之后从儒道结合的角度,对屈原及其作品作了全面评论并给予了极高地位的是淮南王刘安。据班固《离骚序》中的引用,联系司马迁《史记·屈原贾生列传》,我们可以知道刘安所作《离骚传》前有叙,对《离骚》作了很重要的评论。其主要内容有三点:第一,他对屈原作品的评论,突出了"怨刺"的观点,强调

《离骚》是通过回顾历史,"以刺世事",继承了《诗经》的传统。所谓"《国风》好色而不淫,《小雅》怨诽而不乱。若《离骚》者,可谓兼之",意在说明屈原是借男女之情抒发贤人失志之怨,坚持进步的政治思想,对腐朽、黑暗的现实,表示了极大的愤慨。这与以老庄为代表的道家对黑暗现实的嫉恶、批判是一致的。第二,他赞扬了屈原与统治者不合作,能"出污泥而不染","蝉蜕浊秽之中,浮游尘埃之外,皭然泥而不滓",寻求超脱现实的朴素纯真的美好理想世界,故云:"推此志也,虽与日月争光可也。"这也是合乎道家的人生处世态度的。第三,他对《楚辞》的艺术成就也给予了很高评价,指出其特点是寄托深远的比兴方法,所谓"其文约,其辞微","其称文小而其指极大,举类迩而见义远",说明《离骚》虽然写的是花草鸟兽、神话传说,但都包含有重大的社会现实内容,这就接触到了它的浪漫主义艺术特征,同时也可看出《离骚》对《诗经》艺术方法的继承与发展。从刘安对屈原及其《离骚》的评论中,可以清楚地看到他的文学思想中以道为主、儒道合流的倾向。

在刘安写《离骚传》之后,过了大约三四十年,司马迁(前145—前90)开始写作他的不朽巨著《史记》,历时十余年才完成。司马迁是一位伟大的史学家和文学家,他在文艺思想和文学理论批评方面,也有很重要的贡献。《史记·屈原贾生列传》中,他在刘安评价的基础上又作了重要的发挥,更加突出了《离骚》的"怨"的特点。他说:"《离骚》者,犹离忧也。夫天者,人之始也;父母者,人之本也。人穷则反本,故劳苦倦极,未尝不呼天也;疾痛惨怛,未尝不呼父母也。屈平正道直行,竭忠尽智,以事其君,谗人间之,可谓穷矣。信而见疑,忠而被谤,能无怨乎?屈平之作《离骚》,盖自怨生也。……屈原既死之后,楚有宋玉、唐勒、景差之徒者,皆好辞而以赋见称;然皆祖屈原之从容辞令,终莫敢直谏。"司马迁对屈原表示了极大的同情,他指出屈原有感于当时朝廷邪正不辨,是非不分,小人当权,贤人被逐,自己"信而见疑,忠而被谤",身被流放,穷愁潦倒,为此心中充满了怨愤不平之气,发而为《离骚》之作。司马迁认为屈原和宋玉等最大的不同是他敢于"直谏",不顾个人荣辱安危,为国家和百姓利益而进行不妥协的斗争。这种对黑暗现实的怨愤激情和"直谏"精神,乃是中国古代文学思想史上的进步的优秀传统。司马迁通过分析屈原及其《离骚》的特点,揭示了一个真理:在中国古代文学发展史上,真正伟大的优秀的作品,大都是作家坚持自己进步的理想或正确的政治主张,在遭到反动势力迫害后,为了反抗这种迫害而坚持斗争的产物。

司马迁不仅阐明了《离骚》"盖自怨生"的特点,而且认为这种特点也反映在一切进步文学作品和其他学术著作中。他的"发愤著书"说正是在评论屈原及其作品基础上的扩展。他在《报任少卿书》中说:"盖西伯拘而演《周易》;

仲尼厄而作《春秋》；屈原放逐，乃赋《离骚》；左丘失明，厥有《国语》；孙子膑脚，《兵法》修列；不韦迁蜀，世传《吕览》；韩非囚秦，《说难》、《孤愤》。《诗》三百篇，大抵贤圣发愤之所为作也。此人皆意有所郁结，不得通其道，故述往事，思来者。"司马迁此处所举各例，许多学者认为其中有不少与事实不符，似乎已成定论，其实是误解了司马迁的意思。凡批评司马迁所举例子与事实不符者，其根据恰好都是司马迁的《史记》。《报任少卿书》中这段话亦见于《史记·太史公自序》，它们都写于《史记》基本完成之后。难道司马迁明明知道事实真相，故意要在这里说一些与事实不符的话吗？这岂不是和他严格遵循实录原则的一贯写作态度矛盾了吗？现在我们逐例作一些具体分析。文王幽而演《易》，这与《周本纪》所述一致，可不论。孔子作《春秋》是否属实，可以存疑。孔子厄莫过于在陈、蔡。孔子周游列国后返鲁在鲁哀公十二年（前483），厄于陈、蔡当在此前。而修《春秋》，据《孔子世家》记载则在此后。则此条亦属实。屈原放逐，乃赋《离骚》，事见《屈原贾生列传》，当亦无疑问。"左丘失明，厥有《国语》"，目前没有材料可以证明《国语》不是作于左丘失明之后。《报任少卿书》中还曾说："左丘明无目"之后，"乃退论书策以舒其愤，思垂空文以自见"。孙膑被庞涓断足以后才著兵法，事见《孙子吴起列传》，各家亦不疑。问题最多的是关于吕不韦与韩非的两条。此处讲吕不韦"迁蜀"，是指其死，据《吕不韦列传》及《秦本纪》记载，吕不韦未及迁蜀即自"饮鸩而死"，葬于洛阳北芒山。"不韦迁蜀，世传《吕览》"，实际是说吕不韦死后他主编的《吕览》却流传天下，而非指《吕览》成书时间。关于《吕览》的写作，《吕不韦列传》中早已清楚地作了说明，那是在他得宠专权之时。"韩非囚秦，《说难》、《孤愤》"，其意亦与上例一样。据《老子韩非列传》记载，秦始皇是先见到韩非的《孤愤》、《五蠹》等著作，爱其才，然后在韩非使秦时扣留了他。而当李斯进谗，韩非下狱，李斯使人送药，韩非遂死。所以"囚秦"实即指韩非遇害而死。此两句意为韩非遭囚而死，他的《说难》、《孤愤》却在世上广为流传。因此，不能说司马迁所举之例与事实不符。"《诗》三百篇，大抵贤圣发愤之所为作也"，这里说的发愤而作，仅指《诗经》，非指上七例，此于文字本身已极为分明。如要用发愤而作来概括全部例子，也未尝不可，但其含义不一定都是指受迫害、遭穷困，也应当包括为实现自己理想而坚持不懈的奋斗，完成鸿篇巨制，以垂范后世。实际上，司马迁在《太史公自序》及《报任少卿书》中对这八例是作了总结概括的，这就是所谓："此皆人意有所郁结，不得通其道，故述往事，思来者。"由此可见，所谓"发愤著书"，在司马迁看来，主要是为了达意通道。这里有两种情况：一是作者的崇高志向与抱负不能施之于事业，没有在实际上实现，这才借"述往事，思来者"的著作作为寄托。二是作者的志向就是要总结历史和现实的经验,提出自己的系统理论观点,写"成一家言"的著作。总之,应当从广义上来理解司马迁的"发愤著书"说。从司马迁本人来说,他的毕生志愿就是要继承父亲司马谈的遗愿,写好《史记》,后来他不幸遭处宫刑,但他并未因此而改变初衷,以惊人的毅力,"就极刑而无愠色",仍然继续他的事业。对他来说,遭刑之前和遭刑之后都是"发愤著书",不过遭刑之后这种特点更为鲜明了。司马迁强调《离骚》"盖自怨生"和"发愤著书",一方面继承和发展了孔子诗"可以怨"的思想,另一方面也符合于道家对黑暗现实极其愤激的特点,表现了儒道结合的倾向,这是与他"论大道则先黄老而后六经"的思想一致的。他提倡"怨"和"发愤"著作又不受儒家那种不能过分的"中和"思想之局限,表现了极大的批判精神与战斗精神,强调作家在逆境中也应当奋起,而不应消沉,是中国古代具有民主精神的进步文学传统的突出表现。

与这种进步的文学思想相联系的是,司马迁在《史记》的写作中体现了严格的实录精神。他在《太史公自序》中虽然很谦虚地不承认是自比于《春秋》,但实际上他正是仿照《春秋》的原则来写作的。他说《春秋》之作,"上明三王之道,下辨人事之纪,别嫌疑,明是非,定犹豫,善善恶恶,贤贤贱不肖,存亡国,继绝世,补敝起废,王道之大者也"。他的《史记》正是以此为榜样来写的,而且比《春秋》写作具有更进步的指导思想,他敢于面对现实,真实地记载历史事实,不像《春秋》那样为尊者讳,为贤者讳。他把陈胜、吴广列为世家,项羽列为本纪,都说明他能力求不以统治者偏见来歪曲事实,努力做到客观地叙述历史真实。实录虽系史学写作原则,但由于《史记》的人物传记运用了文学创作方法来写,是水平极高的传记文学,因此实录原则也深刻地影响到文学创作及文学思想的发展,后来很多文学家皆以实录精神来衡量创作,故也是重要的文学理论批评原则。刘向、扬雄、班固都充分肯定了他《史记》写作中的这种精神。班固在《汉书·司马迁传赞》中对他的实录写作原则曾作了如下总结:"然自刘向、扬雄博极群书,皆称迁有良史之才,服其善序事理,辨而不华,质而不俚,其文直,其事核,不虚美,不隐恶,故谓之实录。"实录精神最可贵之处,是"不虚美,不隐恶",这在当时主要是针对描写帝王将相等人物的,对他们不虚美,不隐恶,正是敢于大胆揭露而又实事求是的一种态度,是非常难能可贵的。不对他们阿谀奉承,不掩饰他们的罪恶,敢于直书是不容易的。同时对那些属于被否定的历史人物,他也能真实地反映他们的面貌,不因他们的缺点、过失甚至罪恶,而抹杀他们也有好的值得肯定的方面。这种原则同样也适用于对其他下层百姓的描写。如实地反映现实的真实,并从中去体现作者的褒贬态度,这也是中国古代现实主义文学思想的精髓。他在评价历史人物时能够采取比较客观的态度,不受儒家礼义的束缚,故班固说他"是非颇缪于圣人",然而这也正是司马迁的长处和优点。司马迁的怨愤著书和实录精神,对中国古代文学思想和文学理论批评的发展产生了深远的影响。后来的一些重要文艺家如白居易、韩愈、欧阳修、王世贞、李贽、金圣叹等都曾从他那里吸取思想资料,并作了进一步的发展。

第二节　封建正统文艺观的确立
——从《礼记·乐记》到《毛诗大序》

随着汉代封建帝国的建成和中央集权的巩固,大一统政治局面的出现,大汉帝国需要有能够维护其统治秩序的统治思想,于是逐渐弃黄老而重儒学。这个变化是在汉武帝时代开始的。汉武帝"罢黜百家,独尊儒术",著名的儒家思想家董仲舒则进一步从"天人感应"的观点出发把儒学神学化,提出了系统的君权神授和三纲五常的封建伦理道德,认为"道之大,原出于天;天不变,道亦不变"。先秦儒学经过以董仲舒为代表的汉代儒家的改造,遂成为官方的统治思想,它不可避免地要渗透到各个角落,并直接影响到文学思想和文学理论批评的发展,形成了汉代新的儒家文艺观,并逐渐发展成为封建的正统文艺观。

汉代的儒家文艺观是在先秦儒家文艺观的基础上发展起来的,由于历史条件的变化,它又有了重要的不同于先秦儒家的新特点。这主要表现在以下两方面:

第一,保守性增强了,批评性减弱了。汉儒所崇奉的"温柔敦厚"的"诗教",其实已和孔子思想有了相当距离。《礼记·经解》篇所引孔子关于"诗教"、"乐教"的话,朱自清先生早已在《诗言志辨》中指出"未必真是孔子的话",而只能看做是汉儒的思想。汉儒对孔子的诗"可以怨"的思想作了明显的限制,无论"温柔敦厚"也好,"主文而谲谏"也好,"发乎情,止乎礼义"也好,都是为了强调对上层统治者及其政治措施的批评,必须要限制在统治者可以接受的范围之内,对社会黑暗的揭发,不能越出封建伦理道德规范,不能触及统治者的地位和妨害封建秩序的稳固,严格遵守"礼义"界限,不许越雷池一步。"温柔敦厚"的"诗教"遂成为长期封建社会中文艺发展的桎梏,使文学变成了儒家经学的附庸。与此相联系的是复古主义与"述而不作"的倾向又复活了,并且有了大的发展。此外,与整个儒学发展的特点一样,汉代儒家文艺思想的神学迷信色彩也加重了。特别是后来谶纬学说的盛行,把文艺的产生和发展也看做是神的意志之体现,认为文艺现象和自然现象、社会现象之间存在着一种神秘的、必然的联系,把文艺创作中的心物交感看做是阴阳五行说的"同类相动"、"同气相感"之结果。

第二,汉代儒家文艺思想也发展了先秦儒家文艺思想中的科学的、积极的、进步的内容,作了更加深入、更加系统的阐述,并充实了许多新内容,使之更趋成熟、也更为完整了。这首先表现在美刺谏讽说的明确提出,对"六义"(风、雅、颂、赋、比、兴)的阐述,其次是对诗歌本质认识的深化,把"志"和"情"紧密结合了起来,对文学的抒情特性有了极为充分的论说。除《毛诗序》外,翼奉曾说:"诗之为学,情性而已。"《诗纬》中说:"诗者,持也。"此"持"即"持人情性"之意。刘向在《说苑》中说诗歌是思积于中、满而后发的产物,此"思"即指"情",所谓"抒其胸而发其情"。再次是进一步明确了文学和现实、文学和时代的关系,在《礼记·乐记》和《毛诗大序》基础上,班固提出乐府诗是"感于哀乐,缘事而发"(《汉书·艺文志·诗赋略论》)的结果,何休提出了"饥者歌其食,劳者歌其事"(《公羊传解诂》)的观点。再其次是提出了文艺创作中的"物感"说,等等。这都说明汉代儒家文艺思想并非对先秦儒家文艺思想的简单重复,而是把儒家文艺思想发展到一个新的更高的阶段。而作为汉代儒家文艺思想的有代表性的纲领性著作,便是《礼记·乐记》和《毛诗大序》。

汉代的诗论和先秦一样,仍然是在乐论的基础上发展起来的。《礼记》中的《乐记》是中国古代重要的音乐美学著作,由于诗乐关系极为密切,实际上也是一部重要的文学理论著作,是儒家文艺思想的纲领性文献。《乐记》中说的"乐"是指配有歌、舞的诗、乐、舞统一体。《乐记》的音乐美学思想与文学思想是完全相通的,而且直接对文学理论批评产生了影响。第一,音乐的本源在人心感物。其云:"凡音之起,由人心生也。人心之动,物使之然也。感于物而动,故形于声。声相应,故生变,变成方,谓之音。比音而乐之,及干戚羽旄,谓之乐。"这里提出了"物→心→声→音→乐"的音乐本源论,它比较注重外界事物对心的感发,但是在人性论上则认为七情乃是人心所固有的。第二,音乐对社会政治有重大的反作用。它说:"凡音者,生人心者也。情动于中,故形于声,声成文,谓之音。是故治世之音安以乐,其政和;乱世之音怨以怒,其政乖;亡国之音哀以思,其民困。声音之道与政通矣。"这里提出的是"声→音→乐→心→物(社会政治)"的音乐作用论。音乐源于物,又作用于物。这就是后来"文学→人心→治道"的公式的由来。《乐记》认为音乐的功用在于"治心",它可以使人欲无穷的人性得到节制,而不至于产生悖逆诈伪之心,达到改恶从善的目的。民心善恶又关乎社会风俗,并直接影响到政治的治乱。所以由音乐可以见出政治良窳,是谓"声音之道与政通矣",为此《乐记》认为音乐乃是王道政治的重要组成部分之一,进一步突出了文艺和社会政治的密切关系。第三,关于音乐的创作问题。《乐记》强调了音乐表现感情的特点,同时指出音乐创作必须有高度的真实性,应当是人的真实感情的自然流露。其云:"是故情深而文明,气盛而化神,和顺积中而英华发外:唯乐不可以为伪。"音乐是不能作伪的,内心没有真实感情就无法形之于音乐。只有"情深"方能"文明",能"和顺积中"方有"英华发外",所以必须做到艺术家的人格与艺术品的高度统一。这里也表现了中国古代艺术真实与西方的不同。西方论艺术真实注重于艺术作品内容与现实生活的一致,而中国古代则侧重于强调作家的思想感情与艺术作品中思想感情的一致。这种对艺术真实的要求,是中国古代文学理论中真实论的主要内容。《乐记》的文艺美学思想对《毛诗大序》产生了直接影响,《毛诗大序》中的诗学观点是《乐记》中的音乐美学观点在诗学中的延伸。

秦火之后,汉代传授《诗经》的有齐、鲁、韩、毛四家。但是后来齐、鲁、韩三家都失传了,只有毛诗一直流传至今。毛诗在每篇之前均有题解,而《关雎》一篇题解前有一篇对《诗经》的总论,后人遂称各篇题解为小序,总论为大序。关于诗序的作者,郑玄《诗谱序》说是"《大序》是子夏作,《小序》是子夏、毛公合作",三国吴人陆玑《毛诗草木鸟兽虫鱼疏》谓东汉时东海卫宏所作,一直没有定论。从《毛诗序》内容看,《小序》恐非成于一人之手,其中不少说法在先秦可以找到根据,可能是毛公传诗时已有,后人又做过修订补充。《大序》思想与《乐记》一致,有的文字即抄自《乐记》,可能是毛苌所作。卫宏也许作过一些修订。《毛诗大序》所提出的一些根本理论问题,成为两千多年来封建正统的文学批评纲领,影响极大。

《毛诗大序》的主要思想有以下几方面:第一,"发乎情,止乎礼义"。《毛诗大序》明显地反映了儒家文艺思想的保守性进一步加强的特点,具体发挥了《礼记·经解》篇中的"温柔敦厚"诗教说。它突出地强调文艺必须为巩固封建统治秩序服务,提出诗歌必须起到"经夫妇,成孝敬,厚人伦,美教化,移风俗"的作用。认为诗歌创作要合于"发乎情,止乎礼义"的原则,绝对不能超越礼义的大防,而在揭露和批评现实黑暗方面,又必须"主文而谲谏",以十分委婉的方式,在统治者所允许的范围内作一些他们可以接受的批评。显然,这也正是董仲舒在《春秋繁露》中所一再提倡的"中和"美学观在文艺批评方面的体现。它和司马迁所说《离骚》"盖自怨生"和提倡"发愤著书"形成了鲜明的对照。《大序》肯定诗歌创作要"发乎情",这是正确的,但是它要求这种情必须受"礼义"的规范和约束,就势必要影响诗歌创作的健康发展,而使之流为经学之附庸,封建说教的工具。这种思想是对荀子《乐论》中"以道制欲"思想的发挥。第二,讽谏说。《毛诗大序》也有它积极的方面,这就是它明确提出了讽谏说:"上以风化下,下以风刺上","言之者无罪,闻之者足以戒",充分肯定了文艺批评现实的意义与作用。下层百姓可以通过文艺对上层统治者进行批评,而且是言者无罪,闻者足戒,这还是具有一定的民主因素的。它为后来进步的文学家运用文艺来揭露批判现实黑暗,提供了理论根据。《毛诗大序》的讽谏说后来被郑玄发展为美刺讽谏说,《诗谱序》云:"论功颂德,所以将顺其美;刺过讥失,所以匡救其恶。各于其党,则为法者彰显,为戒者著明。"《毛诗大序》中强调诗歌的讽谏作用既是对先秦儒家文艺思想积极方面的继承,同时也反映了汉代处于上升时期封建制度的特点,它对文艺的要求也表现了矛盾的两重性,既有保守的方面,也有进步的方面,《毛诗大序》讽谏说的基础是建立在文艺对现实生活的真实再现思想上的。它直接引用了《乐记》中的名言:"治世之音安以乐,其政和;乱世之音怨以怒,其政乖;亡国之音哀以思,其民困。"认为在这一点上音乐和诗歌是完全一致的。根据这种观点,它具体解释了变风、变雅的产生:"至于王道衰,礼义废,政教失,国异政,家殊俗,而变风变雅作矣。国史明乎得失之迹,伤人伦之废,哀刑政之苛,吟咏情性,以风其上,达于事变而怀其旧俗者也。"认为变风、变雅正是国家衰败的现实在文艺上的反映,对文艺和现实关系作了明确的论述。第三,六义说。《毛诗大序》还全面总结了《诗经》艺术经验,把《周礼·春官·大师》中的"六诗"说发展为"六义"说,其云:"故诗有六义焉:一曰风,二曰赋,三曰比,四曰兴,五曰雅,六曰颂。"风、雅、颂是指对《诗经》的分类,而赋、比、兴是对《诗经》表现方法的归纳。但为什么在排列次序上,"赋比兴"放在"风"之后呢?孔颖达《毛诗正义》云:"六义次第如此者,以诗之四始,以风为先,故曰风。风之所用,以赋比兴为之辞,故于风之下即次赋比兴,然后次以雅颂。雅颂亦以赋比兴为之,既见赋比兴于风之下,明雅颂亦同之。"对于赋比兴的表现特点,《毛诗大序》没有作具体分析。后来汉代的郑众和郑玄曾对之作过解释。孔颖达引郑司农(郑众)所说,谓"比者,比方于物";"兴者,托事于物"。又引郑玄注《周礼》中释"六诗"时说的:"赋之言铺,直铺陈今之政教善恶。比,见今之失,不敢斥言,取比类以言。兴,见今之美,嫌于媚谀,取善事以喻劝之。"郑众的解释是就表现手法来说的,较为符合比兴原意。郑玄则以美刺解比兴,显然是牵强附会的。此点孔颖达已经指出,他说:"其实美刺俱有比兴者也。"但是《毛诗大序》所说是否确如郑玄所解,则难以考实。因为从《小序》内容来看确是以美刺解诗,很可能对赋比兴亦以政教相附会。然而与《诗经》实际并不相符是可以肯定的。郑玄解释赋比兴显然具有东汉后期儒家特点。《毛诗大序》对风雅颂是作了具体解释的,其云:"是以一国之事,系一人之本,谓之风。言天下之事,形四方之风,谓之雅。雅者,正也,言王政之所由废兴也。政有小大，故有小雅焉，有大雅焉。颂者，美盛德之形容，以其成功告于神明者也。是谓四始，诗之至也。"从这段分析中可以看出《毛诗大序》是按《诗经》作品内容地域等的特点来区别风雅颂的。风，从地域上讲是属于某一个诸侯国家的；而雅，则是属于整个周王朝的。风，在内容上是以某个人的事来表现其所属国家的风尚的；雅，则是讲整个周王朝王政废兴的，不过政有小大，故有小雅大雅之别。颂，是歌颂盛德而告之神明的。在分析《诗经》的类别及其意义时，可以看出《毛诗大序》也是从政教美刺角度出发的，因此只能反映汉儒的文艺观点，并不完全符合《诗经》实际。然而它在解释风、雅的意义时，接触到了文艺创作的概括性与典型性，所谓"以一国之事，系一人之本"，"言天下之事，形四方之风"者，是说诗歌创作以具体个别来表现一般的特点。诗人所言虽是个人之言、个人之事、个人之情，但是却具有广泛的代表性，是一国乃至天下之言、事、情的集中表现。诚如孔颖达所解释的："一人者，作诗之人。其作诗者，道己一人之心耳，要所言一人心，乃是一国之心。诗人览一国之意以为己心，故一国之事系此一人使言之也。……言天下之事，亦谓一人言之。诗人总天下之心，四方风俗，以为己意，而咏歌王政，故作诗道说天下之事，发见四方之风。"这里虽有孔颖达本人发挥，但大体是符合《毛诗大序》本意的。《毛诗大序》对风、雅、颂的解释还是比较科学的。而后来郑玄的解释，谓"风言贤圣治道之遗化"，"雅，正也，言今之正者，以为后世法。颂之言诵也，容也，诵今之德，广以美之"，则具有更加浓厚的附庸政教色彩，与《诗经》原意的距离也就更远了。第四，情志统一说。《毛诗大序》中进一步发展了从荀子《乐论》、《礼记·乐记》以来的情志相结合的思想，比较明确地指出了诗歌通过抒情来言志的特点。它一方面肯定："诗者，志之所之也。在心为志，发言为诗。"另一方面又强调诗歌是"吟咏情性"的。它和《楚辞》中的抒情言志说之不同，就在它认为无论情或志，都必须受"礼义"的约束，服从于"礼义"的规范。《毛诗大序》引用了《乐记》中的一大段话，说明诗歌是"情动于中而形于言"的结果，而"志"正是在"情"之中的，故孔颖达说："在己为情，情动为志，情、志一也。"（《左传·昭公二十五年》正义）虽然在情、志的关系上，《毛诗大序》是更重在志的，而且对志的内涵的理解也与先秦"诗言志"的志是接近的，但是它正确地阐明了抒情言志的特点，说明对文学本质的认识已进一步深化了。情志说的提出对后来文学批评的发展影响很大。过去人们常把《毛诗大序》看成为中国古代儒家诗论的总结，这种说法并不很确切，因为它虽然总结了先秦儒家诗论的一些主要内容，但更主要是按照汉代的需要对它进行了改造，而成为汉代儒家新文艺观的代表性著作。

第三节 儒家"定于一尊"与扬雄、班固的文学理论批评

从汉武帝以后,儒家思想遂确立了其"定于一尊"的统治地位,在文艺领域中自然也就要求用儒家思想来作为衡量一切的标准。西汉末年的扬雄和东汉初年的班固就是正统儒家的有代表性的重要思想家和文学家,他们的文学理论和文学批评反映了儒家对当时文学创作的要求。如果说《礼记·乐记》和《毛诗序》是体现了汉代儒家对诗乐的评论,那么,扬雄和班固更突出的是在对《楚辞》与汉赋的评论中反映了汉代儒家的文学观。

扬雄(前53—前18),字子云,蜀郡成都人,有《法言》、《太玄》、《方言》等著作。扬雄是西汉后期著名的哲学家、文学家和语言学家。扬雄文学思想的核心是倡导文学创作必须合乎儒家之道,以圣人为榜样,以六经为楷模,即是所谓原道、征圣、宗经的原则。扬雄认为人们的一切言论行动都应当以圣人为标准,圣人虽然已经不在人世,但是他们的书仍然存在着,人们可以从圣人书中懂得什么是圣人之道,而从中找到自己言论行动的标准。《法言·吾子》篇说:"或曰:人各是其所是,而非其所非,将谁使正之? 曰:万物纷错,则悬诸天;众言淆乱,则折诸圣。或曰:恶睹乎圣而折诸? 曰:在则人,亡则书,其统一也。"圣人去世了,而他的书还在,所以圣与经也就是二而一的了。他认为只有儒家"五经"才代表了正道,其他诸子都是末流,是不足为训的。《法言·吾子》篇说:"舍舟航而济乎渎者,末矣;舍五经而济乎道者,末矣。弃常珍而嗜乎异馔者,恶睹其识味也? 委大圣而好乎诸子者,恶睹其识道也?"这正是"罢黜百家,独尊儒术"思想之表现。扬雄自比孟子,要继承孔子,发扬儒家大业,以道、圣、经作为文学创作和文学理论批评的基本原则。这种思想虽然先秦的荀子已经有所体现,但是到了扬雄才将它系统化,它正好反映了封建统治者要求把文学完全纳入其礼教轨道的要求。扬雄认为"五经"已经包含了一切文章的类型,而且具有最高的水平,所以人们只需要模拟"五经"为文就可以了。如果在内容和形式上违背"五经"的原则,那就是走向邪道,就要受到批评。扬雄的这种主张助长了文学创作上的复古模拟之风。

扬雄的这种文学思想和文学理论批评原则,也清楚地反映在他对屈原及其作品的批评中。汉代对屈原及其作品的评价,由前期的高度赞扬到中期的批评否定,正是文学思想发展由以道家为主转向以儒家为主的重要标志。首先对屈原及其作品提出批评并表示对传统评价不满的是扬雄。他对屈原为人的批评主要是认为他缺乏儒家明哲保身的态度,不够明智,不应该对朝廷采取弃绝态度,自沉汨罗江。《法言·吾子》篇说屈原"如其智,如其智",据俞樾

《诸子平议》考释,此即是"未足以为智也"之意。扬雄从儒家君臣之道出发,认为遇不遇是命运决定的,臣下不应对君上表示不满,自持才高而以死表示抗议,否则就是跨越臣道的言行,也就是说,不符合于"发乎情,止乎礼义"的原则。对屈原作品的批评主要是认为它的浪漫主义内容不符合儒家经典。据《文选·宋书谢灵运传论》李善注引《法言》,扬雄认为屈原的作品"过以浮"、"蹈云天"。所谓"过以浮"是指屈原作品文辞华丽,不像儒家经典那样质朴。所谓"蹈云天"是指屈原作品中上天入地的夸张描写,以及大量的神话、传说内容。在扬雄看来这是不符合孔子"不语怪、力、乱、神"的精神的。儒家的文艺思想本有排斥浪漫主义的倾向,这从扬雄对屈原作品的批评中也可以看得很清楚。然而,扬雄对屈原及其作品的评价,也有肯定、赞扬的方面。他对屈原的遭遇是十分同情的。《汉书·扬雄传》中说他对屈原作品,"悲其文,读之未尝不流涕也"。在《法言·吾子》篇中,扬雄曾说:"诗人之赋丽以则,词人之赋丽以淫。"说明他对屈原作品总的还是肯定的,认为它丽而有则,文质并茂,是符合儒家原则的。他对屈原的人品在批评他不够明智的同时,还是肯定他品德的高洁,"如玉如莹,爰变丹青"(《法言·吾子》)。扬雄对屈原评价中所表现的思想矛盾与《毛诗大序》中所表现的思想矛盾(既肯定讽谏,又要求"止乎礼义")性质是相同的,都是汉代儒家文艺思想之内在矛盾的具体表现。这种矛盾也反映在扬雄对汉赋的评价中。

  扬雄是汉代大赋的极为重要的代表作家。他对汉赋的评价也有一个变化过程,早年喜爱汉赋,并给予较高评价,晚年则多所批评,甚至趋于否定。这是扬雄晚年儒家思想影响更为深入的一种表现。扬雄在《答刘歆书》中曾说自己早年"心好沉博绝丽之文",很喜欢辞赋。汉代是封建帝国强盛时期,汉赋是反映了其繁荣发展的。扬雄早年也是颇有理想抱负的有志之士,自然也很热衷于辞赋创作,而且是因为学习司马相如,辞赋写得好,才被汉成帝召入宫廷为文学侍从。故他对辞赋的讽谏作用,在年轻时也是充分肯定的。他在自己创作的辞赋序中,都说明是有具体的讽劝目的的。但是,后来他发现辞赋这种讽谏的尾巴并不能起到应有的作用,而辞赋本身的铺张华丽描写影响反倒很大,结果是欲讽反劝,起到了完全相反的作用。他对赋的这个认识发展过程,班固在《汉书·扬雄传》中讲得很清楚:"雄以为赋者,将以风之,必推类而言,极丽靡之辞,闳侈钜衍,竟于使人不能加也。既乃归之于正,然览者已过矣。往时武帝好神仙,相如上《大人赋》欲以风,帝反缥缥有凌云之志。繇是言之,赋劝而不止,明矣。又颇似俳优淳于髡、优孟之徒,非法度所存,贤人君子诗赋之正也。于是辍不复为。"故扬雄《法言·吾子》篇说:"或曰:赋可以讽乎?曰:讽乎?讽则已;不已,吾恐不免于劝也。"又说:"或问:吾子少而好赋?

曰:然。童子雕虫篆刻。俄而曰:壮夫不为也。"他在晚年对辞赋的批评很尖锐,主要是认为辞赋片面追求形式上靡丽,而背离了儒家传统以内容为主导、形式为内容服务的原则。扬雄要求内容和形式的统一,事与辞相称,文与质相符。《法言·吾子》篇云:"事胜辞则伉,辞胜事则赋,事辞称则经。足言足容,德之藻矣。"又云:"羊质而虎皮,见草而说,见豺而战,忘其皮之虎矣。"可见在文质相符的要求中,质又是占有主导地位的。

班固的文学思想和文学理论批评是对扬雄的进一步发展。班固(32—92),字孟坚,扶风安陵(今陕西咸阳)人,是东汉前期著名的思想家、历史学家和文学家。班固是东汉前期封建帝国在思想文化界的主要代表人物。儒家思想自汉武帝之后成为官方正统思想,在董仲舒"天人感应"说和阴阳五行思想的影响下,日益向神学迷信方向发展。从西汉末年到东汉初年是谶纬神学的极盛时期,汉章帝亲自主持白虎观会议,令班固主持编纂《白虎通义》,把儒学的神学化正式肯定下来,并形成一套完整思想体系。班固和扬雄都是儒家思想家,但是在对待谶纬神学的态度上是不同的。扬雄属于古文经学,比较倾向于坚持先秦儒家传统,不赞成谶纬神学。班固则属于今文经学,是汉代谶纬神学化的儒学的拥护者和宣传者。班固奉旨修《汉书》也是严格贯彻儒学的思想、原则,并且是融合了阴阳五行说的。因此在以儒学思想衡量作家作品方面,他不仅继承了扬雄的思想,而且比扬雄更激烈,并且具有神学迷信色彩。但是班固在阐述传统的儒家文艺观时,又有不少新的发展,特别是结合汉代文学创作发展的情况,作了比较深入细致的评论,进一步丰富了儒家文学理论批评的内容,做出了较大的贡献。

班固对屈原及其作品作了异常激烈的批评,明确表示对刘安、司马迁评价的不同意见。这是班固作为正统儒家思想家在文学批评方面的典型表现。班固的批评是在扬雄批评基础上的发展。他认为屈原的作品不像孔子评《关雎》那样,"哀周道而不伤",不是"怨悱而不乱",而恰恰是超越了"不伤"、"不乱"界限,即是说屈原对上层统治者的批评违背了"发乎情,止乎礼义"的原则,因此说他不是"明智之器"。其《离骚序》云:"且君子道穷,命矣。故潜龙不见是而无闷,《关雎》哀周道而不伤,蘧瑗持可怀之智,宁武保如愚之性,咸以全命避害,不受世患。故《大雅》曰:'既明且哲,以保其身。'斯为贵矣。今若屈原,露才扬己,竞乎危国群小之间,以离谗贼。然责数怀王,怨恶椒兰,愁神苦思,强非其人,忿怼不容,沉江而死,亦贬絜狂狷景行之士。"按照三纲五常的礼教原则来看,臣对君"露才扬己"即是不敬,"责数怀王,怨恶椒兰",更不符合于臣道,违背了"君为臣纲",而"忿怼不容,沉江而死",与最高统治者决裂,更绝对不能容忍的。为此班固说刘安说《离骚》"虽与日月争光可也","斯论似过其真"。他和刘安的分歧既是道家愤世嫉俗与儒家维护现状的分歧,也是汉代文艺思想发展中进步与保守之争。他对屈原作品艺术方面的批评也清楚地反映了儒家文艺思想的局限性。他说《离骚》"多称昆仑冥婚宓妃虚无之语,皆非法度之政,经义所载"。实际上就是批评《离骚》中神话传说等浪漫主义内容,既不见经传,又不合法度。这说明用儒家文艺思想衡量文学创作,已深入到艺术的表现方法了。班固是倾向于现实主义的,而对浪漫主义则采取了排斥的态度。但是,班固对屈原及其作品的评价并不全部都是否定的,也有评价较高的、肯定的方面。他在《汉书·艺文志·诗赋略论》中对屈原及其作品,又是十分赞扬和充分肯定的。他说:"春秋之后,周道浸坏,聘问歌咏,不行于列国,学诗之士,逸在布衣,而贤人失志之赋作矣。大儒孙卿及楚臣屈原,离谗忧国,皆作赋以风,咸有恻隐古诗之义。"他在《离骚赞序》中也表现了与此完全相同的思想。

　　班固是汉代辞赋的极为重要的代表作家,他对辞赋的评价与扬雄晚年不同,而是给予了比较高的评价。班固和扬雄对辞赋的评论都是从儒家观点出发的,但两人的角度不同。班固着重强调汉赋在反映封建帝国大一统的繁荣昌盛以及维护礼教、巩固封建统治方面所起的作用。他在《两都赋序》中说:"或曰:'赋者,古诗之流也。'昔成、康没而颂声寝,王泽竭而诗不作。大汉初定,日不暇给。至于武、宣之世,乃崇礼官,考文章,内设金马石渠之署,外兴乐府协律之事,以兴废继绝,润色鸿业。是以众庶悦豫,福应尤盛。……故言语侍从之臣,若司马相如、虞丘寿王、东方朔、枚皋、王褒、刘向之属,朝夕论思,日月献纳。而公卿大臣御史大夫倪宽、太常孔臧、太中大夫董仲舒、宗正刘德、太子太傅萧望之等,时时间作。或以抒下情而通讽谕,或以宣上德而尽忠孝,雍容揄扬,著于后嗣,抑亦雅颂之亚也。故孝成之世,论而录之,盖奏御者千有余篇,而后大汉之文章,炳焉与三代同风。"班固把汉赋看做是"雅颂之亚",给予了相当高的地位,正是因为汉赋具有为汉帝国"润色鸿业"的意义,同时又具有"抒下情而通讽谕"及"宣上德而尽忠孝"的讽谏作用和教化作用,故而能"炳焉与三代同风"。班固对汉赋的形式过于淫靡华丽也有过批评,例如他在《汉书·艺文志·诗赋略论》中说:"汉兴,枚乘、司马相如,下及扬子云,竞为侈丽闳衍之词,没其风谕之义。"他在《汉书·叙传》中批评司马相如"文艳用寡","寓言淫丽"。但是他认为与汉赋的积极意义与讽谏作用相比,这是次要的方面。所以他不同意扬雄晚年的批评,在《汉书·司马相如传赞》中说:"相如虽多虚辞滥说,然要其归,引之于节俭。此亦诗之讽谏何异?扬雄以为靡丽之赋,劝百而风一,犹聘郑卫之声,曲终奏雅,不已戏乎!"班固对赋的性质与创作特点也作了十分重要的论述。他指出辞赋从根本上说乃是古诗的一个支流。他在《两都赋序》中肯定"赋者,古诗之流也"。赋与诗的不同在于:诗一般是配乐的,而赋是不合乐的。所以他引用《诗经》毛传对赋的表现手法之阐述,说明辞赋之所以称为赋的缘由:"不歌而诵为之赋,登高能赋,可以为大夫。"春秋时列国大夫的赋诗是不合乐的,故后代称不合乐的辞为赋。因为"周道浸坏",赋诗言志之风衰落,然后才有"贤人失志之赋"的产生,故其性质仍有古诗之义。他认为辞赋的创作一则是文辞华丽,二则是蕴有讽谕之义,三则还可以"多识博物,有可观采"(《汉书·叙传》),提供丰富的知识,故而司马相如遂"蔚为辞宗"。

班固对《诗经》及汉代乐府诗的评论,着重论述了文学和现实的关系,强调了现实主义创作原则,对儒家的传统观点作了新的发展。其《汉书·艺文志》论《诗经》云:"书曰:'诗言志,哥(歌)永言。'故哀乐之心感,而哥(歌)咏之声发。诵其言,谓之诗;咏其声,谓之哥(歌)。故古有采诗之官,王者所以观风俗,知得失,自考正也。"班固发挥了《乐记》和《毛诗大序》关于文艺和现实关系的论述,指出了诗歌可以反映社会风俗之盛衰,政治之得失。在《汉书·礼乐志》中他又指出:"周道始缺,怨刺之诗起。王泽既竭,而诗不能作。"从阐述《毛诗大序》中有关变风变雅产生原因的分析,说明怨刺之诗的创作源于王道之衰落。在《汉书·食货志》中,他进一步指出:"男女有不得其所者,因相与歌咏,各言其伤。"强调《诗经》中的民歌大都是下层百姓有感于现实生活的遭遇而发生的歌唱。后来何休在《公羊传》解诂中所说"饥者歌其食,劳者歌其事",正是对班固这方面思想的发展。班固不仅看到了现实生活对诗歌创作的重要意义,而且还认识到各个地区不同的自然环境、民情风俗,对诗歌的风格特色也有很重大的影响。他在《汉书·地理志》中结合各地情况分析了其与诗歌的关系,指出十五国风各有自己的特点,而这都是与各国的不同历史、社会风尚与自然条件有关系的。班固这种对文艺与现实关系的认识,也清楚地反映在他对汉代乐府诗的论述中。其《汉书·艺文志·诗赋略论》中说:"自孝武立乐府而采歌谣,于是有代、赵之讴,秦、楚之风,皆感于哀乐,缘事而发,亦可以观风俗,知薄厚云。"班固不仅指出汉代乐府诗都是各地的一些民歌,而且认为它们都是真实感情的流露,而这种哀乐之情则是由现实生活的感发而产生的。"感于哀乐,缘事而发",概括地揭示了乐府诗创作的现实主义特征。为此,在文学创作上他提倡"实录",主张要真实地反映现实。所以他十分赞扬司马迁《史记》写作中的"实录"精神,并对这种创作原则作了重要的理论概括。

第四节　王充对谶纬思想的批判和他真、善、美相统一的文学观

　　东汉前期在儒家文艺思想发展进一步深化的同时,也出现了反传统的进步文艺思潮,它以桓谭、王充为最杰出的代表。东汉是谶纬神学极盛时期,刘秀在建立新的封建统治秩序之后,"宣布图谶于天下",谁要反对就可能招来杀身之祸。桓谭因为"极言谶之非经",刘秀即以"非圣无法"论处,几乎丧命。(事见《后汉书·桓谭传》)谶纬神学的核心是强调天道主宰人事,君权神授,把封建统治者的一切言行措施,看做神的意志之体现,要求百姓无条件服从。谶纬神学的泛滥,必然要引起一些进步思想家的反对,并对它展开激烈的批评。东汉初的桓谭和王充是在批评神学迷信思想过程中,对先秦儒家传统又有许多重大突破,而成为具有反传统精神的异端思想家。由于这种特点,他们成为汉代文艺思想发展史上一支颇有生气的、思想新颖的异军。

　　王充(27—97?),字仲任,会稽上虞(今浙江上虞县)人。他出身"细门孤族",自小聪慧好学,由学儒开始,又不恪守儒家,兼通"众流百家",是一位知识渊博的学者。他"不慕高官","不贪富贵","处逸乐而欲不放,居贫贱而志不倦,淫读古文,甘闻异言,世书俗说,多所不安,幽居独处,考论虚实"(《自纪》)。他的著作是和当时思想文化领域中谶纬神学勇敢斗争的真实记录。王充的著书很多,但是不少已亡佚,仅存《论衡》八十五篇,其中《招致》一篇已佚。《论衡》的中心是批判谶纬神学。他在揭露那些宣传神学迷信书籍、著作的荒诞、虚妄时,提出了如何正确地写作,以及什么样的书才是最美的和最有价值的,这就涉及许多美学和文学理论问题。王充认为真实是任何著作、包括文学作品的生命,只有真实的作品才有补于世用,才具有"真美"而非"虚美",因此他在《论衡》中突出地体现了真、善、美相结合的文艺观与美学观。王充在文学理论批评方面的主要贡献,表现在以下几个方面:

　　第一,提倡真实,反对虚妄。王充认为一切文章和著作的内容必须是真实的,坚决反对荒诞不经的虚妄之作。他在《对作》篇中说:"是故《论衡》之造也,起众书并失实,虚妄之言胜真美也。"《佚文》篇中说:"《诗》三百,一言以蔽之,曰:思无邪。《论衡》篇以十数,亦一言也,曰:疾虚妄。"在谶纬神学思想的笼罩下,当时各种书籍著作中,都充斥着虚妄之言,王充为之感到痛心疾首,决心要站出来明辨是非,拨乱反正。他在《对作》篇中说:"世俗之性,好奇怪之语,说虚妄之文。何则？实事不能快意,而华虚惊耳动心也。是故才能之士,好谈论者,增益实事,为美盛之语;用笔墨者,造生空文,为虚妄之传。""明辨然否,疾心伤之,安能不论？"王充所说的书籍和文章,其含义是十分广泛

的,并非专指文学作品,因此,他所说的"真实",是指科学的真实而非艺术的真实。例如《福虚》篇中王充举了这样一个例子:传说楚惠王吃酸菜时发现里面有蚂蟥,但他还是吃了,结果肚子痛得不能吃东西。令尹问他:既然发现有蚂蟥,为什么还要吃下去呢?楚惠王回答说:怕说出来,要杀了厨师和监食之人;若不杀,又怕废了国法,所以只好吃了。令尹说他有福,因为他这样做,说明他是在施行仁政。当晚惠王吃进去的蚂蟥拉出来了,而且原有的淤血病也好了。王充指出,说他是有福之人是虚假的。他要赦厨师及监食人之罪是很容易的,而且还可以因行仁义而得恩天下,何必要吃了呢?至于积病之除,乃是因为蚂蟥吸了淤血,结果蚂蟥死了,病也好了。这是事出偶然,并非因施仁政而得福。王充提倡的这种真实虽然和艺术真实不同,但是因为他所说的广义的书籍和文章也包括了文学作品,因此对文学创作也要求讲究这种严格的真实性,这对现实主义文艺思想发展起了积极的促进作用。

这里我们还应当看到王充的"真美"与司马迁的"实录"精神之间的联系。王充认为当时书籍中的"虚妄之言"太多了,即使贤圣之作也不能做到严格的真实。为此,他对司马迁"实录"极为敬佩。他在《论衡》中有三十多处讲到司马迁的"实录",并引用来作为自己批判"虚妄之言"的依据。例如,《感虚》篇中批驳传书所言燕太子丹感动上天之说时,就引《史记》为证。他说:"太史公曰:'世称太子丹之令天雨粟,马生角,大抵皆虚言也。'太史公书汉世实事之人,而云'虚言',近非实矣。"王充肯定司马迁是"书汉世实事"的,因此对《史记》记载是非常信任的。他的真实论与司马迁"实录"有一脉相承的关系,它对文学创作中重视反映现实真实也有不容忽视的重大影响。然而,这种真实毕竟和文学艺术中的真实性是不同的,因此,它对文学艺术创作也有消极的不良影响。比如从这种真实论出发,浪漫主义创作、神话、传说也往往容易被作为虚妄不实之词而受到否定。这里涉及王充对文学创作中的虚构、夸张和真实关系的认识问题,它比较集中地反映在《论衡》的"三增"(即《语增》、《儒增》、《艺增》三篇)中。

王充对文学创作中的虚构、夸张是有认识的,也没有完全否定。他在《艺增》篇中对《诗经》中的虚构和夸张的意义与作用,曾作过正确的分析。他说:"言审莫过圣人,经艺万世不易,犹或出溢,增过其实。增过其实,皆有事为,不妄乱误,以少为多也。"他认为经艺中也有"增过其实"的似乎是虚妄之言,但这都是"皆有事为",为达到一定目的"不妄乱误"。他举例说:"《诗》云:'鹤鸣九皋,声闻于天。'言鹤鸣九折之泽,声犹闻于天,比喻君子修德穷僻,名犹达朝廷也。言其闻高远,可矣;言其闻于天,增之也。"但是他随即指出:"其鹤鸣于云中,人从下闻之,如鸣于九皋,人无在天上者,何以知其闻于天上也?

无以知,意从准况之也。诗人或时不知,至诚以为然;或时知而欲以喻事,故增而甚之。"说明这是诗人意想中估计的状况,目的是为了"喻事",所以这种"增而甚之",不是"虚妄之言"。他又举《诗经·大雅·云汉》为例说"维周黎民,靡有孑遗",不是真的"无有孑遗一人",也不是"虚妄之言",而是为了强调说明"旱甚"。可见王充不仅对文学作品中的夸张描写有正确分析,而且对其他非文学作品的经艺中的"增益之辞"也有实事求是的说明。

但是,王充并没有把他这种正确的理解贯穿于对所有书籍和文章的夸张描写之中,只是局限于先秦儒家的经典和其他个别著作,而大部分书籍、文章中的夸张描写都被他当做"虚妄之言"加以否定了,而且不允许后人写作中运用虚构和夸张,这显然是错误的,自然也就会对文学创作的健康发展起不好的作用。例如他在《语增》篇中举了这样一个例子:尧、舜因为勤于世事,忧百姓疾苦,为此消耗了很多精力,所以身体很瘦,于是传书言"尧若腊,舜若腒"。而桀、纣这些暴君只顾自己享乐,不管百姓死活,故而称他们是"垂腴尺余"。这本是一种形象比喻,即使是科学著作也未尝不可以这样写。然而,王充却认为是增而不实的虚妄之词。又如他在《儒增》篇中说养由基射箭能百步穿杨,百发百中,也是增而不实之词。他认为杨叶被一而再地射中,早就"败穿不可复射",至于说百发百中也是夸大的。其实这是为了形容养由基射击本事之高强而已。这些夸张比喻,在历史、哲学、政治等著作中亦可以用,更不用说文学创作了。最突出地反映王充这种错误观点的,是他在《论衡》中对神话传说的批判。例如《书虚》篇中说:"传书言:'舜葬于苍梧,象为之耕;禹葬会稽,鸟为之田。'盖圣德所致,天使鸟兽报佑之也。世莫不然。考实之,殆虚言也。夫舜、禹之德,不能过尧;尧葬于冀州,或言葬于崇山。冀州鸟兽不耕,而鸟兽独为舜、禹耕,何天恩之偏驳也?"从王充的驳斥其"虚妄"来看,这是很有力的,但因此而否定了这则神话,是不对的。神话本是先民一种天真幼稚的想象,要驳斥它不真实,是很容易的,问题在于要看到神话的积极的思想意义。纬书利用一些神话传说来宣传其神学迷信思想,这是应当反对的,但是这和神话传说本身的意义是两回事,不能混同为一。王充在这些地方,实际上是否定了他自己在《艺增》篇中对经艺中的夸张描写之分析。产生这种矛盾现象的原因,一是因为谶纬学说之泛滥,使王充对"经艺"以后儒家的各种传书抱不信任态度;二是因为王充对学术著作和文学作品之间的区别,对文学作品的特征认识不足;三是虚构夸张有时和"虚妄之言"的界限颇难区分。由于上述三方面的原因结合在一起,就使王充对虚构和夸张实际上采取了一种否定态度,这对文学思想发展也产生了一些消极的影响。

第二,增善消恶,有补世用。王充认为有"真"方有"美",而"真美"又是和"善"分不开的。只有高度真实的文章和著作才是有益于世的,而虚妄之作是必然毫无实用价值的。因此,王充十分强调文章和著作必须要对社会发展有积极作用。《自纪》篇云:"为世用者,百篇无害;不为用者,一章无补。"他指出历史上的许多著名著作都是针对现实问题的有为之作。《对作》篇云:"是故周道不弊,则民不文薄;民不文薄,《春秋》不作。杨墨之学不乱传义,则孟子之传不造;韩国不小弱,法度不坏废,则韩非之书不为;高祖不辨得天下,马上之计未转,则陆贾之语不奏;众事不失实,凡论不坏乱,则桓谭之论不起。"这些作者不仅是为了抒发个人怨愤,而且是为了国家的繁荣与富强才写作的。他自己的《论衡》之写作,也是为了破除神学迷信,使人民有所觉醒,"冀悟迷惑之心,使知虚实之分"。王充注重文章的功用,没有受儒家教化的局限,而是突出地强调了要对解决当前迫切的现实问题有积极作用。王充一再说明文章写作不是为了炫耀文辞之美,而是要达到"劝善惩恶"的目的。《佚文》篇云:"文岂徒调笔弄墨为美丽之观哉?载人之行,传人之名也。善人愿载,思勉为善;邪人恶载,力自禁裁。然则文人之笔,劝善惩恶也。"王充这里所讲的"文"也是广义的,"文人"也是指广义的文章之作者,对文学作品来说,当然并不仅仅是为了劝善惩恶的目的而创作的,但是文学作品也都会具有这样的效果。文学作品创造的是一种艺术美,要给人以美的享受,然而它也总是体现着作家的善恶观念,并且给予人一种潜移默化的影响。因此不能由于王充强调"劝善惩恶"就说他轻视艺术的审美特征,更何况他本来就不是专门针对文学艺术作品说的。在美和善的关系上,王充是主张两者的统一的,不过针对当时的现实情况,他更侧重于说明文章必须有用,而不能离开实用去讲美。所以,王充认为文章和著作的内容和形式必须统一,做到表里一致、内外相符。他严厉地批评了汉赋创作中片面追求形式之美的倾向,其《自纪》篇说:"深复典雅,指意难睹,唯赋颂耳。"他同意扬雄晚年关于辞赋欲讽反劝的观点。他并不是不要文采的华美,而是要求在以内容为主导的前提下,使形式和内容相统一。《超奇》篇中对此有一段重要论述:

> 文由胸中而出,心以文为表。……有根株于下,有荣叶于上,有实核于内,有皮壳于外。文墨辞说,士之荣叶、皮壳也。实诚在胸臆,文墨着竹帛,外内表里,自相副称,意奋而笔纵,故文见而实露也。人之有文也,犹禽之有毛也。毛有五色,皆生于体,苟有文无实,是则五色之禽,毛妄生也。……岂徒雕文饰辞,苟为华叶之言哉?精诚由中,故其文语感动人深。

王充的"心以文为表"说显然来源于扬雄的心声心画论,而他的"内外表里,自相副称"说,既是对孔子"辞达"说、"言以足志,文以足言"说的发挥,也吸收了道家的自然之美说,认为文章应是人内心思想感情的自然流露。

第三,反对复古,提倡独创。汉代是一个经学昌盛的时代,文人很多以注解经书为终身职业,尤其是以谶纬为中心的今文经学,还用神学迷信去说经。经学在发展中愈来愈烦琐细碎,"一经说至百余万言,大师众至千余人"(《后汉书·儒林传赞》),只"述"而不"作",复古仿真倾向也十分严重。文学语言追求艰深古奥,严重脱离当时口语。对这种状况,王充是十分不满的,他敢于大胆突破儒家传统,鲜明地提出了反对复古、主张独创的进步文学思想。王充指出历史是不断发展、不断进步的,不能说"古"一定比"今"好,实际情况恰恰是"今"比"古"大大地前进了。《齐世》篇说:"俗儒好长古而短今","好高古而下今",而"世俗之性,贱所见、贵所闻也"。他之所以要提出"齐世",就是不同意这种世俗之见,故云:"上世治者圣人也,下世治者亦圣人也。"而且"下世"在各方面都有了巨大的进步:"上世之民,饮血茹毛,无五谷之食,后世穿地为井,耕土种谷,饮井食粟,有水火之调;又见上古岩居穴处,衣禽兽之皮,后世易以宫室,有布帛之饰。"要是认为愈古愈好,岂不是要回到"饮血茹毛"、"岩居穴处"的原始状态去了吗?王充认为今时人们的思想、行为、著作实际上都是超越了古时的,只是因为复古气氛笼罩了整个社会,遂都认为不如古人。《齐世》篇云:"使当今说道深于孔、墨,名不得与之同;立行崇于曾、颜,声不得与之钧。"他又指出:"有人于此,立义建节,实核其操,古无以过,为文书者,肯载于篇籍,表以为行事乎?作奇论、造新文,不损于前人,好事者肯舍久远之书,而垂意观读之乎?"王充这种强调发展进步的历史观,对后来六朝的葛洪、萧统等都有很大的影响,他们的"踵事增华"说正是在王充"齐世"观基础上的发展。

反对复古必然要提倡独创。王充最赞赏的是有独立创造性的文人。他在《超奇》篇中把文人分为好几类,儒生、通人、文人虽然在学识广博上有差异,知识运用能力上有高低,但基本上都属于"述"的范围,而只有鸿儒有独立见解,能创造性地写作文章,属于"作"的范畴,因此是最了不起的"超而又超"、"奇而又奇"的"世之金玉"。儒生、通人不过是"匿书主人","读诗讽术,虽千篇以上,鹦鹉能言之类也"。文人虽然能"陈得失,奏便宜,言应经传,文如星月",但"不能连结篇章",无创造性见解,也不能算"超奇"之才。即如司马迁、刘向等善能"抽列古今,纪着行事",也还是"因成纪前,无胸中之造",不像鸿儒"笔能著文,则心能谋论。文由胸中而出,心以文为表。观见其文,奇伟倜傥,可谓得论也。"他认为孔子作《春秋》之所以高,正由于他不因袭鲁国《史记》,"立义创意,褒贬赏诛","眇思自出于胸中也"。显然,王充对"作"给予了极高评价。在当时儒学定于一尊的时代,要公开贬低"述",提倡"作",是要冒极大风险的。王充在《对作》篇中很简略地说明,《论衡》、《政务》"非曰作也,亦非述也,论也。""论者,述之次也。"其实,这不过是为避免时人以"非圣无法"来攻击自己的一种巧妙说法而已。他在《对作》篇中讲得很清楚:"汉家极笔墨之林。书论之造,汉家尤多。阳城子张作《乐》,扬子云造《玄》,二经发于台下,读于阙掖,卓绝惊耳,不述而作,材疑圣人,而汉朝不讥。"可见,并非一定要圣人才能"作"。他对扬雄的赞赏也是因为他虽在形式上有模拟经典之弊,而内容还是有独创性的。他又进一步明确指出:"今著《论死》及《死伪》之篇,明死无知,不能为鬼,冀观览者将一晓解,约葬更为节俭。斯盖《论衡》有益之验也。言苟有益,虽作何害……故夫有益也,虽作无害也。"这不但批驳了时人责难,肯定了《论衡》之"作",而且是对人类创造精神的高度赞扬,也是对"述而不作"传统观念的大胆挑战!这在当时无疑是需要极大的勇气的。"述而不作"不仅严重束缚思想,也窒息了文学的创造精神,王充主张独创,提倡"作而不述",是对学术思想、文学创作的解放,其意义是十分深远的。

文学语言上的艰深古奥,是和崇古贱今、"述而不作"密切相联系的。王充反对复古、提倡独创,因而也反对文学语言上的艰深古奥,主张要言文一致,通俗易懂。他在《自纪》篇中说,他自己的著作之重要特点是"形露易观",努力做到"口则务在明言,笔则务在露文"。他认为古代的书籍语言艰深,不易读懂是有历史原因的:"经传之文,贤圣之语,古今言殊,四方谈异也。"语言本身是随着社会的发展而发展的,不同时代语言的差别比较大;同时,地区的不同,使方言之间的差别也很大。然而,今人的写作不应再去模仿古人,搞得深奥难晓,而应当努力做到书面语言和口头语言的统一。当然,书面的文学语言应当是对口语加以加工的语言,不能要求言文绝对一致,这一方面王充是有所忽略的,但其基本精神则是正确的。

王充的文艺思想在中国古代文艺思想发展史上,曾经产生过深远的影响,特别是他强调的真实性,对中国古代现实主义文艺思想和现实主义文学创作的发展,曾经有过积极的促进作用。它的缺点和错误是对文学创作,特别是浪漫主义文学的发展,起过束缚作用。我们应当给以科学的分析和评价,恰如其分地阐明他的历史地位,而不应当任意夸大和简单贬斥。

第五节　王逸对《楚辞》的评论与东汉后期文学理论批评的发展

东汉经学的发达,对文学理论批评的影响不断深入,王逸对《楚辞》的评论和注释便是文学批评经学化的突出表现。王逸,字叔师,南郡宜城(今湖北宜城县）人。著有《楚辞章句》及诗赋杂文等，是一位重要的文学家和文学批评家。王逸在《楚辞章句》中，不同意班固对屈原及其作品的评价，把《楚辞》提到了"经"的地位来加以肯定，给予了高度的赞扬。从表面上看，王逸对屈原及其作品的评价是和刘安、司马迁比较一致的，但是，实际上他肯定屈原及其作品的角度，是和刘安、司马迁很不相同的，相反，从评价《楚辞》的出发点看，倒是和扬雄、班固的文学思想完全一致的。班固从儒家文艺思想出发，对屈原及其作品进行了尖锐的批评，然而像屈原及其《离骚》那样的作家作品，要轻易地否定是不容易的，也是难于为大家所接受的，而且《楚辞》长期以来对汉代文学创作的影响十分深远。在这种情况下，要全面地在文学理论批评领域中贯彻儒家思想，就只能对《楚辞》作符合于儒家思想的解释，从这个角度来给以充分的肯定和赞扬，这就是王逸对《楚辞》注释和评论的基本思想。

王逸按儒家称诗三百篇为"经"的方法，把《离骚》也称之为"经"。他从正统儒家观点出发认为屈原的为人及其《离骚》等作品是完全符合于儒家思想的，《离骚》从思想到艺术都是模仿《诗经》的。从对屈原的为人来看，他和班固都强调臣下对君上要绝对地忠。但是怎样才算忠？王逸和班固的看法不一致。班固认为君上虽然昏庸，臣下也不能直接显暴君过，怨刺君上，更不能因为君上不容，就"忿怼沉江"，与之决绝。王逸则认为要"忠"于君上，就应当对其昏庸之处敢于直谏，即使"危言以存国，杀身以成仁"，也毫不犹豫，"是以伍子胥不恨于浮江，比干不悔于剖心，然后忠立而行成，荣显而名著"。因此，他认为像班固所说那样的"忠"并不是真正的"忠"。这种对"忠"的看法之不同，大概是和他们各自所处的不同社会地位有关的。班固出身世代显贵之家，又以文才得到汉明帝赏识，奉旨修汉史，为当时文坛领袖人物，代表官方正统观点。王逸虽也做过校书郎等官，但其社会地位显然远不如班固的，更多地表现了不很得志的文人之见解。

对于屈原的作品，王逸认为它并不违背"温柔敦厚"之旨，也更没有越出"礼义"规范。他明确表示不同意班固的评价。《楚辞章句序》中说："且诗人怨主刺上曰：'呜呼！小子，未知臧否，匪面命之，言提其耳。'风谏之语，于斯为切。然仲尼论之，以为大雅。引此比彼，屈原之词，优游婉顺，宁以其君不智之故，欲提携其耳乎？而论者以为'露才扬己'、'怨刺其上'、'强非其人'，殆失厥中矣。"以屈原之词比附《诗经》多少有些牵强，但是批评班固的贬斥是正确的。至于对《离骚》与儒家经典的比附也是十分生硬的，他说："夫《离骚》之文，依托五经以立义焉：'帝高阳之苗裔'，则'厥初生民，时惟姜嫄'也；'纫秋兰以为佩'，则'将翱将翔，佩玉琼琚'也；'夕揽洲之宿莽'，则《易》'潜龙勿用'也；'驷玉虬而乘鹥'，则'时乘六龙以御天'也；'就重华而陈词'，则《尚书》咎繇之谋谟也；'登昆仑而涉流沙'，则《禹贡》之敷土也。"这种分析自然是不符合《离骚》本意的。

在对屈原作品艺术特点的论述方面，王逸也是认为它与《诗经》的特点是一致的，不过是对《诗经》艺术方法的具体运用，所谓"依《诗》取兴，引类譬喻"。《楚辞》确有继承《诗经》艺术传统的方面，但在艺术表现上毫无疑问具有许多新的创造与突破，而形成了自己特殊的艺术方法与表现手法。王逸由于要从儒家观点来肯定《楚辞》，比附《诗经》，因而对《楚辞》本身的艺术特征就看不到，也不愿意去研究了。但是，王逸对屈原及其作品的艺术分析也有其积极贡献之处。他认为屈原作品中上天入地、奇异诡谲的描写，都是有所比喻和寄托的，也就是说都是有现实生活的基础的。其《离骚经序》中说："《离骚》之文，依《诗》取兴，引类譬喻。故善鸟香草，以配忠贞；恶禽臭物，以比谗佞；灵修美人，以媲于君；宓妃佚女，以譬贤臣；虬龙鸾凤，以托君子；飘风云霓，以为小人。"这里虽然是以比兴解释《离骚》，但是实际上也充分肯定了《离骚》的浪漫主义特征，不赞成像扬雄、班固那样否定屈原作品的浪漫主义艺术描写，着重指出了屈原那些超现实的浪漫主义描写，乃是与他在现实中的不幸遭遇、他所受到的诋毁与诽谤而产生的强烈愤慨与不平密切地联系着的。

王逸对屈原及其作品的高度评价，虽然有很多儒家思想的偏见与穿凿附会之处，但毕竟是否定了扬雄、班固等对屈原及其作品的贬斥，重新确立了屈原及其作品在中国文学史上的崇高地位，使之与《诗经》并驾齐驱，它的意义是十分巨大的。王逸的《楚辞章句》成为最重要的一个《楚辞》注本，后来经过宋代洪兴祖作补注，又有了新的面貌。对王逸评价《楚辞》的积极意义，应当给予足够的估价。

东汉后期文学理论批评的发展有一些值得重视的新特点，这是和汉代文学观念的发展与东汉后期文学创作发展的新特点紧密相关的。汉代文学观念的发展与先秦相比，有较大的变化，这就是文学的独立与自觉的逐渐形成。一般人所说到魏晋方始进入文学的独立与自觉时代之说其实是不确切的。汉人把文人分为"文学之士"与"文章之士"，前者是指学者（儒生），后者则是指文章家，即接近于今天所说的文学家。汉人所说"文章"的内涵与范围是包括各种应用文章在内的较广义文学，但又比先秦相当于"文化"之"文"要窄得多。汉人这种"文章"的概念是与魏晋以后的"文章"概念一致的。曹丕《典论·论文》、陆机《文赋》、挚虞《文章流别论》、刘勰《文心雕龙》，基本上都是沿用汉代关于"文章"的观念。这种传统的广义文学观念，一直延续了将近两千年。这种传统的"文章"观念的确立，是文学独立的重要标志。文学作为一个独立的部门在汉代图书的分类上也表现得很清楚，刘向的《别录》中分为经传、诸子、诗赋、兵书、术数、方技六类,刘歆的《七略》则修订而为辑略、六艺略、诸子略、诗赋略、六书略、术数略、方技略,班固的《汉书·艺文志》则依《七略》,而删其要。可见,诗赋已成为独立的一大类,它已从学术文化中分离出来了。从汉代开始出现了以专门写作文章为主的专业文人队伍,像贾谊、枚乘、司马相如、司马迁、东方朔等都是以文章显赫成名,而后又有刘向、王褒、扬雄等一大批人,到东汉时期就更多了,汉末的蔡邕更是著名的文章家。汉代的一大批辞赋作家大都不是学者,亦非以官高出名。所以唐代姚思廉在《梁书·文学传》中曾说:"昔司马迁、班固书并为司马相如传。相如不预汉廷大事,盖取文章尤著也。固又为贾、邹、枚、路传,亦取其能文传焉。范氏《后汉书》有文苑传,所载之人,其详已甚。然经礼乐而纬国家、通古今而述美恶,非文莫可也。"从《后汉书》开始,史书中分列儒林、文苑(或称文学)两传,实非偶然。

特别值得我们注意的是,包括在"文章"范围内的各种不同文体正是在汉代逐渐形成的,而到东汉后期它们大都已经成熟和定型。如颂、赞、祝、盟、铭、箴、诔、碑、哀、吊、论、说、檄、移、诏、策、章、表、奏、议、七辞、连珠等在汉代(尤其是东汉)都得到了极大的繁荣发展,其中有不少都是汉代才出现的。在东汉后期有不少著名的文章家,蔡邕是擅长写各种文体的大文章家,刘勰《文心雕龙》中的《颂赞》、《铭箴》、《诔碑》、《哀吊》、《杂文》、《奏启》等篇中,均曾盛赞蔡邕之作品。此外,如胡广善于写箴,而其章奏又为"天下第一"(《后汉书·胡广传》)。杨秉、陈蕃以奏著名,应劭擅长驳议,崔实善写记,黄香长于笺。与这种创作情况相应的是东汉后期对各种文体特征的研究也有了较大的发展。早在西汉时期刘向就指出赋的特点是"不歌而颂",东汉前期班固说赋是"古诗之流"。东汉末年,蔡邕不仅有《铭论》专论铭这种文体的特点,而且在《独断》中详细地分析了策、制、诏、戒、章、奏、表、驳议八类文体的不同特征,这就为魏晋时期的文体论开了先河。因此,我们可以说,魏晋南北朝的文学理论批评正是在汉代文学理论批评基础上的进一步发展。

第五章　玄学的兴起与魏晋南北朝文学理论批评的繁荣发展

第一节　玄学的兴起与文学观念的变迁

从曹魏篡汉到刘宋代晋,其间经历了二百年(220—420),这是中国古代文学创作和文学思想发生重大变化的时期。这个时期的变化是从汉末开始的,它的标志是儒教的衰落。汉末农民大起义沉重地打击了豪强地主势力,摧垮了汉代封建帝国,在农民起义被地主武装镇压下去后,全国陷入了动乱、分裂、割据的局面,作为大一统思想支柱的儒家学说也丧失了其统治地位开始衰落了。中小地主阶层力量发展起来,要求实现国家在政治上的统一、经济上的稳定与繁荣,因此也要求有合乎他们需要的思想学说。曹操掌权之后,注重刑名法术思想,提倡"唯才是举",认为只要有真才实学,即使是"盗嫂偷金",道德上有缺点也没有关系。儒家的伦理道德观念发生了动摇,儒家思想一统天下的局面被打破了。思想的解放带来了文学的解放,文学创作开始从儒家经学的桎梏中挣脱出来,获得了较为自由的发展,文学观念也开始有了新的变化。这种状况具体表现在以下几方面。

首先,文学创作主题的变化。汉代由于受经学的影响,文学成为宣传儒家礼教的工具,文学创作的主题大都是以政治教化和美刺讽谏为中心的,而到了汉末魏初,逐渐转变为以写个人悲欢遭际为主了,着重抒发个人喜怒哀乐之情,描写个人的曲折经历,以及对动乱现实的深沉感慨。从表现社会政治主题到刻画个人的内心世界,这是一个重大的变化。这种变化在汉末的《古诗十九首》及建安文学中有相当突出的反映。《古诗十九首》的基调充满了岁月流驰、人生易逝的浓厚感伤情绪,以及希望及时行乐、珍惜光阴的强烈愿望,表现了对生活的热情追求和社会现实给他们造成的悲剧结局的尖锐矛盾。例如:"盛衰各有时,立身苦不早。人生非金石,岂能长寿考?"(其十一)"生年不满百,常怀千岁忧。昼短苦夜长,何不秉烛游?为乐当及时,何能待来兹。"(其十五)人们的思想从儒家经学的束缚下解放出来之后,开始觉察到独立的人的意义与价值,他们为生命短促、人生无常感到悲哀,希望在有生之年享受到作为独立的人的生活与幸福。因此,他们的作品不再是封建礼教的传声筒,而变成为对个人悲欢离合、兴衰际遇的歌唱,真实而自然的诗人内心的独白。建安时代三曹七子的诗篇就正是如此,在"怜风月,狎池苑,述恩荣,叙酣宴"(《文心雕龙·明诗》)的过程中,体现了这个动乱、衰败的时代中那种深深的悲伤与感慨。诚如曹操所写:"对酒当歌,人生几何,譬如朝露,去日苦多。""慨以当慷,忧思难忘。何以解忧,唯有杜康!"建安时代成就最大的诗人曹植,主要就是写个人遭遇之不幸以及由此而产生的无穷感慨,这和写政教美刺为内容的作品毕竟是大不相同了。创作上的这种变化,反映在文学思想上就是从"言志"到"缘情"的变化。"言志"的"志"在汉代虽然也包含着"吟咏情性"的因素,在理论上认识到文学创作是在抒情中言志的特点,但是,这种"情"只能是符合于"礼义"之情,而这种"志"亦不出儒家政教怀抱的范围。而魏晋之际的"缘情"说其目的在突破儒家"礼义"之束缚,要求自由地抒发自己的感情,不再囿于儒家政教怀抱的"志",而自由地表现自己的愿望与要求。文学思想上的这种变化首先是从文学创作中体现出来的,而后陆机在《文赋》中才作了"诗缘情而绮靡"的概括。文学思想上的这种变化,正是在儒学衰落的基础上出现的。

其次,与上述文学创作主题与文学思想变化相适应,这一时期在文学创作和文学理论批评中,特别重视要体现作家特殊的创作个性。从文学创作状况来看,汉末魏初作家作品中的个性都十分鲜明。这是汉赋和乐府民歌中都很少见的。即以曹氏父子而论,就很不相同。曹操的诗歌古直、悲凉,曹丕的诗歌缠绵悱恻,曹植的诗歌慷慨多气。七子的个性也在各自的创作中体现得很清楚。在儒家思想占统治地位的经学时代,人们的个性往往是受到压抑的。文学要为封建礼教服务,只能表现所谓"天理",而不允许自由地描写"人欲"。人们只把自己当做礼教的工具而存在,不懂得自己是一个活生生的人,还有许多非"礼教"的思想、感情、愿望。可是当儒学一统天下的局面被打破之后,人们就逐渐意识到自己作为独立的人的存在价值,反对用共性来扼杀个性,要求能充分表现自己的个性。文学创作中对创作个性的高度重视,正是这种社会思潮的反映,同时,它也和随之兴起的玄学家重自然、轻名教的思想是互相吻合的。魏晋名士,不受名教束缚,放浪形骸,率性而为,任其自然,实际上起着一种强调个性自由发展的作用,它极大地促进了当时文学创作和文学思想的新变化。

第三,重视文学创作本身特点与规律之研究。儒家在对待文艺的内容和形式关系上,强调以内容为主导,形式为内容服务,这个基本思想并不错,但是由于片面强调为政治教化服务,对形式本身的独立性重视不够,常常忽略了艺术本身的特点与规律,严重者甚至只讲内容不讲形式,以思想代替艺术。像郑玄以美刺释比兴,就是比较典型的例子。魏晋之际,这种状况有了根本的变化,鲁迅先生说当时是一个"为艺术而艺术"的时代(《魏晋风度及文章与药及酒之关系》),这样讲也许有点过分,因为魏晋虽重艺术,但和不问内容唯求形式之美的倾向还是不同的。然而重视对艺术本身创作规律的探讨,确是一大特点。这和文学创作主题的转化,重视自由抒发个人感情,强调要有独特创作个性等是不可分割的。因为把文学看做是个人精神上的安慰,心情苦闷的一种解脱,自然也就会追求美的享受,对创作的审美特征提出比较高的要求。这些从曹丕的《典论·论文》到陆机的《文赋》,都反映得非常突出。

魏晋之际与儒教衰落的同时,玄学思想开始蓬勃发展起来,并且在魏晋南北朝的三四百年间得到广泛流行,其地位甚至超过了儒家。玄学思想是以老庄的面貌出现的,但又不等于先秦老庄思想,是它的变种,是在不完全"背弃儒家封建伦理的基本观念的条件下，吸收了汉以来名家、法家的学说，以老庄思想为标志的哲学思想"（汤用彤、任继愈《魏晋玄学中的社会政治思想略论》）。它偏重于对抽象的本体论的研究，具有思辨哲学的色彩，以"无"为体，以"有"为用，从思想史的发展来说，是援道入儒，以道为本，以儒为末，提倡名教即自然，以自然为体，以名教为用。这是符合中国文化传统中各派思想互相融合吸收的特点的。魏晋玄学的雏形是汉末的才性之争。才性论实质是研究如何使人才选用能更好地为当时政治斗争服务，它是曹操用人唯才的政策之理论根据。才性论和汉代以孝廉为标准的察举征辟人才是有原则的不同的，它由考核人才的名实，进而研究人才的普遍特性，从人物之性情的根本推溯到天地万物之根本，于是就有了以无为体、以有为用的玄学之发展。才性论本身对文学理论批评就有直接的重要的影响。

　　玄学的无有体用思想在认识论上以寄言出意、得意忘言为基本方法。玄学家认为"无"是体，而"有"是用，"有"并非"无"，但可以"有"来象征"无"，体会到了"无"之后，又必须舍弃"有"，而不能拘泥于"有"。这种认识方法具体表现在玄学家关于言、象、意关系的论述中。王弼《周易略例·明象》篇说："夫象者，出意者也；言者，明象者也。尽意莫若象，尽象莫若言。言生于象，故可寻言以观象；象生于意，故可寻象以观意。意以象尽，象以言著。故言者，所以明象，得象而忘言；象者，所以存意，得意而忘象。犹蹄者所以在兔，得兔而忘蹄；筌者所以在鱼，得鱼而忘筌也。然则，言者，象之蹄也；象者，意之筌也。是故存言者，非得象者也；存象者，非得意者也。象生于意，而存象焉，则所存者，乃非其象也。言生于象，而存言焉，则所存者，乃非其言也。然则，忘象者，乃得意者也；忘言者，乃得象者也。得意在忘象；得象在忘言。故立象以尽意，而象可忘也；重画以尽情，而画可忘也。"这段极其重要的论述是玄学认识论的纲领，也是玄学的美学和文艺思想的基本原则与出发点，许多重要的文艺理论问题正是由此而生发出来的。一方面"尽意莫若象，尽象莫若言"，可以"寻言以观象"、"寻象以观意"；另一方面言不等于象，象不等于意，"故存言者，非得象者也；存象者，非得意者也"。所以"得意在忘象，得象在忘言"。言象不过是得意之筌蹄，必忘象方能得意，忘言方能得象。言象都是有形的、有限的，而意则是无形的、无限的，它们并非意，而只是得意之工具，然而无此种工具，又无以得意。此种方法既可用以说明如何去领会至妙的玄理，又可指导人们的人生处世态度，亦可作为文艺创作指导思想。寄言出意、得意忘言是有无、本末、体用思想的具体化。玄学家把获得超现实的、与自然同体的玄远精神境界作为人生理想，而这种理想的精神境界又可以借现实之自然与社会来象征，而无须从虚无缥缈中去寻找。"神虽世表，终日域中"，"名教中自有乐地"。他们可以借自然与社会的某种景象来象征超尘拔俗的理想境界。故陶渊明《饮酒》诗云:"结庐在人境,而无车马喧。问君何能尔,心远地自偏。"田园山水都可以成为他们理想精神境界的一种象征与寄托。所以在文艺创作中,有形的物质手段所构成之形象,不过是情意借以寄托的工具,它本身并非情意。欲求作家之情意,须从言象之外得之,如果执著于具体的言象,则不能获得无限之情意。但情意虽不在言象,却又必须借言象方能获得,故而追求言外之意、文外之旨,遂成为文艺家所欲达到的最终目的。所以嵇康的"目送归鸿,手挥五弦",成为传世之绝唱,原因即在其超绝言象之外。像后来刘勰的"隐秀",钟嵘的"言有尽而意无穷"等等,都是在这种思想基础上提出来的,它也成为中国古代艺术意境之最基本特征。在玄学的文艺和美学思想影响下,魏晋南北朝时期的文学创作和文学理论批评有了空前的大发展,并且为后来文学创作和文学理论批评的发展奠定了基础。

第二节 曹丕《典论·论文》的时代意义和曹植的《与杨德祖书》

汉魏之交文学思想的变化,集中反映在曹氏父子身上。代表这一时期文学思想新特点的是曹丕及其《典论·论文》。曹丕(187—226),字子桓,是曹操的次子。他著名的《典论·论文》从分析七子的创作特征出发,论述了对许多重要文学理论问题的看法,具有鲜明的时代色彩。《典论》是曹丕的一部重要的政治、学术著作,《论文》是其中的一篇,其他已散佚。《典论》的写作时间在曹丕当太子以后不久,大约在建安二十二年至曹丕即王位的延康元年之间(217—220),此时建安七子均已去世。因此《典论·论文》的产生是有它的政治、思想背景和文学创作实践基础的。《典论·论文》的中心是论述作家才性与文体特征之间的关系,这是和汉魏之际政治学术思想的变迁直接联系着的。东汉后期统治阶级选拔人才,授予官职,注重孝廉,乡里评议,地方官吏察举,故品评人物的清议之风极为盛行。曹操掌政之后,鄙弃儒学而提倡名法,在选拔人才上不再以儒家仁义道德为标准,主张"唯才是举",强调实际才能。当时的才性之争,即研究人的才能与禀性关系的理论,是直接为政治上的这种需要服务的。品评人物、考核名实的目的是研究人君在设官分职时如何使官职与爵位相适应,才能与官职相符合。爵位大小与任职的重要与否能不能一致,官吏的才能与任职的要求是否合适,这是人君能否无为而治的关键所在。为此就要研究人物的才能个性特点与所任职事的特点和需要。于是就有刘劭的《人物志》等著作出现。刘劭《人物志》论十二种人流之业中专有文章家一类,说明研究作家才能之所长与辨析文体之性质,正是其中一个重要的组成部分。

而曹丕《典论》中之《论文》一篇的要害正是在这里。

《典论·论文》首先提出的重要问题,是作家的才能与文体的性质特点之关系。曹丕以七子为代表,指出作家的才能各有所偏,而通才是极少的。从文章的方面来看,不同文体有不同的创作特点。因此,对一个作家来说,往往只能擅长某一种文体的写作,很难做到各种体裁的文章都写得很好,即所谓"文非一体,鲜能备善"。所以对文人来说,不应"暗于自见",不要"各以所长,相轻所短",而"文人相轻"实是"不自见之患也"。然而当时的建安七子却因"于学无所遗,于辞无所假",而"咸以自骋骥䮫于千里,仰齐足而并驰",互相不服气,不能"审己以度人"。曹丕批评了这种状况,指出他们的才能实际上是各有所偏的。其云:

> 王粲长于辞赋,徐干时有齐气,然粲之匹也。如粲之《初征》、《登楼》、《槐赋》、《征思》,干之《玄猿》、《漏卮》、《圆扇》、《桔赋》,虽张、蔡不过也。然于他文,未能称是。琳、瑀之章表书记,今之隽也。应玚和而不壮,刘桢壮而不密。孔融体气高妙,有过人者,然不能持论,理不胜辞,以至乎杂以嘲戏。及其所善,扬、班俦也。

曹丕对七子的这段评论,我们还可以联系他的《与吴质书》中有关论述来研究。王粲、徐干以辞赋为主,但亦各有特点。《与吴质书》云:"仲宣独自善于辞赋,惜其体弱,不足起其文,至于所善,古人无以远过。"这也就是后来钟嵘所说的"发愀怆之词,文秀而质羸"。而徐干则风格舒缓,"怀文抱质,恬淡寡欲,有箕山之志",他的《中论》"辞义典雅","成一家言"。陈琳、阮瑀擅长章表书记,故云:"孔璋章表殊健,微为繁富。""阮瑀书记翩翩,致足乐也。"可见他们两人中在应用文章的写作上也还有具体差别。论刘桢说:"公干有逸气,但未遒耳。"这就是指"壮而不密",也就是后来钟嵘所说的"气过其文,雕润恨少"之意。论应玚云:"德琏常斐然有述作之意,其才学足以著书,美志不遂,良可痛惜。"则可见他之所长是在论著,不在诗赋,故与"和而不壮"可相参证。一个作家只有当他的才能特点和文学体裁特点相统一时,才能发挥其所长,真正有所成就。在分析作家才能有偏的同时,曹丕研究了不同类型文体的特点,他说:"夫文本同而末异,盖奏议宜雅,书论宜理,铭诔尚实,诗赋欲丽。此四科不同,故能之者偏也;唯通才能备其体。"曹丕所说的"本"和"末"指的是什么,是值得进一步研究的。"本"当是指文章的本质,即用语言文字来表现一定的思想或感情内容,而"末"则是指文章的具体表现形态,这种表现形态包含有内容特点和形式特点两方面的意义。曹丕分文章为四科八种,而这四科的"末异",以"雅"、"理"、"实"、"丽"来区别,这是一种风格上的不同,而决定这种风格差异的,有的是从内容上说的,有的则是从形式上说的,并不是从一个标准出发来分的。曹丕对文体分类的辨析,虽然比较简略,但是具有比较高的理论概括性,从全面把握文体发展状况上,归纳出了几种主要类型及其特征,使文体分类及特征的研究从汉代班固、蔡邕等的零星个别研究,发展到了一个全面综合研究的新阶段。从曹丕《典论·论文》中对"文"的概念的理解来看,其范围还是比较广的,大体上和汉代关于"文章"的概念是一致的。它既包括了诗赋这样的纯文学,也包括了章表奏议这样的非文学的应用文章。值得注意的是,他把诗赋合为一类而同其他各类相区别,这与刘向《别录》、刘歆《七略》、班固《汉书·艺文志》是一致的,然而曹丕指出诗赋的特点是"丽",说明他是看到了文学作为艺术的美学特征的。同时他所论述的八种文体中并没有史传和诸子这样的学术著作,应该说也是一种进步。

其次,《典论·论文》从研究作家的才能与文体特征关系出发,特别强调了作家个性对文学创作的重要意义,提出了"文以气为主"的著名论断。作家的才能为什么各不相同呢?为什么有人擅长写这种文体,有人则擅长写那种文体呢?为什么写的是同一类文章而风格又各不相同呢?曹丕认为这是由于人的个性不同的缘故,亦即各人禀气之差别而造成的。对才能与禀性之间关系,当时人们有很多研究,从曹丕的思想来看,他是主张才性一致的,是性决定其才。他在《典论·论文》中说:"文以气为主,气之清浊有体,不可力强而致。譬诸音乐,曲度虽均,节奏同检,至于引气不齐,巧拙有素,虽在父兄,不能以移子弟。"这里讲的是文章中的气,它是由作家不同的个性所形成的,它是指作家在禀性、气度、感情等方面的特点所构成的一种特殊精神状态在文章中的体现。曹丕强调文气的不同是因人天赋禀性不同,故而无法以人力改变,"不可力强而致"。这种看法有很明显的片面性,实际上人的个性形成虽有天赋的因素也有后天人为的因素。但就文章的风格与个性特征之间的关系来讲,则确是有不可力强而致的必然性的。从这个角度讲,曹丕的论述是符合客观事实的,正如音乐之巧拙,"虽在父兄,不能以移子弟"。提倡"文以气为主",强调作品应当体现作家特殊的个性,这是反映了汉魏之交文学创作和文学思想发展实际的,也是对这一时期创作特征和新文学思潮的理论概括,表现了和经学时代完全不同的文学批评标准。曹丕所提倡的"气",和孟子所说的"气",具有完全不同的性质。孟子的"气"是指道德品质修养达到崇高境界时的一种精神状态,是通过长期学习"礼义"而具有的"配义与道"的"浩然之气";曹丕的"气"则是先天赋予的、没有伦理道德色彩的自然禀性,是属于生理和心理方面的气。"文以气为主",即要求文章必须有鲜明的创作个性。

曹丕把文章的"气"从大的方面分为清气与浊气两类,这并不意味着所有的文章仅有这两种特征。就一个作家的作品来说,可能是以清气或浊气为主,也可能是清浊兼有;而就其清气或浊气的成分来说也可以或多或少,或轻或重,不可能有两个作家是完全一致的。甚至就一个作家来说,他的不同类型的作品也往往侧重体现其创作个性中的某一方面,并不完全相同。清浊只是最广义的一种划分,它是就人是禀阴阳二气所生来说的。所谓清浊,实即阴阳,阳气上升为清,阴气下沉为浊。曹丕在这里实开后世以阳刚之美、阴柔之美论文学之先河。曹丕本人在论具体作家时,也没有用清浊的概念,他论各个作家的文气也是具体的。《典论·论文》中说"徐干时有齐气","孔融体气高妙",《与吴质书》中说"公干有逸气"等等,其中有些从清浊角度来看,可以有所归属,如"逸气"当属清气范畴,"齐气"当属浊气范畴,而有些则很难说,如孔融之"体气高妙"。但从曹丕口气来看,对"逸气"是赞赏的、肯定的,对"齐气"则显然有贬义。"齐气"是指齐国人那种舒缓的习性在文章中之体现。班固在《汉书·艺文志》中说齐国文士"多好经书,矜功名,舒缓阔达而足智"。王充《论衡·率性》篇说楚越之人处齐国日久,"变为舒缓,风俗移也"。李善《文选》注说:"言齐俗文体舒缓,而徐干亦有斯累。"这是正确的。曹丕在论"气"时很清楚地反映了建安时代文学创作的基本倾向与美学要求。当时三曹七子作品都以追求慷慨悲壮、清晰昭明为主要特征,刘勰所指出的"梗概多气"是建安文学的时代风貌,曹丕所说的"逸气"是指刘桢作品中"真骨凌霜"的壮伟风貌,是符合这种时代特点的;而徐干的"齐气",则与时代风貌不大一致,曹丕是不喜欢的。所以曹丕的文学理论乃是对建安文学创作特征的总结与概括。

再次,曹丕对文章价值给予了从未有过的崇高评价。他说:"盖文章,经国之大业,不朽之盛事。年寿有时而尽,荣乐止乎其身,二者必至之常期,未若文章之无穷。是以古之作者,寄身于翰墨,见意于篇籍,不假良史之辞,不托飞驰之势,而声名自传于后。"曹丕这里所说的文章价值,其观念和传统儒家的文章价值观,是完全不同的。按照儒家立德、立功、立言三不朽的原则,立言是次于立德、立功而居于最末的地位。但是曹丕则把它提到了比立德、立功更重要的地位,认为只有文章才是真正不朽的事业,可以使作者声名传之于无穷,而其他一切都是有限的。这种文章价值观是对传统思想的重大突破,它对文学创作和文学理论批评发展的意义是十分巨大的。他不再把文学看做政治教化之工具,所谓"经国之大业"的具体内容,也并非是指儒家之礼义,而是指实际的治国之理论与见解。他强调文章写作对个人扬名后世的意义与作用,鼓励文人把全部精力用于文章写作。这样由于文章地位的空前提高,必然也就会对文章写作进行专门的深入的研究,从而使文学理论批评的重心由探讨文学的社会教育作用转入研究文学本身的创作规律与各类文体的特征,促进了文学理论批评的深入,并出现了一个繁荣发展的高潮时期。

最后,曹丕在《典论·论文》中还对文学批评态度提出了一些很有价值的意见。他发挥了王充反对好古贱今的思想,批评了当时文学批评中存在的"贵远贱近,向声背实"的不良倾向,以及"文人相轻"、"暗于自见"的错误态度,要求持一种比较客观的、实事求是的科学态度去批评文学。他认为文人应当有自知之明,不要"各以所长,相轻所短",既要看到别人的长处,又要看到自己的短处,对别人不应该求全责备,过分苛求。这对于文学批评的健康发展,无疑都是很有益处的。

综上所述,我们可以看到曹丕的《典论·论文》乃是由经学时代转向玄学时代,在文艺思想发展和文学理论批评方面具有重大转折意义的一篇纲领性文献。它宣告了以儒家思想为指导的经学时代文学理论批评的暂时告终,以玄学思想为主导的新的文学理论批评时期的开始。文学理论批评开始由侧重研究文学的外部规律转向侧重研究文学的内部规律。老庄的文艺观和美学观经过玄学的改造与发展,在魏晋南北朝这四百年的文学创作与文学理论批评中占有十分突出的地位,甚至超过了儒家。

与曹丕的文学思想有关系并值得我们注意的还有曹植的文学思想。曹植在著名的《与杨德祖书》中对文章的价值发表了和曹丕不一样的看法,他说:"辞赋小道,固未足以揄扬大义,彰示来世也。昔扬子云先朝执戟之臣耳,犹称壮夫不为也。吾虽德薄,位为藩侯,犹庶几戮力上国,流惠下民,建永世之业,流金石之功,岂徒以翰墨为勋绩,辞赋为君子哉!"他说即使政治上抱负不能实现,也"将采庶官之实录,辩时俗之得失,定仁义之衷,成一家之言"。他和曹丕的不同,鲁迅先生曾说是因为曹植在政治上受压抑,争太子之位失败,所以有此一番愤激之论。(见《魏晋风度及文章与药及酒之关系》)这是有道理的,故他的好友杨修在《答临淄侯笺》中则表示了不同意见,认为"今之赋颂,古诗之流,不更孔公,风雅无别耳",又说"修家子云,老不晓事,强著一书,悔其少作"。他说立德立功"斯自雅量,素所畜也,岂与文章相妨害哉"。实际上曹植并不一定真的轻视文章的价值,而且他和曹丕也有一致的地方,并不讲什么政治教化,而是从个人成名后世来谈的,与儒家的人生处世态度完全不同。

曹植在文学批评方面特别强调批评者本人必须要有很高的文学修养和创作能力,并认为没有这个条件就没有批评别人的资格。他说:"盖有南威之容,乃可以论于淑媛;有龙泉之利,乃可以议于断割。"他批评"刘季绪才不能逮于作者,而好诋呵文章,掎摭利病"。曹植重视批评者本身水平的提高,指出批评者必须是内行,要懂得文学,有创作能力;但是他的意见中也有较为片面之处,似乎批评者也一定要达到作者的水平或更高,才能有批评的资格,这就未免过于苛求了。

第三节　陆机《文赋》论文学的构思与创作

陆机的《文赋》是中国文学理论批评史上的一篇名作。它沿着《典论·论文》的方向,着重探讨文学的内部规律,第一次全面系统地研究了文学创作的基本理论,后来两晋南北朝的文学理论批评是按《文赋》的路子继续发展的。刘勰《文心雕龙》的写作受《文赋》影响就很大,故章学诚《文史通义》中说:"刘勰氏出,本陆机氏而昌论文心。"在中国文学理论批评发展史上,《文赋》具有十分重要的地位。

陆机(261—303),字士衡,吴郡吴县华亭(今上海松江县)人,出身东吴显贵家庭,祖父陆逊为丞相,父亲陆抗为大司马,均系东吴名将。陆逊的从伯父陆绩则是汉末著名的经学大师。《晋书·陆机传》说他"少有异才,文章冠世,伏膺儒术,非礼不动"。但他的遭遇很不幸,20岁时,吴国灭亡,他的几个哥哥均被杀,陆机与弟陆云乃"退居旧里,闭门勤学",约有十年之久。晋武帝太康末年,他们兄弟奔赴洛阳寻求功名,拜谒了地位显赫的张华。张华很欣赏他们的才华,介绍他们交结名流。后陆机曾先后做过太子洗马、著作郎、尚书中兵郎、殿中郎等职。八王之乱,天下动荡,陆机的朋友曾劝他引退,但他不从,投奔成都王颖,为参大将军军事,又为平原内史。太安二年为成都王颖后将军、河北大都督,与长沙王乂战于鹿苑,兵败被诬遇害,弟弟陆云及其二子同时被杀。这时陆机才43岁。《文赋》的写作年代,目前尚无定论。杜甫《醉歌行》云:"陆机二十作《文赋》。"后人颇多怀疑,清人何焯以为是杜甫误看李善《文赋》注所引臧荣绪《晋书》所致。近人逯钦立根据陆云《与兄平原书》第八书提到《文赋》,乃考定《文赋》作于公元301年,但也有人不同意,如姜亮夫认为此"文赋"二字乃指文与赋。近年来一些研究者多认为《文赋》作于入洛之后,然迄今仍无确证。且陆机入洛后政务繁杂,尤其是死前几年正值动乱时代,恐亦无心作《文赋》。故《文赋》很可能写于他与弟弟在故乡读书的后期。当时他们遍读古今文章,总结其经验而作《文赋》,是很自然的事。

从陆机的诗文来看,他在政治上是以儒家思想为指导的,他出身将门,欲继承父祖之业,能有所作为。其《遂志赋》中历数尧舜文武的功业,并说:"仰前踪之绵邈,岂孤人之能胄。匪世禄之敢怀,伤兹堂之不构。"然而,由于他的处境和遭遇,只能"要信心而委命,援前修以自程","任穷达以逝止,亦进仕而退耕"。对前途亦并不乐观,因此他也有受道家思想影响的一面,《幽人赋》中羡慕"超尘冥"、游"物外",《列仙赋》中赞美仙人"因自然以为基,仰造化而闻道",等等。他的《文赋》在涉及文学社会作用时仍持儒家观点,而论创作则主要以老庄道家思想为指导。这也是和时代的思潮一致的。《文赋》的中心是论述以构思为主的创作过程。陆机在《文赋》的小序中对《文赋》的写作目的及其所要解决的主要问题曾作了明确的叙述。其云:

> 余每观才士之所作,窃有以得其用心。夫其放言遣辞,良多变矣。妍蚩好恶,可得而言。每自属文,尤见其情。恒患意不称物,文不逮意。盖非知之难,能之难也。故作《文赋》,以述先士之盛藻,因论作文之利害所由,佗日殆可谓曲尽其妙。至于操斧伐柯,虽取则不远;若夫随手之变,良难以辞逮。盖所能言者,具于此云。

陆机在这里提出了"意不称物,文不逮意"的问题,并指出《文赋》写作就是要通过总结前人经验来解决这个问题。因此,正确理解"意不称物,文不逮意"问题,是理解《文赋》全篇的关键。陆机这里所说的"意"是指构思过程中的意,亦即构思中所形成的具体内容,而不是指文章中已经表达出来的意。"物"指人的思维活动对象,"文"是指用语言文字写成的文章。"意不称物"指构思内容不能正确反映思维活动对象,"文不逮意"指文章不能充分表现思维过程中所构成的具体内容。它们分别指创作过程中的两个重要问题,不能混为一谈。那么,如何才能解决"意不称物,文不逮意"的问题呢?陆机说:"非知之难,能之难也。"这里实际上讲的是作家的知与能的关系,也就是认识和实践的关系问题。他认为要认识"意不称物,文不逮意"的问题是不困难的,困难是在于从实践中如何去解决它。对这一点明代徐祯卿《谈艺录》中曾经有过"夫既知行之难,又安得云知之非难"的责备。陆机对"知"的重要性确有所忽视,但有时实践确比认识要更困难也是事实。由于重在解决"能"的问题,故《文赋》侧重于讲文学创作的构思和技巧问题。

如何进行艺术构思,是《文赋》探讨的重点问题。首先,陆机论述了作家在构思前应当具备一些什么条件,才能使艺术构思得以顺利进行。他着重强调了玄览、虚静的精神境界和知识学问的丰富积累两方面内容。《文赋》开篇就提出要"伫中区以玄览,颐情志于典坟"。玄览出自《老子》,河上公注云:"心居玄冥之处,览知万物,故谓之玄览。"这就是指老庄那种虚静的精神状态,它可以使人不受外物和各种杂念干扰,统观全局,烛照万物,思虑清明,心神专一。这是针对"意不称物"而提出来的。"颐情志于典坟",则是要求作家广泛学习前人文章和著作,吸取其丰富的创作经验。这里的"典坟"是借儒家传统的"三坟五典"来泛指各种有价值的优秀文章与著作,与下文"游文章之林府,嘉丽藻之彬彬"是一个意思。陆机这里着重讲的是书本知识,而没有涉及从现实生活中丰富知识学问的问题,但是书本知识和前人创作经验,确是提高自己写作能力的极重要方面。这正是针对"文不逮意"而提出来的。有了这两方面的准备之后,构思活动就能够顺利地展开。

《文赋》十分生动地描绘了构思活动的情状。其云:

> 其始也,皆收视反听,耽思傍讯,精骛八极,心游万仞。其致也,情曈昽而弥鲜,物昭晰而互进。倾群言之沥液,漱六艺之芳润。浮天渊以安流,濯下泉而潜浸。于是沈辞怫悦,若游鱼衔钩而出重渊之深;浮藻联翩,若翰鸟缨缴而坠曾云之峻。收百世之阙文,采千载之遗韵。谢朝华于已披,启夕秀于未振。观古今于须臾,抚四海于一瞬。

这里涉及从想象活动开始到艺术形象的构成及其用语言文字的物质化的全过程。当作家进入了玄览虚静的精神境界后,就能"收视反听,耽思傍讯",一心一意开始构思活动。构思活动一展开,首先要进行丰富的艺术想象,它具有超越时空局限的无限丰富性和广阔性,能"精骛八极,心游万仞"。而在艺术想象的过程中,作家的思维活动始终是与现实中的客观物象紧密结合在一起的,感情的逐渐鲜明与艺术形象的逐渐构成是同步进行的。"情曈昽而弥鲜,物昭晰而互进。"情与物在想象过程中的结合是艺术构思的必然结果。当艺术意象在作家的思维过程中形成之后,就需要用语言文字作为物质手段使它具体地呈现出来。这是一个非常艰苦的脑力劳动过程。为了寻找最精彩的、能最充分地表现构思中艺术意象的语言文字,就要"倾群言之沥液,漱六艺之芳润",上天入地,无所不至。它应当具有独特的创造性,即所谓"谢朝华于已披,启夕秀于未振"。

在论艺术构思的过程中,陆机十分强调灵感的作用,他称之为"应感之会"。他认为文思之通或塞决定于灵感之有无。当灵感涌现时则"思风发于胸臆,言泉流于唇齿","文徽徽以溢目,音泠泠而盈耳"。而当灵感枯竭时则"六情底滞,志往神留,兀若枯木,豁若涸流","理翳翳而愈伏,思乙乙其若抽"。然而陆机感到灵感的来去是非常微妙的,"来不可遏,去不可止。藏若景灭,行犹响起",不是作家自己所能控制,不可能要它来就来,故云"虽兹物之在我,非余力之所勠"。在陆机的时代要求他对灵感现象作出科学的解释是不实际的。他重视灵感现象,对它作了如实的描绘,而深感难以把握,这已经是对文学理论的一大贡献。陆机把灵感归之于"天机",他说:"方天机之骏利,夫何纷而不理?"天机的意思即是自然,此点李善《文选》注作了很好的解释,他说:"《庄子》:'蚿曰:今予动吾天机。'司马彪曰:'天机,自然也。'又《大宗师》曰:'其耆欲深者,其天机浅也。'刘障曰:'言天机者,言万物转动,各有天性,任之自然,不知所由然也。'"可见,陆机认为灵感之获得非人力所能左右,而应当顺乎自然。这里不仅可以进一步看到老庄思想对陆机构思论之影响,而且还可以看到它对后来刘勰的"率志委和"说的影响。

  《文赋》提出的另一个重要问题,是各类文体的特征及其艺术风格。陆机在《典论·论文》提出文体分八体四类的基础上,把文体分为十类并具体概括了其风格特征。他说:"诗缘情而绮靡,赋体物而浏亮。碑披文以相质,诔缠绵而凄怆。铭博约而温润,箴顿挫而清壮。颂优游以彬蔚,论精微而朗畅。奏平彻以闲雅,说炜晔而谲诳。"对这十种文体风格特征的论述,既有内容方面的特点,也有形式方面的特点,但并不是每一种文体风格特点都涉及这两方面,这和曹丕是一致的,但比曹丕要深入细致得多。这里特别值得研究的是他对诗和赋特征的论述,因为这是当时最主要的纯文学体裁。陆机对诗和赋的不同作了区分,但是我们应当看到这只是就其主要倾向来说的,实际上诗也有"体物"的方面,赋也有"缘情"的方面,并非绝对的不同。不过诗的抒情性更为突出,赋的描绘具体物象更为突出而已。陆机提出"诗缘情而绮靡"的主张,具有开一代风气的重大意义。他只讲缘情而不讲言志,不管他主观上是否意识到,实际上是起到了使诗歌的抒情不受"止乎礼义"束缚的巨大作用。后来清人对此有许多论述。沈德潜《说诗晬语》中就说他提出这个主张使"言志章教,惟资涂泽,先失诗人之旨"。纪昀《云林诗钞序》说:"知'发乎情'而不必'止乎礼义',自陆平原'缘情'一语,引入歧途。"汪师韩《诗学纂问》也记载道:"以'绮丽'说诗,后之君子所斥为不知义理之归也。"清人站在传统儒家立场上的这种批评,正可以使我们从反面了解到《文赋》的"缘情"论在突破经学对诗歌控制方面所作的积极贡献。"绮靡"说虽然指的是诗歌语言形式方面的问题,其含义与曹丕之"诗赋欲丽"亦无不同,但从儒家传统角度看也是一种背叛。儒家历来只讲文辞形式要为内容服务,所谓"文以足言","情欲信,辞欲巧",都是指如何更好体现内容,从来没有专门讲文辞华丽的说法。一般说儒家是提倡质朴而反对华丽的。而陆机则在曹丕基础上明确提出"绮靡"主张,故也多曾遭到迂腐儒生之斥责。其实绮靡之含义并非像明清人所说是"淫艳"、"侈丽"之意,而是像李善所说是指"精妙之言",是没有贬义的。刘勰《文心雕龙》中讲《九歌》、《九辩》,绮靡以伤情",以及西晋文学"结藻清英,流韵绮靡"等,均无贬斥含义。同时,重视诗歌的语言艺术美,正是六朝的一大特点,陆机首创是有很大功绩的。从陆机对诗赋创作中"缘情"、"体物"的论述中,可以看出他对文学艺术的两个重要特征即感情与形象,有了极为深刻的认识,说明他对文学的艺术特征的了解已经大大地深入了一步。

陆机不仅研究了各种文体风格特色,而且还从理论上总结了风格的多样化及其形成原因。首先,他指出文学体裁与风格的多样化,是因为作为文学描写对象的"物"本身是纷繁复杂,各有各的形状,没有完全相同的。他说:"体有万殊,物无一量,纷纭挥霍,形难为状。"又说:"其为物也多姿,其为体也屡迁。"这里的"体"即是指体裁与风格,中国古代文论中的"体"一般包含这两方面内容,具体行文中所指有时侧重点不同,此处重在风格。体的多变是由物的多姿所决定的。其次,风格的多样化又是和作家的个性、爱好密切联系着的。《文赋》中说:"夸目者尚奢,惬心者贵当,言穷者无隘,论达者唯旷。"作家的不同创作个性,必然要反映到作品的内容和形式特点上,从而形成各不相同的风格。最后,风格的不同又和文体的特点有关系。各种不同的文体在内容和形式上都有特定的要求,因此表现在风格上也就有明显的差异。《典论·论文》讲四科特色就接触到这一点,陆机《文赋》分为十体各有自己特征,就更为清晰了。从陆机的上述论述来看,一、三属于风格的客观性,二属于风格的主观性,相比较而言,陆机对风格的客观性讲得更多一些,而风格与作家个性的关系,讲得比较简略,后来刘勰在这方面就集中作了发挥。

《文赋》对创作过程中的具体表现技巧问题也作了很多分析。在结构和布局方面,他强调必须恰如其分地安排好意和辞,即所谓"选义按部,考辞就班"。务必使意和辞都能充分发挥其作用,使"抱景者咸叩,怀响者毕弹"。结构应按照表达内容的需要,采取多种多样的不同形式:"或因枝以振叶,或沿波而讨源。或本隐以之显,或求易而得难。或虎变而兽扰,或龙见而鸟澜。"在部署意和辞的过程中,陆机十分重视意的主导作用,"理扶质以立干,文垂条而结繁。以内容为主干,以文辞为枝叶。但是没有华丽丰满的枝叶,也就没有生气,只有枯树干也不能成为一棵活的树。陆机是主张内容和形式统一,情貌一致的。在艺术技巧方面陆机还特别提出了几个重要的原则,这就是:"其会意也尚巧,其遣言也贵妍。暨音声之迭代,若五色之相宣。""会意"指具体构思,"遣言"指辞藻问题,"音声迭代"指语言音乐美。这主要是指诗赋等纯文学而言的。构思巧妙、辞藻华美、抑扬顿挫的音乐美,这是六朝文学创作上非常讲究的三个问题,它既是时代特征在理论上的表现,又促进了六朝文学创作在艺术上的发展。这和后来沈约、刘勰、钟嵘等的主张是一致的。同时,陆机又提出这三个方面都要符合"达变识次"的原则,能适合表现对象的特点。此外陆机还提出了定去留、立警策、戒雷同、济庸音等具体写作方法,要求在剪裁上做到"在有无而俛俛,当浅深而不让";使文章中心突出,"立片言而居要,乃一篇之警策";反对模拟、抄袭,主张创新,"苟伤廉而衍义,亦虽爱而必捐";要使精彩处和一般处互相协调,"石韫玉而山辉,水怀珠而川媚"。

对文学作品的艺术美,陆机提出了五条标准,这就是应、和、悲、雅、艳。对这五方面,陆机都用音乐来比喻:应,是指音乐上相同的声音、曲调之间相互呼应构成的音乐美,借此比喻文学创作上的丰赡之美。他认为文学作品应如众弦成曲、众色成彩,做到枝叶繁茂,色彩交辉,而不是偏弦孤唱、独帛单彩。和,指音乐上不同的声音、曲调之间相互配合而构成的和谐音乐美,借此比喻文学创作上丰赡之美要和刚健的骨气相配合,不能"寄辞于瘁音,徒靡言而弗华"。悲,是以音乐上的悲音来比喻文学创作要能充分体现鲜明强烈的爱憎感情,能真正感动人,反对"言寡情而鲜爱,辞浮漂而不归"。雅,本是儒家传统的美学标准,从音乐来说,是和新声、郑声相对立的。但陆机所说的"雅",虽有和《防露》、《桑间》相对之含义,但主要是指比较广泛意义上的纯正格调之意,而不赞成那种"或奔放以谐合,务嘈囋而妖冶"的轻浮格调,并不像儒家那样以雅乐来反对新声。而陆机本人对"新声"是十分重视,而且积极提倡的。陆云《与兄平原书》中曾说:"古今之能为新声新曲者,无又过兄。""张公昔亦云兄新声多之不同也。"创作中追求新奇是陆机之一大特色。艳,这是陆机文艺思想中反映时代特点的重要表现,也是他突破儒家传统美学思想的重要表现。他对儒家所提倡的"朱弦疏越"之古乐和"大羹不和"之淡味,是很不满意的。他提倡"艳"是和提倡诗歌的"绮靡"一样,要求文学作品有很高的艺术美。这种艳是在重视内容的前提下,对形式提出的要求。这和刘勰在《文心雕龙》中赞扬《楚辞》之艳是一样的。讲究艳,并不就是形式主义。事实上,陆机提倡的艳,在文学发展上是起了积极作用的,它为促进六朝文学在艺术上的发展作出了贡献。

从《文赋》所体现的文艺美学思想来看,虽然它也有若干儒家思想的影响,例如最后关于文学的社会功用的论述,以及内容与形式关系等,但主要还是受老庄为代表的道家思想影响比较深,同时也受到当时玄学思想的影响。这不仅表现在他对儒家文艺美学思想传统的大胆突破方面,而且更为主要的是他在创作思想方面直接反映了道家的观点。他强调玄览虚静的重要作用,把灵感的获得归之于"天机",同时也在言意关系上受到"言不尽意"论的影响,认为文章之妙处,"是盖轮扁所不得言,故亦非华说之所能精"。创作过程中的"随手之变","良难以辞逮"。从总体上说,开始体现了论创作以道家为主、论功用以儒家为主的儒道结合之文艺思想特征。《文赋》对六朝文学理论批评发展影响极大,不仅《文心雕龙》是对他的全面继承和发展,而且挚虞、李充的文体论、沈约等人的声律论、萧统《文选》中的文学观念等,都是在陆机思想影响下,从某一方面的进一步发展。因此,我们应当给它以较高的历史地位。

西晋的文学理论批评除陆机之外，左思、皇甫谧、挚虞等也都有一些值得重视的见解。左思（约250—305）和皇甫谧（215—282）的赋论也都具有时代特征。左思在为他自己所作的《三都赋》写的序中，强调要以王充所提倡的那种严格的科学的真实性来要求辞赋的创作。其云："余既思摹二京而赋三都，其山川城邑，则稽之地图；其鸟兽草木，则验之方志；风谣歌舞，各附其俗；魁梧长者，莫非其旧。"他把王充那种否定文学的虚构、夸张的思想具体运用到了辞赋创作上，主张严格崇实，所谓"美物者，贵依其本；赞事者，宜本其实。匪本匪实，览者奚信"！这是一种相当狭隘的写实主义创作思想，不仅否定了浪漫主义，也抹杀了文学的特征，把文学创作和地图、方志等量齐观。这种思想对文学创作的健康发展自然是不利的。皇甫谧为左思《三都赋》作的序，则体现了和左思很不相同的文学思想。虽然他也受到左思的影响，说司马相如等的辞赋"虚张异类，托有于无"，但他认为这些作品"初极宏侈之辞，终以约简之制，焕乎其文，蔚尔鳞集，皆近代辞赋之伟也"。而且还进一步强调辞赋的特点就在华丽之描写，"赋也者，所以因物造端，敷宏体理，欲人不能加也。引而申之，故文必极美；触类而长之，故辞必尽丽。然则美丽之文，赋之作也"。这和曹丕、陆机见解是完全一致的。挚虞（？—311），字仲洽，曾编撰古代文章，类聚区分为三十卷，名《文章流别集》，而《隋书·经籍志》载则为四十一卷，另有《文章流别志论》二卷。二书均佚，仅存志论的十余条。"志论"系对各类文体特征及其发展状况的论述。现存志论涉及的文体有颂、赋、诗、七、箴、铭、诔、哀辞、对问、碑铭等，可以大体知道其《流别集》的分类大概是很细的，在陆机十体基础上又有了新的发展。挚虞的文学观点仍属两汉儒家经学的传统思想，强调为政教服务，要"发乎情，止乎礼义"。对诗赋的基本看法，大体依据扬雄、班固之论。他批评辞赋之有"害政教"有"四过"："假象过大，则与类相远；逸辞过壮，则与事相违；辩言过理，则与义相失；丽靡过美，则与情相悖。"在创作思想上也明显地反映了儒家的观点。自挚虞之后，东晋初有李充（生年不详）的《翰林论》。李充字弘度，或作弘范，其书亦已亡佚，严可均《全晋文》曾辑录其残存片断。他在文学思想上与挚虞不同，对魏晋作家评价较高，注重文采，黄侃《文心雕龙札记》中说他以"沉思翰藻为贵"是有道理的，说明他是合乎当时文艺思想潮流的。

西晋末年到东晋初年，进一步发展了曹丕、陆机文学思想、比较典型地反映了时代文艺思潮特点的是葛洪。葛洪（283—363），字稚川，丹阳句容（今江苏句容县）人，是著名的道教领袖，也是一位重要的思想家和文学理论批评家。他的主要著作是《抱朴子》内外篇，有关文艺的见解主要见于外篇。他在许多问题上都突破了儒家传统观念，中心是提倡繁富奥博之文，讲究华艳雕饰,对曹丕之"丽"、陆机之"艳"从理论上作了进一步发展。葛洪竭力提高文章的地位和价值,明确主张德行与文章并重,《尚博》篇说:"文章之于德行,犹十尺之与一丈,谓之余事,未之前闻。"又说:"文章虽为德行之弟,未可呼为余事也。"不同意儒家把德行凌于文章之上,特别是对文章写作的艺术技巧给予了充分的重视。葛洪对贵古贱今的传统观念进行了尖锐批评,鲜明地提出了今胜于古的主张。他嘲笑了那些认为"今日不及古日之热,今月不及古月之朗"的复古迷之愚蠢与可笑,指出在历史发展过程中,今必然要胜古,事物总是不断地发展进步,愈来愈丰富和完善的,文学创作也离不开这个共同的规律。这是葛洪提倡宏博富丽的文学之重要理论根据。他认为文学的发展也是从质朴到华丽逐渐演进的,因此讲究艳丽、雕饰也是一种进步的表现。他提出汉赋对《诗经》来说是一种进步,《钧世》篇中说:"《毛诗》者,华彩之辞也,然不及《上林》、《羽猎》、《二京》、《三都》之汪濊博富也。"这种观点自然也有其片面之处,但从华艳角度说,汉赋确是高过于《诗经》的。葛洪对艺术形式的重视,对辞藻华艳的提倡,不仅合乎当时文坛的潮流,而且对中国古代文学的发展也是有积极贡献的。

第四节　文笔之争和永明声律论

　　南朝文学思想发展中有两个十分重大的问题,即是文笔之争和永明声律论。

　　声律问题即是文学创作中的语言音乐美问题。声律之所以在当时受到特别的注意,与南朝文学创作重视文学的艺术美特征研究和深入探讨文学本身的规律有密切关系。声律理论的形成和系统化对中国古代文学创作和文学思想的发展影响甚大。对文学作品的语言音乐美的注意,并不始于南朝,而早在魏晋之际已经开始。刘勰在《文心雕龙·章句》篇中曾说:"魏武论赋,嫌于积韵,而善于贸代。"曹操所论,原文已不存。陆机《文赋》中已经注意到了要运用音韵声律上的抑扬顿挫来构成文学作品语言的和谐的音乐美。不过,这时四声并未发现,因此,多少还是比较盲目地去要求做到音韵流畅,而不能自觉地运用声韵的规律去创作。刘宋初年的范晔曾提出了要科学地认识和研究文学创作的声律美问题。其《狱中与诸甥书》中说:"性别宫商,识清浊,特能适轻重,济艰难,斯自然也。观古今文人,多不全了此处,纵有会此者,不必从根本中来。言之皆有实证,非为空谈。"范晔所谓的"清浊"、"轻重",实际上可能不只是字音的声母、韵母差别,而是体会到了声调上的不同。盖平声轻,而仄声重也。汉字的字音,如果只讲押韵,不讲声调,虽然也能形成一定的音韵之美,总是比较差的,因为平声和仄声押韵,总是不怎么协调的。声律派代表人物沈约、谢朓、王融等发现了"四声",它不仅是对文学理论的重要贡献,也是对汉语音韵学的了不起之发现。它使诗文创作声律之美建立在科学的基础之上。《南史·陆厥传》云:"永明末,盛为文章。吴兴沈约、陈郡谢朓、琅琊王融以气类相推毂。汝南周颙善识声韵,为文皆用宫商;以平上去入为四声,以此制韵,有平头、上尾、蜂腰、鹤膝;五字之中,音韵悉异,两句之内,角徵不同,不可增减,世呼为永明体。"提出四声差别,并将它运用于文学创作之中,是南朝声律派文学批评的主要内容。当时沈约"以为在昔词人,累千载而不悟,而独得胸襟,穷其妙旨,自谓入神之作"(《南史·沈约传》)。这也不能说没有一定道理。《文镜秘府论》在论及当时声律在文学创作中的流行状况时,曾说文人"盛谈四声,争吐病犯,黄卷盈箧,缃帙满车"。由此可知,声律理论在当时文学创作中的重要地位。关于四声在文学创作上的具体运用方法,沈约《宋书·谢灵运传论》中曾有详细的论述。他说:"夫五色相宣,八音协畅,由乎玄黄律吕,各适物宜,欲使宫羽相变,低昂互节,若前有浮声,则后须切响。一简之内,音韵尽殊;两句之中,轻重悉异。妙达此旨,始可言文。"沈约所说的"宫羽相变,低昂互节",宫羽即是平仄之意,平仄不同,高低抑扬各异,方可形成音声之美。"前有浮声,则后须切响",浮声指平声,切响指仄声。这是强调平仄要相间方能形成声律之美。轻重不同,实际也是指平仄之不同。不论是五字一句,还是两句一联之中,必须要做到平仄相间而不同,方能具备声律上的要求。在这种情况下,沈约等人还提出了"八病"的问题,这是说的几种需要防止的声病:平头、上尾、蜂腰、鹤膝、大韵、小韵、旁纽、正纽。"八病"之中,对前四病要求较严,后四病可以不看做病。《文镜秘府论》云:"但须知之,不必须避。"前四病中,亦以平头、上尾为最重要,蜂腰、鹤膝则比较容易防范。故钟嵘《诗品序》中说:"蜂腰、鹤膝,闾里已具。"根据"四声"而形成的诗歌格律,是体现了中国古代文学的民族传统的。但是对格律的规定过于细密,使文学创作受到很大的束缚,反而达不到真正的目的,这就是后来钟嵘等人所以要严厉批评的缘由了。沈约等人的另一问题是把声律的重要性提得超过了一切,所谓"妙达此旨,始可言文"。这就太过分了,甚至认为前人于此完全不懂,这也是不符合实际的。

　　文笔之争的实质就是怎样认识文学特征的问题。南朝文学思想承继魏晋,对文学的特征,特别是文学与非文学的区别,进行了更为广泛深入的探讨和研究。文学和非文学的区别究竟是什么?这是中国古代一直没有解决的问题,它比较突出地表现在关于"文"的概念的理解上。魏晋时期曹丕、陆机等对"文"的概念的理解,实际上仍然包含着性质完全不同的两类文章。一类是以具体的形象思维为主,具有想象和虚构特点的艺术文学;一类是以抽象的理论思维为主,着重于说理和实用的非艺术文章。这两类文章从构思和写作特点上看是不一样的,因此不能混为一谈。南朝时提出区分文笔,正是为了要进一步分清文学与非文学,然而以什么标准来区别文与笔呢?这是一个关键问题,它需要科学地研究文学与非文学的文章的各自不同特征来加以说明,但这是很不容易的。不能正确说明文学和非文学的文章的不同特征,不仅不能把两者区别开来,而且还会造成理论上的混乱。文笔之争之所以众说纷纭,莫衷一是,其原因正在于此。当时的一个普遍流行观点是以有韵无韵来区分。如《文心雕龙·总术》篇所说:"今之常言,有文有笔,以为无韵者笔也,有韵者文也。"这个标准的提出是为了适应当时研究文学特征的需要,并和当时文学创作的主要体裁是诗赋有关的。因为诗、赋都是押韵的,以有韵无韵来区分,确实可以大体分清当时的文学与非文学,所以有许多人是赞成用它作标准的。刘勰在《文心雕龙》中论述各种文体时,是把有韵之文放在前面,而把无韵之笔放在后面。然而,这毕竟是一个不够科学的标准。有韵的其实不一定是文学,无韵的也不一定不是文学。文艺散文可以不押韵,但不能说不是文学,而一些押韵的骈文,其实并不是文学,只是叙事的理论文章。甚至诗赋也可以是语录之押韵者。所以,押韵与否不是一个科学的标准,也不能真正分清文学与非文学。但是当时人们提出这个问题的目的和意图,我们是可以理解的,正是为了区别文学和非文学。由于当时在文笔的区分上,文亦可兼指文笔,容易和文笔之文相混淆,所以又有"诗笔"、"辞笔"等说,颜延之还将笔分为言和笔两类,以经典为言,传记为笔,这些都是从文笔之说派生出来的。从理论上看,提出文笔区别的一个重要原因是许多人看到了文人中有的善于为文,有的善于为笔,往往不能兼美。而这实际上正是反映了有人长于理论思维、有人长于形象思维,这两者是显然有别的。例如《南史·颜延之传》云:"(宋文)帝尝问以诸子才能,延之曰:'竣得臣笔,测得臣文,奂得臣义,跃得臣酒。'"刘勰在《文心雕龙》中也多处表现了这一思想,《才略》篇中说:"孔融气盛于为笔,祢衡思锐于为文。"《时序》中说:"庾(亮)以笔才逾亲,温(峤)以文思益厚。"梁元帝萧绎《金楼子·立言》篇中则说:"至如不便为诗如阎纂,善为章奏如伯松(张竦),若此之流,泛为之笔。"可见当时人们已经清楚地认识到了人的才能是各不相同的,文笔常常不能兼美。

以有韵无韵区分文笔,显然在当时已被人们感到是不够确切的了,因此像萧统、萧绎等已不用它来区别文笔,而对文学特征和文笔的区别,提出了新的看法和标准。萧统在《文选序》中提出的选文标准是"事出于沉思,义归乎翰藻",开始接触文学创作的形象思维问题。所谓"沉思"、"翰藻",实际上涉及艺术思维的特点及艺术创作的形象特征问题。"沉思"指的是文学家在创作过程中的艺术想象活动,应该说,"沉思"与刘勰所说的"神思",在本质上是没有什么差别的。"翰藻"指的是文学作品的华美辞藻。文学是语言的艺术,文学作品的语言和一般理论文章、应用文章的语言是有差别的。但是,萧统的这种认识毕竟还是一些初步的朦胧的体会,只局限于感性认识,当他要从理论上加以概括的时候,还不能正确地表达出这种艺术思维的特点,说"沉思",类乎深思,不能有效地区别开理论思维与形象思维的不同。说"翰藻",偏于外表形式之美,也不能分清艺术形象与一般文章的华丽辞藻之间的差别。因此并不能科学地说明文学的特征。所以他的《文选》之"文"的概念基本上和曹丕、陆机的"文"的概念是差不多的。但是他在《文选序》中明确提出不选经、史、子方面的著作,认为"姬公之籍,孔父之书",是"孝敬之准式,人伦之师友,岂可重以芟夷,加以剪截",这当然是一种恭维话,实际是认为这些著作并非文学。他说"《老》《庄》之作,《管》《孟》之流,盖以立意为宗,不以能文为本",所以不选。又说先秦的说辞"虽传之简牍,而事异篇章",故亦不选。至于"记事之史,系年之书,所以褒贬是非,纪别异同,方之篇翰,亦已不同",因此也不选。这说明他认为经、史、子都不是文学,从理论上把政治、哲学、历史等学术著作从文学中划分了出去,不过,他没有看到"经"中的《诗经》也是文学,而由于先秦文、史、哲还没有明确的界限,像《庄子》、《左传》(包括汉初的《史记》)等都有很强的文学性,因此,也有不科学之处。然而,他毕竟是对文学的特征作了可贵的探讨,这是应当充分肯定的。

梁元帝萧绎也不以有韵、无韵来区分文笔,他在《金楼子·立言》篇中说:"古人之学者有二,今之学者有四。夫子门徒,转相师受,通圣人之经者,谓之儒。屈原、宋玉、枚乘、长卿之徒,止于辞赋,则谓之文。今之儒,博穷子史,但能识其事,不能通其理者,谓之学。至如不便为诗如阎纂,善为章奏如伯松,若此之流,泛谓之笔。吟咏风谣,流连哀思者,谓之文。而学者率多不便属辞,守其章句,迟于通变,质于心用。学者不能定礼乐之是非,辩经教之宗旨,徒能扬榷前言,抵掌多识,然而挹源之流,亦足可贵。笔退则非谓成篇,进则不云取义,神其巧惠,笔端而已。至如文者,唯须绮縠纷披,宫徵靡曼,唇吻遒会,情灵摇荡。而古之文笔,今之文笔,其源又异。"萧绎在这里既强调了文学与学术的不同,又提出以感情充沛、音韵流畅、词采华美作为文的标志,这比萧统又更进了一步。这个标准的提出,是和诗赋是当时主要文学体裁的实际情况分不开的。不过,它也有不科学的地方,因为音韵流畅和辞采华美亦不能作为文学的基本特征来看待。然而,从萧统、萧绎的论述来看,对文学的特征及其与非文学的区别,在认识上确是大大向前发展了。

第六章　刘勰及其不朽巨著《文心雕龙》

第一节　刘勰的生平思想与《文心雕龙》的写作

刘勰的《文心雕龙》是中国古代文学理论批评史上一部最杰出的重要著作。它既是一部文学理论著作，也是一部文章学著作，又是一部文学史、各类文体的发展史，而且还是一部古典美学著作。大家把对《文心雕龙》的研究，称为"龙学"，这是它当之无愧的。

刘勰(466？—532？)，字彦和，祖籍东莞莒县(今山东莒县)，其祖先永嘉之乱后移居江南，一直居京口(今江苏镇江)。刘勰的生卒年，难以确考。(这里据拙作《有关刘勰身世几个问题的考辨》一文的辨正，此文刊载于香港城市大学中国文化中心和复旦大学联合出版的《九州学林》创刊号，2003年秋季出版)关于刘勰的身世，《梁书·刘勰传》有简略的记载，说刘勰"祖灵真，宋司空秀之弟也，父尚，越骑校尉。勰早孤，笃志好学。家贫不婚娶，依沙门僧佑，与之居处，积十余年，遂博通经论，因区别部类，录而序之。今定林寺经藏，勰所定也。天监初，起家奉朝请。中军临川王宏引兼记室，迁车骑仓曹参军。出为太末令，政有清绩。除仁威南康王记室，兼东宫通事舍人。……迁步兵校尉，兼舍人如故。昭明太子好文学，深爱接之。……然勰为文长于佛理，京师寺塔及名僧碑志，必请勰制文。有敕与慧震沙门于定林寺撰经。证功毕，遂启求出家，先燔鬓发以自誓，敕许之。乃于寺变服，改名慧地。未期而卒"。由此，我们可以知道，刘勰出身贫寒，他的家族中虽然也有过像刘穆之、刘秀之这样的大官，但刘勰一系与之关系不大。刘勰的父亲只做过一个小官，且早死，到刘勰时更加败落。不过刘勰在这样的家庭环境里长大，从政治上追求仕进，很自然地成为他青年时代思想的主流。然而在当时"上品无寒门，下品无世族"的门阀社会里，像刘勰这样的"寒士"，要想在仕途上有所发展，是很困难的。为此刘勰有许多牢骚和不满。《文心雕龙·程器》篇中说："盖人禀五材，修短殊用，自非上哲，难以求备。然将相以位隆特达，文士以职卑多诮：此江河所以腾踊，涓流所以寸折也。名之抑扬，既其然矣；位之通塞，亦有以焉。"不过，寒士只是士族中的下层，并不是庶族。刘勰在青年时代就进入定林寺依沙门僧佑，正是要借助和僧佑的关系，利用僧佑在当时的地位，以便结交上层名流、权贵，为自己仕进寻找出路。齐梁之际，佛法隆盛。南齐的当权者竟陵文宣王萧子良和梁武帝萧衍都是崇尚佛教的，而僧佑正是齐梁之际的名僧，曾受到萧子良、萧衍的器重，在齐梁两代享受政治上的特殊待遇。萧衍异母弟弟萧宏、萧伟及萧统之母（贵妃丁贵嫔）皆曾拜僧佑为师。刘勰正是因为与僧佑的关系，而受到梁武帝一家青睐。梁武帝即帝位，刘勰即"起家奉朝请"，并被临川王萧宏引为记室，又为南平王萧伟记室，并兼萧统太子的东宫通事舍人。正因为刘勰是以儒家经世致用作为自己人生处事原则的，所以他年青时代虽入定林寺十年之久并未出家，而当梁代初建不久，即出仕为官，一直到萧统死后，东宫易人，在晚年方启求出家。刘勰长时间从事佛经整理，精通佛理，又曾为许多名僧写碑文，他自己的佛学著作现存两篇，即《灭惑论》与《石像碑》，佛教思想对他的影响毫无疑问也是很大的。但这和他人生处世态度上以儒家思想为主，是并不矛盾的。中国古代的文人儒佛并用者是不少的。"外儒家而内释老"，从政出仕以儒家思想为准则，而修身养性则以佛老为标的，这是中国古代文人中一个很普遍的现象。魏晋南北朝时期，玄学与佛学合流，佛教徒也都精通玄学，老庄道家思想也十分流行。刘勰的《文心雕龙》中推崇自然之道，以自然为最高美学原则，说明他也是深受老庄玄学思想影响的。因此，我们可以说刘勰的思想以儒家为主而兼有佛道思想。他的《灭惑论》中就清楚地表现了儒、释、道三教合一的思想，他说："孔释教殊而道契。""梵言菩提，汉语曰道。""梵汉语隔而化通。"他对老庄玄学也肯定很高，认为在以"虚无"为本方面，释老是一致的。为此，他提出："至道宗极，理归乎一；妙法真境，本固无二。"这和当时梁武帝所提倡的"三教同源"思想，如出一辙。他的《文心雕龙》虽然儒家思想比较突出，但在创作思想上则受老庄道家思想影响很深，而在论述方法和全书严密的逻辑体系方面又表现了佛学思想的明显影响，重在"圆通"。特别是在批评方法上深受佛学中龙树中道观的影响，所以在很多重要的文学思想论争中，能采取不偏不倚的较为稳妥的看法，而没有形而上学的绝对化思想影响。

《文心雕龙》的写作当在南齐末年，清代刘毓崧《通谊堂文集·书文心雕龙后》一文对此有很精到的考证与分析，他的说法是可信的。《文心雕龙》的成书约在南齐东昏侯时，即499年至500年。《文心雕龙》共50篇，是一部"体大思精"，有完整科学体系和严密组织结构的文学理论巨著，刘勰在全书最后一篇《序志》中，曾对全书的体系作过概括的说明。他说："盖《文心》之作也，本乎道，师乎圣，体乎经，酌乎纬，变乎骚，文之枢纽，亦云极矣。若乃论文叙笔，则囿别区分，原始以表末，释名以章义，选文以定篇，敷理以举统，上篇以上，纲领明矣。至于割情析采，笼圈条贯，摘神性，图风势，苞会通，阅声字，崇替于《时序》，褒贬于《才略》，怊怅于《知音》，耿介于《程器》，长怀《序志》，以驭群篇，下篇以下，毛目显矣。位理定名，彰乎《大易》之数，其为文用，四十九篇而已。"由此可见,《文心雕龙》从总体来说可以分为上篇及下篇两部分,上篇包括五篇总论及二十篇文体论,对文学的基本问题及各种不同文体的历史发展状况,作了详细的论述;下篇则是有关文学创作、文学批评、文学的历史发展、作家的才能与修养等综合性理论问题的论述。

第二节　刘勰的文学本体论

　　刘勰对文学本质的看法,集中表现在《文心雕龙》的第一篇《原道》中。刘勰认为文学的本质是:道是其内容,文是其表现形式。《原道》篇开宗明义的第一句话便是:"文之为德也大矣,与天地并生者何哉?"这就是对文的实质的说明。对"德"字的理解,研究者有不同解释,从《原道》的基本思想来看,"德"就是"得道"之意。文作为道的体现,其意义是很大的。它是和天地并生的,因为天地也都是道的体现。此"德"和《老子》讲德即是得道是一样的。刘勰《原道》篇中所说的文的概念,有广义和狭义两方面的含义。广义的文即指宇宙万物的表现形式。如日月叠璧为天文,山川焕绮为地文,"龙凤以藻绘呈瑞,虎豹以炳蔚凝姿","云霞雕色","草木贲华",则是万物之文。任何事物都有它的一定外在表现形式,这便是广义的文;而任何事物又都有它内在的本质和规律,这便是道。道对不同事物来说,有它不同的表现形式,故而文也就千差万别。文是道的一种外化,所以不论是天地之文还是动植之文,都是"道之文"。作为万物之灵的"人",乃是"五行之秀"、"天地之心",自然也就有内在的道与外在的文。天地万物的道和广义的文,在人身上的体现即为心和文(人文)。人的心也是道的体现,"心之文"即是"人文"、即用语言文字来表达的文章,它也是"道之文"。《文心雕龙》中所说的是人文,但作为道的体现这一点是和广义的天地万物之文一致的。《原道》篇正是从广义的文和道关系来说明狭义的人文之本质。"心生而言立,言立而文明,自然之道也。"人和天地动植等物的区别,就在于天地动植等物是"无识之物",而人则是"有心之器","夫无识之物,郁然有彩,有心之器,其无文欤"。

　　在刘勰看来,文学既是"载心"的,又是"原于道"的,也就是说,文学既是人心灵世界的体现,又是反映了客观世界的原理和规律的。"文果载心,余心有寄!"(《序志》)"心既托声于言,言亦寄形于字。"(《练字》)然而从根本上说,它又是"自然之道"的体现,要借助于对物的描写而表现出来,是"拟容取心"(《比兴》)的结果。所以,文学的实质是主体和客体的统一,心与物的结合。在《物色》篇中刘勰从人和自然关系角度对心物之间的辩证关系作了相当深入的分析。他说:"是以诗人感物,联类不穷;流连万象之际,沉吟视听之区;写气图貌,既随物以宛转;属采附声,亦与心而徘徊。"所谓"随物宛转",是指作为主体的心之宛转附物,心必须充分尊重客观的物的内在之势,从而使内心与外境相适应,这是与庄子的"物化"思想一致的。"与心徘徊",是指客体的物必须符合于主体心的特点,也就是说要以主体的心去驾驭客体的物。"徘徊"当与"宛转"是同义语。因此客体的"物",是经过主体的心的改造的。但是,这不是一种主观随意的改造,而是在"随物宛转"的前提下的改造。所以,客体虽是服从于主体的,却又并不丧失它本身的自然本性。刘勰这种对心物交融、主客观统一的创作特征之分析与论述,乃是接受了中国古代论心物关系的传统思想影响,并经过对创作实际经验的总结,而加以创造性发展的结果。《乐记》中提出的物感说,经陆机《文赋》把它运用于文学创作,所谓"遵四时以叹逝,瞻万物而思纷。悲落叶于劲秋,喜柔条于芳春",但是都还只是说的"情以物兴"的方面,而并没有进一步涉及"物以情观"的方面。玄学和佛学思想的发展,突出了心对物的支配作用,玄学家把山水诗看做一种"悟道"的方式,山水只是他们体现"悟道"之心的一种"外物"而已。《世说新语·言语》篇说:"简文入华林园,顾谓左右曰:会心处不必在远,翳然林水,便自有濠濮间想也。觉鸟兽禽鱼,自来亲人。"自然山水,鸟兽禽鱼,都成了诗人主观的心之"外化",主体对客体起着一种完全的支配作用。宗炳在《画山水序》中更明确地把山水看做诗人"畅神"之工具。刘勰正是总结了前人的这些认识,而对心物关系作了全面的辩证的论述。

在《原道》篇中,刘勰还对人文的起源与发展作了论述,以进一步阐明人文的本质及其特点。他说:"人文之元,肇自太极,幽赞神明,易象惟先。"这里的"太极"实际上就是指八卦,亦即易象。这几句话的意思是说:人文的起源,始自八卦,它乃是神明意志的体现。而易象则是"庖牺画其始,仲尼翼其终"。伏羲作八卦,而孔子作十翼,作为事物普遍规律的道,才得到了充分的文字说明,其后《六经》中的其他各篇,都从不同角度对道的内容及其在现实生活中的运用,作了经典性的具体发挥。这样,道也就为大家所懂得和掌握,而孔子由于"熔钧六经",起到了"写天地之辉光,晓生民之耳目"的伟大作用。"道沿圣以垂文,圣因文而明道。"对道、圣、文之间关系的这个论述,进一步阐明了人文的本质,同时也确立了圣人和"六经"的重要地位。

刘勰《原道》篇中所说"道"的内容,从广义的文所体现的道来说,是指宇宙万物内在的普遍自然规律,是接近于老庄所说的哲理性的自然之道的。但从狭义的人文所体现的道来说,则是指具体的儒家的社会政治之道。刘勰认为儒家的社会政治之道,乃是对作为普遍的自然规律的哲理之道的具体运用和发挥。这样,他就把老庄那种哲理性的自然之道具体化为儒家的社会政治之道,又把儒家的社会政治之道上升为普遍的自然规律之道的体现,使老庄之道和儒家之道熔为一炉。刘勰这种对道的认识,从历史渊源上看,主要是继承和发展了荀子和《易传》的思想而来的。荀子对道的解释有普遍的自然规律之意义,并且把哲理之道与社会政治之道统一了起来。《系辞》大约成书于战国后期,它对道的论述和荀子一样,也是把儒家之道上升为哲理之道,同时阐明了儒家如何运用这种哲理之道来阐明社会政治问题,又把哲理之道具体化为社会政治之道,使自然天道和社会人道结合在一起,并且已经具有了刘勰所说的道、圣、文三者关系思想的萌芽。

正是从人文本于道,而其源为易象八卦的思想出发,刘勰提出了"征圣"、"宗经"的思想。既然人文是体现道的,而圣人之文又是阐明道的最集中最典型的代表,"六经"又是圣人之文的经典,因此,人文的写作自然必须效法圣人,以"六经"为楷式。刘勰在《征圣》篇中指出圣人文章在内容和形式两方面都为后人文章写作提供了以资学习的典范。从内容方面说。圣人文章是以"政化"(政治教化)、"事迹"(礼仪事功)、"修身"(修身养性)为基本内容的;从形式方面说,圣人文章具有"或简言以达旨,或博文以该情,或明理以立体,或隐义以藏用"这样四种繁、略、隐、显的基本写作方法。圣人文章"衔华而佩实",达到了内容和形式的高度统一。刘勰又在《宗经》篇中指出,后代各种类型的文体其实他们的最早源头都是在"六经",因《乐经》早佚,故后代文章均是从"五经"中派出来的。他说:"故论说辞序,则《易》统其首;诏策章奏,则《书》发其源;赋颂歌赞,则《诗》立其本;铭诔箴祝,则《礼》统其端;纪传盟檄,则《春秋》为根;并穷高以树表,极远以启疆,所以百家腾跃,终入环内者也。"刘勰这种原道、征圣、宗经的思想,虽然和荀子、扬雄有一脉相承的关系,但刘勰所处的时代是儒家思想衰落时期,他同时也深受佛学、老庄、玄学思想影响,所以他在论文学发展、文学创作、文学批评及评价作家作品时,并没有很严格地贯彻他的征圣、宗经思想,而表现了更多的道家、玄学和佛学思想的特点。

第三节 刘勰的文学创作论

《文心雕龙》的核心部分是文学创作论,这也是《文心雕龙》中最有价值的部分,它主要表现在以下几个方面:

一、论文学创作的构思

刘勰关于文学构思和创作的论述,集中表现在《文心雕龙》的《神思》篇中。"神思"是刘勰《文心雕龙》中提出的一个十分重要的美学概念。它指的是文学创作中作家的思维活动特点,展现了艺术思维过程中生动丰富的艺术想象活动情状:"文之思也,其神远矣。故寂然凝虑,思接千载;悄焉动容,视通万里;吟咏之间,吐纳珠玉之声;眉睫之前,卷舒风云之色;其思理之致乎?故思理为妙,神与物游。"作家的"神思"活动无远不到,无高不至,可以不受形骸之束缚,超越时间、空间的限制,具有无比广阔的范围和幅度,而且在整个"神思"活动过程中,文学家的思维活动始终都是和客观物象紧密地结合在一起的。同时这种"神思"活动又是和作家的感情之波澜起伏联系在一起的。当"神思方运"之际,"登山则情满于山,观海则意溢于海","谈欢则字与笑并,论戚则声共泣偕"。(《夸饰》)刘勰对艺术想象活动特点作了非常形象的描绘和相当深刻的概括,这就是:"神与物游。"作为创作主体的心(即"神")与作为创作客体的物的融和统一,正是艺术构思活动的基本美学原则。刘勰这种思想在《诠赋》篇中也有明确的表述:"原夫登高之旨,盖睹物兴情。情以物兴,故义必明雅;物以情观,故词必巧丽。"文学创作在"睹物兴情"的过程中,包含了两个相反相成的过程,这就是"情以物兴"和"物以情观"。故而刘勰在《神思》篇的赞语中说:"神用象通,情变所孕。物以貌求,心以理应。"指出在艺术构思过程中孕育文情的时候,心与物之间有一种互相呼应的重要表现。"物以貌求",是说客体以其多种多样的姿态摆在作家面前,让艺术家来选择所需要的部分,与之相契合;"心以理应",则是指主体按照其内含之理来与之相呼应,和物中最能体现其心之理者融合为一。物之貌与心之理互相默契,此理既是心之理亦是物之理。理应貌之呼求而入于其中,貌则恰好能容理入乎其中而使自己成为主体之理的体现者。

  刘勰对文学创作的艺术构思所提出的另一个重要思想,是强调神思活动的展开需要有虚静的精神状态。他说:"陶钧文思,贵在虚静,疏瀹五藏,澡雪精神。"虚静的目的在于保证艺术想象活动开展的时候,能够专心致志、不受任何主观或客观因素的干扰,以便集中精力使艺术构思顺利进行,并向深度和广度扩展。刘勰的虚静论主要还是受庄子思想的影响,上述"疏瀹五藏"两句即引自《庄子·知北游》。他在《养气》篇中指出进入虚静状态要靠"养气",并在赞中以"水停以鉴,火静而朗"作比喻,说明虚静而后可以洞察宇宙、妙观万物的道理,这也是运用了《庄子》中的典故。庄子在论技艺神化故事时突出地强调了虚静的作用,认为要达到虚静的状态,必须要排斥视听等感性认识和知识学问,但他所说的这些故事本身则又充分地体现了要使技艺达到神化水平,必须经过长期艰苦的锻炼与实践的积累,实际又肯定了知识学问和具体感性知识的重要性。而庄子虚静论对后代文艺创作思想的影响又正是通过这些技艺故事而产生作用的。所以刘勰在强调虚静时并不否定知识学问、经验阅历等的重要性,把"积学以储宝,酌理以富才,研阅以穷照,驯致以绎辞"与虚静精神状态,同时并列为"驭文之首术,谋篇之大端"。

对言意关系的理解也是刘勰艺术构思论中的一个重要问题。进入了虚静的精神状态之后,作家就能自由地展开想象的翅膀,在整个宇宙中遨游。然而,作家的这种丰富多彩的艺术想象活动内容,能不能用语言文字把它全部形象地描绘出来呢?这就涉及一个言能否尽意的问题。刘勰在《神思》篇中说:"方其搦翰,气倍辞前,暨乎篇成,半折心始。何则?意翻空而易奇,言征实而难巧也。是以意授于思,言授于意,密则无际,疏则千里。或理在方寸而求之域表,或义在咫尺而思隔山河。"艺术构思过程中,想象的内容是绚丽多姿的,但要把它具体化为语言形象,就不那么容易了。刘勰这里所说的思、意、言的关系,和陆机所说的物、意、文的关系实质上是一致的。他们所说的"意",都是指构思过程中与物象相联系的具体的意,就诗赋等纯文学来说,即是指构思中形成的意象。刘勰所说的"言"即是陆机所说的"文",指语言文字。陆机所说的"物"是指构思中形成的"意"的客观内容;而刘勰所说的"思",即指神思,亦即"神与物游"之"思",是就构思过程中"意"的主观内容而说的。实际上陆机的"物"是与主观的"情"相结合的"物",而刘勰的"思"也是与客观的"物"相结合的"思",不过所强调的侧重点不同而已。刘勰和陆机都看到了创作过程中的两个困难问题:一是构思中形成的意(或意象),能否正确反映客观物象,能否正确体现作家的主观意图;二是能不能用语言文字把构思中形成的意(或意象)确切地表达出来。刘勰认为前一方面还不是很困难,而后一方面则常常不能如意。要解决这个问题,刘勰认为有两个重要的关键,一是作家的才能问题,也包括作家的学识是否广博,经验是否丰富等。一个作家如果能够具备丰富的学识,又有很高的分析概括能力,做到"博而能一",则一定有助于克服"意翻空而易奇,言征实而难巧"的问题。二是必须认识到语言在表达人的思维活动内容时还是有缺点的。刘勰说:"至于思表纤旨,文外曲致,言所不追,笔固知止。至精而后阐其妙,至变而后通其数,伊挚不能言鼎,轮扁不能语斤,其微矣乎!"可见刘勰是肯定"言不尽意"论的。为了尽可能缩小言意之间的差距,就要注重"文外"之意,利用语言所能够表达、可以直接描绘出来的部分,去暗示和象征语言所不能表达、难以直接描绘出来的部分,尽可能扩大艺术表现的范围,并且充分利用读者的联想能力。

二、论文学形象的艺术特征

由于文学创作是"神思"的产物,文学作品的"意象"是在"神与物游"过程中形成的,所以体现在艺术形象上就有"隐秀"的特征。《隐秀》篇虽已残缺,但是刘勰关于"隐秀"的基本含义,在残留部分已经说得相当清楚了。他指出"隐秀"乃是作家神思活动的必然结果,他说:"夫心术之动远矣,文情之变深矣。源奥而派生,根盛而颖峻。是以文之英蕤,有秀有隐。"所谓"心术之动",即是说的神思活动。作家的艺术构思引起了"文情之变",而"心术之动远",则"文情之变深",这是有内在的因果关系的。艺术构思的结果形成了艺术形象;而艺术构思活动内容的生动、丰富、深刻以及其审美的特性,又决定了艺术形象必然具备"有秀有隐"的特点。对"隐秀"的含义,刘勰曾说:"隐也者,文外之重旨者也;秀也者,篇中之独拔者也。隐以复义为工,秀以卓绝为巧,斯乃旧章之懿绩,才情之嘉会也。夫隐之为体,义生文外,秘响旁通,伏采潜发,譬爻象之变互体,川渎之韫珠玉也。"这段话下面有关于秀的论述,然已残缺。据南宋张戒《岁寒堂诗话》所引,刘勰曾说过:"情在词外曰隐,状溢目前曰秀。"但不见于今本《文心雕龙》,可能即是缺文中的内容。从上述内容来看,"隐秀"的含义是清楚的。秀,是指的艺术意象中的象而言的,它是具体的、外露的,是针对客观物象的描绘而言的,故要"以卓绝为巧";隐,是指意象的意而言的,它是内在的、隐蔽的,是寄寓于客观物象中的作家的心意情志,故要"以复义为工"。文学作品中作家的思想感情是寄寓客观物象的描写之中的,这是艺术创造的一个基本原则。刘勰所说的"隐秀"其含义还要更深一层。他说的隐,是要求文学作品的形象不仅要有从形象本身可以直接体会到的意义,而且要有从形象间接地联想出来的意义,亦即是借助于形象的暗示、象征等作用而体现出来的意义。所以说隐有"文外之重旨",有两重意义。前一重意义是艺术形象本身自然流露出来的,后一重意义则是和不同的读者的不同体会相联系的,所以也常常是不确定的,而且有它的丰富性与灵活性。秀也不是指一般的描绘客观事物,而是要使客观事物的面貌非常逼真地呈现在读者的面前,如亲眼目睹一般,并且应当对现实物象作艺术加工,使之比生活原型更加"卓绝"。隐和秀是不可分割的统一体,隐必须借秀方能体现出来,而秀亦必须有隐藏于其中,如刘永济《文心雕龙校释》中说:"盖隐处即秀处也。"隐和秀是对艺术形象从不同侧面加以分析的结果,而两者本身则是统一于艺术形象之中的。隐是指艺术形象中主体的特征,而秀则是指艺术形象中客体的特征。"隐秀"也是刘勰对文学创作的一种美学要求,他说:"或有晦塞为深,虽奥非隐;雕削取巧,虽美非秀矣。故自然会妙,譬卉木之耀英华;润色取美,譬缯帛之染朱绿。朱绿染缯,深而繁鲜;英华曜树,浅而炜烨;秀句所以照文苑,盖以此也。"这一段话十分重要,它清楚地表现了刘勰以自然为美,又不废弃人为加工的基本美学思想原则。所谓隐不是要使文学作品写得语言深奥,晦涩难明,而应当是十分明白晓畅的,能给人以丰富的联想余地,使读者味之不尽,余意无穷。所谓秀,不是要作家堆砌辞藻,雕章琢句,而是要善于把一些难以描写的景象,十分生动、十分逼真、十分自然地再现出来,使人有如耳闻目睹、亲临其境一般。故刘熙载《艺概》中说:"其云晦塞非隐,雕削非秀,更为善防流弊。"

三、论文学的风格

刘勰在《文心雕龙》的《体性》、《定势》、《才略》等篇中对文学的风格问题作了比较集中的探讨。刘勰提出的"体性"概念,讲的是文学作品的体裁风格与作家才性之间的关系。中国古代文学理论中的"体"的概念,包含有两层意思,一是指文学作品的不同体裁形式,如诗、赋、赞、颂、檄、移、铭、诔等;二是指文学作品的风格特点。每一篇文学作品都有自己特定的体裁和风格,因此也就有自己的"体"。"性",是指作家的才能和个性。不同的作家才能有高低优劣不同,个性特点也不一样。文如其人,所以体与性之间有着必然的内在联系。刘勰指出了作家个性形成有四个方面的因素:才、气、学、习。而这四个因素又可分为先天和后天两类。才和气是先天的,各人因禀赋不同而各异;学和习则是后天的,是和作家的努力与他所生活的环境影响不可分割地联系着的。才,指作家才能;气,指作家的气质个性。作家的才气虽有先天好坏的差别,但又受后天学和习状况的影响而有所发展并逐渐定型。他说:"才有天资,学慎始习。斫梓染丝,功在初化,器成采定,难可翻移。"比如木材和生丝,虽然质地有高下之别,但是能工巧妇仍可以把质量较差的木材做成漂亮实用的器具,把质量较差的生丝织成美丽而精致的绸缎。反之,木材和生丝的质量虽然很好,如果放到笨工拙妇手里,就只能做出劣等的器具和绸缎。刘勰实际上把后天的学和习放在比先天的才和气更重要的地位上。作家的才性虽有"情性所铄"的一面,然亦是"陶染所凝"的结果。刘勰对作家才性分析之重视后天作用的思想,是和他重视社会生活实践对作家作品影响分不开的。刘勰比曹丕之只强调先天作用大大前进了一步。刘勰在《体性》篇中明确指出文学作品风格的多样化,正是作家个性各不相同所形成的必然结果。他说:"故辞理庸俊,莫能翻其才;风趣刚柔,宁或改其气;事义浅深,未闻乖其学;体式雅郑,鲜有反其习:各师成心,其异如面。"刘勰还举出12位作家的例子具体说明这种"文如其人"的特点。

刘勰在《体性》篇中把纷繁复杂的文学风格归纳为八种基本类型,并对每一种类型的基本特点作了概括。他说:"典雅者,熔式经诰,方轨儒门者也。远奥者,馥采典文,经理玄宗者也。精约者,核字省句,剖析毫厘者也。显附者,辞直义畅,切理厌心者也。繁缛者,博喻酿采,炜烨枝派者也。壮丽者,高论宏裁,卓烁异采者也。新奇者,摈古竞今,危侧趣诡者也。轻靡者,浮文弱植,缥缈附俗者也。"刘勰所归纳的这八种基本文学风格,不是简单的任意举例,而是在研究了大量文学作品风格的基础上提出来的。刘勰认为文学的风格虽然千变万化,但还是有几种基本类型,所谓"若总其归途,数穷八体"。提出八种基本类型和文学风格的多样化是不矛盾的,这并不意味着对具体作家作品风格就可以简单地纳入某一类,而只是几种构成风格的基本因素而已。这就好像无数色彩各异的绘画,必有几种基本色彩一样。把这些基本因素调配起来,就有无穷无尽的各种不同风格,即所谓"八体屡迁,功以学成"。所以他在列举许多主要作家作品风格时,都没有把它们简单地归入哪一类。刘勰还把这八种基本风格分为两两相对的四类:"雅与奇反,奥与显殊,繁与约舛,壮与轻乖。"刘勰对文学风格的这种归纳与分类是否科学,是否反映了文学风格的内在必然规律,这是值得研究的。但他毕竟是把对风格的研究进一步推向深入了。刘勰之所以把文学风格分为八种四对,是从《易经》得到启发的。《易经》认为宇宙万物尽管有千千万万,但基本物质有八种:天、地、山、泽、水、火、风、雷。其他一切事物,均是由这八种事物交错作用而成的。《易经》的八卦正是象征这八种基本事物的符号。八卦的相互配合,又形成六十四卦,三百八十四爻。而每一卦、每一爻都是象征一类事物的。宇宙间的事物无穷无尽,八卦之变化及其所象征的事物也是无穷无尽的。八卦所象征的八种事物以及八卦本身,也都是两两相对的。例如:

天☰——地☷ 　　水☵——火☲

风☴——雷☳ 　　山☶——泽☱

刘勰认为文学作品也是以宇宙万物作为自己描写对象的,因此也和卦象之象征宇宙万物一样可以分为八种四对。

  刘勰对文学风格理论的另一个重要贡献是深入地探讨了文学风格形成过程中的主观因素和客观因素之间关系。《体性》篇主要是论述文学风格形成的主观因素,而《定势》篇中则着重论述了文学风格形成的客观因素,研究了不同的文学体裁由于其内容和形式的不同特点,从而决定了其不同的风格特色。他说:"是以括囊杂体,功在铨别,宫商朱紫,随势各配。章表奏议,则准的乎典雅;赋颂歌诗,则羽仪乎清丽;符檄书移,则楷式于明断;史论序注,则师范于核要;箴铭碑诔,则体制于弘深;连珠七辞,则从事于巧艳:此循体而成势,随变而立功者也。"文学作品不同的"体"有不同的"势"。"势"本是指事物内在的一种客观的规律性,刘勰说:"势者,乘利而为制也。如机发矢直,涧曲湍回,自然之趣也。圆者规体,其势也自转;方者矩形,其势也自安:文章体势,如斯而已。"但是刘勰在这里是指一定的文体有与之相适应的一定的风格特点,这是文学作品体裁本身具有的必然性。"是以模经为式者,自入典雅之懿;效《骚》命篇者,必归艳逸之华;综意浅切者,类乏酝藉;断辞辨约者,率乖繁缛:

譬激水不漪,槁木无阴,自然之势也。"因为文学作品的体式有自己的"自然之势",所以在创作中就有一个客观的"自然之势"和作家的主观才性特征如何统一的问题。也就是说文学风格中的主观因素与客观因素应当统一成为完整的整体,而不使两者发生矛盾冲突,刘勰认为一个作家在创作过程中,很难做到每一类文体都写得很好,一般都只擅长某一类或特点相近的几类文体。为此,作家就要善于选择与自己的思想性格、习惯爱好、才能智慧相适应的文体形式来写作,这样才能充分发挥自己的特长,使文学作品风格的主观因素和客观因素和谐一致,从而收到事半功倍的效果,这就叫"因性以练才"。刘勰对文学风格的时代特征也有很深刻的认识。他在《才略》篇中指出作家的才能风格和时代有密切关系,不能不受时代风尚的影响。西汉前期黄老思想盛行,文学创作重自然之才情,而自汉武帝"罢黜百家,独尊儒术"以后,经学隆盛,影响到文学创作就重在书本学问。刘勰在《时序》篇中则对历代文学风格的时代特征作了相当深入而系统的分析。例如他指出了战国风靡一时的纵横家游说,对文学风格产生了重大的影响,不论是散文还是诗赋,都具有能言善辩、辞采华艳的特色,渗透着时代的风貌。

四、论文学作品的"风骨"美

"风骨"是刘勰在《文心雕龙》中所提出的一个十分重要的文学审美标准,风骨的含义颇多争议,没有一个能为大家所认同的解释。我认为这和以往的研究只从"风骨"的具体含义来作诠释,而没有从广阔的中国历史文化背景上来考察风骨的意义与价值有关。刘勰对"风骨"的重视和他提出的"风清骨峻"审美理想,和中国文化传统中所表现的主要精神有十分密切的关系。中国古代知识分子在精神品格上有非常可贵的一面,这就是建立在"仁政"、"民本"思想上的,追求实现先进社会理想的奋斗精神和在受压抑而理想得不到实现时的抗争精神,它体现了我们中华民族坚毅不屈、顽强斗争的性格和先进分子的高风亮节、铮铮铁骨。"风骨"正是这种奋斗精神和抗争精神在文学审美理想上的体现。中国古代文论特别讲究人品和文品的一致,刘勰在《情采》篇中曾严厉地批评了"志深轩冕,而泛咏皋壤,心缠几务,而虚述人外"的人品和文品不统一创作倾向。刘勰提出的"风清骨峻"不只是一种艺术美,更主要是一种理想的人格美在文学作品中的体现,它和中国古代文人崇尚高洁的精神情操、刚正不阿的骨气是分不开的。文学批评中的"风骨"本是源于人物品评,在六朝人物品评中"风骨"是一个常用的概念。如《宋书·孔觊传》中说:"少骨梗有风力,以是非为己任。"《世说新语·赏誉》说:"王右军目陈玄伯,垒垒有正骨。"又其注中引《晋安帝纪》说:"羲之风骨清举也。"这些"风骨"都是指一种高尚的人品。《论语·子罕》中记载孔子说:"岁寒,然后知松柏之后凋也。"这是从松柏之不畏严寒来比喻人应有不怕强暴的坚毅品格,所以刘勰赞扬孔子是:"夫子风采,溢于格言。"(《征圣》)孟子说:"富贵不能淫,贫贱不能移,威武不能屈;此之谓大丈夫。"(《滕文公下》)能成为这样的"大丈夫",才会具有"配义与道"的"浩然之气",故刘勰赞美"稷下扇其清风"(《时序》)。屈原之所以"发愤以抒情",正是出于对腐朽黑暗现实的不满,"长叹息以掩涕兮,哀民生之多艰",为了实现"仁政"的理想,他"虽九死其犹未悔",宁"从彭咸之所居",而不与恶浊小人同流合污。他这种高洁品质在汉代曾受到刘安、司马迁等人的高度评价,赞扬他"虽与日月争光可也"。刘勰说屈原的作品,"观其骨鲠所树,肌肤所附,虽取熔经旨,亦自铸伟辞"。"故能气往轹古,辞来切今,惊采绝艳,难与并能矣。"(《辨骚》)正是说明它有《风骨》篇所强调的以风骨为主、辞采为辅的艺术美。司马迁遭受残酷宫刑折磨,能"就极刑而无愠色","虽万被戮,岂有悔哉"(《报任安书》),为的就是把自己的理想寄托于《史记》的写作。他提出了著名的"发愤著书"说,充分体现了不屈服的奋斗精神。刘勰称其《报任安书》"志气盘桓"而有"殊采"(《文心雕龙·书记》),也是赞扬他作为一个有正义感的知识分子的情操骨气。所谓"建安风骨"就是建安诗人对动乱现实的悲忧和对壮志抱负的歌颂在艺术风貌上的表现。以三曹和七子为代表的建安诗人在汉魏之交都是有理想、有抱负的政治家和文学家。故刘勰说:"观其时文,雅好慷慨,良由世积乱离,风衰俗怨,并志深而笔长,故梗概而多气也。"(《时序》)刘勰《风骨》篇中说:"昔潘勖锡魏,思摹经典,群才韬笔,乃其骨髓峻也;相如赋仙,气号凌云,蔚为辞宗,乃其风力遒也。"这是刘勰在全篇中所举出的唯一的"骨髓峻"和"风力遒"的作品范例。潘勖《册魏公九锡文》是为汉献帝写的封赐曹操的符命,文中历数曹操护卫皇室、平定各路诸侯叛乱、统一天下的功绩,基本上是符合事实的,文辞典雅而有力量,故说是"骨髓峻也"。刘勰对曹操的评价是比较公正的,虽然不赞成他的专权暴虐,但无论在政治上还是文学上都肯定了他的历史作用,并没有封建正统的偏见,所以评陈琳的《为袁绍檄豫州》一文时说:"陈琳之檄豫州,壮有骨鲠;虽奸阉携养,章实太甚,发丘摸金,诬过其虐,然抗辞书衅,嚼然露骨矣。敢指曹公之锋,幸哉!免袁党之戮也。"(《檄移》)既有肯定也有批评,认为它有过于偏激而失实之处。而所谓"壮有骨鲠",是指陈琳敢于在曹操威震天下之时"抗辞书衅",毫不惧怕地大胆揭发其专横暴虐行为。很有意思的是:潘勖和陈琳的这两篇文章在对曹操的态度上是尖锐对立的,然而刘勰却认为它们都有骨力,这当然是因为曹操作为一个历史人物本身存在着矛盾的双重性,但同时也可以看出刘勰不论是评人还是评文,凡是表现出了作者义正词严的人格力量的文章都认为是有骨力的作品。司马相如的《大人赋》,是一篇意在讽谏汉武帝"好仙道"的作品,"相如以为列仙之传居山泽间,形容甚臞,此非帝王之仙意也,乃遂就《大人赋》"。故以"大人"喻天子写其游仙之状,指挥众神,气度恢弘,目的在说明这种游仙实际上是不可能的,然而结果却正好相反:"相如既奏大人之颂,天子大说,飘飘有凌云之气,似游天地之间意。"(《史记·司马相如传》)《大人赋》是模仿骚体的作品,颇有屈原《离骚》翱翔九天的壮阔气势,体现了鄙弃世俗的高洁情操,刘勰说它"气号凌云,蔚为辞宗",故"风力遒也"。刘勰提出的"风清骨峻"的审美理想,也很具体地表现在《文心雕龙》全书对许多作家作品的评论中。如《铭箴》篇说崔骃、胡广《百官箴》有周代辛甲之遗风,善于针砭天子的过失,故能"追清风于前古"。可见"清风"正是指一种高尚的精神情操和人格美而言的。"骨峻"大都是指作品的"事义"所表现的和经典相近的思想力量,例如《诔碑》篇说蔡邕《司空文烈侯杨公碑》"骨鲠训典",即指其善用《尚书》典故叙述杨赐生平事迹很有说服力,树立了清正廉明的高大形象。《奏启》篇说:"杨秉耿介于灾异,陈蕃愤懑于尺一,骨鲠得焉。"说明杨秉和陈蕃为人忠贞耿直,敢于对天子进行直谏和大胆地揭露时弊,所以他们的奏启"骨鲠得焉"。由此可见,"风骨"实是指作家的高尚人格和精神风貌在作品中的体现。具体地说,风是指作家的思想感情、精神气质特征。所以"怊怅述情,必始乎风","情之含风,犹形之包气",而"意气骏爽,则文风清焉"。感情愈强烈,气质愈鲜明,作品中的风也就更加突出,故"深乎风者,述情必显"。骨是指作品中客观内容所表现的一种思想力量,是语言文辞所依附的枝干,所以"沉吟铺辞,莫先于骨","辞之待骨,如体之树骸","故练于骨者,析辞必精"。文学作品的内容是要由语言文辞来表现的,所以骨与辞关系十分密切。刘勰提出风骨是他对文学作品精神风貌美的一种要求,而他肯定辞采华丽则是对文学作品物质形式美的一种要求。但在这两者中,风骨居于主导地位,而辞采是起辅助作用的。这一主次关系不能颠倒,故而他说:"若丰藻克赡,风骨不飞,则振采失鲜,负声无力。是以缀虑裁篇,务盈守气,刚健既实,辉光乃新,其为文用,譬征鸟之使翼也。"又说:"若风骨乏采,则鸷集翰林;采乏风骨,则雉窜文囿:唯藻耀而高翔,固文笔之鸣凤也。"这种思想不仅与当时其他的文学理批评论家如钟嵘等的看法一致,而且与其他艺术领域中提倡风骨的精神也是一致的。

五、论文学作品的写作技巧

在内容和形式的关系上,刘勰强调文学作品的内容是起主导作用的,而形式是为内容服务的。《情采》篇说:"夫铅黛所以饰容,而盼倩生于淑姿;文采所以饰言,而辩丽本于情性。故情者,文之经;辞者,理之纬。经正而后纬成,理定然后辞畅:此立文之本源也。"刘勰反对"为文而造情",主张"为情而造文","故为情者要约而写真,为文者淫丽而烦滥"。他很重视文学作品的真实性问题,但是他所说的真实性是指作家的思想、感情与作品中所表现的思想、感情的一致,而不是像西方的文学真实论那样,重在作品内容与现实生活之间的一致。这也是中国和西方真实论的不同之所在。

但是形式本身也有其相对独立性,刘勰在《文心雕龙》中对文学作品的写作技巧,花了全书将近四分之一篇幅来加以论述,这说明他对技巧也是相当重视的,从组织材料、篇章结构、段落剪裁,一直到比喻、夸张、声律、对偶、用典,以及具体的章法、句法、字法,都作了详细分析。刘勰在《总术》篇中说道:"是以执术驭篇,似善奕之穷数;弃术任心,如博塞之邀遇。"说明"善术"(有很高写作技巧)和"弃术"(不重视写作技巧)是很不相同的。他强调作家必须在统观全局的指导思想下来考虑具体的写作技巧,他说:"文场笔苑,有术有门。务先大体,鉴必穷源。乘一总万,举要治繁。"必须先识"大体",然后各种具体写作技巧方能恰如其分地运用好。必须"圆鉴区域,大判条例",才能"控引情源,制胜文苑"。因此他主张首先要讲究文学作品的整体美。他在《附会》篇中说:"何谓附会?谓总文理,统首尾,定与夺,合涯际,弥纶一篇,使杂而不越者也。若筑室之须基构,裁衣之待缝缉矣。"必须先有一个整体的布局,然后每一部分的取去、详略,方有合适的标准。所谓"杂而不越"即是指的整体与部分的关系,要做到"弃偏善之巧,学具美之绩",才是"命篇之经略"。总体布局确定之后就要善于剪裁。《熔裁》篇说:"规范本体谓之熔,剪截浮辞谓之裁。"所谓"规范本体"是指在文意的安排上要删去烦琐、重复,以及与全篇无紧要关系那些部分。所谓"剪截浮辞",是要注意文辞修饰,使之精练明白、生动流畅。为做到这一点,刘勰提出了著名的"三准论",使情、事、辞三者达到和谐统一。"设情以位体",指文体结构安排应当符合表达思想感情的需要。"酌事以取类",是要选择适合于表达思想感情的具体生活内容,使题材与主题思想互相契合。"撮辞以举要",是说情和事确定后,要用确切的文辞来加以表现。三准既定,便可使作品"芜秽不生","纲领昭畅"。在文辞表达方面,刘勰论述了比兴、夸张、声律、对偶、用典等问题,根据当时文学创作的经验作了认真的理论总结。例如对于声律,刘勰既不陷入烦琐的声病规范之中,也不简单地否定声律派的理论,而是深入地探讨了声律说的美学原理。他认为声律的关键是在于如何做到"和"与"韵"。他说:"是以声画妍蚩,寄在吟咏,滋味流于字句,气力穷于和、韵。异音相从谓之和,同声相应谓之韵。"诗歌语言音韵相同的声韵互相呼应,称为"同声相应",然而这毕竟还是比较单调的。语言的音韵美,主要还是在于不同声音之间的和谐配合,亦即所谓"异音相从"之"和"。和韵之美可以构成抑扬顿挫的节奏,形成摇曳多姿的声律之美。

从这一点说,刘勰对声律理论的研究比声律派要更为深入。关于用典,刘勰在充分肯定其意义与作用同时,又要求用得合适,不影响自然流畅之美。他说:"凡用旧合机,不啻自其口出;引事乖谬,虽千载而为瑕。"此外,刘勰还对语言修饰等问题提出了不少有益的见解。他对写作技巧的重视和对重要写作技巧的理论总结,对文学发展无疑是有积极的促进作用的。

第四节 刘勰的文学文体论

文体论是《文心雕龙》全书构成中的很重要一部分,全书分上篇和下篇,各为25篇。上篇的25篇中前五篇为总论,其他20篇是论文体及其历史发展的。这里首先要解决的问题是《辨骚》一篇算不算在论文体各篇之内?陆侃如、牟世金先生《文心雕龙译注》一书的《引论》中说:"《文心雕龙》中从《辨骚》到《书记》的二十一篇是'论文叙笔'。""通常称这二十一篇为文体论。"这种看法当不始于陆、牟二位,自明清以来不少人认为《辨骚》应列入文体论各篇之内。一些研究古代文论和《文心雕龙》的现代学者,对此亦有不同看法。黄侃先生在其《文心雕龙札记》中曾说:"彦和析论文体,首以《明诗》可谓得其统序。"认为《明诗》及以后各篇方是文体论。黄侃先生论《辨骚》时还指出:"彦和论文,别骚于赋,别骚于赋,盖欲以尊屈子,使《离骚》上继《诗经》,非谓骚赋有二。观《诠赋》篇云:'灵均唱骚,始广声貌。'是仍以《离骚》为赋矣。"近年来,大部分《文心雕龙》研究者均以《辨骚》为总论之一,而不入文体论各篇。王元化先生《文心雕龙创作论》中有专文论述《辨骚》应归入总论部分,指出:刘勰本人在《序志》篇中明确地讲到前五篇为"文之枢纽",而没有把它列入"论文叙笔"的范围之内,而《辨骚》一篇之体例和写法亦显然与《明诗》等论文体各篇写法不同,它不是以"原始以表末"等四部分来论述,而是有其总论部分的鲜明特点的。我们认为黄侃先生、王元化先生等的分析是正确的,是符合刘勰原意的。刘勰并没有把骚、赋看做两种文体,他写《辨骚》的目的,是为了说明《楚辞》是上承《诗经》而下启辞赋,是文学发展中善于运用通变原理之楷模,故而说是"变乎骚"。这和萧统《昭明文选》中别骚、赋为两体是不一样的。如果把《辨骚》归入文体论内,势必会影响对《辨骚》意义的认识,破坏了"文之枢纽"的完整性,妨碍对刘勰基本文学观的理解。所以文体论应当是20篇而不是21篇。

刘勰在《文心雕龙》中从第6篇《明诗》起到第25篇《书记》为止,分别论述了诗、乐府、赋、颂、赞、祝、盟、铭、箴、诔、碑、哀、吊、杂文、谐、讔、史、传、诸子、论、说、诏、策、檄、移、封禅、章、表、奏、启、议、对、书、记等34种不同的文体,这在当时可以说是包括得相当详尽了。

刘勰所处的时代虽然还没有真正严格意义上的小说和戏剧,但是诗赋和散文的文体种类是非常多的,怎么来进行分类,这是一个很不容易解决的问题。刘勰文体论的科学性也首先表现在他的分类原则上。他的20篇文体论的分类是参考当时流行的文笔之争来安排的。他对文笔之争有自己的看法,在《总术》篇中曾论到当时的这一场争论,并表示了自己的看法。他说:

> 今之常言,有文有笔,以为无韵者笔也,有韵者文也。夫文以足言,理兼《诗》、《书》,别目两名,自近代耳。颜延年以为:"笔之为体,言之文也;经典则言而非笔,传记则笔而非言。"请夺彼矛,还攻其楯矣。何者?《易》之《文言》,岂非言文?若笔果言文,不得云经典非笔矣。将以立论,未见其论立也。予以为:"发口为言,属翰曰笔,常道曰经,述经曰传。经传之体,出言入笔,笔为言使,可强可弱。六经以典奥为不刊,非以言笔为优劣也。"

刘勰不同意颜延之那种文、笔、言的三分法。我们知道,当时文笔之争的实质是要区别文学与非文学,研究文学之特点以及它与非文学作品之间的不同。这是符合社会科学各门类的发展以及文学本身发展的要求的。但是,仅仅以有韵无韵来区别文学与非文学是不科学的,也不能最终将其区别清楚。以有韵无韵来区别也有其特定的历史原因,因为当时主要的文学形式诗和赋,都是有韵的,而像历史、哲学、政治著作及实际应用文章则都是不押韵的。不过,情况是复杂的,有些有韵的并非文学作品,而有些无韵的却是很好的文学作品。但从大的方面来说,这是有一定道理的。颜延之提出要区别笔和言,说前者有文采,后者没有文采,他的本意是认为一般说的"笔"中也有很有文采的,有的则没有文采,有文采的和有韵之文一样,应该属于文学,无文采的"言",才应该排除在文学以外。其用意就是企图解决文笔之分中的非科学性,但是说经典无文,传记有文,则也是不妥当的,所以就受到刘勰的驳斥和批评。一般说,笔也确有不同类型。但是有没有文采,这标准就很难掌握了。刘勰尖锐地指出了这一点,他根据孔子说的"言以足志,文以足言",认为"文以足言,理兼《诗》、《书》",这里的《诗》就是有韵之文,而《书》就是无韵之笔。他不同意颜延之的观点也是有道理的。另外,传统所说的经典,情况也很复杂,有些完全不能算文学,而像《诗经》则是纯粹的文学。所以简单地把"经"划出文学之外,也是不恰当的。刘勰在《文心雕龙》中对文体分类次序大致按文笔来安排,然而从全书来说,所论之文实际是兼及文笔的。他的20篇文体论,自《明诗》至《哀吊》都是有韵之文,下面的《杂文》、《谐讔》两篇是兼有押韵之文和无韵之笔的,而自《史传》以至《书记》则均为无韵之笔。

《文心雕龙》中20篇文体论,从题目上看包括34种文体,实际上其中还附带论到许多有关文体。例如"杂文"中包含了"对问"、"七"、"连珠"三类。《诏策》一篇中包括先秦的"誓"、"诰"、"令",汉代的"策书"、"制书"、"诏书"、"戒敕"等,并附带论及由官方的诏策影响到民间的文章体裁而出现的"戒"、"教"、"令"等文体形式。《奏启》一篇文末还论到与其相接近的"谠言"、"封事"、"便宜"等三种文体。《书记》一篇则论及书信、记笺,而记笺中又分记与笺两种,篇末又附带论及书记之各种支流,如谱、簿、录、方、术、占、试、律、令、法、制、符、契、券、疏、关、刺、解、牒、状、列、辞、谚等24种名目。因此,实际上论及的文体达六七十种之多。然而,刘勰并没有把它们并列在一起,而是按其性质与内容加以归类,有的一篇一体,有的一篇达数十种文体。他的分类是有大有小、有主有次的。在前后次序上也是有考虑的,以诗为首,是因为诗是当时的主要文学形式;其次是乐府,这也是诗,不过是配乐的诗而已,故置于诗之后。赋是诗之变种,或者说是古诗之一种,所以排在诗之后,这就体现了诗和赋这两种文学形式的重要地位。赞颂等是接近诗赋的,但不像诗赋那么重要。有韵之文是按其地位之重要与否来排列的。无韵之笔也是如此。刘勰以"史传"列为笔之首,说明史传文学乃是散文中成就之最高者。其次为诸子,诸子中的哲学散文是可与历史散文并列的,不过按照传统的经、史、子次序,自然就排在史传之后了。以后,论说、诏策、檄移等也是按重要性来排列的,所以最后是书记。

刘勰对各种文体发展的分析,共分为四个方面,即"原始以表末,释名以章义,选文以定篇,敷理以举统"。"原始以表末"是对各种文体的历史发展、源流演变的论述。"释名以章义"是对每一类文体的名称作一个科学的说明,同时给予一个带有定义性的概括,以指明这种文体的理论含义。"选文以定篇"是从每一类文体历史发展状况的论述中选出有代表性的作品,并作出深入分析。"敷理以举统"是对各类文体创作特征和要领的分析。

第五节　刘勰的文学发展论和文学批评论

刘勰在《文心雕龙》中深入地探讨了文学历史发展中的继承与创新和文学发展与时代的关系问题。关于继承和创新,刘勰提出了"通变"的思想。通,是指文学发展过程中有一些基本的创作原则是历代都必须继承的;变,是指文学创作必须随着时代和文学的发展而有新的发展与创造。从《文心雕龙》的前五篇总论来说,《原道》、《征圣》、《宗经》讲的就是"通"的问题,而《正纬》、《辨骚》则是讲的"变"的问题。变,有一个怎样变才是正确的问题,像纬书那样的变是走上邪道了,而像《楚辞》那样的变才是正确的变。刘勰在《通变》篇中对文学创作上的通与变曾作了具体的论述,他说:"夫设文之体有常,变文之数无方。何以明其然耶?凡诗赋书记,名理相因,此有常之体也;文辞气力,通变则久,此无方之数也。名理有常,体必资于故实;通变无方,数必酌于新声;故能骋无穷之路,饮不竭之源。"所谓"设文之体有常",是指每一种文学体裁都有自己的特点和写作方法,但是,每一种文学体裁的作品又可以有千千万万,它们的具体面貌是很不相同的,所以说是"变文之数无方"。为此,作家应当掌握"凭情以会通,负气以适变"的原则。

刘勰对文学发展与时代关系的论述也是建立在通变的思想基础上的。对文学发展与时代变迁的关系,他在《时序》篇中提出了一个著名论断:"文变染乎世情,兴废系于时序。"他认为文学是随着时代的变化发展而变化发展的。他说:"故知歌谣文理,与世推移,风动于上,而波震于下者。"现实世情有了新的面貌,文学发展也就有新的姿态。刘勰指出,文学发展是依赖于时代并受其制约的。时代对文学的影响,不仅可以关系到文学发展是萧条还是繁荣,而且可以直接影响到文学创作的思想内容和艺术风貌特征。他指出建安文学之慷慨悲壮风貌特点是受战乱频繁、社会经济遭到严重破坏、民不聊生的时代状况影响之结果。论及东晋文学的发展,刘勰强调了玄学的兴起和发展对文学创作的深刻影响。他说:"自中朝贵玄,江左称盛,因谈余气,流成文体。是以世极迍邅,而辞意夷泰,诗必柱下之旨归,赋乃漆园之义疏。"刘勰还认为帝王的提倡与否,与文学发展关系也甚大。例如建安文学的发展便是和曹氏父子喜爱文学、热心提倡分不开的。此外刘勰还指出了每一个时代文学的发展,都必然会受前代文学遗产的影响。这些说明刘勰在论述时代对文学的影响时,看到了时代的各个方面因素(如政治、经济、文化思想、文学艺术等)对文学发展都有极为深刻的影响。

关于文学的批评和鉴赏,刘勰首先指出它和文学的创作有不同特点:"夫缀文者情动而辞发,观文者披文以入情。"创作是一个由情到辞的过程,而欣赏则是一个由辞到情的过程。文学的欣赏和批评,是由读者先受到艺术形象的感染,然后再深入一步去体会作家主观的情志。文学作品门类众多,品种复杂,万紫千红,各有千秋,要鉴别其好坏是不容易的,同时,批评者欣赏者的状况也很不相同,各人水平高低不一。所以《知音》篇说:"知音其难哉!音实难知,知实难逢;逢其知音,千载其一乎!"刘勰指出由于批评者的主观和无知往往会埋没许多优秀的作品,经常出于主观好恶而不能对文学作品作出客观的实事求是的评价,对此刘勰是很不满意的。他说:"夫篇章杂沓,质文交加;知多偏好,人莫圆该。慷慨者逆声而击节,酝藉者见密而高蹈,浮慧者观绮而跃心,爱奇者闻诡而惊听。会己则嗟讽,异我则沮弃;各执一隅之解,欲拟万端之变;所谓'东向而望,不见西墙'也。"批评者不从作品客观实际出发,必然要出现片面性。他认为这种主观、片面的文学批评,其产生原因有三:一是"贵古贱今",二是"崇己抑人",三是"信伪迷真"。他提出正确的文学批评应当"无私于轻重,不偏于憎爱"。那么怎样才能做到客观地、公正地、科学地进行文学批评活动呢?刘勰认为首先批评者本人必须加强修养,提高自己的水平。他说:"凡操千曲而后晓声,观千剑而后识器;故圆照之象,务先博观。"只有大量阅读和研究各种文学作品,认识和掌握文学创作的规律和特点,认真地加以比较和鉴别,才能给作品以正确的评价,真正做到"平理若衡,照辞如镜矣"。

刘勰还进一步指出批评者还必须懂得欣赏和批评文学作品的具体方法,知道怎样去判断文学作品的优劣。为此,他提出了"六观"的问题:"将阅文情,先标六观:一观位体,二观置辞,三观通变,四观奇正,五观事义,六观宫商。斯术既形,优劣见矣。"六观是分析文学作品优劣的方法,而不是文学批评标准。一观位体,是要考察文学作品的体裁风格与它所包含的情理是否互相契合。《定势》篇说:"情致异区,文变殊术,莫不因情立体,即体成势也。"体是因情而立的,体应当和情、势和谐统一。二观置辞,是要考察文辞运用是否能充分地表达内容。《情采》篇说:"是以联辞结采,将欲明理;采滥辞诡,则心理愈翳。"置辞的妥帖与否,是和内容联系着的,而不能只看它是否华丽。三观通变,是要考察文学作品在继承和革新方面,是否做到了有通有变,能不能"望今制奇,参古定法"。四观奇正,是要考察作品内容是否纯正,形式是否华美,以及两者的关系安排得是否妥当,是"执正以驭奇",还是"逐奇而失正"。五观事义,是要考察文学作品中所描写的客观内容与作家主观情志是否协调统一。事义要真实可信,并能体现情志而不能和它相乖戾。六观宫商,是要考察文学作品的声律,是否做到了有和、韵之美。六观,还只是一般的考察文学作品优劣的几个方面,要真正有精到深刻的识别能力,善于一针见血地指出作品的要害所在,关键是要能够"见异"。刘勰指出:"见异惟知音耳。"一部优秀的作品必然会有自己的独特特点,有不同于一般作品的"异采"。惟有善于发现"异采",方才算得上真正的"知音"。我们从《文心雕龙》来看,刘勰本人正是这样一位善于"见异"的知音。

《文心雕龙》不仅具有完整的文学理论体系,而且比较全面地反映了中国古代文学理论的民族传统,对后来文学理论批评发展具有奠基作用,是中国古代文学理论批评发展史上最有代表性的权威著作,它的丰富理论内容有许多至今还闪耀着光辉。它为中国古代文学理论批评赢得了具有世界历史意义的重要地位。

第七章　钟嵘的诗论专著《诗品》

第一节　钟嵘以"直寻"为核心的文学思想

钟嵘的《诗品》是继刘勰《文心雕龙》之后,中国文学理论批评史上的又一部重要著作,它和《文心雕龙》被后世学者誉为文论史上的"双星"。清代章学诚在《文史通义》中称赞刘勰《文心雕龙》是"体大而虑周",褒美钟嵘《诗品》是"思深而意远"。《诗品》的出现还有它特殊的意义,钟嵘以前的文论著作如《文赋》、《文心雕龙》等,所论都是广义的文学,而《诗品》所论则是狭义的纯文学——诗歌。中国是一个诗的国家,唐宋以后千余年的文学理论批评史上,曾出现大量的诗话、词话,钟嵘《诗品》可说是它们的开山鼻祖。

钟嵘(约468—518),字仲伟,颍川长社(今河南长葛)人,和刘勰是同时代人。他出身贫寒,"位末名卑"(《南齐书·钟嵘传》),从南齐永明年间开始做过一些小官,在门阀世族统治之下是很不得志的。钟嵘在政治上颇想有所作为,但在那个时代是受人轻视的,无法实现其抱负。钟嵘的思想受儒家影响较少,而较多地倾向于老庄玄学思想。本传说他"明《周易》",而《易经》在那个时代是玄学家经典。他在政治上提倡"无为之治",主张臣代君劳,这正是玄学家在政治上的主张。梁天监初,钟嵘曾上书反对卖官鬻爵之弊。不过,他虽出身寒门,但在政治上又主张严格按门第品级,分清世族、寒族,可见其思想是比较复杂的。据本传说他曾"求誉于沈约",但沈约很看不起他,加以拒绝。《诗品》是他晚年之作,大约成书于514—516年之间,因为《诗品》所评论的122位诗人其原则是"不录存者"。《诗品》中列有沈约,而沈约死于天监十二年(513),而诗人柳恽、何逊死于天监十六年(517),《诗品》中则未列。《诗品》之作正值中国文学艺术理论批评的一个空前活跃时期,对文艺家进行品评,是一种时行的社会风气。如谢赫的《画品》、庾肩吾的《书品》,还有《棋品》之类,因此《诗品》之出现并非偶然。然而《诗品》之作的主要原因是钟嵘对当时文学批评和文学创作现状的不满,为了树立正确的诗歌创作风气和提倡科学的文学批评标准,所以他在《诗品序》中尖锐地批评了当时滥用典故、排比声律之弊。《诗品》对当时文学创作和文学批评的健康发展是有积极意义的。《诗品》,本名《诗评》,把自汉迄梁的122位五言诗人分为上、中、下三品,品各一卷,计上品 11 人(不含古诗),中品 39 人,下品 72 人。他对这些诗人及其作品的成就高下、艺术风貌特征均进行了总体性的评论,并且区分流派,追寻各自的渊源关系。

《诗品》每卷卷首各有一篇序言,因其内容贯通,今本多合为一文,列于书前。其中阐发了钟嵘基本的文学思想,提出了较为系统的关于诗歌的本质、特征以及诗歌创作与鉴赏批评的理论,概言之就是:感情论、自然论、风骨论、滋味论。

一、诗歌的本质是表现人的感情

钟嵘在《诗品序》中阐述了他对文学本质的认识,他说:"气之动物,物之感人,故摇荡性情,形诸舞咏。"钟嵘明确指出:文艺作品都是作者主体心灵、也就是作者感情活动的外在表现。这里的"性情"是指以感情活动为主的全部心灵活动,它和"性灵"的概念是一致的,所以钟嵘在论及诗歌的作用时又说诗可以"陶性灵,发幽思"(评阮籍诗)。文学是人的性灵之表现的思想并非始于钟嵘,刘勰在《文心雕龙》中已经提出,不过刘勰是就广义的文说的,钟嵘则着重强调诗歌是体现人的性灵的,是以抒发感情为主的。从这个角度说,他和后来明清"性灵说"之联系更为密切,故袁枚有"抄到钟嵘《诗品》日,该他知道性灵时"(《仿元遗山论诗》)之说。同时钟嵘指出造成诗人性情摇荡的原因是,外界事物对诗人的感发触动,即"物之感人"。这种"感物起情"说法也是从《乐记》而来的。钟嵘对"物"的理解是比较宽的,不仅是指自然事物,也包含了社会生活内容。他在《诗品序》中说:"若乃春风春鸟,秋月秋蝉,夏云暑雨,冬月祈寒,斯四候之感诸诗者也。嘉会寄诗以亲,离群托诗以怨,至于楚臣去境,汉妾辞宫,或骨横朔野,魂逐飞蓬;或负戈外戍,杀气雄边;塞客衣单,孀闺泪尽;或士有解佩出朝,一去忘反;女有扬蛾入宠,再盼倾国。凡斯种种,感荡心灵,非陈诗何以展其义,非长歌何以骋其情?"钟嵘从分析中国古代诗歌(《楚辞》、《汉乐府》、《古诗十九首》、建安文学等)的具体内容中,阐明了诗歌的产生根源,乃在于外界事物(包括自然事物和社会事物)对人的感情所起的作用和影响,对文艺和现实的关系作了正确的解释。

诗歌是人的感情的表现,这个思想在钟嵘以前就已经提出来了。六朝是强调缘情的时代,可是它在摆脱儒家礼义束缚的同时,没有对感情的积极社会内容提出要求,因此有些作品中就出现了某种放纵情欲的不健康感情,例如南朝的"宫体诗"就有这种缺点。("宫体诗"在艺术上是有价值的,不能全部否定。)但是,钟嵘的感情论则有所不同,他在上述引文中所列举的各种社会生活所激发的人的感情,都是具有进步的积极的社会内容的。他在《诗品》中特别强调要抒发"怨"情。如评曹植:"情兼雅怨,体被文质。"评古诗:"多哀怨。"评李陵:"文多凄怆,怨者之流。"评班婕妤:"词旨清捷,怨深文绮。"评王粲:"其源出于李陵,发愀怆之词。"评左思:"文典以怨,颇为精切。"评秦嘉:"文亦凄怨。"评刘琨:"善为凄戾之词。多感恨之词。"钟嵘所强调的"怨",是中国古代文艺思想发展史上的一个进步传统,主张对现实的黑暗和政治的腐朽,表示不满和愤激,对社会的不良现象进行讽刺和批评。钟嵘进一步发扬了自孔子、司马迁以来的这个传统,他说的"怨",大多是封建社会中遭受迫害,或理想抱负不得实现,因而激发出来的对黑暗现实之不满。钟嵘还指出,诗歌不仅是人们内在感情的宣泄,而且也是医治人的精神苦闷、抚慰人的心灵创伤的良药。他说:"使穷贱易安,幽居靡闷,莫尚于诗矣。"由此可见,钟嵘的感情论既摆脱了儒家经学教条的束缚,又没有泛情主义的弊病,这实在是难能可贵的。

二、诗歌的创作以自然为最高美学原则

以自然为最高美学原则,是钟嵘《诗品》中贯穿始终的另一个重要思想。这一思想是和他的感情论密切相关的。在诗歌内容上主张自由抒情,在诗歌的表现上必然会要求有清新、流畅的自然之美,而反对种种妨碍感情表达的创作方法和表现技巧,重视艺术表现上的自然本色,反对刻意雕琢的藻饰之美。钟嵘在《诗品》中评颜延之时曾引汤惠休的话说:"谢诗如芙蓉出水,颜如错采镂金。"他对许多诗人受时代风气影响,追求文辞藻饰之美,而忽视自然之美,是很不满意的。他评张华诗云:"其体华艳,兴托不奇。巧用文字,务为妍冶。"又评陆机诗云:"尚规矩,不贵绮错,有伤直致之奇。"他还批评潘岳的诗:"如翔禽之有羽毛,衣服之有绡縠,犹浅于陆机。"即使对谢灵运、谢朓这样具有自然清新特点的诗歌创作,钟嵘在肯定他们优点的同时,也批评了他们过于繁富、细密,不够自然的缺点。谢灵运诗中有许多清新自然的生动描写,例如"池塘生春草,园柳变鸣禽"(《登池上楼》),"明月照积雪,朔风劲且哀"(《岁暮》),"野旷沙岸净,天高秋月明"(《初去郡》),"林壑敛暝色,云霞收夕霏。菱荷迭映蔚,蒲稗相因依"(《石壁精舍还湖中作》)等。所以钟嵘说他的诗作是"名章迥句,处处间起,丽典新声,络绎奔会,譬犹青松之拔灌木,白玉之映尘沙,未足贬其高洁也。"但是又批评他的诗作"尚巧似,而逸荡过之,颇以繁芜为累"。谢朓的诗歌既有不少清新、秀丽、自然的作品,又有过分讲究对仗、格律细密的毛病,故钟嵘评云:"微伤细密,颇在不伦。一章之中,自有玉石。然奇章秀句,往往警遒。足使叔源失步,明远变色。"钟嵘主张自然,但又不否定人为的努力,对"巧似"也不全部否定,不过他认为"巧似"不应该影响自然,而要把"巧似"和自然统一起来,经过人为的努力而达到出神入化、天衣无缝的高度艺术美,把自然作为衡量艺术美的基本原则。

钟嵘这种强调自然之美的思想,还突出地表现在对当时创作中追求堆砌典故和讲究苛繁声律的弊病的批评上。诗歌创作中大量堆砌典故会破坏自然之美,使诗歌佶屈聱牙,难以卒读,文意晦涩,深隐难晓。这种倾向在当时非常严重,萧子显《南齐书·文学传论》中说:"次则缉事比类,非对不发,博物可嘉,职成拘制。或全借古语,用申今情,崎岖牵引,直为偶说。唯睹事例,顿失精彩。"产生这种现象的原因是由于不懂得文学创作是一种艺术思维,以创造形象为特征,不是光凭学问就可以写出好诗来的。钟嵘对此有十分清醒的认识,他说道:"夫属词比事,乃为通谈。若乃经国义符,应资博古,撰德驳奏,宜穷往烈。至于吟咏情性,亦何贵于用事?'思君如流水',既是即目;'高台多悲风',亦唯所见;'清晨登陇首',羌无故实;'明月照积雪',讵出经史?观古今胜语,多非补假,皆由直寻。颜延、谢庄,尤为繁密,于时化之。故大明、泰始中,文章殆同书抄。近任昉、王元长等,辞不贵奇,竞须新事。尔来作者,浸以成俗。遂乃句无虚语,语无虚字,拘挛补衲,蠹文已甚。但自然英旨,罕值其人。词既失高,则宜加事义,虽谢天才,且表学问,亦一理乎!"钟嵘指出,产生堆砌典故之弊的原因,是由于混淆了文学艺术和一般非艺术文章之间的区别。那些"经国文符"和"撰德驳奏",当然可以而且应该旁征博引,多用典故,但是,对于诗歌这样的文学作品,则忌讳大量堆砌典故。诗歌是以"吟咏情性"为天职的,只要即景会心,直接描绘出激起诗情的景物或事情,就完成了它的使命。钟嵘的"直寻"说强调了直觉在文学创作中的重要作用,但它并不排斥理性的参与,然而必须以直接可感的形象为主体,使之作用于接受者的感官,进而感染、震撼其心灵。这说明钟嵘很懂得文艺的特征,形象的直觉性可以使诗歌具有"自然英旨",即没有雕琢痕迹的自然真美。以"直寻"为中心的"自然英旨"论,对后代诗论产生了深远的影响。钟嵘还从提倡自然美出发,尖锐地批评了当时以沈约为代表的永明声律派理论,他认为过于琐碎的声律规定会产生"襞积细微,专相陵架"的弊病,"使文多拘忌,伤其真美"。他主张应以"清浊通流,口吻调利"为标准,提倡自然的声律美,使之不影响感情的自由表达。这种观点有一定的道理,因为语言的音乐美应当合乎自然,诗人不懂四声,也不是不能做到这一点。但是,不能因此否定利用四声掌握声律的规律,科学地构成语言的音乐美。钟嵘对声律派的批评显然有过分之处,不如刘勰论述得全面。

三、以怨愤为主要内容的风骨论

钟嵘论五言诗是以建安文学为最高典范的,而建安文学的主要特点是具有"风力"、"骨气",也就是"风骨"。所以钟嵘把"建安风力"作为五言诗应该达到的美学标准,强调诗歌创作必须"干之以风力,润之以丹彩",只有"风力"和"丹彩"均备,才是最好的作品。钟嵘所赞美的"风力"、"骨气",也和刘勰提倡的"风骨"一样,是对一种高尚的人格理想的歌颂。钟嵘特别重视以"怨愤"作为体现"风力"、"骨气"的重要内容,他把曹植作为"建安风力"的最杰出典范,《诗品》中说他"骨气奇高,词采华茂,情兼雅怨,体被文质"。曹植是一个有远大理想抱负的诗人,由于受到曹丕的排挤迫害,郁郁不得志,心情十分凄苦,他的诗充满了强烈的愤激之情、悲壮之气。从曹植的诗中可以看出他为实现进步理想而与命运拼搏的奋斗精神和坚毅性格,这就是他的"骨气奇高"之所在。建安七子之一刘桢在《赠从弟》中所表现的对坚持崇高理想、刚正不阿的节操之歌颂,获得了钟嵘"真骨凌霜,高风跨俗"的评价。钟嵘说刘琨的诗作有"清刚之气"、"清拔之气",也都是指"风骨"而言的,这显然是和刘琨的诗歌表现了他"闻鸡起舞"的爱国主义情操分不开的。钟嵘又说陶渊明"又协左思风力",左思是一位对六朝门阀社会"上品无寒门,下品无世族"的封建等级制度十分不满的诗人,他曾在《咏史》诗中说:"世胄蹑高位,英俊沉下僚。地势使之然,由来非一朝。"又说:"被褐出阊阖,高步追许由。振衣千仞冈,濯足万里流。"这种对门阀世族压迫的抗争和布衣之士的清高之气,即是他的"风力"之所在。陶渊明之"不为五斗米折腰",也突出地体现了他作为品质高洁的士大夫之骨气。"建安风力"集中表现了钟嵘的诗歌创作美学理想。

四、诗歌必须有使人产生美感的滋味

钟嵘是中国古代文学批评中最早明确提出以"滋味"论诗的诗歌评论家。文学批评中关于"味"的论述有很悠久的历史。《左传·昭公九年》讲"味以行气,气以实志,志以定言",就把"味"和"言"联系起来了,但是还不是讲的"言"中之"味"。《左传·昭公二十年》齐国晏子论"和"与"同"时,说到"先王之济五味和五声",曾提出了"声亦如味"的问题,用"味"来比喻"声",这就涉及音乐艺术的"味"了。《乐记》中说:"清庙之瑟,朱弦而疏越,一唱而三叹,有遗音者矣。大飨之礼,尚玄酒而俎腥鱼,大羹不和,有遗味者矣。"这里讲的"味",也是指音乐的艺术美。后来,西晋的陆机在《文赋》中不满意于"阙大羹之遗味,同朱弦之清泛"的质朴无文,以音乐来比喻文学,开始把"味"引入文学。刘勰《文心雕龙》中讲到"味"的地方有十几处,有的指内容,有的指形式,但更多的是指内容和形式相统一的艺术形象特征。例如《体性》篇说:"子云沈寂,故志隐而味深。"《隐秀》篇说:"深文隐蔚,余味曲包。"然而刘勰并没有把"味"作为专门的文学批评标准,钟嵘则把"味"的地位提得很高,认为只有"使味之者无极,闻之者动心"的作品,才是"诗之至也",最好的诗必然是"滋味"浓厚、深远之作。钟嵘把"滋味"作为衡量作品的重要尺度,使之成为一个古代文论中的基本审美范畴。钟嵘说:"五言居文辞之要,是众作之有滋味者也。"它之所以有"滋味",正是由于"指事造形,穷情写物,最为详切"。诗歌创作中"指事"是经过"造形"来达到的,"穷情"是借助"写物"来实现的,它愈是"详切",就愈有"滋味"。这说明"滋味"的来源在于诗歌的艺术思维特征。他在《诗品序》中批评玄言诗说:"永嘉时,贵黄老,稍尚虚谈,于时篇什,理过其辞,淡乎寡味。"玄言诗侈谈玄理,缺少感情,没有审美形象,因此也就没有"滋味"。那么,怎样才能使诗歌产生令人品味无穷的滋味呢？钟嵘认为这和如何运用赋、比、兴的方法来写作有关。他说:"故诗有三义焉:一曰兴,二曰比,三曰赋。文已尽而意有余,兴也;因物喻志,比也;直书其事,寓言写物,赋也。宏斯三义,酌而用之,干之以风力,润之以丹彩,使味之者无极,闻之者动心,是诗之至也。若专用比兴,患在意深,意深则词踬。若但用赋体,患在意浮,意浮则文散。嬉成流移,文无止泊,有芜漫之累矣。"从上面这段论述中可以看出,钟嵘认为必须综合运用兴、比、赋三种创作方法,而不能只偏于一种。如果只用赋体,那就会使作品浅露直白,"患在意浮";如果只用比兴,作品又会过于深奥隐晦,"患在意深"。值得我们特别注意的是,钟嵘把赋、比、兴的次序倒了过来,他将"兴"放在第一位,改为兴、比、赋,这是有其深意的。因为"兴"是突出地表现了诗歌的艺术思维特征。在具体解释兴、比、赋的含义时钟嵘也作了重要的发挥,他将"兴"解释为"文已尽而意有余",将"比"解释为"因物喻志",将"赋"解释为"直书其事,寓言写物",注意到了诗歌抒情言志、假物取象、滋味无穷的审美特征。从钟嵘的"滋味"论,不仅可以看出他对艺术特征的认识,也可以看出他对诗歌艺术的美学要求。有没有滋味、滋味浓不浓,也是和他的整个文学思想联系着的。诗歌是不是"吟咏情性",能不能起到"感荡心灵"的作用,有没有"自然英旨"之美,是否"风力"和"丹采"均备,也都是滋味浓不浓的重要条件。

第二节　钟嵘对历代五言诗人的评价

钟嵘的《诗品》共评论了122位诗人,也可以说是一部五言诗的发展史。钟嵘对历代五言诗人的评价,值得我们注意的有以下几个问题:

第一,按照诗歌创作的特点及其渊源,他把五言诗人划分为两个大的系统,以《诗经》和《楚辞》分别为其源头。风、骚并提,而作为中国古代诗歌发展的两种不同风貌之起点,这是一个很有见地的看法,并对后来诗歌发展产生了深远的影响。钟嵘的这种看法主要是从艺术风格上着眼的,这里既有思想内容方面的因素,也有艺术形式方面的因素。他认为《诗经》的系统,又可以分为《小雅》和《国风》两系。受《小雅》影响的比较少,主要有阮籍,其特点是怨雅而温柔,说他的《咏怀》之作,"可以陶性灵,发幽思。言在耳目之内,情寄八荒之表。洋洋乎会于风雅,使人忘其鄙近,自致远大。颇多感慨之词。厥旨渊放,归趣难求"。受《国风》影响的则比较多,其特点是怨雅而悲壮。这一部分又可分为古诗和曹植两个不同分支,他说刘桢诗"其源出于古诗"。此点皎然《诗式》中曾作过这样的解释:"刘桢辞气偏;王(指王粲)得其中。不拘对属,偶或有之。语与兴驱,势逐情起,不由作意,气格自高,与十九首其流一也。"此一分支尚有左思,他说左思"其源出于公干。文典以怨,颇为精切,得讽谕之致。虽野于陆机,而深于潘岳"。可见,古诗一系典怨重气,文辞较为质朴,故陈延杰注云:"桢之《公宴》、《赠从弟》、《杂诗》等篇,皆所谓情高会采,而质朴颇类古诗。"曹植这一分支在怨雅悲壮的同时,文辞较为华丽,故钟嵘评曹植诗云:"骨气奇高,词采华茂。情兼雅怨,体被文质。粲溢今古,卓尔不群。"受曹植影响的诗人,又可分为陆机和谢灵运两个不同分支。陆机主要是在辞采华茂方面和曹植比较接近。钟嵘说他"其源出于陈思。才高词赡,举体华美",又说他"咀嚼英华,厌饫膏泽,文章之渊泉也"。陆机之后有颜延之,钟嵘说他"其源出于陆机。尚巧似,体裁绮密,情喻渊深,动无虚散,一字一句,皆致意焉"。受颜延之影响的有齐代谢超宗、邱灵鞠、刘祥、檀超、钟宪、颜则、顾则心七人。他说:"檀、谢七君,并祖袭颜延,欣欣不倦,得士大夫之雅致。"

钟嵘认为受《楚辞》这个系统影响的五言诗人更多。这个系统诗人的创作特点是怨而愤,悲而少壮。直接继承《楚辞》的是李陵,钟嵘说他的诗作"其源出于《楚辞》。文多凄怆,怨者之流"。《楚辞》一系作品在怨愤凄苦的同时,具有缠绵悱恻的特点。钟嵘指出受《楚辞》和李陵影响的诗歌创作又有三个分支:一是班婕妤,"其源出于李陵。团扇短章,词旨清捷,怨深文绮,得匹妇之致"。二是王粲,"其源出于李陵。发愀怆之词,文秀而质羸"。三是曹丕,"其源出于李陵,颇有仲宣之体则"。他的《燕歌行》正具有幽怨缠绵之特点。《诗品》中属王粲一系的诗人甚多,钟嵘说刘琨的诗"善为凄戾之词,自有清拔之气"。"凄戾"正与"愀怆"一致。钟嵘又说潘岳之诗谢混曾说是"烂若舒锦",这是说潘岳之诗有"文秀"的特点。郭璞的诗也在这一方面和潘岳接近,张华的诗"其源出于王粲。其体华艳,兴托不寄","儿女情多,风云气少"。张协的诗"其源出于王粲。文体华净,少病累","风流调达,实旷代之高手。词彩葱菁,音韵铿锵,使人味之,亹亹不倦"。钟嵘认为鲍照的诗"其源出于二张,善制形状写物之词。得景阳之諔诡,含茂先之靡嫚"。而沈约的诗则"详其文体,察其余论,固知宪章鲍明远也。所以不闲于经纶,而长于清怨"。受张华影响的还有谢瞻、谢混、袁淑、王微、王僧达,钟嵘说他们"其源出于张华。才力苦弱,故务其清浅,殊得风流媚趣"。钟嵘说谢朓的诗"其源出于谢混",大约是指他"绮丽"的特点。杜甫曾有"绮丽玄晖拥"之诗句。江淹的诗"善于摹拟","筋力于王微,成就于谢朓"。关于五色笔的故事也说明他"绮丽"方面与谢朓、王微一致。曹丕这一分支主要有嵇康、应璩、陶潜三人。钟嵘说嵇康的诗歌"颇似魏文。过为峻切,讦直露才,伤渊雅之致。然托喻清远,良有鉴裁,亦未失高流矣"。可见《楚辞》一系和《诗经》一系的不同,很重要的一点是在有无雅的特点。至于应璩的诗兼有两系的特点,"祖袭魏文",则是在"善为古语",有质直的特征,与魏文之"鄙直",较为相似。而其"雅意深笃,得诗人激刺之旨",则是和《诗经》一系的特点相同的。钟嵘说陶潜"其源出于应璩,又协左思风力"。前者当指"世叹其质直",后者大约是指"笃意真古,辞兴婉惬"而言。钟嵘对陶潜的评价,后人颇多非议。这是因为钟嵘列他在中品,评价不高,又说他"源出应璩",这大概是指陶诗"真古"、"质直",但从陶诗总的方面来看,说"源出应璩",不很确切。不过,对这一点我们需要联系当时文坛的文学思想和创作实际来看。齐梁时代重在辞采华丽,音韵铿锵,讲究人工雕饰,故陶潜颇不入流,并未受到应有重视。刘勰《文心雕龙》对陶潜评价也不高,《明诗》、《时序》、《才略》等篇,论历代诗歌和诗人都没有提到陶潜。他们从高雅的文学观念出发,对陶诗近乎"田家语"的平易、通俗很看不起。

第二,钟嵘对历代五言诗人的评论,在分析诗人的创作特色方面是很精到的。既深入地阐明了他们的优点、长处,也指出了他们的缺点和不足。他既赞扬刘桢诗的气骨,又指出他"气过其文,雕润恨少",在辞采华丽方面略欠不足。他充分肯定王粲的"愀怆"、"文秀",又批评他过于柔弱、"质羸"的缺点。他给陆机以较高的评价,列为上品,但是也尖锐地指出他"气少于公干"和"有伤直致之奇"的弱点。他十分推崇谢灵运诗的清新秀丽,然而也批评他"颇以繁芜为累"的毛病。他肯定张华诗的"华艳"、妍巧,又不满意他"兴托不寄"、"风云气少"。他指出颜延之虽有"体裁绮密,情喻渊深"的长处,但"又喜用故事,弥见拘束。虽乖秀逸,是经纶文雅才"。谢朓的诗歌既"奇章秀句,往往警遒",又"微伤细密,颇在不伦","善自发诗端,而末篇多踬"。从以上论述中,可以看出钟嵘能很准确地把握历代诗人创作的特点,作出全面的公允的评价。

章学诚在《文史通义·诗话》篇中对钟嵘《诗品》深入研究五言诗人的渊源流派,给予了很高的评价。他说:"盖《文心》笼罩群言,而《诗品》深从六艺溯流别也。论诗论文而知溯流别,则可以探源经籍,而进窥天地之纯、古人之大体矣。此意非后世诗话家流所能喻也。"这是合乎实际的。后人论诗话的产生常以为源于钟嵘《诗品》,这也不能说没有一点道理,但是钟嵘《诗品》有严密的体系,无论从理论深度,还是从分析透辟来说,都要远远超过后来的诗话。他的一些基本文学观点对后来整个文学理论批评的发展,曾经产生了极其深远的影响。

三 中国文学理论批评的深化和扩展
——唐宋金元时期

概　说

　　唐宋金元时期中国文学理论批评发展的基本特点,是在汉魏六朝时期文学理论批评基础上的深化和扩展。从社会发展阶段来看,唐宋金元时期处于封建社会发展的中期,也是封建社会最为繁荣鼎盛的时期。与此相应的是,这个时期在文学创作上也是中国古代正统诗文成就最高的黄金时代,出现了像王维、李白、杜甫、白居易、苏轼、陆游等著名诗人,散文方面则有韩愈、柳宗元、欧阳修、苏轼等唐宋八大家。词曲的发展也在这一时期达到了高峰,宋词、元曲是中国古代词曲发展的代表,小说创作也开始兴盛起来了。由于文学创作的空前繁荣发展,以及多种文学形式的并行,文学理论批评不仅在理论内容上进一步深化了,而且在批评的方法和批评的范围方面也有了很大的扩展。

　　从这一时期文学理论批评总的面貌来看,唐代文学理论批评的发展和文学创作发展相比,则显得薄弱了一些,也不如六朝那么繁荣,但是它在一些重要的、带有根本性的文学理论问题上,又有比六朝更为深入的地方。例如意境的问题是唐朝才正式提出来的,从殷璠、王昌龄、皎然、刘禹锡到司空图,对意境的美学特征已经作了相当充分的论述。白居易"为民请命"的诗学理论和韩愈"不平则鸣"的创作原则,把中国古代具有朴素的民主主义精神的文学思想发展到了一个最高峰。宋代文学理论批评在唐代的基础上有了更为广泛深入的发展。大量诗话的出现是这一时期文学理论批评兴旺发达的标志,而词学理论批评的发展、小说戏剧理论批评的萌芽,显示出了文学理论批评多方面、多角度的展开。由于受理学和禅学思想的影响,以及文学创作中新的创作倾向、特别是宋代"以文为诗"的影响,在文学理论批评领域内结合创作实践出现了一些重大的理论问题的争论,如诗学思想上的诗与禅的关系、诗歌创作中情与理的关系、艺术表现上的神与形的关系、情和景的关系等等,虽然有些持论不免偏激,但对促使理论研究的深化还是起了很有益的推进作用。特别值得提出的是,唐宋金元时期在文学的审美特征的研究上有了很大的发展,对以意境和韵味为中心的文学创作和文学鉴赏理论,从各方面作了相当深入的探讨,出现了像皎然、司空图、苏轼那样的重要诗歌理论批评家,以及像严羽《沧浪诗话》那样影响深远的著作。

这一时期在文学批评的方式上也比汉魏六朝时期有了较大的发展。例如以诗论诗的批评方式,从杜甫的《戏为六绝句》开始到元好问的《论诗绝句》三十首,已发展得相当完善。诗格、诗法和诗话的大量产生,虽然不免有简单粗糙、沙多于金之憾,但毕竟为文学批评带来了一种更为自由、活泼、生动的新气象。评点的批评方法之产生,为后来明清文学理论批评的发展,提供了一种新的形式。因此,唐宋金元时期是中国古代文学理论批评发展承上启下的重要转折时期。

第八章 唐代前期的文学理论批评和"诗境"的提出

第一节 唐初反齐梁文风中的两种不同倾向

唐代是中国古代封建社会中最为繁荣昌盛的时代。初盛唐时期文化思想的基本特点是要扫除齐梁遗风,建立与唐王朝的经济、政治发展相适应的新文化思想,而唐初的文学思想与文学理论批评正是其重要组成部分。唐初新文学思想不仅是在充分继承齐梁文学的优秀成果、批评齐梁文学的错误倾向中发展起来的,而且是在反对对齐梁文学全盘否定的错误文艺思潮中逐渐形成的。唐初文学思想发展面临的主要问题是如何正确对待齐梁文学。齐梁文学总结了自魏晋以来将近四百年文学艺术发展中的新成果和新经验,重视文学的"缘情"本质,讲究艺术形式的华丽,注意运用多样化的表现方法,初步形成了近体诗的格式和雏形。这些毫无疑问对文学发展起了积极促进作用。可以说没有齐梁文学的发展,也就不会有唐诗的繁荣。齐梁文学的不良倾向主要有两个方面:一是相当一部分作家中有片面追求形式美而不注意内容充实的缺点,有些作品内容贫乏,情调低下。二是艺术上偏重辞藻、典故、声律等具体技巧,而对审美意象的整体塑造方面较为忽视。然而不少研究者往往只重视上述第一方面的弊病,而很少重视上述第二方面的问题。从隋到唐初反齐梁文风的过程中,实际上存在着两种很不相同的倾向。一种是对齐梁乃至整个六朝文学持根本否定态度,甚至把产生华靡淫丽文风的根源一直追溯到以屈原作品为主的《楚辞》,这一派可以李谔、王通、王勃等为代表;另一种是在批评齐梁文风过于追求形式华艳的同时,充分肯定其成就与积极影响,主张对齐梁文学采取具体分析的态度。这一派可以唐初史学家魏徵、令狐德棻等为代表。从隋到唐初创作上还是以沿袭齐梁为主,但从文学思想上看齐梁文风已处于被否定的地位,而对李谔、王通、王勃等人的错误观点与片面性却还没有足够认识。他们对齐梁乃至整个六朝文学的简单否定,只能使文学发展走上另一个极端,重新成为经学的附庸。看不到李谔、王通等人和唐初史学家在文学思想上的原则区别,而笼统地把他们都看做是唐代文学思想发展的先驱,是不妥当的。

隋代统一中国之后,比较侧重在继承和发扬北方的文化思想,从儒家的政教观点出发,提倡质朴崇实,大力反对南方的淫丽浮华。李谔《上隋高祖革文华书》主张一切文章(包括文学在内的广义文章),都要以"教化"为本,认为"诗、书、礼、乐"乃"道义之门",学习六经以为文,可以实现"家复孝慈,人知礼义"的目的。他说:"降及后代,风教渐落。魏之三祖,更尚文词,忽君人之大道,好雕虫之小艺,下之从上,有同影响;竞骋文华,遂成风俗。江左齐梁,其弊弥甚,贵贱贤愚,唯务吟咏。遂复遗理存异,寻虚逐微,竞一韵之奇,争一字之巧。连篇累牍,不出月露之形;积案盈箱,唯是风云之状。"李谔虽然也指出了六朝文学片面追求形式美的缺点,但其持论极端偏激,不能正确反映六朝文学发展的实际。第一,他以儒家教化为"正道",不仅无视建安、正始等时期文学创作的进步社会内容,而且置陶渊明、谢灵运、鲍照等许多优秀诗人于不顾,对六朝文学作了全面的否定评价,这显然是极不公允的。第二,李谔严重地混淆了文学与非文学的界限,否定了文学作品的审美特性,因而也就否定了文学本身。第三,李谔不能正确区分重视艺术的形式技巧和片面追求形式美、忽视作品内容的形式主义倾向之不同,完全抹杀了六朝文学在艺术形式技巧方面的重大成就与不朽的贡献。他批评六朝文学是:"以傲诞为清虚,以缘情为勋绩,指儒素为古拙,用词赋为君子。故文笔日繁,其政日乱。"他所指责的六朝文学之重缘情、重艺术,恰恰是六朝文学发展中的优点和有价值的贡献。所以真正颠倒是非黑白的,不是六朝文人,而正是李谔自己。李谔这种儒家复古主义文学观,直接影响到隋末唐初的王通,并对中唐以后的文艺思想发展有较大影响。

王通的文学思想是对李谔的进一步发挥。王通(584—618),字仲淹,隋末大儒,其著作今存有《中说》,又称《文中子》。王通在文学观念上承袭先秦较为宽泛的广义文学观念,他所说的"文"大体相当于"文化"概念,模糊和取消了文学特点。王通在《中说·天地篇》中强调"文"必须"贯乎道","济乎义",合于"雅"而"及理"。诗歌也必须"上明三纲,下达五常",和汉儒一样把文学当做经学的附庸。从这个标准出发,他对南朝诗人从人品到创作都给予了否定评价。《中说·事君篇》说谢灵运是"小人","其文傲";沈约也是"小人","其文冶";鲍照、江淹是"古之狷者","其文急以怨";吴均、孔稚圭是"古之狂者","其文怪以怒";徐陵、庾信是"古之夸人","其文诞";等等。王通从儒家的伦理道德标准和"温柔敦厚"的"诗教"观点出发,他对他们的人品和文品作了全面否定,抹杀了南朝重要诗人对文学发展所作出的杰出贡献,这是极不公允的。而王通所肯定的颜延之、王俭、任昉等,都只擅长于非艺术文学的一般文章之写作,而在诗歌等艺术文学创作方面则成就一般或无所成就。

王勃(649—676),字子安,是王通的孙子。作为初唐四杰之一,王勃在诗歌创作上曾经为唐诗的发展作出过重要贡献。他的名诗《送杜少府之任蜀川》等,已初步体现了后来盛唐诗人创作中所具有的感情真挚热烈、风格自然流畅的特点,但是正像许多文学家的文学理论与创作实践有明显矛盾一样,王勃文艺思想上承继了其祖父王通的观点,在《平台秘略论·艺文》中把"缘情体物"的诗赋作品斥为"雕虫小技";《上吏部裴侍郎启》中,对六朝文学曾进行了猛烈的攻击,他说:"自微言既绝,斯文不振。屈、宋导浇源于前,枚、马张淫风于后,谈人主者以宫室苑囿为雄,叙名流者以沉酗骄奢为达。故魏文用之而中国衰,宋武贵之而江东乱。虽沈谢争骛,适先兆齐梁之危;徐庾并驰,不能免周陈之祸。"王勃把淫靡文风的渊源一直追溯到屈原与宋玉,把崇尚辞章、文采看做是导致国家动乱、败亡的根源。王勃这种对六朝文学激烈否定的主张,可能与他对当时文学创作状况的不满有关。但他对六朝文学这种全盘否定无论如何对文学发展是不利的。从李谔到王通、王勃这一派所代表的文艺思潮,不是健康的进步的文艺思潮,而是以批评六朝文学缺点为名的一股陈腐的复古主义暗流。

反齐梁文风中以唐初史学家为代表这一派的观点,与李谔、王通、王勃这一派很不相同。唐初修史风气很盛,这正是为了总结历史经验,探讨建设繁荣昌盛的大唐帝国之新路。他们编著史书的过程中,必然要涉及对南朝(包括整个六朝)文学的评价问题。他们很多是辅助李世民的重要政治家,思想比较开明,具有远见卓识,看问题比较全面,所以虽然也批评六朝文风,但是极有分寸而不过激。他们的基本思想是要兼取南北之长而避其所短,主张文学作品既要有充实的社会内容,又应当有华美的文采。从文学发展的角度来看,他们认为屈宋辞赋、建安诗歌,都是那个时代文学的骄傲,是应当充分肯定的。而西晋之陆机、张华、左思,晋宋之交的陶渊明,以及稍后的谢灵运、颜延之、鲍照,也都是继承这个优秀传统的。他们认为六朝文学之出现倾斜、发生偏差,主要是在梁大同(535—546)以后,梁简文帝萧纲和梁元帝萧绎提倡宫体,而徐陵、庾信等又大力加以发展。但是,他们对萧氏兄弟、徐陵、庾信等也不简单地全部否定,尤其对庾信在入北朝后的作品还给了很高的评价。

  魏徵是唐初史学家中政治上威望最高,并对大唐帝国建立起过重大历史作用的著名人物。魏徵在《隋书》的《经籍志》和《文学传序》中对文学的历史发展,曾经作了全面的论述与评价。首先,他在强调文学的社会教育作用同时,十分重视文学缘情体物、表现人心灵世界之特点。他在集部总论中说:"文者,所以明言也。古者登高能赋,山川能祭,师旅能誓,丧纪能诔,作器能铭,则可以为大夫。言其因物骋辞,情灵无拥者也。"他对发愤著作的传统给予了充分肯定与高度评价,《文学传序》说:"或离谗放逐之臣,涂穷后门之士,道轗轲而未遇,志郁抑而不申,愤激委约之中,飞文魏阙之下,奋迅泥滓,自致青云,振沈溺于一朝,流风声于千载,往往而有。"这对唐代文学的健康发展影响极为深远。其次,魏徵在论述文学发展的历史过程时,对被李谔、王通、王勃所否定的屈原、宋玉、枚乘、司马相如等,都给予了充分肯定。他在集部总论中说:"宋玉、屈原激清风于南楚,严、邹、枚、马陈盛藻于西京,平子艳发于东都,王粲独步于漳滏。"他对六朝文学发展给予了很高评价。《隋书·经籍志》集部总论中说:"爰逮晋氏,见称潘陆,并黼藻相辉,宫商间起。清辞润乎金石,精义薄乎云天。永嘉已后,玄风既扇,辞多平淡,文寡风力。降及江东,不胜其弊。宋齐之世,下逮梁初,灵运高致之奇,延年错综之美,谢玄晖之藻丽,沈休文之富溢,辉焕斌蔚,辞义可观。"魏徵这段评论和李谔、王通等的观点相去甚远。他对六朝在艺术形式技巧方面的成就,包括声律等在内,也是充分肯定的。当然魏徵对齐梁文学的批评严格地限制在梁大同之后以萧纲、萧绎、徐陵、庾信为代表的宫体诗一类创作范围之内,是符合文学发展实际的。当然,宫体诗一类作品虽有"淫放"、"轻险"之弊,在艺术上也有值得肯定的地方,特别是对中国古代咏物诗的发展、艺术描写的细腻等都有重要贡献。然而,总的说是有不健康的倾向的。《隋书·经籍志》集部总论中说:"梁简文之在东宫,亦好篇什。清辞巧制,止乎衽席之间;雕琢蔓藻,思极闺闱之内。"这说明他对简文帝的"清辞"、"雕琢"也是肯定的,只是批评其内容格调之低下而已。他提倡南北融和、"气质"与"清绮"并重的"文质彬彬"的主张,实际上成了唐代文学发展的重要指导思想。取南朝之华美清丽,加之以北朝的意理气质,在一个更高的层次上统一起来,使内容与形式完美地统一,刚健清新,形象鲜明,从而创造出一种与唐代政治、经济发展状况相适应的、前所未有的新文学。与魏徵观点一致的还有令狐德棻、李百药、姚思廉等。唐初史学家的文学主张以及他们对文学发展历史所作的总结、对新文学创作的要求,为唐代文学的繁荣发展指明了方向与道路,同时也可以看出唐初史学家在思想上并不恪守儒家旧传统,他们反对对齐梁文学的全盘否定,反对李谔、王通等人的复古、保守文学思想,是比较活泼、自由,富有开创精神,具有新的蓬勃生气的文学思想。它在陈子昂、李白、杜甫等的诗论中得到了继承与发展。

第二节　陈子昂、李白和杜甫的诗歌理论

陈子昂(659—700),字伯玉,梓州射洪(今四川射洪县)人,是一位在唐代诗歌发展史上地位十分重要的诗人,他的文艺思想和创作实践,把反齐梁文风问题进一步深化了。他的诗歌主张正是针对齐梁文风中忽视作品社会内容、不注意整体审美形象这两方面问题提出来的。对唐代许多重要诗人都有深刻的影响。韩愈在《荐士》中则说:"国朝盛文章,子昂始高蹈。勃兴得李杜,万类困陵暴。"与陈子昂同时的卢藏用在《右拾遗陈子昂文集序》中论到文学发展,其观点与唐初史学家是接近的。他认为自《诗经》、《楚辞》后,贾谊、司马迁,以至司马相如、扬雄、班固、张衡、蔡邕、曹植、刘桢、潘岳、陆机等,皆为奇特之士,他都给予了充分肯定。他认为问题是"宋齐之末,盖憔悴矣。逶迤陵颓,流靡忘返,至于徐庾,天之将丧斯文也"。唐初上官仪之流承徐、庾之遗风,"于是风雅之道,扫地尽矣"。陈子昂正是在这样的情况下,"崛起江汉,虎视函夏,卓立千古,横制颓波,天下翕然,质文一变"。这当然是就其创作成就来说的,不过,他的诗文正是其文学思想的具体实践。陈子昂在文艺思想发展史上的主要贡献,是针对六朝文学内容不够充实、不注意整体审美形象塑造两个弊病,从正面提出了"兴寄论"与"风骨论"的文学创作主张,这也正是唐代前朝文艺思想发展中的核心思想。

陈子昂在《与东方左史虬修竹篇序》一文中说:"文章道弊五百年矣,汉魏风骨,晋宋莫传,然而文献有可证者。仆尝暇观齐梁间诗,彩丽竞繁,而兴寄都绝,每以咏叹。"这是专门针对诗歌创作提出来的,其中包含着前面所说齐梁文风中存在的两个主要问题。"兴寄"既是强调作品要有充实的社会内容,同时也是重视诗歌整体审美形象的表现。兴,指感兴、意兴,是诗人浮想联翩,形象思维十分活跃时的一种状态。寄,指寄托,是诗人隐含于诗歌审美意象中的现实寓意。他反对诗歌创作只有"彩丽竞繁",而忽视"兴寄",要求诗歌创作以审美形象来感动读者,并从中体会到积极的思想意义。这正好切中了齐梁文学的弊病。陈子昂之提倡"兴寄",是与他整个思想与为人都有密切关系的。他是一个有政治抱负、有远见卓识的进步思想家和文学家。他的思想既

有儒家的影响,也有释老的影响,反映了唐代三教并重的特征。儒家的"仁政"和"民本"思想在他身上有很突出的表现。他非常关心人民的疾苦,反对贪官污吏对百姓的勒索盘剥,反对武则天的严酷刑罚、穷兵黩武,他要求诗歌所寄寓的不是陈腐的封建说教,而是有进步意义的现实社会内容。所以他特别强调要继承"汉魏风骨"的传统。他赞扬东方虬的《咏孤桐篇》是"骨气端翔,音情顿挫,光英朗练,有金石声"。他倡导的"汉魏风骨"注重于刘勰所指出的那种豪迈悲壮、"梗概多气"的情调,然而又没有刘勰强调风骨必须要合乎经意的含义。陈子昂的"风骨"论从形象塑造的角度看,要求有生动传神的整体形象,所谓"光英朗练",也就是刘勰论建安文学时所说的"造怀指事,不求纤密之巧;驱辞逐貌,唯取昭晰之能"(《文心雕龙·明诗》)。同时,又很注意要有抑扬顿挫的声律之美,能够有"金石声",它吸收了六朝在诗歌格律上的成就,体现出了唐代"风骨"论的特点,并直接启发了殷璠关于盛唐诗"声律风骨均备"说的提出。陈子昂这种"风骨"论显然是针对齐梁文学的弊病以及它在唐初的影响而发的,它一方面反对齐梁描写宫廷艳情诗作,要求文学作品表现政治理想抱负、抒发豪情壮志,有济世安民的广阔社会内容;另一方面是反对齐梁文学仅在辞藻堆砌、典故排比、碎用声律这些"小技"上追求纤巧,要求创造鲜明、生动、自然、传神的艺术形象。陈子昂这种以"兴寄"、"风骨"为核心的文艺思想,在他的诗歌创作实践中也有突出的体现。他的《感遇诗》三十八首,既有"感时思报国,拔剑起蒿莱"的豪壮情怀,又有"岁华尽摇落,芳意竟何成"的忧伤悲叹,特别是他的《登幽州台歌》:"前不见古人,后不见来者。念天地之悠悠,独怆然而涕下!"确实可以说是"兴寄"、"风骨"均备之作,它为唐代文艺思想和诗歌创作的发展开辟了一条新路,影响是很大的。陈子昂文艺思想中的弱点是对南朝文学在艺术形式和技巧上的成就重视不够,对南朝文学创作中辞藻之华美、典故之深刻、对偶之工整、音律之严密这些有益因素没有充分吸收,因而他自己的创作也显得过分古朴,文采不足。这就是皎然在《诗式》中所批评的"复多而变少",复汉魏传统多,而吸收齐梁新变的成果少。后来,李白、杜甫在这方面就对陈子昂的不足有所克服,尤其是杜甫更为明显。

李白继承并发扬了陈子昂的诗歌主张,崇尚自然清新的诗歌理论,对唐诗发展产生了重大影响。李白一方面和陈子昂一样提倡"兴寄"与"风骨",另一方面又十分重视六朝文学创作中所取得的积极成果,认真地从中吸取营养,这样就弥补了陈子昂的不足。孟棨在《本事诗》中说李白曾经讲过:"梁陈以来,艳薄斯极,沈休文又尚以声律。将复古道,非我而谁欤?"又说李白尝言:"兴寄深微,五言不如四言,七言又其靡也,况使束于声调俳优哉!"孟棨的记载是否可靠是值得怀疑的,至少是不全面的,它只反映了李白对南朝文学的批评,而没有反映出李白对南朝文学的肯定。这当然是和孟棨本人的观点有关系的。从李白的思想和创作实际来看，他确实是注重"寄兴"的，也不喜欢梁陈的"艳薄"，对《诗经》（四言代表作）也十分推崇。但李白决非复古主义者，更不排斥五、七言诗，他的佳作恰恰是以七言为最多。如果说他是主张恢复"古道"的话，那也是指中国诗歌创作的优良传统，而且是以创新去继承这个传统的。李白在《古风》中说："大雅久不作，吾衰竟谁陈？王风委蔓草，战国多荆榛。龙虎相啖食，兵戈逮狂秦。正声何微茫，哀怨起骚人。扬马激颓波，开流荡无垠。废兴虽万变，宪章亦已沦。自从建安来，绮丽不足珍。圣代复元古，垂衣贵清真。群才属休明，乘运共跃鳞。文质相炳焕，众星罗秋旻。我志在删述，垂辉映千春，希圣如有立，绝笔于获麟。"这是李白对诗歌发展的历史评述，同时也反映了他的一些基本文艺思想。首先，李白在这里表明了他是充分肯定风骚传统的，并且要以自己的创作来继承和发扬这个传统。他在《古风》第三十五首中曾说："大雅思文王，颂声久崩沦。"李白之肯定雅颂，并非从传统儒生迂腐的"教化"说出发，而是着重在强调大雅之颂声是歌颂开明政治的，这正是李白"济苍生"、"安黎元"、"安社稷"的理想抱负所要达到的目的。李白并不像李谔、王通、王勃一派那样肯定《诗经》而否定《楚辞》，他非常喜欢《楚辞》，并且给予了崇高评价的。他在《江上吟》中说："屈平词赋悬日月，楚王台榭空山丘。"他非常明确地指出侈艳文风是从汉赋才开始的。其次，李白所说的"自从建安来，绮丽不足珍"，是说从建安以后，"绮丽"已极为普遍，并不珍贵了，并不是要否定"绮丽"，认为它不好。实际上他对六朝文学绮丽的方面是充分肯定的，对许多作家都表示了倾心和赞赏。例如对谢朓就非常佩服，他说："解道'澄江净如练'，令人长忆谢玄晖。"（《金陵城西楼月下吟》）"蓬莱文章建安骨，中间小谢又清发。"（《宣州谢朓楼饯别校书叔云》）他对谢灵运、谢惠连也很喜欢，他说："他日相思一梦君，应得'池塘生春草'。"（《送舍弟》）"昨梦见惠连，朝吟谢公诗。东风引碧草，不觉生华池。"（《书情寄从弟爽州长史昭》）李白对江淹、鲍照的作品评价也很高。他说："览君荆山作，江鲍堪动色。清水出芙蓉，天然去雕饰。"（《赠江夏韦太守良宰》）李白对六朝文学在艺术上获得的成就曾经作了极为广泛的学习，并且对六朝诗人的才华一再表示衷心的敬佩。所以他虽然对六朝文学的弊病有所批评，但对其有价值的成就则从不贬斥，而是给予了极高评价的，这也是他比陈子昂更进一步的地方。最后，李白的诗歌艺术美理想是"清真"。清，即是清新秀丽；真，即是自然天真。这也就是他所说的"清水出芙蓉，天然去雕饰"之意。他在《古风》三十五中说："一曲斐然子，雕虫伤天真。"他要求清丽与自然的高度统一，这也是盛唐人诗歌艺术美理想的体现。唐人极为推崇清丽的风格与境界。杜甫在《解闷》十二首中赞扬孟浩然的诗是："清诗句句尽堪传"。王士源在《孟浩然集序》中称其"荷风送香气,竹露滴清响"两句诗为"清绝"之作。杜甫《解闷》十二首中称王维之诗："最传秀句寰区满"。李白这种清新自然的审美理想也是对南朝"芙蓉出水"一派美学观的继承与发展,从中也可以看出李白文艺思想中不仅有儒家"民本"思想文艺观的影响,而且在艺术上更多的是道家美学思想的影响。

杜甫的文学思想是在陈子昂、李白诗论基础上的进一步发展。但是由于杜甫所处的时代已经到了唐代社会发展由盛到衰的转折期,因此杜甫的文学思想中要求文学表现民生疾苦,"为民请命"的方面体现得较为突出。杜甫(712—770),字子美,河南巩县人。他很重视《诗经》的传统,主张文学创作要描写现实的社会内容,使之与他安定乾坤、拯救黎元的政治理想相结合。这种思想在他的后期尤为突出。比如他赞扬元结《舂陵行》和《贼退示官吏》,在《同元使君舂陵行》中说:"道州忧黎庶,词气浩纵横。两章对秋月,一字偕华星。"并且在其诗序中说,元结等能"知民疾苦",坚持正义,"天下少安可待矣"。杜甫创作的乐府诗以新题写时事,开创新乐府之先声。他的许多优秀诗作,是他这种文学思想的具体实践。他的诗歌创作就已经鲜明地反映出了文学应当揭露当权统治者的弊政,描写百姓的疾苦,以达到为民请命的目的。虽然他在理论上没有明确提出这一点,但在创作实践中已经可以看得非常清楚。这也是他对《毛诗大序》中"发乎情,止乎礼义"、"温柔敦厚"之旨的突破。而这毫无疑义是直接启发和影响了白居易诗歌理论的提出。

杜甫对前代文学遗产采取了正确的态度。在反齐梁文风中,他顶住了全盘否定齐梁文学的形而上学的片面性,坚持了正确的原则,这是很不容易的。李白虽然并不全盘否定六朝文学,但在理论上旗帜还不够鲜明。而杜甫则明确提出了文学发展中这一重要问题,并表示了鲜明的态度。这在他的《戏为六绝句》中论述得最为充分。他说:"不薄今人爱古人,清词丽句必为邻。窃攀屈宋宜方驾,恐与齐梁作后尘。"他指出齐梁文学有缺点,故不愿作其"后尘",但是又认为齐梁文学不应当全盘否定,要充分吸取其"清词丽句",接受其有价值的艺术经验,而舍弃其卑下、轻艳的一面。对庾信的评价,尤其可以看出他的这种文学思想特点。他充分肯定了庾信在诗歌创作上的成就,对当时一些后进之辈的简单否定,很不满意。他说:"庾信文章老更成,凌云健笔意纵横。今人嗤点流传赋,不觉前贤畏后生。"特别对他到北朝后所写的许多怀念故国的著名诗篇给予了很高评价,《咏怀古迹》中说:"庾信平生最萧瑟,暮年诗赋动江关。"而对他早年诗歌创作中"清新"一面也是十分肯定的,曾说:"清新庾开府。"对六朝的一些著名诗人,杜甫也都赞扬过他们在艺术上的成就。《解闷》中说:"颇学阴何苦用心。"对陶渊明、鲍照的诗作也十分钦佩,《江上值水如海势聊短述》中说:"安得思如陶谢手,令渠述作与同游。"初唐四杰的诗作有开创唐诗新特色的方面,但也有继续受齐梁淫丽柔靡文风影响的方面,这后一方面也受到当时人的非议,甚至轻蔑地否定他们的成就。对此,杜甫曾坚决表示反对,他对初唐四杰的诗歌创作给予了很高的评价。《戏为六绝句》中说:"王杨卢骆当时体,轻薄为文哂未休。尔曹身与名俱灭,不废江河万古流。""纵使卢王操翰墨,劣于汉魏近风骚。龙文虎脊皆君驭,历块过都见尔曹。"杜甫很看不起当时那些"轻薄为文"的文人,他们自以为很了不起,而实际上远远赶不上初唐四杰的成就。他指出四杰作品虽然劣于汉魏之近风骚,但都具有自己独特风格,形成"当时体",故是"龙文虎脊","不废江河万古流"。杜甫对前代文学的态度是:"未及前贤更勿疑,递相祖述复先谁?别裁伪体亲风雅,转益多师是汝师。"既要继承风雅传统,"别裁伪体",又要"转益多师",这才是对待文学遗产的正确态度。这种思想也表现在他对历代诗歌发展的评价上。其《偶题》中说:"后贤兼旧制,历代各清规。"后世文学家总是要继承前代文学传统的,但不是重复、模仿,而应有新的创造,各有自己"清规"。杜甫的诗歌艺术美理想是肯定清新秀丽,而又更重在壮阔豪迈。《戏为六绝句》中说:"才力应难跨数公,凡今谁是出群雄?或看翡翠兰苕上,未掣鲸鱼碧海中。""翡翠兰苕"是清丽之美,"鲸鱼碧海"是俊逸之美。他不仅主张要有清丽之美,而且更重视俊逸之美。清丽之美以阴柔之美、优美为主,俊逸之美则以阳刚之美、壮美为主。这是和李白不同的方面。这种艺术审美理想的不同,固然与他们个人的艺术素养、创作个性有关,但是也有时代和环境不同的影响。李白的文学创作活动主要是在安史之乱前,颇多浪漫气质;杜甫的大量诗歌创作都写于安史之乱以后,对现实的苦难看得较多,故写实性比较强。

第三节　殷璠的兴象论和王昌龄的诗境论

与李白同时,盛唐的诗歌理论还有侧重于艺术的一派,他们注意探讨诗歌的审美特征,从反对齐梁尚辞而不尚意兴的偏向出发,特别强调创造诗歌的整体审美意象,对诗歌艺术理论作出了重要的新贡献,在总结盛唐诗歌艺术经验的基础上,提出了极为重要的"兴象"论与"诗境"论。殷璠,丹阳(今江苏丹阳县)人,生卒年不详,大致生活在唐玄宗开元、天宝年间。他评选的《河岳英灵集》是一本很有特色的盛唐诗歌选本。殷璠和《文选》编者萧统一样,也是通过选本来体现自己的文艺观点,进行文学批评的。但是,《河岳英灵集》比《文选》更严格地按照自己的审美观来选作品,并对入选的诗人创作有扼要的评论,观点非常鲜明。殷璠的文艺思想以提倡"兴象"为中心,深入地论述了诗歌的风骨、声律及神、气、情等问题,同时也涉及诗歌的境界问题。殷璠也是从反齐梁的角度提出自己的诗歌创作主张的,但其出发点和陈子昂、李白又显然不完全相同。他从诗歌艺术形象塑造的角度,指出六朝人过于偏重在辞藻、声律等具体形式、技巧方面,而对审美意象的创造反而注意不够,因此提出了诗歌创作应以创造"兴象"即艺术意象为主的思想。他在《河岳英灵集》的叙和集论中批评了"挈瓶肤受之流"责备"古人不辩宫商,词句质素",正是指的南朝的声律派及其后来的追随者。他指出他们"专事拘忌,弥损厥道",所以才出现了"都无兴象,但贵轻艳"的错误倾向。故而,标举"兴象",反对"轻艳",正是殷璠诗歌理论的基本特征。这里的"兴象"二字,《文苑英华》及《全唐文》所引均作"比兴",实是大误。今考《文镜秘府论》南卷所引正作"兴象",明刻本亦为"兴象"。殷璠在《河岳英灵集》中论陶翰诗云:"既多兴象,复备风骨。"又论孟浩然诗云:"无论兴象,兼复故实。""兴象"是殷璠首先提出的重要文艺美学概念,它是指诗歌中完整的审美意象,不过,这种审美意象偏重于指主体比较隐蔽的客体形象,然而它又可以极大地感发人的性灵,产生浓厚的审美兴趣,启发人们丰富的想象。这种审美形象所具有的"兴"的特点,和殷璠论诗重在有言外之意密切相关。盛唐诗注重"兴象"创造,清代翁方纲在《石洲诗话》中就说过:"盖唐人之诗,但取兴象超妙。"又说:"盛唐诸公之妙,自在气体醇厚,兴象超远。"殷璠的"兴象"论正是从总结盛唐诗歌艺术成就中提出来的。"兴象"的超妙是构成诗歌意境的基础。因此,殷璠在评论所选盛唐人诗歌时,所强调的具有言外之意的诗境,实质上正是对"兴象"论的深化与发展。注重"兴象"的描绘,正是为了使诗歌的审美意象构成一种耐人寻味、含蓄不尽的境界。这种诗境可以引导读者发挥想象能力,在欣赏过程中实现再创造。殷璠评王维的诗道:"在泉为珠,着壁成绘,一字一句,皆出常境。"所谓"常境",是指一般能够用语言文字来描写的境界,而所谓"超出常境",则是指诗歌中所体现的那种无法用语言文字来表达的境界。如殷璠所指出的"落日山水好,漾舟信风归"、"涧芳袭人衣,山月映石壁"、"天寒远山净,日暮长河急"等等,其中所蕴涵的隐居田园的心境与禅机,是无法具体说清楚的,它只能让读者自己去领悟,同时它也是读者再创造的结果。他评常建的诗:"其旨远,其兴僻,佳句辄来,唯论意表。"又说刘慎虚之诗"情幽兴远"是"方外之言",张谓的诗"行在物情之外",王季友的诗"远出常情之外"等等,也都可以看出他的这种基本思想,从而使我们对他提倡"兴象"的特殊含义,有非常清楚的认识。

那么,怎样才能创作出有言外之意的"兴象"的诗歌呢?殷璠提出了许多重要的见解。首先,他认为应当有"风骨"。他评高适诗说:"多胸臆语,兼有气骨。"又说崔颢的诗:"晚节忽变常体,风骨凛然。"论陶翰的诗:"既多兴象,复备风骨。"这些对于风骨的理解,大体和钟嵘所说的"建安风力"以及刘勰论建安诗的"梗概多气"是一致的。但是殷璠对"风骨"的理解还有另一方面的含义,即是指超然物外、避世隐居那种仙风道骨般的飘逸之气。例如他评李白的诗:"白性嗜酒,志不拘检,常林栖十数载,故其为文章,率皆纵逸。"又评储光羲诗云:"格高调逸,趣远情深,削尽常言,挟风雅之迹,浩然之气。"他又在评王昌龄诗时说:"元嘉以还,四百年内,曹(植)刘(桢)陆(机)谢(灵运)风骨顿尽。"显然陆谢的"风骨"与曹刘的"风骨"是不太一致的,而李白之"纵逸"、储光羲之高逸,当亦是"风骨"之体现,但亦不同于建安风骨。可见,殷璠的"风骨"论设格较宽,着重于体现描写对象的风貌神态,具有"离形得似"、"传神写照"之妙。所以"风骨"是"兴象"必须具备的基本内容之一。其次,殷璠认为"兴象"超远的作品,应当具有"神来,气来,情来"之妙。这和"风骨"也是分不开的,因为"风骨"本身就具有自然传神、气势通畅、感情鲜明的特征。所谓"神来",是要求"兴象"塑造必须以神似为主,而达到形神并重之妙。所谓"气来",是要求"兴象"具有生机盎然的特点,表现描写对象内在的生命活力、昂扬的精神状态。所谓"情来",则是强调"兴象"中应寄寓有作者充沛的、强烈的感情,能够感染读者,它是幽远深厚的,又是非常自然真实的。再次,"兴象"的构思要新颖、奇特、巧妙,并且具有自然的声律之美。殷璠论李白的《蜀道难》等篇"奇之又奇",又说高适的《燕歌行》等篇"甚有奇句",岑参的诗"语奇体峻,意亦造奇"等等,说明殷璠对诗歌审美意象的塑造,要求是很高的,也相当重视具体的艺术技巧。他反对过分讲究细碎的声律,但不反对声律,而且把它作为创造完美的整体艺术形象所不可缺少的重要方面。他说:"气因律而生,节假律而明,才得律而清。"为此,一个诗人"不可不知音律"。然而过于烦琐,反而会妨害"兴象"的超妙,影响整体艺术形象的创造。他认为理想的作品应当是"风骨"与"声律"均备之作。

王昌龄是殷璠在《河岳英灵集》中十分推崇的盛唐诗人,其诗"惊耳骇目",是"中兴高作"。王昌龄(689—757),字少伯,长安人。他的诗兴象超诣,意境弘深,在盛唐堪称典范。王昌龄《诗格》一书,其真伪历来颇多争议,现存《诗格》最早见于宋代陈应行的《吟窗杂录》。王昌龄确有《诗格》著作,应是没有疑问的,但今本《诗格》则恐非王著原貌,而是经过后人整理改写的。日僧空海公元804年到中国,806年回日本,曾从中国带回《诗格》,上距王昌龄死约五十年。他在《文镜秘府论》中多次引用了王昌龄《诗格》的论述,当是比较可靠的。但其文字和《吟窗杂录》本不同,故本书所论以《文镜秘府论》所引为准。王昌龄诗论最有价值的是关于诗歌意境的论述。他说:"夫作文章,但多立意。令左穿右穴,苦心竭智,必须忘身,不可拘束。思若不来,即须放情却宽之,令境生。然后以境照之,思则便来,来即作文。如其境思不来,不可作也。"这里王昌龄强调了文学创作、尤其是诗歌创作必须在意与境密切结合的情况下进行构思。创作中首先要立意,但诗歌创作中的意必须与外境融为一体,方能驰骋神思使艺术想象飞腾起来,然后才能产生有艺术价值的好作品,如"境思不来,不可作也"。意与境的融合也就是心与物的结合,这样方能创造生动的艺术形象。他又说:"夫置意作诗,即须凝心,目击其物,便以心击之,深穿其境。如登高山绝顶,下临万象,如在掌中。以此见象,心中了见,当此即用。"目击其物,深穿其境,即是要求心与物能水乳交融,不分彼此。恰如刘勰《文心雕龙·物色》所说的心需"随物以宛转",物需"与心而徘徊"。王昌龄又说道:"取用之意,用之时,必须安神净虑。目睹其物,即入于心,心通其物,物通即言。言其状,须似其景。语须天海之内,皆入纳于方寸。"强调这种心与物的结合又必须在创作主体"安神净虑"即"虚静"条件下方能顺利实现。只有使"景物与意惬",才能使诗歌具有无穷的意味。只有"虚静"方能做到"语须天海之内,皆入纳于方寸"。这也就是陆机《文赋》中所说的"观古今于须臾,抚四海于一瞬"。意与境的和谐,必须任其自然,由感兴而生成,决不是人为强制所能达到的。他说:"自古文章,起于无作,兴于自然,感激而成,都无饰练,发言以当,应物便是。"也就是说"皆须任意自起"。"意欲作文,乘兴便作,若似烦即止,无令心倦。常如此运之,即兴无休歇,神终不疲。"这种主张与刘勰在《文心雕龙·神思》中所说"秉心养术,无务苦虑;含章司契,不必劳情"如出一辙。王昌龄关于诗境的论述,一般研究者常以《吟窗杂录》本《诗格》中的"三境"、"三格"说作为主要依据。《吟窗杂录》本《诗格》中的"三境"、"三格"说,对诗境的论述,确是相当精辟的,其基本思想亦与《文镜秘府论》中有关论述一致。但是,它究竟是不是王昌龄《诗格》原文,目前尚无法确证。现将这两段引述如下:"诗有三境:一曰物境,欲为山水诗,则张泉石云峰之境,极丽绝秀者,神之于心,处身于境,视境于心,莹然掌中,然后用思,了然境象,故得形似。二曰情境,娱乐愁怨,皆张于意,而处于身,然后驰思,深得其情。三曰意境,亦张之于意,而思之于心,则得其真矣。"又云:"诗有三格:一曰生思,久用精思,未契意象,力疲智竭,放安神思,心偶照境,率然而生。二曰感思,寻味前言,吟讽古制,感而生思。三曰取思,搜求于象,心入于境,神会于物,因心而得。"这两段文字中,对意境的构成、特征、种类及不同构思特点都作了相当深刻的分析。如果这是王昌龄《诗格》原文的话,空海是不会不引用于《文镜秘府论》之中的。不过我们至少可以将它看做是对王昌龄诗境论的进一步发挥。

　　王昌龄关于诗歌创作十七势的论述,是对诗歌具体艺术表现技巧的总结。势,是指诗歌创作内在的一种自然规律。中国古代讲究立意和定势,即是指诗歌创作者首先要确立主题,然后按照所表达的意的需要,来选择与之相适应的表现方法与技巧。例如第十五"理入景势",是讲诗歌创作中如何以理入景。使其景与理"相惬";第十六"景入理势",是讲"景与意相兼始好"。也就是要使理语与景语融为一体,创造含蓄、自然、耐人寻味的诗境。王昌龄把诗歌意境创造提到了一个非常突出的地位,它不仅是对盛唐诗歌艺术经验的一个总结,而且为意境理论的深化与扩展奠定了基础。

第四节　皎然《诗式》与诗歌意境特征探讨的深入

　　皎然《诗式》中有关诗境的论述是对殷璠、王昌龄诗境论的进一步发展。皎然是诗僧,本姓谢,字清昼,湖州长城(今浙江长兴)人,是谢灵运十世孙。皎然的生卒年难以确考,大约生于开元前期,卒于贞元后期。《诗式》写作年代难以确切考订,据《诗式·中序》大约作于公元779年至785年之间。《中序》又说贞元五年(789)御史中丞李洪改迁湖州长史,十分赞赏《诗式》,皎然在诗人吴季德帮助下重新编订其《诗式》,并经李洪审阅,"勒成五卷,粲然可观矣"。可见,《诗式》之最后增补编订当在贞元五年。皎然还著有《诗议》,已佚,《文镜秘府论》、《吟窗杂录》曾有引用。另有《诗评》可能即《诗议》。《诗式》的版本较为混乱,吟窗本《诗式》所依据的可能是贞元前《诗式》的"草本",而五卷本所依据的则可能是贞元五年后重新编录的五卷本,流行的一卷本则是五卷本的简本。此点我在《皎然〈诗式〉版本新议》一文中已作了详细论证,此不赘述。(参见北京大学《国学研究》第二期)《诗式》以提示品式为主,《诗议》以评议格律为主。

　　皎然诗论的中心、它最有价值的部分,是在论诗歌的意境创造和已经透露出诗境与禅境合一端倪的诗歌美学理想方面。皎然已清醒地认识到诗歌的情与境是不可分离的,境中含情,情由境发。故他在"辩体有一十九字"条中解释"情"字云:"缘境不尽曰情。"这个"情"是指诗中之情,而非一般之情。他强调诗中之情是蕴藏于境中的,是由诗人所创造的诗境来体现的。故其《五言秋日遥和卢使君游何山寺宿扬上人房论涅槃经义》一诗中说:"诗情缘境发,法性寄筌空。"佛法借筌蹄来寄托,诗情缘意境而发挥。他最理想的诗歌审美境界,是创造一个清新秀丽、真思杳冥的诗歌艺术境界,来展现禅家寂静空灵的内心世界。其《送清凉上人》诗说:"何意欲归山,道高由境胜。花空觉性了,月静知心证。永夜出禅吟,清猿自相应。"山花静月,永夜猿声,亦是寄托道心禅意的最好筌蹄。皎然认为诗与禅是可以互相促进、和谐统一的,禅境对诗境的含蓄深远有十分重要的作用,"境静万象真"(《五言苕溪草堂》)。皎然这种诗禅结合的审美理想,从创作上看有其实践基础,这就是盛唐山水田园诗的丰硕业绩,特别是王维创作的许多诗境与禅境融合为一的优秀作品。从理论上看,则是接受了殷璠等的文学思想影响而逐渐发展起来的,它对后代文学理论批评的影响是很深远的。

皎然认为能否创造诗禅合一的诗境,是决定诗歌艺术水平高下的关键。其《诗式·辩体有一十九字》说:"夫诗人之锐思初发,取境偏高,则一首举体便高;取境偏逸,则一首举体便逸。"这"高"和"逸"是皎然对诗境的一种要求,它是诗境和禅境合一的审美理想的体现。皎然认为诗境创造应当由人工之至极而达到天工之至妙,须经"苦思"而臻自然。其"取境"云:"或云:诗不假修饰,任其丑朴,但风韵正,天真全,即名上等。予曰:不然。无盐阙容而有德,曷若文王太姒有容而有德乎?又云:不要苦思,苦思则丧自然之质。此亦不然。夫不入虎穴,焉得虎子?取境之时,须至难至险,始见奇句;成篇之后,观其气貌,有似等闲,不思而得。此高手也。有时意静神王,佳句纵横,若不可遏,宛如神助。不然,盖由先积精思,因神王而得乎?"皎然在这里对意境创造的原则阐述得非常清楚。诗歌意境构思过程中常常要依靠诗人的灵感,出现"意静神王,佳句纵横"的状况,乍一看来这似乎是"神助"一般,然而实际上这是平素积累在神思兴旺时的一种爆发。意境形成之后,看起来有如自然天成,不思而得,但它实是诗人历经苦思,至难至险,方始获得的一种成果。由此可见,皎然是力求把人工修饰与天工自然熔为一炉,很重视人工修饰在意境创造中的作用。《文镜秘府论·南卷》引皎然《诗议》说:"诗不要苦思,苦思则丧于天真。此甚不然。固须绎虑于险中,采奇于象外,状飞动之句,写冥奥之思。夫希世之珠,必出骊龙之颔,况通幽含变之文哉?但贵成章以后,有其易貌,若不思而得也。"这和"取境"一段可互为补充。但此处更可看出,皎然对诗境审美理想的追求,仍是在天真自然,有象外之奇,有飞动之貌,写冥奥之思,若不思而得。然而这种境界的获得,若无"人工"之努力,是不会自己到来的。

对于诗歌意境的美学特征,皎然在《诗式》、《诗议》中也有一系列重要论述,归纳起来主要有以下几点:

第一,皎然说诗境要"采奇于象外",正是强调诗歌意境于具体生动的景物描写之外,必须使人联想起许多更为丰富的象外之奇景。这也就是后来司空图在《与极浦书》中所说的"象外之象,景外之景"。皎然在评谢灵运诗时说:"且如'池塘生春草',情在词外;'明月照积雪',旨冥句中,风力虽齐,取兴各别。"并认为这就是"隐秀"之意。南宋张戒《岁寒堂诗话》中曾引刘勰《文心雕龙·隐秀》篇佚文云:"情在词外曰隐,状溢目前曰秀。"此为皎然"情在词外"之来源。又南朝刘宋时的宗炳曾在其《画山水序》中言"旨微于言象之外者,可心取于书策之内",此当是其"旨冥句中"之来源。又皎然在"重意诗例"条中说:"两重意已上,皆文外之旨。""文外之旨"也就是刘勰所说的"隐",《文心雕龙·隐秀》篇说:"隐也者,文外之重旨也。""隐以复义为工。"皎然最佩服他的祖先谢灵运的诗作,评价极高,认为谢诗最富有"文外之旨"这种审美特征。他说:"若遇高手,如康乐公览而察之,但见性情,不睹文字,盖诣道之极也。"他还指出谢灵运诗的这种特征是受佛学影响所致,因佛家以言意为筌蹄,主张要不拘泥文字。其"文章宗旨"条说:"康乐公早岁能文,性颖神彻,及通内典,心地更精,故所作诗,发皆造极,得非空王之道助邪?"注重"文外重旨"、"意在言外"在六朝是玄佛相通的,如谢灵运、宗炳既是玄学家也是佛学家,刘勰不仅受道家玄学思想影响,也是精通佛学的。

第二,气腾势飞,具有动态之美。皎然论诗首重一个"势"字,《诗式》开宗明义第一条即是"明势"。势,本是指宇宙间各种事物的独特内在规律及其所呈现的态势。皎然要求诗歌意境具有一种飞动之势,给人以神气腾涌、栩栩如生之感,也正是南齐谢赫《古画品录》中说的"气韵生动"的动态之美。其"明势"云:"高手述作,如登荆、巫,觏三湘、鄢、郢山川之盛,萦回盘礴,千变万态。(文体开阖作用之势)或极天高峙,崒焉不群,气腾势飞,合沓相属。(奇势在工)或修江耿耿,万里无波,欻出高深重复之状。(奇势互发)古今逸格,皆造其极矣。"皎然在这里用变化无穷、气腾势飞的山川形态比喻诗歌意境应当有的动态美、传神美,认为能达到这样流转自如、生气勃勃的境界,方为造极逸格。他在《诗议》中说要"状飞动之句","诗有四离"条说:"虽欲飞动而离轻浮。"这"飞动"之说在唐初李峤《评诗格》中已经提出,但皎然这里是作为诗歌意境的一个重要美学特征来看待的。

第三,真率自然,天生化成,无人为造作痕迹。如前所述,皎然认为诗歌意境的创造过程是不能忽视人工之作用的,但是诗歌意境形成之后,则决不能有人工斧凿痕迹,必须与造化争衡,有天真挺拔之妙。他在《诗式》总序特别指出:"放意须险,定句须难,虽取由我衷,而得若神表。至如天真挺拔之句,与造化争衡,可以意冥,难以言状,非作者不能知也。"皎然对谢灵运诗评价高,固然有崇敬祖先之意,但也确实是欣赏其诗作"出水芙蓉"的自然之美。他在"文章宗旨"条说:"曩者尝与诸公论康乐为文,真于情性,尚于作用,不顾词彩,而风流自然。"他在"李少卿并古诗十九首"条赞扬李陵、苏武之诗是"天予真性,发言自高"。这都可以看出他崇尚真实自然、不落痕迹的审美观点,也是他对诗歌意境美学特征十分重要的论述。为此,他对诗歌艺术的声律、用典、对偶这些技巧,也竭力反对过分细碎,以致"伤乎天真"、"失于自然"。皎然论诗的风格也与刘勰《文心雕龙》的论述不同。他是专论诗的风格,分为十九字,每类用一个字来概括。其中最值得注意的是,他注意到了从诗歌的意境特征上来研究风格特征,如"静"(非如松风不动、林狖未鸣,乃谓意中之静)、"远"(非如渺渺望水、杳杳看山,乃谓意中之远)、"高"(风韵朗畅)、"逸"(体格闲放)等。这是对中国古代文学风格论的一个十分重要的发展。

  皎然论诗虽也有某些儒家思想影响,如《诗式》总序说诗是"六经之菁英",又说因"风雅寝泯",欲"以正其源","庶几有益于诗教"等,但是,从《诗式》的主要内容,特别是皎然有关诗歌创作思想的论述来看,主要还是受佛学和庄学的影响。所以他的审美理想重在诗境和禅境的统一,以真率自然为最高标准。在创作上重视"神诣",强调"天机"。在方法上持佛家的"中道"论,不走极端,要求适度,采用不偏不倚的观点来评论文学。皎然还提出了文学发展上的"复"与"变",也就是"通变"的问题。他批评陈子昂"复多而变少",而沈、宋则"复少而变多",这也是符合他们诗歌创作实际情况的。皎然是非常强调创新的,但并不否定传统。

  皎然《诗式》大大促进了唐人对诗歌意境的探讨,例如皎然的朋友、诗人权德舆在《送灵澈上人庐山回归沃州序》一文中说:"上人心冥空无而迹寄文字,故语甚夷易,如不出常境,而诸生思虑,终不可至。""故睹其容览其词者,知其心不待境静而静。"说明灵澈上人空静的心境对其诗境的形成有十分重要的作用。他在《左武卫胄曹许君集序》中曾赞扬许经邦"凡所赋诗,皆意与境会,疏导情性,含写飞动,得之于静,故所趣皆远",进一步说明了意境的特征。特别是诗人刘禹锡的论述,他在《董氏武陵集纪》中说:"诗者,其文章之蕴耶!义得而言丧,故微而难能;境生于象外,故精而寡和。"刘禹锡认识到诗歌和一般文章不同,它更为含蓄蕴藉,富有韵味。他对诗歌意境的美学特征作了非常深刻、非常确切的理论概括。他所谓"义得而言丧",是说诗歌意境具有"得意忘言"之妙。所谓"境生于象外",是指诗歌的意境比诗歌中具体描写的实的景象要更加广阔得多,他要求诗人善于从实的景象之逼真描写中激起读者的丰富联想,通过暗示和象征的方法,使读者能在实的景象描写之外构成一个虚的、更加广阔的艺术境界,并体会其中无穷的言外之意、象外之境,这样方能具有"片言可以明百意,坐驰可以役万象"的功效。此种诗歌意境的创造需要诗人有虚静的精神境界,排除一切内心世俗欲念,摆脱所有外界干扰,所以许多具备空静心态的诗僧常常善于创造含蓄深远的诗歌意境。刘禹锡在《秋日过鸿举法师寺院便送归江陵引》中说:"梵言沙门,犹华言去欲也。能离欲,则方寸地虚;虚而万景入;人必有所泄,乃形乎词;词妙而深者,必依于声律。故自近古而降,释子以诗名闻于世者相踵焉。因定而得境,故倏然以清;由慧而遣词,故粹然以丽。信禅林之花萼,而诫河之珠玑耳。"所谓"定"者,即指禅定,进入禅定故离欲,此时内心虚空,而万景入。定而得境,则清新自然,含蓄不尽;因定生慧,则文辞秀丽,生动精粹。这就把禅境和诗境的结合,从意境的创造过程作了理论上的深入阐述。这是对皎然、灵澈、权德舆等人诗禅合一思想的进一步发展。"境生于象外"的提出,把对诗歌意境美学特征的研究推进到了一个新阶段,并且直接启发了司空图"象外之象,景外之景"说的提出,它在意境理论的研究上贡献是很大的。

第九章 唐代后期文学理论批评不同流派的分化与发展

第一节 白居易和社会学派的文学理论批评

白居易是继李白、杜甫之后唐代的又一位伟大诗人,同时又是一位十分重要的诗歌理论批评家。他代表了和殷璠、皎然等重艺术一派不同的另一派文艺思想,其核心是强调文艺要真实地反映现实,揭露政治的黑暗,表现人民的疾苦。与他这种文艺思想一致的还有元稹、张籍、王建、李绅等人。以白居易为代表的这一派文艺思想的产生,是有其社会历史根源的。从盛唐到中唐是唐帝国由盛到衰的转折时期,也是中国封建社会由盛到衰的转变时期。安史之乱以后唐朝经济一蹶不振,外族入侵,藩镇割据,战乱频仍,民生凋敝。统治集团内部矛盾加深,党争不休,政治腐败,剥削惨重,百姓陷入了水深火热的灾难之中。各种矛盾的激化,使整个社会动荡不安。面对这种现实,许多关心国家兴衰的有识之士,特别是一些以天下为己任的进步文人,都在怀念前朝的"贞观之治"和"开天盛世",并从各方面总结历史经验,研究如何改革时弊的方法。他们从儒家的民本思想出发,以唐虞三代的开明政治为最高理想。儒家思想的复兴,便是顺应这种时代的潮流而出现的。许多人认为唐王朝之所以衰落,就是因为先王之道不行的结果。与此相关的是文学创作上主题的变化。中唐文学创作的主题逐渐由边塞、田园、山水转向以表现人民疾苦和揭露时政弊端为中心的社会、政治主题。以白居易为首,元稹、张籍、王建、李绅等为主要成员,形成一个重要诗歌流派,他们以乐府诗形式写现实的时事,并不再沿袭乐府古题,而是"即事名篇,无复倚傍",这就是"新乐府"诗的主要特点。"新乐府"诗创作与以韩、柳为代表的"古文"创作之繁荣,都是中唐儒学复古思潮的产物。

白居易(772—846),字乐天,晚年居香山,因号香山居士,曾官太子少傅,后人或称白太傅。祖籍太原,后迁下邽(陕西渭南县)。白居易的诗歌理论有两个基本内容:一是强调诗歌创作要起到"救济人病,裨补时阙"的积极社会作用;二是创作方法上要体现"直书其事"的"实录"精神。"救济人病,裨补时阙",或叫作"泄导人情"、"补察时政",这是白居易《与元九书》中的主导思想。《与元九书》作于元和十年(815)冬,当时他44岁。这年八月被贬为江州司马,冬初到江州,腊月自编诗集十五卷,写与元稹书,畅论诗歌创作之旨。元稹时为通州司马。《与元九书》是白居易对他前期所写作的讽谕诗的一个理论总结。白居易自贞元十六年(800)中进士,贞元十九年与元稹同授秘书省校书郎。元和元年罢校书郎,与元稹在华阳观闭户累月,研究当时政治状况,写出《策林》75篇,提出了进步的政治改革主张。同年四月应制举登科,白居易被任命为盩厔县尉。此后十余年是白居易为"兼济天下"努力奋斗的时期,他写了大量"为民请命"的讽谕诗,著名的《秦中吟》、《新乐府》都是在这一时期创作的。《与元九书》所阐述的正是这积极奋进十年的文艺思想状况。"救济人病",是要求诗歌能反映人民疾苦,使百姓的病痛"稍稍递进闻于上",让最高统治者有所了解。"裨补时阙",是要求诗歌能揭露时政的弊端,引起统治者的注意,促使他们进行必要改革。《与元九书》中最著名的两句话:"文章合为时而著,歌诗合为事而作。"其落脚点正是在这里。白居易"救济人病,裨补时阙"的诗歌主张,突出地强调了文学与人民之间的密切关系,强烈地表明了他要求文学创作必须起到"为民请命"的作用。它鲜明地指出了文学应当积极地干预现实,为实现进步的政治理想,为改善百姓的生活状况,发挥其应有功效。恰如他在《新乐府序》中所说:"为君、为臣、为民、为物、为事而作,不为文而作。"这为君、为臣、为民、为物、为事,都不是泛泛之论,而是和"救济人病,裨补时阙"紧紧地连在一起的。联系唐代诗歌的发展来看,这是对以杜甫为代表的关心国计民生、表现社会政治内容诗歌的创作经验之总结,也是他和其他新乐府诗作者诗歌创作的指导原则。在中国封建社会前期这是一种相当进步的文学主张,也是具有民主性的文学创作思想发展的一个高峰,对这一点应当给以充分的肯定和足够的估价。"救济人病,裨补时阙"主张是建立在儒家民本思想基础上的。白居易的民本思想很集中地反映在他《策林》75篇里。他在《策林》里对当时的政治、经济、文化、思想等各个方面的弊端进行了尖锐的批评,提出了自己的革新主张。他认为三皇五帝之所以贤明,是因为"以天下心为心","以百姓欲为欲"。后来帝王之所以不及三皇五帝,则是由于他们

"以己心为心,抑天下以奉一人之心也;以己欲为欲,咈天下以从一人之欲也"。"贞观之治"之所以英明,是因为唐太宗能"以百姓心为心"。白居易认为百姓之所以穷困,是由于君主之奢欲;君主奢欲,则官吏纵欲,而民不聊生矣。所谓"上开一源,下生百端者也"。《策林》第68篇《议文章——碑碣词赋》和第69篇《采诗——以补察时政》,是从民本思想出发对文化发展和文学创作所提出的革新主张。他提倡"直笔",反对"虚美",要求"黜华于枝叶,反实于根源"。认为文章只有具有高度真实性,才能起到积极的政治作用。他要求恢复采诗制度的目的,使下情上达,让帝王了解百姓的疾苦。这些和"救济人病,裨补时阙"主张是完全一致的。

  白居易在他的创作实践中,非常清楚地体现了这一文学思想。他在《伤唐衢》一诗中曾说到著名的《秦中吟》之创作缘由:"是时兵革后,生民正憔悴。但伤民病痛,不识时忌讳。遂作《秦中吟》,一吟悲一事。"在《寄唐生》一诗中他说《新乐府》的创作动机是:"不能发声哭,转作乐府诗。""惟歌生民病,愿得天子知。"他坚决反对掩盖现实矛盾、粉饰太平的歌功颂德之作。他在《采诗官》中批评这种状况说:"郊庙登歌赞君美,乐府艳词悦君意。若求兴谕规刺言,万句千章无一字。""夕郎所贺皆德音,春官每奏唯祥瑞。"于是"君耳唯闻堂上言,君眼不见门前事。贪吏害民无所忌,奸臣蔽君无所畏"。所以"欲开壅蔽达人情",必须"先向歌诗求讽刺"。白居易的讽谕诗都是在"泄导人情,补察时政"的思想指导下创作的。为此必然要触怒当时的一些权豪贵戚、特别是那些"执政柄者"和"握军要者"。但是,白居易认为一个真正的诗人应当敢于面对现实,大胆揭露矛盾,而不应慑于当权者的淫威,畏缩不前。因此,他明确提出要"不惧权豪怒,亦任亲朋讥","未得天子知,甘受时人嗤",一定要使"下人之病苦闻于上"。白居易在《与元九书》中说,他创作了这些讽谕诗后,"言未闻而谤已成矣",然而他并没有被这些来自各方面的压力所屈服,这种精神是很可贵的。白居易"救济人病,裨补时阙"的诗歌创作主张和"不惧权豪怒,亦任亲朋讥"的创作态度,既是对儒家民本思想的继承和发扬,同时也是对儒家"温柔敦厚"的"诗教"的重大突破。他所强调的"意激"和"言切"的创作原则,是超越了"发乎情,止乎礼义"的界限的,是直接和"温柔敦厚"、"主文而谲谏"的主张相冲突的。他在《与元九书》中说:"至于讽谕者,意激而言质。"又其《新乐府序》中说:"其言直而切,欲闻之者深诫也。"这对后世诗歌创作和诗歌理论批评的影响是十分深远的。

  白居易诗歌理论的缺点,是对文学和政治关系的认识存在着极为简单化和绝对化的错误看法。他把文学的社会功能局限在直接干预政治的狭小范围,而忽略了文学社会功能的广阔性、多面性。同时,他也忽略了文学的教育作用是要通过审美的方式来实现的,因而对诗歌的艺术美十分轻视,忽略了艺术形式的相对独立性。这是白居易诗歌理论的致命弱点,它突出地表现在《与元九书》中对历代诗歌发展的评论上。白居易对诗歌发展历史上凡不能直接起到"救济人病,裨补时阙"作用的,都持否定和贬斥态度。他认为《楚辞》只得"风人之什二三"是很不公正的,对汉魏诗歌除苏、李赠答外一字不提。特别是为盛唐诗人所心折的建安诗歌,在他看来也不合于"风雅比兴"的精神而被排除在外。至于六朝诗歌,他几乎全部都否定了,说谢灵运"溺于山水",陶渊明"偏放田园",而抬出梁鸿《五噫》树为典范,也是很可笑的。他对唐代诗歌评价也是很片面的,只肯定陈子昂《感遇》、鲍防《感兴》和李白、杜甫的少数篇章。这都清楚地表现了白居易诗论的狭隘性以及不重视艺术美的缺点。白居易并不是一个没有艺术才华的诗人,他的《长恨歌》、《琵琶行》以及许多律诗、绝句,都有很高的艺术水平,并成为脍炙人口的名作,但是在他的诗歌理论中却往往把作品的政治性和艺术性放在对立的地位,他的讽谕诗在艺术上也有过于直露的毛病,诚如南宋张戒在《岁寒堂诗话》中所说,其诗能"道得人心中事"是其所长,而"略无余蕴"则是其所短。

  白居易诗歌理论在创作方法上的一个重要特点是提倡"直笔"、"实录"。"直笔"实际上就是"实录","直笔"者必要求"书事""核实"。"实录"是就方法而言的,"直笔"则更侧重作者的写作态度。白居易和元稹等不再沿袭乐府古题而创作新题乐府,正是为了实录时事真实地反映现实状况。元稹《乐府古题序》中说:"况自《风》、《雅》,至于乐流,莫非讽兴当时之事,以贻后代之人。沿袭古题,唱和重复,于文或有短长,于义咸为赘剩。尚不如寓意古题,刺美见事,犹有诗人引古以讽之义焉。曹、刘、沈、鲍之徒,时得如此,亦复稀少。近代唯诗人杜甫《悲陈陶》、《哀江头》、《兵车》、《丽人》等,凡所歌行,率皆即事名篇,无复倚傍。予少时与友人乐天、李公垂辈,谓是为当,遂不复拟赋古题。"是为"新乐府",李绅首作《乐府新题》20篇,元稹和作15篇,白居易则扩充为50篇,无论从思想性还是艺术性来看,李、元之作都远远比不上白居易,故新乐府创作之代表诗人当为白居易。这种"直笔"、"实录"的创作思想和创作方法,是与白居易早年对自己为官人品的要求一致的。他在《贺雨》诗中说:"君以明为圣,臣以直为忠。"《哭孔戡》诗中赞扬孔戡为人"平生刚肠内,直气归其间","拂衣向西来,其道直如弦"。他的《云居寺孤桐》以孤桐为喻,"寄言立身者,孤直当如此"!他的《李都尉古剑》欲借古剑来实现"愿快直士心,将断佞臣头"。特别是他在写给樊宗师的《赠樊著作》一诗中说:"阳城为谏议,以正事其君。""元稹为御史,以直立其身。""君为著作郎,职废志空存。虽有良史才,直笔无所申。何不自著书,实录彼善人?编为一家言,以备史阙文。"所以,"直笔"、"实录"成为白居易早期诗歌创作的基本原则,同时也是中国古代现实主义诗歌的主要特征。白居易这种"直笔"、"实录"的创作原则从理论上看有以下几个特点:

第一,要求有严格的真实性。白居易在《新乐府序》中说他的作品"其事核而实,使采之者传信也。"又在《秦中吟序》中说:"贞元、元和之际,予在长安,闻见之间,有足悲者,因直歌其事,命为《秦中吟》。"他的《新乐府》、《秦中吟》,写的都是现实生活中的真实事件,而且有许多都是他自己亲身经历过的,而并无虚构夸张之处,是文学创作中严格遵循史家"实录"精神的产物。第二,有很强的政治性。白居易的讽谕诗都是针对当时弊政及其给人民带来的灾难,进行揭发批评的"有为之作"。《寄唐生》说:"篇篇无空文,句句必尽规。""惟歌生民病,愿得天子知。"那么自觉而直接地把诗歌作为政治斗争的工具和手段,这在中国文学史上是很少有的。第三,有一定的典型性。白居易要求诗歌所描写的具体生活内容,应当有某种普遍的社会意义。其《读张籍古乐府》中说:"读君《学仙诗》,可讽放佚君。读君《董公诗》,可诲贪暴臣。读君《商女诗》,可感悍妇仁。读君《勤齐诗》,可劝薄夫淳。"诗中所写虽是某一具体的事件,但是它包含了相当广泛的普遍典型概括意义。第四,有明白晓畅、通俗易懂的艺术形式。在《新乐府序》中,他说自己的作品:"其辞质而径,欲见之者易谕也。""其体顺而肆,可以播于乐章歌曲也。"这当然是和"其言直而切"、"其事核而实"的内容相配合的。这种"质而径"、"直而切"有它平易通俗的一面,但也有过于直露辞繁的缺点。这也说明白居易的现实主义还是初步的、不成熟的。

第二节 古文理论的产生发展和韩愈、柳宗元的文学思想

唐代古文理论和古文写作的兴起和发展是针对六朝唐初骈文的泛滥而发的,以古文替代骈文其性质属于语体改革,但又包含着文风的革新,因此,对文学思想和文学理论批评的发展有很深远的影响。古文和骈文是中国古代文章写作的两种基本语言表达方式,古文的名词是后起的,是针对骈文而提出来的,指骈文产生以前先秦两汉文章写作的语言表达方式,即自由的、不受任何限制的语言表达方式。骈文萌芽于两汉,兴起于魏晋,盛行于南北朝及唐初,它是一种讲究骈俪、对偶的语言表达方式。骈文有两个主要特点:一是句式的两两相对,以四字句和六字句为主,或四四相对,或六六相对,由此扩展出其他多种形式。二是句式结构和词语性质的对偶,对称的句子中主语、谓语、宾语、

补语等两两相对,位置相同,词性也相同。汉赋中大量运用的排比、对偶为骈文的产生奠定了基础,魏晋以后逐渐发展为以骈俪、对偶为主要语言表达方式。从南北朝开始,骈文的写作还特别讲究用典,并要求在典故的含义上形成对偶,如正对、反对之类。自永明声律说兴起后,骈文也开始逐渐形成较为严密的平仄格律。一般说骈文比较重视辞藻的华艳、色彩浓郁。对偶、用典、声律、词采是南北朝时期文学创作追求艺术形式美的几个主要方面,在诗歌创作中尤为突出,骈文这些特征说明它和诗赋之间有很多共同之处,彼此距离在靠近。因此,我们可以说骈文的产生是以诗赋为主体的文学创作中的语言艺术技巧运用于一般文章写作的结果,也可以说是一般文章写作也讲究文学的语言艺术技巧的结果。骈文作为一种语体形式,特别是作为一种文学体裁,是应当给以充分肯定的,中国古代运用骈文形式写的许多文艺散文都有很高的艺术水平,如孔稚圭《北山移文》、丘迟《与陈伯之书》、庾信《哀江南赋序》、王勃《滕王阁序》等,都是为历代所传诵的佳作。中国古代最杰出的文学理论专著——刘勰的《文心雕龙》,就是用精美的骈文写成的。骈文不仅是中国古代文化发展中一个伟大的创造,而且是一种体现中华民族文化传统特征的语言表达方式。但是把骈文的形式绝对化,把骈文作为唯一的一种语言表达方式,并且过多地堆砌大量典故,过分地讲究严密的平仄格律,片面追求辞藻的华艳,就会束缚人的思想,妨碍自由地流畅地表达思想感情,形成专门注重形式美的华而不实文风。尤其是一般的公牍文、政论文、应用文都要用骈文来写,不仅很不方便,而且常常还会"以辞害意",影响内容的清楚明白的表述。从这个意义上说,提倡散体古文,反对以骈文作为唯一的语言表达方式,不仅是正确的,也是十分必要的。对非文学的一般文章写作来说,更应当以自由流畅的散体古文为主。

古文的概念产生很早,汉人所说古文指先秦文献典籍,亦指先秦古文字,在六朝人说的古文,乃是泛指前代的文章。这些均与唐人所说古文不同。唐代古文提倡者所说的古文,是指先秦两汉时期文章那种与六朝骈文不同的、不讲骈俪对偶的单行散体的语言表达方式。古文并不绝对排斥骈文,也可以夹杂少量骈偶句,但以自由的单行散体为主。古文和骈文作为两种语言表达方式应当是并行共存的,彼此也可以相互吸收掺杂运用,事实上它们各自的发展都没有中断过,不过在不同的历史时期各有侧重而已。骈文侧重于格式整齐的语言形式美,而且是一种绚丽铿锵、和谐对称的雕饰美;古文侧重于语言的自由流畅表达,讲究的是一种清新自然、生动简洁的本色美。从骈文和古文的语言表达方式特点来看,一般说,骈文比较适合于注重艺术美的文学创作,古文比较适合于注重功利实效的应用文章。不过,骈文也可以写出很好的应用文章,古文更可以创作优美生动的文艺散文,而古文的盛行也是和用古文形式写作大量文艺散文的成功分不开的。骈文和古文这两种语体形式在中国古代的此起彼落的发展,主要是受不同历史时期的社会状况、文化思潮、文学观念影响的结果。

唐代古文的兴起和发展,并不是从简单模仿先秦、两汉文章而来,而是在政治革新的背景下,为了自由流畅地表达思想感情,继承和发扬先秦两汉文章单行散体的语言表达方式,经过长期创作实践,积累了丰富经验,创造出了一种生动、简洁、明朗、自然的文学语言和灵活自由、不受任何拘束、更符合当时人思维特征和思想习惯的语言表达方式后,才确立了其重要历史地位的。唐代古文理论的提倡者和古文创作的实践者,如陈子昂、萧颖士、李华、独孤及、元结、韩愈、柳宗元等,都是政治上颇有理想抱负,关心社会现实和民生疾苦,具有不同程度改革思想的文人。唐代古文理论和创作的真正兴起是在盛唐中后期,像萧颖士、李华、贾至、元结、独孤及、梁肃等,不仅有理论而且有创作实践,他们是唐代以韩、柳为代表的古文繁荣发展的先导。不过从韩愈以前古文理论的产生和发展来看,唐代古文理论中的一些基本问题,虽然已有所涉及,但都还是比较初步的、不成熟的,有些重大的关键问题还没有接触到,在古文创作方面成就也比较一般。以古文代替骈文而成为文章写作的主要语体形式、并且在文风上发生重大转折的这场历史性变化,是由韩愈和柳宗元来完成的。

韩愈是中国古代的伟大文学家之一,他在散文和诗歌创作上成就都非常高,特别是他的古文理论和古文创作受到历代文人的崇高评价。苏轼说他是"文起八代之衰,道济天下之溺"(《潮州韩文公庙碑》)。韩愈以自己的理论和创作实践使古文发展到成熟的高峰,从而完成了中国古代由以骈文为主到以古文为主的语体改革,这是中国文化史和文学语言史上一件大事,它对中国古代散文发展和文学思想发展的影响十分深远。

韩愈(768—824),字退之,河南河阳(今河南孟县)人,其郡望是昌黎,故又称韩昌黎。韩愈是一个关心国计民生,敢于直言诤谏,也颇有政绩的人。在中唐,他和白居易、元稹、柳宗元、刘禹锡等一样,都是竭力主张改革弊端,振兴朝政,具有济世安民理想抱负,希望拯救百姓于水火之中的进步文人。韩愈的古文理论是非常全面、系统、深刻而又富有独创性的,它之所以在当时有如此广泛的影响和产生巨大的作用,主要是他把古文写作和提倡儒学复古主义思潮紧密地结合到了一起。他在《答陈生书》中说:"愈之志在古道,又甚好其言辞。"《送陈秀才彤序》中又说:"读书以为学,缵言以为文,非以夸多而斗靡也。盖学所以为道,文所以为理耳。"这个"理"也就是儒家之道的具体体现。他在《答李秀才书》中说:"然愈之所志于古者,不惟其辞之好,好其道焉尔。"韩愈一再声明他是为了提倡古道才写作古文。《题哀辞后》说:"学古道则欲兼通其辞,通其辞者,本志乎古道者也。"韩愈所说的"古道"是正统的儒家之道,如《原道》一文所说:"非向所谓老与佛之道也。尧以是传之舜,舜以是传之禹,禹以是传之汤,汤以是传之文武周公,文武周公传之孔子,孔子传之孟轲,轲之死,不得其传焉。"韩愈认为这个"道统"到孟子以后就中断了,他是以"道统"继承者自居的,他的决心很大,务必要"障百川而东之,回狂澜于既倒"(《进学解》)。韩愈认为"自孔子没,群弟子莫不有书,独孟轲氏之传得其宗"(《送王秀才序》)。他为什么对孟子特别崇敬呢?因为孟子发挥了孔子的"仁"的思想,主张帝王要"与民同乐",提出了系统的"仁政"学说,强调"民为贵,社稷次之,君为轻",而这正是中唐儒学复古主义思潮的核心所在。韩愈在《原道》篇中要求君主能让百姓安居乐业,无温饱之忧,这正是对孟子"仁政"、"民本"思想的具体发挥。韩愈竭力排佛老,并不是因为他完全不相信佛老思想,而是从改革政治弊端出发的,他认为当时从上到下崇奉佛老,是使儒家仁义不行、社会动荡不安的主要原因。韩愈提倡古文、复兴儒家古道有非常现实的社会政治目的,这就是改革弊政,中兴唐室,所以产生了极为广泛深刻的社会影响。

韩愈非常明确地提出了文以明道、注重实用的思想。《争臣论》中说:"君子居其位,则思死其官。未得位,则思修其辞以明其道。"《答尉迟生书》又说:"愈又敢有爱于言乎,抑所能言者,皆古之道。"文章写作的目的是明道,而不是为文而文,所以必须有充实的内容,"夫所谓文者,必有诸其中,是故君子慎其实"。这种内容不应当是泛泛空论,而必须是密切结合现实,有实用价值的。所以韩愈特别重视人品与文品的一致,认为作家要写好文章,关键是要有高尚的道德品质修养。在《答李翊书》中韩愈曾赞扬李翊说:"生之书辞甚高,而其问何下而恭也,能如是,谁不欲告生以其道?道德之归也有日矣,况其外之文乎!"如果一个人能够"行之乎仁义之途,游之乎诗书之源,无迷其途,无绝其源",那么,他一定能写出好文章。所以韩愈说如果李翊要学习"古之立言者","则无望其速成,无诱于势利,养其根而竢其实,加其膏而希其光。根之茂者其实遂,膏之沃者其光晔。仁义之人,其言蔼如也"。讲究人品与文品的统一,本是中国传统的重要文学批评原则,韩愈在这里作了集中的、全面而深入的论述,其意义是很深远的。

韩愈重视文章内容的充实,但并没有因此而轻视文章写作的技巧,他提倡古文并不是要人们机械地模仿先秦两汉文章的语言,他希望创造一种吸收唐代语言发展中的新成果、甚至某些口语因素,并对先秦两汉文学语言加以改造的新的书面语言,或者说,一种适合于唐人习惯、具有时代特点的新的文学语言。他和提倡古文的先驱者的区别是,韩愈特别重视写作古文时要做到在语言上有独创性，而决不能因袭拟古。他在《答刘正夫书》中说学习古文要"师其意，不师其辞"。他非常深刻地指出，必须用自己的语言来表达，文章才能流传后世，这就要求在语言表达上琢磨锤炼。韩愈在《答李翊书》中曾经叙述了自己写作古文逐渐达到"惟陈言之务去"的过程："始者，非三代两汉之书不敢观，非圣人之志不敢存，处若忘，行若遗，俨乎其若思，茫乎其若迷，当其取于心而注于手也，惟陈言之务去，戛戛乎其难哉！其观于人也，不知其非笑之为非笑也。如是者亦有年，犹不改，然后识古书之正伪，与虽正而不至焉者，昭昭然白黑分矣。而务去之，乃徐有得也。当其取于心而注于手也，汨汨然来矣。其观于人也，笑之则以为喜，誉之则以为忧，以其犹有人之说者存也。如是者亦有年，然后浩乎其沛然矣。"韩愈强调作者的道德品质修养水平愈高，则愈能从精神实质上领会前代圣贤著作之"意"，而不会去袭用前人的"陈言"。当然，韩愈古文的语言和当时口语的差别还是相当大的，但和先秦两汉文章的语言相比，已有了明显的不同。他在《南阳樊绍述墓志铭》中说文章应当"必出于己，不袭蹈前人一言一句"。他认为不仅今人应当如此，而且古人也是如此的。"惟古于词必己出，降而不能乃剽贼。"从文学语言的改革来看，以单行散体的古文来代替偶俪的骈文，如果只是单纯模仿先秦两汉的文学语言，而不能加以革新，不吸收文学语言发展中的新词汇、语法上的新变化，创造一种适合于当时需要的新的书面文学语言，那么，这种语体改革是不可能真正实现的。韩愈的古文理论之所以能高出前人，并获得巨大成功，正是在于他能在道与文两方面都提出了新的见解，并且是适合于当时现实需要的。同时他还以出色的古文创作实践，为他的理论作了最有力的证明。韩愈的古文成就是很高的，他的议论文、应用文都很少用典故，思路明晰，逻辑性强，有说服力，叙述清楚，生动流畅，真正做到了他自己所说的"文从字顺各识职"（《南阳樊绍述墓志铭》）。他还创作了多种多样的文艺散文，比如：有叙事性的传记文学《张中丞传后叙》，有接近于传奇小说的《毛颖传》，有讽刺性、谐谑性的杂文《送穷文》，有议论、抒情相结合的《送孟东野序》、《送李愿归盘谷序》，有见解新颖、独到，比喻生动、形象的《杂说》"伯乐与千里马"，有感人肺腑、情真意切的《祭十二郎文》等等，以及《师说》、《进学解》之类说理精辟、透彻，语言简练、明畅的文艺性论说文。韩愈的许多散文，不仅有很高的艺术水平，而且能以敏锐的思想，发人所未发或人所不能发之新见，这是他以前的唐代古文家所难以企及的。因此，唐代以古文代替骈文这场语体改革的成功，主要应当归功于韩愈。

古文理论是文章学理论，而不是文学理论；古文代替骈文是语体改革，而不是纯粹文学体裁的改革。对这一点我们必须有清醒的认识，而不应该把它们混淆起来。但是古文理论也包含着不少重要的文学理论问题，古文代替骈文也包含着文学体裁的改革问题,我们应当认真地研究它们两者的联系和区别,并且着重探讨古文理论和古文创作对文学思想和文学理论批评发展的影响,而这正是许多文学批评史的研究者所忽略了的重要问题。以古文代替骈文作为语体改革,其范围是很广阔的,它包括了一切用语言文字写作的文章和著作,它不只对文学创作有影响,而且对中国整个文化发展都有很大的影响。这个问题的提出,并不是专门针对文学创作而言的。它对文学思想和文学理论批评的意义,从积极方面说主要有以下几点:第一,古文理论中强调的文以明道思想,对克服某些文学创作中内容贫乏、片面追求形式美的错误倾向,是很有意义的。第二,古文家注重人品与文品一致,要求作家把提高道德修养水平作为创作前提,进一步发展了道德文章并重的传统。第三,古文创作的成功为文学创作的语言表达形式开辟了更广阔的前景,充分说明了用单行散体的语体形式和对偶骈俪的四六骈文一样,都可以创作出艺术水平很高的作品。这种文学语言的改革,不仅促进了散文的发展,而且对小说、特别是文言小说的发展,起了重大的促进作用,中唐时期传奇小说的繁荣,就是很好的证明。第四,韩愈发展了孟子的文气说,提出了"气盛言宜"论,这对文学创作中重视表现作家鲜明的个性特征,有很重要的意义。韩愈所说的气与言的关系,就是仁义道德修养和文章之间的关系。他在《答李翊书》中说:"气,水也;言,浮物也。水大而物之浮者大小毕浮。气之与言犹是也,气盛则言之短长与声之高下者皆宜。"他说的气,是指儒家的仁义道德修养达到很高水平后在精神气质上的一种体现。这种气不是老庄所说的自然之气,不是曹丕所说的先天禀赋、"不可力强而致"的气,而是像孟子所说的"配义与道"的后天修养而成的"浩然之气"。但不论是何种性质的气,它都是人的一种活跃的生命力,一种独特的精神风貌,一种与众不同的个性特征之体现。韩愈认为"气盛"然后"言之短长与声之高下者皆宜",也正说明了文学创作首先要充分体现作家的创作个性,然后其语言艺术技巧方能运用得当。但是韩愈的古文理论(也包括他以前古文家的理论)对文学思想发展也有它的不良影响,这主要是他没有分清文艺散文和一般非文学文章(如公牍文、应用文等)有本质不同,没有认识到对这两者应当有不同的要求,从而在文学观念上又回到南朝"文笔之争"以前的状态。刘师培在《论文杂记》中说唐代"以笔为文","与古代文字之训相背",是有道理的,因为"笔"的内容是以许多非文学的文章、著作为主的。古文家由于提倡儒学复古主义,不区分文学与非文学的界限,确是造成了文学观念上的混乱。韩愈的诗歌有"以文为诗"的特点,它曾经对宋诗产生了很深远的影响。而这种特点的形成是和他提倡古文有十分密切的关系。对"以文为诗"应当给以科学的分析与解释,如果只是指以写文艺散文的方法来写诗,这自然是无可非议的。但如果是用写非文学的文章的方法来写诗,这就要加以辨析了。从理论上说似乎也可以允许,因为文学创作的途径和方法是多种多样的,今天自然科学和社会科学的距离也在缩小,更何况是人文科学之间的相互渗透呢!但是在实际上又往往会使诗歌丧失其审美特性,而流于概念化。因此对"以文为诗"应当从实际创作效果来衡量其得失。"以文为诗"的成功方面是扩大了诗歌艺术的表现方法,独辟蹊径,开拓了新路。例如韩愈的名作《山石》、《八月十五夜赠张功曹》等,具有散文的韵味和风格,确与他以前的唐人诗歌不同。然而他的有些诗,如《南山诗》之类,就不能说是"以文为诗"的成功之作。究其差别,主要是不能把"以文为诗"变成"以文代诗",如果取消了诗歌作为艺术的特点,变成押韵的文章,也就失去了诗味。后来宋代江西诗派的某些诗作出现严羽所批评的"以文字为诗,以才学为诗,以议论为诗"不良倾向,就是和"以文为诗"中"文"的概念过分宽泛,混淆了文学和非文学的界限有很大关系的。

韩愈文学思想中非常有价值的一点是他提出了文学创作(也包括非文学的文章和著作)是"不平则鸣"的产物。这是中国古代封建社会中一个富有民主精神和反抗精神的重要命题。它既是对中国古代诗"可以怨"的传统的继承,同时又是在新的历史条件下的发展。韩愈在《送孟东野序》中指出"不平则鸣"是一个宇宙间的普遍现象,不论在自然界还是在社会生活中,不管是"人"还是"物",只要遇到"不平"就都要"鸣"。他说:

  大凡物不得其平则鸣。草木之无声,风挠之鸣;水之无声,风荡之鸣。其跃也,或激之;其趋也,或梗之;其沸也,或炙之。金石之无声,或击之鸣。人之于言也亦然。有不得已者而后言,其歌也有思,其哭也有怀。凡出乎口而为声者,其皆有弗平者乎!乐也者,郁于中而泄于外者也,择其善鸣者而假之鸣。金、石、丝、竹、匏、土、革、木八者,物之善鸣者也。维天之于时也亦然,择其善鸣者而假之鸣。是故以鸟鸣春,以雷鸣夏,以虫鸣秋,以风鸣冬。四时之相推夺,其必有不得其平者乎!其于人也亦然。人声之精者为言,文辞之于言又其精也,尤择其善鸣者而假之鸣。

韩愈认为"物"受到外来的冲击,打破了它自身的平衡与稳定,它就会"鸣"。作为"人"来说,由于某种环境或人为的因素之影响,他的正常的思想与感情得不到自由的发挥,他的正常的行动受到不应有的障碍,那么他也必然要"鸣"。人之所以"其歌也有思,其哭也有怀",都不是无根由的。人们的理想和愿望无法顺利地实现,必然要形之于言、发之于歌。这不仅仅是文学创作,而且许多学术著作的产生也是如此。显然,在韩愈看来,文学并不是对现实生活的单纯的客观描写,而主要是表现作家的思想、感情和愿望。"鸣",不是一种消极的遭到不平后的自然反应,而是一种积极的对现实的干预,对不合理现象的愤怒抗争,为受"郁结"的"意"找到一条能够疏通的道路。因此,"不平则鸣"是封建时代受压抑人们所表现出来的强烈不满和反抗。这种坚毅不屈的顽强斗争精神,正是中华民族性格中极其可贵的优秀品质之体现。韩愈对"不平则鸣"的论述,更为可贵的是,他特别指出了真正有"不平"而"善鸣"者,不是志满气得的王公贵人,而是"羁旅草野"之士。他在《荆潭唱和诗序》中说:"夫和平之音淡薄,而愁思之声要妙。欢愉之辞难工,而穷苦之言易好也。是故文章之作恒发于羁旅草野,至若王公贵人气满志得,非性能而好之,则不暇以为。"韩愈在这里把"不平则鸣"的普遍现象,联系封建社会的现实状况,作了进一步发挥。"和平之音"、"欢愉之辞"之所以"淡薄"、"难工",是由于作者没有多少"不平",故也"鸣"不起来;而"愁思之声"、"穷苦之言"之所以"要妙"、"易好",正是因为作者遭遇"不平",所以才会"鸣",也"善鸣"。"王公贵人"权高势大,生活优裕,既没有什么"不平",也没有什么济世安民的理想抱负,自然就没有"鸣"的要求。然而,"羁旅草野"之士,大都是仕途不得意,虽有豪情壮志,满腹经纶,却只能穷愁潦倒,无法施展,不得不假语言文字来"鸣",在文学创作或学术著作中来寄托自己的理想和愿望。同时他们也往往因为遭际不幸,官场失败,才把时间和精力集中到钻研学问和文章写作上去,发展了自己的艺术创作才能。韩愈在《荆潭唱和诗序》中揭示了封建社会里文学艺术发展的一个带有普遍性的现象:人们学术文化事业上的成就往往是和政治仕途上的发展成反比的。说明逆境可以磨炼人的意志,考验人的毅力,激起人的奋发精神,促使人的智慧才能得到更加充分的发展。韩愈的"不平则鸣"思想不仅是对孔子诗"可以怨"和司马迁"发愤著书"说的继承和发挥,和六朝的"风骨"论有内在精神上的联系,而且对后来许多文学理论批评家产生了很大影响,使之成为中国古代的一个重要文学思想传统。

　　韩愈对历代诗歌发展的批评,比较集中地表现在《荐士》和《调张籍》两首诗中。他的基本思想也重在儒家的风雅比兴,和他在古文理论上主张文以明道是接近的。他在《荐士》诗中对《诗经》给予了极高的评价:"周诗三百篇,雅丽理训诰。""雅丽"、"训诰"是和刘勰《文心雕龙》中对"圣文"特点的分析一致的。韩愈赞扬张籍"名秩后千品,诗文齐六经"(《题张十八所居》),也可看出他宗经明道的文学观。他充分肯定了建安文学,所谓"卓荦变风操"正是指建安风骨。韩愈是注重文学作品风骨之美的,他在《赠张籍》中曾说:"吾爱其风骨,粹美无可拣。"晋宋以后虽然"气象日凋耗",但他还是肯定了鲍照、谢灵运等,这是因为鲍、谢在政治上都有愤激不满,并且借诗歌来抒发其抑郁之情,和韩愈有相似之处。韩愈对南朝齐梁以后文学的评价否定得多了一些,"齐梁及陈隋,众作等蝉噪。搜春摘花卉,沿袭伤剽盗"。但是,没有像白居易《与元九书》中的评述那么偏激。对唐代诗歌的评价,他和白居易不太一样,虽然他也以赞扬陈子昂、李白、杜甫为主,但评价比白居易高得多。他在《调张籍》一诗中说:"李杜文章在,光焰万丈长。不知群儿愚,哪用故谤伤?蚍蜉撼大树,可笑不自量。"李、杜在诗歌史上的重要地位是韩愈首先明确提出的。此外韩愈还指出其他诗人虽没有李、杜的全才,也都各有自己的特长,是别人所难以企及的。这些都可说明韩愈对历代诗歌发展的评价是比较公允的。从诗歌的艺术美方面说,韩愈的审美理想既不同于道家的任乎自然的"天籁"、"天乐"之美,也不同于儒家"温柔敦厚"、中正平和的人工雕饰之美。韩愈要求诗歌创造一个集人工与天然于一体的雄奇怪伟的艺术世界,来寄托自己的理想愿望,体现其"不平则鸣"的思想感情。韩愈认为这个雄奇怪伟的诗歌艺术境界的创造,关键是在发挥作家能动的创造才能,只要作家这种才能被充分地调动起来了,那么"人工"的力量完全可以达到甚至超越"天工"之美的境界。从创作思想上看,韩愈也把"天工"自然看做是文学作品艺术美的很高境界,他说:"至宝不雕琢,神工谢锄耘。"(《醉赠张秘书》)然而他所追求的是创造一种能超乎儒道的审美理想、具有独创性的新的雄奇怪伟的审美境界。他很赞赏孟郊的诗,认为孟郊的诗体现了他所理想的艺术美,他在《贞曜先生墓志铭》中称孟郊云:"及其为诗,刿目鉥心,刃迎缕解,钩章棘句,掐擢胃肾,神施鬼设,间见层出。"孟郊诗中这种怪奇的特色,韩愈认为正是"人工"巧夺"天工"的结果。他在《答孟郊》一诗中又说:"规模背时利,文字觑天巧。"《醉赠张秘书》亦云:"东野动惊俗,天葩吐奇芬。"《荐士》诗中评孟郊的诗是:"荣华肖天秀,捷疾逾响报。"孟郊诗的这种奇文异彩既可与"天工"自然相媲美,又确实是艰苦的人工创造之积极成果。然而,韩愈所赞赏的孟郊诗歌这种"天葩"、"天秀"、"天巧"之美,并非老庄朴素平淡的"天工"自然之美,而是要在雄奇怪伟的审美创造中见出近乎自然之"天工"。其《荐士》诗中说:"有穷者孟郊,受材实雄骜。冥观洞古今,象外逐幽好。横空盘硬语,妥帖力排奡。敷柔肆纡余,奋猛卷海潦。"宋代胡仔《苕溪渔隐丛话》中说:"荆公云:诗人各有所得。'清水出芙蓉,天然去雕饰。'此李白所得也。'或看翡翠兰苕上,未掣鲸鱼碧海中。'此老杜所得也。'横空盘硬语,妥帖力排奡。'此韩愈所得也。"这里讲的正是李、杜、韩各自不同的诗歌艺术美理想。韩愈评孟郊诗的这两句话,确是非常形象地体现了他所喜欢的雄奇怪伟的审美境界之特点。韩愈在唐诗已经取得巨大艺术成就的基础上,独辟蹊径,别出心裁,以雄奇险怪的新审美观,开创了一条诗歌创作的新路,使中国古代诗歌风貌更加丰富多彩,同时也使中国古代文学理论批评有了新的发展。

柳宗元(773—819),字子厚,其祖先为河东解(今山西永济县)人,他是与韩愈并称的唐代古文理论提倡者和古文创作实践成绩卓著的文学家。柳宗元和韩愈在政治思想上有共同之处,也有许多不同的地方。他们都是中唐时期儒学复古主义的提倡者,也是主张改革时弊的进步政治家,但是,柳宗元是以儒学为主而兼取诸子百家,他并不排斥佛老,而是精通佛学的,也重视吸收老庄思想的某些方面。在政治上比韩愈激进,曾参加王叔文的改革派,为其中重要成员。柳宗元在古文理论上没有韩愈全面、系统,但是在有些方面比韩愈更深入。他在《答韦中立论师道书》中说:"始吾幼且少,为文章,以辞为工。及长,乃知文者以明道,是固不苟为炳炳烺烺,务采色、夸声音而以为能也。"为"明道"而作文,不为文而文,而这个"道"的本原就是儒家之道,就是五经,"本之《书》以求其质,本之《诗》以求其恒,本之《礼》以求其宜,本之《春秋》以求其断,本之《易》以求其动,此吾所以取道之原也"。这一点是和韩愈一致的。但是他也有很明显和韩愈不同的地方:第一,柳宗元所说的"道",不像韩愈那样是严格的纯粹的儒家之道,因为他是从"利安元元"出发的,所以是以儒为主又博取诸子百家之道。如他所说的,要"参之榖梁氏以厉其气,参之孟、荀以畅其支,参之庄、老以肆其端,参之《国语》以博其趣,参之《离骚》以致其幽,参之太史公以著其洁,此吾所以旁推交通而以为之文也"。因此柳宗元之"道"比韩愈之"道"的范围要广阔得多,内容也丰富得多。第二,柳宗元的"道"虽然本之五经以为"原",但并不只是强调其义理,而在有利于改革现实政治,故重在内容特点、表现形式、逻辑方法,主要是学习《书经》的质朴,《诗经》的永恒,《礼经》的得宜,《春秋》的明断,《易经》的变动,而不是重复其中的典诰古训、仁义礼乐。更值得我们注意的是,柳宗元比韩愈更重视"道"的现实性,他在《报崔黯秀才论为文书》中说"明道"的要害是在"及物",不是单纯对古圣贤论述作阐述,而要运用古代圣贤所阐明的道理,针对现实中存在问题,提出解决的办法。他在《答吴武陵论非国语书》中说"仆之为文","意欲施之事实,以辅时及物为道",这与白居易主张诗歌要起到"救济人病,裨补时阙"作用是一样的。他在《杨评事文集后序》中认为文学创作必须和现实社会生活紧密地联系起来,歌颂、赞扬美好的事物,讽刺批评丑恶的事物。同时,柳宗元也非常强调"文"本身的重要性,要求把两者完美地统一起来,这都是他的文论有独创性的方面。

柳宗元还提出了要对诗歌和非文学文章明确加以区别的重要思想,《杨评事文集后序》中说:"作于圣,故曰经;述于才,故曰文。文有二道:辞令褒贬,本乎著述者也;导扬讽谕,本乎比兴者也。著述者流,盖出于《书》之

《谟》、《训》,《易》之《象》、《系》,《春秋》之笔削。其要在于高壮广厚,词正而理备,谓宜藏于简册也。比兴者流,盖出于虞、夏之咏歌,殷、周之风雅,其要在于丽则清越,言畅而意美,谓宜流于谣诵也。"他看到了"文有二道",这里的"文"是广义的,它包括了非文学的"著述"之类和属于艺术文学的"比兴"之作。前者以"辞令褒贬"为主,着重于阐发某种思想学说、政治主张,故以"高壮广厚"、"词正理备"为特征;后者则以"导扬讽谕"为主,从审美的角度创造艺术形象,寄托作者的理想、愿望,抒发自己的思想感情,故以"丽则清越"、"言畅意美"为特征。所以,他把传统的五经分为两类:一是《书经》、《易经》、《春秋》等著述,一是《诗经》这样的诗歌创作。这说明他对文学和非文学的区别有比较清醒的认识,并且看到了两者在写作上有很大的不同,其意义与作用也不一样。从作者的才能来说,也是各有所长,而很难兼善的。他说:"兹二者,考其旨义,乖离不合。故秉笔之士,恒偏胜独得,而罕有兼者焉。厥有能而专美,命之曰艺成。虽古文雅之盛世,不能并肩而生。"这就是说,因为文学和学术有不同的特征,学者和诗人属于不同类型,才能所长各不相同,一般说是不易兼美的。柳宗元还举唐代作者的例子来证明这一道理:张说的才能在一般非文学文章写作,而对诗歌创作则不擅长,故虽力"攻"而"莫能极"。张九龄是以诗著名,虽力攻文章仍"穷著作而不克备"。可见柳宗元和唐代包括韩愈在内的大部分古文家不同,他在文学观念上对文学和非文学的差别,看得很清楚,并努力去探求其各自不同特点。但是如果简单地把诗歌和文章的不同,作为就是文学和非文学的区别,那也是不对的。因为文章中就包含着文学与非文学。柳宗元所说的"文有二道",其一是指学术著作、非文学文章,其二是指诗歌,强调两者不同,是完全正确的。但是他没有进一步把文艺散文和非文学文章区别清楚,没有强调文艺散文和诗歌在本质上的共同性,这样又容易产生把许多文学散文也归入非文学文章的错误。然而,从中唐以后开始的对诗歌和非文学文章区别的研究,是六朝区分文笔、研究文学和非文学不同的继续。所以后来诗论和文论分开,文论大都偏向于文章学理论,是与此有关的。

柳宗元也很重视人品和文品的统一,他在《报袁君陈秀才避师名书》中说:"大都文以行为本,在先诚其中。"他非常强调作家自身修养,特别提倡要有一种严肃的创作态度。在《答韦中立论师道书》中他详细地叙述了自己文章写作的过程:"故吾每为文章,未尝敢以轻心掉之,惧其剽而不留也;未尝敢以怠心易之,惧其弛而不严也;未尝敢以昏气出之,惧其昧没而杂也;未尝敢以矜气作之,惧其偃蹇而骄也。抑之欲其奥,扬之欲其明,疏之欲其通,廉之欲其节,激而发之欲其清,固而存之欲其重,此吾所以羽翼夫道也。"不可以有"轻心"、"怠心",指作者写作态度应当认真、细致、谨慎、小心,不能掉以轻心、马马虎虎;不可有"昏气"、"矜气",指作者应当有清醒的思维和谦虚的精神,切不可糊里糊涂、骄傲自大。务必使文章既深刻而又明朗,既通达又有节制,既文风清新又内容厚重。韩愈在《答李翊书》中讲人品和文品的统一,主要是强调作者的仁义道德修养,而柳宗元则大大扩展了韩愈的思想,对作者创作态度提出了十分严格的要求,这是他在作家修养方面所提出的很有价值的重要思想。

柳宗元在提倡古文的同时,并不认为古人的文章是不可超越的。他反对那种"荣古陋今"的错误倾向,认为今人文章不仅可以超出古人,而且事实上也超过了古人,只是受崇古复古思想影响,往往不被当世人承认而已。这种反对盲目崇拜古人的思想,是韩愈和其他古文家所不及之处,也正是柳宗元难能可贵的地方。其《与友人论文书》中指出:社会上"荣古陋今者,比肩叠迹",故而"生则不遇,死而垂声者众焉"。"扬雄没而《法言》大兴,马迁生而《史记》未振。彼之二才,且犹若是,况乎未甚闻著者哉!"柳宗元从事物总是不断发展、进步的观点出发,对韩愈等古文家评价不高的汉代文章给予了充分肯定。其《与杨京兆凭书》中说:"古之人未始不薄于当世,而荣于后世也。"柳宗元能在当时儒学复古思潮中独树一帜,提出今人文章未必不如古人,则确实是不容易的。他在古文写作上也和韩愈一样,反对在语言上因袭模仿前人,而要求有自己的独创性。柳宗元的文章则可以说是韩愈所赞扬的"务去陈言"、"词必己出"之最好典范。在唐代古文理论的发展中,除韩愈和柳宗元外,如李翱、皇甫湜、刘禹锡等也都作出过一些贡献。

第三节　司空图论诗歌的"味外之味"、"象外之象,景外之景"

中唐文学思想是以提倡儒学复古主义为中心的,其核心在企图中兴唐室,恢复开天盛世的繁荣局面,所以无论诗歌理论和散文理论都以儒家民本、仁政作为其思想基础,具有明显的社会功利目的。但是它在贞元、元和之际热闹了一阵之后,没有多久由于朝政腐朽,宦官专权,藩镇割据,党争激烈,改革派失败,纷纷被贬,连遭迫害,许多抱有济世安民、建功立业理想的文人对变革现实丧失了信心,对复兴唐室感到绝望,这股文艺思潮就逐渐低落了下去。元、白由提倡美刺、讽谕而转向感伤、艳情,韩、孟由呼吁明道、救时而转向怪奇、险僻,不少诗人浪迹江湖,寄情山水。总的看来,文学思潮在由注重社会功用、表现民生疾苦,而向偏于个人抒情、追求艺术之美发展,到了晚唐五代这种倾向就更为明显了。晚唐五代文学思潮和文学理论批评的发展,大体有以下几个主要流派:一是主张缘情绮丽文学,寓感伤于风情之中,寄性灵于华艳之间,这可以杜牧、李商隐为代表。二是提倡隐逸冲淡文学,系忧愤于山水田园之作,含怒骂于江湖隐逸之篇,这可以皮日休、陆龟蒙等为代表。三是追求超逸的诗味诗美,潜心艺术意境的创造,这可以司空图为代表。四是宣扬纵情声色的闺阁香艳文学,这可以韩偓、欧阳炯等为代表。这些不同流派之间有许多交叉的地方,每一流派之内各人也互有差异,甚至有比较大的差异,这里是就几个主要倾向来说的。但是在晚唐五代这几个主要流派中除司空图之外,其他人在文学理论批评上都没有什么很重要的创见,所以我们在这里着重论述司空图的诗论。

司空图是晚唐一位著名的诗人,同时又是唐代很重要、很有成就的文学理论批评家,他的许多诗论文章,例如《与李生论诗书》、《与王驾评诗书》、《与极浦书》、《题柳柳州集后序》等,以及他的《诗赋》,以诗歌意境为中心,总结了诗歌艺术发展中的一些重要经验,提出了"象外之象,景外之景"、"韵外之致"、"味外之旨"、"思与境偕"等著名的诗歌美学范畴,对唐以后诗歌理论批评的发展有十分深远的影响。历来大家所推崇的司空图《诗品》(或称《二十四诗品》),从没有人怀疑过它是否为司空图所作,1990年代中始有学者提出其真伪问题,认为系后人之伪托,经过近十年来研究的深入,认为是伪作者所提出的主张(认为是明人怀悦所作)已经被证实是完全错误的,因为在怀悦出生前已经有《二十四诗品》存在。他们所提出的其他证据也大都被推翻或受到有力质疑,虽然目前还没有充足的文献可以完全证实为司空图所作,但是也没有一条根据可以证明不是他所作。至少我们可以知道《二十四诗品》在元代已经有了,而且还有些材料可以说明也许在宋代就有了。而苏轼在《书黄子思诗集后》中所说的"二十四韵"也不能绝对说就是指《与李生论诗书》中的二十四联有味外味的诗,因为究竟《与李生论诗书》是不是二十四联,不同的版本和不同的批评家看法也不同。因此,本书仍然把《二十四诗品》作为司空图的作品来加以论述。司空图的诗歌美学思想,是和司空图所处的时代及其经历,他的整个人生观、宇宙观不可分割地结合在一起的。为此,我们首先要简略地介绍他的生平和思想。

司空图(837—908),字表圣,河中虞乡(今山西省永济县)人。他生活在唐末社会动荡不安的时代,早年颇有济世安民的理想,很希望得到贤明君主的赏识,能有所作为,干一番事业,为振兴李唐王朝效犬马之劳。他在自己文集的序言中说,"平生之志"不在"文墨之伎",而在研究治乱得失之经验,与古代贤能豪杰之士一较上下。在《将儒》一文中,他说希望有"忧天下而访于我者"

能重用他,使他的才能得到充分发挥,努力去改变当时"儒失其柄,武玩其威"所造成的"道之不振"的局面。然而,在唐王朝面临覆亡的时刻,政治黑暗腐败,不可能任用贤才,而且他个人也无法挽狂澜于既倒。他于唐懿宗咸通十年(869)中进士后,其遭遇是很坎坷的。他先随其恩师王凝为幕僚,恰逢王仙芝、黄巢领导的农民大起义,王凝在镇压农民起义过程中病死。后司空图被召拜殿中侍御史,因"赴阙迟留,责授光禄寺主簿,分司东都"(《旧唐书·司空图传》)。唐僖宗广明元年(880)卢携入朝为相,召司空图为礼部员外郎,后迁礼部郎中。然而正好在这年冬天,黄巢军队攻入长安,唐僖宗仓皇出逃,奔向四川,司空图扈从不及,流落于乱兵之中,后辗转回到河中,住在中条山王官谷他家祖传的别墅。光启元年(885)唐僖宗由四川返回凤翔时曾召司空图为知制诰,不久又迁为中书舍人。然而,唐僖宗在回到长安后不久,又发生了李克用兵变的事件,再次逃出长安,到达宝鸡。这次司空图又跟从不及,不得不在惊恐之中重新返回家乡,隐居在中条山王官谷。他的心情是很悲凉的,"身病时亦危,逢秋多恸哭。风波一摇荡,天地几翻覆"(《秋思》)。在这样一个动荡的时代,他没有勇气再去寻求仕途的发展,只能隐居深山,以诗酒自娱。他在《丁未岁归王官谷有作》一诗中说:"家山牢落战尘西,匹马偷归路已迷。冢上卷旗人簇立,花边移寨鸟惊啼。本来薄俗轻文字,却致中原动鼓鼙。时取一壶间日月,长歌深入武陵溪。"然而,这对他来说实在是迫不得已之举,所以"闲知有味心难肯,道贵谋安迹易平。陶令若能兼不饮,无弦琴亦是沽名"(《书怀》,当亦作于是年)。他的心并不能真正平静下来,只是"宦游萧索为无能",才"移住中条最上层"。(《退栖》)他对济世救时也已经失去了信心。唐昭宗龙纪(889)初,复召拜司空图为中书舍人,但没有多久就因病辞官,寓居华阴(今陕西华阴县东南)。景福(892—893)中又被召为谏议大夫,但司空图眼看"朝廷微弱,纪纲大坏",李唐王朝颓败之势已不可挽回,自己也无能为力,故不愿为官,"称疾不起"。(参见《旧唐书》本传)此后,唐昭宗虽曾两次召他为官,他都称病不到任,在寓居华阴十余年后又回到家乡中条上王官谷。他对乱世仕途之险恶,感到十分恐惧,决心隐居避世,再也不出来了。但他心里始终没有忘掉李唐王朝,在《偶书》一诗中说:"莺也解啼花也发,不关心事最堪憎。"又说:"自有池荷作扇摇,不关风动爱芭蕉。只怜直上抽红蕊,似我丹心向本朝。"(同上)司空图这种精神上的深沉痛苦,只能从佛老思想上去寻求解脱。他在《自诫》一诗中说:"众人皆察察,而我独昏昏。取信于老氏,大辩欲讷言。"他并不想置身于现实之外,但又不得不超脱于现实之外。他是由感伤、痛苦、悲观、绝望而转向于佛老的任其自然、恬静冲淡、远离浊世、超然物外的。司空图的晚年生活就是在这样的矛盾心情中度过的。他后期思想中佛老毕竟是占了主要地位的，正如他在《休休亭记》中所说，他自己年老无能，早已没有"济时之用"，故"日与名僧高士游咏"于"泉石林亭"之中，"与野老同席，曾无愧色"。他像庄子一样豁达，而且如《旧唐书》本传所说，他"预为寿藏终制。故人来者，引之圹中，赋诗对酌，人或难色，图规之曰：'达人大观，幽显一致，非止暂游此中。公何不广哉！'"他自号"耐辱居士"，"与靖节、醉吟第其品级于千载之下"，过着"一局棋，一炉药，天意时情可料度，白日偏催快活人，黄金难买堪骑鹤"的生活。（《休休亭记》）在这种情况下，司空图和诗歌结成了好朋友。他希望在诗歌中创造一个淡泊、超脱的佛老精神境界，来消除痛苦和悲哀，作为自己精神上的寄托。他并不想以诗歌来经世治国、济时安民，所以提出："诗中有虑犹须戒，莫向诗中著不平。"（《白菊》）他说："此生闲得易为家，业是吟诗与看花。若使他生抛笔砚，更应无事老烟霞。"（《闲夜》）又说："浮世荣枯总不知，且忧花阵被风欺。侬家自有麒麟阁，第一功名只赏诗。"（《力疾山下吴村看杏花》）他对诗歌的深深爱好，把诗作为自己生命的伴侣，对诗的艺术有精深的领会，所以，他在诗歌理论批评中，比较偏重于诗歌的艺术美，深入地探讨了诗歌意境的美学特征。

他在著名的《与李生论诗书》一文中，在钟嵘论诗歌"滋味"的基础上，进一步提出了诗歌的"味外味"问题。他说："文之难，而诗尤难。古今之喻多矣，而愚以为辨于味而后可以言诗也。"这个"味"又不是一般的味，真正"醇美"的诗其味在具体的咸酸之外。他说："江岭之南，凡足资于适口者，若醯，非不酸也，止于酸而已；若鹾，非不咸也，止于咸而已。华之人所以充饥而遽辍者，知其咸酸之外，醇美者有所乏耳。"咸酸是食物的具体的味，而人们在吃这种食物时所感到的美味，并不是食物具体的咸或酸，而是难以言喻的一种口感，然而食物的这种美味，又是离不开具体的咸酸的。文学作品也是如此，文学作品运用生动的语言，描写了许多具体的景象，但是文学作品的真正醇美之处，并不在这些具体的景象上，而在于由这些具体的景象所构成的，存在于这些具体景象之外的艺术意境上，可以让读者用自己的想象去补充它、丰富它。司空图又说："近而不浮，远而不尽，然后可以言韵外之致耳。"这"近而不浮，远而不尽"，说的就是诗歌艺术意境的特征，前者指对构成意境的具体景象的描写要真实自然，如在目前，而不空泛；后者指由这些具体景象构成的意境应当含蓄深远，有无穷之余味。他说诗歌创作"倘复以全美为工，即知味外之旨矣"。所谓"以全美为工"，是指不仅能体现佛老的精神境界，而且要创造含不尽之意见于言外的深远艺术意境。他在这封书信中还特别举出他自己诗歌创作中具有"味外味"的诗例共二十四联（按：《文苑英华》载此文为二十一联），如："草嫩侵沙短，冰轻著雨销"，"戍鼓和潮暗，船灯照岛幽"，"棋声花院闭，幡影石幢幽","五更惆怅回孤枕,犹自残灯照落花"等。从他例举的这些诗中,可以看出他所说的"味外之旨"、"韵外之致",正是指艺术意境所具有的含蓄不尽、意在言外的特点。同时也可以看出,司空图所欣赏的是以这种艺术意境来表现山水田园隐逸生活、寄托佛老精神情操的诗歌。

司空图认为诗歌艺术意境的创造必须做到"思与境偕"。其《与王驾评诗书》在论述唐代诗歌发展历史后,又说:"然河汾蟠郁之气,宜继有人。今王生者,寓居其间,浸渍益久,五言所得,长于思与境偕,乃诗家之所尚者。则前所谓必推于其类,岂止神跃而色扬哉?""思与境偕"说的是诗人在审美创造中主体和客体、理性与感性、思想与形象的融合,达到了天衣无缝的最高水平。司空图的"思与境偕"是对刘勰"神与物游"思想的进一步发展,"思"即是刘勰所说的"神思",指创作过程中的艺术思维活动。刘勰所说的"物"即是指外界物象,而司空图的"境"则比刘勰的"物"要更为丰富和广阔,是指包含了时间和空间、也包含了众多物象以及它们之间联系的客观世界之一角。所以,"思与境偕"不仅说明艺术思维是与具体物象相结合的,而且是和某种特定的外在境界相联系的。

在《与极浦书》中司空图对这种味在咸酸之外、"思与境偕"的诗歌意境的美学特征,作出了非常有名的理论概括,这就是"象外之象,景外之景"论。他说:"戴容州云:'诗家之景,如蓝天日暖,良玉生烟,可望而不可置于眉睫之前也。'象外之象,景外之景,岂容易可谈哉!"蓝田日暖,良玉生烟,是一种若有若无的朦胧美,似实而虚,似虚而实,虚虚实实,实实虚虚,故可望而不可置于眉睫之前。这种诗歌意境在有形的具体的情景描写之外,还能借象征、暗示创造一个无形的、虚幻的、存在于人想象中的、更为广阔的艺术境界。前一个有形的具体的景象是实境,后一个无形的想象的景象是虚境,即是"象外之象,景外之景"。这个虚境不是平面的画像,而是一个立体的空间,艺术的空间,它可以让读者把自己的想象和创造纳入其中,从而使它更充实、更丰富。这正是对王昌龄的诗境论、皎然的情境论、刘禹锡的境生象外论的进一步发展,也是对唐代诗歌意境论的一个总结。司空图有《诗赋》(或作《诗赋赞》)一篇是对诗歌创作过程的形象描绘,同时也是对诗歌创作过程中诗人高超的艺术创造才能的歌颂。前两句"知非诗诗,未为奇奇",其意是:知非诗之诗,未为奇之奇。也就是说,诗歌"醇美"之味在诗外,亦即"象外之象,景外之景",故知非诗之诗,才是最美之诗。诗歌创作之奇,不在有意为之,而在不为奇而奇,顺乎自然而为奇,这才是真正的奇。这也就是《与李生论诗书》所说:"直致所得,以格自奇。"诗歌创作过程中,诗人以全身心投入,其间种种神妙之处,是难以言状的。宇宙万象尽在诗人胸中,意象纷纭,变化莫测。随着诗人感情的起伏,忽而怒涛汹涌,掀鳌倒鲸;忽而春日煦煦,霞溶露滴;与日月星辰相媲美,同风雅比兴共一体。诗歌艺术美的创造是多么伟大!由《诗赋》中可以看出司空图对诗歌艺术的审美特征之研究是非常深刻的。

司空图的诗歌理论主要是对陶渊明、王维一派山水田园诗艺术创作经验的总结,他在对唐代诗人的评论中,最推崇王维、韦应物。其《与王驾评诗书》中说:"国初上好文章,雅风特盛。沈、宋始兴之后,杰出于江宁,宏肆于李、杜,极矣!右丞、苏州趣味澄夐,若清沇之贯达。大历十数公,抑又其次。元、白力勍而气孱,乃都市豪估耳。刘公梦得、杨公巨源,亦各有胜会。阆仙、东野、刘得仁辈,时得佳致,亦足涤烦。厥后所闻,逾褊浅矣。"虽然他给予李、杜以很高的地位,但这是就中唐以来对李、杜的一般看法而言的,他对杜甫是有批评的,曾嘲笑他的"寒酸堪笑处"(《力疾山下吴村看杏花》),而李白本有和王维接近的一面。他对元、白贬斥得很厉害,主要是指"元和体"诗。他真正欣赏的还是王、韦,此点可以看得很清楚。他在《与李生论诗书》中也专门提出:"王右丞、韦苏州,澄澹精致,格在其中,岂妨于遒举哉?"许印芳《诗法萃编》中《与李生论诗书跋》说:"表圣论诗,味在咸酸之外。因举右丞、苏州以示准的。"这是不错的。王、韦一派诗歌上承陶渊明,司空图对陶渊明是非常钦佩的,他和陶、王、韦一派在诗歌美学思想上是很一致的。陶、王、韦一派诗歌在创作方法上受道家、玄学、佛教的超绝言象论影响很深,把"言不尽意"、"言为意筌"具体运用到山水田园诗的创作中,如清人温汝能所说"境在寰中,神游象外"(《陶诗汇评》)。王维善于在秀丽的山水田园景色描写中,来体现禅宗空静寂灭的悟境,如他的"行到水穷处,坐看云起时"(《终南别业》)两句,写的是在山林水边悠闲散步、坐看云起,但其所表现的却是超越人世劫难,弃绝世情俗虑,万缘俱寂,身心两忘的禅家心态。这不正是"象外之象,景外之景"吗?然而,"象外之象,景外之景",作为诗歌艺术意境的重要特征,虽在陶、王、韦一派诗歌创作中表现得最为突出,又并非只在他们的诗歌中才有,而是具有更广泛的运用,像王昌龄、李白等也都擅长这种具有"象外之象,景外之景"特征诗歌的创作,如王昌龄的《芙蓉楼送辛渐》、李白的《玉阶怨》之类,也都是很典型地体现了这种特征的名作。因此,司空图有关诗歌意境创造及其审美特征的论述,对整个诗歌创作和诗歌理论批评的发展,都具有深远的意义和重大的影响。

司空图所撰《二十四诗品》的诗学思想和他的诗论著作是非常一致的。《诗品》的写作大约在司空图隐居华山之时。那时司空图的生活和思想是以道家思想为主导的,也有佛教思想的影响。逃名、避世的隐居生活,不得不使他日益增长对道家思想和生活的兴趣。他曾和许多名僧交往,诗酒相酬,然而他不能像佛家那样看破红尘,四大皆空,而是和老庄那种因愤激于世而超脱尘俗,更有着心灵上的相通、共鸣之处。诗僧齐己在《寄华山司空图》一诗中写道:"天下艰难际,全家入华山。几劳丹诏问,空见使臣还。瀑布寒吹梦,莲峰翠湿关。兵戈阻相访,身老瘴云间。"诗人徐夤《寄华山司空侍郎二首》中说:"金阙争权竞献功,独逃征诏卧三峰。鸡群未必容于鹤,蛛网何繇捕得龙。"在他们的心目中,司空图是一位隐居避世的高洁之士:"非云非鹤不从容,谁敢轻量傲世踪。紫殿几诏王佐业,青山未拆诏书封。"(同上)并且具有道家风度,例如虚中的《寄华山司空侍郎二首》:"门径放莎垂,往来投刺稀。有时开御札,特地挂朝衣。岳信僧传去,仙香鹤带归。他年二南化,无复更衰微。""逍遥短褐成,一剑动精灵。白昼梦仙岛,清晨礼道经。黍苗侵野径,桑椹污闲庭。肯要为邻者,西南太华青。"尚颜在《寄华阴司空侍郎》中也有类似的描写:"剑佩已深肩,茅为岳面亭。诗犹少绮美,画肯爱丹青。换笔修僧史,焚香阅道经。相邀来未得,但想鹤仪形。"我们可以看到司空图的这些朋友大都也写有论诗法、诗格的著作。晚唐的郑谷、齐己合撰有《新定诗格》,齐己有《风骚旨格》,虚中有《流类手鉴》,徐夤有《雅道机要》,等等。郑谷、徐夤都归隐山林,齐己、虚中均为诗僧。他们都是乱世的隐居闲人,又醉心于诗歌艺术技巧的研究,恰好都是司空图的朋友。而司空图则无论在诗歌创作还是诗歌理论方面,都要高出他们一头,因此写出《诗品》这样既属于诗格诗式范围内,又有较高理论水平的《诗品》,应该说是合情合理的。司空图《诗品》之"品"指诗的不同的风貌,和齐己、虚中等的"体"、"式"、"门"有类似之处。齐己《风骚旨格》中有"十体",也均用二字概括,其中"清奇"、"高古"和司空图《诗品》中的两品一样,不过没有对每一品作描述。书中另有"二十式"、"四十门",也都是用二字概括,如"二十式"中有"高逸"、"出尘"等,"四十门"中有"隐显"、"清苦"、"想象"、"正气"等。虚中的《流类手鉴》说:"善诗之人,心含造化,言含万象。"在对诗的认识上也和《诗品》是比较一致。徐夤的《雅道机要》中的"明门户差别"、"明联句深浅"、"明体裁变通",即是对齐己的四十门、二十式、十体作具体发挥,主要是引诗例为证。司空图处在这样的客观环境下,写作《诗品》的自然是顺理成章的事。《诗品》从其书名来看,似乎是讲诗歌的品第、等级的,因为在六朝已经有过谢赫《古画品录》、钟嵘《诗品》、庾肩吾的《书品》等,乃至梁武帝的《棋品》,都是品第优劣、区分高下的。不过,《诗品》虽分二十四品,却并不分辨高下优劣,显示等级差别,各品之间是平等的。《诗品》的"品"字含义,与谢赫、钟嵘等人不尽相同,是指"品格"的意思,即是诗歌的艺术境界。二十四诗品就是二十四种不同艺术风貌的诗歌境界。清代神韵说的代表王士禛最喜欢《诗品·含蓄》一品中说的"不着一字,尽得风流"八字,认为它道出了诗歌创作的"三昧",他在《香祖笔记》中说:"'采采流水,蓬蓬远春',形容诗境亦妙,正与戴容州'蓝田日暖,良玉生烟'八字同旨。""采采流水"两句见于《诗品》中《纤秾》一品,其实,整部《诗品》都是对诗境的描写,不过,这两句尤为神妙而已。至于"蓝田日暖"两句则本是司空图在《与极浦书》中所引戴叔伦的话,戴叔伦正是借此说明"诗家之景"的。清代性灵说的代表袁枚仿《二十四诗品》而作《续诗品》,他在序中说他很喜欢《诗品》,但是"惜其只标妙境,未写苦心,为若干首续之"。袁枚《续诗品》共三十二首,都是讲的如何刻画诗境的方法。但是,《二十四诗品》中也并非完全没有讲到创造诗歌意境的"苦心",不过,重点是描绘诗境。清代注释《诗品》的孙联奎在《诗品臆说》中说《诗品》意在摹神取象"。"摹神取象"就是指对诗境的描绘。《诗品》的每一品都是一首十分精彩的十二句的四言诗,以诗歌的形式来描绘诗境的特点,这也是一种很特殊的文学批评方法。

《诗品》所描绘的二十四种不同的诗境在思想内容和艺术表现方面,都有共同的特征。它们都是老庄的精神境界和理想人格在具有"象外之象,景外之景"的诗歌意境中之体现。两者的高度和谐统一,它和司空图提出的"思与境偕"是一致的,这正是诗家所竭力追求的目标。二十四诗品在艺术风格上虽然是不同的,但每一品诗境都很充分地体现着老庄虚静恬淡、超尘拔俗的精神情操与理想人格。例如《冲淡》一品云:"素处以默,妙机其微。饮之太和,独鹤与飞。犹之惠风,荏苒在衣。阅音修篁,美曰载归。遇之匪深,即之愈稀。脱有形似,握手已违。"孙联奎《诗品臆说》解释前两句云:"静则心清。""心通造化,自然妙契稀微。"平素处世静默,弃绝功名利禄,胸中无"机心",身不缠"机事",和自然相契,与造化合一。所以能如《庄子·天地》篇所说:"视乎冥冥,听乎无声。冥冥之中,独见晓焉;无声之中,独闻和焉。"具有这种冲和淡远精神品格的人,禀阴阳之和气而生,与潇逸之仙鹤俱飞;相随和缓之春风,漫步潇洒之竹林;不即不离,无痕迹可求;若即若离,有飘逸神韵。《高古》一品中描写的"畸人",《自然》一品中描写的"幽人",《飘逸》一品中描写的"高人",也都有与冲淡之人类似的精神品格。《庄子·大宗师》说:"畸人者,畸于人而侔于天。"他不同于世俗之人,没有功名利禄、是非祸福等纠缠身心,而与自然造化相契合。所谓:"畸人乘真,手把芙蓉。泛彼浩劫,窅然空踪。"(《高古》)他早已超越尘世浩劫,升登天堂之上。"高人惠中,令色絪缊。御风蓬叶,泛彼无垠。"(《飘逸》)如列御寇之"御风而行,泠然善也"(《庄子·逍遥游》),对人世纷繁早已不屑一顾。"幽人空山,过雨采蘋。薄言情悟,悠悠天钧。"(《自然》)他在幽静之中深深地领悟了自然的奥妙,主体的我已完全地融入了客体的自然之道中。诚如《庄子·大宗师》中说的"真人"一样,"其寝不梦,其觉无忧,其食不甘,其息深深","不知说生,不知恶死","儵然而往,儵然而来","幽人"与"道心"已密不可分地合在一起。例如《实境》云:"取语甚直,计思非深。忽逢幽人,如见道心。情涧之曲,碧松之阴。一客荷樵,一客听琴。情性所至,妙不自寻。遇之自天,泠然希音。""实境"本来是很现实的,但是,《诗品》的"实境"只是具体景物构成的诗境是现实的,而其中所体现的精神情操和理想人格,则是超乎现实之上的,是一种非常人所有的理想境界。恰如庄子所说庖丁解牛、轮扁斫轮一样,其所作所为是日常生活中很普通的事,而其精神境界则是与"道"相合的。《诗品》所说的"豪放",不是人间英雄豪杰的豪放,而是"观化匪禁,吞吐大荒","真力弥满,万象在旁"。有如庄子说的"天地与我并生,万物与我为一",得自然之真力,备充实之元气,故豪放不羁,遨游太空,"前招三辰,后引凤凰。晓策六鳌,濯足扶桑"。《诗品》所说的"劲健",不是世俗人间的强劲壮健,而是由于"饮真茹强,蓄素守中","天地与立,神化攸同"。自然真力充实于内,天地元气横溢于外,故而能"行神如空,行气如虹。巫峡千寻,走云连风"。《诗品》中所描写的这种老庄的精神情操和理想人格,贯穿在二十四种不同的诗境之中,就其超然物外、清静寡欲这一主要特征来说,与佛教哲学所提倡的精神境界是一致的。

  《诗品》中所描绘的不同风貌的二十四种诗境,从艺术方面来看,也都有其共同之处,这就是司空图在《与极浦书》中所概括的"象外之象,景外之景"这种诗歌意境的美学特征,例如《纤秾》:"采采流水,蓬蓬远春,窈窕深谷,时见美人。碧桃满树,风日水滨,柳阴路曲,流莺比邻。乘之愈往,识之愈真,如将不尽,与古为新。"这是一派明丽清新、生机勃勃、色彩鲜艳、幽静秀美的景象,诚如《皋兰课业本》所说:"此言纤秀秾华,仍有真骨,乃非俗艳。"这些生动的描写,把读者引入使人流连忘返、美不胜收的艺术世界之中,同时也从中感受到忘却人间烦恼、尘世污浊,享受自然界纯洁、高尚、清爽、秀丽的美好春光之愉快与幸福。诗人展现在读者面前的不是一个静止的平面,而是一个活跃的空间:水流潺潺,泉声叮咚,莺雀欢飞,鸣叫不断,碧桃垂柳,斗艳争辉,幽谷美人,时隐时现。这个富有动态美的空间,可以引起读者十分丰富的联想,并用自己的生活经验去补充它,这样它就具有无穷的言外之意。又如《典雅》一品写道:"玉壶买春,赏雨茅屋,坐中佳士,左右修竹。白云初晴,幽鸟相逐,眠琴绿阴,上有飞瀑。落花无言,人淡如菊,书之岁华,其曰可读。"这一品也是写得很美的:幽静肃穆的修竹林中,"佳士"正坐在茅屋里酌酒赏雨。俄顷雨止,天空放晴,鸟儿欢逐,瀑布飞溅。"佳士"酒酣,眠琴于绿阴之下,如陶渊明之抚无弦琴,不必有琴音而自有琴趣。"佳士"亦如"幽人"、"高人"一般,具有冲和淡远的精神境界,不过更突出了其典雅的风姿而已。作者描写的这个

"高韵古色"情景,使读者产生了对"佳士"神韵的无穷遐想,"落花无言,人淡如菊",他对世俗的一切纷扰早已弃绝,心与道契而顺乎天然,故无忧无虑,潇洒自如。这种具有耐人寻味的"象外之象,景外之景"的诗歌意境,才会使读者感受到"味在咸酸之外"的"醇美"。(参见《与李生论诗书》)

《诗品》中描绘二十四种不同诗境时,也涉及这种具有"象外之象,景外之景"的诗歌意境,在艺术创作方法上的一些特点,归纳起来,大概有以下几方面:

第一,"超以象外,得其环中","不着一字,尽得风流"。这是着重说明意境创造的关键是要充分发挥"虚"的作用,诗境必须善于以实出虚,而不能拘泥于具体描写的实的部分。"超以象外",指作品不能受已经展示的意象之局限,而要看到象外之虚境才是更充分地体现诗人情思的重要部分。"得其环中",指诗歌意境创造中虚的部分起着支配一切、控制一切的作用。《庄子·齐物论》说:"枢始得其环中,以应无穷。"环,是门上下横槛上的圆洞,用以承受枢的旋转。门枢纳入环中,即可转动自如。庄子以门的结构为例来说明虚的重大意义,司空图以此来说明虚境在意境创造中的决定作用。如陶渊明的"采菊东篱下,悠然见南山",谢灵运的"池塘生春草,园柳变鸣禽",都应当从"超以象外,得其环中"的角度去理解,方能领略其妙处。"超以象外,得其环中",是就艺术意境的特征来说的,适用于各种艺术,而从以语言为物质手段的文学来说,其表现就是"不着一字,尽得风流"。孙联奎《诗品臆说》说:"'不着一字'即'超以象外','尽得风流'即'得其环中'。"文学是语言的艺术,怎么能"不着一字"呢?《诗品》所说并不是不要语言文字,而是强调诗境的创造要得之于语言文字之表,要重在"含不尽之意见于言外",这就是"象外之象,景外之景"。王士禛之所以喜欢这两句话,正是因为它比较确切地概括了诗歌意境的特征。清代赵执信在《谈龙录》中批评王士禛说:"观其所第二十四品,设格甚宽,后人得以各从其所近,非第以'不着一字,尽得风流'为极则也。"纪昀《四库全书总目提要》亦承赵说。其实,他们不仅没有真正理解王士禛的含义,而且对《诗品》这两句话的重要意义和深远影响也缺乏认识。

第二,"生气远出,不着死灰","若纳水輨,若转丸珠"。这是指诗境要表现生命活力和具有动态美。《诗品》中有"精神"一品,集中发挥了《庄子·齐物论》关于"形固可使如槁木,而心固可使如死灰乎"的思想,要求诗歌意境表现出生气勃勃的活跃生命力,如"奇花初胎"、"青春鹦鹉",让事物内在的精神气质栩栩如生地传达出来。动态美是体现生命活力的重要方面,中国古代建筑十分讲究"飞动"之美,刘勰《文心雕龙·诠赋》篇曾说过"延寿《灵光》,状飞动之势"。唐代皎然也讲到诗歌的"飞动"之美。(见《文镜秘府论·南卷》

引)《诗品》专有"流动"一品,要求诗境能体现天地万物自然运行的规律,"荒荒坤轴,悠悠天枢。载要其端,载闻其符",并用不停转动的水车和自然滚动的丸珠,来比喻诗境应当描写出事物不断发展变化的状态。好像蓝田美玉在日光照耀下,莹莹闪光,有如袅袅轻烟,冉冉上升,无穷无尽,永远具有变化莫测的新景象。

第三,"离形得似,庶几其人","脱有形似,握手已违"。这是强调诗歌意境要重在传神,而不落形迹。所谓"离形",即是不受"形"的束缚,不拘泥于形似;"得似",即是要传神,得神似而非形似。这样,就可以把"风云变态,花草精神,海之波澜,山之嶙峋"生动地呈现在读者面前,使人感到呼之欲出,神态毕露。只有"离形得似",方能做到"生气远出,不着死灰"。两者是紧密相连而不可分离的。这也是《诗品》把绘画创作中传神理论运用到诗歌意境创造中一个具体表现。

第四,"真予不夺,强得易贫","妙造自然,伊谁与哉"。意境的创造贵在自然真实,而无人工矫揉造作之弊。这种诗境的获得,完全是自然的,"俱道适往,着手成春,如逢花开,如瞻岁新"。它是诗人即目所见,心与境会的产物,而不是苦思冥想得来的。它既是诗人妙造之自然,又不见任何人工之痕迹。只要兴会所至,"俯拾即是",强求则不可得。他在《与李生论诗书》中说诗歌创作要做到"直致所得,以格自奇",即是此意。这是对钟嵘《诗品序》中提倡"自然英旨"、主张"直寻"说和皎然主张天真自然、"与造化争衡"说的进一步发挥。

第五,"如矿出金,如铅出银","深浅聚散,万取一收"。《诗品》认为诗境的创造必须在丰富的生活经验基础上加以提炼、概括,几经洗练去粗取精,方能获得光华四溢的真金真银。这精彩的"一境"乃是从归纳、选择"万境"中得来的,所以说是"万取一收"。孙联奎解释这一句道:"万取,取一于万,即'不着一字';一收,收万于一,即'尽得风流'。"诗歌意境创造既要真实自然,浑然一体,又必须凝练精致,功力深厚。《诗品》"万取一收"说的提出,是对刘勰《文心雕龙》中"以少总多,情貌无遗"说及"言之秀矣,万虑一交"说的发展。

第十章　苏轼和北宋的文学理论批评

第一节　北宋初期的时文与古文之争

宋代文学思想和文学理论批评的发展,基本上是延续唐代特别是中唐以后的文学思想和文学理论批评而向前发展的。由于历史条件的新变化,文学思想和文学理论批评的状况,也有了许多新的特点,从而促使中唐以来以偏重文学的社会教育作用和偏重文学的艺术美的两大派,在理论上进一步深化了。

由于北宋初期政治局面的相对稳定,经济的恢复与发展,儒学复古主义思潮又有了新的发展,而且演变为持续数百年的宋明理学,成为封建社会后期的统治思想。但是,随着民族矛盾、社会矛盾的逐渐激化,人民苦难的加深,佛教,特别是禅宗之学,也有了大的发展,广泛地流行于社会各个阶层。理学和禅宗对文学思想的影响很大,前者把文学当做宣传礼教的工具,在文与道的关系上重道轻文,甚至只讲道而不讲文;后者则和庄学相结合,追求超脱现实、玲珑透彻的艺术境界,特别强调含蓄深远的艺术美的创造。这两种文学思想的矛盾、融合和交叉发展,遂成为宋元明清文学思想发展的一个基本特点。这也是儒家思想和佛老思想在新的历史时期中相互影响、相互矛盾又相互吸收的一种表现。儒家文学思想在宋代集中表现,也是极端化的表现,这就是宋代道学家的文学思想,这可以周敦颐、邵雍和程颢、程颐为代表。宋代风靡一时的江西诗派,正是在道学家文学思想影响下,在文学创作和理论批评领域所派生出来的一个意欲改变道学家"重道轻文"倾向的诗歌流派。宋代受佛老思想影响的文学思想流派,就是承继晚唐司空图文学思想、以苏轼和严羽为代表的注重艺术审美特征的一派。不过,这两派并不是绝对对立的,而是互相有所吸收的。当然还有许多人是介乎这两大派之间的,有的基本站在道学家一边,但对艺术的审美特征又有比较清醒的认识,有的是偏重艺术美的,但在文学的社会功用方面又持道学家的观点。在大量宋代诗话中,从文学思想的角度来看,基本情况也是如此。

北宋初期的时文与古文之争,从根本上说,也是重政教还是重艺术的不同主张的分歧。宋初盛行的"时文",是指模仿五代的"今体"。五代文体是学习晚唐李商隐的,但侧重于讲究声律对偶。"今体"之名源于李商隐的《樊南甲集序》,它是与"古文"相对而说的,"往往咽噱于任、范、徐、庾之间",其特点是"好对切事,声势物景,哀上浮壮,能感动人"。这是指以四六骈偶为基础的一种偏重艺术形式美文体。范仲淹《唐异诗序》中说:"五代以还,斯文大剥;悲哀为主,风流不归。"而北宋初年则继五代之余绪,"学步不至,效颦则多。以至糜糜增华,愔愔相滥。仰不主乎规谏,俯不主乎劝诫"。北宋统一全国后,随着儒家思想的复兴,自然会要求建立一种经世致用的文风。首先起来对"时文"进行激烈批评的是柳开和王禹偁。柳开(947—1000),字仲涂,大名(今河北大名县)人。他原名肩愈,字绍元,表示要继承和发扬韩愈、柳宗元的事业。他指责当时文章"华而不实",唯以"刻削为工,声律为能"(《上王学士第三书》),"轻淫侈靡,张皇虚诈,苟从时欲,求顺利己"(《答臧丙第三书》)。柳开提倡古文,也是为了恢复古道。他在《应责》一文中说:"不以古道观吾心,不以古道观吾志,吾文无过矣。""吾之道,孔子、孟轲、扬雄、韩愈之道;吾之文,孔子、孟轲、扬雄、韩愈之文也。"因此他所说的古文,"非在辞涩言苦,使人难读诵之,在以古其理,高其意,随言短长,应变作制,同古人之行事,是谓之古文也"。与柳开同时的王禹偁(954—1001)也说:"咸通以来,斯文不竞,革弊复古,宜其有闻。"(《送孙何序》)他认为:"夫文,传道而明心也。古人不得已而为之也。"(《答张扶书》)他在文的写作上,特别推崇韩愈的理论与实践,他说:"吾观吏部之文,未始句之难道也,未始义之难晓也。"因此他以韩愈的"不师今,不师古,不师难,不师易,不师多,不师少,惟师是"为宗旨,提倡平易流畅的文风。他和柳开不同的是,对文和道两方面都很重视。柳、王等人虽然提出了以"古文"反对"时文"的鲜明主张,但由于他在古文理论和实践上并没有什么新的创造,所以影响并不大,也没有能改变当时的华艳文风。而以杨亿(974—1020)、刘筠、钱惟演为代表的崇尚晚唐李商隐的西昆体诗文,却因适应北宋建国初期的升平气象,而有了大的发展。杨亿在《西昆酬唱集序》中说他们"历览遗编,研味前作,挹其芳润,发于希慕",故其作品"雕章丽句,脍炙人口"。西昆体实际上是对"时文"的继承和发展,《神宗旧史》云:"国朝接唐五代末流,文章专以声病对偶为工,剽剥故事,雕刻破碎,甚者若俳优之辞。杨亿、刘筠辈,其学博矣,然其文亦不能自拔于流俗,反吹波扬澜,助其气势,一时慕效,谓其文为西昆。"不过,西昆派以模仿李商隐为目标,与"时文"之侧重声病也有些不同,然其以富艳华丽为尚,则是一致的。但是随着儒学复古主义思潮的深化,提倡古文的理论与实践也有了很大的发展,从而开展了对西昆派诗文的激烈批评。

石介(1005—1045),字守道,兖州奉符(今山东泰安)人,世称徂徕先生。他是最早起来反对西昆体的重要人物,他在《怪说》中篇对杨亿指名道姓地进行了猛烈的攻击:"今杨亿穷妍极态,缀风月,弄花草,淫巧侈丽,浮华纂组;刓镂圣人之经,破碎圣人之言,离析圣人之意,蠹伤圣人之道。遂使天下为文不宗六经,而以杨亿之文章为宗;不崇文武周孔之道,而尽信杨亿之道;是之谓怪。"石介所提倡的文是儒家伦理道德之文、三纲五常之文、经世致用之文,它与愉悦情性的审美之文,自然是大异其趣的。虽然他也指出了西昆体诗文内容贫乏、片面追求形式美的创作倾向,但是他所理解的文的含义是十分宽泛的,大体上相当于文化之"文":"故两仪,文之体也;三纲,文之象也;五常,文之质也;九畴,文之数也;道德,文之本也;礼乐,文之饰也;孝悌,文之美也;功业,文之容也;教化,文之明也;刑政,文之纲也;号令,文之声也。"这个"文"的含义实际上并不包括文学艺术在内,石介对文学艺术实际上是采取了一种否定的态度,而把儒家礼教和文学等同为一,抹杀了文学的审美特征,具有比柳开更加偏激的重道轻文倾向,成为理学家文论的先声。他对西昆体的批评显然具有很大的片面性。西昆体虽然有内容空泛、文风颓靡的缺点,但对艺术美的追求也不应全部否定。而注重声律对偶的骈文,虽然遭到唐代古文家的批评和反对,但是经过李商隐的提倡和写作在晚唐复兴,也充分说明了它是不应该全盘否定的。然而,宋代的古文提倡者、尤其是理学家,却采取了比唐代古文家更为激烈的态度,石介正是一个最早的代表。

第二节　欧阳修的"穷而后工"论和梅尧臣的"平淡"论

宋代文学思想和文学理论批评是延续而向前发展的,但是与唐代创作繁荣而理论批评相对薄弱的情况相反,在文学理论批评上有很多新的重要的创造发展,出现了像苏轼、严羽等卓越的文学理论批评家。北宋初期柳开、王禹偁、石介一直到欧阳修的诗文革新,主要是反对模仿五代的"时文"和稍后以杨亿、刘筠、钱惟演为代表的崇尚晚唐李商隐的西昆体诗文的。但是柳开、王禹偁、石介在理论上没有什么新的建树,由于理学的影响,柳开、石介还有明显的重道轻文倾向。对文和道两方面都很重视,并在文学理论上提出了一些新见解的是欧阳修和他的好朋友梅尧臣。

欧阳修(1007—1072),字永叔,庐陵(今江西吉安县)人,号醉翁,又号六一居士。欧阳修曾官至枢密副使、参知政事,参加过范仲淹的政治改革,是北宋前期文坛领袖。他在文学理论批评上最有价值的是发展了韩愈"不平则鸣"的思想,提出了"穷而后工"的重要见解。他在《梅圣俞诗集序》中说:

> 予闻世谓诗人少达而多穷。夫岂然哉?盖世所传诗者,多出于古穷人之辞也。凡士之蕴其所有,而不得施于世者,多喜自放于山巅水涯。外见虫鱼草木风云鸟兽之状类,往往探其奇怪,内有忧思感情之郁积,其兴于怨刺,以道羁臣寡妇之所叹,而写人情之难言,盖愈穷则愈工。然则非诗之能穷人,殆穷者而后工也。

欧阳修这里所说的"穷",主要是指政治上穷达之"穷",而不是指生活上的穷困。也就是指有理想、有抱负的文人,政治上不得志,受排挤、遭迫害,隐身江湖草野山林田园,借诗文来寄托其济世安民壮志,抒发对现实黑暗的怨愤不满以及种种忧思、苦闷、压抑、感慨之情。他认为并非诗能穷人,实是穷者而后工,愈穷而愈工。在政治上处于逆境的文人往往更能使他对现实有清醒的认识,从而创作出有充实内容、有深刻思想的优秀文学作品。同时,也使他有充裕的时间去潜心于艺术,能更深入地去钻研艺术表现方法,创造独特的艺术风格和形式。作为这种"穷而后工"文学主张的思想基础,是欧阳修对文与道关系的看法。他一方面接受了韩愈文以明道的思想,反对当时受西昆体影响的不良文风。他指出:"文章丽矣,言语工矣,无异草木荣华之飘风,鸟兽好音之过耳也。"(《送徐无党南归序》)对当时"学者务以言语声偶擿裂,号为时文以相夸尚"(《苏氏文集序》)的情况,提出了尖锐的批评。另一方面又更多地吸收了柳宗元重视道的现实性的思想,强调学道要能"修之于身,施之于事,见之于言"(《与张秀才第二书》),道的内容应该是"切于事实"的,而不是玄虚的空论。其《与黄校书论文章书》说文章不仅要"见其弊",而且要做到"中于时病而不为空言",这才算是"知其本"。他在《答吴充秀才书》中提出"大抵道胜者则文不难而自至",所谓"道胜"并不只是指对儒家古道的学习和研究,而更重要的是如何运用它去解决现实问题。他强调文学创作必须从狭隘的个人圈子中走出来,而与整个社会的荣衰、国家的兴亡联系起来,如果道之不行,不能"施之于世",那么就只好"为穷者之诗",发"羁愁感叹之言"了。可见欧阳修对文学创作是非常重视其内容的充实和有补于世的,这就进一步发展了韩愈、柳宗元的思想。

欧阳修在主张"道胜"的同时,又十分重视文的修饰。这"穷而后工"的"工",就包含着他对艺术上精益求精的追求。在内容和形式关系上,他既肯定内容的主导作用,又充分注意形式的重要性及其相对的独立性。欧阳修对诗与一般非艺术文章区别有很清醒的认识,所以很重视文学的审美特征,特别强调诗歌意境的创造。他在《六一诗话》中曾引用了梅尧臣论诗歌创作的一段名言,他说:

圣俞尝语余曰:"诗家虽率意而造语亦难。若意新语工,得前人所未道者,斯为善也。必能状难写之景,如在目前;含不尽之意,见于言外,然后为至矣。贾岛云'竹笼拾山果,瓦瓶担石泉',姚合云'马随山鹿放,鸡逐野禽栖'等,是山邑荒僻,官况萧条;不如'县古槐根出,官清马骨高'为工也。"余曰:"语之工者固若是。状难写之景,含不尽之意,何诗为然?"圣俞曰:"作者得于心,览者会以意,殆难指陈以言也。虽然亦可略道其仿佛。若严维'柳塘春水漫,花坞夕阳迟',则天容时态,融和骀荡,岂不如在目前乎?又若温庭筠'鸡声茅店月,人迹板桥霜',贾岛'怪禽啼旷野,落日恐行人',则道路辛苦,羁愁旅思,岂不见于言外乎?"

其实这也是他的见解,其《试笔》"郊岛诗穷"条说:"若'鸡声茅店月,人迹板桥霜'，则羁孤行旅流离辛苦之态，见于数字之中；至于'野塘春水漫，花坞夕阳迟'，则春物融怡，人情和畅，又有言不能尽之意。兹亦精意刻琢之所得者耶？"又"温庭筠严维诗"条说："余尝爱唐人诗云：'鸡声茅店月，人迹板桥霜。'则天寒岁暮风凄木落羁旅之愁，如身履之。至其曰：'野塘春水漫，花坞夕阳迟。'则风酣日煦，万物骀荡，天人之意，相与融怡。读之便觉欣然感发。"由此可见，要求诗歌创作能"状难写之景，如在目前；含不尽之意，见于言外"，实是欧阳修与梅尧臣的共同主张。所谓"状难写之景，如在目前"者，也就是刘勰《文心雕龙·隐秀》篇所说的"秀"；而"含不尽之意，见于言外"者，即是刘勰所说的"隐"。欧、梅之说正是对刘勰"隐秀"说和刘禹锡"境生于象外"说的发挥，也是从情景交融的角度对诗歌意境美学特征的阐述，并且对诗歌审美意象和艺术境界分别从物境和心境两方面提出了具体的创作要求。这也是对司空图诗歌意境论的进一步发展。他们的这种诗论主张对宋代诗话曾产生了相当深远的影响。

　　梅尧臣（1002—1060），字圣俞，宣州宣城（今安徽宣城）人。他的文学思想和欧阳修比较一致，他也特别强调文学作品要有充实的内容，有深刻的现实意义，反对片面追求语言文字之工。他说："圣人于诗言，曾不专其中，因事有所激，应物兴以通。自下而磨上，是之谓《国风》；雅章及颂篇，刺美亦道同。不独识鸟兽，而为文字工。屈原作《离骚》，自哀其志穷，愤世嫉邪意，寄在草木虫。迩来道颇丧，有作皆言空：烟云写形象，葩卉咏青红；人事极谀谄，引古称辨雄；经营唯切偶，荣利因被蒙。遂使世上人，只曰一艺充，以巧比戏弈，以声喻鸣桐。嗟嗟一何陋，甘用无言终！"（《答韩三子华韩五持国韩六玉汝见赠述诗》）他指出诗歌是诗人有感于现实事物，心情受到激发，兴会标举，与外界物境相融合而产生的。这也以生动典型的例子证实了欧阳修的"穷而后工"论。梅尧臣认为诗歌意境乃是作者和读者共同创造的，即所谓"作者得于心，览者会以意，殆难指陈以言也"，特别突出了读者再创造的意义。梅尧臣最欣赏"平淡"的诗歌意境，其《林和靖先生诗集序》说："其顺物玩情为之诗，则平澹邃美，读之令人忘百事也。"《读邵不疑学士诗卷杜挺之忽来因出示之且伏高致辄书一时之语以奉呈》说："作诗无古今，唯造平淡难。"《依韵和晏相公》说："因吟适情性，稍欲到平淡。"《和绮翁游齐山寺次其韵》说："重以平淡若古乐，听之疏越如朱弦。"欧阳修在《六一诗话》中也说他"以闲远古淡为意"。诗歌艺术上的"平淡"，是一种很高的美学境界。它的提出和释老思想有密切关系，是和诗人超脱现实的空静心境联系在一起的。它不是浅显、近俗的艺术描写所能达到的，是以精心锤炼而无人为痕迹、由极工极巧而臻天生化成的理想境界，能进入这种境界正是艺术上炉火纯青的表现。

第三节 苏轼的文学思想和创作理论

北宋最重要的文学家和文学理论批评家是苏轼,他在许多诗文书画的题跋中,结合自己的创作经验和体会,对文艺创作理论提出了一系列极为深刻的重要见解,形成了一个比较完整的体系。

苏轼(1037—1101),字子瞻,号东坡居士,眉山(今四川眉山)人。苏轼青年时代有远大的理想抱负,提出过许多改革政治的有益建议,但因和当时新党与旧党在政见上都有所不合,因此仕途坎坷,多次被贬,晚年还被贬到岭南的惠州和海南的琼州。然而不幸的遭遇也使他有机会更多地接触社会和人民,饱览祖国大好河山,专心致志于文学创作,穷而后工,成为伟大的文学家。政治上的挫折也使他对释老思想发生了很大的兴趣,并从中得到精神上的安慰与解脱,故而在文学思想和创作理论上,受庄学和禅学的影响颇深。苏轼从自己的遭遇和经历出发,非常赞成欧阳修关于诗人"穷而后工"之说。其《僧惠勤初罢僧职》云:"非诗能穷人,穷者诗乃工。"他主张文学创作应当"有为而作"(《题柳子厚诗》),"言必中当世之过"(《凫绎先生诗集叙》)。在创作思想上他主张要发乎自然,"不能不为之工"(《江行唱和集叙》),文学创作应当是感到非写不可才作,而不是说能作就作,这也是受他父亲影响之所至。苏洵在《上欧阳内翰书》中说他自己写文章是"胸中之言日益多,不能自制",方"试出而书之"。其《仲兄字文甫说》说"天下之至文"是"非能为文而不能不为文也",如风水相激,自然成文,所以说"'风行水上,涣。'此亦天下之至文也"。这也是苏轼的文学思想和创作理论的一个出发点。

然而,苏轼在文学思想和创作理论上的主要贡献,是在研究文学本身的特殊艺术规律上。他总结了自己丰富的创作实践经验,具体地探讨了创作过程中的一系列重要理论问题,并从美学规律上加以概括和升华,构成了一个完整的体系。这些我们可以从下列几方面来加以论述。

一、论艺术创作中"知"与"能"的关系

苏轼认为无论文学还是艺术创作,都包含着两个基本方面:一是作者对所要表现的事物是否认识得很清楚、很正确,二是对已经认识了的事物如何运用艺术方式充分地把它表现出来。这两方面陆机在《文赋》小序中称之为"知"与"能",苏轼则称之为"道"和"艺"(或称"道"和"技"),实际就是艺术创作中的认识和实践问题。但陆机的看法是:"非知之难,能之难也。"认为主要是实践困难,认识并不困难。苏轼则认为两者都很重要,他在《跋秦少游书》中说:"技进而道不进,则不可。少游乃技道两进也。"又在《书李伯时山庄图后》

中说:"有道有艺。有道而不艺,则物虽形于心,不形于手。"苏轼这里所说的"道",和《日喻》中所说的"道"是一致的,指事物固有的内在特点和规律。《日喻》中说的"水之道"和《庄子·达生》篇中吕梁丈夫蹈水故事中的"蹈水有道"一样,是指水的规律;只有认识和掌握了水的规律,才能在水中自由出没,即使在急流旋涡中也照样悠游自在。从艺术创作来说,要做到"道进",要能够"有道",就是指艺术家必须对自己的创作对象有十分深刻的认识和了解,要懂得它的特点和规律,从而使"物形于心"。苏轼在《箟筜谷偃竹记》中说文同画竹"有道",这是和他热爱竹子、熟悉竹子分不开的。他为洋州太守时曾在箟筜谷竹林中修筑了一个亭子,作为"朝夕游处之地",并与其妻游乐于其中,"烧笋晚食"。正因为他了解竹子的生长发展规律,有千亩修竹在胸,"心识其所以然",所以才能把握竹之"道"。但是,只有"道"而没有"艺"或"技",也是无法创造艺术作品的。艺术家不仅要认识和了解创作对象,而且还要有高超的艺术表现能力和丰富的表现技巧,不只要使物"形于心",而且要使物"形于手",做到内外齐一、心手相应。这个问题,苏轼在《答谢民师书》中曾作了相当透彻的分析:

> 孔子曰:"言之不文,行而不远。"又曰:"辞,达而已矣。"夫言止于达意,疑若不文,是大不然。求物之妙,如系风捕影,能使是物了然于心者,盖千万人而不一遇也,而况能使了然于口与手者乎?是之谓辞达。辞之于能达,则文不可胜用矣。

苏轼所谓"了然于心",是指对"道"的深刻领会;而所谓"了然于口与手",是指"艺"或"技"的精到纯熟。只有既"了然于心"又"了然于口与手",才能艺术地再现"物之妙"。由此可见,苏轼对文学艺术创作中"知"和"能"的论述是很全面、很深刻的,他看到了两者之间相互依存的密切关系,不"知"也就无所谓"能",不"能"则"知"也就落空了。他要求文学家、艺术家不但要"知"之深,还要善于"能",认为这是进行文学艺术创作的基本前提。

二、论艺术构思中的"虚静"、"物化"和"妙观逸想"

苏轼认为在文学艺术的创作过程中,要使创作对象("物")"了然于心",从文学家、艺术家的主体方面说,必须要进入"虚静"、"物化"的精神境界。这样,才有可能排除各种与创作无关的主观或客观因素之干扰,对"物"作深入的观察和研究,从而充分地掌握它的内在特点和规律。他在《送参寥师》一诗中说:"欲令诗语妙,无厌空且静。静故了群动,空故纳万境。阅世走人间,观身卧云岭。咸酸杂众好,中有至味永。诗法不相妨,此语更当请。"所谓"空静",本是佛学术语,指一种超脱尘俗、空无寂静的精神境界,它和老庄提倡的

"虚静"虽属不同的思想体系,但就文学家、艺术家进行创作构思前应具备的心灵状态来说,有相通和一致的地方。空静在艺术构思中的作用,苏轼已说得很清楚:一是"了群动",即是诗人对宇宙间事物发展变化规律可以了解得很清楚;二是"纳万境",即是诗人可以把现实世界里的种种奇观异景统统摄取到自己的脑海中,供诗人在艺术构思时选择、综合之用,作为创造审美意象的素材。空静的精神状态可以使诗人和艺术家能更好地集中精力去"阅世走人间,观身卧云岭",深入地观察和研究现实世界,进入到"其神与万物交,其智与百工通"(《书李伯时山庄图后》)的"神思"境界。这时,艺术家才能达到兴会神旺、万象竞萌、才气横溢、心灵手巧的最佳创作状态,艺术家的主体和创作对象的客体融合为一、难分彼此,这就是庄子所说的"物化"。苏轼在其《书晁补之所藏与可画竹三首》中说:"与可画竹时,见竹不见人。岂独不见人,嗒然遗其身。其身与竹化,无穷出清新。庄周世无有,谁知此凝神。"由于心灵空静,全部精力专注于竹,故"见竹不见人","嗒然遗其身"。所谓"身与竹化"即是"物化"。它运用到文学艺术创作中便是指文学家的心和外界的物之辩证结合。进入了"虚静"、"物化"的精神状态,就能使艺术想象飞腾起来。苏轼认为不论是诗还是画,审美意象的构成都要经过一个"妙想"的过程。其《次韵吴传正枯木歌》从总结著名画家和诗人李公麟创作经验,得出了"古来画师非俗士,妙想实与诗同出"的结论。"妙想",即是指艺术想象,因为它不是一种抽象的思维活动,而是和外界的各种生动景象紧密地联系在一起的感性的、形象的思维活动。在"妙想"的阶段,会有无数生动景象涌入艺术家的脑海之中,如苏轼《次韵吴传正枯木歌》所说,"东南山水相招呼,万象入我摩尼珠","摩尼珠"是佛学术语,也称如意宝珠,即指人的心。当李公麟画马之际,其脑海中即有无数奔腾的骏马,所谓"胸中有千驷"也。比苏轼稍晚的惠洪在《冷斋夜话》中曾说苏轼诗与文都有"妙观逸想"之特点,它往往不受常情、常理的束缚,而以"反常合道"的"奇趣为宗"。诗人在"妙想"的过程中必须善于把握机遇,捕捉住灵感萌发、兴会标举时刻所闪现的奇妙景象。苏轼《腊日游孤山访惠勤惠思二僧》中说,孤山冬日,雪景灿然,云压湖面,楼台明灭,鱼游清泉,鸟呼深林,有感于此,使他浮想联翩,诗兴勃发。他深深懂得"作诗火急追亡逋,清景一失后难摹",立即把脑海中浮现的生动景象描绘了下来,这就是他在《答谢民师书》中说的"求物之妙,如系风捕影"。创作灵感的涌现不可能持续很长时间,会很快消逝,必须不失时机地抓住它。感兴高潮之到来是诗人长期积累生活经验的结果,如清人袁守定所说:"得之在俄顷,积之在平日。"(《占笔丛谈》)然而它又有偶然性,它往往在特情景的触发下出现,而且是一瞬间的闪念,如不能及时抓住,马上就会无影无踪,因此就要善于及时捕捉形象。不过,形象的闪现虽是短暂的,但它却是艺术家惨淡经营的产物,而且也并不排斥艺术家可以有一个使之深化的过程。苏轼在《文与可画筼筜谷偃竹记》中说:"故画竹必先得成竹于胸中,执笔熟视,乃见其所欲画者,急起从之,振笔直遂,以追其所见,如兔起鹘落,少纵即逝矣。"这里提出的画竹必先得"成竹于胸"的思想,正是对中国古代"意在笔先"创作思想的发挥。"意在笔先"本是六朝以来书画理论中的重要指导思想,它强调艺术家在构思和创作过程中,必须先形成生动鲜明的审美意象,然后再落笔进行创作。清人沈德潜《说诗晬语》中说:"写竹者必有成竹在胸,谓意在笔先,然后着墨也。惨淡经营,诗道所贵。倘意旨间架,茫然无措,临文敷衍,支支节节而成之,岂所语于得心应手之技乎?"艺术家所要捕捉的正是兴感高潮中形成的胸中之成竹,因此当它一出现就要"急起从之,振笔直遂,以追其所见",否则就"如兔起鹘落,少纵则逝矣"。

三、论形象塑造的"随物赋形"和生动"传神"

文学创作离不开对外在的人和事的描写,而现实中的人和事是纷繁复杂而又多姿多态的,苏轼认为对艺术形象描绘和刻画的总的原则是:"随物赋形","尽物之态"。这是对陆机所说"虽离方而遁圆,期穷形而尽相"(《文赋》)的发挥,他在《文说》中说:

> 吾文如万斛泉源,不择地皆可出,在平地滔滔汩汩,虽一日千里无难。及其与石山曲折、随物赋形而不可知也。所可知者,常行于所当行,常止于不可不止,如是而已矣。其他虽吾亦不能知也。

苏轼以泉水流经高低不平的山石而随物赋形为例,说明他自己的创作原则是符合创作对象本身的内在特点,顺乎自然、恰到好处地表现事物的本质特点,以便准确地描绘出它的真实状态。所谓"常行于所当行,常止于不可不止",是要求作家应该尊重现实生活本身的内在规律性,而不以自己主观偏见去任意改变它。苏轼强调"随物赋形"的目的,是要求艺术形象的刻画应以合乎自然造化为最高标准,如在《书蒲永昇画后》一文中所说唐代孙位的画,由于"随物赋形",方能"尽水之变",充分表现水汹涌澎湃之自然态势,而具有"神逸"之妙。艺术创作本身并无固定格式,苏轼曾说"诗无定律"(《次韵王定国得晋卿酒相留夜饮》),形象描写准则应当是"随物赋形"而能"尽物之态"。苏轼在《高邮陈直躬处士画雁》中说:"野雁见人时,未起意先改,君从何处看,得此无人态?"所谓的"无人态",即是指自然真态。作家对艺术形象的描绘和刻画,达到了这样的水平方可为超代高手。

苏轼认为要得自然真态的关键在努力做到以传神为主而形神并茂,他在

《书鄢陵王主簿所画折枝二首》之一中写道：

> 论画以形似，见与儿童邻。赋诗必此诗，定非知诗人。诗画本一律，天工与清新。边鸾雀写生，赵昌花传神。何如此两幅，疏淡含精匀！谁言一点红，解寄无边春！

对苏轼这首诗的理解，颇有分歧。有的认为苏轼只讲神似而否定形似，其实，苏轼本意并不是要否定形似，而是认为神似是更高层次的要求，无论诗人还是画家都不应该拘泥于形似，而务必以传神为目标，方能有"天工与清新"之妙。如何才能传神呢？苏轼认为要善于抓住体现创作对象之"神"的特殊的"形"，着力加以刻画和描写，使之起到传神的作用。"一点红"是具体的形，然而也是传"无边春"之神之所在。苏轼的《传神记》从理论上发展了顾恺之的"以形写神"论，认为传神的关键是在于找到创作对象"得其意思所在"的特殊的"形"，并对之作突出的描写。"神"总是要借助于一定的"形"来体现的，但并不是所有的"形"都能传神的，只有把握了最能体现创作对象神态的"形"，才有可能使艺术创作具有传神写照之妙。他说："凡人意思，各有所在，或在眉目，或在鼻口。虎头云：颊上加三毛，觉精采殊胜，则此人意思盖在须颊间也，优孟学孙叔敖，抵掌谈笑，至使人欲死者复生，此岂举体皆似，亦得其意思所在而已。使画者悟此理，则人人可为顾陆。"每个创作对象都有"得其意思所在"之特殊的"形"，而"得其意思所在"正是指体现对象本质特征的所在，也就是说要"得所以然"（《李潭六马图赞》）。在《净因院画记》中，苏轼对传神实质又作了进一步论述，这就是著名的"常形"、"常理"说。其云：

> 余尝论画，以为人禽宫室器用皆有常形，至于山石竹木水波烟云，虽无常形，而有常理。常形之失，人皆知之，常理之不当，虽晓画者有不知。故凡可以欺世而取名者，必托于无常形者也。虽然常形之失，止于所失，而不能病其全。若常理之不当，则举废之矣。

任何事物都有它外在的"形"和内在的"理"。然而，有的事物是有相对固定的外在形态的，如人禽宫室器用等；有的事物则没有相对固定的外在形态，如山石竹木水波烟云等。当然这是比较而说的，人、禽、宫室等也都各自有不同的形状，石、竹、水波等也不能说一点常形都没有，石是块状的，竹是条状的，不过和前者相比更为不确定而已。但是，不管"形"是确定的还是不确定的，要能"曲尽其形"毕竟还是比较容易的。而事物的"常理"，即体现其特殊本质的内在规律，则往往是比较难以把握，也更不容易用艺术方法将之表现出来，只有"高人逸才"方能"得其理"。文与可画竹不论是何种特殊形态，或生、或死、或缩、或茂，都能体现竹的"常理"，使竹的"根茎节叶牙角脉缕"每个部分"千变万化,未始相袭",而又能"各当其处",所以能传竹之神。因此艺术家如果能把握创作对象"得其意思所在"的"形",又能充分表现出创作对象内在的"常理",就可以达到传神写照的最好效果。

四、论"无法之法"

文学艺术创作中的法度是指创作的具体规则,它是前人创作经验的总结,任何人在创作中都会自觉不自觉地受到它的影响。但是文学艺术创作又不能因此而丧失革新创造精神。苏轼在《诗颂》中说:"冲口出常言,法度去前规。人言非妙处,妙处在于是。"法度是要的,但不能拘泥于"前规"。诗歌妙处正是在灵活自然脱口而出,不受法度的束缚、限制。这就是"无法之法"(《跋王荆公书》)。从这个原则出发,他最反对搜索枯肠、堆砌雕琢的创作倾向。他认为时人学杜大都不得法,其原因即在不懂"无法之法"的道理,不能顺乎自然从创作实际出发。他在《次韵孔毅甫集古人句见赠》中说:"天下几人学杜甫,谁得其皮与其骨?""前生子美只君是,信手拈得俱天成。""无法之法"也就是自然之法。任其自然而不违背艺术创作的规律,看似无法而又有法,这才是最高的法。故苏轼在《书所作字后》中说:"浩然听笔之所之,而不失法度,乃为得之。"这种自然之法有其内在妙理,他在《书吴道子画后》一文中说:

> 诗至于杜子美,文至于韩退之,书至于颜鲁公,画至于吴道子,而古今之变、天下之能事毕矣。道子画人物,如以灯取影,逆来顺往,旁见侧出,横斜平直,各相乘除,得自然之数,不差毫末,出新意于法度之中,寄妙理于豪放之外,所谓游刃余地,运斤成风,盖古今一人而已。

此处所说"逆来顺往,旁见侧出,横斜平直",即指其画之变化无穷,出人意料,冲破常规,不拘成法,而"各相乘除,得自然之数",配合得非常协调,"不差毫末",有其内在的、合乎规律的自然之法。新意迭出,均存于自然法度之中;妙理生辉,略寄于雄浑豪放之外。故其创作有如庖丁之游刃有余,郢匠之运斤成风,与造化相契,和自然合一。艺术家必须由人工而臻天工,以达到艺术的最高境界。苏轼是最崇尚"天工"的,他不仅提出了"诗画本一律,天工与清新"的基本审美原则,而且多次赞扬天工之奇妙。如《巫山》诗云:"天工运神巧,渐欲作奇伟。""天工"中自有其法度,但它不是固定的常法,而是自然的"无法之法"。

五、论平淡的艺术意境

苏轼非常重视平淡的诗歌艺术意境,他在《题陶渊明饮酒诗后》中说:"'采菊东篱下,悠然见南山。'因采菊而见山,境与意会,此句最有妙处。近岁俗本皆作望南山,则此一篇神气索然矣。""见"和"望"虽只一字之差,但与意境之深远与否关系极大。若改为"望",则悠然自得、无罣无碍之心态就体现不出来，自然神气索然没有意味了。苏轼懂得意境必须在具体描写之外，给人以无穷联想。所以在《书黄子思诗集后》中竭力推崇司空图"味外之旨"说，认为钟（繇）、王（羲之）之书法"萧散简远，妙在笔墨之外"，至颜（真卿）、柳（公权）虽"集古今笔法而尽发之"，"而钟、王之法益微"。"至于诗亦然"。"苏（武）、李（陵）之天成，曹（植）、刘（桢）之自得，陶（渊明）、谢（灵运）之超然，盖亦至矣。而李太白、杜子美以英玮绝世之姿，凌跨百代，古今诗人尽废；然魏晋以来，高风绝尘，亦少衰矣。""独韦应物、柳宗元发纤秾于简古，寄至味于淡泊，非余子所及也。"而司空图所论则是对钟、王、韦、柳艺术特色的极好概括。苏轼在比较王维和吴道子的绘画时，认为王维之所以超出吴道子，就是因为王维更富有象外之趣。其《王维吴道子画》云："吴生虽妙绝，犹以画工论。摩诘得之于象外，有如仙翮谢笼樊。吾观二子皆神俊，又于维也敛衽无间言。"景生象外，正是艺术意境的最基本特征，在文学创作中即是言有尽而意无穷。《东坡文谈录》记载苏轼曾说："意尽而言止者，天下之至言也。然而言止而意不尽，尤为极致。"无言之言，无声之音，无画之画，才是最高的境界。苏轼在艺术意境的创造上，发挥了梅尧臣的平淡论，他在《评韩柳诗》中说：

> 柳子厚诗在陶渊明下，韦苏州上。退之豪放奇险则过之，而温丽靖深不及也。所贵乎枯淡者，谓其外枯而中膏，似淡而实美。渊明、子厚之流是也。若中边皆枯淡，亦何足道。佛云：如人食蜜，中边皆甜。人食五味，知其甘苦者皆是，能分别其中边者，百无一二也。

所谓"外枯"，是指其意境外在形式之朴素平淡；所谓"中膏"，是指意境之内在含义之丰富充实。故有不尽之意深藏其中，而愈嚼愈有味，"似淡而实美"也。他说："渊明作诗不多，然其诗质而实绮，癯而实腴，自曹、刘、鲍、谢、李、杜诸人，皆莫及也。"（苏辙《追和陶渊明诗引》所引）这里说的"质而实绮，癯而实腴"，也就是"外枯而中膏，似淡而实美"的意思。外表质朴平淡而内实绮丽丰腴，这是对梅尧臣平淡论的补充和发展。周紫芝在《竹坡诗话》中说："东坡尝有书与其侄云：'大凡为文，当使气象峥嵘，五色绚烂，渐老渐熟，乃造平淡。'余以不但为文，作诗者尤当取法于此。"其实东坡所说本不限于文，也可包括诗甚至书画艺术。绚烂之极而归于平淡，这是更高的境界。

第四节　黄庭坚的文学思想和创作理论

宋代是理学产生、发展和盛行的时代。理学是适应封建社会中后期政治、思想、文化需要而产生的新儒学，也是宋、元、明、清时代封建社会的正统思想。

理学从孔子所不多讲的"性与天道"方面,对儒家之道作了深入的发挥。其核心是讲"理"(即"天道")为宇宙万物的本源,而儒家伦理道德则是"天理"的体现,凡是不符合儒家伦理道德的思想、行为,则被斥之为是违背"天理"的"人欲"而加以排斥。因此理学的基本纲领是"存天理,灭人欲",其实质是为了巩固封建统治秩序,从思想上抑制和消灭一切不利于封建统治的因素。理学的盛行使封建礼教更加细密、更加严格,成为束缚人们思想感情的精神枷锁。由于理学的目的是为了宣传儒家之道,所以也被称为道学,理学家也称为道学家。宋代在理学占统治地位的情况下,要求一切文学艺术都服从它的需要,成为宣扬理学思想的说教工具。道学家在"存天理,灭人欲"思想的指导之下,对文学艺术也发表过许多看法,要求文学艺术必须赤裸裸地鼓吹封建礼教、传播孔孟之道,不允许出现任何不符合封建伦理道德的思想感情。周敦颐在《周子通书·文辞》篇中提出"文以载道"说,着重说明文只是道的载体,所以不能以文为目的,明显地表示了对"艺"(即"文")的轻视,把文章写作看做是理学的一个附属品,实际也就否定了文学独立存在的价值。邵雍在《伊川击壤集》中反对诗歌"吟咏情性",认为"情之溺人也甚于水",而强调诗歌应是"天理"、"人性"的体现。从而取消了诗歌的抒情本质。二程(程颢和程颐)又进一步发展了周敦颐、邵雍思想,提出了"作文害道"、"学诗妨事"的极为偏激主张,把文章写作说成是"玩物丧志",把诗看做是"闲言语",并说文人类似俳优,十分低贱。道学家把文学理论上的一些基本问题给搅乱了,这主要有以下几点:第一,对文学创作上情理关系作出了错误的论断,强调说理而否定抒情,提倡言志而反对缘情。第二,在文学创作的思想和艺术关系上表现了突出的重质轻文、重思想不重艺术的片面性,否定了文学本身的独立价值。第三,在文学观念上复归到古代文学和非文学混同为一的状态,抹杀了文学和非文学的界限。第四,否定了文学的具体性和现实性,把它变成了抽象的心性义理图解,使之成为理学"语录讲义之押韵者",这样就把文学和生气勃勃的现实生活隔离开了。道学家对文学的否定虽不可能为绝大多数人所接受,但是理学的繁荣发展和在社会生活中地位的日益增长,对文学创作和文学理论批评的影响是不可低估的。黄庭坚和江西诗派的文学理论批评是重文的,但是在创作理论上可以明显地看到理学的渗透。

黄庭坚(1045—1105),字鲁直,号山谷道人,晚年号涪翁,洪州分宁(今江西修水县)人。他在当时的新旧党争中,他的基本政治态度是和苏轼一致的,不过比苏轼更超脱一些。在京师以苏轼为首文人圈子中,山谷是其中重要人物,在文学上成就较大,诗名卓著。黄庭坚在思想上明显地受到当时理学的影响,他十分推崇周敦颐,曾说他:"人品甚高,胸中洒落如光风霁月,好读书,雅意林壑。"(《濂溪诗序》)山谷自己十分注重内省心性修养功夫,并直接影响到他的文学创作和文学思想。黄庭坚是文学家而不是道学家,在对待文和道的关系上,他是重视和肯定文学的独立性及其价值的,但受儒家正统和理学思想的影响较深。他在《次韵杨明叔序》中说:"文章者,道之器也;言者,行之枝叶也。"黄庭坚的文学思想和创作理论,在苏轼之后别树一帜,成为宋代影响最大的江西诗派之开创者,其主要特点有以下几方面:

第一,他肯定诗歌"忿世疾邪"的怨刺作用,但又要求不可过分激烈,必须符合于温柔敦厚之旨。他在《胡宗元诗集序》中,赞扬其诗"兴托高远则附于《国风》,其忿世嫉邪则附于《楚辞》",并对"陆沉林皋之下"的文人表示了深深的同情。然而他又特别反对愤激怒骂的诗歌,其《书王知载朐山杂咏后》云:"诗者,人之情性也,非强谏争于廷,怨忿诟于道,怒邻骂坐之为也。"这段话常常遭到研究者的批评指责,认为他反对诗歌直接干预现实斗争、表现社会政治内容,其实这是不妥当的。山谷在这里强调诗歌是"人之情性"的体现,"情之所不能堪",而后才"发于呻吟调笑之声",以充分宣泄内心感情,使之"胸次释然"。诗歌艺术有自己的特点,"比律吕而可歌,列干羽而可舞,是诗之美也"。它是在这种美的形式中传达诗人思想感情,并进而感染读者起到"劝勉"的作用。因此文学创作,尤其是诗歌,不同于政论杂著或书信、应用文一类非文学文章,它要求含蓄蕴藉,而不能过分直露,所以"怒邻骂坐"、"讪谤侵陵","以快一朝之忿",不符合诗歌艺术特点,并非诗之本旨。他在《答洪驹父书》中劝他的外甥洪刍说:"东坡文章妙天下,其短处在好骂,慎勿袭其轨也。"也是这个意思。不过黄庭坚的说法也有片面性,愤激怒骂在文学创作中也不是绝对不能有,在不损害文学本身审美特征的情况下,写得尖锐激烈一些,不仅是可以允许的,而且有时也是很必要的。黄庭坚由于受理学思想影响,主张诗歌要表现"忠信笃敬,抱道而居"的高尚品格,所以过多地强调了儒家诗教的温柔敦厚、主文谲谏,主张"不怨而怨",而且他又特别重视诗歌含蓄蕴藉的艺术形式美,此外,他正处于新旧两党交替上台的动辄得咎政治局面,自然也有怕因诗得祸的因素,在这种种复杂原因的影响下,所以就更加反对赤裸裸的漫骂之作了,这也是可以理解的。

第二,提倡诗歌创作要"以理为主",有精博的学问为基础,这是黄庭坚文学思想和创作理论的核心。他在《与王观复书》中云:"好作奇语,自是文章病。但当以理为主,理得而辞顺,文章自然出群拔萃。观杜子美到夔州后诗,韩退之自潮州还朝后文章,皆不烦绳削而自合矣。"黄庭坚认为文学创作成败的关键,在有无精深广博的学问和能否做到"以理为主"。黄庭坚此处所说的"理",其含义比较复杂,主要有两层意思:一、它有类似于苏轼所说"文理自然"之理的意思,指文学作品内在的逻辑发展规律,把握了这种"理",文辞的运用也就能流畅自如、恰到好处,行于所当行,止于不可不止,即所谓"理得而辞顺"。二、它虽不是专指理学家抽象的义理之理,但有道理之理亦即作品内容所包含的思想观点之理的意思。如果说他所举杜甫到夔州后写诗主要是体现了前一层"理"的含义的话,那么他所举韩愈自潮州还朝后文章,则主要是体现了"理"的后一层意思。由于黄庭坚所说的"理"有多层意义,所以他的后学可以从不同的角度去理解它,并产生不同的影响。然而不论从哪一层意思说,"理"的来源都是在学问,黄庭坚又特别强调文学家要有精深广博的学问,认为这是能否使文章"理得而辞顺"的关键。因而他所说"以理为主"的后一层意思对后来创作实际影响比较大。黄庭坚说王观复的诗用语"生硬","不谐律吕","或词气不逮初造意时",这都是"读书未精博耳"。故在《论作诗文》中也说:"词意高胜,要从学问中来尔。"文学家应该有广博的知识学问,这本是许多文学理论批评家早就提出过的,但他们都没有把掌握丰富的知识学问看做是唯一的条件,而黄庭坚却把这种要求绝对化了。他要求诗人有精博的学问这并不错,然而诗人毕竟还有其不同于学者的特殊艺术才华,这是知识学问所不能代替的。从强调学问的深厚广博出发,他把学习前人作品作为文学创作的源泉,《与王立之帖》说:"若欲作《楚辞》,追配古人,直须熟读《楚辞》,观古人用意曲折处,讲学之后,然后下笔。"不过黄庭坚并不是要因袭模仿古人,而是强调必须在学古中化出新意,并创造自己特有的新风格。黄庭坚曾说:"文章最忌随人后。"(《题谢敞王博喻》)"听它下虎口着,我不为牛后人。"(《赠高子勉》)但是推陈出新应当以表现现实生活的需要为基础,以合乎自然造化为标准,如果只在古人的圈子里转来转去,不管如何创新求变,总不免有剽窃模拟之嫌。黄庭坚诗学的积极意义是在其学古不泥古而求新变,而其严重缺陷与不足则正是在将创新求变局限于学古的范围之内,只有充分估计到黄庭坚诗学这两个方面,才能对他在文学理论批评史上的地位和作用,作出合乎实际的评价。

第三,"夺胎换骨"、"点铁成金"是体现黄庭坚上述文学思想的具体创作方法。"点铁成金"是黄庭坚在《答洪驹父书》中提出来的,他在这封书信里谆谆告诫其外甥洪刍,要他多读古人的书和文章,并鼓励他说:"少加意读书,古人不难到也。"建议他"熟读司马子长韩退之文章","更须治经,深其渊源",然后"可到古人耳"。接着又强调指出:

  老杜作诗,退之作文,无一字无来处,盖后人读书少,故谓韩杜自做此语耳。古之能为文章者,真能陶冶万物,虽取古人之陈言入于翰墨,如灵丹一粒,点铁成金也。

"夺胎换骨"说未见山谷文集,而最早见惠洪《冷斋夜话》卷一所引,其云:

> 山谷云:诗意无穷,而人之才有限,以有限之才,追无穷之意,虽渊明、少陵,不得工也。然不易其意而造其语,谓之换骨法;窥入其意而形容之,谓之夺胎法。

不论是"夺胎换骨"还是"点铁成金",都是指学习古人作品,达到融会贯通程度,然后从中得到启发,以构成自己作品的诗意和境界。换骨法是指吸取古人精彩的诗意境界而不袭其辞,别创新语来表现之,如惠洪所说黄庭坚"不知眼界阔多少,白鸟去尽青天回",即是从李白诗"鸟飞不尽暮天碧"、"青天尽处没孤鸿"而来(按:"鸟飞不尽暮天碧"实为宋人郭祥正诗《金山行》中语,李白《庐山谣寄卢侍御虚舟》中云"鸟飞不到吴天长");夺胎法则是参考古人诗意而重新加以形容,以创造新的诗意境界。如惠洪所说:"乐天诗曰:'临风杪秋树,对酒长年身。醉貌如霜叶,虽红不是春。'东坡南中诗曰:'儿童误喜朱颜在,一笑那知是醉红。'"金代王若虚说:"鲁直论诗有'夺胎换骨,点铁成金'之喻,世以为名言。以予观之,特剽窃之黠者耳。"这个批评确也击中了要害,但是又不够全面。黄庭坚的"夺胎换骨,点铁成金",并非完全没有积极一面。文学创作不可能完全摆脱和离开前人的创作,它总是在总结前人经验的基础上向前发展的。因此,认真学习古人的作品,吸收其有益成分不仅是必要的、也是不可避免的。而在学习古人作品时如何努力做到"以故为新",充分体现独创精神,在古人已经达到的水平上前进一步,又不流于简单化的模仿抄袭,这正是黄庭坚"夺胎换骨"、"点铁成金"有价值的地方。

第四,讲究严密的法度,是黄庭坚文学创作理论的核心。苏轼是主张"无法之法"、以自然为法的,而黄庭坚则和苏轼正好相反,他是主张要严格遵循法度的。其《论作诗文》云:"作文字须摹古人,百工之技,亦无有不法而成者也。"这也是说明作文无论如何变化,总不能越出基本的法度。他认为杜诗韩文最具备严密的法度,故以此为学习诗文创作的最高典范,这是和他在创作思想上注重精深的人工刻画分不开的。黄庭坚论文学创作的法度是从学习杜甫的过程中引发出来的。《苕溪渔隐丛话前集》引陈师道云:"豫章之学博矣,而得法于少陵,故其诗近之。"宋人李颀的《古今诗话》云:"《名贤诗话》云:黄鲁直自黔南归,诗变前体。且云:'须要唐律中作活计,乃可言诗。如少陵渊蓄云萃,变态百出,虽数十百韵,格律益严。盖操制诗家法度如此。'"(郭绍虞《宋诗话辑佚》谓《竹庄诗话》引,系出《西清诗话》)黄庭坚正是从杜甫的律诗、特别是后期律诗中,总结、研究诗歌创作的法度规则,并以此来指导自己诗歌创作的,所以十分推崇杜甫到夔州以后的诗歌。杜甫对自己的创作要求很严,不仅诗意构成经过"惨淡经营",而且字句、格律的推敲也极为认真,曾说:"为人性僻耽佳句,语不惊人死不休。"(《江上值水如海势聊短述》)"美名人不及,佳句法如何?"(《赠高三十五书记》)为此,黄庭坚反复告诫他的后学,必须认真研究学习杜诗韩文的内在法度,也就是诗文的命意、布局、格律、章法、句法、字法等具体技巧。特别是对诗歌句法尤为重视,曾多次讲到:"传得黄州新句法,老夫端欲把降旛。"(《次韵文潜立春日三绝句》)"句法俊逸清新,词源广大精神。"(《再用前韵赠子勉》)"寄我五字诗,句法窥鲍谢。"(《寄陈适用》)"句法提一律,坚城受我降。"(《子瞻诗句妙一世乃云效黄庭坚体》)黄庭坚曾赞扬陈师道说:"其作诗渊源,得老杜句法,今之诗人不能到也。"(《答王子飞书》)宋人论诗之重句法,大约和黄庭坚有密切关系。所谓句法实际就是具体的诗法。诗歌是由诗句组成的,尤其是律诗,虽只有八句,但每句每联都有讲究,起句结句颈联颔联,各有不同特点,而格律的和谐更涉及每一个字。句法既有关整首诗的意境,也包括用字优劣,于是就有诗眼、句眼之说。黄庭坚在《赠高子勉》诗中说:"拾遗句中有眼,彭泽意在无弦。"而后范温遂有《潜溪诗眼》之作。黄庭坚对法度的规范虽然很严、很具体,但仍然要求不落斧凿痕迹,努力做到妥帖、自然,使之"不烦绳削而自合"(《与王观复书》),而且决"不可守绳墨令俭陋也"(《答洪驹父书》)。黄庭坚的注重法度确有王若虚所说的问题:"鲁直欲为东坡之迈往不能,于是高谈句律,旁出样度,务以自立而相抗,然不免居其下也。"(《滹南诗话》)但是应当看到,重视具体的诗法,细致地探讨艺术技巧,也是必要的、有价值的,不应该简单否定。黄庭坚的法度论,从"夺胎换骨"、"点铁成金"基本原则,到具体的诗法、句法、律法、字法,曾深深地影响了北宋后期一直到南宋的整个诗坛,黄庭坚以后的宋人诗话中这一类论述比比皆是,甚至反对江西诗派的严羽在《沧浪诗话》中也有不少诗法论,并且对元、明、清三代都有不小的影响。

第五节 江西诗派的形成与宋代诗话的发展

黄庭坚的诗歌创作和诗法理论对他周围朋友、学生影响很大,形成一个文学观点一致、诗歌风格相近的流派,其以江西诗派为名则起于吕本中之《江西诗社宗派图》,他以黄庭坚为其祖,下有陈师道、潘大临等26人。后人亦将吕本中列于其中。这些人很多不是江西人,因黄庭坚和主要成员为江西人,故称江西诗派。他们在文学思想和创作理论上皆本于黄庭坚,是对黄庭坚诗学的阐述和发挥,但新的具有独创性的内容不多。黄庭坚诗学大致可以"理"、"学"、"法"三字来归纳,而陈师道等人的诗论也基本上不出这个范围。江西诗派的形成与发展对宋代诗话的发展起了重要的促进作用。关于诗话的起源,自清代以来有不少学者作过研究探讨。清人何文焕编《历代诗话》认为诗话最早渊源可追溯至上古三代。其后章学诚《文史通义·诗话》篇说"诗话之源本于钟嵘《诗品》",而实滥觞于经传。同时他又指出:"《诗品》思深而意远",并"深从六艺溯流别","此意非后世诗话家流所能喻也"。然而后世诗话作为一种特殊文学批评形式,实与三代经传论诗及钟嵘《诗品》已有很大不同。罗根泽先生认为诗话出于唐人本事诗,如孟棨《本事诗》、罗隐《续本事诗》(已佚)等,而本事诗出于笔记小说,如唐人范摅《云溪友议》之类。(见《中国文学批评史》第二册)这些论说都很有价值,但是我们认为还是郭绍虞先生在《清诗话前言》中所说更为妥善。他说:"诗话之体,顾名思义,应当是一种有关诗的理论的著作。溯其渊源所自,可以远推到钟嵘的《诗品》,甚至推到诗三百篇或孔、孟论诗的片言只语。但是严格地讲,又只能以欧阳修的《六一诗话》为最早的著作。"

诗话,即是论诗之话,实际上是指关于诗歌的杂著,其中包括对诗人及其诗作的各种有关问题论说。欧阳修《六一诗话》自序云:"居士退居汝阴,而集以资闲谈也。"司马光《温公续诗话》云:"诗话尚有遗者,欧阳公文章名声虽不可及,然记事一也,故敢续书之。"可见最早的诗话是以"记事"和"资闲谈"为目的而写的。大体来说是记载诗人生平轶事、诗歌创作背景、诗坛种种状况、诗歌优劣品评、创作理论主张、具体艺术技巧以及诗人、诗歌有关的各种事情等等。从现存诗话来看,北宋前期诗话并不多。黄庭坚和江西诗派兴起之前,除欧阳修、司马光诗话外,现存仅刘攽《中山诗话》,其他尚有存目数种,如《王禹玉诗话》、《潘兴嗣诗话》等,其书早佚。至于《东坡诗话》等则系后人从其文集等著作中摘取有关诗歌论述编辑的,并非原作。诗话的大量出现,是在北宋后期南宋初期,正是黄庭坚和江西诗派活跃时期,这种现象并非偶然。因为黄庭坚和江西诗派注重诗人的学问和讲究具体的诗法,对格律和文字推敲得很细、很具体,甚至可以说是很琐碎的。而且黄庭坚周围有很多学生,他们相互之间对诗歌创作有过许多研究讨论,这都为诗话写作提供了丰富的内容,在客观上大大促进了诗话的迅速发展。江西诗派中许多人都有诗话著作,如陈师道有《后山诗话》、洪刍有《洪驹父诗话》、李锜有《李希声诗话》,而范温、潘淳虽未被吕本中列入《江西诗社宗派图》,但均从山谷学诗,其《潜溪诗眼》及《潘子真诗话》亦皆以阐述江西派诗法为主。江西派诗法是北宋后期到南宋初期诗话中的一个主要内容。诗话的内容也比欧阳修、司马光时期的"资闲谈"、"记事"更加扩大了。许𫖮《彦周诗话》序说:"诗话者,辨句法,备古今,记盛德,录异事,正讹误也。若夫含讥讽,著过恶,诮纰缪,皆所不取。"黄彻《碧溪诗话》自序云："平居无事，得以文章为娱，时阅古今诗集，以自遣适。故凡心声所底，有诚于君亲，厚于兄弟朋友，嗟念于黎元休戚，及近讽谏而辅名教者，与予平日旧游所经历者，辄妄意铺凿，疏之窗壁间。"而陈俊卿为其诗话所写序中也引黄彻自云："时取古人诗卷，聊以自娱。因笔论其当否，且疏用事之隐晦者以备遗忘。"这些大约就是诗话的主要内容了。北宋诗话比较有价值的有《六一诗话》、《冷斋夜话》、《潜溪诗眼》、《石林诗话》等。南宋诗话有了更大的发展，在两宋所存上百种诗话中，南宋诗话占有十之六七，而且南宋诗话发展中"资闲谈"部分逐渐淡化，而评诗句论法则的内容逐渐增多，理论色彩越来越浓厚了。一些有比较系统理论观点的重要诗话，大部分产生于南宋。从理论批评内容上看，南宋诗话除了继承北宋诗话有较多论江西诗法的外，受吕本中"活法"论的影响，批评江西诗法、批评苏黄诗风、以禅喻诗、注重诗歌意境创造的论述大大地增多了，直接导致严羽激烈反对江西诗派理论的产生。南宋诗话中最重要、最有理论价值的有张戒《岁寒堂诗话》、葛立方《韵语阳秋》、姜夔的《白石道人诗说》、严羽的《沧浪诗话》和范晞文《对床夜语》，除《沧浪诗话》将在下章专论外，这里分别介绍几部比较有理论价值的诗话。

《冷斋夜话》作者为惠洪，一名德洪，字觉范，所记并非全是有关诗的内容，但十分之八九为诗话，多记北宋元祐间诸大家的诗作及轶事，尤以苏、黄为多。惠洪尚有《天厨禁脔》，为诗格类著作，其内容可与《冷斋夜话》互为补充。惠洪诗学观点受苏轼影响较大，如他在论苏轼诗时说："诗者，妙观逸想之所寓也，岂可限于绳墨哉！"说明诗歌是奇妙的艺术想象之产物，它往往会越出常情、常理，"如王维作画雪中芭蕉诗，法眼观之，知其神情寄寓于物，俗论则讥以为不知寒暑"。他重视诗歌的趣味，曾记苏轼评柳宗元《渔翁》一诗云："诗以奇趣为宗，反常合道为趣。熟味此诗有奇趣，然其尾两句虽不必亦可。"可见此种奇趣正在诗歌含蓄不尽的言外之意，故要求诗歌不要说尽，给读者留有充分的想象余地。惠洪《天厨禁脔》中评诗也重在含有"不尽之意"。他和苏轼一样强调诗歌的自然天成之美。《天厨禁脔》中赞扬王安石的诗有"笔力高妙，殆若天成"之妙，其论诗歌"天趣"云："其词语如水流花开，不假功力，此之谓天趣。天趣者，自然之趣耳。"他也很重视诗歌创作中主体和客体的结合，《冷斋夜话》中记载了黄庭坚一段话："山谷云：天下清景，初不择贤愚而与之，然吾特疑端为我辈设。"并举苏轼、王安石的诗以为例证。后来王国维在《人间词话》中曾引用此段话，说明诗人善于以艺术眼光去观察外界景物。惠洪还曾引王安石、黄庭坚有关动静关系的论述。其云："荆公曰：前辈诗云：'风定花犹落'，静中见动意；'鸟鸣山更幽'，动中见静意。山谷曰：此老论诗不失解经旨趣，亦何怪耶？唐诗有曰：'海日生残夜，江春入旧年'者，置早意于残晚之中。有曰：'惊蝉移别树,斗雀堕闲庭'者,置静意于喧动中。东坡作眉子研诗,其略曰：'君不见长安画手开十眉,横云却月争新奇。游人指点小鬟处,中有渔阳胡马嘶。'用此微意也。"

《潜溪诗眼》作者范温,字元实,他是秦观女婿,吕本中表叔。《潜溪诗眼》已佚,《说郛》本仅三条,郭绍虞之《宋诗话辑佚》收有29条。其诗学观点属江西诗派,以论诗法为主。所谓"诗眼"即指句法、字法之类,也包括一篇命意之关键所在。如郭绍虞《宋诗话考》所说："书中'句法以一字为工'条,举孟浩然诗'微云澹河汉,疏雨滴梧桐',以为'工在淡、滴字',此即诗眼也。又'句法'条举杜诗'不知西阁意,肯别定留人',以为'肯别邪？定留人邪？山谷尤爱其深远闲雅'云云,此亦诗眼也。"范温说："句法以一字为工,自然颖异不凡,如灵丹一粒,点铁成金也。"在对诗法领会方面,有两点值得注意：一是贵识,二是善悟,二者皆为受禅学影响而来。《潜溪诗眼》中有论韵一条,钱锺书《管锥编》自《永乐大典》卷八○七中录出,然与《苕溪渔隐丛话》《诗人玉屑》所引《潜溪诗眼》内容相比,似非同一水平之语,且未见后人称引,可靠与否尚待进一步研究。其释"韵"之含义为："有余意之谓韵。"并认为它是由书画而及文学,与"神"、"理"等的含义各有不同,还是比较符合实际的。韵味特征在于象外、言外、味外,自谢赫之言"气韵生动",至司空图之言"韵外之致",早已论到此意,后严羽、王士禛之诗论也并非如钱锺书所说由此条论韵而来,陆时雍《诗镜总论》之论"韵",亦与此条无直接关系。不过应该说此条论"韵",对"韵"的含义之阐说及其在不同艺术部门的发展,还是很有价值的。有的研究者就此条大做文章,认为它曾产生了巨大影响,实是不够妥当的。

《石林诗话》作者叶梦得(1077—1148),字少蕴,号石林居士。如果说《冷斋夜话》是一部与苏轼文学观点相近的诗话,《潜溪诗眼》是一部体现江西诗派诗歌理论的有代表性诗话,那么,《石林诗话》则是一部对黄庭坚和江西诗派有所批评、而对严羽诗学有所启发的很重要诗话,这三部诗话正好反映了北宋诗话的三个主要方面。《石林诗话》在诗学理论上值得注意的有三点：第一,它以禅宗妙悟境界来比喻诗歌艺术境界,已启严羽诗论之先声。卷上有云：

> 禅宗论云间有三种语：其一为随波逐浪句,谓随物应机,不主故常;其二为截断众流句,谓超出言外,非情识所到;其三为函盖乾坤句,谓泯然皆契,无间可伺。其浅深以是为序。余尝戏谓学子言,老杜诗亦有此三种语,但先后不同。"波漂菇米沉云黑,露冷莲房坠粉红"为函盖乾坤句;以"落花游丝白日静,鸣鸠乳燕青春深"为随波逐浪句;以"百年地僻柴门迥,五月江深草阁寒"为截断众流句。

此"云间"当为"云门",此三种语即为著名的"云门三句",见《五灯会元》云门宗德山缘密禅师章,指禅家领悟佛性由浅到深的三种不同境界,叶梦得对之作了切合诗学的具体解释,来说明诗歌上三种不同境界。以"泯然皆契,无间可伺"为最高,指与自然冥契的化工境界;以"超出言外,非情识所到"为次,指意在言外、含蓄深远的神妙境界;以"随物应和,不主故常"为再次,指随物赋形、描绘生动的画工境界。叶梦得以禅悟论诗与江西诗派之以禅悟论诗不同,江西诗派重在悟诗法,而叶梦得重在悟诗境。这种以禅喻诗、以禅境论诗境的思想,对后来严羽的诗论是很有影响的。第二,强调意与境会,注重描写即目所见,创造浑然天成、不落痕迹的诗歌艺术境界。卷中有云:

"池塘生春草,园柳变鸣禽。"世多不解此语为工,盖欲以奇求之耳。此语之工,正在无所用意,猝然与景相遇,借以成章,不假绳墨,故非常情所能到。诗家妙处,当须以此为根本,而思苦言难者,往往不悟。

此下引钟嵘《诗品》中序论书写即目所见,提倡"直寻",反对排比典故一段,并说:"余每爱此言简切,明白易晓,但观者未尝留意耳。"这种提倡自然天成的美学观是和苏轼比较一致的,其间多少含有对江西诗派以学问为诗、以文字为诗的不满与批评。其论对后来杨万里的诗论有一定启发。他推崇王安石晚年诗,"意与言会,言随意遣,浑然天成,殆不见有牵率排比处"。这都可以看出他已觉察到江西诗派之弊病,而有从中脱出之明显迹象。第三,以"初日芙蕖"与"弹丸脱手"为诗歌的理想境界。他指出最理想的诗歌意境应当有"初日芙蕖"之清新秀丽、自然可爱,如"弹丸脱手"般的圆熟流利、自由晓畅。故郭绍虞说他这种主张,"是亦正与沧浪所谓'不涉理路,不落言筌'及'透彻玲珑,不可凑泊'者同一意旨"。《石林诗话》开启了南宋反江西诗派诗学思想之先河。

张戒的《岁寒堂诗话》是南宋前期最富理论价值的重要诗话。张戒是南宋初年人,其生卒年不详。《岁寒堂诗话》原本已佚,旧存一卷,《武英殿聚珍丛书》据《永乐大典》辑出,又加上《说郛》本内容,分为两卷,上卷为理论批评总论,下卷专论杜甫的重要诗篇。张戒的诗论有明显的道学家思想影响,有较浓厚封建礼教色彩,主张温柔敦厚,不冒犯君上,但是《岁寒堂诗话》的可贵之处是在对诗歌的思想内容和艺术形式关系有比较正确的认识,特别是对诗歌艺术的美学特征有相当深入的理解,并对苏黄诗风和江西诗派的弊病有很清醒的认识,作出了很尖锐又很有分寸的批评。张戒强调诗歌创作要以表现现实内容为主,而不应当把形式技巧放在第一位。他提出要正确理解"言志"与"咏物"关系,应以"言志"为主,咏物是为了言志,如果为咏物而咏物,就失去诗人本意了。他说:"然诗者,志之所至也。情动于中而形于言,岂专意于咏物哉?子建'明月照高楼,流光正徘徊',本以言妇人清夜独居愁思之切,非以咏月也,而后人咏月之句,虽极其工巧,终莫能及。渊明'狗吠深巷中,鸡鸣桑树颠',本以言郊居闲适之趣,非以咏田园,而后人咏田园之句,虽极其工巧,终莫能及。"他特别提出刘勰在《文心雕龙·情采》篇中所说的"为情而造文"与"为文而造情"的不同倾向,说"子建李杜皆情意有余,汹涌而后发者也"。"若他人之诗,皆为文造情耳。"而且他认为诗歌的思想内容应当有爱国的、进步的意义,这自然是和他在当时的社会政治环境下,能站在比较正确的政治立场有关系的。他是支持岳飞而为秦桧所迫害并被逐罢官的,故《四库总目提要》称其"论事切直","亦鲠亮之士也"。所以他特别推崇杜甫的诗歌,赞扬其"忠义之气,爱君忧国之心",说杜诗中有的诗句"乃圣贤法言,非特诗人而已"。

然而,张戒并不因为重视诗歌的思想内容而轻视诗歌的艺术形式,相反地,他是很重视诗歌的艺术形式,而且很懂得诗歌艺术美的。所以他既要求诗歌必须道得人心中事,同时又要含蓄而有余蕴,要有味在咸酸之外的深远意境。他对元、白、张、王乐府,既充分肯定其能"道得人心中事"的优点,又尖锐地指出他们的作品过于直露、缺少余蕴的致命弱点:"元、白、张籍、王建乐府,专以道得人心中事为工,然其词浅近,其气卑弱。""只知道得人心中事,而不知道尽则又浅露也。"他认为既要善于"道得人心中事",又要能"余蕴"深远,这才是最好的诗歌。所以他非常重视诗歌意境的创造,特别引用刘勰的"情在词外曰隐,状溢目前曰秀",及梅尧臣的"含不尽之意,见于言外;状难写之景,如在目前",说明诗歌意境的美学特征。并且提出诗歌意境描写当以"中的"为最高标准,什么是"中的"呢?他举《诗经》和古诗为例分析道:

"萧萧马鸣,悠悠旆旌",以"萧萧""悠悠"字,而出师整暇之情状,宛在目前。此语非惟创始之为难,乃中的之为工也。荆轲云:"风萧萧兮易水寒,壮士一去兮不复还。"自常人观之,语既不多,又无新巧,然而此二语遂能写出天地愁惨之状,极壮士赴死如归之情,此亦所谓中的也。古诗"白杨多悲风,萧萧愁杀人","萧萧"两字处处可用,然惟坟墓之间,白杨悲风,尤为至切,所以为奇。乐天云:"说喜不得言喜,说怨不得言怨。"乐天特得其粗尔。此句用"悲""愁"字,乃愈见其亲切处,何可少耶?诗之工,特在一时情味,固不可预设法式也。

张戒的"中的"说指诗歌的意境描写必须善于将难写之景生动真实地呈现在读者面前,把诗人内心深处难以言喻的意蕴,借助意境而充分地传达给读者。张戒强调用事押韵应该服从于意境创造需要而不能代替意境创造。他说:

"苏黄用事押韵之工,至矣尽矣,然究其实,乃诗人中一害,使后生只知用事押韵之为诗,而不知咏物之为工,言志之为本也,风雅自此扫地矣。"他说:"《国风》《离骚》固不论,自汉魏以来,诗妙于子建,成于李杜,而坏于苏黄。余之此论,固未易为俗人言也。子瞻以议论为诗,鲁直又专以补缀奇字,学者未得其所长,而先得其所短,诗人之意扫地矣。"他对苏黄诗的成就确有估计不足之处,但对苏黄诗风的弊病则是看得非常清楚的。他已经很明白地指出了苏黄后学以议论为诗、以学问为诗、以文字为诗的倾向,这就是后来严羽对江西诗派批评的先导。除张戒《岁寒堂诗话》之外,葛立方的《韵语阳秋》、姜夔的《白石道人诗说》、范晞文的《对床夜语》等也都是南宋比较有理论价值的重要诗话,而最为重要并提出了的系统理论主张的是严羽的《沧浪诗话》。

第十一章 严羽和南宋金元的文学理论批评

第一节 南宋的诗文理论批评

南宋时期文学思想在继承北宋后期文学思想的基础上又有了新的发展,其主要特点是比较重视对文学特征的探讨,并对违背艺术本身规律的错误倾向,展开了比较尖锐、比较激烈的批评,文学理论批评的发展出现了一个崭新的面貌。江西诗派的诗歌理论在北宋南宋之交有了新的发展,由比较规矩、死板的诗法论变为比较自由、灵便的"活法"论,并从一个新的角度发展了"悟入"说。其代表人物是吕本中(1084—1145),字居仁,人称东莱先生。其诗论专著有《紫微诗话》和《童蒙诗训》,但理论价值不大。他的一些重要理论见解则见于刘克庄《后村先生大全集》卷九十五所引《夏均父集序》,和胡仔《苕溪渔隐丛话前集》卷四十九所引《与曾吉甫论诗第一帖》与《第二帖》。吕本中在《夏均父集序》中云:

> 学诗当识活法。所谓活法者,规矩备具,而能出于规矩之外;变化不测,而亦不背于规矩也。是道也,盖有定法而无定法,无定法而有定法。知是者,则可以与语活法矣。谢元晖有言,"好诗(此下或云脱流字)转圆美如弹丸",此真活法也。近世惟豫章黄公,首变前作之弊,而后学者知所趣向,毕精尽知,左规右矩,庶几至于变化不测。然余区区浅末之论,皆汉魏以来有意于文者之法,而非无意于文者之法。

吕本中这里所说的"活法",从字面上看与苏轼所说"自然之法"似乎没有什么不同，然而实质上是有原则差别的。苏轼讲的"无法之法"是崇尚自然天成，而没有任何前提条件的；吕本中所说的"有定法而无定法，无定法而有定法"的"活法"，则是在以"夺胎换骨"、"点铁成金"为中心的江西诗法基础上所说"活法"，是学习"豫章黄公"，"左规右矩"而至"变化不测"。因此，它是对黄庭坚诗法论的修正，而不是对苏轼"无法之法"的继承。这实际是一种更加精妙的、不露痕迹的"夺胎换骨""点铁成金"。吕本中的"活法"，在某种意义上正是要把苏轼和黄庭坚在法度问题上不同主张互相融合起来，其《童蒙诗训》中所论大都为黄庭坚和江西诗派的理论，但也有不少地方表现出对苏轼自然神到、意尽言止文学思想的赞赏，例如他说："老苏作文，真所谓意尽而言止也，学者亦当细观。"他的诗论旨在吸收苏轼的某些诗论思想对江西诗派理论加以改革。虽然他没有脱出江西诗派的基本体系，却为突破江西诗派的藩篱打开了一条通道。

吕本中所提出的"悟入"说，虽并非他的发明，而是对江西诗派悟入说的发挥，但也有其新的特点，他的"悟入"是针对"活法"提出来的。其《与曾吉甫论诗第一帖》云：

> 《楚辞》、杜、黄，固法度所在，然不若遍考精取，悉为吾用，则姿态横出，不窘一律矣。如东坡、太白诗，虽规摹广大，学者难依，然读之使人敢道，澡雪滞思，无穷苦艰难之状，亦一助也。要之，此事须令有所悟入，则自然越度诸子。悟入之理，正在工夫勤惰间耳。如张长史见公孙大娘舞剑，顿悟笔法。如张者，专意此事，未尝少忘胸中，故能遇事有得，遂造神妙；使他人观舞剑，有何干涉。非独作文学书而然也。

吕本中所说"悟入"兼取苏黄两家之意，既有诗境之悟，又有律法之悟。他认为"悟入之理，正在工夫勤惰间耳"，故其《童蒙诗训》也说："作文必要悟入处，悟入必自工夫中来，非侥幸可得也。如老苏之于文，鲁直之于诗，盖尽此理也。"说明他所主张的悟，不全是顿悟而是在渐悟基础上的顿悟，勤于修行则必有大彻大悟之一天。他强调认真学习、"遍参诸方"，然后才能真正进入悟境，或如张旭专心书法、时刻不忘，方能观公孙大娘之舞而悟笔法。故这种"悟"又首先依赖于"识"。其"鲁直识渊明退之诗"条云："渊明、退之诗，句法分明，卓然异众，惟鲁直为能深识之。学者若能识此等语，自然过人。"能否深识是能否妙悟的前提，由"识"而"悟"，这对后来严羽的诗学思想是很有启发的。

江西派诗人把学习古人作为文学创作的主要源泉，规摹古人，亦步亦趋，大部分人不能做到像黄庭坚那样在学古中有所创新，对此吕本中提出了尖锐批评。他说："老杜诗云：'诗清立意新'，最是作诗用力处，盖不可循习陈言，只规摹旧作也。鲁直云:'随人作诗终后人';又云:'文章切忌随人后',此自鲁直见处也。近世人学老杜多矣,左规右矩,不能稍出新意,终成屋下架屋,无所取长。独鲁直下语,未尝似前人而卒与之合,此为善学。如陈无己力尽规摹,已少变化。"但他没有看到江西派诗人这种弊病的根源其实还是在黄庭坚那里。黄庭坚是以古人为师出发的创新,而不是以自然为师、以现实为师、以心灵为师出发的创新,最终不能避免蹈袭古人之弊,更何况其下者!吕本中不能摆脱诗文创作"必从学问该博中来"的框框,不过他确实已经看到了江西诗派的致命弱点,《与曾吉甫论诗第二帖》说:"退之云:'气,水也;言,浮物也。水大则物之浮者大小毕浮,气之与言犹是也,气盛则言之长短与声之高下皆宜。'如此,则知所以为文矣。曹子建《七哀诗》之类,宏大深远,非复作诗者所能及,此盖未始有意于言语之间也。近世江西之学者,虽左规右矩,不遗余力,而往往不知出此,故百尺竿头,不能更进一步,亦失山谷之旨也。"因此吕本中以"活法"为中心的诗论主张,对改革江西诗派的理论、促进诗歌理论批评的健康发展,还是作出了贡献的。

　　与江西诗派诗论发展相类似,南宋道学家的文学思想也比北宋前期道学家的文学思想有所进步,不再对文学采取贬斥和否定的态度,也注意到了文学本身的特征。这比较集中地体现在朱熹的文学思想上。朱熹(1130—1200),字元晦,一字仲晦,是南宋最有名的理学思想家。朱熹的文学思想在一些基本观点上,和北宋的道学家是一致的,但由于他学识渊博,思路开阔,有很高的文学修养,诗歌也写得很好,所以他对文道关系的论述,不像周、程那样偏激、绝对。朱熹主张文道一贯,文即是道。据《朱子语录》的记载,他认为苏轼说"吾所谓文,必与道俱",则是把道和文分开了,变成"文自文,而道自道","待作文时,旋去讨个道来,入放里面,此是他大病处"。故而他又指出:"道者,文之根本;文者,道之枝叶。惟其根本乎道,所以发之于文,皆道也。三代圣贤文章,皆从此心写出。文便是道。"他认为文就是道,道就是文,两者是不可分的,故《读唐志》中批评韩愈"裂道与文以为两物"。然而他并不否定文,他说:"大率要七分实,只二三分文。""文字到欧、曾、苏,道理到二程,方是畅。"(见《朱子语类》)他没有把文看做是可有可无的东西,而且很注意文的艺术性和如何写好"文"的方法。他还特别说:"东坡文字明快,苏老文雄浑,尽有好处。如欧公、曾南丰、韩昌黎之文,岂可不看?柳文虽不全好,亦当择。合数家之文,择之无二百篇,下此则不须看,恐低了人手段。"他认为熟读前人文章,并学习仿作,然后"文章自会高人"。在充分体现义理的前提下,他仍然要求文辞愈美愈好。

　　朱熹在诗论方面也要求把体现义理放在首位,《清邃阁论诗》云:"今人不去讲义理,只去学诗文,已落得第二义。"《答杨宋卿书》认为诗中之"志"要合乎儒家的"高明纯一",志高德纯则"诗固不学而能之",至于格律、对偶、遣词等等,则魏晋以前的诗人均"未有用意于其间",至近世作者才专门"留情"于此,遂使"言志之功隐矣"。不过他并非不要艺术技巧。他对诗的本质和特点有比较深刻的认识,他在《诗集传序》中说:"诗者,人心之感物而形于言之余也。"《国风》"多出于里巷歌谣之作。所谓男女相与咏歌,各言其情者也"。他充分肯定诗歌的抒情特点,并能脱开汉儒以美刺释比兴的框框,对比兴作出比较符合实际的解释。《诗集传》释"比"云:"比者,以彼物比此物也。"释"兴"云:"兴者,先言他物以引起所咏之辞也。"释"赋"云:"赋者,敷陈其事而直言之者也。"这是对赋比兴的比较科学的阐述。特别值得我们注意的是,朱熹在《答何叔京》一文中对《诗经·大雅·棫朴》中"兴"的方法和《周易》立象以尽意关系的分析:

"倬彼云汉"则"为章于天"矣;"周王寿考"则"何不作人"乎(原注:"遐"之为言"何"也)。此等语言自有个血脉流通处,但涵咏久之,自然见得条畅浃洽,不必多引外来道理言语,却壅滞却诗人活底意思也。周王既是寿考,岂不作成人材,此事已是分明,更著个"倬彼云汉,为章于天"唤起来,便愈见活泼泼地,此"六义"所谓"兴"也。"兴"乃兴起之义。凡言"兴"者,皆当以此例观之。《易》以言不尽意而立象以尽意,盖亦如此。

按:《棫朴》第二章的前四句为:"倬彼云汉,为章于天。周王寿考,遐不作人。"意思是说:宽广的银河啊,满天都是辉光;周文王已九十多岁高寿了,培养和造就了多少人才啊。朱熹认为"兴"和"立象以尽意"是很相似的,都是一种带有象征性的比喻,意藏于象中,这正是文学的美学特征。

如果说吕本中已经为突破江西诗法打开了通路的话,那么,陆游和杨万里则是沿着这条通路冲出了江西诗法的藩篱,从创作实践和理论批评两方面开创了诗歌美学的一个新天地。陆游和杨万里原来都是江西诗派中人,开始都是学江西诗法创作的,但是他们从创作实践中认识到江西诗派的弊病,不再局限于仅仅模仿学习,只在"夺胎换骨"、"点铁成金"和章法、句法、字法中求活计,而是扩大眼界,向自然和社会学习,生动具体地再现生活的真实,以自然天成为最高审美标准。陆游(1125—1210),字务观,号放翁,越州山阴(今浙江绍兴)人,是南宋著名的爱国主义诗人。他本师事江西诗人曾几,也学习吕本中的诗,对他们也相当佩服。然而他从实际创作中体会到要注重诗歌的社会内容、真实抒写自己感情,是不可能按照江西诗法亦步亦趋地去创作的。他在《示儿诗》中说:"文能换骨余无法,学但穷源自不疑,齿豁头童方悟此,乃翁见事可怜迟。"所以他对吕本中提倡的"活法"、"悟入"主张比较感兴趣,认为文章要"能超然自得"(《曾文清公墓志铭》),"切忌参死句"(《赠应秀才》),并由此而脱出江西诗派的窠臼。因此陆游提出"工夫在诗外"(《示子遹》),而不是在诗内。诗人要写好诗不能只在具体的艺术技巧上下工夫,而必须重视文学和现实生活的联系,把自己的切身遭遇和社会环境联系起来,有高昂强烈的爱国激情,疾恶如仇的鲜明爱憎,满怀"愤世疾邪之气",这才是写好诗的关键。要从现实生活中汲取诗情,从而获得创作的冲动和不可抑制的激荡,这才是真正的诗家"三昧"。其《九月一日夜读诗稿有感走笔作歌》写道:"我昔学诗未有得,残余未免从人乞。力孱气馁心自知,妄取虚名有惭色。四十从戎驻南郑,酣宴军中夜连日。打毬筑场一千步,阅马列厩三万匹;华灯纵博声满楼,宝钗艳舞光照席;琵琶弦急冰雹乱,羯鼓手匀风雨疾。诗家三昧忽见前,屈贾在眼元历历。天机云锦用在我,剪裁妙处非刀尺。世间才杰固不乏,秋毫未合天地隔。放翁老死何足论,《广陵散》绝还堪惜。"陆游在汉中一带的从军生活,是十分丰富而具有浪漫色彩的,它给陆游的诗歌创作提供了广阔的天地,使他真正懂得了"诗家三昧",同时也更加深刻地认识到江西诗派仅仅从古人作品中找出路,不管怎样"夺胎换骨"、"点铁成金",也还是"从人乞",毕竟是一条死胡同。诗法不是固定不变的,而是应当不断有所创新,如能以现实生活为依据,才能有生生不息、日新月异之活力。故《题萧彦毓诗卷后》说:"法不孤生自古同,痴人乃欲镂虚空。君诗妙处吾能识,正在山程水驿中。"说明诗歌妙处正在现实的山程水驿之中,所以诗人既要有广博的知识学问,也要有现实生活的丰富经验。"诗岂易言哉!一书之不见,一物之不识,一理之不穷,皆有憾焉。""大抵诗欲工,而工亦非诗之极也。"(《何君墓表》)陆游的这种文学思想,很明显是对杜甫和白居易为代表的重视文学和现实关系文学观的继承和发展。

杨万里是和陆游一样从江西诗派中脱出来而独自成家的另一位重诗人和文学理论批评家。杨万里(1127—1206),字廷秀,号诚斋,吉州吉水(今江西吉水县)人。他在思想上颇受道学家的影响,其诚斋之号即从理学家提倡的"正心诚意"而来。在诗歌创作上早年也学江西诗派诗法,但他从自己的创作实践中体会到只学习前人、拘泥于格式化的法度,是没有出路的,他强调以自然景物和现实生活为法,不再跟在古人脚后亦步亦趋,大胆地甩掉了"夺胎换骨"、"点铁成金"的束缚,致力于清新活泼、生动自然的诗歌创作,从而形成了具有独特风格的"诚斋体"。杨万里在诗歌理论批评上竭力提倡独创,师法自然,以无法为法。他在《跋徐恭仲省乾近诗》中说:"传派传宗我替羞,作家各自一风流。黄陈篱下休安脚,陶谢行前更出头。"他不赞成从学习古人创作中去化腐朽为神奇,而要求能超出古人而创造自己独特的艺术风格。所以他说:

"道子之画,鲁公之字,子美之诗,盖兼百家而无百家,旷千载而备千载者也。"(《罗德礼补注汉书序》)他和陆游都主张从现实生活中去寻找诗歌创作源泉,不过陆游偏重在与国家、民族存亡休戚相关的重大社会内容,而杨万里则侧重在清新秀丽的自然山水景物和富有生活气息的普通悲欢际遇。他说:"城里哦诗枉断髭,山中物物是诗题。欲将数句了天竺,天竺前头更有诗。"(《寒食雨中同舍约游天竺得十六绝句呈陆务观》)"山思江情不负伊,雨姿晴态总成奇。闭门觅句非诗法,只是征行自有诗。"(《下横山滩头望金华山》)"春花秋月冬冰雪,不听陈言只听天。"(《读张文潜诗》)"不是风烟好,何缘句子新。"(《过池阳舟中望九华山》)"江山岂无意,邀我觅新诗。"(《丰山小憩》)杨万里深深地感到他之所以能写出许多清新活泼的诗作,都是江山、风烟、征行、"春花秋月冬冰雪"为之提供的诗题,而并非自己"闭门觅句"、"哦诗断髭"而得来。能以自然为师,就有取之不尽、用之不竭的极其丰富的创作源泉,因此,自然也就没有什么成法可据,必然只能是以无法为法,其《酬阁皂山碧崖道士甘叔怀》中说:"问侬佳句如何法,无法无盂也没衣。"他已经相当彻底地抛弃了江西诗法,开辟了一条诗歌创作的新路。

  从师法自然、以无法为法的创作思想出发,杨万里认为诗歌艺术美主要在超乎词、意之外的涵泳不尽的"风味"上,为此他提出了著名的"去词"、"去意"论,《颐庵诗稿序》云:"夫诗,何为者也?尚其词而已矣。曰:'善诗者去词。''然则尚其意而已矣。'曰:'善诗者去意。''然则去词去意,则诗安在乎?'曰:'去词去意,而诗有在矣。'"诗歌无非词与意,然而杨万里认为好诗必须去词去意,而后方有真正的诗味在。他以食糖与苦荼的不同特点作比喻,食糖是先甜而后酸,而苦荼则是先苦而后甜,而诗正像苦荼一样,要使人感到越吟越有味,越读越想读,看似枯槁实丰腴,看似平淡实绮丽,如他在《施少才蓬户甲藁后序》中所说:"吾读其文,槁乎其无文也,又取读之,则低乎其有文矣。读其诗,杳乎其无诗也,又取读之,则琅乎其有诗矣。"这样的诗含有无穷意趣,能起到余音绕梁,三日不绝的效果。所谓"去词"、"去意",即是要不拘泥于词和意,而要重在创造具有含蓄不尽、超绝言象的深远意境。他的"去词"、"去意"论,正是对司空图的味在"咸酸之外"和"象外之象,景外之景"论的继承和发展。其《习斋论语讲义序》说:"读书必知味外之味,不知味外之味而曰'我能读书'者,否也。"他在《诚斋诗话》中也一再说到诗歌创作必须有言外之意、味外之味,方为至妙之作。他说:"诗已尽而味方永,乃善之善也。"并举杜甫诗"明年此会知谁健,醉把茱萸仔细看"等为例来加以说明,杨万里在《江西宗派诗序》中所提出的"以味不以形"的诗论标准是和"去词"、"去意"论紧密相关的,实际上是从诗歌创作的形神关系上进一步发挥了其"去词"、"去意"论。

第二节　严羽的《沧浪诗话》

严羽的《沧浪诗话》是中国古代最重要的一部诗话著作，它有系统的理论主张，特别是提倡以禅喻诗、强调"别材""别趣"、以"妙悟"和"兴趣"为中心、师法盛唐的诗学思想，涉及诗歌美学中的一些重大理论问题，曾对元明清三代的文学理论批评乃至绘画等艺术理论批评，产生了极为深远的影响。严羽，字丹丘，一字仪卿，福建邵武人，自号沧浪逋客，其确切生卒年不详，大约生于南宋绍熙年间，死于嘉熙末至淳祐初。严羽本是一个有雄心壮志、有理想抱负的人，也非常关心处在民族危亡之秋的南宋社会现实，只是在当时那种是非颠倒、腐朽黑暗的社会条件下，不愿和污浊同流，不得不隐居避世。他一生充满了郁郁不得志的感伤心情，先曾避乱江楚，后又漫游吴越，在当时是一位颇有爱国思想和民族感情的诗人，在《沧浪吟卷》中有不少愤激感时的诗作，忧国伤时之心，溢于言表。因此，他的诗歌理论特别强调学习盛唐、学习李杜，希望从诗歌中体现一个繁荣富强祖国的风貌和气派。他的《沧浪诗话》虽然编成并冠以《沧浪诗话》之名是他死以后，但其主要部分在他生前已经流传，它在宋人诗话中确有鹤立鸡群之姿，构成一完整的理论体系，下面分别介绍其主要论点。

一、论"别材"、"别趣"

严羽的《沧浪诗话》从表面上看似乎主要是讲诗与禅的关系，其实他的诗论中心是在探讨宋代诗歌创作和理论批评中存在的主要问题，并提出如何解决的方法和途径。宋代的诗歌创作和理论批评自苏轼以后，黄庭坚和江西诗派的理论和创作几乎主宰了整个诗坛。严羽《沧浪诗话》中所提出的一系列理论观点都是针对江西诗派弊病的。他在《答出继叔临安吴景仙书》中说："仆之《诗辨》，乃断千百年公案，诚惊世绝俗之谈，至当归一之论。其间说江西诗病，真取心肝刽子手。"因此我们要研究严羽的诗论，必须对宋代诗歌创作和理论批评发展状况及其主要问题，特别是江西诗派的功过有一个正确的理解和分析。宋诗发展走出了自己的新路，运用古文创作的方法来写诗，细腻流畅而富有理趣，议论深邃而饶有兴味，形成了别具一格的散文化特点。然而，古文所包含的范围十分广泛，文学和非文学的界限很不容易分清楚，因此也造成了文学观念上的混乱，所以散文化在另一方面又容易使人忽略诗歌艺术的审美特性，把它变成押韵的文章，以大段的议论代替生动的形象，以枯燥的说理代替感人的抒情，以典故的堆砌代替幽美的意境，以险僻的文辞和烦琐的声律代替逼真自然、如在目前的情景描写，以抽象的理论思维代替具体的艺术思维。这样，就会走上违背艺术本身规律的错误创作道路。这在苏轼、黄庭坚诗歌创作中已经有所表现，但并没有成为很严重的问题，尤其是苏轼并没有因为散文化而忽略了诗歌艺术本身特殊规律。黄庭坚和苏轼之重自然天成很不相同，代表了讲究文字雕琢、典故堆砌的另一种创作倾向，但他在创作中也还是比较注意诗歌艺术美的。可是他们的后学特别是以黄庭坚为宗师的江西诗派，则片面地发展了这种创作风气，使宋诗的散文化逐渐走向它的反面，以说理、议论、用事、押韵为工，而不重视意象之精妙和意境之深远，这不能不说是诗歌发展中的一个危机。故严羽在《沧浪诗话》中说："本朝人尚理而病于意兴。"特别是在《诗辨》中，他指出："近代诸公乃作奇特解会，遂以文字为诗，以才学为诗，以议论为诗。夫岂不工，终非古人之诗也。盖于一唱三叹之音，有所歉焉。且其作多务使事，不问兴致；用字必有来历，押韵必有出处，读之反复终篇，不知着到何在。其末流甚者，叫噪怒张，殊乖忠厚之风，殆以骂詈为诗。诗而至此，可谓一厄也。"对宋诗创作中所存在的这个问题，明清的许多诗学家也有过许多类似评述，例如李东阳在《怀麓堂诗话》中说："宋人于诗无所得。所谓法者，不过一字一句对偶雕琢之工，而天真兴致，则未可与道。"何景明在《汉魏诗序》中说："宋诗言理。"胡应麟《诗薮》中说："禅家戒事理二障，余戏谓宋人诗，病政坐此。苏、黄好用事，而为事使事障也；程邵好谈理，而为理缚理障也。"清人吴乔《围炉诗话》引《诗法源流》云："唐人以诗为诗，宋人以文为诗；唐诗主于达性情，故于三百篇近，宋诗主于议论，故于三百篇远。"他们中有的人虽有偏爱唐诗之嫌，但就其评论内容说是基本符合实际的。江西诗派是宋诗中这种违反诗歌艺术规律的主要代表，从南宋开始虽然也有一些诗人和诗歌理论批评家对江西诗派提出批评，但都没有能改变江西诗派的主导地位，如朱竹垞在《裘司直集序》中所说："宋自汴梁南渡，学者多以黄鲁直为宗。……终宋之世，诗集流传于今者，惟江西最盛。"

严羽的"别材"、"别趣"说，正是针对宋诗的这种弊病而提出来的。他说：

> 诗有别材，非关书也；诗有别趣，非关理也。然非多读书，多穷理，则不能极其致。所谓不涉理路，不落言筌者，上也。诗者，吟咏情性也。盛唐诸人惟在兴趣，羚羊挂角，无迹可求。故其妙处，透彻玲珑，不可凑泊，如空中之音，相中之色，水中之月，镜中之象，言有尽而意无穷。

"别材"、"别趣"说是严羽整个诗学理论的基本出发点。"别材"之"材"，与"才"通，即是"才能"之意，指诗歌创作要有特别的才能，不是只靠书本学问就能写好诗的。诗人又不同于学者，学者不一定都能成为诗人。宋人往往不懂得这一点，遂以议论、才学、文字为诗。严羽说："孟襄阳学力下韩退之远甚，而其诗独出退之之上者,一味妙悟而已。"这就是"诗有别材,非关书也"的典型例子。"别趣",是讲诗歌有特别的趣味,不是发发议论、讲讲道理就可以成为诗歌的。这是指诗歌必须要有美的形象,感发人的意志,激动人的感情,能引起人的审美趣味,而不能只有干巴巴的议论和枯燥无味的说理,这正是针对"以议论为诗"而提出来的。严羽并没有否定"书"和"理",也更不是说诗人可以不需要"书"和"理",他紧接着就说:"然非多读书、多穷理,则不能极其至。"(《诗人玉屑》引作:"而古人未尝不读书,不穷理。")多读书即是要有广博的学问,多穷理即是要通晓人情物理,但是这仅仅是诗人自我修养的必要条件,并不能以此来代替诗歌创作。这里涉及诗和学的关系、诗和理的关系两个重要问题。诗和学的关系早在六朝就已经提出,它是中国古代文学思想发展上的一个重要理论问题。严羽并没有废学的意思,清人沈德潜在《说诗晬语》中说:"严仪卿有'诗有别才,非关学也'之说,谓神明妙悟,不专学问,非教人废学也。"许多人对严羽的责备,只不过是表现了他们对诗的无知而已。以学代诗现象的一再出现,也是和中国古代文学观念上的混乱有关系的,许多人分不清广义的文章中哪些是文学,哪些不是文学,不了解非文学的文章和文学作品在创作上的原则区别,于是就用写非文学文章的方法来写诗,错误地认为只要有了学问就能写好诗了。诗和理的关系也是如此,也是中国文学思想发展早就存在的问题。六朝时玄言诗的缺点即是在没有处理好诗和理的关系。严羽并不否定诗中要有"理",但是他认为"理"不能以抽象的、概念形式出现,而应当隐含于"意兴"之中。他在《沧浪诗话·诗评》中曾说:"诗有词理意兴。南朝人尚词而病于理;本朝人尚理而病于意兴;唐人尚意兴而理在其中;汉魏之诗,词理意兴,无迹可求。"这里所说词、理、意兴的关系,实际上就是语言、思想、形象的关系。"意兴"即是"别趣"的所在,是感情激荡时出现的现象,是指诗歌审美意象所具有的感发人的情志、激起人的审美趣味的特征。文学创作应该以形象塑造为中心,以抒发感情为目的,寓理于其中,而以语言为表达手段,要像唐朝人那样以"吟咏情性"为主,"尚意兴而理在其中"。严羽所说"不涉理路,不落言筌",其目的在反对宋人以说理为诗,以文字为诗,把诗变成押韵文章,甚至成为文字游戏,以致抹杀了诗歌的缘情本质。由于他对宋诗创作中违背艺术规律的倾向感到深恶痛绝,所以话说得过头了一些,如果从文学不应当用抽象的理论思维来创作,"不涉理路"是正确的。但是从一般文学创作过程来说,实际上并不是完全"不涉理路"的,像杜甫的《北征》、《赴奉先咏怀五百字》等,都有一些理性思维的内容直接表现在诗句中,也有不少议论,但正如清人沈德潜所说,其议论"带情韵以行",并不影响它总体的审美形象。至于说"不落言筌",则是强调诗歌要不拘泥于语言文字,而富有言外之意,并不是不要语言文字。

严羽把诗歌艺术特点归纳为"兴趣"二字,他最佩服的盛唐诗人之所以不可及,就在于他们"惟在兴趣"。关于"兴趣",严羽《沧浪诗话》中有三种提法:一是兴趣,说"盛唐诸人惟在兴趣";二是兴致,说"近代诸公""多务使事,不问兴致";三是意兴,说"唐人尚意兴而理在其中"。这兴趣、兴致、意兴三者基本意思是一样的,只是用在不同的地方其含意略有侧重而已:兴趣侧重趣,兴致侧重兴,意兴侧重意象(意)。讲诗歌的"兴"有很悠久的历史,孔子讲诗"可以兴",朱熹释"兴"为"感发意志",又释为"托物兴辞",指诗歌由托物兴辞而构成的审美意象,能使人产生精神振奋、情绪激动的效果,说的是诗歌的审美作用。汉儒讲"六义",把"兴"作为诗歌的一种具体艺术表现方法,角度和含义均有所不同。但是在中国文学理论批评史上一直存在着一种与经生家不同的诗学家的解释,他们把"兴"看做诗歌的基本艺术特征,如钟嵘说"兴"是"文已尽而意有余",王昌龄《诗格》中也非常重视"兴",认为"自古文章,起于无作,兴于自然"。诗歌必待"兴发意生",始可创作,并要看前人佳作以"发兴"。杜甫等许多诗人和诗学理论批评家所讲的"诗兴"或"感兴",都是指有感于外物而产生的创作冲动和灵感不可遏止的勃发。皎然在《诗式》中说:"兴即象下之意。"严羽说的"兴"和他以及前的诗学家们所讲的"兴"是一致的,正是指诗歌美学特征,"不问兴致"就是不重视诗歌美学特征,所以他说重在"兴趣"的诗歌"言有尽而意无穷"。诗歌的"趣"也不是严羽最早提出的,刘勰《文心雕龙》中论"趣"就有15处之多,如"风趣刚柔,宁或改其气"(《体性》);"斯固情趣之指归"(《章句》);"万趣会文,不离辞情"(《熔裁》);"应物制巧,随变生趣"(《章表》);"故陈思称:扬马之作,趣幽旨深"(《练字》);"反对者,理殊趣合者也"(《丽辞》),可知刘勰所说的"趣"是与"理"、"旨"相对,产生于文学形象之中而蕴涵于情辞之内,并与作家的个性、气质有密切关系的,它正是指文学作品所蕴涵的审美趣味。钟嵘《诗品》中论诗中之趣时说阮籍"厥旨渊放,归趣难求",郭璞"乃是坎壈咏怀,非列仙之趣也",谢瞻等"殊得风流媚趣",这和他所强调的诗歌的味是差不多的,有趣乃有味。唐代论诗趣者亦不少,空海《文镜秘府论》南卷讲"断辞趣理,微而能显"(或疑系引刘善经《四声指归》文),皎然《诗议》中云:"状飞动之趣,写真奥之思。"(《文镜秘府论》引为"状飞动之句")托名王昌龄的《诗中密旨》论诗有三格:"一曰得趣,二曰得理,三曰得势。"并解释"得趣"云:"谓理得其趣,咏物如合砌,为之上也。"司空图《与王驾评诗书》中说:"右丞苏州趣味澄夐,若清沇之贯达。"司空图诗论对严羽的影响是很明显的,他所说的"趣味"和严羽的"兴趣"是一致的。兴侧重于从作者的角度说,"趣"侧重于从读者的角度说,都是指诗歌审美特性,说"兴趣"意思就更全面了。"意兴"的说法也是唐代就出现了的,《文镜秘府论》所引王昌龄《诗格》说:"凡诗,物色兼意兴为好,若有物色,无意兴,虽巧亦无处用之。"又说:"诗有平(王利器谓当作'凭')意兴来作者,'愿子励风规,归来振羽仪。嗟余今老病,此别恐长辞。'盖无比兴,一时之能也。"这两处"意兴"都是指诗人有所感触而萌发的具体的情意状态,它必须是和物象联系在一起的,所引徐陵的诗虽无景物,但是属于情中景一类,并不是抽象的理性的概念。"意兴"有突发性、偶然性,具有直觉思维的特点,它不是理念的产物,而是直观的产物。严羽的"意兴"也是这个意思,尚"意兴"则理自然寓于其中,这样的诗就有"兴趣"。

由于"惟在兴趣",所以诗歌就有含蓄深远、韵味无穷的意境。严羽对这种意境艺术特征的描绘即是:"羚羊挂角,无迹可求","透彻玲珑,不可凑泊"。据说羚羊晚上睡觉时,角挂在树上缩成一团,最灵敏的猎狗也闻不到其气味,无法找到它的踪迹,借此说明这种意境精彩绝伦而又浑然天成,没有任何人工痕迹,并具有朦朦胧胧之美,"如空中之音,相中之色,水中之月,镜中之象,言有尽而意无穷"。空中之音,若闻若寂,相中之色,似见似灭,水中之月,非有非无,镜中之象,亦存亦亡。这和司空图引戴叔伦的话,"蓝田日暖,良玉生烟,可望而不可置于眉睫之前",确是非常相似的。意境具有虚实结合的特点,它若有若无,似虚似实,象外有象,景外有景,让人感到有无穷的言外之意、韵外之致、味外之旨。严羽这种对意境的形象描绘,并不是直接受司空图影响而来,他这种比喻大半是从佛学,特别是禅宗那里来的。《说无垢称经·声闻品》云:"一切法性皆虚妄见,如梦如焰;所起影象,如水中月,如镜中象。"《师友诗传续录》载王士禛曾经说:"严仪卿所谓如镜中花,如水中月,如水中盐味,如羚羊挂角,无迹可求,皆以禅理喻诗,内典所云不即不离,不黏不脱,曹洞宗所云参活句是也。"但他对意境美学特征的认识和体会,则确实与司空图有异曲同工之妙,这是不可否认的事实。

二、论"妙悟"

诗歌是以"兴趣"为其特点的,而"兴趣"是不能靠知识学问来获得的,它要靠"妙悟"来领会和掌握。"妙悟"本是佛学术语,尤为禅宗所重,指对佛法的心解和觉悟,而严羽则是"借禅以为喻",以"定诗之宗旨",其所谓"妙悟"是针对"兴趣"而说的。他说:"论诗如论禅","大抵禅道惟在妙悟,诗道亦在妙悟"。在《答出继叔临安吴景仙书》中他也说:"以禅喻诗,莫此亲切。是自家实证实悟者,是自家闭门凿破此片田地,即非傍人篱壁、拾人涕唾得来者。"他感到以禅喻诗最能说明诗的特点,因此他是为了论诗才说禅,而不是为了论禅而说诗,所以当吴景仙向他提出"说禅非文人儒者之言"时,他回答说:"本意但欲说得诗透彻,初无意于是为文,其合文人儒者之言与否,不问也。"为什么严羽会认为以禅喻诗最为亲切、最能说明问题呢?这需要从"妙悟"的佛学含义说起,丁福保《佛学大辞典》释为"殊妙之觉悟"。禅宗的妙悟,其特点是以心传心,是不可言喻的,只能自己心里去体会,如人喝水,冷暖自知,谁也不可能说清楚。例如《五灯会元·释迦牟尼佛》条记载:"世尊(释迦牟尼)在灵山会上,拈花示众。是时众皆默然,唯迦叶尊者破颜微笑。世尊曰:'吾有正法眼藏,涅槃妙心,实相无相,微妙法门,不立文字,教外别传,付属摩诃迦叶。'"摩诃迦叶即禅宗初祖。自五祖弘忍后分南北二宗,南宗讲顿悟,北宗讲渐悟。六祖惠能后,南宗影响愈来愈大,北宗则逐渐销匿。顿悟则即心即佛,实相无相,不缘文字,其妙无穷。严羽认为诗歌艺术之奥秘,既非语言所能表达清楚,亦非理论所可阐说明白,必须"自家实证实悟","凿破此片田地",从大量上乘佳作中,凭借内在的直觉思维,从内心去感受和体验,方能默会艺术三昧,领略其间奥秘。这就是诗家的妙悟,它和禅家的妙悟,又是何等相似!由此可见,严羽以妙悟论诗,其实质是在强调诗歌艺术有自己特殊的特点,从主体对客体的关系、心对物关系上说,它不是理性的认识,而是直感的默契。正是从这一点上说,以禅喻诗,而同归妙悟,确是"莫此亲切"!

  严羽认为对于诗家来说,妙悟是高于一切的,因为艺术家必须懂得艺术的特殊规律,诗人必须深谙诗家之三昧,所以他说:"惟悟乃为当行,乃为本色。"诗人要以把握诗歌的美学特征作为自己最主要的目的,善于熟练驾驭各种艺术表现方法,故自然要以妙悟为"当行"、为"本色"。把领会诗歌艺术的特殊性作为诗人创作最重要的条件,在理论上提得如此明确,强调得如此突出,这在严羽以前还没有过。严羽还认为对诗家三昧的领会,各人有程度深浅的差别,诗歌创作实践方面也有水平高下之区分,因而悟也有透彻之悟和一知半解之悟的不同。诗家之悟是与学习前人作品有关系的,前人作品则又有第一义与第二义之别,第一义之作是指那些艺术水平最高、体现诗歌的美学特征最为突出的优秀作品,第二义之作是指那些总体水平不错,但有明显毛病,不堪为学者之榜样,故非学诗之正门大道。由第一义之作悟入,称为第一义之悟;由第二义之作悟入,则称为第二义之悟。由第一义悟入,可以达到透彻之悟,从这个意义上讲,第一义之悟与透彻之悟是一致的。但是第一义之悟也可以是一知半解之悟,这是和学诗者本人的悟性有密切关系的。不过,由第一义悟入即使达不到透彻之悟,终究比第二义之悟要好,不会走入邪门歪道,所谓"虽学之不至,亦不失正路"。如果从第二义悟入,则因为"路头一差",就要"愈骛愈远",不但达不到透彻之悟,甚至连一知半解之悟也不一定能达到,可能会变成"野狐外道"。严羽所重还是在透彻之悟,由此而强调第一义之悟的重要性,明代前后七子只讲第一义之悟,而忽略了严羽的最终目的是在透彻之悟,因而陷入因袭模拟,故其创作不能达到上乘水平,也无法进入透彻之悟的境界。

以禅喻诗,讲究悟入,并非始于严羽,而有相当久远的历史。诗与禅的联系开始于唐代,随着禅宗的发展,许多诗人都学禅,特别是王维在他的许多山水田园诗中,善于将禅意融入诗心,使诗境与禅境合一,故其诗歌更加含蓄深远、余味无穷。中唐皎然、灵澈、权德舆、刘禹锡等人论诗歌意境,均与禅境紧密相连。宋代禅宗有了更大发展,文人学禅更为普遍,例如苏轼、黄庭坚均为禅宗居士,并被列入禅宗法嗣。诗与禅的结合在理论和创作中,都有了极大的发展,以禅悟论诗也相当普遍了。然而,宋代的诗禅说从一开始就有两种不完全相同的倾向。这可以苏轼和黄庭坚在禅悟与诗歌创作关系理解上的差别为代表来说明。苏轼以禅悟说诗重在对自然天成、超脱空灵的诗歌意境之妙悟,对具有味外之味、象外之象、景外之景的诗歌意境之领会,如《夜直玉堂携李之仪端叔诗百余首读至夜半书其后》中所说"暂借好诗销永夜,每逢佳处辄参禅";而黄庭坚禅悟说则侧重在对诗法,包括章法、句法、字法、律法等的妙悟,对"夺胎换骨"、"点铁成金"的领会。如其《奉答谢公定与荣子邕论狄元规孙少述诗长韵》云:"无人知句法,秋月自澄江。"秋月澄江即是指禅悟而言,可见其禅悟的目的在领会句法之妙。故苏、黄之后论诗禅关系者,虽也都讲悟,但角度不大一样,有偏向苏的,也有偏向黄的。例如吴可比较接近苏轼,其《学诗诗》云:"学诗浑似学参禅,竹榻蒲团不记年。直待自家都了得,等闲拈出便超然。"此言熟参诸家诗后则自然悟入,而后作诗则头头是道,信手写出,即便超妙。至其所言"跳出少陵窠臼外,丈夫志气本冲天","春草池塘一句子,惊天动地至今传",则更表明其与黄庭坚之不同,而与苏轼之重在妙悟自然天成意境,十分相似。江西诗派诗人之论悟,大都受黄庭坚影响,重在学习前人法度,深入体会"夺胎换骨""点铁成金"之妙,但从北宋末年、南宋初年开始,如韩驹、吕本中等都同时兼取苏轼论悟的意思,都比较活。虽然他们论悟、讲"活法"并没有离开江西诗法,但由"活法"的通路可以突破江西诗法,而与苏轼的思想靠拢。这可以从曾几的《读吕居仁旧诗有怀诗》看得很清楚:

> 学诗如参禅,慎勿参死句。纵横无不可,乃在欢喜处。又如学仙子,辛苦终不遇,忽然毛骨换,政用口诀故。居仁说活法,大意欲人悟,常言古作者,一一从此路。岂惟如是说,实亦造佳处,其圆如金弹,所向若脱兔。风吹春空云,顷刻多态度。锵然奏琴筑,间以八珍具。

曾几虽然也讲"用口诀"、"毛骨换",但他所谓"勿参死句"、"纵横"自在、"圆如金弹"、"所向脱兔"等,则不仅与苏轼之"行云流水"、"兔起鹘落"十分接近,而且与严羽的思想也相差无几了。严羽的诗禅说和他以前的诗禅说相比,有明显的历史继承关系,但也有较大的不同。这主要表现在以下两个方面:首先,严羽的诗禅说是非常明确、非常自觉地从反对"江西诗病"的角度提出来的,是为了说明诗歌艺术的美学特征,所以他所说的悟与江西诗派的悟是不同的、甚至对立的。他"妙悟"的对象是诗歌艺术特有的、和一般非文学文章不同的"兴趣"。其次,严羽诗禅说有比较完整的理论体系,它以妙悟为中心分别阐述了"识"、"第一义"、"顿门"、"透彻之悟"、"镜花水月"等五个互相联系、又逐步深入的基本要点。"识",不是指一般的理性认识,它在佛学中是指内心对外境的判别,丁福保说:"心对于境的了别,名为识。"这种佛学的"识"带有形象性和直观性,用它来论诗符合诗歌的艺术特性,因为诗歌创作不能只靠理性认识,还要依赖于直觉感受的能力。对诗歌艺术高水平的鉴赏能力,要靠认真学习优秀诗人作品来培养,必须"熟参"第一义之作,方能有"真识"。因此初学诗时"入门须正,立志须高",这一点非常重要,如不从第一义悟入,就会有"下劣诗魔入其肺腑之间",乃至"愈骛愈远",如能以"汉魏晋盛唐为师",则"久之自然悟入",这就叫作"直截根源",也就是"顿门"。这样的悟才是"透彻之悟",而不是"一知半解之悟"。所以,严羽的诗禅说比他以前各家之诗禅说,是大大地高出一头的,在理论上也都要深刻得多,系统得多。它对后世之所以会有如此巨大的影响,绝不是偶然的。

三、论"以盛唐为法"

严羽重在兴趣,以妙悟言诗,其最终落脚点是在"以盛唐为法"。他在《诗辨》中认为盛唐诸公乃是"大乘正法眼者",而当时"正法眼之无传久矣",此实乃"诗道之重不幸",为了彻底改变这种状况,他才"借禅以为喻,推原汉魏以来,而截然谓当以盛唐为法"。严羽认为盛唐诗歌是体现这种"兴趣"的最突出典型,所以说"盛唐诸公,惟在兴趣",盛唐诗的高超艺术成就,构成了具有自己鲜明特色的"盛唐气象"。严羽在其《诗评》中说:"唐人与本朝人诗,未论工拙,直是气象不同。"在《答吴景仙书》中又说:"盛唐诸公之诗,如颜鲁公书,既笔力雄壮,又气象浑厚。"由于严羽竭力提倡,"盛唐气象"遂成为与"建安风骨"并驾齐驱,甚至超过"建安风骨"而名扬后世的诗歌史上最重要艺术现象。那么,严羽所理解的盛唐诗歌的艺术特色是什么呢?也就是说,盛唐气象的主要内容又是什么呢?这可以联系严羽《沧浪诗话》中的《诗法》、《诗评》来研究。《诗法》是讲诗歌创作的,它是从怎样才能创作出具有盛唐诗艺术特色的作品角度提出来的。《诗评》是按照是否合乎盛唐诗艺术特色的标准来评价历代诗人及其作品的。严羽认为盛唐诗歌之所以不可及,正在于它有镜花水月般的、富有"兴趣"的、"言有尽而意无穷"的诗歌意境,故谓"尚意兴而理在其中",恰如清人翁方纲《石洲诗话》所说:"盛唐诸公,全在境象超诣。"盛唐这种诗歌意境在严羽看来,至少包含着下面几个主要的艺术特征,而这些同时也是严羽对诗歌创作的要求:

第一,有浑然一体的整体意象美。所谓"羚羊挂角,无迹可求",即对浑然一体的形象描绘,故他在《答出继叔临安吴景仙书》中特别提出"健"、"浑"两字差别问题:"又谓(指吴景仙):盛唐之诗,雄深雅健。仆谓此四字,但可评文,于诗则用健字不得。不若《诗辨》雄浑悲壮之语,为得诗之体也。毫厘之差,不可不辨。坡谷诸公之诗,如米元章之字,虽笔力劲健,终有子路事夫子时气象。盛唐诸公之诗,如颜鲁公书,既笔力雄壮,又气象浑厚,其不同如此。只此一字,便见吾叔脚根未点地处也。"他认为这个"浑"是盛唐诗的最基本艺术特色之一,故《诗评》中说:"李杜数公,如金翅擘海,香象过河。"这正是雄壮、浑厚之意。所以他赞扬古诗是"气象混沌,不可句摘",建安诗是"全在气象,不可寻枝摘叶"。因为注重浑然一体的美,所以他既反对"寻枝摘叶",也反对添枝加叶。

第二,有韵味深长的朦胧含蓄美。严羽认为盛唐诸公之诗由于"尚意兴",故含蓄蕴藉、韵远味深,有无穷无尽的言外之意。为此,他在《诗法》中论诗歌创作,要求"语忌直,意忌浅,脉忌露,味忌短"。语忌直者,是指诗歌语言要委婉,意思不可直白说出。意忌浅者,是指诗歌含意要深远,不可流于浮浅。脉忌露者,是指诗歌表达要凝练而具有跳跃性,可以省去许多中间环节,使意义脉络较为隐蔽,而不显露在外。味忌短者,即是指诗歌要有味外之味,韵外之致。他还说诗歌创作"不必太着题,不必多使事",以便情味隽永,而发人深省。这正是他从盛唐诗歌中总结出来的艺术经验。他特别推崇阮籍,说"黄初之后,惟阮籍《咏怀》之作,极为高古,有建安风骨",是和阮籍的诗作十分含蓄,"言在耳目之内,情寄八荒之表"(钟嵘《诗品》),有密切关系的。后来,王士禛在《师友诗传续录》中说:"唐诗主情,故多蕴藉;宋诗主气,故多径露。"即是承严羽而来。

第三,有不落痕迹的自然化工美。严羽论盛唐诗歌"透彻玲珑,不可凑泊"的意境,就体现了天生化成而无任何人为造作痕迹的特点。他又说:"盛唐人,有似粗而非粗处,有似拙而非拙处。"这就是合乎自然的一种表现。严羽评李白诗云:"观太白诗者,要识真太白处。太白天才豪逸,语多卒然而成者。学者于每篇中,要识其安身立命处可也。"他又说李白的诗是"天仙之词","人言太白仙才",这都是强调李白诗的自然天成之美。所以他说"和韵最害人诗",把诗歌变成文字游戏,必然会使其丧失自然真美。他评六朝诗人,说"陆士衡独在诸公之下",其原因即在于陆机之诗雕缋绮错,少自然之趣,无直致之奇。他又说"颜不如鲍,鲍不如谢",是因为颜延之诗"镂金错彩"、堆砌典故,而鲍照之诗"雕藻淫艳,倾炫心魂"(萧子显《南齐书·文学传论》),都不如谢灵诗运清新自然,有"芙蓉出水"之美。

第四,有抑扬顿挫的诗歌格律美。严羽之推崇盛唐诗歌,其重要原因之一是近体律诗的成熟和完备。他在《诗辨》中说道"截然谓当以盛唐为法"下,曾加有小注云:"后舍汉魏而独言盛唐者,谓古律之体备也。"说明在他看来,近体诗的严密格律是构成"盛唐气象"的重要因素之一。严羽说:"孟浩然之诗,讽咏之久,有金石宫商之声。"盛唐诗的声律美具有自然和谐的特点,它既有严密的格律,但又不死守格律,拘限声病,因而抑扬顿挫、铿锵有力,流畅而不塞碍。所以严羽对沈约等人的四声八病有很尖锐的批评,他说:"作诗正不必拘此,弊法不足据也。"他反对格律过于细密而影响思想内容的表达和艺术形式的自然,认为必要的时候可以打破格律的限制。

对于严羽之提倡学习盛唐,历来研究者有过许多不同的解释:或谓纠正江西诗派之学杜而不得其法;或谓反对江湖、四灵之提倡学晚唐贾岛、姚合、许浑;或谓与南宋后期的政治形势有关,体现了严羽的爱国主义思想。这些都有一定道理,然而最根本的原因是在严羽论诗以"兴趣"为主,而盛唐诗是最重"兴趣"的,江西诗派则以学问、道理代替"兴趣",江湖四灵虽反江西诗派,然晚唐贾岛姚合等则偏向于苦吟、怪异,更非诗之正路,离"兴趣"颇远,故严羽提出"截然谓当以盛唐为法",是以"兴趣"言诗的具体途径,目的是在强调诗歌艺术的美学特征。严羽的"以盛唐为法",确有它识见超人的一面,因为盛唐诗歌确实达到了中国古典诗歌艺术的高峰,成为后代难以企及典范,然而严羽诗论的致命弱点也正在这里,他把诗歌创作的源泉完全归之于学习古人,而忽略了效法自然、向现实生活学习的主要方面,因而他并不能从根本上破除江西诗派在古人作品中求生计、找出路的弊病,就这一点说还不如陆游、杨万里之能看出江西诗派的要害所在,当然也就更赶不上苏轼之清醒与识见之卓越了。不过严羽诗论自有他自己的巨大历史贡献,又是苏、陆、杨等人所不及的,这需要我们从中国古代文学理论批评的历史发展中去考察。

第三节 宋代的词论

词的创作是从唐代开始出现的,经过晚唐五代的发展,到宋代形成了繁荣兴旺的高潮,于是,词学理论也开始发展起来。北宋的词论起初都是一些比较零散的论述,其中心是围绕婉约、豪放两派的争论而展开的。反映北宋前期婉约派词论观点的是晏几道为其词汇集《乐府补亡集》(即《小山词》)写的自序,他说自己"往者浮沉酒中,疾世之歌词不足以析酲解愠,试续南部诸贤绪余作五、七字语,期以自娱。不独叙其所怀,兼写一时杯酒间闻见所同游者意中事",无非是以此作为歌儿舞女伴唱之用,达到"娱宾遣兴"的目的。而苏轼的某些有关词的论述则多少体现了豪放派的观点,他认为词在本质上是和诗一样的。其《祭张子野文》云:"微词婉转,盖诗之裔。"又《与蔡景繁书》云:"颁示新词,此古人长短句诗也。"在他看来,词和诗的不同主要是:词采用长短句的形式和配乐而歌唱,它在内容上与诗并无区别。他不喜欢以柳永为代表的婉约派词,而喜欢豪放壮阔的词。在《与鲜于子骏》书中说:"近却颇作小词,虽无柳七郎风味,亦自是一家。呵呵。数日前猎于郊外,所获颇多,作得一阕,令东州壮士抵掌顿足而歌之,吹笛击鼓以为节,颇壮观也。"他对秦观写的词有学柳永的倾向很不满意。苏轼对豪放派词的推崇和对婉约派词的批评,自然也就引起了维护词的传统创作方法者之不满。例如,陈师道就曾说:"退之以文为诗,子瞻以诗为词,如教坊雷大使之舞,虽极天下之工,要非本色。今代词手,惟柳七黄九尔,唐诸人不迨也。"(《后山诗话》)《苕溪渔隐丛话后集》引《复斋漫录》所载晁补之论苏、黄词云:"东坡词,人谓多不谐音律,然居士词横放杰出,自是曲中缚不住者。黄鲁直间作小词,固高妙,然不是当家语,自是着腔子唱好诗。"晁补之对苏词还是肯定的,并认为它的不谐音律也是可以原谅的。而对黄庭坚则多批评之意,总的说也还是以为词自有其本身特点,与诗是不一样的,而严格的音律则是词的必要条件。北宋这两种对立的词学观点,从表面上看是婉约和豪放两派之争,而实际上是对词不同于其他文学形式之特点有不同的看法。苏轼认为词和诗没有什么大区别,只不过在字句形式上有一定规则而已,苏轼并不是不重视声律,也懂得词是配乐而唱的,但认为不应为了声律而妨碍内容的表达和感情的抒发。而婉约派词学家则认为词在内容和形式上都有与诗不同的特点,不能用写诗的方法来写词,词有自己的"本色"和"当家语"。这一方面最有代表性的是李清照的《词论》。

李清照(1084—?),号易安居士,李格非之女,赵明诚之妻。李清照是中国古代一位杰出的女词人,她的《词论》是一篇很有名的词学论著,写于北宋末年。她在《词论》中提出词不同于诗,"别是一家",主要理由是诗词声律运用不一样:"盖诗文分平侧,而歌词分五音,又分五声,又分六律,又分清浊轻重。且如近世所谓《声声慢》、《雨中花》、《喜迁莺》,既押平声韵,又押入声韵。《玉楼春》本押平声韵,又押上去声,又押入声。本押仄声韵,如押上声则协,如押入声则不可歌矣。"对于五音、五声、清浊轻重等,李清照没有解释,五音可能指发音部位而言,如唇、齿、舌、喉、鼻等,五声当是指宫、商、角、徵、羽,六律指阳六律和阴六吕,即十二律,清轻为阳,重浊为阴。关于押韵,谓本平声则可通侧声,而不拘上去入;若本侧声,则上去入不可通。可见李清照认为词的声律要求是非常严格的,比诗的声律要复杂得多。因此她是很不赞成以写诗的方法来作词的。李清照在提出词"别是一家"的同时,还论述了词的历史发展,指出词是在开元天宝间"乐府声诗并著"的情况下产生和发展起来的。她肯定南唐二主李璟、李煜词"尚文雅",语"甚奇",但又指出是"亡国之音",故微露贬义。她赞扬柳永的词反映本朝盛况,并能"变旧声,作新声","大得称声于世",然而又说他是"虽协音律,而词语尘下",批评他低俗不雅。对张先、宋祁、宋庠、沈唐、元绛、晁端礼等,则说:"虽时时有妙语,而破碎何足名家。"她指出晏殊、欧阳修、苏轼等皆"学究天人"的大才,"作为小歌词,直如酌蠡水于大海",但认为他们的词"皆句读不葺之诗尔,又往往不协音律",又说王安石、曾巩"文章似西汉,若作一小歌词,则人必绝倒,不可读也"。他们往往以诗为词而不知词"别是一家",在音律上和诗有很大差别。后来晏几道、贺铸、秦观、黄庭坚虽知词"别是一家",可是"晏苦无铺叙,贺苦少典重,秦即专主情致,而少故实,譬如贫家美女,虽极妍丽丰逸,而终乏富贵态。黄即尚故实,而多疵病;譬如良玉有瑕,价自减半矣"。由此可知,李清照论词是以适于歌唱的严密音律和内容、文辞上的铺叙、典重、情致、故实为其审美标准的。铺叙是指词的表现方法,描写细腻,词意浑成,而又层层深入。典重是指词的风格,不纤巧,不轻佻,沉着、典雅。情致是指词的情韵风致,须含蓄深远。故实是指用事,即典故,须用得贴切、自然。这些成为婉约派词在理论上的典型代表。以往的评论者对李清照的词论颇多贬斥,但这是不够公允的。她不赞成以诗为词是为了强调词有自己的特殊性,这有一定的合理性,词作为一种新兴的文学形式,应当有不同于诗的特点。何况她并不是只反对豪放派苏轼的以诗为词,也反对欧阳修、晏殊等婉约派词人的以诗为词。至于她对词的创作提出的铺叙、典重、情致、故实四个方面,是对词的思想和艺术的要求,其中虽也体现了某些贵族妇女审美观,但也有许多纯属艺术方面的内容,对提高词的艺术水平是很有意义的。作为中国文学理论批评史上几乎是绝无仅有的一位女文学批评家,李清照表现了杰出的智慧和才华,这是十分难能可贵的。

南宋词的创作是以辛弃疾为代表的豪放派词为主流的,陆游、辛弃疾、陈亮、刘过和稍后的刘克庄、刘辰翁等都写了不少激昂慷慨的爱国主义词作,故在词的理论批评方面也以豪放派词论为多。南宋初期比较重要的有胡寅和王灼。胡寅(1098—1156),字明仲,颇有爱国思想,受到秦桧等的排挤迫害,其词论特别推崇苏轼豪放词,而不喜欢以柳永为代表的婉约词。他认为"词曲者,古乐府之末造也。古乐府者,诗之傍行也",所以词只是诗的一个分支而已。他在《题酒边词》中说:"柳耆卿后出,掩众制而尽其妙,好之者以为不可复加。及眉山苏氏,一洗绮罗香泽之态,摆脱绸缪宛转之度,使人登高望远,举首高歌,而逸怀浩气超然乎尘垢之外。于是《花间》为皂隶,而柳氏为舆台矣。"这在当时是对苏词的最高评价。王灼(1081—1160),字晦叔,号颐堂,生活在北宋末南宋初。《碧鸡漫志》自序说其书之作自乙丑(绍兴十五年,公元1145年)至己巳(绍兴十九年,公元1149年),历时约四年,共为五卷。他首先指出词实际上就是古代的乐府。对唐末五代词,他虽批评它缺乏"高韵",但肯定其"奇巧"。他对宋词的评价,值得注意的有三点:第一,他对苏轼的豪放词给予了极高的评价。他说:"东坡先生以文章余事作诗,溢而作词曲,高处出神入天,平处尚临镜笑春,不顾侪辈。"又说:"东坡先生非醉心于音律者,偶尔作歌,指出向上一路,新天下耳目,弄笔者始知自振。"王灼对说苏词是以诗为词的观点给予了严厉的批评,认为是"遭柳永野狐涎之毒",其立论要害即在强调词在本质上就是诗。第二,他虽然推崇豪放派的词,但是并不否定婉约派的词,也对他们给予了充分的肯定。他说:"贺方回、周美成、晏叔原、僧仲殊各尽其才力,自成一家。""张子野、秦少游俊逸精妙。"他的词论总体上是比较稳妥的。第三,他批评得最厉害的是柳永和李清照,认为柳"浅近卑俗",李"闾巷荒淫",表现了儒家礼教的偏见,不过他对柳、李词在艺术上还是有不少肯定的。南宋后期围绕着对辛弃疾词的评价,提倡豪放派词的理论主张较为突出。如辛弃疾的学生范开在《稼轩词序》中说:"世言稼轩居士辛公之词似东坡,非有意于学坡也,自其发于所蓄者言之,则不能不坡若也。坡公尝自言,与其弟子由为文多,而未尝敢有作文之意,且以为得于谈笑之间而非勉强之所为。公之于词亦然:苟不得之于嬉笑,则得之于行乐;不得之于行乐,则得之于醉墨淋漓之际。""是亦未尝有作之意,其于坡也,是以似之。"因而辛词皆是不得不为之作,但其内容又和苏轼之作不同,辛弃疾处于民族危亡之际,具有强烈的爱国主义思想,他的词作是其爱国激情和英豪壮气之直接抒写,"故其词之为体,如张乐洞庭之野,无首无尾,不主故常;又如春云浮空,卷舒起灭,随所变态,无非可观。无他,意不在于作词,而其气之所充,蓄之所发,词自不能不尔也"。然而他的词还有苏轼所没有的"清而丽,婉而妩媚"的一面。南宋末年,刘克庄在《辛稼轩集序》中也是批评柳永而竭力推崇辛稼轩词的。他说道:"世之知公者,诵其诗词,而以前辈谓有井水处皆倡柳词。余谓耆卿直留连光景,歌颂太平尔;公所作大声镗鞳,小声铿鍧,横绝六合,扫空万古,自有苍生以来所无。其秾纤绵密者,亦不在小晏秦郎之下。"宋元之交,刘辰翁《辛稼轩词序》中对苏东坡及辛稼轩词也给予了很高的评价。其云:"词至东坡,倾荡磊落,如诗如文,如天地奇观,岂与群儿雌声学语较工拙;然犹未至用经用史,牵雅颂入郑卫也。自辛稼轩前,用一语如此者必且掩口。及稼轩横竖烂熳,乃如禅宗棒喝,头头皆是;有如悲笳万鼓,平生不平,事并厄酒,但觉宾主酣畅,谈不暇顾。词至此亦足矣。"可见这时词论中之所以对豪放派肯定较多,是和当时的社会政治状况有密切关系的。

第四节 金元的文学理论批评

金元时期的文学理论批评大体可以分两个阶段:金代在北方和南宋对峙,但在相当长的时期内,文学上没有什么成就。至元好问出,而方有大的改观。金代文学思想具有北方特色,比较注重内容的充实,虽亦取南方华丽,而颇杂"挟幽并之气"(郝经《遗山先生墓铭》)。元代则主要是继承南宋的,但也吸取了金代文学思想的特色。金元文学理论批评的主要成就是:进一步扩展了宋代从苏轼到严羽一派的文学思想,对其中某些重要的理论问题,如形神关系、情景关系、自然与法度关系等,作了较为深入的探讨和研究,并继续对江西诗派的弊病进行了尖锐的批评。同时这个时期戏曲和小说的理论批评也发展起来了。

王若虚(1177—1246),字从之,号滹南遗老,槁城(今河北保定)人。他的文学理论批评著作有《滹南诗话》三卷和《文辨》四卷。王若虚对黄庭坚和江西诗派进行了相当尖锐的批评,其诗论中比较有新意的地方是提出了"与元气相侔"的"自得"说。王若虚强调诗歌思想内容的主导作用,曾引其舅周昂之语说:"文章以意为主,以言语为役。"所以他赞扬白居易诗"妙理宜人",又平易自然,能写出真实性情。他说:"乐天之诗,情致曲尽,入人肝脾,随物赋形,所在充满,殆与元气相侔。"他称这种"与元气相侔"的作品为"自得"之作,他说:"古之诗人,虽趣尚不同,体制不一,要皆出于自得。"这是对苏轼无法之法、强调自然天成的创作思想之继承与发展。他还非常尖锐地指出苏、黄的差别即在于:苏是气势豪壮,纵横奔放,如行云流水,无迹可寻;而黄则是拘泥于"斤斧准绳"、"高谈句律",欲另辟蹊径,而不能不为"法"所限,故必然只能居苏之下。说到底,山谷最多只能达到人工之奇,而难与东坡之天工之妙相抗衡。他说:"山谷之诗,有奇而无妙,有斩绝而无横放,铺张学问以为富,点化陈腐以为新,而浑然天成,如肺肝中流出者,不足也。此所以力追东坡不及欤?"他在文集中有《山谷于诗每与东坡相抗,门人亲党遂谓过之,而今之作者亦多以为然,予尝戏作四绝》,讥笑了黄庭坚追苏轼而不及,对江西诸子更是十分鄙薄,其云:

> 骏步由来不可追,汗流余子费奔驰。谁言直待南迁后,始是江西不幸时。
> 信手拈来世已惊,三江衮衮笔头倾。莫将险语夸勍敌,公自无劳与若争。

戏论谁知是至公,蜻蜅信美恐生风。夺胎换骨何多样,都在先生一笑中。
文章自得方为贵,衣钵相传岂是真。已觉祖师低一着,纷纷法嗣复何人。

他竭力赞扬了苏轼之作"骏步"高远,而庭坚诸人虽汗流奔驰亦难追其后尘,费尽心机的人为险语岂能与信手拈来之化工妙言相比?"夺胎换骨"虽说也花样众多,然而从"文章自得方为贵"的角度来说,唯有一笑而已。他认为文学创作只要出于"自得",能"辞达理顺","皆足以名家",完全用不着以"句法绳人",所以,"鲁直开口论句法,此便是不及古人处。而门徒亲党以衣钵相传,号称法嗣,岂诗之真理也哉?"王若虚很深刻地指出所谓"夺胎换骨"的本质,实际上就是一种变相的模拟和剽窃。当然,物有同然之理,人有同然之见,语意之间不可能"完全不见犯",然而,古人并不专门去讲究这些,不为同而嫌,不为异而夸,无非是"随其所自得而尽其所当然而已",如果不以"自得"为尚,而局限于从古人作品中去化腐朽为神奇,是不可能达到苏轼那种"行云流水"的境界的。由此可见,王若虚对江西诗派的批评和严羽同样,也是极为尖锐的。不过王若虚主要是反对江西诗派不重视真实自然地抒写情性、过分追求形式上的人工雕琢,和严羽的批评在侧重点上不同。

元好问(1190—1257),字裕之,号遗山,太原秀容(今山西忻县)人。他的文学思想比较集中地体现在《论诗绝句》三十首中。他以绝句形式评论了历代诗歌发展,并对许多重要诗人发表了自己看法,其中值得注意的有以下几方面:第一,他和王若虚一样认为诗歌乃是人的"元气"之自然流露,应当体现人真情实感,所谓"历元气于笔端,寄妙理于言外"(《陶然集序》),故他说"子美之妙"正在"观其诗,如元气淋漓,随物赋形",此"释子所谓'学至于无学'者耳"(《杜诗学引》)。他这种"元气"说,实际就是后来"性灵"说的前导。所以元好问特别欣赏扬雄的"心声"、"心画"说,其《论诗绝句》云:"心画心声总失真,文章宁复见为人?高情千古《闲居赋》,争信安仁拜路尘。"要求做到文品与人品的统一。第二,他比较喜欢有风云壮阔的英雄气概的作品,而对缠绵悱恻的儿女情长之作不太感兴趣,明显地表现了北方的文学风貌特色。他说:"曹刘坐啸虎生风,四海无人角两雄。可惜并州刘越石,不教横槊建安中。""邺下风流在晋多,壮怀犹见缺壶歌。风云若恨张华少,温李新声奈尔何!"遗山非常推崇"建安风骨",对三曹七子的作品评价很高,认为他们比江东诸谢的风韵要更有价值。他对那些描写儿女情长的作品是很看不起的,所以说:"有情芍药含春泪,无力蔷薇卧晚枝。拈出退之山石句,始知渠是女郎诗。"遗山论诗重在有雄心壮志,有爱国思想,强调内容的充实,反对只追求形式的华艳。他说:"斗靡夸多费览观,陆文犹恨冗于潘。心声只要传心了,布谷澜翻可是难。"诗下自注:"陆芜而潘净,语见《世说》。"第三,在诗歌创作上主张自然天成而无人工痕迹,清新秀丽而无雕琢之弊。他赞扬陶渊明诗说:"一语天然万古新,豪华落尽见真淳。南窗白日羲皇上,未害渊明是晋人。"《陶然集序》赞扬苏轼说:"东坡海南以后,皆不烦绳削而自合,非技进于道者能之乎!"自然天成之妙不仅仅指清新秀丽之作,也包括了豪迈慷慨之作,他说:"慷慨歌谣绝不传,穹庐一曲本天然。中州万古英雄气,也到阴山敕勒川。"那种"天苍苍,野茫茫,风吹草低见牛羊"的景象同样也充满了天生化成之美。这样的诗作不是闭门觅句、断须苦吟出来的,而是有切身感受、直书即目所见的结果。他说:"眼处心生句自神,暗中摸索总非真。画图临出秦川景,亲到长安有几人!"这是对钟嵘"直寻"说和皎然、司空图这方面思想的继承和发展,并和杨万里的效法自然思想一致,直接启发了王夫之"现量"说之提出。第四,他对江西诗派弊病进行了尖锐的批评,指出他们的作品丧失了清新自然之美,而陷入了在古人作品中求生计、闭门觅句的可怜境地。他说:"池塘春草谢家春,万古千秋五字新。传语闭门陈正字,可怜无补费精神。"他高度赞美了谢灵运"芙蓉出水"之美,而对以陈师道为代表的江西诗派之"闭门觅句"式创作作了辛辣的讽刺与嘲笑。对江西诗派之祖黄庭坚,他也明确地表示了不满意,指出黄学杜而未得其真髓,仅得其皮毛。他说:"古雅难将子美亲,精纯全失义山真。论诗宁下涪翁拜,未作江西社里人。"遗山对山谷之不满在许多地方都可看出来,如《杜诗学引》中说"故谓杜诗为无一字无来处亦可也,谓不从古人中来亦可也",显然也是针对黄庭坚的。他还说:"只知诗到苏黄尽,沧海横流却是谁?"对苏黄诗风产生的流弊,是认识得很清楚的。

元代承继江西诗派文学主张代表人物是方回。方回(1227—1307),字万里,号虚谷,歙县(今安徽歙县)人。他的文学批评著作主要是大型唐宋律诗评选本《瀛奎律髓》,还有《文选颜鲍谢诗评》,他的《桐江集》与《桐江续集》中也有一些诗文论著。方回的文学思想承江西诗派,被认为是江西诗派之中兴,但他对江西诗派之弱点颇有所纠正,是对它的总结和改造。方回在文学理论批评上的新贡献主要有两点:一是论"格高",二是论情景合一。所谓格者,即诗格也,即指诗歌之立意。立意直接影响到诗歌的情调、风味。诗歌的立意,即是指审美意象的构想,包含着思想内容、精神品格和艺术风貌、意境特色诸方面。纯正的思想内容和老成的艺术境界之融合,是方回所提倡的"格高"之基本含义。方回在《瀛奎律髓》的评诗过程中,对诗歌情景关系提出了一些很有价值的见解。他以杜甫诗为例说明"景在情中,情在景中",两者在优秀的诗歌中是很难分的,不能说哪是情语、哪是景语。这对后来王夫之论情景关系有很大启发。

元代在词学理论方面有比较大的发展,这就是张炎"清空"论和"意趣"论的提出。张炎(1248—1320?),字叔夏,号玉田,又号乐笑翁,是宋末元初的著名词人。宋亡时他33岁,《词源》是他晚年之作,前有钱良祐序,写于1317年(元仁宗延祐四年)。张炎的《词源》中所体现的文学思想与司空图、严羽相接近,可以说是司空图、严羽诗论思想在词学理论方面的延伸。他虽然是由格律派词论出发的,被认为是格律派词人在理论上代表,但实际上他和传统格律派词论有很大的不同。传统格律派词论重在音律和典故,而张炎则是更重视词的意境创造,特别讲究"清空"和"意趣"之重要意义。他说:

> 词要清空,不要质实;清空则古雅峭拔,质实则凝涩晦昧。姜白石词如野云孤飞,去留无迹。吴梦窗词如七宝楼台,眩人眼目,碎拆下来,不成片段。此清空质实之说。梦窗《声声慢》云:"檀栾金碧,婀娜蓬莱,游云不蘸芳洲。"前八字恐亦太涩。如《唐多令》云:"何处合成愁,离人心上秋;纵芭蕉不雨也飕飕。都道晚凉天气好,有明月,怕登楼。前事梦中休,花空烟水流,燕辞归客尚淹留。垂柳不萦裙带住,谩长是,系行舟。"此词疏快却不质实。如是者集中尚有,惜不多耳。白石词如《疏影》、《暗香》、《扬州慢》、《一萼红》、《琵琶仙》、《探春》、《八归》、《淡黄柳》等曲,不惟清空,又且骚雅,读之使人神观飞越。

所谓"清空"与"质实",可以从不同角度来理解:在词的修辞风格上,"清空"之词,"古雅峭拔"、自然流畅,"质实"之词,则"凝涩晦昧"、雕琢堆砌;在词的构思上,"清空"之词,想象丰富、神奇幻妙,"质实"之词,从实构建、质朴具体;在词的形象塑造上,"清空"之词,重在神理超越,"质实"之词,则泥于形质。所以,在词的艺术意境上,"清空"之词,注重虚境的作用,虚虚实实,实实虚虚,如"蓝田日暖,良玉生烟",仿佛如"空中之音,水中之月"一般,善于启发读者联想能力,"使人神观飞越",进入一个广阔的幻想世界之中,给人以丰富的回味余地;"质实"之词,较多在实境上下工夫,虽然具体详瞻,花团锦簇,但往往因说得太尽,描绘过细,反而缺少余味。张炎还以姜夔的词和吴梦窗的词为例,说明姜以"清空"为胜,故如"野云孤飞,去留无迹";而吴则以"质实"为长,故如"七宝楼台,眩人眼目,碎拆下来,不成片段"。"清空"和"意趣"是不可分割的,有"清空"之要妙,始有"意趣"之盎然,"质实"之作,不可能有"意趣"。正如严羽在《沧浪诗话》中所说那样,只有如镜花水月一般的"透彻玲珑,不可凑泊"之诗作,方能有"言有尽而意无穷"之"兴趣"。词的"意趣"之实质就是严羽所说诗的"兴趣"。故张炎在《意趣》一节中说:"词以意为主,不要蹈袭前人语意。"下面举东坡《水调歌头》、《洞仙歌》、王安石《桂枝香》、姜夔《暗香》、《疏影》等词说:"此数词皆清空中有意趣,无笔力者未易到。""意趣"和"兴趣",说法虽略有差异,然都是指诗词意境所蕴涵的审美趣味而言的,只是角度各有侧重而已,"意趣"主要是从作品来说的,而"兴趣"则主要是从作者的方面来说的。张炎提倡的"清空"和"意趣",是和高雅联系在一起的,要求"骚雅"、"古雅"、"雅正"。张炎的《词源》及其"清空"说、"意趣"说对后代词学产生了十分深远的影响。

金元时期文学理论批评发展的一个十分值得我们重视的新现象是小说、戏曲理论批评的萌芽与发展,它为文学理论批评发展开辟了一个新的阶段。唐人传奇作者对自己创作意图的一些简要说明,也许可以说是小说理论批评的萌芽。到宋代才开始有了一些比较自觉的批评,然而也还是很零碎的。如清人陈莲塘所编《唐人说荟》例言中曾引有洪迈一段话:"唐人小说,小小事情,凄惋欲绝,洵有神遇而不自知者,与诗律可称一代之奇。"指出其情节曲折,生动感人。又如赵令畤《元微之崔莺莺商调蝶恋花词》赞扬了元稹《莺莺传》中写崔莺莺这个人物形象:"才华婉美,词彩艳丽。"元代小说理论批评比宋代有较大的发展,这主要表现在两个方面:一是评点的萌芽,二是对话本的批评。小说的评点是从诗文评点发展过来的,宋末元初主要有方回和刘辰翁。据叶德辉《书林清话》说,方回"亦好评点唐宋人说部诗集",但其评说部之作已不见。刘辰翁(1231—1294),字会孟,号须溪,主要有对《世说新语》评点,见明人汇集《刘须溪批评九种》。他评点《世说新语》侧重于其中有关人物的思想性格、精神风貌,所以对后来小说评点影响很大,被认为是小说评点之滥觞。对话本小说的评论是和说话艺术的盛行密切相关的,罗烨的《醉翁谈录》涉及一些对说话艺术的评论,其中比较重要的有以下几点:第一,他肯定了小说的社会教育作用,指出其中包含着对世事的褒贬是非,"讲论只凭三寸舌,称评天下浅和深"。第二,他充分肯定了他们的学识智慧、艺术才华。指出他们是博通古今、能言善辩、才华横溢、感情丰富的人。第三,指出说话艺术对听众具有强烈的艺术感染力,能使他们心灵激荡,与故事中的人物同忧伤共欢喜,感情十分投入。第四,对说话人的艺术技巧和水平,也给了很高的评价。中国古代的戏曲理论批评和诗、词、文、小说等的理论批评不太一样,其内容涉及的面比较广,有许多是音律、唱腔和表演技巧方面的问题,我们着重讨论其中属于戏剧文学部分的理论批评。宋末元初的胡祗遹(1227—1293),字绍开,号少凯,又号紫山,有《紫山大全集》。其《赠宋氏序》一文对戏剧和现实生活的关系、戏剧艺术的社会作用等,提出了一些很重要的看法,他说:"乐音与政通,而伎剧亦随时所尚而变。近代教坊院本之外,再变而为杂剧。既谓之杂,上则朝廷君臣政治之得失,下则闾里市井父子兄弟夫妇朋友之厚薄,以至医药、卜筮、释道、商贾之人情物理,殊方异域风俗语言之不同,无一物不得其情,不穷其态。以一女子而兼万人之所为,尤可以悦耳目而舒心思。"可见,杂剧所反映的社会生活内容是相当广泛的,而且十分真实具体、生动感人。他在《黄氏诗卷序》中,对戏剧艺人提出的"九美"要求,其中包括了演员的身材长相、神态风度、表演技巧、文化素质、艺术修养等许多方面,而且也涉及演员如何真实生动地塑造剧中人物形象,以及演员和观众的关系等重要理论问题。

周德清,字挺斋,生卒年不详,其《中原音韵》写成于元代泰定元年(1324),主要讲北曲创作的音韵,后附有《作词十要》论曲词的写作,重点是讲戏曲语言,也讲到押韵、用事、对偶等。他认为曲词的语言可作乐府语、经史语、天下通语,而不可作俗语、蛮语、谑语、嗑语、市语、方语、书生语、讥诮语等。戏曲语言要为立意服务,造语要俊,用字要熟,以适合于歌唱的要求,要让人听得懂,听得明白。元代钟嗣成(1279?—1360?),字继先,号丑斋,是杂剧作家,他的《录鬼簿》是一本记载戏曲作家及其作品的著作,其中也反映了钟嗣成对戏曲的看法。他对被认为是低贱的戏曲作家给予了很高的评价和热烈的赞美,甘于为他们树碑立传。如他为宫天挺所写吊词云:"豁然胸次埽尘埃,久矣声名播省台。先生志在乾坤外,敢嫌天地窄,更词章压倒元白。凭心地,据手策,数当今,无比英才。"元末明初杨维桢(1296—1370),字廉夫,号铁崖,又号东维子。他在《周月明今乐府序》中说:"夫词曲本古诗之流,既以乐府名编,则宜有风雅余韵在焉。苟专逐时变,竞俗饯,不自知其流于街谈市谚之陋,而不见夫锦脏绣腑之为懿也,则亦何取于今之乐府,可被于弦竹者哉?"说明戏剧中的曲子应当具有诗词传统之美,所以对戏曲提出了"宜其于文采音节兼济而无遗恨"的要求。他指出戏曲不仅仅是一种娱乐,还具有讽谏作用,而且是寓于对现实生活的真实生动描绘中的。在对戏曲作家深切同情、对戏曲热情歌颂的同时,元末明初也出现了另一种倾向,这就是对戏曲提出了宣传封建礼教的要求,最有代表性的便是高明。高明,字则诚,约生于元大德年间,他曾创作了著名的《琵琶记》,体现了他对当时现实黑暗的不满,对生活在水深火热中下层人民的同情,对中国古代妇女传统美德的歌颂和赞美,但也表现了他肯定和维护封建伦理道德,要求戏曲作品宣传封建礼教的保守思想。他曾在《琵琶记》开场词中说:"不关风化体,纵好也徒然。"这说明当戏曲由民间艺人和接近他们的下层文人,逐渐向封建社会上层和正统文人发展的时候,戏曲创作思想也必然要发生变化。不过我们对高明的戏曲观也不应该只看他公开的宣言,也要从他创作本身所反映的整体思想去考察,这样才能比较确切地、全面地作出符合实际的评价。

四　中国文学理论批评的繁荣和鼎盛
——明清时期

概　说

　　从明代开始中国古代的文学理论批评发生了许多新的变化,这主要表现在以下几个方面:首先,诗文创作逐渐衰落,戏剧、小说创作进入了一个繁荣发展的高潮时期,因此文学理论批评也改变了主要是诗文理论批评的状况,呈现出诗文、戏剧、小说理论批评分途发展、而又殊途同归的局面。其次,虽然诗文创作已经历了高潮,而不可能再达到唐宋时代那样的水平,但是诗文的理论批评却并没有衰退,而有了更大的发展,其意义不仅仅在评论当代的诗文,而是在对整个中国古代诗文创作进行整体的评论,研究其历史经验。所以,从文学理论批评的成就及其深度和广度来看,诗文理论批评仍然占有主要地位,而且对戏剧小说理论批评有着很深刻的影响。第三,随着封建社会的逐渐崩溃和没落,新的反封建、反皇权的民主主义思想因素之萌芽,从明代中叶起文艺上出现了一股前所未有的新思潮,它的基本特征是:强调文艺是未受封建"闻见道理"污染的纯洁心灵之体现,是具有个性解放色彩的自由情性之抒发,提倡真情而反对假理,主张师心而反对复古,它与传统的言志载道、美刺讽谏文艺思想形成了鲜明的对立,而具有很明显的叛逆性。这股文艺新思潮在晚明发展为一个高潮,而在清初则受到严重压抑,至乾隆时期又开始有新的发展,成为封建社会后期文艺思想发展中极富生命活力的重要方面。第四,对中国古代传统审美特征和艺术表现方法的研究与总结,是这一时期文学理论批评发展中的一个十分重要、也是成就很高、最有价值的方面。尤其在清代,这个特点更为明显。第五,这个时期有关文学理论批评的论述非常之多,保存下来的资料也是极其丰富的,但是,其中也有相当多的部分,只是重复古人已经说过的内容,而并无多少新意,因此,我们的论述也和前面略有不同,更侧重于阐说在理论上有新的发展和创见的部分,而不是泛泛地对有过文学论述的人逐个加以介绍。

第十二章　明代文学思想发展中的复古和反复古

第一节　明代复古主义文学思想的发展和前后七子的文学理论批评

朱元璋是在恢复汉制的号召下推翻元朝、建立大明帝国的，所以明初在文化思想上竭力推崇汉唐盛世，复古思想较为浓厚。朱元璋为了巩固其封建专制统治，加强对人民的思想控制，竭力推行程朱理学，建立了科举考试制度，以八股文取士。因此，明初自洪武至宣德、正统的近百年间，文学思想上以明道宗经为主导倾向，诗歌创作上比较推崇汉魏盛唐，在文学理论上没有多少新的特色。被朱元璋称为"开国文臣之首"的宋濂认为"文之至者，文外无道，道外无文"，"必期无背于经，始可以言文"（《徐教授文集序》）。又如贝琼认为诗文创作都必须"合于道"、"本诸经"（《唐宋六家文衡序》），论诗宗盛唐李、杜，其《乾坤清气序》说："诗盛于唐，尚矣。盛唐之诗，称李太白、杜少陵而止。"著名诗人高启的诗作，《四库总目提要》谓其"拟汉魏似汉魏，拟六朝似六朝，拟唐似唐，拟宋似宋，凡古人之所长，无不兼备"。宋濂的学生方孝孺说："凡文之为用，明道、立政二端而已。"（《答王秀才书》）文章"以法六经为务"，"秦汉以下，无有焉"。（《与郭士渊论文》）诗歌也是如此，"苟出乎道，有益于教而不失其法，则可以为诗矣"。明初文学理论批评上比较重要、影响又比较大的是高棅（1350—1423），字彦恢，后来改名廷礼，号漫士，福建长乐人。他是明初研究唐诗的专家，他编的《唐诗品汇》是明初诗歌创作上复古崇唐思潮发展的一个突出表现，对后来前后七子文学思想有直接的启导作用。高棅的诗学思想受严羽的影响很深，对严羽《沧浪诗话》以盛唐为法作了进一步发挥，确立了分唐诗为初、盛、中、晚四个时期，而以盛唐为正宗的思想，并强调了辨体的重要性。辨体的目的是为了正确认识不同时代不同诗人的"精粗邪正，长短高下"，辨体标准是提倡"盛世之音"，在艺术上崇尚"雅正冲淡"，并以李白、杜甫为代表之盛唐诗为典范。此外，《唐诗品汇》中已初步体现了格调说的思想。《明史·文苑传》说高棅的《唐诗品汇》"终明之世，馆阁宗之"，也许有过誉之处，但它对明代文学思想发展无疑还是产生过较大影响的。明代从永乐以后到成化年间，文学上是以三杨（杨士奇、杨荣、杨溥）为代表的雍容典雅的台阁体和以李东阳为首的茶陵派先后占据主要地位的。台阁体所体现的太平盛世文风，是明初以来政治比较稳定、经济比较繁荣的状况在文学思想上的反映,但是也明显地表现出缺乏新的特色,比较平庸。茶陵派的兴起正是力图改变这种文风,其代表人物是李东阳。李东阳(1447—1516),字宾之,号西涯,湖南茶陵人,著有《麓堂诗话》。李东阳在文学思想上推尊严羽,崇唐抑宋,提倡格调。他对唐宋诗之不同从理论上作了比较分析:"唐人不言诗法,诗法多出宋,而宋人于诗无所得。所谓法者,不过一字一句,对偶雕琢之工,而天真兴致,则未可与道。其高者失之捕风捉影,而卑者坐于粘皮带骨,至于江西诗派极矣。"(《麓堂诗话》)他推崇唐诗"天真兴趣","意象超脱",而不在字句"对偶雕琢之工",其论和严羽思想是一致的。他论诗重在音律声调,认为诗之"有异于文者,以其有声律讽咏,能使人反复讽咏以畅达情思,感发志气"(《沧洲诗集序》),并以此作为格调高下的标准。他已有提倡复古倾向,但不赞成机械地模仿,他说:"诗贵不经人道语。"要求诗歌"圆活生动",反对泥于死法。

明代从弘治、正德之交到隆庆、万历之际的近百年间,以前后七子为代表的复古模拟文艺思潮占据文坛主要地位,这是明初以来文学思想发展的必然结果。李梦阳(1472—1529),字天赐,又字献吉,号空同子。何景明(1483—1521),字仲默,号大复。还有徐祯卿、边贡、王廷相、康海、王九思,并称为前七子。他们文学思想的核心是强调复古,《明史·李梦阳传》说:"梦阳才思雄鸷,卓然以复古自命,弘治时,宰相李东阳主文柄,天下翕然宗之,梦阳独讥其萎弱,倡言文必秦汉,诗必盛唐,非是者弗道。"又《明史·文苑传序》云:"永、宣以还,作者递兴,皆冲融演迤,不事钩棘,而气体渐弱。弘正之间,李东阳出入宋元,溯流唐代,擅声馆阁。而李梦阳、何景明倡言复古,文自西京、诗自中唐而下一切吐弃。操觚谈艺之士翕然宗之。明之诗文,于此一变。"文学上复古思潮的勃兴,其目的是为了用一种高标准来振兴文学,改变明初以来文坛上没有生气的局面。李梦阳的文学思想主要体现在诗歌理论批评方面,他虽在《空同子论学》中说过"西京之后作者勿论矣",但其他有关文章写作论述很少。说他主张"诗必盛唐",是后人就其诗学倾向而言的,他本人并没有作过这样简单的概括。他学习古诗根据体制的差异而有所不同,认为"诗至唐,古调亡矣"(《缶音序》),他对元、白、韩、孟、皮、陆亦甚为不满(参见其《与徐氏论文书》),所以主张古体学习汉魏,近体学盛唐,其目的是要取法乎上,学习古代最优秀的作家、作品,如严羽所说的从"第一义悟入"。何景明曾说:"秦无经,汉无骚,唐无赋,宋无诗。"(《杂言》)他还认为:"予谓古书自《六经》下,先秦、两汉之文,其刻而传者,亦足读之矣。"又说:"盖诗虽盛称于唐,其好古者,自陈子昂后,莫若李、杜二家,然二家歌行、近体诚有可法,而古作尚有离去者,犹未尽可法之也。故景明学歌行、近体,有取于二家,旁及唐初、盛唐诸人,而古作必从汉、魏求之。"(《海叟集序》)其主张是和李梦阳一样的。对于唐宋诗的比较,李梦阳《缶音序》中说:"宋人主理不主调,于是唐调亦亡。黄、陈师法杜甫,号大家,今其词艰涩,不香色流动,如入神庙坐土木骸,即冠服与人等,谓之人可乎?夫诗比兴错杂,假物以神变者也,难言不测之妙。感触突发,流动情思,故其气柔厚,其声悠扬,其言切而不迫。故歌之心畅,而闻之者动也。宋人主理,作理语,于是薄风云月露,一切铲去不为,又作诗话教人,人不复知诗矣。诗何尝无理,若专作理语,何不作文而诗为耶?"他指出宋诗之不如唐及唐以前古诗,其根本问题是在以理易情,以理语代替形象,专在文辞上下工夫,这就和诗歌的艺术特征相违背,而和非文学的一般实用文章没有区别了。在这方面,他和何景明的看法是一致的。何景明在《汉魏诗集序》中也说过:"唐诗工词,宋诗谈理。"李梦阳对宋诗的评价虽然很不全面,抹杀了其成就,但对其弊病的理论分析还是很深刻的。同时他在这篇文章中还批评了当时流行的所谓"性气诗",其实那不过是对理学思想的一种形象化描写,借风云月露、鸢飞鱼跃来进行理学说教,故李梦阳说:"今人有作性气诗,辄自贤于'穿花蛱蝶'、'点水蜻蜓'等句,此何异痴人前说梦也。即以理言,则所谓'深深'、'款款'者何物邪?《诗》云:'鸢飞戾天,鱼跃于渊',又何说也?"宋诗主理,实是与理学之影响分不开的。

　　李梦阳复古主义文学思想的核心是提倡学习古人格调,遵循古人的法式,所谓"高古者格,宛亮者调"(《驳何氏论文书》),要求诗歌做到"格古、调逸、气舒、句浑、音圆、思冲、情以发之,七者备而后诗昌也"。何景明批评他写诗是"刻意古范,铸形宿镆,而独守尺寸"(《与李空同论诗书》),"子高处是古人影子"(李梦阳《驳何氏论文书》引何语)。拘泥于古人法式,容易陷入形迹上的模拟蹈袭,所以何景明说他学古与李梦阳不同:"仆则欲富于材积,领会神情,临景构结,不仿形迹。"他比较重视诗歌意象的合于自然,他说:"夫意象应曰合,意象乖曰离,是故乾坤之卦,体天地之撰,意象尽矣。"主张学古要舍筏登岸,不落形迹。(《与李空同论诗书》)这就是李、何分歧所在,同为学古,一重形迹,一重神情。不过,李梦阳所提出的"法式",从理论上说还是比较灵活的,他认为学习古人"法式",是学其中古今所"必同者","以我之情,述今之事","罔袭其辞","故不泥法而法尝由,不求异而其言人人殊"。其实,何景明也没有否定古今有共同之法,也讲究"法同则语不必同",只是对于"法"的理解有所不同,李梦阳比较实,何景明比较虚。文学创作有一些基本规律是古今相同的,问题是李梦阳所理解的"法式"之具体内容,实际上并非古今不易之文学创作普遍规律,只不过是前人的某种艺术表现方法而已,而且这正是后人需要突破而不应当袭用的。文学创作的基本规律需要在创作实践中不断丰富和发展,不是一成不变的,所以像他那样提倡"尺寸古法",必然要走上模拟形迹的道路,而不能避免剽窃蹈袭之弊病。他自己就说过:"夫文与字一也,今人模临古帖,即太似不嫌,反曰能书。何独至于文,而欲自立一门户邪?"(《再与何氏书》)何景明看到了他理论上的这种缺点,也指出了他问题之所在,因此主张学古而重在领会神情,不仿形迹,但是他并没有从根本上摆脱学古的框框。李梦阳论诗中比较有价值的一点是他提出了"今真诗乃在民间"的思想,并引曹县王叔武之言云:"夫诗者,天地自然之音也。"(《诗集自序》)人的内心感情受到了外物的触动,自然"口之为吟,手之为诗"。"情者动乎遇者也",这确是接近于后来公安派思想的,不过,他还是从学古角度出发的。

到了明代嘉靖、隆庆年间,以李攀龙、王世贞为首,并有谢榛、宗臣、梁有誉、徐中行、吴国伦作呼应的后七子兴起,把复古主义的文艺思潮又推向了一个新的高潮。李、王与何、李并称,成为明代中期一二百年间文坛领袖人物。李攀龙(1514—1566),字于鳞,号沧溟,山东历城(今济南)人。《明史·文苑传》说他"持论谓文自西京,诗自天宝而下,俱无足观,于本朝独推李梦阳",而"其为诗,务以声调胜,所拟乐府,或更古数字为己作,文则聱牙戟口,读者至不能终篇"。钱谦益在《列朝诗集小传》中说他"高自夸许,诗自天宝以下,文自西京以下,不污我毫素也"。李攀龙《答冯通书》说:"秦、汉以后无文矣。"他的复古主张比李梦阳更为激烈,即使对唐诗也只肯定其近体,而对唐代古诗颇多贬斥,其《选唐诗序》云:"唐无五言古诗,而有其古诗。陈子昂以其古诗为古诗,弗取也。七言古诗唯杜子美,不失初唐气格,而纵横有之。太白纵横,往往强弩之末,间杂长语,英雄欺人耳。"他在文学理论批评上并无多少建树,其影响主要在以创作实践其复古主张,他的拟古诗是比较能得古人神韵的。他编的《古今诗删》比较集中地体现了他的诗歌创作主张,虽然后代对他的评价毁誉不一,但对当时的影响确实很大。他还与王世贞等共结诗社以主盟文坛。王世贞(1526—1590),字元美,号凤洲,又号弇州山人,江苏太仓人。他和李攀龙的关系,很像何景明和李梦阳的关系。王世贞继李攀龙之后主盟文坛达二十多年,又有著名的《艺苑卮言》,不但论诗而且兼及词、曲、书、画等其他艺术,在文艺理论批评方面比李攀龙的成就和影响要大得多。所以钱谦益虽竭力攻击前后七子,但对王世贞还是比较佩服的,其《列朝诗集小传》说:"元美之才,实高于于鳞,其神明意气,皆足以绝世。"又《明史·文苑传》云:"世贞始与李攀龙狎主文盟,攀龙殁,独操柄二十年。才最高,地望最显,声华意气笼盖海内,一时士大夫及山人、词客、衲子、羽流,莫不奔走门下。片言褒赏,声价骤起。其持论,文必西汉,诗必盛唐,大历以后书勿读,而藻饰太甚。晚年,攻者渐起,世贞顾渐造平淡。"王世贞虽然在提倡复古方面与李攀龙齐名,但不赞成像李攀龙那样拘守尺寸，模拟蹈袭，主张灵活多变，神化无迹，重视表现性情之真，讲究诗歌意境的创造，强调作家的天赋才能和对艺术的灵敏悟性，实已开公安派文学思想之先河，在诗学理论上是很有贡献的。他在《艺苑卮言》卷一中论诗云："世人《选》体，往往谈西京建安，便薄陶谢，此似晓不晓者。毋论彼时诸公，即齐梁纤调，李杜变风，亦自可采，贞元而后，方足覆瓿。"卷三又论文云："西京之文实。东京之文弱，犹未离实也。六朝之文浮，离实矣。唐之文庸，犹未离浮也。宋之文陋，离浮矣，愈下矣。元无文。"从这些论述看，确和李攀龙是一致的。但是王世贞没有停留在这一步，他只是认为秦汉之文和盛唐之诗是最高的境界，然而从具体诗歌创作来说，则不应该是简单的模仿，而应该学习古人艺术经验中适合自己创作的方面，灵活地运用，不能跟在古人后面亦步亦趋，生搬硬套，受其束缚。所以他说："大抵诗以专诣为境，以饶美为材，师匠宜高，捃拾宜博"（卷一），诗歌创作必须注重意境的创造，运用生动丰富的艺术表现方法。古诗之妙正在其神与境会，妙合自然，故"忽然而来，浑然而就，无岐级可寻，无色声可指"。盛唐七律，"篇法之妙，有不见句法者；句法之妙有不见字法者。此是法极无迹，人能之至，境与天会，未易求也"。而在表现方法上完全可以按照实际情况有多种多样的变化，"有俱属象而妙者，有俱属意而妙者，有俱作高调而妙者，有直下不对偶而妙者，皆兴与境诣，神合气完使之然"。并且认为诗歌必须注重自然神到的意境创造，"兴与境诣"、"境与天会"、"神与境合"，务必做到"信手拈来，无非妙境"，使"情景妙合，风格自上，不为古役，不堕蹊径者，最也"。这些主张比后七子的何景明又大大进了一步。因此他所说的"格调"也具有新的特点，他说："才生思，思生调，调生格。思即才之用，调即思之境，格即调之界。"认为格调生于才思，格调之高超在才思之深远广博，故学习古人格调，不可在形貌上模拟因袭，而要在扩大自己的才思上下工夫。可见王世贞的学古比李梦阳、何景明、李攀龙等，要远远高出一头。

特别值得注意的是，王世贞主张要把学古和师心结合起来，而不是要以学古来代替师心。他在《艺苑卮言》卷一中有一段很重要的论述：

> 李献吉劝人勿读唐以后文，吾始甚狭之，今乃信其然耳。记问既杂，下笔之际，自然于笔端搅扰，驱斥为难。若模拟一篇，则易于驱斥，又觉局促，痕迹宛露，非斲轮手。自今而后，拟以纯灰三斛，细涤其肠，日取《六经》、《周礼》、《孟子》、《老》、《庄》、《列》、《荀》、《国语》、《左传》、《战国策》、《韩非子》、《离骚》、《吕氏春秋》、《淮南子》、《史记》、班氏《汉书》，西京以还至六朝及韩、柳，便须铨择佳者，熟读涵咏之，令其渐渍汪洋。遇有操觚，一师心匠，气从意畅，神与境合，分途策驭，默受指挥，台阁山林，

绝迹大漠,岂不快哉!世亦有知是古非今者,然使招之而后来,麾之而后却,已落第二义矣。

学古而不能"痕迹宛露",就在于要熟读古人的优秀作品,涵泳于胸中,但在自己创作时则要"一师心匠",使"气从意畅",而达到"神与境合"。这里既表现了王世贞与李攀龙共同的复古主张,又表现了他反对模拟形迹,提倡神气自然,不拘泥成法,而抒写真情的思想。这后一方面思想显然是更为重要的,它是可以通向公安派的。他还明确指出:"剽窃摹拟,诗之大病。"又说陆机诗"病不在多而在模拟,寡自然之致"(卷三)。尤其是他在《章给事诗集序》中的一段话,就和公安派的理论很相似了。他说:

> 自昔人谓言为心之声,而诗又其精者。予窃以诗而得其人,若靖节之言,淡雅而超诣;青莲之言,豪逸而自喜;少陵之言,宏奇而饶境;左司之言,幽冲而偏造;香山之言,浅率而尚达,是无论其张门户树颐骶,以高下为境,然要自心而声之,即其人亦不必征之史,而十已得其八九矣。后之人好剽写余似,以苟猎一时之好,思踽而格杂,无取于性情之真,得其言而不得其人,与得其集而不得其时者,相比比也。

他肯定"言为心之声",强调创作要"自心而声之",善于表达"性情之真",批评"好剽写余似,以苟猎一时之好",他的这种文学思想,是和当时以王阳明为代表的心学思想的发展及其对文学的渗透有密切关系的。从理论上说,这和后来公安派之批评前后七子,实在没有多大区别。不过,从文学思想总的方面看,他毕竟是始终高举复古大旗的,因此和公安派还是有根本性质上的不同。

不过,明代前后七子虽然以复古为旗帜,创作上也有某种模拟蹈袭的痕迹,然而对他们的文学主张不可以简单否定。他们提倡的"文必秦汉"、"诗必盛唐",实际上是对文学创作要求以文学史上最优秀的创作为典范,把具有经典意义的诗文作为学习和创作的标准,这无疑是对当时文学创作提出了的一个很高的艺术美理想。而从文学创作本身来说,研究和学习前代创作经验也是必不可少的,尤其是像先秦、两汉的散文和盛唐的诗歌,在艺术上都达到了后代所难以企及的高峰,这对文学创作避免低劣粗俗,毫无疑问是有积极意义的。特别是像王世贞那样同时又注重抒写性情之真的文学家来说,就更应该充分肯定其文学主张的合理性和有价值的方面了。如果我们认为西方的文学经典论有价值的话,那么,我们中国古代其实很早就提出了正宗的文学经典论了。

在前后七子主盟文坛的将近一百年中,也有一些和七子在文学思想和创作理论上不太一致的文学流派和文学理论批评家,他们多数也受到复古思潮的影响,但在具体文学主张上和七子又不大相同,他们中比较重要的有杨慎和嘉靖年间的王慎中、唐顺之等人。杨慎（1488—1559），字用修，号升庵，四川新都人，在文学理论批评方面著有《升庵诗话》十二卷。杨慎是李东阳的门下，比李梦阳略晚，在诗学思想上也是提倡复古，推崇汉魏盛唐的，但他不赞成七子的绝对化主张，其中心思想是主张"人人有诗，代代有诗"（《李前渠诗引》），强调学诗路子要广，不局限于汉魏盛唐。他认为宋诗中也有不少佳作，并不亚于唐人。即使是盛唐诗人，其作也未必都好。在前后七子之间，嘉靖年间有所谓"嘉靖八才子"，即王慎中、唐顺之、陈束、赵时春、熊过、任瀚、李开先、吕高等，这就是一般所说唐宋派。唐宋派擅长于文章写作，而于诗歌创作则比较一般。由于唐宋以来的古文范围很广，包括了很多非文学的应用文章，而严格意义上的文学散文并不多，又因为唐宋以来文学理论批评上诗文分论，所以像唐宋派那样主要关于文章写作的论述涉及的文学理论问题并不太多。其中对文学创作影响比较大的，主要是唐顺之的本色论。唐顺之（1507—1560），字应德，一字义修，号荆川。他的文学思想已经可以看出受王阳明心学思想影响的迹象，他在《寄黄大尚书》中说为学要"洗涤心源"，以"还其青天白日不欲不为之初心"，此"初心"，亦即本心，实际上也是诗文的本源。其《与洪方洲书》中说："近来觉得诗文一事，只是直写胸臆，如谚语所谓开口见喉咙者，使后人读之，如真见其面目，瑜瑕俱不容掩，所谓本色，此为上乘文字。"可见"本色"的含义即是"直写胸臆"，把内心的真实面目毫无遮掩的呈现出来。本色的概念并非唐顺之首先提出，刘勰早在《文心雕龙·通变》篇中就说："夫青生于蓝，绛生于茜，虽渝本色，不能复化。"本色原意是指本来的颜色，刘勰借用到文学上指作品本身独有的特点。宋代严羽在《沧浪诗话》中说："惟悟乃为当行，乃为本色。"此"本色"是指诗歌创作要靠妙悟是它的独有特点，和其他非文学文章不同。陈师道《后山诗话》中说："退之以文为诗，子瞻以诗为词，如教坊雷大使之舞，虽极天下之工，要非本色。"这是说诗、词、文各有自己的创作特点，这是其本色，不容混淆。张炎《词源》说："句法中有字面，盖词中一个生硬字用不得，须是深加锻炼，字字敲打得响，歌诵妥溜，方为本色语。"唐顺之和他以前的各种本色论都不全相同，他的本色论是讲诗文创作的一种美学原则，必须直抒胸臆，自然流出，而不加雕琢，方是最美的佳作。在《答茅鹿门知县二》中，他对这种本色论作了相当充分的发挥。他认为本色有高卑不同：本色高者不讲究文字雕饰之工，而能"直据胸臆，信手写出"，则自然具有"真精神和千古不可磨灭之见"，这就是宇宙间的绝好文字；本色卑者费尽心机讲究文字雕琢之工，精心布置安排，然而"真精神和千古不可磨灭之见"反而"绝无有也"，故只能是"下格"文字。他从本色论出发，认为文学创作应以表达"千古不可磨灭之言"为目的，而不必去模拟抄袭前人作品。他的这些观点已大大地突破和超越了唐宋派以古为师的框框,也比稍后的王世贞要激进得多,对公安派的思想有很大影响,它预告了一个彻底否定复古模拟的文艺新思潮不可避免地将要到来了。

第二节　明代文艺新思潮的兴起和李贽的"童心说"

　　明代从嘉靖后期开始,文艺上出现了一股反复古的新思潮,至隆庆、万历起逐渐扩大,并发展成为包括诗文、戏曲、小说乃至书画各个领域共同的主导倾向,从而代替了绵延一二百年的复古主义文艺思想。这股文艺新思潮的核心是:强调文学源于人的心灵,以师心代替师古,要求文学冲破礼教藩篱,摆脱理学的羁绊,充分体现人的个性,并主张任性而为,不受任何束缚,以真实、自然、与化工造物同体为最高审美原则,它在文学理论批评上的集中表现,就是性灵说和情真说。这股文艺新思潮的出现是和明代中叶的政治、经济状况变化分不开的。这时封建专制制度已发展到它的晚期,统治集团内部十分腐朽,随着生产力的迅猛发展,商品经济的空前繁荣,资本主义萌芽因素的产生,思想文化领域也必然要随之发生变化。作为封建社会正统思想的程朱理学演变为王守仁的阳明心学,也是这个时代的必然。王守仁认为理学家所说的"天理"并非存在于人心之外的宇宙间,而是存在于每个人的内心中,所以心外无物,心外无理,存在于人心中的理即是"良知"。因而人们不必外向学习"天理",而只须内省寻求"良知",内心的"灵明",可以容纳整个世界。阳明心学的出发点当然还是为了维护和巩固封建统治,在人们对程朱理学的信仰已经不是那么稳固的情况下,要求人们由心外求理转向心内求理,通过内省功夫而不是通过外在学习,去获得对封建道德准则的认同。然而,由于强调心内求理,"致良知",客观上却为否定天理、反对封建礼教打开了通路。既然重在人们自己的内心省察,而人们的内心思想实际上是各不相同的,因此就可以对"理"有各种不同的认识和理解。后来泰州学派之提出"百姓日用即为道",就是这样的产物,它也为对封建传统的叛逆提供了理论依据。阳明心学对文艺思想的影响,主要是在文艺的本源和创作上强调了心的重要作用,认为文艺的源泉在人之心,文艺创作应当真实地再现人的心灵世界,从而为批判复古主义文学思想提供了理论根据。

　　明代文艺新思潮的主要代表人物是李贽,他所提出的"童心说",为这股文艺新思潮奠定了哲学政治思想和文艺美学思想的基础。李贽是从反理学、反传统,提倡具有人性解放色彩的"自然之性"出发,来反对文艺上复古思潮的,所以具有前所未有的深刻性。李贽(1527—1602),又名载贽,号卓吾,又号宏甫,别署温陵居士,福建晋江(今泉州)人。他受阳明心学特别是泰州学派的思想影响很深,对王畿、罗近溪十分佩服,受佛学特别是禅宗的影响也很深。李贽是明代后期的一位杰出的思想家和文学家,他对中国封建社会后期以宋明理学为代表的官方正统思想,进行了十分尖锐激烈的揭露和批判,并进而对以孔子为代表的儒家传统观念提出了大胆的怀疑和批评,而且鲜明地要求维护"人欲",主张男女平等,他的这些异端思想在当时具有很强烈的叛逆性,带有启蒙主义的思想解放色彩。他曾无情地揭发了口不离程朱理学、标榜"存天理、灭人欲"的道学家的极端虚伪性,指出他们不过是"欺世盗名",借"道学以为富贵之资","被服儒雅,行若狗彘"(《三教归儒说》),"口谈道德而心存高官,志在巨富",表面上自诩要"厉俗而风世",实际上他们正是"败俗伤世者"(《又与焦弱侯》)。特别可贵的是,他对把孔子尊为至高无上圣人的传统观念提出了怀疑,认为千百年来之所以是非不分,黑白不辨,乃是因为人们都不敢相信自己是非标准,而"咸以孔子之是非为是非,故未尝有是非耳"(《藏书·世纪列传总目前论》)。李贽并不否定孔子,但认为孔子也是普通人而不是神,不能"以孔夫子之定本行罚赏"(《藏书·世纪列传总目前论》),别人也不一定没有高过孔子的见解。圣人和凡人应该是平等的,"圣人不曾高,众人不曾低"(《复京中友朋》)。他这种看法并不是贬低圣人,而是提高凡人的地位,强调凡人中也不是没有才华出众、智慧过人、与圣人不相上下之辈。他在《答以女人学道为见短书》中,表现出了某种程度的男女平等思想,认为女子之识见未必都比男子低下,他说:"谓人有男女则可,谓见有男女岂可乎?谓见有长短则可,谓男子之见尽长,女人之见尽短,又岂可乎?"这在当时确是石破天惊之语。更为值得我们注意的是,他针对程朱理学"存天理、灭人欲"的基本纲领,提出了重视人欲、保护人欲,并使它得到自由发展的重要思想。他主张顺应人的"自然之性"(《初潭集》卷八),充分满足人们自然的欲望要求。他认为人人都有私心也有私欲,这是"自然之理"(《藏书·德业儒臣后论》),所以要"率性之真"(《答耿中丞》),任其自然地发展,而不应当限制它、束缚它,这是以带有个性解放色彩的观念来反对封建的禁欲主义。他认为满足人们的基本物质要求欲望,这就是"天理",不应该把天理和人欲对立起来。他在《答邓石阳》中说:"穿衣吃饭即是人伦物理,除去穿衣吃饭,无伦物矣。"他从肯定人欲的角度出发,所以也很同情农民起义,十分痛恨贪官污吏,因为百姓之所以"铤而走险",乃是由于被官吏逼迫,而基本生活欲望得不到满足的结果。他在《因记往事》中说横行海上三十余年的林道乾,虽为"海盗"而实际上是英雄,有二十分才、二十分胆、二十分识,"唯举世颠倒,故使豪杰抱不平之恨,英雄怀罔措之戚,直驱之使为盗也"。因为国家专用那些无能之辈,

"只解打恭作揖,终日匡坐,同于泥塑",或是学为奸诈,"又搀入良知讲席,以阴博高官"之人,他们"一旦有警,则面面相觑,绝无人色,甚至互相推委",于是林道乾之辈"横行自若"。国家如果不弃置像林道乾辈"有才有胆有识之者",并"用之为郡守令尹,又何止足当胜兵三十万人已耶"?"又设用之为虎臣武将,则阃外之事可得专之,朝廷自无四顾之忧矣。"正是从这种思想出发,他十分同情水浒的英雄,冠《水浒传》以"忠义"之名。

　　李贽的文艺思想正是建立在这样具有叛逆性的社会政治思想基础上的,其核心是提倡"真情",反对"假理",它集中反映在《童心说》一文中。他认为凡"天下之至文",都是出自未经理学"闻见道理"之类污染的"童心"。什么是"童心"呢?即是天真无瑕的儿童之心。"夫童心者,绝假纯真,最初一念之本心也。"故"夫童心者,真心也"。世界上只有初生儿童之心是所谓"赤子之心",它没有一点虚假成分,是最纯洁最真实的,没有受过社会上多少带有某种偏见的流行传统观念影响。而当时一般人则都失却了童心,这是因为"盖其方始也,有闻见从耳目而入,而以为主于其内而童心失。其长也,有道理从闻见而入,而以为主于其内而童心失"。而这种"闻见道理,皆自多读书识义理而来也"。古代圣人并非不读书,但是他们读书是为了"护此童心而使之勿失焉",不像当时那些"学者","反以多读书识义理而反障之也"。他所谓的障碍童心的"闻见道理",是针对道学家所崇奉的封建伦理道德,以及与此相关的传统观念而说的。"童心既障,于是发而为言语,则言语不由衷;见而为政事,则政事无根柢;著而为文辞,则文辞不能达。非内含以章美也,非笃实生辉光也,欲求一句有德之言,卒不可得。所以者何?以童心既障,而以从外入者闻见道理为之心也。"李贽说的"童心"是指人的自然本性。"童心"之美,亦即人性之美,自然本性之美。以"童心"为"天下之至文"之源,也就是强调作家必须写出摆脱了理学桎梏的人性之美,方为最美之佳作。童心一失,"以闻见道理为心矣,则所言者皆闻见道理之言",全都是"以假人言假言,而事假事文假文"了。"言虽工,于我何与?"所以,凡"天下之至文,未有不出于童心焉者也"。出于童心,即出于真心,其所表达者即是"真情",而出于"闻见道理"、丧失童心之文,即是假文,其所表达的则是"假理"。提倡"真情",反对"假理",亦即是肯定"人欲"而反对"天理",提倡人性而反对理学"理性",要求恢复被封建礼教扭曲了的人的自然本性。毫无疑问,这是一种对封建礼教具有叛逆性的、有启蒙思想色彩的文艺主张,它反映了由社会政治思想上的解放而导致文艺思想上的解放!

　　从"童心说"出发,李贽认为真正的文学创作决不能变成道学家的"代圣贤立言",更不是为了进行虚伪的仁义道德说教,而应当是人们郁结于胸中的真情实感不得不发之产物,是内心"绝假纯真"的"童心"之流露。其《杂说》一文中说:"且夫世之真能文者,比其初皆非有意于为文也。其胸中有如许无状可怪之事,其喉间有如许欲吐而不敢吐之物,其口头又时时有许多欲语而莫可所以告语之处,蓄极积久,势不能遏。一旦见景生情,触目兴叹;夺他人之酒杯,浇自己之垒块;诉心中之不平,感数奇于千载。"可见呈现"真心"(即"童心")的文学,必须是人胸中真实感情之自然流露,这才是好作品,而矫揉造作、虚伪雕琢者,皆非真心的文学。他甚至对古代圣人的著作,也敢于提出相当尖锐的批评,他说:"然则《六经》、《语》、《孟》,乃道学之口实,假人之渊薮也,断断乎其不可语于童心之言明矣。"所以,他坚决反对复古模拟之作,认为并不是古人的一定就好,今人的就一定不好,从表现"童心"出发,他认为对古人亦步亦趋必然要丧失"童心"。他说:

> 苟童心常存,则道理不行,闻见不立,无时不文,无人不文,无一样创制体格文字而非文者。诗何必古选,文何必先秦。降而为六朝,变而为近体;又变而为传奇,变而为院本,为杂剧,为《西厢曲》,为《水浒传》,为今之举子业,大贤言圣人之道,皆古今至文,不可得而时势先后论也。吾故因是而有感于童心者之自文也,更说甚么《六经》,更说甚么《语》、《孟》乎!

在这段著名的论述中,他非常有力地批驳了盛行于当时文坛的复古主义文学思潮,在论述文学历史发展的时候明确地强调了"变"的观念,文学作品的优劣不是以古今来分的,不能以时势先后来论,只要出于童心,即使是举子业也无可厚非。任何时候任何人都有自己的"童心",因此也有自己的"至文",文学都是随着历史的发展而发展的,各个时代都有自己的代表性作品,不能说只有先秦之文、盛唐之诗才是最好的。

与创作体现"童心"的"至文"相适应,李贽在艺术上提出了要求达到"化工"、传神之美,也就是"以自然之为美"的思想。他在《杂说》中说:

> 《拜月》、《西厢》,化工也;《琵琶》,画工也。夫所谓画工者,以其能夺天地之化工而其孰知天地之无工乎?今夫天之所生,地之所长,百卉俱在,人见而爱之矣。至觅其工,了不可得,岂其智固不能得之欤!要知造化无工,虽有神圣,亦不能识知化工之所在,而其谁能得之?由此观之,画工虽巧,已落第二义矣。文章之事,寸心千古,可悲也夫!

李贽所说的"画工",即是指人工;而"化工",则是指天工。人工虽"工巧至极",终究还是"似真非真","入人之心者不深",如《琵琶记》,高则诚虽"已殚其力之所能工,而极吾才于既竭。惟作者穷巧极工,不遗余力,是故语尽而意亦尽,词竭而味索然亦随以竭";而"化工"之作,如《西厢》《拜月》,则"意者宇宙之内,本自有如此可喜之人,如化工之于物,其工巧自不可思议耳尔"。这种强调"化工"造物的美学观,是与其主张写自然真情密切相关的,其《读律肤说》说道:"盖声色之来,发于情性,由乎自然,是可以牵合矫强而致乎?故自然发于情性,则自然止于礼义,非情性之外复有礼义可止也。惟矫强乃失之,故以自然之为美耳,又非于情性之外复有所谓自然而然也。"李贽在这里有力地驳斥了文学创作应该"发乎情,止乎礼义"的儒家传统观念,指出自然发乎情性,礼义即在其中,不必另外用什么礼义来束缚,只有这样才符合于自然之美;而以礼义外加之,人为牵合,必然反失自然之美,那样也就不可能达到"化工"之美,至多不过"画工"之美而已。因为提倡"化工"之美,故要求文学作品不能有任何的人为雕琢痕迹,他在《杂说》一文中说:

> 追风逐电之足,决不在于牝牡骊黄之间;声应气求之夫,决不在于寻行数墨之士;风行水上之文,决不在于一字一句之奇。若夫结构之密,偶对之切;依于理道,合乎法度;首尾相应,虚实相生:种种禅病皆所以语文,而皆不可以语于天下之至文也。

必如《水浒》、《西厢》等"天下之至文",方可具备"化工"之美。因为从"童心"出发,故人各有自己真情,各有自己性格,而文自然也有各自不同的格调,而决不能以古人格调为格调,一律相求,这也是对前后七子提倡格调说的批评。故其《读律肤说》说:"性格清彻者,音调自然宣畅;性格舒徐者,音调自然疏缓;旷达者自然浩荡,雄迈者自然壮烈,沉郁者自然悲酸,古怪者自然奇绝。有是格,便有是调,皆情性自然之谓也。莫不有情,莫不有性,而可以一律求之哉!然则所谓自然者,非有意为自然而遂以为自然也。若有意为自然,则与矫强何异!故自然之道,未易言也。"所谓"化工"之美,实际上就是造化自然之美,它本是中国古代庄学、玄学、禅学美学思想的一个主要内容,而李贽又把它和反理学、反传统、反复古结合在一起,成为当时文艺新思潮的重要特色,并从表现自然人性制美的角度赋予了新的意义。公安三袁是李贽的朋友,也是他的学生,他们的文学思想是在李贽"童心说"的基础上发展起来的,也是对李贽思想的进一步发展。同时,焦竑,汤显祖、冯梦龙等又分别在诗文、戏曲、小说等不同方面扩展了李贽的思想,从而形成一个颇有气势,并对文坛产生了深刻影响的文艺新思潮。

第三节 公安三袁的"性灵"说

明代文艺新思潮在诗文方面的最突出代表是公安三袁。三袁是湖北公安县人,习惯称为公安派。袁氏三兄弟的长兄是袁宗道(1560—1600),字伯修,著有《白苏斋集》;其次是袁宏道(1568—1610),字中郎,有《袁中郎集》;最小的是袁中道(1570—1623),字小修,有《珂雪斋集》。他们三人中以袁宏道的成就和影响最大。三袁都是李贽的学生,与焦竑、汤显祖、董其昌等均为好友。公安派的文学思想虽以袁宏道为代表,然实由长兄袁宗道首发之。钱谦益《列朝诗集小传》论宗道云:"伯修在词垣,当王、李词章盛行之日,独与同馆黄昭素,厌薄俗学,力排假借盗窃之失。于唐好香山,于宋好眉山,名其斋曰白苏,所以自别于时流也。其才或不逮二仲,而公安一派实自伯修发之。"他在《论文》上下两篇中不仅提出了文章应当直抒心胸的主张,而且对以王、李为代表的模拟蹈袭之复古文风进行了有力的批评。他说:"口舌代心者也,文章又代口舌者也。展转隔碍,虽写得畅显,已恐不如口舌矣;况能如心之所存乎?故孔子论文曰:'辞,达而已。'达不达,文不文之辨也。"他又说古今语言有差异,今人看来奇奥难懂的古文,在当时"安知非古之街谈巷语耶"?他指出李梦阳正因为不懂得这个道理,所以"篇篇模拟",后人遂"视为定例,尊若令甲。凡有一语不肖古者,即大怒骂为野路恶道"。袁宗道并不认为文学创作不要学古,但是可"学其意,不必泥其字句也"。这个"意"也不是指重复古人文章的思想内容,而是学其今天尚可参考的方法,如"古文贵达,学达即所谓学古也"。在《答陶石篑》中,他说:"模拟文字,正如书画赝本,决难行世。"在反复古的同时,袁宗道提出"士先器识而后文艺"的思想,认为作家必须要重视"立本","人品"高尚,"学问"渊博,而"器识深沉浑厚",则文章自然宏伟奔放。袁宗道的文学思想里,对作家的人品、学识和作品的思想内容是相当重视的。这一点比他的两个弟弟都要突出,而且也是对当时流行的复古模拟、千篇一律的不良文风之有力打击。

袁氏三兄弟中,袁宏道贡献最大,其理论也最全面、最系统,故钱谦益《列朝诗集小传》中说:"中郎之论出,王、李之云雾一扫,天下之文人才士始知疏瀹心灵,搜剔慧性,以荡涤摹拟涂泽之病,其功伟矣。"袁宏道以"性灵"为中心的文学思想,可以从下列四个方面来加以分析研究:

首先是"真",提倡诗文创作必须抒写作家的性灵,表现内心的真实感情,应该是自然天性的流露,反对任何的因袭模拟、剽窃仿作。他在《叙小修诗》中赞扬其弟小修的诗道:

> 大都独抒性灵,不拘格套,非从自己胸臆流出不肯下笔。有时情与境会,顷刻千言,如水东注,令人夺魄。其间有佳处,亦有疵处,佳处自不必言,即疵处亦多本色独造语。然予则极喜其疵处;而所谓佳者,尚不能不以粉饰蹈袭为恨,以为未能尽脱近代文人气习故也。

这就是公安派著名的性灵说,其特点就是一个"真"字,只要文学作品是真性灵、真感情自然流露,即使是"疵处"亦是"佳者",因为它既不"剽袭模拟,影响步趋",也不走"文准秦汉"、"诗准盛唐"之路,虽其疵处也是"本色独造语"。故凡"情至之语,自能感人,是谓真诗,可传也"。所以即使是里巷歌谣也比无病呻吟的拟古之作要好得多。他说:"今闾阎妇人孺子所唱《擘破玉》《打草竿》之类,犹是无闻无识真人所作,故多真声,不效颦于汉魏,不学步于盛唐,任性而发,尚能通于人之喜怒哀乐嗜好情欲,是可喜也。"袁宏道这种思想显然是对李贽童心说的进一步发挥。袁宏道的朋友江进之(盈科)在给袁宏道《敝箧集》写的序中说:"要以出自性灵者为真尔。流自性灵者,不期新而新;出自模拟者,力求脱旧而转得旧。由是以观诗,期于自性灵出耳,何必唐、何必初与盛之为沾沾也。"袁宏道的性灵说和李贽童心说一样,也是建立在不受道学家的"天理"束缚,肯定"人欲",主张思想解放、个性解放的叛逆思想基础上的。他在《识张幼于箴铭后》一文中说:"性之所安,殆不可强。率性而行,是谓真人。"主张人要"各任其性",即是倡导"人欲",使之自由发展,而不受儒家礼教的限制。这样的"真人",吐露其"真情",即为"真诗"也。其"独抒性灵"之含义和实质正在于此! 故他说人们的苦乐,也皆要任其自行发展,"始知人有真苦,虽至乐不能使之不苦;人有真乐,虽至苦亦不能使之不乐"(《王以明》)。所以,诗文创作务在"信腕信口,皆成律度,其言今人之所不能言,与其所不敢言者"(《雪涛阁集序》)。

从这样一个立足点出发,袁宏道对前后七子的复古模拟恶劣文风,作了尖锐有力的严厉批评。他在给丘长孺的信中说:"大抵物真则贵,真则我面不能同君面,而况古人之面貌乎? 唐自有诗也,不必《选》体也;初、盛、中、晚自有诗也,不必初盛也。李、杜、王、岑、钱、刘,下迨元、白、卢、郑,各自有诗也,不必李、杜也。赵宋亦然。陈、欧、苏、黄诸人,有一字袭唐者乎? 又有一字相袭者乎?"所以,"古有不尽之情,今无不写之景","然则古何必高,今何必卑哉"! 说无一字相袭也许过分了一些,不过其基本思想是对的,每个时代、每个作家都有自己的特殊风格,都有自己的独创性,这样文学才能健康地发展,才能青出于蓝而胜于蓝,如果都一样那也就没有文学了。袁宏道在给张幼于的信中又说:

> 至于诗,则不肖聊戏笔耳。信心而出,信口而谈。世人喜唐,仆则曰唐无诗;世人喜秦、汉,仆则曰秦、汉无文;世人卑宋黜元,仆则曰诗文在宋元诸大家。昔老子欲死圣人,庄子讥毁孔子,然至今其书不废;荀卿言性恶,亦得与孟子同传。何者? 见从己出,不曾依傍半个古人,所以他顶天立地。今人虽讥讪得,却是废他不得。不然,粪里嚼渣,顺口接屁,倚势欺

良,如今苏州投靠家人一般。记得几个烂熟故事,便曰博识;用得几个见成字眼,亦曰骚人。计骗杜工部,囤扎李空同,一个八寸三分帽,人人戴得。以是言诗,安在而不诗哉?不肖恶之深,所以立言亦自有矫枉之过。

对前后七子及其追随者的剽窃模拟文风,袁宏道确是深恶痛绝之极,对他们给予了尖刻的讽刺与嘲笑。他不惜一切地努力矫正之,言虽偏激而理直气壮,在当时确实是起到了振聋发聩、惊世骇俗的积极作用。袁宏道《叙梅子马王程稿》一文中引梅子之言云:"诗道之秽,未有如今日者。其高者为格套所缚,如杀翻之鸟,欲飞不得;而其卑者,剽窃影响,若老妪之傅粉;其能独抒己见,信心而言,寄口于腕者,余所见盖无几也。"袁宏道意欲力挽诗道之卑,以"信心而言,寄口于腕"的"真人"之"心灵"来矫正复古之弊。

其次是"变",强调"变"是公安派批评复古模拟文学思潮的理论基础。他指出历史是不断发展变化的,不能认为只有某一个时代的文学才是最好的,不同的时代各有不同的创造,否则就没有文学的历史发展了。这个"变"的思想自然也是受了李贽的童心说中思想影响而来的,但是在袁宏道那里又有了重大发展。其《叙小修诗》中说道:"秦汉而学《六经》,岂复有秦汉之文?盛唐而学汉魏,岂复有盛唐之诗?惟夫代有升降,而法不相沿,各极其变,各穷其趣,所以可贵,原不可以优劣论也。"随着时代的发展和进步,故文学的创作方法也有新的特点,而不是代代相互沿袭,必须极其变化之致,方各有其特殊之趣味,使"诗之奇之妙之工之无所不极之,一代盛一代"(《与丘长孺》),这才是文学"可贵"之所在。时代变了,文学自然也必须变,即或同一时代的不同作家、同一作家之不同作品,也应当是各有不同特点,要有创造性的变化方有存在之价值,雷同因袭就没有存在的价值了。

从"变"的角度必然要提出一个继承和创新的问题。袁宏道在著名的《雪涛阁集序》中,对因"时"而"变"的文学发展中之"因"和"革"关系,作了非常深刻而辩证的分析。这是对刘勰在《文心雕龙》中提出的"通变"观的进一步发展。他说:

> 文之不能不古而今也,时使之也。妍媸之质,不逐目而逐时。是故草木之无情也,而鞓红鹤翎,不能不改观于左紫溪绯。唯识时之士,为能隄其隄而后通其所必变。夫古有古之时,今有今之时,袭古人语言之迹而冒以为古,是处严冬而袭夏之葛者也。《骚》之不袭《雅》也,《雅》之体穷于怨,不《骚》不足以寄也。后之人有拟而为之者,终不肖也,何也?彼直求《骚》于《骚》之中也。至苏、李述别及《十九》等篇,《骚》之音节体致皆变矣,然不谓之真《骚》不可也。

袁宏道在这里指出真正的继承,不是模仿,而应当是新的创造与发展。"时"的变化,必然要引起"物"的变化,这是自然规律,为此就要有"通变"的观念,而不能抄袭传统。《骚》之继《雅》,不是袭其面目,而是继承其"怨"的精神。从苏、李诗及《古诗十九首》表面上看来与《骚》之音节体制都不一样了,却是《骚》之精神的真正继承者。只有革新才能够有真正的继承,没有革新就不可能有真正的继承,这是袁宏道论"变"的一个非常有价值的地方。它对后来叶燮的诗论有直接的影响。袁宏道论"变"的另一个重要思想是"法因于敝而成于过",也就是说一种倾向发展到后来,必然会走向自己的反面,而为另一种矫正此种流弊的新倾向所代替。事物往往有两面性,它的优点往往同时掩盖着它的弱点。"矫六朝骈丽叮饾之习者,以流丽胜,叮饾者,固流丽之因也。然其过在轻纤。盛唐诸人以阔大矫之;已阔矣,又因阔而生莽,是故续盛唐者,以情实矫之;已实矣,又因实而生俚,是故续中唐者,以奇僻矫之;然奇则其境必狭,而僻则务为不根以相胜,故诗之道,至晚唐而益小。"优点发展到极点,就会产生弊病,于是必然会发生变化,而为新大特点所替代。"变"乃是事物发展的必然结果,一成不变是不符合事物发展规律的,因而也是不符合文学创作发展规律的。这样一种对"变"的理解,就非常有力地驳斥了复古主义文艺思潮和创作理论。所以当公安派文艺思想发展起来后,以王、李为代表的复古主义文艺思潮就渐渐地低落下去了。

第三是"趣",由于提倡性灵,要求作家有自己的个性,故对其作品自然也要求有特殊的"趣"。对公安派的"趣",很多研究者持否定态度,认为它不过是一种士大夫的闲情逸趣,缺乏社会生活内容,只是一种"小摆设"而已。其实这是很不公道的。公安派提倡的"趣",指的是一种审美感受、审美趣味,它明显地带有时代的色彩。袁宏道在《叙陈正甫会心集》一文中对此有明确的论述。他说:

> 世人所难得者唯趣。趣如山上之色,水中之味,花中之光,女中之态,虽善说者不能下一语。唯会心者知之。今之人慕趣之名,求趣之似,于是有辩说书画、涉猎古董以为清;寄意玄虚、脱略尘纷以为远;又其下则有如苏州之烧香煮茶者。此等皆趣之皮毛,何关神情。夫趣得之自然者深,得之学问者浅。当其为童子也,不知有趣,然无往而非趣也。面无端容,目无定睛,口喃喃而欲语,足跳跃而不定,人生之至乐,真无逾于此时者。孟子所谓不失赤子,老子所谓能婴儿,盖指此也。趣之正等正觉,最上乘也。山林之人,无拘无缚,得自在度日,故虽不求趣,而趣近之。愚不肖之近趣也,以无品也,品愈卑故所求愈下,或为酒肉,或为声伎,率心而行,无所忌惮,自以为绝望于世,故举世非笑之不顾也,此又一趣也。迨夫年渐长,官

渐高，品渐大，有身如桎，有心如棘，毛孔骨节俱为闻见知识所缚，入理愈深，然其去趣愈远矣。

袁宏道所提倡的这种自然之趣，也是从李贽《童心说》思想的基础上生发出来的。他指出不同思想、精神、情操的人有不同的"趣"，最上乘的"趣"则是天真无瑕的童子之趣，即孟子所说"赤子之心"、老子所谓"能婴儿"也。所以，真正的"趣"是"得之自然者深，得之学问者浅"。可见他的"趣"是和一般官僚道学的"趣"不同的，官愈大，其"闻见知识"愈多，离真正的"趣"就愈远。他认为真正的"趣"，乃是出自"童心"之"趣"，愈是不受理学污染就愈有"趣"，愈是"率性而行"者愈有"趣"。这说明袁宏道所提倡的"趣"，是和李贽的"童心"一样，具有反理学、反传统的鲜明的时代精神，是反映了当时要求思想解放、个性自由色彩的新的启蒙思潮的，是一种有积极意义的健康的审美趣味。他所说的"山上之色，水中之味"等等正是这种"自然之趣"的表现。从这种审美理想出发，他自然会要求文学表现真性情、真性灵，做到"情真而语直"（《陶孝若梦中呓引》），并在艺术上倾向于平淡、天真的自然美，提出"淡"的主张。"淡"是自然之"趣"的体现。其《叙咼氏家绳集》云：

苏子瞻酷嗜陶令诗，贵其淡而适也。凡物酿之得甘，炙之得苦，唯淡也不可造；不可造，是文之真性灵也。浓者不复薄，甘者不复辛，唯淡也无不可造；无不可造，是文之真变态也。风值水而漪生，日薄山而岚出，虽有顾、吴，不能设色也，淡之至也。元亮以之。东野、长江欲以人力取淡，刻露之极，遂成寒瘦。香山之率也，玉局之放也，而一累于理，一累于学，故皆望岫焉而却，其才非不至也，非淡之本色也。

"淡"是文学创作的"真性灵"、"真变态"在艺术风貌和审美特征上的具体体现，是事物的本色美、自然美，它也是当时这股文艺新思潮在审美理想上的共同特征。

袁宏道的文艺观和美学观也有明显的片面性，由于主张要"率性""自然"，人要任自己的欲望去行事，不受一切束缚，也容易走上另一个极端，如讲"趣"，只要自然、任性就好，于是就容易使某种不健康的审美趣味也得以发展。他所说"愚不肖"之人或以酒肉为趣，或以声伎为趣，"率心而行"，"亦一趣也"，就有这种流弊。公安派往往以山水游记小品为满足而缺少有深刻社会意义的作品，而且常常流于浅俚，也是与此有关的。

第四是"奇"，袁宏道在文艺创作上提倡"淡"的同时，也讲究文学创作要"奇"，但他的"奇"和一般所讲的"奇"有所不同，并非人为造作之"奇"，而是指符合于人之真性情、不模仿前人而极其自然者为"奇"。他在《答李元善》中说:"文章新奇,无定格式,只要发人所不能发,字法句法调法,一一从自己胸中流出,此真新奇也。"这种所谓"新奇",就在于它不师法前人,而师法自然,凭心而出,此方为"新奇"之高格。其《叙竹林集》云:

> 往与伯修过董玄宰(按即董其昌)。伯修曰:"近代画苑诸名家,如文徵仲、唐伯虎、沈石田辈,颇有古人笔意不?"玄宰曰:"近代高手,无一笔不肖古人者。夫无不肖,即无肖也,谓之无画可也。"余闻之悚然曰:"是见道语也。"故善画者,师物不师人;善学者,师心不师道;善为诗者,师森罗万象,不师先辈。法李唐者,岂谓其机格与字句哉?法其不为汉、不为魏、不为六朝之心而已。是真法者也。

所谓"师森罗万象"者,即是指师法自然。不师前人成法,而以变化无穷的自然为法,也就是以无法为法,这是他所说"新奇"的基本特征。他又说:"今夫时文,一末技耳。前有注疏,后有功令,驱天下而不为新奇不可得者,不新则不中程故也。夫士即以中程为古耳,平与奇何暇论哉?王以明先生为余业举师,其为师能以不法为法,不古为古,故余为叙其意若此。"可见,袁宏道提倡的"新奇",实际也是对他的性灵说的一个补充。

袁宏道的弟弟袁中道的文学思想和他二哥的文学思想是基本一致的,很多方面可以为其兄作补充。袁小修在《中郎先生全集序》中对其兄在廓清以王、李为代表的复古模拟迷雾中的作用,给予了比较充分的论述。同时,他对中郎在文学理论和创作实践上的缺点和不足也作了实事求是的分析,这是很不容易的。在《蔡不瑕诗序》中说:"今人好中郎之诗者忘其疵,而疵中郎之诗者掩其美,皆过矣。"追随中郎的后学之病实与中郎思想之片面性有关。"先兄中郎矫之,多抒其意中之所欲言,而刊去套语,间入俚易。"如果后学之辈要真正成为有功于中郎者,就应当"学其发抒性灵,而力塞后来俚易之习"(《阮集之诗序》)。小修在文学思想上也以倡导性灵为主,主张"以真人而为真文"(《淡成集序》),不满于七子派之抄袭格套,不过他对前后七子本身的历史作用并不否定。他对于文学发展也持"变"的观点,但是他认为从创作的角度看,无非是"性情"和"法律"交互变化。《花雪赋引》云:"是故性情之发,无所不吐,其势必互异而趋俚;趋于俚,又将变矣,作者始不得不以法律救性情之穷。法律之持,无所不束,其势必互同而趋浮;趋于浮,又将变矣,作者始不得不以性情救法律之穷。"对于诗文的美学风貌,袁中道也主张自然平淡,不过他吸取了苏轼"绚丽之极归于平淡"的思想,提出了"绘"和"素"的问题。其《程晋侯诗集序》中说:"诗文之道,绘素两者耳。""夫真能即素为绘者,其惟陶靖节乎?非素也,绘之极也。""绘"即是"人巧","素"即是"天真",前者为人工,后者为天工。他还指出,陶渊明正是由于能"即素为绘",故最能"得恬澹之趣者也"。抒发性灵之文的淡趣,正是绚烂之极而归于平淡的表现。他强调要"绚烂之极而归于平淡",是对中郎论"淡"的一个补充,这样可使淡而不至流于浅,素而不至流于陋,盖亦防止中郎之偏而产生流弊也。

继公安之后,有钟惺和谭元春为代表的竟陵派。钟惺(1574—1624),字伯敬,号退谷,竟陵(今湖北天门)人。谭元春(1586—1631),字友夏,亦竟陵人。他们一起评选《古诗归》15卷、《唐诗归》36卷,合为《诗归》51卷,其宗旨是在继承公安派性灵说的基础上,以"幽深孤峭"矫公安之俚俗,一时以"钟谭体"著称天下,人谓"竟陵派",曾产生了较大的影响。但是正像钱谦益所批评的,"当其创获之初,亦尝覃思苦心,寻味古人之微言奥旨,少有一知半见,掠影希光,以求绝出于时俗。久之,见日益僻,胆日益粗,举古人之高文大篇铺陈排比者,以为繁芜熟烂,胥欲扫而刊之,而惟其僻见之是师,其所谓深幽孤峭者,如木客之清吟,如幽独君之冥语,如梦而入鼠穴,如幻而之鬼国"(《列朝诗集小传·钟提学惺》)。钱谦益的批评虽然过于尖刻了一些,但还是击中竟陵派的要害。竟陵派的文学思想和创作主张,集中体现在钟惺的《诗归序》中,其云:

> 今非无学古者,大要取古人之极肤极狭极熟,便于口手者,以为古人在是。使捷者矫之,必于古人外,自为一人之诗以为异,要其异,又皆同乎古人之险且僻者,不则其俚者也;则何以服学古者之心!无以服其心,而又坚其说以告人曰,千变万化不出古人。问其所为古人,则又向之极肤极狭极熟者也。世真不知有古人矣。惺与同邑谭子元春忧之。内省诸心,不敢先有所谓学古不学古者,而第求古人真诗所在。真诗者,精神所为也。察其幽情单绪,孤行静寄于喧杂之中;而乃以其虚怀定力,独往冥游于廖廓之外。如访者之几于一逢,求者之幸于一获,入者之欣于一至。不敢谓吾之说,非即向者千变万化不出古人之说,而特不敢以肤者狭者熟者塞之也。

此所谓"取古人之极肤极狭极熟"者,当是指承七子之余绪者,而所谓"于古人外,自为一人之诗以为异"者,当是指公安派及其后学,钟惺则正是为矫七子与公安之弊,而提出了"察其幽情单绪,孤行静寄于喧杂之中"的主张的。他所说的"真诗",即谭元春《诗归序》中所说"真有性灵之言",实际也就是公安派所说的自"性灵"流出之作,不过钟、谭认为这种"真诗"存在于人的"幽情单绪"和"孤诣""孤怀"之中,于是竭力追求"深幽孤峭",其结果自然是像钱谦益所批评的那样,"以僻涩为幽峭,作似了不了之语,以为意表之言,不知求深而弥浅；写可解不解之景，以为物外之象，不知求新而转陈"（《列朝诗集小传·谭解元元春》）。实际上，钟惺、谭元春在文学理论上并没有什么有价值的新贡献。他们欲矫公安之弊，实际上他们比公安派的诗歌创作道路更为狭隘，所以，一直受到后来诗论家的批评。

第十三章　明代的小说戏曲理论批评

第一节　明代的小说评点和李贽对《水浒》的批评

明代的小说理论批评，有关文言小说的比较少，主要是对白话小说的理论批评，它自明代中叶开始出现了繁荣发展的新局面。当时小说理论批评方式主要有三种：一是对作品的评点，二是为小说写序或跋，三是笔记杂著中的一些片断记载和评述。小说理论批评内容一般比较零碎，但是其中也有很多精彩、独到、深刻的见解，尤其是小说理论批评的主要形式——评点，又有其不可取代的优点和长处。袁无涯刻本《出像评点忠义水浒全传》卷首《发凡》中说：

> 书尚评点，以能通作者之意，开览者之心也。得则如着毛点睛，毕露神采；失则如批颊涂面，污辱本来，非可苟而已也。今于一部之旨趣，一回之警策，一句一字之精神，无不拈出，使人知此为稗家史笔，有关于世道，有益于文章，与向来坊刻，复乎不同。如按曲谱而中节，针铜人而中穴，笔头有舌有眼，使人可见可闻，斯评点所最贵者耳。

评点是一种沟通作者和读者的方式，它可以提高读者的欣赏能力，使读者充分理解作品的内容与作者的意图。阅读优秀的评点作品，会感到好像有一位非常熟悉和了解作品的人，在随着读者阅读逐字逐句逐段逐回地进行讲解，使读者对作品思想和艺术都能有清楚、透彻的了解。托名袁宏道所写《东西汉通俗演义序》说李卓吾小说评点能"通人慧性"，"开人心胸"，当然这首先决定于评点者的水平，但也和这种方法有密切关系。由于评点者是在对全书有总体把握、深刻理解的情况下来评论其中的某一部分的，所以能揭示出这具体的片断在全书中的地位和作用，并善于看出人物的一句话、一个动作在表现和刻画人物性格中的意义和特点，而这些在读者一般的阅读过程中是常常容易忽略掉的。评点形式也是多种多样的，有的以一两个字来提示其思想意义或艺术特征，例如"画"、"妙"、"真"、"趣"、"如画"、"传神"、"奇文"、"活写"等等；有的则可大段发挥其中的深层含意,如金圣叹评武松打虎,联系赵松雪画马、苏轼画雁诗论"无人态",来说明此段文字在艺术描写上和诗画艺术美学传统之间的联系。评点的方法是十分灵活的,或是眉批,或是行间夹批,或是插入行文中间评述,或是回前总评,或是回后总评,乃至全书总评,均可视评论内容多少和如何更有利于发挥评点效果而自由选择。评点是随着小说情节的发展、故事的进程,一步步地揭示出作者创作目的和艺术表现方法的,使你对任何一个细节描写、任何一句话,都不会轻轻放过,所谓"一部之旨趣,一回之警策,一句一字之精神,无不抉出"。它还可以提醒读者注意作者前后描写之间的联系,并进行比较;了解作者有意布下的伏线,及其对后面描写所起的作用。评点方式所具有的最大特点是理论与实际的紧密结合,评点中所提出的一些理论问题,都是密切联系创作实际的,都有具体创作实例作为根据,而不是泛泛空论。当然评点这种方式也有它本身形式所带来的缺点,它往往受一部作品或作品中某一部分的限制,不能从理论上进一步展开,作比较深入的全面、系统分析,有时显得很零碎。因此我们研究中国古代小说理论批评,必须把评点、序跋、笔记杂著中的有关内容综合起来加以分析,否则就不能反映小说理论批评的全貌。

李贽在中国小说理论批评史上有极其重要的地位,是明代最重要的小说理论批评家。他首先开始评点白话小说,并且把小说批评和社会批评紧密地结合在一起,运用小说批评来宣传反道学、反传统的叛逆思想。他对历来被正统文人看不起的小说和戏曲,给予了极高的评价,称《水浒传》、《西厢记》等为"天下之至文",从而极大地提高了小说戏曲的地位。在他去世后,许多书坊主人在刻印小说戏剧作品时要冠以"李卓吾先生批评"之名,足以说明他的影响之深远。但也正是这种缘故,我们今天对署名他批评的小说戏曲之真伪也发生了疑问,而很难确切地断定是否真是他评点的本子。

李贽对《水浒传》作过详细的评点是可以肯定的。现存他的《焚书》中有《忠义水浒传序》一文,他在书信《与焦弱侯》中也曾说过:"《水浒传》批点得甚快活人,《西厢》、《琵琶》涂抹改窜得更妙。"(《续焚书》卷一)特别是在袁中道的《游居柿录》卷九曾记载1592年夏他去访问,曾见到李贽评点的《水浒传》,而且是很详细的"逐字批点"。目前所存题为李卓吾先生批评的《水浒传》主要有两种本子:一为容与堂刻本《李卓吾先生批评忠义水浒传》一百回本,一为袁无涯刊刻、杨定见《小引》中称为他所收藏、题李卓吾评的《出像评点忠义水浒全传》一百二十回本,另一种《李卓吾评忠义水浒传》一百回本,为芥子园刻本,基本上和袁无涯本同。近年来有不少研究者认为容本系伪托,实际上为叶昼所评,而袁本则是李贽所评原本,而只是又有叶昼等人的加评,但没有可靠的根据。我们认为容本和袁本都不一定是李贽所评原本,但参考李贽的《藏书》、《焚书》以及对这两部书评点中的思想和风格,容本显然更接近李贽,而袁本则相去甚远。从评点的内容看,容本主要是借批评《水浒》来进行社会政治批评,抨击朝廷腐朽黑暗,痛骂贪官污吏,揭露假道学的虚伪性,赞扬"率性而行"的言行。这和李贽的思想及《忠义水浒传序》的内容是很一致的。李贽《忠义水浒传序》是一篇尖锐的社会批评文章,它赋予《水浒传》以"忠义"之名是为了说明当时"冠履倒施,大贤处下,不肖处上","忠义"并"不在朝廷、不在君侧",而在"水浒",这是对当时社会黑暗的愤怒揭露和批判。他说:"《水浒传》者,发愤之所作也。"又说:"施、罗二公身在元,心在宋;虽生元日,实愤宋事。是故愤二帝之北狩,则称大破辽以泄其愤;愤南渡之苟安,则称灭方腊以泄其愤。敢问泄愤者谁乎?则前日啸聚水浒之强人也,欲不谓之忠义不可也。是故施、罗二公传《水浒》而复以忠义名其传焉。"其实,都是针对明代当时社会状况的批评。

明代从嘉靖、万历之交开始,在具有启蒙色彩文艺新思潮和李贽等人的影响下,小说理论批评形成了一个繁荣发展的高潮,涉及许多重要文学理论问题,这主要有以下几个问题。

第一,极大地提高了小说的地位和作用,强调小说应当与正统诗文有同样的地位,认为小说是"六经国史之辅",有益于"世道人心"。弘治年间蒋大器以庸愚子名义所写的《三国志通俗演义序》中说此书"文不甚深,言不甚俗,事纪其实,亦庶几乎史,盖欲读诵者,人人得而知之,若《诗》所谓里巷歌谣之义也"。它和史书同样有"垂鉴后世"之社会教育作用,而且由于它的通俗性、形象性,更易为人们所接受。嘉靖年间张尚德以修髯子为名的《三国志通俗演义引》指出:"通俗小说可以使是是非非,了然于心目之下,裨益风教,广且大焉。"天都外臣的《水浒传叙》就把《水浒传》和《史记》相比,指出它"往往似之",并且说它内容之广阔丰富、森罗万象,表达感情之无微不至、无所不包,描写世态人情之千姿万状、惟妙惟肖,几乎把《水浒》说成了一部百科全书。李贽《童心说》中说《水浒》乃"天下之至文",比"六经"、《论语》、《孟子》要高得多。到万历后期这种对小说的地位和作用的看法,在小说理论批评领域中遂成为普遍的认识。

第二,注意到了小说的真实性、生动性、形象性,以及由此而产生的强烈艺术魅力,表现了对小说审美特征的比较深刻的认识。许多人指出小说的特点是生动具体的描绘人情物态,如天都外臣《水浒传叙》说"如良工善绘,浓淡远近,点染尽工"。胡应麟在《少室山房笔丛》中说《水浒传》是"不事文饰,而曲尽人情"。睡乡居士《二刻拍案惊奇序》中说小说必须要能"举人情物态,恣其点染",使人"欲歌欲哭于其间"。对"人情物态"的真实描写使小说不像历史那样枯燥,而有具体生动的形象,它的作用是一般抽象的理论著作所不可能有的。明末冯梦龙以绿天馆主人名义写的《古今小说序》中说:"试令说话人当场描写,可喜可愕,可悲可涕,可歌可舞;再欲捉刀,再欲下拜,再欲决胆,再欲捐金;怯者勇,淫者贞,薄者敦,顽钝者汗下。虽日诵《孝经》、《论语》,其感人未必如是之捷且深也。"

第三,探讨了历史小说创作中的历史真实(即生活真实)和艺术真实的关系问题。小说和历史的区别在本质上是一个历史真实和艺术真实关系问题,这在历史演义小说中尤为突出。围绕着历史小说能不能虚构,可以虚构到什么程度,明代出现了几派明显不同意见。一派认为历史小说必须严格遵循历史事实,不允许有任何的虚构,要按照历史著作"实录"原则来创作。张尚德提出的"羽翼信史而不违"即是一种比较典型的表现。余邵鱼《题全像列国志传引》中说:"编年取法麟经,记事一据实录。"另一派认为历史小说创作只要基本史实不违背正史即可,不必所有细节都符合正史。可观道人《新列国志叙》中说此书"虽敷演不无增添,形容不无润色,而大要不敢尽违其实"。陈继儒在《唐书演义序》中讲得更明白:"其事实,时采谲狂,于正史或不尽合。"甄伟在其《西汉通俗演义序》中说:"若谓字字句句与正史尽合,则此书又不必作矣。"总之,这一派认为"大要"不可违背史实,但小说可以适当地有一些虚构的内容。第三派则侧重于强调小说必须有虚构,历史小说不仅可以写与正史记载完全不同的内容,而且与史书不同正是小说的特点。这一派可以熊大木与袁于令为代表。熊大木《新刊大宋演义中兴英烈传序》中说:"然而稗官野史实记正史之未备,若使以事迹显然不泯者得录,则是书竟难以成野史之余意矣。"此种意见到明末袁于令以吉衣主人名字于崇祯六年写的《隋史遗文序》中说正史是记事的,其目的在"传信",故必须讲究严格的真实。而小说则是"遗史",是为了"搜逸",其目的在"传奇",故贵在幻妙,这样方可吸引人,所以要注重表现作家的幻想和虚构的内容。历史贵真,小说贵幻,这种看法接触到了历史和小说的根本区别,反映了对小说艺术的审美特征的认识。历史小说创作中的真实和虚构的关系,只要不影响小说作为艺术的创作特点和审美规律,对有没有虚构、虚构成分的多少,可以有不同的安排,但不应该拘泥于史实而妨碍形象的创造。所以第一派意见是不可取的,它没有认识到小说作为艺术和历史有本质的不同,而简单地把小说等同于历史,这样就抹杀了小说的特点。

第四,小说创作中的虚构和真实的关系。随着小说理论批评的发展,对虚构重要性和必要性的认识不断提高,许多人提出小说创作不是简单地"实录"

生活或依据正史,而且必须要有虚构,这样才能更"真"。小说的"真"不是具体的人和事的真实,而是"情"和"理"的真实。早在嘉靖年间,王圻《稗史汇编》中提出有了"虚"小说和戏剧方能写"活"。其后万历年间谢肇淛《五杂俎》中也说:"小说杂剧戏文,须是虚实相半,方为游戏三昧之笔,亦要情景造极而止,不必问其有无也。""近来作小说,稍涉怪诞,人便笑其不经,而新出杂剧,若《浣纱》、《青衫》、《义乳》、《孤儿》等作,必事事考之正史,年月不合,姓氏不合,不敢作也。如此,则看史传足矣,何名为戏?"他说明文学作品要创造审美形象,如果事事讲究符合事实,也就没有文学作品了。冯梦龙以无碍居士为名写的《惊世通言叙》中说:

> 野史尽真乎?曰:不必也。尽赝乎?曰:不必也。然则,去其赝而存其真乎?曰:不必也。……人不必有其事,事不必丽其人。其真者可以补金匮石室之遗,而赝者亦必有一番激扬劝诱、悲歌感慨之意。事真而理不赝,即事赝而理亦真,不害于风化,不谬于圣贤,不戾于诗书经史,若此者其可废乎!

他认为小说创作只要做到"理真",即事赝亦无妨碍。小说体现了人们普遍都能理解的生活真理,反映了事物内在的规律,那么就可以"触性性通,导情情出","未知孰赝而孰真也"。"事真而理不赝,即事赝而理亦真",这是冯梦龙对小说创作中虚构和真实关系的一个十分重要的理论概括。睡乡居士《二刻拍案惊奇序》中还进一步指出了"假"可以"胜真"的道理。与此相关的是,对文学创作中如何运用史学写作中"实录"原则,也有了较为正确的认识,已经看到了小说创作中"实录"并不排斥虚构,它只不过是要求达到"情真"、"理真"而已。容与堂本《水浒传》第55回的回评说道:"李和尚曰:宋公明凡遇败将,只是一个以恩结之。所云知雄守雌也,的是黄老派头。吾尝谓他假道学真强盗。这六个字,实录也,即公明知之,定以为然。"此处说宋江是"假道学,真强盗",并认为这就是"实录",其含义是指对宋江本质的概括,而非指对具体人与事的描写。这种"实录"含义是与"情真"、"理真"一致的,而非指"人真"、"事真",是很明白的。后来曹雪芹在《红楼梦》第1回中说他的作品"大旨不过谈情,亦只实录其事","其间离合悲欢,兴衰际遇,俱是按迹循踪,不敢稍加穿凿,至失其真"。这种"实录",自然也是指"情真"、"理真",而非指"人真"、"事真"也。这样,就把对史学写作所提出的"实录"原则,按照文学创作的特点作了改造,运用到了文学创之中。

第五,对浪漫主义小说及其创作特点的分析。对浪漫主义小说特点的探讨得比较多的主要是两个问题:一是关于浪漫主义小说的作者寓意和社会作用,一是关于浪漫主义小说创作中的幻和真的关系问题。这两方面是有联系的,归根结底是浪漫主义作品的现实基础问题。《西游记》作者吴承恩在《禹鼎志序》中说:"虽然吾书名为志怪,盖不专明鬼,时记人间变异,亦微有鉴戒寓焉。"假托鬼怪,而寓以现实内容,运用人鬼结合的方式,寄寓作家的鉴戒,这大约也是我国古代志怪小说的一个基本特征。谢肇淛在《五杂俎》中说:"小说野俚诸书,稗官所不载者,虽极幻妄无当,然亦有至理存焉。"明代对浪漫主义小说的批评明确地提出了"幻中有真"的思想,睡乡居士在《二刻拍案惊奇序》中说:

即如《西游》一记,怪诞不经,读者皆知其谬。然据其所载,师弟四人,各一性情,各一动止,试摘取其一言一事,遂使暗中摹索,亦知其出自何人,则正以幻中有真,乃为传神阿堵。

《西游记》中的孙悟空、猪八戒既具有动物的特点,又具有人的性格;而他们虽是精怪,而言行举止,所作所为,却又和人一模一样。袁于令在以幔亭过客为名写的《西游记题辞》中还进一步指出:"文不幻不文,幻不极不幻。是知天下极幻之事乃极真之事;极幻之理,乃极真之理。"作家的幻想愈充分,寄寓的意义愈深刻,所反映的生活真理也就更普遍、更确切。往往愈是"极幻之事",才充分展示了"极真之事";愈是"极幻之理",才充分体现了"极真之理"。这说明浪漫主义作品完全可以比现实主义作品有更高的真实性,有更深广的现实意义。

第六,提出了小说人物塑造的理论。容与堂本《水浒传》评点在艺术分析上运用古代诗文书画的传统美学观点,探讨了小说创作中人物塑造理论,并作了创造性的发挥。首先,它认为《水浒传》人物塑造的主要成就,是在于它具有"传神"写照、"咄咄逼真"的特点,达到了化工境界。如第 21 回回评写道:"此回文字逼真,化工肖物。摩写宋江、阎婆惜并阎婆处,不惟能画眼前,且画心上;不惟能画心上,且并画意外。"唯有传神写照而臻化工造物的境界才能给人以"咄咄逼真"之感。容本第 25 回回评中说:"这回文字,种种逼真。第画王婆易,画武大难;画武大易,画郓哥难。今试着眼看郓哥处,有一语不传神写照乎?"其次,容本《水浒》评点者从把握"传神写照"必须抓住对象"得其意思之所在"出发,指出了《水浒传》人物塑造之所以能做到个性鲜明,正是因为作者擅长于确切地描写出各个人物不同的性格特征,做到"同而不同处有辨"。容本第 23 回回评说道:"《水浒传》文字,妙绝千古,全在同而不同处有辨。如鲁智深、李逵、武松、阮小七、石秀、呼延灼、刘唐等,众人都是性急的,渠形容刻画来,各有派头,各有光景,各有家数,各有身分,一毫不差,半些不混,读去自有分辨,不必见其性名,一睹事实,就知某人某人也。"这是一段极其重要的论述,强调《水浒》人物塑造的要害是同中有异,也即是能从共性中进一步区别出其个性来,只要一看他的言语、动作、行为、举止,就可以知道他是谁,"不必见其性名"。最后,容本评点认为《水浒》人物塑造成功的最根本原因,是由于作者对现实生活有深入的观察和研究,广泛的接触和了解,没有熟悉生活的基础,是不能写得如此逼真传神的。容本卷首署名怀林写的《水浒传一百回文字优劣》中对此作了很好的分析。其云:

> 世上先有《水浒传》一部,然后施耐庵、罗贯中借笔墨拈出。若夫姓某名某,不过劈空捏造,以实其事耳。如世上先有淫妇人,然后以杨雄之妻、武松之嫂实之;世上先有马泊六,然后以王婆实之;世上先有家奴与主母通奸,然后以卢俊义之贾氏、李固实之。若管营、若差拨、若董超、若薛霸、若富安、若陆谦,情状逼真,笑语欲活,非世上先有是事,即令文人面壁九年,呕血十石,亦何能至此哉!此《水浒传》之所以与天地相终始也与?

作者强调了艺术来源于生活,只有充分了解生活,熟悉各种各样的不同生活,才能为艺术创作提供广阔的天地,写出个性鲜明、栩栩如生的人物,具有复杂多变、曲折生动的情节。

综上所述,可以看出明代小说批评在理论上已经提出了一系列重要问题,它们既和传统的文艺美学思想有紧密的联系,又结合小说创作的特点作了许多新的发挥,提出了不少有价值的重要看法,为后来的小说理论批评发展,作出了积极的贡献。

第二节　明代的戏曲理论批评

明代戏曲理论批评的发展是很繁荣的,从数量上说比小说理论批评要多,且有不少专著,不过从文学理论的角度看,它的理论价值和涉及理论问题的深度与广度,却又不如小说理论批评。其原因是戏曲理论批评大都侧重在戏曲的表演艺术方面,而较少涉及文学剧本的创作和人物、情节、结构等问题。由于戏曲理论批评的内容主要在曲词和音律上,和诗词理论批评较为接近,但在理论上超越诗词理论批评的地方却不多。然而戏曲不仅在民间演出,也在宫廷内和贵族官僚家庭内演出,所以戏曲比小说要更为受到封建社会上层和正统文人的重视,有关戏曲创作的论述也比较多。同时,明代以朱元璋为首的封建统治者对戏曲的爱好也多少还是促进了人们对戏曲的重视。从明代戏曲理论批评发展看,自明初到嘉靖以前相对来说是比较沉寂的,朱元璋的第十七子朱权(？—1448)酷爱戏曲,著有《太和正音谱》,对元代的重要杂剧作家和明代十六位杂剧作家,均以四字形象地比喻其作品的艺术风貌,并对元代十二位著名剧作家写了较为详细的评语。贾仲明(1343—1423?)就钟嗣成《录鬼簿》作了增订,为关汉卿、白朴、马致远、王实甫等八十余人补写了挽词,他对关汉卿的评价很高,在挽词中赞扬其作品字字珠玑、玲珑透彻,有自然天成之美,称颂王实甫"《西厢记》天下夺魁"。他很重视杂剧作家的"风调才情",也很重视杂剧情节、结构。明代自嘉靖以后,由于经济、思想、文化领域中新特点的出现,为戏曲理论批评注入了新的兴奋剂,促使它急剧地繁荣起来。嘉靖、隆庆时期戏曲文学思想的中心是提倡"本色",这是当时整个文艺领域中出现的新思潮之重要表现。李开先在《西野春游词序》中说传奇戏曲是以词为主体的,与诗不同,词有自己的"本色"。何良俊提出:"盖填词须用本色语,方是作家。"他不赞成《西厢记》为杂剧绝唱、《琵琶记》为南戏极致的通行看法,认为"《西厢》全带脂粉,《琵琶》专弄学问,其本色语少",即是从提倡精练朴素的本色美出发的。徐渭写了有关南戏的专门戏曲理论批评专著《南词叙录》。他说高明《琵琶记》中"唯《食糠》、《尝药》、《筑坟》、《写真》诸作,从人心流出,严沧浪言'水中之月,空中之影',最不可到"。戏曲创作以从"人心流出"、无规矩可循为高。他认为南戏的最大特点是"句句本色语,无今人时文气"。他在《西厢序》中说:"世事莫不有本色,有相色。本色犹俗言正身也,相色,替身也。替身者,即书评中婢作夫人终觉羞涩之谓也。婢作夫人者,欲涂抹成主母而多插带,反掩其素之谓也。故余于此本中贱相色,贵本色,众人喷喷者我哂哂也。岂唯剧者,凡作者莫不如此。"本色美是合乎自然的化工之美,而相色美则是做作装扮的人工之美,故如婢作夫人终觉羞涩而不自然。唯本色之作方有情真意切、生动自然之特点,所以最能感动人,并能长远地传之于后世。因提倡本色美而强调通俗平易和大众化,使奴、童、妇、女皆能听懂,这些都是和后来公安派思想一致的。与徐渭同时的王世贞则比较重在才情、学识、华丽辞藻,他不赞成何良俊对《西厢记》、《琵琶记》的评价,认为"北曲故当以《西厢》压卷"。他在戏曲理论批上比较有价值的一点是,他十分重视剧本中对人情物态的描写。他曾说《琵琶记》之所以冠绝诸剧,即在其"体贴人情,委曲必尽;描写物态,仿佛如生;问答之际,了不见扭造:所以佳耳"。说明他很注意戏剧作品的整体美,看到了人物、情节等方面描写的重要性。

明代后期产生了两个对立的戏曲流派,并在戏曲理论批评上有激烈的论争,这就是著名的吴江派和临川派。争论的焦点是戏曲创作应当重音律还是重意趣,争论起源于对汤显祖《牡丹亭》一剧的评价。吴江派主要代表人物是沈璟(1553—1610),字伯英,号宁庵,又号词隐,著有传奇十多种。他精通音律,主张戏曲创作必须严格尊重传统戏曲的音律规定,能够充分合乎舞台演唱的要求,认为这才是戏曲的本色。临川派主要代表人物是汤显祖,他强调戏曲作品神情意趣,而不太注重音律,因此在舞台演唱上常常发生困难。他的《牡丹亭》(也称《还魂记》)以描写杜丽娘的生死不渝之情为主,于音律方面或常不谐调,其他作品也有这种情况。吴江派沈璟、吕玉绳、臧懋循、冯梦龙等对其《牡丹亭》等"临川四梦",加以修改而使之便于演出,然而原作之神情意趣则确是大有损害,于是,引起汤显祖和拥护他戏曲创作主张的王思任、孟称舜、茅元仪等的不满,发生了一场激烈争论。后来王骥德在《曲律》中总结他们的争论,作了如下的评说:"临川之于吴江,故自冰炭。吴江守法,斤斤三尺,不欲令一字乖律,而毫锋殊拙;临川尚趣,直是横行,组织之工,几与天孙争巧,而屈曲聱牙,多令歌者齚舌。吴江尝谓:'宁协律而不工。读之不成句,而讴之始协,是为中之之巧。'曾为临川改易《还魂》字句之不协者,吕吏部玉绳(郁蓝生尊人)以致临川,临川不怿,复书吏部曰:'彼恶知曲意哉!余意所至,不妨拗折天下人嗓子。'其志趣不同如此。"王骥德的概括还是比较符合实际的。沈璟之重音律显然是受何良俊的影响,对其"宁声叶而辞不工,无宁辞工而声不叶"说非常钦佩,其《二郎神套曲》中说:"论词亦岂容疏放,纵使词出绣肠,歌称绕梁,倘不谐律吕,也难褒奖,耳边厢讹音俗调,羞问短和长。"《元曲选》的编者臧懋循(?—1621),字晋叔,是支持沈璟的,其《玉茗堂传奇引》中说《牡丹亭》四记:"论者曰:'此案头之书,非筵上之曲。'夫既谓之曲矣,而不可奏于筵上,则又安取彼哉?"冯梦龙的看法则比较中肯一些,他在改《牡丹亭》为《风流梦》小引中说:"夫曲以悦性达情,其抑扬清浊,音律本于自然。若士亦岂真以揿嗓为奇,盖求其所以不揿嗓音者而未遑时,强半为才情所役耳。识者以此为案头之书,非当场之谱。欲付当场敷演,即欲不稍加窜改而不可得也。"吴江派虽重音律,但像臧懋循和冯梦龙等对戏曲的情节、结构以及描写人情物理的广泛性和深刻性,也还是相当重视的,所以不能简单地说吴江派重形式而临川派重内容。汤显祖对沈璟、吕玉绳等改他的《牡丹亭》剧本是非常不满意的,他在《玉茗堂尺牍·与宜伶罗章二》中说:"《牡丹亭记》,要依我原本,其吕家改的,切不可从。虽是增减一二字以便俗唱,却与我原做的意趣大不同了。"《答吕姜山》云:"凡文以意趣神色为主。四者到时,或有丽词俊音可用。尔时能一一顾九宫四声否?如必按字摸声,即有窒滞迸拽之苦,恐不能成句矣。"又《答凌初成》云:"不佞《牡丹亭记》,大受吕玉绳改窜,云便吴歌。不佞哑然失笑曰:昔有人嫌摩诘之冬景芭蕉,割蕉加梅,冬则冬矣,然非王摩诘冬景也。"可见,他是把意趣神色放在第一位的,绝不愿为了便于歌唱的音律需要而妨碍了意趣神色的自由畅达表现,所以对戏曲创作来说,吴江派重在演出,而临川派重在文学剧本。汤显祖也知道他的作品不利于演唱,不过他对此并不在乎,他在《答孙俟居》中说道:"弟在此自谓知曲意者,笔懒韵落,时时有之,正不妨拗折天下人嗓子。"汤显祖论戏曲和他论诗文一样,也是重在要写出人间真情,认为"情"是戏曲的核心和灵魂,这在他的《牡丹亭记题词》中说得最为明白,他所提倡的意趣神色正是从情中流露出来的。所以,他对许多戏曲作品评论中都贯穿了一个"情"字。如他说他的《二梦记》(即《南柯记》和《邯郸记》)是"因情成梦,因梦成戏"。他最重要的一篇戏曲论著是《宜黄县戏神清源师庙记》。他指出戏曲也是人之"情"自然流露的结果:"人生而有情。思欢怒愁,感于幽微,流于啸歌,形诸动摇。"他说,戏曲可以"使天下之人无故而喜,无故而悲。或语或嘿,或鼓或疲,或端冕而听,或侧弁而咍,或窥观而笑,或市涌而排。乃至贵倨弛傲,贫啬争施。瞽者欲玩,聋者欲听,哑者欲叹,跛者欲起。无情者可使有情,无声者可使有声"。由于汤显祖论戏曲重在意趣神色,因此他对戏曲作品的整体美相当重视,强调戏剧结构的"串插","关目宛转",善于"意外设奇",对曲词和宾白都很重视,这是他戏曲文学思想中很有特色的方面。对吴江派和临川派的争论,应当看到不是戏曲美学思想的全面对立,而且他们的理论主张都有一定的片面性,因此后来吕天成的《曲品》和王骥德的《曲律》都对此采取了一种调和折中的态度。

明代后期戏曲理论方面有两部比较重要的专著,这就是吕天成的《曲品》和王骥德的《曲律》。吕天成(1580—1618),字勤之,号棘津,又号郁蓝生,是浙江余姚人。他是吕玉绳的儿子,其戏曲理论批评代表作是《曲品》。吕天成虽属吴江派,但实际上是主张把吴江派和临川派的优点结合起来,互相吸取对方长处的。他对沈璟和汤显祖的评价都很高,"初无轩轾",并且在其《曲品》中均列为上品之上。他认为这两人各有长处,并驾齐驱,不相上下,是明代戏曲创作中的双子星座,他说:"此二公者,懒作一代之诗豪,竟成千秋之词匠,盖震泽所涵秀,而彭蠡所毓精者也。"但两人志趣不同,一重音律,一重意趣。吕天成说:"予谓二公譬如狂狷,天壤间应有此两项人物,不有光禄(指沈璟),词埠弗新;不有奉常(指汤显祖),词髓孰抉? 倘能守词隐先生之矩矱,而运以清远道人之才情,岂非合之双美者乎?"这是非常通达的观点,也是比较中肯的。吕天成很推崇南戏,对杂剧和传奇作了比较,说明传奇之繁荣乃是在杂剧基础上的一个新发展,在形式上、表演上有超过杂剧的许多优点。而且杂剧但叙一事颠末,而传奇则备述"一人始终",更重在广泛地表现社会生活和人物性格刻画。对传奇创作,他也不只是重音律,还很注意文学内容和技巧,他说:"故赏其绝技,则描画世情,或悲或笑;存其古风,则凑泊常语,易晓易闻。有意架虚,不必与实事合;有意近俗,不必作绮丽观。不寻宫数调,而自解其殳;

不就拍选声，而自鸣其籁。极质朴而不以为俚，极肤浅而不以为疏。商彝周鼎，古色照人；玄酒太羹，真味沁齿。"这里，吕天成不仅特别重视戏曲描写世态人情的真实性，而且要求有古朴平易的本色美；不仅重视文学的真实性，而且对这种真实性的要求，并非事实的真实，而且是有虚构在内的艺术真实；他虽然重戏曲音律，但又要求自然流畅的天籁之美。因此他的"本色"、"当行"之论也有不同于前人的特点：他所说的"当行"，不只是说的对戏曲本身特点的熟练把握，而且"兼论作法"，亦即包括创作方法在内，戏曲创作不是"组织钉饾学问"，而是在于对剧本中"境态"，亦即人情物态的真实描写，必须恰到好处，"一毫增损不得"；他说的"本色"，虽然是专指"填词"，但并非是"摹剿家常语言"，而要求曲词"别有机神情趣"，亦即体现传奇的精神风貌，应当是一种艺术的语言，所以"摹剿正以蚀本色"，"一毫妆点不得"。特别是他要求戏曲中"境态"和"填词"两者的统一，即是"当行"与"本色"的统一："果属当行，则句调必多本色矣；果具本色，则境态必是当行矣。"所以他的戏曲美学观点是比较全面而稳妥的，并不偏向一面。

吕天成《曲品》分上下两卷，上卷评传奇作家，分旧传奇作家和新传奇作家两类。旧传奇作家按神、妙、能、具四品，是参考传统画品分等的方法来评戏曲作家的。新传奇作家分为上、中、下三等，每一等中又分上、中、下三级，实际是九等。下卷评作品，分为旧传奇和新传奇两类，旧传奇也分神、妙、能、具四等，新传奇也分上、中、下三等，每等也分上、中、下三级。他在品评戏曲作家时，在旧传奇作家中列高明为神品，在新传奇作家中列沈璟、汤显祖为上品之上。其下卷所评作品大致和上卷作家是相应的。吕天成对作家和作品都有评语，其品评分等标准主要有以下几方面：第一，从传奇作家来说，以才情为主，才情和音律并重。第二，从传奇作品来说，以其外舅祖孙月峰的"十要"为衡量依据："第一要事佳，第二要关目好，第三要搬出来好，第四要按宫调、协音律，第五要使人易晓，第六要词采，第七要善敷衍，淡处做得浓，闲处做得热闹，第八要各角色派得匀妥，第九要脱套，第十要合世情、关风化。"在对各部作品的评价中基本上都贯穿了这一思想，但又有他自己的新发展。首先，他重视戏曲文学剧本内容的真实和情节的新奇，如评《荆钗记》云："以真切之调，写真切之情，情文相生，最不易及。"评《还魂记》云："杜丽娘事，甚奇。而着意发挥，怀春慕色之情，惊心动魄。且巧妙叠出，无境不新，真堪千古矣。"其次，他强调化工肖物之美，而无人工雕琢之迹。其卷上评高明时则说："化工之肖物无心，大冶之铸金有式。"卷下评《拜月亭》云："天然本色之句，往往见宝，遂开临川玉茗之派。"复次，他要求剧本情景交融，生动传神。例如评《琵琶记》云："蔡邕之托名无论矣，其词之高绝处，在布景写情，真有运斤成风之妙。"评《结发》云:"情景曲折,便觉一新。"最后,他要求描写人情世态的细致入微。如评《金印记》:"写世态炎凉曲尽,真足令人感喟发愤。"评《符节》:"描写田、窦炎凉态,曲折毕尽,的是名笔。"由此可见,吕天成的《曲品》对戏曲的文学剧本是非常重视的,这在当时的戏曲理论批评中是比较突出的。

　　与吕天成《曲品》齐名的是王骥德的《曲律》。王骥德(?—1623),字伯良,一字伯骏,号方诸生,又署秦楼外史,浙江会稽人。他是明代后期著名的戏曲作家和戏曲理论批评家,其戏曲美学思想受徐渭、汤显祖影响颇深,重在自然本色之美,强调戏曲作家的天赋才情,但又兼及辞藻婉丽、音韵和谐,所以对吴江、临川两派采取折中调和态度,然其内心还是更倾心于以汤显祖为代表的临川派。他对沈璟评价很高,他说:"其于曲学、法律甚精,泛澜极博。斤斤返古,力障狂澜,中兴之功,良不可没。"并称他为"词林之哲匠,后学之师模"。但对他也有批评,说他"生平于声韵、宫调,言之甚毖,顾于己作,更韵、更调,每折而是,良多自恕,殆不可晓耳"。他评汤显祖说:"临川汤奉常之曲,当置'法'字无论,尽是案头异书。所作五传,《紫箫》、《紫钗》第修藻艳,语多琐屑,不成篇章;《还魂》妙处种种,奇丽动人,然无奈腐木败草,时时缠绕笔端;至《南柯》、《邯郸》二记,则渐削芜颣,俯就矩度,布格既新,遣词复俊,其掇拾本色,参错丽语,境往神来,巧凑妙合,又视元人别一蹊径,技出天纵,匪由人造。使其约束和鸾,稍闲声律,汰其剩字累语,规之全瑜,可令前无作者,后鲜来哲,二百年来,一人而已。"对汤显祖他也有批评,但从其对汤显祖肯定、赞扬之高来看,实是远远超过了沈璟的。他对沈璟主要是赞扬他在戏曲音律方面的贡献,而对汤显祖的赞扬则是在戏曲的文学创作方面。他认为吴江派与临川派不同,在创作上体现为重人工与重天工之差别,他说道:"词隐之持法也,可学而知也;临川之修辞也,不可勉而能也。大匠能与人规矩,不能使人巧也。其所能者,人也;所不能者,天也。"《曲律》中他对吕天成《曲品》中将沈璟、汤显祖列为上上品,而以沈在前,是不太满意的。他说:"以沈先汤,盖以法论;然二君既属偏长,不能合一,则上之上尚当虚左。"

　　王骥德认为戏曲创作要害在表演真情、真性,他说:"作闺情曲,而多及景语,吾知其窘矣。此在高手,持一'情'字,摸索洗发,方挹之不尽,写之不穷,淋漓渺漫,自有余力,何暇及眼前与我相二之花鸟烟云,俾掩我真性,混我寸管哉。世之曲,咏情者强半,持此律之,品力可立见矣。"所以他论戏曲十分注重作家的天赋才情,作品的神韵机趣。他说:"天之生一曲才,与生一曲喉,一也。天苟不赋,即毕世拈弄,终日咿呀,拙者乃拙,求一语之似,不可几而及也。然曲喉易得,而曲才不易得,则德成而上与艺成而下之殊科也。"在戏曲的剧作者与表演者方面,他是更看重剧作者的,但不管是"曲才"还是"曲喉",他都十分强调天赋才能的重要性。他认为戏曲作品应以"模写物情,体贴人理"为主,所以文辞"一涉藻缋,便蔽本来",然而也不能太质朴,"纯用本色,易觉寂寥",此中"雅俗浅深之辨,介在微茫,又在善用才者酌之而已"。天赋英才,自能运用自如而恰到好处,此亦可见其对才的重视。他论戏曲的音律,虽对声律的要求也很严,以便于演唱,但是他又重在表现"天地之元声",认为这是"自然之至理"。王骥德和汤显祖在戏曲美学思想上的不同,主要是在音律的问题上,他比汤显祖要求严格,强调戏曲不能变为"案头异书",而应当是适合于演出的剧本。他认为各种文学体裁各有自己特点,不应当混淆。他说:"词之异于诗也,曲之异于词也,道迥不侔也。诗人而以诗为曲也,文人而以词为曲也,误矣,必不可言曲也。"戏曲和诗文不同,"世有不可解之诗,而不可令有不可解之曲","作剧戏,亦须令老妪解得,方入众耳,此即本色之说也"。在王骥德看来,各种文学体裁的特点即是其本色之所在。

第十四章　王夫之和叶燮的诗歌理论

第一节　王夫之的"兴观群怨"论和"情景融和"论

明末清初的诗文理论批评是相当繁荣的,对公安派反对前后七子的复古模拟,提倡以抒写性灵为中心的文学思想,也有许多不同的看法和见解,这主要表现为以下几种不同的倾向:一是立足于前后七子、倾向复古,不赞成公安、竟陵的文学主张,但又不是简单地承袭和延续七子的老路,而是吸取了公安派提倡抒写真情的方面,反对其在内容上和文辞上的鄙俚、浅俗;提倡学习秦汉之文和盛唐之诗,但又反对模拟因袭,要求文学起到积极的社会教育作用。实际上对这两派,采取了扬长避短的态度,这可以陈子龙为代表。二是立足于公安派的性灵说,反对前后七子的复古模拟主张,但也反对竟陵派的幽深孤峭,而又强调要学习古人的长处,这可以钱谦益为代表。三是赞同公安派的抒写真实性情之说,而又不同意对性情不加规范地任其自然发展,主张文学要描写具有深刻社会内容的真实性情,这是对公安派的一种改革,但又带有传统的诗教烙印,这可以黄宗羲为代表。这个时期在诗学思想上有创造性并作出了重大贡献的,主要是王夫之和稍后的叶燮。

王夫之(1619—1692),字而农,号姜斋,湖南衡阳人,是一位杰出的爱国主义思想家、政治家,又是一位十分重要的文艺理论批评家。他的文学研究和文学理论批评著作,主要有《诗广传》、《楚辞通释》、《诗译》、《夕堂永日绪论》

内外编、《南窗漫记》以及《古诗评选》、《唐诗评选》、《明诗评选》等。王夫之的诗歌理论一方面总结了中国古代文学理论批评上一些有争论的重大理论问题，另一方面又提出了许多深刻精辟的重要见解，开了清代诗歌理论批评的先河，因此具有承上启下、继往开来的重要作用。王夫之的诗学思想的中心是论诗歌的"兴观群怨"和论诗歌创作中的情景关系。他认为诗歌创作的目的在于"曲写心灵，动人兴观群怨"（《夕堂永日绪论内编》），是他在总结历史经验中提出的对诗歌本质特征与社会作用的看法。从文学理论批评发展史上看，主张言志、载道的偏向主理，往往由于强调文学的社会教育作用，而忽略了诗歌的抒情本质和审美特征；而主张缘情、抒写性灵的偏向于主情，往往对诗歌情中有理的方面认识不足。宋明以来严羽偏于学古，公安重在师心，都没能真正解决文学创作的源泉问题。王夫之诗歌理论的重大历史贡献之一，就是比较科学地总结了这场情理之争，能够充分地吸取两派之长，扬弃其所短，从而对诗歌的本质和特征作了比较深刻而精辟的分析，提出了许多发人深省的新见解：

第一，诗歌是人的"心之元声"之体现。王夫之在《夕堂永日绪论内编序》中认为诗和乐"二者一以心之元声为至"，只有"心之元声"才能起到"兴观群怨"的作用。他在《古诗评选》中说王俭《春诗》是"元声"的体现。又在评梁元帝《春别应令》诗时说："中唐以兴会为主，雅得元音故也。"王夫之虽受温柔敦厚诗教思想影响较深，然而他的"心之元声"说和李贽的"童心"说却有相通的地方，都强调文学应当是人内心真实感情的自然流露，和公安派提倡的"独抒性灵，不拘格套"也是一致的。故而他对前后七子复古模拟文学思想十分不满，进行了猛烈的抨击，"盖心灵人所自有，而不相贷，无从开方便法门，任陋人支借也"（《夕堂永日绪论内编》）。他最反对死法定法，主张要有独创性。他说："有皎然《诗式》而后无诗，有《八大家文抄》而后无文。"（《夕堂永日绪论外编》）他又说："死法之立，总缘识量狭小。如演杂剧，在方丈台上，故有花样部位，稍移一步则错乱。若驰骋康庄，取途千里，而用此步法，虽至愚者不为也。"他特别痛恨立门户派别而失去自己性情、心灵。他说："李文饶（德裕）有云：'好驴马不逐队行。'立门庭与依傍门庭者，皆逐队者也。""立门庭者必饤饾，非饤饾不可以立门庭。"他尖锐地指责前后七子和竟陵派立门庭的罪过，但并没有批评公安派，这是因为他的诗学思想是以公安派的性灵说为基础的，其核心是重性情、抒心灵、慕才情。但是又不赞成公安派之流于"俗诞"，他企图把抒写性灵和温柔敦厚调和起来，主张一种高雅的性灵论。这种以性灵为主而向传统回归的思想在明末清初的出现，自然也是有现实社会政治原因的。明朝的衰亡和清兵的入关，对许多具有爱国主义思想的汉族文人来说，都经历了一个痛苦的思想发展过程，他们对明朝衰亡表示深深惋惜，在总结明朝汉族政权覆灭的经验教训时，从文化思想方面来说，他们认为正是儒家思想之失控，经学礼义之不行，纵情任性思想之泛滥，隐居学禅风气之兴盛，才使人们不再关心经世治国，而置国家危亡于不顾，这同时也是朝纲不振、腐败横行的重要原因。因此，在文学思想的发展上遂出现了重视诗教、提倡温柔敦厚的倾向，但这时已不可能是旧传统的简单回归了，而是吸取了文学思想发展上的新成果，而对旧传统的一种改造，这在王夫之身上就表现为"曲写性灵"与"动人兴观群怨"的结合。

王夫之认为诗歌作为"心之元声"的表现，是与人的感情非常紧密地联系在一起的。他在《古诗评选》中评李陵《与苏武诗》时曾说："诗以道情，道之为言路也。诗之所至，情无不至。情之所至，诗以之至。"凡诗所到之处，皆有情相伴随；而情之所到，亦必然要发而为诗。诗离不开情，情也离不开诗。"诗以道情"是诗歌作为文学艺术和非文学的哲学、历史、政治等著作的不同之处。其《明诗评选》中评徐渭《严先生祠》诗说："诗以道性情，道性之情也。性中尽有天德、王道、事功、节义、礼乐、文章，却分派于《易》、《书》、《礼》、《春秋》去，彼不能代诗而言性之情，诗亦不能代彼也。"诗歌是艺术，是以表现感情为其主要特征的，不能以学问来代替诗，故在评阮籍《昔日繁华子》诗时说"故知诗不以学"。王夫之指出人的"性"中包含许多不同方面，而诗只和其中的"情"有关系，是专门表现"情"的。"性"中的"情"和"性"中的"天德"、"王道"等互相不能任意取代，前者和诗歌相联系，而后者是和学问相联系的。

第二，诗家之理和经生之理是不同的。王夫之在强调诗歌的本质是表达人的感情时，没有把它和理对立起来，他并不否定诗歌中也有理，也并不认为诗歌创作中完全不能有理语。他在《诗译》中说："王敬美谓'诗有妙悟，非关理也'。非理抑将何悟？"不过诗歌中的理和一般的理不同，它不是抽象的、概念化的学者之理。《古诗评选》中评鲍照《登黄鹤矶》一诗时说："经生之理，不关诗理，犹浪子之情，无当诗情。"又在评司马彪《杂诗》时说："非谓无理有诗，正不得以名言之理相求耳。"此所谓"名言之理"即"经生之理"，他在对司马彪《杂诗》的具体分析中，将其与"诗理"的区别作了十分生动形象的说明。原诗云：

百草应节生，含气有深浅。秋蓬独何辜，飘飘随风转。长飙一飞薄，吹我之四远。搔首望故株，邈然无由返？

最后两句用拟人化的手法来写飞蓬，极为生动形象。王夫之评道："且如飞蓬何首可搔，而不妨云搔首，以理相求，讵不踬蹬。"这里所说"以理相求"的

"理",即是指"名言之理"或"经生之理",按照这种"理"来理解,"飞蓬"怎么会"搔首",又怎么会"望故株"呢?岂不是很荒唐吗?然而在诗歌中这是合乎艺术审美特性的表现方法,于诗理是非常合适而不会使人感到奇怪的。

王夫之认为诗中之理不是以赤裸裸的概念方式出现的,而是与生动的艺术形象紧密地结合起一起的。诗歌创作中不是不能说理,但不能变成僵化的死理。他在评庐山道人《游石门》诗云"此及远公诗说理而无理曰,所以足入风雅",因此"通人于诗不言理而理自至"。(评陶潜《癸卯岁始春怀古田舍》,以上均见《古诗评选》)他是主张要情理融成一片的,只要符合于诗歌的审美特征,能充分体现"心之元声",那么即使有理语入诗,也仍然可以成为很好的诗歌。他评谢灵运《田南树园激流植援》诗说:"亦理亦情亦趣,逶迤而下,多取象外,不失圜中。"这种对情理关系的认识,避免了严羽的过激和片面之处,更为科学,也更加稳妥,从而对争论了数百年的情、理关系作了比较圆满的总结。

第三,对孔子"兴观群怨"说的发展。王夫之非常重视文学的社会教育作用,他在主张诗歌表现感情的同时,还特别强调诗歌的情应当是积极的、健康的,必须具有"动人兴观群怨"的作用。他是肯定公安派的性灵说的,但并不像公安派那样认为只要是真情流露便是好诗,而不对情给以任何规范。他对健康的爱情诗是肯定的,并不像道学家那样视之为"淫邪"之作,但是反对格调低下的情,批评过于猥亵的色情之作。他在《夕堂永日绪论内编》中对元、白的艳情诗提出了严厉的批评,但他对艳情诗是并不一概排斥的,例如对《诗经》、《乐府》、唐人王昌龄、李白等的艳情诗都是肯定的,他主张"艳极而有所止","婉娈中自有风轨",符合于雅的原则。他这番议论应当说是有现实针对性的,因为明末文艺思想发展过程中,受公安派文艺思想中消极面的影响,放纵感情的自由发展,而不加任何限制,所以文学创作中出现了不少低级的色情内容,赤裸裸地进行性的描写。正是有感于此,王夫之论诗歌特别强调要合乎雅正的原则,要求诗歌能起到有益的社会教育作用。

王夫之对孔子"兴观群怨"说作了新的发挥,他不仅认识到"兴观群怨,诗尽于是矣",而且还提出了"摄兴观群怨于一炉"的思想。(参见《唐诗评选》中杜甫《野望》一诗评语)他认识到诗歌的美学作用、教育作用、认识作用是统一于一个完整的艺术形象中的,所以,兴、观、群、怨四者之间有不可分割的密切关系。他在《诗译》中说:

"诗可以兴,可以观,可以群,可以怨。"尽矣。辨汉、魏、唐、宋之雅俗得失以此,读《三百篇》者必此也。"可以"云者,随所"以"而皆"可"也。于所兴而可观,其兴也深;于所观而可兴,其观也审。以其群者而怨,怨愈不忘;以其怨者而群,群乃益挚。出于四情之外,以生起四情;游于四情之中,情无所窒。作者用一致之思,读者各以其情而自得。故《关雎》,兴也;康王晏朝,而即为冰鉴。"讦谟定命,远猷辰告",观也;谢安欣赏,而增其遐心。人情之游也无涯,而各以其情遇,斯所贵于有诗。

王夫之指出,兴、观、群、怨四者不是各自独立而无关的,而是紧密联系、相互补充的:兴中可观,观中有兴,群而愈怨,怨而益群,四者配合而使之更有艺术的感染力量,每一方面只是一个特殊的角度而已。因此对一个完整的艺术形象来说,随着读者情况不同,各人从中所体会到的内容也往往各不相同。"作者用一致之思,读者各以其情而自得。"故而像《关雎》本是一首写爱情的兴诗,但又可以起到"康王晏朝,而即为冰鉴"的"观"的作用。《大雅·抑》本是讲周王朝如何才能修德守礼,安排政治谋略,以从中观政治得失,但谢安又可以从其振兴朝纲、统一祖国的政治理想出发,欣赏其诗而发兴,以"增其遐心"。由于"人情之游也无涯,而各以其情遇",故而诗才更加可贵。正如他在《古诗评选》中评袁宏《游仙》一诗时所说:"读者可以其所感之端委为端委,而兴观群怨生焉。"所以他特别反对割裂兴观群怨的诗歌分析方法,他在《夕堂永日绪论内编》开首就明确指出:"兴、观、群、怨,诗尽于是矣。经生家析《鹿鸣》、《嘉鱼》为群,《柏舟》、《小弁》为怨,小人一往之喜怒耳,何足以言诗?'可以'云者,随所以而皆'可'也。"

第四,从对诗歌本质和特点的正确认识出发,王夫之对宋元明以来的"诗史"说中所表现的混淆文学和历史差别的错误,进行了尖锐批评。文学和历史之严格要求记载真人真事不同,文学艺术不要求具体的人和事之真实,人和事都可以是虚构的,而且必须要虚构才能概括更广泛的生活内容,它要求作品内在的情和理的真实性,亦即人情物理的真实性。中国古代文艺思想发展史上,比较重视文学和历史的共同性,而对其区别和本质不同则注意不够,所以常常划不清两者的界限,以致忽略了文学本身的艺术特征。宋人尊杜诗为"诗史",从积极方面说,是对杜甫诗歌反映现实深刻性的崇高评价,但是也有不少人因此而以写历史著作标准来要求文学创作,认为诗中所写的都是历史事实,于是就出现了很多从杜诗来考证地理、人名等荒唐可笑的事。王夫之对此进行了尖锐的批评,他在《诗译》中说:"夫诗之不可以史为,若口与目之不相为代也,久矣。"针对"诗史"说的错误,他在《夕堂永日绪论内编》中嘲笑了宋人刘邠的《中山诗话》、陈岩肖的《庚溪诗话》根据杜甫《偪侧行赠毕四曜》来考证唐时酒价的荒谬。杜甫这首诗中有"我欲相就沽斗酒,恰有三百青铜钱"两句,刘、陈遂以为唐时酒价每斗三百钱,王夫之说杜甫同时诗人崔国辅《杂诗》中说"与沽一斗酒,恰用十千钱",那么,"就杜陵沽处贩酒,向崔国辅卖,岂不三十倍获息钱邪"? 其实杜甫和崔国辅所说都不是唐时酒价,而全是用的典故。王嗣奭《杜臆》云:"北齐卢思道尝云:'长安酒钱,斗价三百。'此诗'酒价苦贵'乃实语,'三百青钱',不过袭用成语耳。"而崔国辅之诗中酒价乃用曹植《名都篇》"我归宴平乐,美酒斗十千"之典故。王夫之懂得诗歌中的虚构比实写往往具有更大的艺术真实性,"假"可以胜"真"。他在《古诗评选》中评鲍照《采菱歌》云:"通首假胜真,真者益以孤尊矣。"诗歌不像历史那样以叙述历史事实来教育人,而是通过抒情写景以美的形象来教育人,因此完全用写史的方法来写诗,就会使诗歌丧失其特点,而无法起到它应有的效果。王夫之对诗和史的异同之认识,正是明代后期重视区分文学和历史不同的文艺思潮在诗歌领域内的具体表现。

第五,王夫之认为诗与非诗的标准,即在于可不可以"兴"。他在《唐诗评选》中评孟浩然《鹦鹉洲送王九之江左》一诗时说道:"诗言志,歌咏言,非志即为诗,言即为歌也。或可以兴,或不可以兴,其枢机在此。""兴"按朱熹说法是"感发意志"(《四书集注》),实际就是讲的诗歌审美特征问题,诗歌的"言志"不是一般的"言志",而是指通过艺术形象,激动人的感情,振奋人的精神,这个"志"是蕴藏于形象之中的,它不是抽象的"志",而是具体的、生动的、形象的"志"。所以不能简单地说"言志"就是诗,应当是"言志"而可以"兴"才是诗。与此相关的是,对诗歌中"意"的认识,王夫之在他的诗论中对诗歌的"以意为主",有两种截然不同的态度:有的地方他明确提出诗歌创作应当"以意为主",而有的地方则又坚决反对"以意为主",表面看来这似乎是矛盾的,但是实际上这两种说法都是正确的,因为其中所说的"意"含义不同。他在《夕堂永日绪论内编》中曾强调诗文创作都要"以意为主",他说道:"无论诗歌或长行文字,俱以意为主。意犹帅也。无帅之兵,谓之乌合。李杜所以称大家者,无意之诗十不得一二也。烟云泉石,花鸟苔林,金铺锦帐,寓意则灵。若齐梁绮语,宋人抟合成句之出处,役心向彼掇索,而不恤己情之所自发,此之谓小家数,总在圈缋中求活计也。"这个"意",实际上是与"象"相结合的具体的"意",即是指"意象"而言的,烟云泉石、花鸟苔林都有诗人的寓意,所以这个"意"不是抽象的而是具体的、形象的,并且是与情相联系的,是隐含于情之中的。他所赞成的"以意为主"是指这种"意"。他在《古诗评选》、《明诗评选》等著作中所坚决反对的"以意为主"的"意",是指抽象的、理性的、概念化的"意"。宋人的"以意为主",实际就是"以理为主",这是王夫之所绝不赞成的。他在评高启《凉州词》一诗时又说:"诗之深远广大,与夫舍旧趋新也,俱不在意。唐人以意为古诗,宋人以意为律诗绝句,而诗遂亡。如以意,则直须赞《易》陈《书》,无待《诗》也。'关关雎鸠,在河之洲;窈窕淑女,君子好逑。'

岂有入微翻新、人所不到之意哉？此《凉州词》总无一字独创,乃经古今人尽力道不出。镂心振胆,自有所用,不可以经生思路求也如此。"这里说得更清楚了,他所反对的就是以《易经》、《书经》中的抽象的"意"来作为诗之"意"。他很深刻地指出,这种"以意为主"乃是"经生思路",而不是诗人的思路,也就是说,这两种不同的"意",是由于两种不同的思维方式产生的,经生家的"思路"是理性的、逻辑的、概念化的思维,而诗人的思维则是感性的、形象的、具体的。故他在《古诗评选》中评郭璞《游仙》诗时说道:"故知以意为主之说,真腐儒也。诗言志,岂志即诗乎？"中国古代文学理论中对"意"的理解历来有两种不同情况,一种是与"理"类似的、抽象的"意",一种是与"象"结合的具体的"意",但是没有人对它作过认真的理论分析,王夫之则是对历史上的"意"的含义作了一个很好的总结。

　　王夫之在对诗歌的本质和特征作深刻论述的同时,还特别突出地论述了诗歌创作中的情景关系问题。情景关系是中国古代文学创作理论中的一个核心问题,王夫之在南朝刘勰、宋代范晞文、元代方回和明代谢榛等人论述的基础上作了重大的发挥,对情景关系进行了全面的、充分的、系统的、深刻的阐述。王夫之所说的情景关系,和一般人理解的借自然景色抒诗人之情不完全相同,他所说的"景"的概念,含义比较广,不仅是指自然景物之"景",而且也指社会现实生活之"景"。所以有"景之景"、"事之景"、"情之景"、"人之景"等等,即是说诗歌可以描写自然景物、社会生活、感情状态、人物性格等不同方法来构成艺术形象。所以广义的"景"的概念,其含义大体相当于我们今天所说的"形象"。情景交融实际上就是指诗人的主观情思和外界客观景物的和谐统一,也就是文学创作中作家的思想感情和现实生活的和谐统一。王夫之认为在文学创作中情和景是紧密结合而不可分的,是一个完整艺术形象中的两个不同方面,它们是融洽无间、不分彼此的,否则就没有诗歌、没有艺术形象了。他在《古诗评选》中赞美谢灵运《邻里相送至方山》一诗"情景相入,涯际不分"。他又在《夕堂永日绪论内编》中说:"近体中二联,一情一景,一法也。'云霞出海曙,梅柳渡江春。淑气催黄鸟,晴光转绿苹。''云飞北阙轻阴散,雨歇南山积翠来。御柳已争梅信发,林花不待晓风开。'皆景也。何者为情？若四句皆情,而无景语者,尤不可胜数。"这里杜审言《和晋陵陆丞相早春游望》诗虽写景而景中皆有情,而李峤《奉和圣制从蓬莱向兴庆阁道中留春雨中春望之作应制》一诗又何处无情？都是情景双收之作。王夫之论情景交融比别人更深一层的地方,是他看到了在文艺创作中情景从一开始就是同时产生而不可分离的。艺术家不是先有了"情",再找与之相应的"景",也不是先有了"景",再纳入一定的"情",情景两者是互相触发、互相依存的。"情景虽有在心在物之分,而景生情,情生景,哀乐之触,荣悴之迎,互藏其宅。"离开"景"则"情"无所寓,即非文学艺术之"情";离开"情"则景无所依,失其灵魂,亦不成其为文学艺术之"景"。它们必须"互藏其宅",才能形成文学艺术的形象。故而他说:"夫景以情合,情以景生,初不相离,唯意所适。"(以上均见《夕堂永日绪论内编》)"初不相离"四字,比较充分地体现了艺术思维中情景交融的重要特点。任何一个艺术品的产生,情和景的相触相生,一般都是在作家灵感冲动的中出现的。王夫之说:"一用兴会标举成诗,自然情景俱到。恃情景者不能得情景也。"(《明诗评选》评袁凯《春日溪上书怀》诗语)若无"兴会",则情景不可能自然融合一片。

王夫之提出情景交融的艺术境界,按照其构成特点,可以分为几种不同的类型。《夕堂永日绪论内编》说:

> 情景名为二,而实不可离。神于诗者,妙合无垠,巧者则有情中景,景中情。景中情者,如"长安一片月",自然是孤栖忆远之情;"影静千官里",自然是喜达行在之情。情中景尤难曲写,如"诗成珠玉在挥毫",写出才人翰墨淋漓、自心欣赏之景。凡此类,知者遇之,非然,亦鹘突看过,作等闲语耳。

情景交融的最高境界是两者"妙合无垠"、难分物我的"物化"状态。然而要达到这种境界是比较难的,一般情况下的情景交融,大体可以分为"情中景"和"景中情"两类。"景中情"以生动地写景为主,是指比较客观地描写自然和社会生活景象的过程中,能比较隐蔽地体现诗人的思想感情的艺术表现方法。表面看来似乎是纯客观的描写,但其中又流露着诗人的主观情意。如他在《夕堂永日绪论内编》中说道:"古人绝唱句多景语,如'高台多悲风','胡蝶飞南园','池塘生春草','亭皋木叶下','芙蓉露下落',皆是也,而情寓其中矣。以写景之心理言情,则身心中独喻之微,轻安拈出。"这就是后来王国维《人间词话》中所说的"无我之境","以物观物,故不知何者为我,何者为物"。"情中景"以深切地写情为主,是指诗人在直接抒发自己强烈感情中,来创造鲜明的抒情主人公形象,使诗中描写的物象都带上浓厚的主观感情色彩,而掩盖了客观物象本来的面貌。如王夫之所举杜甫诗说:"'亲朋无一字,老病有孤舟。'自然是登岳阳楼诗。尝试设身作杜陵,凭轩远望观,则心目中二语,居然出现,此亦情中景也。"王夫之之所以认为"情中景"尤难曲写,是因为要使客观景物"人化",带上作者的主观色彩,具有喜怒哀乐之情,这是很不容易的。这"情中景"就是后来王国维所说的"有我之境","以我观物,故物皆著我之色彩"。

在如何创造情景交融的诗歌艺术境界方面,王夫之在钟嵘倡导的书写"即目所见"的"直寻"说基础上,提出了"即景会心"的"现量"说。他在《夕堂永日绪论内编》中说道:

"僧敲月下门",只是妄想揣摩,如说他人梦,纵令形容酷似,何尝毫发关心?知然者,以其沉吟"推""敲"二字,就他作想也。若即景会心,则或推或敲,必居其一,因情因景,自然灵妙,何劳拟议哉?"长河落日圆",初无定景;"隔水问樵夫",初非想得:则禅家所谓现量也。

禅宗的"现量"从佛学上说有现在义、现成义、显现真实义。《相宗络索》中"现量"条云:"现在不缘过去作影;现成一触即觉,不假思量计较;显现真实,乃彼之体性本自如此,显现无疑,不参虚妄。"(转引自戴鸿森《姜斋诗话笺注》)王夫之借佛学的"现量"来说明情景交融的艺术境界是心目相应的一刹那自然地涌现出来的,它是当时真实地存在着的,是"一触即觉,不假思量计较"的,没有经过理性思考的,是绝对没有虚妄成分的。所以从钟嵘的"直寻"说到王夫之的"现量"说,都具有明显强调直觉思维作用的意义,认为诗歌创作中许多优秀的佳作往往不是靠理性思维,而是在直感的触发下产生的。王夫之在《夕堂永日绪论内编》中说:"'池塘生春草','蝴蝶飞南园','明月照积雪',皆心中目中与相融浃,一出语时即得珠圆玉润。要亦各视其所怀来而与景相迎者也。"这种心目默契的直感所得,并不是在一种先验的理性认识指导下创作出来的,而是在灵感冲动时不由自主地产生的,这正是艺术思维的特点。他在《唐诗评选》中评张子容《泛永嘉江日暮回舟》时说:"只于心目相取处,得景得句,乃为朝气,乃为神笔。景静意止,意尽言息,必不强括狂搜,舍有而寻无,在章成章,在句成句。文章之道,音乐之理,尽于斯矣。"心目相取,顺乎造化,自然成章,方为妙笔。此种境界的获得源于主体和客体在直觉思维中自然契合,"心理所诣,景自与逢,即目成吟,无非然者"(《古诗评选》评江淹《无锡县历山集》语)。这就是文章之道、音乐之理,亦即艺术真谛。

王夫之论述"即景会心"的创作特征时,十分强调作家丰富的生活实践之重要作用,认为作家对自己所描写的现实生活,必须要有亲身经历和实际体会,《夕堂永日绪论内编》中说:

身之所历,目之所见,是铁门限。即极写大景,如"阴晴众壑殊"、"乾坤日夜浮",亦必不逾此限。非按舆地图便可云"平野入青徐"也,抑登楼所得见者耳,隔垣听演杂剧,可闻其歌,不见其舞;更远则但闻鼓声,而可云所演何出乎?

这里实际上涉及文学创作的源泉问题,艺术创作的最终根源是现实生活,但作家艺术家不可能事事都有亲身经历,也不可能对所写的内容都有过实际的体会,因此"身之所历,目之所见,是铁门限"的说法是有一定片面性的。但他的这种主张和前后七子的"师古"说和公安派的"师心"说相比,自然是更为科学的,并具有明显补弊纠偏的积极作用。

王夫之的诗歌理论不仅是对传统诗歌理论发展的一个重要的总结,而且对清代诗歌理论发展有十分重要的启示。清代许多重要诗论家的思想在王夫之诗论中已经有所表现。他对诗歌中的理、事、情、景几个主要因素的分析以及对诗歌艺术思维特征的认识,虽然叶燮并不一定见到过,但确是早于叶燮已经提出了的。他的"心之元声"说便是上承李贽和公安派性灵说,而下开袁枚之诗论的。他的兴、观、群、怨说和重视含蓄蕴藉的审美观和沈德潜的诗论也有直接的联系。他论诗的"神韵"和以"神龙"喻诗,也对王渔洋的诗论有重要的影响。因此他是明清之际一位承上启下的十分重要的诗歌理论家和文学批评家。

第二节 叶燮《原诗》的理、事、情论和才、胆、识、力论

叶燮(1627—1703),字星期,号已畦,浙江嘉兴人,晚年定居吴江横山著书讲学,亦作吴江人,世称横山先生。叶燮小王夫之八岁,是清初一位很重要的文学理论批评家,他是沈德潜的老师,其诗学思想对沈德潜有很深刻的影响。叶燮的主要诗论著作是《原诗》,分内、外两篇,每篇内又分上、下两部分。《原诗》不同于一般的诗话,不像诗话那样零散、琐碎,而是比较完整、系统的理论著作,可以说在中国古代文学理论批评著作中,除《文心雕龙》以外,还很少有这样阐述得很透彻、分析得很细密、理论性和逻辑性都很强的著作。叶燮的诗学思想特点和王夫之有接近的地方,他也是继承和发展了公安派的文学思想,进一步对复古主义文学思潮作了深入的批判,并纠正了公安派的偏向,以理、事、情论和才、胆、识、力论构成其诗学体系的核心,但他比王夫之更明显、更突出地表现了向"温柔敦厚"诗教传统的回归。这后一方面是与清朝建国以后加强思想控制,提倡程、朱理学有密切关系的。叶燮的诗歌理论比较多的是对前人理论的系统阐述和总结发挥,比较重要的有以下几方面:

第一,反对复古模拟和强调发展变化的"正变"说。

叶燮《原诗》的中心是阐述诗歌的源流发展和演变状况的,他在《原诗》的内篇第一条就批评前代"称诗之人,才短力弱","既不能知诗之源流本末正变盛衰",又"不能辨古今作者之心思才力深浅高下长短",所以不能正确说明诗歌发展中"孰为沿为革,孰为创为因,孰为流弊而衰,孰为救衰而盛",并"一一

剖析而缕分之,兼综而条贯之",这实际上也就是他的《原诗》之宗旨所在,目的在于解决前代"称诗之人"所没有解决的问题。他论述诗歌的源流发展,重在一个"变"字,他说:"盖自有天地以来,古今世运气数,递变迁以相禅。古云:'天道十年而一变。'此理也,亦势也,无事无物不然;宁独诗之一道,胶固而不变乎?"诗歌要发展必然要有变化,有因有创,这是历史发展的必然。"汉苏李始创为五言,其时又有亡名氏之《十九首》,皆因乎《三百篇》者也;然不可谓即无异于《三百篇》,而实苏李创之也。建安、黄初之诗,因于苏李与《十九首》者也。然《十九首》止自言其情;建安、黄初之诗,乃有献酬、纪行、颂德诸体,遂开后世种种应酬等类;则因而实为创。此变之始也。"此后凡成就比较突出的诗人,都是"各有所因,而实一一能为创"。这种"变"的思想显然是来源于公安派的,是对袁宏道《雪涛阁集序》中观点的发挥。叶燮强调这种"变"总是愈来愈进步的,后代一定会超越前代。他说:"大凡物之踵事增华,以渐而进,以至于极。故人之智慧心思,在古人始用之,又渐出之;而未穷未尽者得后人精求之,而益用之出之。乾坤一日不息,则人之智慧心思,必无尽与穷之日。"这种朴素的进化论思想和发展变化的文学观,毫无疑问,是批判复古模拟文学思想的有力武器。不过,"踵事增华"说只能从总的发展趋向上来加以肯定,而文学的实际发展过程则是很复杂的,从某个特定时期或阶段来说,并不一定比前代更好更高,甚至可能是很萧条,而远远赶不上前代的。所以如果机械地、形而上地运用这种观点分析文学发展状况,就容易有片面性。如叶燮在论述诗歌历史发展时说:"譬诸地之生木然,《三百篇》则其根,苏、李诗则其萌芽由蘖,建安诗则生长至于拱把,六朝诗有其枝叶,唐诗则枝叶垂荫,宋诗则能开花,而木之能事方毕。"显然把宋诗看成是诗歌发展中的顶峰,艺术上最成熟的阶段,是不符合实际的。

　　叶燮认为诗歌的历史发展过程都是由"正"而逐渐达到极致,然后就开始衰亡;于是必然会有"变",新变而使之兴盛,这是新的"正"。这新的"正"又会逐渐由极盛而至衰,于是又会有新的"变"产生。在这样的循环往复之中,一次比一次更高,文学就不断有新的创造。叶燮这个"正变"说也是在袁宏道的"法因于敝而成于过"说的基础上发展起来的,其基本思想和袁宏道没有什么不同,都是就文学发展中必然会出现盛衰递变状况而言的,说明文学发展和其他事物一样,当它发展到顶峰以后,就会逐渐走向衰亡,被另一种新的文学所代替。不过叶燮又提出《诗经》之正变和后代其他诗歌之正变的不同,有"以时言诗"和"以诗言时"的差别,他说道:"且夫《风》《雅》之有正有变,其正变系乎时,谓政治、风俗之由得而失、由隆而污。此以时言诗,时有变而诗因之。时变而失正,诗变而仍不失其正,故有盛无衰,诗之源也。吾言后代之诗,有正有变,其正变系乎诗,谓体格、声调、命意、措辞、新故升降之不同。此以诗言时,诗递变而时随之。故有汉魏、六朝、唐、宋、元、明之互为盛衰,故递衰递盛,诗之流也。"这里可以看出叶燮诗学思想中的保守方面,由于强调"诗教",突出《诗经》的地位,所以说《风》《雅》之"正变系乎时",而后代之诗"正变系乎诗"。其实无论是"诗之源"的《诗经》,还是"诗之流"的后代之诗,其正变都和"时"与"诗"有关,都是既"系乎时"也"系乎诗"。与此相关的是,叶燮对"文运"和"世运"关系的看法,他在《百家唐诗序》中说:"自有天地即有古今。古今者,运会之迁流也。有世运,有文运。世运有治乱,文运有盛衰,二者各自为迁流。"又说:"文之为运,与世运异轨而自为途。"他正确地看到了"文运"不同于"世运",有自己的特点和规律,但是他又否定"文运"有受"世运"影响的一面,不承认它有随"世运"变迁的一面,把两者割裂开来,这显然是不正确的。

第二,推崇杜甫、韩愈和提倡"温柔敦厚"。

叶燮论诗反对复古模拟、反对建立门庭,批评前后七子的"文必秦汉,诗必盛唐",但他自己也还是有所依傍的。沈德潜在《叶先生传》中说叶燮:"论诗以少陵、昌黎、眉山为宗,成《原诗》内外篇。"《清史·文苑传》也说他:"论诗以杜甫、韩愈为宗。"从理论上说,他认为诗歌是不断发展的,不能说哪一个时代、哪一个诗人就是最好的,但是在实际上,他是偏向于杜、韩和宋诗的。宋人论诗以学杜宗韩为主,因此叶燮的诗学思想是和清初的宋诗派一致的。所以他论唐代诗歌对宋人所尊崇的杜甫韩愈评价特别高,认为唐诗中杜甫为集大成者,韩愈为最杰出者,论诗歌的历史发展进程以宋诗为诗歌发展的最成熟、最全面、艺术水平最高的顶峰时期。其《原诗》外篇中专有论杜、韩、苏诗一段,其云:"杜甫之诗,独冠古今。此外上下千余年,作者代有,惟韩愈、苏轼,其才力能与甫抗衡,鼎立为三。"他对杜、韩、苏诗歌艺术方面的倾心,侧重在用事精深与字句之工,与江西诗派比较接近。不过他对杜、韩、苏诗歌的思想内容也有较高评价,并指出他们善能抒写性情而具有自己的创作个性,体现了忧国忧民的思想感情,积极入世的政治理想,又有比江西诗派高出一头的地方。

叶燮诗学思想的重要特点之一,是向儒家"温柔敦厚"的"诗教"传统之回归,但又不是简单的恢复,而是在充分吸收公安派注重真实抒发性灵反对模拟复古的前提下,力图把抒写性灵和诗教传统调和统一起来。他的基本立足点是在"诗教"方面,但又不是固守传统,而是比较开明的,他对"诗教"的含义理解得比较宽泛,认为它可以结合不同时代的现实,而在具体内容上给以新的补充和发展,这和他主张"变"的思想是一致的。"温柔敦厚"的"诗教"也是随着时代的不同而有其不同的内容。他说:

或曰:"'温柔敦厚,诗教也。'汉魏去古未远,此意犹存,后此者不及也。"不知"温柔敦厚",其意也,所以为体也,措之于用,则不同;辞者,其文也,所以为用也,返之于体,则不异。汉魏之辞,有汉魏之"温柔敦厚",唐、宋、元之辞,有唐、宋、元之"温柔敦厚"。譬之一草一木,无不得天地之阳春以发生。草木以亿万计,其发生之情状,亦以亿万计,而未尝有相同一定之形,无不盎然皆具阳春之意。岂得曰若者天地之阳春,而若者为不得者哉!且"温柔敦厚"之旨,亦在作者神而明之;如必执而泥之,则《巷伯》"投畀"之章,亦难合于斯言矣。

他强调"温柔敦厚"在不同时代创作中有不同的具体内容,而不能模拟因袭《诗经》"执而泥之"。但"温柔敦厚"是"体",而他在各个时代创作中带有特色的表现则是"用"。他是维护"温柔敦厚""诗教"的,这在《已畦集》的许多文章中都可以清楚地看出来。他在《答沈昭子翰林书》中,他说他自幼学文只是"好六朝骈丽使事属辞钉饾藻绘,未尝从事于六经,而根原于古昔圣贤之旨",到年长以后,才懂得要以六经为根基,以古昔圣贤之旨为指导,"必折衷于理道而后可",使文章"无戾于古昔圣贤之理道"。在《〈乘龙鼎〉剧本题辞》中,更明确指出《诗经》三百篇之所以为"经",即在于它能"发乎情,止乎礼义",故能"终则要规乎正"。他在《汪秋原浪斋二集诗序》一文中,更加明确地提出诗之变中有不变者,"一言以蔽之曰雅。雅也者,作诗之原而可以尽乎诗之流者也"。雅者正也,它即是"温柔敦厚"的"诗教"之核心。他对严羽的批评,是由于他在诗学思想上和严羽有重大分歧:严羽是"扫除美刺,独任性灵",鄙弃"诗教"的,而叶燮则是维护"诗教"传统的;严羽是崇唐贬宋的,而叶燮则认为宋诗比唐诗成就更高;严羽是从以兴趣为主来肯定盛唐而推崇李、杜的,而叶燮则明显地有贬李、扬杜、崇韩的倾向。叶燮在推崇"温柔敦厚"的"诗教"方面,是和后来的沈德潜完全一致的,沈德潜正是受他老师的影响,而结合他所处的时代又有所发展的。

第三,论诗歌的理、事、情三要素。

叶燮认为诗歌创作不外乎主体和客体两个方面,主体方面主要有才、胆、识、力四要素,而客体方面则有理、事、情三要素。他说:

> 曰理、曰事、曰情,此三言者足以穷尽万有之变态。凡形形色色,音声状貌,举不能越乎此。此举在物者而为言,而无一物之或能去此者也。曰才、曰胆、曰识、曰力,此四言者所以穷此心之神明。凡形形色色,音声状貌,无不待于此而为之发宣昭著。此举在我者而为言,而无一不如此心以出之者也。以在我之四,衡在物之三,合而为作者之文章。大之经纬天地,细而一动一植,咏叹讴吟,俱不能离是而为言者矣。

这正是叶燮对文学创作的主体和客体内涵之具体分析,也是他对文学创作主体和客体的具体要求。作家内在的才、胆、识、力和外界事物的理、事、情相结合,于是就产生了文学作品,由于外界事物的理、事、情是各不相同的,而作家的才、胆、识、力也是千差万别的,因此文学创作没有一定的死法可依。他说:"然则,诗文一道,岂有定法哉!先揆乎其理,揆之于理而不谬,则理得。次征诸事,征之于事而不悖,则事得。终絜诸情,絜之于情而可通,则情得。三者得而不可易,则自然之法立。故法者,当乎理,确乎事,酌乎情,为三者之平准,而无所自为法也。"公安派和王夫之等是从创作主体的角度来批评死法的,因为文学是人的性灵或心之元声的表现,而人的心灵又是各不相同的,所以不能用死法来束缚创作,而叶燮则是从创作客体的角度来批评死法的,这两方面的结合对批评复古派提倡的死法就更彻底了。

那么,叶燮所说的理、事、情,其含义究竟是什么呢?他认为天地间万物的构成,不外乎理、事、情三个方面。他说:"曰理、曰事、曰情三语,大而乾坤以之定位、日月以之运行,以至一草一木一飞一走,三者缺一,则不成物。"而文学作品"所以表天地万物之情状也",因此也可以用理、事、情三者来概括。"譬之一木一草,其能发生者,理也。其既发生,则事也。既发生之后,夭矫滋植,情状万千,咸有自得之趣,则情也。"也就是说,事物的产生发展有其内在的规律,即所谓"理";在它发生之后,就表现为一定的、具体的"事";而每一事物又有他自己特殊的情状,这就是"情"。理、事、情是构成事物的三要素,也是诗歌中所描写的客观物象之三要素,这个分析是比较科学的。他还指出事物的理、事、情都要由"气"来统率,"气"指的就是事物的内在生命力。把理、事、情作为诗歌创作中客体的基本构成因素,并不始于叶燮,比他略早的王夫之在其诗歌评论中就已经提出过,例如《古诗评选》中评《古诗十九首·迢迢牵牛星》云:"终始咏牛女耳,可赋、可比、可理、可事、可情,此为十九首。"并把事、理、情、景作为诗歌的主要构成因素。我们不能考定叶燮是否看见过王夫之的诗评,但王夫之确实比他提出得更早。同时,从叶燮的理、事、情之内涵来看,实际上就是中国古代文学理论中所说的"神"、"形"、"势"。苏轼的"常形"、"常理"说,和王夫之的不仅要写出"物态"、还要写出"物理",即是说的"理"和"事",而所谓"情"并非感情的情,而即是指"势",也就是指事物特有的态势。文学作品中对物象的艺术描写,不仅要真实地描绘其"事"、其"形",还要善于体现其"理"、其"神",并展示其"情"、其"势"。从这方面说,叶燮的理、事、情说也是对中国古代文学创作理论中有关艺术形象描写的一个总结。

应当指出的是,叶燮的理、事、情说和儒家之道、六经之道有十分密切的联系。他在《与友人论文书》中说:"仆尝有《原诗》一编,以为盈天地间万有不齐之物之数,总不出乎理、事、情三者,故圣人之道自格物始。盖格夫凡物之无不有理、事、情也。为文者,亦格之。文之为物而已矣。夫备物者,莫大于天地,而天地备于六经。六经者,理、事、情之权舆也。"也就是说,理、事、情的"理"与六经之"道"是相通的。事物内在的理即是道的具体化,所以文的本源是在六经之道,后来各种文体都是由六经派生出来的。而其作为道的体现则是一致的,故云:"文之为道,一本而万殊,亦万殊而一本者也。"事物中所贯穿的道只有儒家一家之道,而不允许有二家之道。《赤霞楼诗集序》说:"理一而已,而天地之事与物有万,持一理以行乎其中,宜若有格而不通者,而实无不可通,则事与物之情状不能外乎理也。""理"为一,而"事与物"为万,任何事物中都有"理",故"即一而可以见其全"。"理"即是儒家之道,这正是理学的"理一分殊"说在文学创作上的运用,所以叶燮的"理、事、情"说归根到底是和他的"温柔敦厚""诗教"相统一的。

第四,论作家的"胸襟"和"才、胆、识、力"。

叶燮强调创作主体要有高尚而广阔的"胸襟",并把它看做诗歌创作的基础。"我谓作诗者,亦必先有诗之基焉。诗之基,其人之胸襟也。""胸襟"指作家的思想境界和精神情操。"有胸襟,然后能载其性情、智慧、聪明、才辨以出,随遇发生,随生即盛。"他举杜甫为例说:"千古诗人推杜甫。其诗随所遇之人之境之事之物,无处不发其思君王、忧祸乱、悲时日、念友朋、吊古人、怀远道,凡欢愉、幽愁、离合、今昔之感,一一触类而起,因遇得题,因题达情,因情敷句,皆因甫有其胸襟以为基。如星宿之海,万源从出;如钻燧之火,无处不发;如肥土沃壤,时雨一过,夭矫百物,随类而兴,生意各别,而无不具足。"所以思想境界和精神情操的高尚纯洁,是文学创作的基本出发点。

诗人的"胸襟"具体地体现在才、胆、识、力四个方面。他说:"大凡人无才,则心思不出;无胆,则笔墨畏缩;无识,则不能取舍;无力,则不能自成一家。"作家的才、胆、识、力,既与人的天赋禀性有关,但也与人的后天学习有关。"在我者虽有天分之不齐,要无不可以人力充之。"叶燮肯定人的天才的重要,但更重视后天人为学习的作用。所以,他认为才、胆、识、力四者之中,识最为重要。他说:"四者无缓急,而要在先之以识;使无识,则三者俱无所托。"识,是天才之所凭而见者,而又可以补天才之不足。他说:"识为体而才为用,若不足于才,当先研精推求乎其识。"识是作家辨认事物理、事、情的能力,"人惟中藏无识,则理事情错陈于前,而浑然茫然,是非可否,妍媸黑白,悉眩惑而不能辨,安望其敷而出之为才乎"!识,又是鉴别诗歌及其艺术表现特点的能力,他说:"今夫诗,彼无识者,既不能知古来作者之意,并不自知其何所兴感、触发而为诗。或亦闻古今诗家之诗,所谓体裁、格力、声调、兴会等语,不过影响于耳,含糊于心,附会于口;而眼光从无着处,腕力无从措处。即历代之诗陈于前,何所抉择?何所适从?"识的能力是可以通过道德修养和学习经书而得到培养和提高的,这样就可以补充天才之不足,也就是说"可以人力充之"。

识,对才、胆、力都有重要的指导作用。才,指作家的才能,包括认识和把握宇宙间各种事物,并发现其独特之处的才能,也指作家艺术地表现社会生活、描绘自然事物的能力。所以说:"才者,诸法之蕴隆发现处也。"胆,指作家敢于突破传统观念、不囿于一般流行之见,而善于提出具有独创性新见的胆略,所以说:"无胆则笔墨畏缩。"力,指作家的艺术功力和气魄,所以他说:"无力则不能自成一家。"而这三者必须要待有"识"方能正而不邪。他又说:"惟有识,则能知所从、知所奋、知所决,而后才与胆力,皆确然有以自信;举世非之,举世誉之,而不为其所动摇。"叶燮所强调的"识",显然是吸收了江西诗派的"识"和严羽的"识"而发展起来的,他的贡献是扩大了"识"的内容和范围,不只是对文学作品的"识",而更主要是对客观事物的理、事、情之"识"。此外叶燮的"识"作为艺术的鉴赏能力来说,重在作家具有自己创造性的独立见识。他说:"惟有识,则是非明;是非明,则取舍定。不但不随世人脚跟,并亦不随古人脚跟。非薄古人为不足学也;盖天地有自然之文章,随我之所触而发宣之,必有克肖其自然者,为至文以立极。"叶燮认为:才、胆、识、力四者具有"交相为济"的关系,"胆"既有赖于"识",又能扩充和发展"才","惟胆能生才,但知才受于天,而抑知必待扩充于胆邪"。而"才"又须有"力"以载之,"惟力大而才能坚,故至坚而不可摧也。历千百代而不朽者以此。昔人有云:'掷地须作金石声。'六朝人非能知此义者,而言金石,喻其坚也。此可以见文家之力"。若无"力",则"才"不能充分地展示出来。一个作家必须才、胆、识、力均备,方能对万物之理、事、情有充分的认识,并对之作出生动丰富的描写。

第五,论诗歌的审美本质和艺术思维的特点。

叶燮在论述诗歌的理、事、情时,涉及诗歌创作的艺术思维特点问题。《原诗》内篇对诗歌中理、事、情和审美特性作了深入的分析。他说:

> 或曰:"先生发挥理事情三言,可谓详且至矣。然此三言,固文家之切要关键。而语于诗,则情之一言,义固不易;而理与事,似于诗之义,未为切要也。先儒云:'天下之物,莫不有理。'若夫诗,似未可以物物也。诗之至处,妙在含蓄无垠,思致微妙,其寄托在可言不可言之间,其指归在可解不可解之会,言在此而意在彼,泯端倪而离形象,绝议论而穷思维,引人于冥漠恍惚之境,所以为至也。若一切以理概之,理者,一定之衡,则能实而不能虚,为执而不为化,非板则腐。如学究之说书,闾师之读律,又如禅家之参死句、不参活句,窃恐有乖于风人之旨。以言乎事:天下固有其

理,而不可见诸事者;若夫诗,则理尚不可执,又焉能一一征之实事者乎!而先生断断焉必以理事二者与情同律乎诗,不使有毫发之或离,愚窃惑焉!此何也?"予曰:子之言诚是也。子所以称诗者,深有得乎诗之旨者也。然子但知可言可执之理为理,而抑知名言所绝之理之为至理乎?子但知有是事之为事,而抑知无是事之为凡事之所出乎?可言之理,人人能言之,又安在诗人之言之!可征之事,人人能述之,又安在诗人之述之!必有不可言之理,不可述之事,遇之于默会意象之表,而理与事无不灿然于前者也。

叶燮这里所设问的对象所云诗歌艺术境界的妙处是在"含蓄无垠,思致微渺",似可言而又不可言,似可解而又不可解,故其意境具有"言在此而意在彼,泯端倪而离形象,绝议论而穷思维"的特点,和严羽所说的"羚羊挂角,无迹可求。故其妙处透彻玲珑,不可凑泊,如空中之音,相中之色,水中之月,镜中之象,言有尽而意无穷",是一样的。他对此基本上也是同意的,所以他肯定提问者的"称诗"是"深有得乎诗之旨者",但是他对诗歌以情为主而不宜言理与事的说法是不同意的,也就是说,他对严羽的"不涉理路,不落言筌"说和反对"以文字为诗,以才学为诗,以议论为诗",是有不同看法的。他认为诗歌中同样可以有理、有事,不过诗歌中的理和事有自己的特点,乃是"不可言之理,不可述之事",即"名言所绝之理之为至"和"无是事之为凡事之所出",这和王夫之所说要区别"名言之理"和"诗理"、"经生之理"和"诗人之理",是完全一致的。叶燮所说的"不可言之理,不可述之事,遇之于默会意象之表,而理与事无不灿然于前",也和冯班《严氏纠缪》所说诗歌之理"与寻常文笔言理者不同","其理玄,或在文外"是一样的。但叶燮更全面地、更完整地总结了诗歌中的理、事、情之特点:"惟不可名言之理,不可施见之事,不可径达之情,则幽渺以为理,想象以为事,惝恍以为情,方为理至事至情至之语。"这就比前人更进了一步。

为了具体地说明诗歌的审美性质和艺术思维的特点,叶燮还专门举出了四句杜甫诗中的名句作了详细的分析,即《冬日洛城北谒玄元皇帝庙》中的"碧瓦初寒外"、《春宿左省》中的"月傍九霄多"、《船下夔州郭宿雨湿不得上岸别王十二判官》中的"晨钟云外湿"、《摩诃池泛舟作》中的"高城秋自落"。这里举其第一例为代表,其云:

> 如《玄元皇帝庙作》"碧瓦初寒外"句,逐字论之:言乎"外",与内为界也。"初寒"何物,可以内外界乎?将"碧瓦"之外,无"初寒"乎?"寒"者,天地之气也。是气也,尽宇宙之内,无处不充塞;而"碧瓦"独居其

"外","寒"气独盘踞于"碧瓦"之内乎?"寒"而曰"初",将严寒或不如是乎?"初寒"无象无形,"碧瓦"有物有质;合虚实而分内外,吾不知其写"碧瓦"乎?写"初寒"乎?写近乎?写远乎?使必以理而实诸事以解之,虽稷下谈天之辩,恐至此亦穷矣!然设身而处当时之境会,觉此五字之情景,恍如天造地设,呈于象、感于目、会于心。意中之言,而口不能言;口能言之,而意又不可解。划然示我以默会想象之表,竟若有内、有外,有寒、有初寒。特借"碧瓦"一实相发之,有中间,有边际,虚实相成,有无互立,取之当前而自得,其理昭然,其事的然也。昔人云:"王维诗中有画。"凡诗可入画者,为诗家能事。如风云雨雪,景象之至虚者,画家无不可绘之于笔;若初寒内外之景色,即董巨复生,恐亦束手搁笔矣!天下惟理事之入神境者,固非庸凡人可摹拟而得也。

叶燮这一段分析相当精彩,他从如何理解杜甫这一句诗的含义出发,生动具体地说明了诗歌中的形象描写是无法以常情、常理来解释的,"碧瓦"怎么在"初寒"外?"初寒"与"寒"又怎么区分?按经生之理是不通的,但诗理则可通,犹如王夫之分析"飞蓬"之"搔首望故株"一样。不仅如此,这样的描写还能把当时的情景非常真实地呈现在读者面前,犹如亲临其境一般。这也就是苏轼所说的"反常合道"之奇趣。

叶燮的诗歌理论是比较全面的,阐述极为详尽细密,分析得也很深入、很透彻,但是为什么它在清代的影响并不大呢?其原因就在于他的诗歌理论主要在综合前人论述,使之条理化、系统化,其主要观点大都是前人已经论述过的,不过没有他那么充分、清晰,叶燮本人的独创新见并不很多。所以把他的《原诗》说成是中国文学理论批评史上最重要的著作,显然是不恰当的。

第十五章 清代的小说戏曲理论批评

第一节 金圣叹的《水浒》评点和清代其他小说理论批评

中国古代小说理论批评发展过程中,金圣叹毫无疑问是贡献最大的一位杰出的文学理论批评家,在对古代小说艺术的研究方面,他是最深入、最有成就的。清代其他的小说评点家如毛宗岗、张道深等都是在他的影响下进行小说评点的,可是都没有能超过他的水平。

金圣叹(1608—1661),名人瑞,又名喟,号圣叹。庠姓张,原名采,字若采,江苏吴县人。金圣叹的性格狂放怪诞,他的思想带有封建社会后期较为激进文人之思想特点,他对封建王朝还是忠诚的,但是又对封建统治的黑暗腐败非常痛恨,在客观上具有一定程度的叛逆性。他之因"哭庙案"而被杀头,就是最有力的证明。他的文学思想主要体现在他对《离骚》、《庄子》、《史记》、《杜诗》、《水浒》、《西厢》六部书的评点中,他称为六大才子书,而其中最重要的是对《水浒传》和《西厢记》的批评。他对《水浒传》的批评是其文学思想和美学思想的最集中表现。金圣叹对《水浒传》的删改和批评,应该说是有功有过,功大于过的,但是也不应该把他的"过"也说成是"功"。金圣叹评点《水浒》是在崇祯十四年(1641)前后,他的序言即写于这一年二月十五日。正是明末以李自成、张献忠为首的农民起义风起云涌的时期。这一年一二月,他们分别攻陷了洛阳与襄阳,声势十分浩大。处在苏州地区的金圣叹显然也感到了此种"山雨欲来风满楼"之势,故而他在评点《水浒》中对农民起义是否定的,也是进行了咒骂的。尤其是他在《水浒传序二》中明确地说:水浒一百零八人"其幼,皆豺狼虎豹之姿也;其壮,皆杀人夺货之行也;其后,敲朴剚刖之余也;其卒,皆揭竿斩木之贼也。"所以他坚决反对给《水浒传》冠以"忠义"之名,他说:"故夫以忠义予《水浒》者,斯人必有忿其君父之心,不可以不察也。"金圣叹认为施耐庵写《水浒》的目的,不是为了赞美水浒的英雄,而是怕后人去效法他们,以致天下大乱,故要以春秋笔法来"下诛心之笔","是故由耐庵之《水浒》言之,则如史氏之有《梼杌》是也,备书其外之权诈,备书其内之凶恶,所以诛前人既死之心者,所以防后人未然之心也"。他在《读第五才子书法》中又说施耐庵是独恨宋江,处处揭露其权诈、阴险,"《水浒》独恶宋江,亦是奸厥渠魁之意,其余便饶恕了"。第17回评语说作者写宋江"私放晁盖",即是为了说明他的"通天大罪",是一种"微言大义"的春秋笔法,如此机密之行而竟被宋江破坏,故而"凡费若干文字,写出无数机密,而皆所以深著宋江私放晁盖之罪。盖此书之宁恕群盗而不恕宋江,其立法之严有如此者。世人读《水浒》而不能通,而遽便以忠义目之,真不知马之几足者也"。又说作者写诸人均是"直笔",而唯独写宋江是"曲笔"。(见第35回评语)这些,显然是违背了作者原意,而强加给施耐庵的。更有甚者,他又假托一个所谓"古本",肆意删改原作。当然,经过他的修改,在文字表达、艺术水平上是有提高的,这是应当充分肯定的,但是也不能否定他有些改动是不恰当的,特别是他为了否定农民起义而给水浒英雄硬加了一个斩尽杀绝的结局。这些可以充分说明金圣叹之咒骂农民起义,是作为封建文人对农民起义自然而然的恐惧和厌恶。

不过,我们仅仅看到金圣叹的这一方面,显然是不够的。金圣叹对《水浒》的倾心,并不只是为其艺术之高超,也是由于《水浒》比较充分地体现了对贪官污吏的尖锐揭露和批判,对当权统治者昏庸无能的谴责和鞭挞。金圣叹对农民起义的态度有矛盾两重性:他一方面维护皇权,不赞成农民起义;另一方面又认为农民起义之所以遍地皆是,并非农民不安本分,而是酷吏赃官逼迫出来的。金圣叹认为《水浒》中所写的英雄原本都是老老实实的好百姓,是忠于封建王朝的官吏和顺民,不仅如此,他们中间有不少人还有杰出的才华,有将帅之能,只是由于他们不但得不到朝廷的赏识和重用,反而受到贪官污吏的无端迫害,活不下去,走投无路,才一个个铤而走险,上了梁山。这就是他反复叙说的"英雄失路"。这"英雄失路"究竟是"谁之过也"? 这就是他尖锐地提出、并且作了明确回答的:"群小得势","天下无道"。"天下无道",故"乱自上作"。天下无道,庶人则议,于是一百八人来矣,犯上作乱之民来矣。这就是讲的"官逼民反"的道理。所以,金圣叹在评点中表现了对贪官污吏的强烈愤恨。第18回写何涛领兵围剿石碣村时,"未捉贼,先捉船",金批道:"殊不知百姓之遇捉船,乃更惨于遇贼。"强调说明百姓之怕官军,更甚于怕"强盗"。阮小五歌云:"酷吏赃官都杀尽,忠心报答赵官家。"金批云:"以杀尽赃酷为报答国家,真能报答国家者也!"阮小五骂官军道:"你这等虐害百姓的贼! 直如此大胆! 敢来引老爷做甚么!"金批云:"官是贼,贼是老爷。然则,官也,贼也;贼也,官也,老爷也,一而二,二而一者也!"可见金圣叹认为官军是贼而且比真贼还要可怕。此回总评说:"前半幅借阮氏口痛骂官吏,后半幅借林冲口痛骂秀才,其言愤激,殊伤雅道,然怨毒著书,史迁不免,于稗官又奚责焉!"这种"怨毒著书"的思想,与李贽《忠义水浒传序》中说的《水浒》乃"发愤之所为作",是完全一致的。金圣叹对林冲、杨志尤为同情,认为他们是"英雄失路"之代表。既是英雄,又不得重用,遂流落为寇,金圣叹不能不为之叹息也。金圣叹对梁山英雄是怀着深深同情的,这是和他对贪官污吏痛恨分不开的,但对他们上梁山、做"强盗",用武力对抗封建王朝,他又是不能赞同的,故称之为"失路"。他这种思想倾向和他在"哭庙案"中的表现及其最后被杀头是完全一致的。他之所以参加"哭庙",正是因为他十分痛恨贪官污吏,但他又采取的是"哭文庙"的方式来反抗,结果被杀,这正是他思想上矛盾两重性的表现。

金圣叹评点《水浒》的主要成就是在小说创作的艺术理论上。金圣叹对中国古代的诗文书画艺术均有很深的造诣,他对《水浒》的艺术分析善于把中国古代传统的文艺美学和小说创作的实际密切地结合起来,继承和发展了明代小说理论批评的成果,把中国古代小说理论批评发展到了最高峰。金圣叹对小说的艺术特征有较为深刻的认识。他在《读第五才子书法》(下简称《读法》)中总结了明代关于小说和历史异同的争论,通过对《史记》和《水浒》的比较,提出了两者在创作上的不同特点。他说:

> 某尝道《水浒》胜似《史记》,人都不肯信,殊不知某却不是乱说。其实《史记》是以文运事,《水浒》是因文生事。以文运事,是先有事生成如此如此,却要算记出一篇文字来,虽是史公高手,也毕竟是吃苦事。因文生事即不然,只是顺着笔性去,削高补低都由我。

"以文运事"是说《史记》中的"事"(包括人物和事件)是已经存在的历史事实,作者不能任意改变或虚构,只是用有文采的笔把它写出来。而《水浒》的创作则是"因文生事",是为了构想一篇小说而虚拟若干人和事,小说中的"事"大都不是真实的历史事实,是作家在概括大量生活现实的基础上按照自己的理想创造出来的,这样他就把有文学色彩的历史著作和纯粹的艺术文学作品小说的不同特点,作了明确的区分。小说以塑造美的形象为目的,不受现实中或历史上是否实有的限制。而像《史记》这样具有文学色彩的历史传记,毕竟还是历史,必须受历史事实的限制,因此两者的根本性质是不同的。金圣叹的这种概括和分析,显然比明代有关的论述要高出一头。但是他过分强调"以文运事"难于"因文生事"也不完全对,其实"因文生事"也并不完全是主观随意而信笔写去的,它也要符合"情真"、"理真"的原则,而且要有更高的艺术概括性,也并不是很容易的。

金圣叹在《水浒传序一》中提出的文章"三境"说,是他评价《水浒传》的基本美学指导原则。他说:

> 心之所至,手亦至焉者,文章之圣境也。心之所不至,手亦至焉者,文章之神境也。心之所不至,手亦不至焉者,文章之化境也。

金圣叹"三境"说的直接思想来源,是李卓吾《杂说》中"化工"、"画工"说。大体上说,他的"化境"即李卓吾之"化工"境界,而其"圣境"即李卓吾"画工"境界,而其"神境"则是介乎李卓吾"化工"与"画工"之间的一种境界,他既有"化工"成分,又没有完全脱离"画工"境界。从中国古代评画的评级来说,有逸、神、妙、能四等(见宋代黄休复《益州名画录》),其"逸品"即是"化境"的产物,其"神品"即是"神境"的产物,而"妙品"、"能品"大致相当于"圣境"的产物。金圣叹运用中国古代对心手关系的论述,来分析这三种境界的特点。所谓"心之所至,手亦至焉者",指心能自由地指挥手,手能适应心的要求,这从"人工"的角度来说,已经是很高的水平了,并非一般人所能达到,故曰"圣境"。至于所谓"心之所不至,手亦至焉者",指心没有完全想到的,手也能神妙莫测地表达出来了。这种境界比"人工"要高出很多很多,已经有了某种非"人工"所能达到的水平,但还没有完全与自然相合,也就是庄子所说的还是"有待"的,故曰"神境"。至于所谓"心之所不至,手亦不至焉者",则是指已经达到了心、手两忘,完全没有"人工"痕迹,而合乎化工造物的境界了。这也就是庄子所说的"天籁"境界,亦即是达到了"以天合天",进入了"物化"状态的那种境界,如庖丁解牛、轮扁斫轮、梓庆削木为鐻的境界。金圣叹在《水浒》全书的评点中,都贯穿了这个美学标准,用"化境"来衡量和评价《水浒》的艺术描写,特别是人物塑造。这一点在他分析著名的武松打虎一段时,有非常鲜明的表现。他说:

> 我常思画虎有处看,真虎无处看;真虎死有处看,真虎活无处看;活虎正走,或犹偶得一看;活虎正搏人,是断断必无处得看者也。乃今耐庵忽然以笔墨游戏,画出全副活虎搏人图来。……传闻赵松雪好画马,晚更入妙,每欲构思,便于密室解衣踞地,先学为马,然后命笔。一日管夫人来,见赵宛然马也。今耐庵为此文,想亦复解衣踞地,作一扑、一掀、一剪势耶?东坡画雁诗云:"野雁见人时,未起意先改。君从何处看,得此无人态?"我真不知耐庵何处有此一副虎食人方法在胸中也。

这两段评语中,金圣叹指出施耐庵对武松打虎一段的描写已达到了"化境",是"全副活虎搏人图"。本来活虎搏人情状"是断断必无处得看"的,全凭作者想象、虚构,然而施耐庵却把它写得十分逼真,像化工造物一般。此种"化境"的获得要求审美主体和审美客体达到高度统一,进入"物化"状态,有如赵松雪之"宛然马也",然后方能达到苏轼《画雁》诗中所说的"无人态"。他在第12回评语中说道:"古语有之:画咸阳宫殿易,画楚人一炬难;画舳舻千里易,画八月潮势难。今读《水浒》至东郭争功,其安得不谓之画火、画潮第一绝笔也。"其第9回评语又说:"旧人传言:昔有画北风图者,盛暑张之,满座都思挟纩;既又有画云汉图者,祈寒对之,挥汗不止。于是千载啧啧,诧为奇事。殊未知此特寒热各作一幅,未为神奇之至也。耐庵此篇(指"林教头风雪山神庙,陆虞侯火烧草料场"一回——引者按)独能于一幅之中,寒热间作,写雪使其寒彻骨,写火使其热照面。昔百丈大师患疟,僧众请问:'伏惟和上尊候若何?'丈云:'寒时便寒杀阇黎,热时便热杀阇黎。'今读此篇亦复寒时寒杀读者,热时热杀读者,真是一卷疟疾文字,为艺林之绝奇也。"金圣叹所引用中国画论史上这些有名论述,都是对那种逼真、传神而合乎造化自然的"化境"之赞美,而它们都被金圣叹用来赞扬《水浒》的艺术描写了。

金圣叹对《水浒传》评点在艺术上的最大贡献是深刻地分析了《水浒》的人物形象塑造特点,指出了《水浒》各种不同人物都具有鲜明独特的性格特征。他在《水浒读法》中说:"别一部书,看过一遍即休,独有《水浒传》,只是看不厌,无非为他把一百八个人性格,都写出来。"《水浒传》写一百八个人性格,真是一百八样。若别一部书,任他写一千个人,也只是一样,便只写得两个人,也只是一样。"其《水浒传序三》中说道:"《水浒》所叙,叙一百八人,人有其性情,人有其气质,人有其形状,人有其声口。"小说艺术的核心,是要创造与众不同的特殊性格,金圣叹对《水浒》的批评就抓住了这一核心。他在总结和吸取李卓吾及容与堂评本等的成就之基础上,对《水浒传》中创造独特性格的艺术经验,作了全面而深入的研究和分析,提出了许多有价值的重要思想。这些大致可以归纳为以下几方面:

第一,金圣叹指出《水浒传》之所以能使一百八人有一百八样性格,是因为作者善于运用中国传统文艺美学原则来描写人物,注重神似而不拘泥于形似,能够用画论中"以形写神"、"得其意思之所在"这些艺术表现方法来创造特殊性格,从而使自己笔下人物达到"传神"、"逼真"的"化境"。他在评点中,凡是比较生动形象的人物性格描写,他都有"传神"、"如画"一类评语。比如第37回写李逵出场,原文云:"戴宗便起身下去,不多时引着一个黑凛凛大汉上楼来。宋江看见,吃了一惊。"金圣叹在"黑凛凛大汉"五字下批道:"画李逵只五字,已画得出相。"又说:"黑凛凛三字,不惟画出李逵形状,兼画出李逵顾盼、李逵性格、李逵心地来。下便紧接宋江吃惊句。盖深表李逵旁若无人,不晓阿谀,不可以威劫,不可以名服,不可以利动,不可以智取。宋江吃一惊,真吃一惊也。""黑凛凛"是一种"形"的描写,即"画出李逵形状",但目的是为了"传神",表现出李逵的"顾盼"、"性格"、"心地",这种"形"就是"神"之"得其意思之所在"。

第二,金圣叹认为要使人物形象传神和逼真,则必须善于写出人物性格的"同中之异",这是对容与堂本"同而不同处有辨"的发挥。只有写出了"同中之异",才是真正的本事。他在《读法》中说道:

> 《水浒传》只是写人粗卤处,便有许多写法。如鲁达粗卤是性急,史进粗卤是少年任气,李逵粗卤是蛮,武松粗卤是豪杰不受羁靮,阮小七粗卤是悲愤无说处,焦挺粗卤是气质不好。

都是"粗卤",又随着各人的思想品质、生活经历、文化教养等的不同而各有明显的差别,这样就显出了各人不同的个性。又比如第2回评语写道:

> 此回方写过史进英雄,接手便写个鲁达英雄;方写过史进粗糙,接手便写鲁达粗糙;方写过史进爽利,接手便写鲁达爽利;方写过史进剀直,接手便写鲁达剀直。作者盖特地走此险路,以显自家笔力,读者亦当处处看他所以定是两个人,定不是一个人处,毋负良史苦心也。

鲁达和史进有很多共同之处,但是作者写来完全是两个性格鲜明的不同的人,而不是一个人。尤其是金圣叹指出的,作者偏要把他们两人的相同特点放在一处写,而又叫读者清楚地看到他们各人是各人,一些相混不得,从对比中来突出人物鲜明的个性特征。史进本是财主家的少年公子,而鲁达则是军官出身,粗放惯了。他们的气概性情自然不同。第12回写杨志与索超在北京比武,一场恶斗,周围人都看呆了。然而观看的人中由于身份各不相同,其表现情状也各不相同。金圣叹于此批道:

> 又要看他每等人,有一等人身分。如梁中书只是呆了,是个文官身分。众军官便喝采,是个众官身分。军士们便说出许多话,是众人身分。李成、闻达叫好斗,是两个大将身分。

金圣叹指出人物的身份不同,在对待同一件事上也各有不同的态度和表达方式。掌握好这一表现方法,就能使人物性格一个个鲜明如画。

第三,金圣叹指出了《水浒传》中善于借次要人物的陪衬描写,来突出主要人物的性格。第2回写鲁达在酒店中碰到唱曲的金老父女,同情他们的遭遇,要凑钱救济他们,因自己银子带得不多,便向史进借。史进拿出十两,说:"直什么要哥哥还!"金圣叹于此处批道:"史进银,多似鲁达一倍,非写史进也,写鲁达所以爱史进也。"接着又向李忠借,说:"你也借些出来与洒家。"李忠从身边摸出二两银子,鲁达当面就说他:"也是个不爽利的人!"金圣叹批道:"虽与鲁达同是一摸字,而一个摸得快,一个摸得慢,须知之。"又说鲁达骂他不爽利,"真是眼中不曾见惯"。说明此处写李忠小气也是为了反衬鲁达的豪爽性格。又比如第26回写武松在杀西门庆后到阳谷县自首后,又被解到东平府。"且说府尹哀怜武松是个仗义的烈汉,时常差人看觑他。因此节级牢子,都不要他一文钱,倒把酒食与他吃。陈府尹把这招稿卷宗都改得轻了,申去省院详审议罪;却使个心腹人,赍了一封紧要密书,星夜投京师替他干办。"金圣叹于此文下批道:"此篇写武松既写得异常,则写四边人定不得不都写得异常。譬如画虎者,四边草木都须作劲势,不然,便衬不起也。不知文者竟漫谓难得陈文昭,真痴人说梦!"金圣叹指出作者把陈府尹和节级牢子写得这么好,正是为了要突出武松是一个刚强烈汉。"不然,便衬不起也。"草木都作劲势,老虎的神威也就更加吓人了。

第四,金圣叹还指出《水浒》作者常常用"以反托正"的方法,来生动地刻画人物性格。比如第2回写鲁智深打镇关西郑屠。鲁智深本是一个粗犷、直率,不会做假的人物,但是作者偏偏要他做假,又让读者一眼看穿。他本来做事比较鲁莽,但作者又偏偏要写他某些时候又有精细之处。他本来是光明磊落的大丈夫,作者又偏偏要写他某时某刻的"权诈"表现。例如他看到郑屠只有出气、没有入气了,便"假意道:'你这厮诈死,洒家再打!'"金批于此处说道:"鲁达亦有假意之口,写来偏妙。"鲁达看见郑屠面皮渐渐变了,知道已被打死,于是决定趁未死及早撒开。此处金批道:"写粗人偏细,妙绝。"鲁达一边走一边骂:"你诈死!洒家和你慢慢理会!"然后大踏步走了。金批道:"鲁达亦有权诈之日,写来偏妙。"这种表现方法与中国古代诗词艺术中欲写静而故意写动,比如"蝉噪林愈静,鸟鸣山更幽","月出惊山鸟,时鸣春涧中"之类是很相似的。第26回评语中,金圣叹还指出作者写武松杀嫂一节,完全是忠义烈汉,而在十字坡遇张青一节中耍孙二娘一段,则正好相反,"殊不知作者正故意要将顶天立地、戴发噙齿之武二,忽变作迎奸卖俏、不识人伦之猪狗",这也是一种以反托正的表现方法。金圣叹指出《水浒》作者懂得刻画人物性格,只从正面写有时反而不深入,而故意写一些相反的方面倒反能在更深大层次上揭示出人物的正面性格特征。第53回评语中说:"李逵朴至人,虽竭力写之,亦须写不出,乃此书但要写李逵朴至,便倒写其奸滑,便愈朴至,真奇事也。"第37回评语说:"写李逵粗直不难,莫难于写粗直人处处使乖说谎也。"可见这种以假托正的写法是更不容易的。此回中写李逵听戴宗说前面黑汉子即是宋江,不肯相信,对戴宗说:"节级哥哥,不要赚我拜了,你却笑我。"金批道:"偏写李逵作乖觉语,而其呆愈显,真正妙笔。"这确实比正面写他的呆要难得多。此种人物性格描写方法,也即是《读法》中所说的"背面铺粉法","如要衬宋江奸诈,不觉写作李逵真率;要衬石秀尖利,不觉写作杨雄糊涂是也"。

第五,金圣叹特别注意到了《水浒》人物塑造方面善于使之合乎"人情物理",而不是故意把英雄拔高、神化,使人感到他们既是理想的英雄,也是现实的、活生生的人。第22回评语说道:"天下莫易于说鬼,而莫难于说虎。无他,鬼无伦次,虎有性情也。说鬼到说不来处,可以意为补接,若说虎到说不来处时,真是大段着力不得。"他指出施耐庵写武松打虎的优点即是在能做到:"皆是写极骇人之事,却尽用极近人之笔。"这在对打虎一段的具体分析中,有很细致的阐述。金圣叹指出此段写武松并不是神,他对老虎也有害怕心理,他虽有打虎之威力,但毕竟也是人,也累,如果再有老虎出来,他也很难打得过了。金圣叹说:

> 读打虎一篇,而叹人是神人,虎是怒虎,固已妙不用说矣。乃其尤妙者,则又如读庙门榜文后,欲待转身回来一段(按:说明武松也怕虎,本待回店,怎奈已先夸口说绝了,不好回去得);风过虎来时,叫声阿呀翻下青石来一段;大虫第一扑从半空里撺将下来时,被那一惊,酒都做冷汗出了一段;寻思要拖死虎下去,原来使尽气力手脚都苏软了,正提不动一段;青石上又坐了半歇一段;天色看看黑了,惟恐再跳一只出来,且挣扎下冈子

去一段;下冈子走不到半路,枯草中钻出两只大虫,叫声阿呀今番罢了一段,皆是写极骇人之事,却尽用极近人之笔。

金圣叹认为对英雄人物的不寻常行为描写,也必须合情合理,这才能给人以真实、自然之感,而其结果也就会更加使人敬仰。如果把英雄变成神,夸大得不近情理,就必然要失去真实感,而丧失其艺术魅力。

第六,金圣叹在评点中指出了《水浒传》善于通过人物特殊的行为、动作、举止、处事方式,来表现其特殊的性格。第 37 回写李逵当知道面前真的就是一向所敬仰的宋江时,"扑翻身躯便拜"。金批道:"写拜亦复不同。扑翻身躯字,写他拜得死心搭地。便字写他拜的更无商量。"在李逵骗得宋江十两银子后,"推开帘子,下楼去了"。金批写道:"要拜便拜,要去便去,要吃酒便吃酒,要说谎便说谎。嗟乎!世岂真有此人哉!"又写李逵抢钱,"一手兜银,一手提人,便一脚踢门矣,活画出此时李大哥来"。说明《水浒传》正是从描写李逵特有的行为、动作、举止,来刻画其性格特征的。又如第 2 回写鲁达打店小二"只一掌",打镇关西"只一拳"、"只一脚",金圣叹此上有眉批云:"一路鲁达文中皆用只一掌、只一拳、只一脚,写鲁达阔绰,打人也打得阔绰。"第 6 回写林冲妻子被高衙内调戏,林冲一把扳过来,要打,只见是高衙内,先自手软了,只是怒气冲冲地瞅着他。此处金圣叹批道:"写英雄在人廊庑下,欲说不得说,光景可怜。"鲁智深领了众泼皮来帮林冲打,反而是林冲劝住了他。金批道:"是可让,何不可让?住人廊庑虽林武师无可如何矣,哀哉!"又说:"本是林冲事却将醉后鲁达极力一写,便反做了林冲劝鲁达,真令人破涕为笑,奇文奇文。"回前总评还说:"林冲娘子受辱,本应林冲气忿,他人劝回,今偏将鲁达写得声势,反用林冲来劝,是"奇恣笔法"。这些地方都清楚地告诉读者,《水浒》在描写鲁达、林冲的性格特征时,非常注意他们有个性的动作和处事方式。

第七,金圣叹在评点中还详细地分析了《水浒》中具有性格特征的人物语言,非常赞赏这些个性化的语言。第三回写鲁达观看通缉他的榜文,被金老一把抱住拉开,并问他为什么这么大胆,差点被公人抓了。鲁达说:"洒家不瞒你说,因为你上,就那日到状元桥下,正迎着郑屠那厮,被洒家三拳打死了,因此上在逃。"金批道:"是鲁达爽直声口,在别人口中便有许多谦逊,此却直直云'因为你上'。"在赵员外家,金老拜倒在地。鲁达说:"却也难得你这片心。"金批道:"鲁达托大声口,如画。"赵员外很尊敬鲁达,待如上宾。鲁达说道:"洒家是个粗卤汉子,又犯了该死的罪过;若蒙员外不弃贫贱,结为相识,但有用洒家处,便与你去。"金批道:"活鲁达。""泪下之语。"在桃花村刘太公庄上,鲁达说他会说因缘,教强盗不娶其女,刘太公很担心,说道:"好却甚好,只是不要捋虎须。"鲁达说道:"洒家的不是性命?你只依着俺行。"此处金批写道:"是鲁达语,他人说不出,快绝妙绝,一句抵千百句。"《水浒》描写三阮时,金圣叹指出他们是渔民,没有文化,因此语言上也表现出这种特点。在讲到梁山泊被好汉占领,不好再去打金色鲤鱼时,阮小七说:"若是每常,要三五十尾也有,莫说十数个,再要多些,我们兄也包办得;如今便要重十斤的也难得。"金批道:"既说三五十尾,又说再要多些,写不通文墨人口中,杂沓无伦,摹神之笔。"阮小七说:"这个梁山泊去处难说难言!"金圣叹在下批道:"四字不通文墨之极,盖难说即难言也,难言即难说也,而必重之,不通极矣。"说明《水浒》写渔民便有渔民语言,与有文化人语言,完全不同。第52回写李逵让戴宗拴上马甲后,两腿如飞,不由自己作主,他说:"阿也!我这鸟脚不由我半分,只管自家在下边奔了去。不要讨我性发,把大斧砍了下来!"金批道:"如此妙语,自非李大哥,谁能道之!"又说:"以大斧唬吓自家之脚,妙语,非李大哥不能道。"可见,《水浒传》中各个主要人物以及次要人物的语言都有鲜明的个性特点。

金圣叹不仅总结了《水浒》人物塑造、性格刻画方面的艺术经验,而且从作家的主体修养方面研究了之所以能创造出众多性格各别的人物形象之原因。他认为作家必须十分熟悉生活,有丰富的切身体会,然后经过长期酝酿,成竹于胸,方能把人物写活。这一点可以说也是受到容与堂评本启发的。他在《水浒传序三》中说:

> 天下之文章,无有出《水浒》右者;天下之格物君子,无有出施耐庵先生右者。学者诚能澄怀格物,发皇文章,岂不一代文物之林,然但能善读《水浒》,而已为其人绰绰有余也。《水浒》所叙,叙一百八人,人有其性情,人有其气质,人有其形状,人有其声口。夫以一手而画数面,则将有兄弟之形;一口而吹数声,斯不免再映也。施耐庵以一心所运,而一百八人各自入妙者,无他,十年格物而一朝物格,斯以一笔而写百千万人,固不为难也。

所谓"澄怀格物",就是要求作家内心虚静,排除一切杂念干扰,专心致志地在自己胸中反复酝酿、琢磨、推敲,使他所要写的人物先在自己心中活起来,然后才能写出栩栩如生的人物形象。"格物"一语源于理学家所崇奉的"格物致知",它是说要细致推究事物的原理,而获得深刻的认识和了解。但是理学家多偏重于运用内省功夫去"格物致知"。金圣叹则是借此来强调作家必须在熟悉生活的基础上,深入地研究分析人物的性格特点以及各个人物之间的性格差异。金圣叹说格物方法以忠恕为主,即是强调作家在酝酿、构思人物时,应当能推己及人,设身处地的去想一想如我在那种境遇下,会怎样行动、怎样处事、怎样说话。这样就有可能把人物写得真实、贴切,合乎人情物理。那么怎么才能真正把握好"忠恕之门"呢?金圣叹认为还必须要懂得"因缘生法"的道理。"因缘生法"是佛教术语,因缘,即是指原因和条件。一切事物和现象都是依据于一定的原因和条件而产生或出现的。金圣叹强调"因缘生法",就是要求作家在推己及人地构思人物时,应当研究和分析人物的言论、行动、性格所赖以产生的原因和条件,这样才能准确地把握其特点。在第55回的评语中,金圣叹指出作家对他所写的人物,有些是可以有亲身体会的,比如写豪杰,也许作家本身就是豪杰,甚至于写奸雄,也许他本人就是奸雄,但是一个作家不可能对各种人物的生活都有切身体会,他不可能既是豪杰,又是奸雄,又是偷儿,又是淫妇。但是他如果能从"因缘生法"角度去了解和把握这些人物,那么,他本人虽不是豪杰、奸雄、偷儿、淫妇,也一定能写好豪杰、奸雄、偷儿、淫妇,"其文亦随因缘而起"。作家懂得"因缘生法",他创作时就会"动心"。"动心"是说作家可以把自己设想成为豪杰、奸雄、偷儿、淫妇,然后按照"因缘生法"的道理,把握好他们性格形成的原因和条件,把他们描写得十分逼真和传神。所以他在《水浒传序三》中说:"忠恕,量万物之斗斛也。因缘生法,裁世界之刀尺也。施耐庵左手握如是斗斛,右手持如是刀尺,而仅乃叙一百八人之性情、气质、形状、声口者,是犹小试其端也。"

金圣叹对《水浒》艺术结构的分析,虽然有像鲁迅所说的"布局行文,也都被硬拖到八股的作法上"的弊病(见《谈金圣叹》),但是,也有许多深刻的、有价值的分析和论述。在金圣叹以前关于小说、戏剧的艺术结构,李贽和容与堂《水浒》评本都提出过一些重要看法,金圣叹在他们的基础上作了进一步发展,提出了许多有创造性的独到见解。

首先,金圣叹重视艺术结构整体性,要求做到"有全锦在手,无全锦在目;无全衣在目,有全衣在心;见其领,知其袖;见其襟,知其被也"。认为小说创作贵在落笔之前有一个全局的安排,必须成竹在胸,然后知各部分之联系,如何疏密相间等等。这些正是对中国古代诗画创作中强调要"意在笔先"、"成竹在胸"思想在小说艺术结构方面的具体运用。金圣叹对中国古典美学是十分熟悉的,他认为在构思过程中的"惨淡经营"非常重要,必须把小说的整体艺术结构酝酿得极其充分和成熟,然后才能开始创作。因为"凌云蔽日之姿,其初本于破核分荚;于破核分荚之时,具有凌云蔽日之势;于凌云蔽日之时,不出破核分荚之势"。能做到这样,说明这个作家才是真正有才华的。真正高水平作家,其才必绕乎构思、布局、琢句、安字之前之后。

其次,在小说艺术结构和人物塑造的关系上,金圣叹认为艺术结构应当为塑造人物形象服务。他说施耐庵写《水浒》,"只是贪他三十六个人,便有三十六样出身,三十六样面孔,三十六样性格,中间便结撰得来"(《读法》)。无论是场面、情节的安排,还是细节、插笔的描写,都是为了突出人物性格特征。金圣叹对《水浒》全书艺术结构的精彩分析,是和表现人物性格紧紧联系在一起的。

最后,金圣叹认为艺术结构安排既要符合于现实生活的真实,又要尽量运用多种多样的方法,使之具有极大的生动性与丰富性。《读法》中说:"《水浒传》不说鬼神怪异之事,是它气力过人处。《西游记》每到弄不来时,便是南海观音救了。"说明《水浒传》的结构虽然庞大,但是和现实生活逻辑发展是一致的,并没有借助"鬼神怪异"之事来弥补其艺术结构上的不足。他又说《水浒传》:"笔有左右,墨有正反;用左笔不安换右笔,用右笔不安换左笔;用正墨不现换反墨,用反墨不现换正墨。"这里的左笔、右笔、正墨、反墨指的是各种不同艺术表现方法,而这是和情节、结构的安排有密切关系的。他提出的许多"文法",如倒插法、夹叙法、草蛇灰线法、大落墨法、绵针泥刺法、背面铺粉法、弄引法、獭尾法、正犯法、略犯法、极不省法、极省法、欲合故纵法、横云断山法、鸾胶续弦法等等,虽有八股气味,但是实际上都是小说中很重要的艺术表现技巧。例如所谓"正犯法"和"略犯法",都是指如何突出"同中之异"来刻画不同性格的方法;所谓"獭尾法",是指艺术描写上的高潮和低潮、动和静、叙事和抒情之间的巧妙结合;所谓"横云断山法",是指艺术上的穿插描写等等。

金圣叹对《水浒传》评点开创了小说评点的新局面,除了上述许多重要成就之外,从评点方法上说也有很大贡献。他对《水浒传》的批评,不仅书前有序及读法,对全书作总的评价,提出基本的美学原则和批评标准,具有相当的理论深度,而且在每一回前对这回的内容和艺术特色作比较全面的分析,改变了容本、袁本等仅在回后发几句议论的方法。他把传统的行间夹批改为文字中间的小字夹批,这样就改革了行间夹批只能写几个字的局限。他这种文中小字夹批可以自由发挥,要短就短,要长就长,甚至可以发上一段议论。后来一些重要的小说评点,如毛宗岗评《三国演义》、张竹坡评《金瓶梅》等,就都是运用了金圣叹这种方式的。而且他们在艺术理论方面,大都也是承袭金圣叹的观点的,不过在某些方面又有了新的发展。

继金圣叹评点《水浒》之后,在对长篇小说的评点方面,最有名的是毛纶、毛宗岗父子评点《三国演义》、张竹坡评点《金瓶梅》和脂砚斋评点《红楼梦》。他们都深受金批《水浒》的影响,而毛氏父子和张竹坡对金圣叹尤为钦佩。他们在对小说创作的看法上,很多是和金圣叹一致的,甚至是直接运用金批的一些观点来进行批评的。但是他们在有些观点上和金圣叹是不一致的,有些则在金圣叹的基础上有了新的发展,此外,也有他们自己的某些独创性见解。《三国演义》的毛评本是毛纶和其子毛宗岗共同完成的。毛评在许多方面都是模仿金圣叹的,但是在政治思想和文学思想上,毛氏父子和金圣叹是有所不同的,毛评强调"拥刘反曹"的正统思想,宣传封建的三纲五常,皇权至上,反对篡逆行为,是与当时的政治思想和文化思想潮流一致的,并非如有的研究者所说是反清的民族思想。毛评在艺术上基本上是沿袭金圣叹的,其最大的不同是:金圣叹十分重视小说创作中虚构的意义和作用,而毛氏父子则比较强调"实录"。但是并不要求像史学家那样实录,还是允许有某种程度的虚构和夸张。毛评对《三国演义》中的几个主要人物如诸葛亮、关羽、曹操等的性格特征,作过相当生动而深刻的分析,认为是三国的"三奇","可称三绝",是贤相、名将、奸雄的典型。在人物形象塑造方面比较重视传统的虚实结合方法之运用,强调在对比中展现人物性格。继毛氏父子对《三国演义》的批评之后,比较重要的有张道深对《金瓶梅》的批评。张道深(1670—1699),字自得,号竹坡,彭城(今江苏铜山)人。他以张竹坡为名批评《金瓶梅》,约在康熙三十四年前后,其小说理论和批评方法受金圣叹影响也很深。张道深不赞成把《金瓶梅》看成"淫书",他明确指出《金瓶梅》是一部"世情"小说,是对人情世态的丑恶极其不满的"泄愤"之作。他认为《金瓶梅》中主要人物西门庆是清河县一霸,上通官府直至朝廷蔡京,下结豪绅地痞流氓无赖,荒淫酒色,无恶不作,作者是借西门庆这个典型形象来概括社会的丑恶面、黑暗面,对之进行了无情的揭露和批判。他说《金瓶梅》是"一部炎凉书",描写了世态炎凉,又是一部"惩人的书",可以作为世人"戒律"。张道深认为《金瓶梅》艺术上的特点是通过细腻地描写日常生活,来刻画各种不同类型人物的性格,对"世情"作真实、自然的描写。清代乾隆年间在小说理论批评上比较重要的有脂砚斋对《石头记》的评点。国内所藏脂评《石头记》的抄本有很多种,如己卯本、庚辰本、甲戌本等,各本评语也不大相同,所署笔名也有好几个,也可能并非一人所评。俞平伯先生曾将几个主要版本的评语集在一起,辑有《脂砚斋红楼梦辑评》一书。脂砚斋究竟是谁,现在还弄不清楚,可能是曹雪芹的亲友,与曹雪芹的时代大体相当。脂评在小说理论批评上的价值,主要是强调了《红楼梦》中的人物描写,不论是语言、动作、行为、处事,都写得合情合理,使人感到十分自然贴切,是"至情至理之妙文"(甲戌本)。同时善于运用虚实结合和侧面衬托的方法来刻画人物性格特征,善于抓住能体现人物性格特征的典型细节作深刻而生动的描写,如送宫花等。此外,脂评还认为《红楼梦》在艺术上不用理念去创造人物,而努力从审美方面去表现人物,所以它所塑造的人物具有"囫囵不解之中实可解,可解之中又说不出理路"的特点。

清代小说理论批评中值得我们注意的还有对蒲松龄《聊斋志异》的批评,它比较集中地表现了对写花妖狐鬼的浪漫主义小说特点及其艺术手法的看法。这主要有以下几方面：第一，普遍地认识到了这些以写花妖狐鬼为题材的小说是作家怨愤之情的寄托，是用曲折的方式对现实黑暗的揭露和批判，同时也有对人间美好真情的歌颂，都是有深刻寓意的，它和真实地描写现实生活的作品，有同样的社会教育意义。虽然它所写的是些"子不语"的内容，却能"足辅功令教化之所不及"，实"可与六经同功"（高珩序），"于人心风化，实有裨益"（但明伦序）。蒲松龄在《聊斋自志》中说："集腋为裘，妄续幽冥之录；浮白载笔，仅成孤愤之书：寄托如此，亦足悲矣！"作者所写虽似记载街谈巷议的奇闻异事，甚至是些荒诞不经的鬼怪传说，然而十之八九都有寄寓在内。第二，从上述基本认识出发，清人对《聊斋》的评论，都十分重视这些花妖狐鬼故事的现实生活基础，高珩认为《聊斋》艺术上的主要特点是："驰想天外，幻迹人区。"说明天外之景不过是人间社会的一个幻影而已。余集在序中指出，《聊斋》所写的虽是狐鬼而非人类，而人类中却有很多比狐鬼更不如者，蒲松龄正是有感于此，才借狐鬼来与之对比，而歌颂美好，惩罚丑恶的。冯镇峦《读聊斋杂说》中所说："先生意在作文，镜花水月，虽不必泥于实事，然时代人物，不尽凿空。"《聊斋》所写对世态人情实是作了相当广泛而深入的描写的。蒲松龄的孙子蒲立德说"其事多涉于神怪"，然"刻镂物情，曲尽世态"，其源泉在现实生活之中。第三，《聊斋》在艺术表现方法上的特征，是在描写花妖狐鬼时使它具有人的性情，而作品艺术结构也符合于现实人情物理，故而具有真真假假之妙。冯镇峦说："盖海市蜃楼，而描写刻画，似幻似真，实一一如乎人人意中所欲出。"作者正是借助这种似真非真、似幻非幻的艺术方法，非常充分地表达了人们在现实中难以实现的愿望。所以，"山精水怪，不妨以假为真；牛鬼蛇神，未必将无作有"（乾隆辛未练塘老渔跋）。这些花妖狐鬼因为具备了人的性情，所以使读者感到十分亲切。他们既有花妖狐鬼的特征，又有人的性格，是两者的复合体，故"凡事境奇怪，实情致周匝，合乎人意中所欲出，与先正不背在情理中也"（冯镇峦语）。

第二节　李渔《闲情偶寄》中的戏曲文学理论

明清之交的李渔是中国古代戏剧理论批评家的杰出代表。李渔（1611—1680），字笠鸿，又字谪凡，号笠翁，别号笠道人、新亭客樵、随庵主人等，祖籍浙江兰溪，生于江苏如皋，晚年居于杭州西湖。他著有传奇《十种曲》、小说集《十二楼》等，又是著名的戏剧理论批评家，著有《闲情偶寄》，其中有关戏剧的论述，就其体系的完整和理论的深刻性来说，别的论著都无法与他相比。李渔曾以他的家姬组成戏班子，周游各地演出，招待达官贵人。他的人品也曾遭到时人非议，如袁于令就说其演出活动，"其行甚秽，真士林所不齿也"，但是他在戏剧理论方面确是作出了重大贡献的。《闲情偶寄》共分六卷，包括词曲、演习、声容、居室、器玩、饮馔、种植、颐养八个部分，不仅有戏剧理论，也有园林建筑及其他方面的内容。有关戏剧的理论集中在前三个部分中，比较全面地论述了有关戏剧的文学剧本创作、演员的表现艺术以及导演艺术等重要问题。

《闲情偶寄·词曲部》主要是讲戏剧创作的，其中分为结构、词采、音律、宾白、科诨、格局六个方面。李渔的戏剧理论具有突破性的重要意义，他特别重视戏剧文学剧本的创作，明确地提出了"结构第一"的思想。中国古代的戏曲理论批评一般都偏重在音律和词采方面，而对戏剧的文学剧本创作，特别是主题、人物、情节、结构、戏剧冲突、宾白对话等重视不够，所以，虽然有不少比较完整的专著，但往往文学理论价值不大，而侧重在演出和唱腔方面。李渔所理解的"结构"，其含义是比较广泛的，包括了"戒讽刺"、"立主脑"、"脱窠臼"、"密针线"、"减头绪"、"戒荒唐"、"审虚实"七个方面，体现了李渔对戏剧文学创作的艺术构思、典型化、创作方法、独创性、主题思想、戏剧的主要矛盾冲突等一系列重大文学理论问题的看法。因此，我们可以说，李渔的"结构第一"的思想，实际上就是要求把文学剧本的创作放在第一位。他认为："填词非末技，乃与史传诗文同源而异派者也。"对戏曲创作为什么要"结构第一"，他说："填词首重音律，而余独先结构者，以音律有书可考，其理彰明较著。""至于'结构'二字，则在引商刻羽之先，拈韵抽毫之始，如造物之赋形，当其精血初凝，胞胎未就，先为制定全形，使点血而具五官百骸之势。倘先无成局，而由顶及踵，逐段滋生，则人之一身，当有无数断续之痕，而血气为之中阻矣。""故作传奇者，不宜卒急拈毫。袖手于前，始能疾书于后。有奇事，方有奇文。未有命题不佳，而能出其锦心，扬为绣口者也。尝读时髦所撰，惜其惨淡经营，用心良苦，而不得被管弦、副优孟者，非审音协律之难，而结构全部规模之未善也。"李渔所说"结构"即是戏剧创作的总体布局，进入具体创作之前，必须在构思中首先形成一个作品的基本的框架，一个有机的意象体系，而不能枝枝节节为之，这是创作成败的关键。李渔这一段论述实际上是中国古代传统书画美学中的"意在笔先"、"胸有成竹"思想在戏剧创作中的具体运用，同时也可以看出他能不囿于传统戏曲理论的束缚，大胆提出自己独创见解的革新精神。

李渔提出的"结构第一"的七个方面，就其理论内容来说，可以概括为下列五个方面：

一、艺术构思和创作过程中虚构和真实的关系。李渔所说的"审虚实"，就是从如何对待不同题材作品的虚构和真实出发，要求作家认真重视和正确解决戏剧创作中的生活真实和艺术真实的关系。他首先指出：戏剧创作中的题材内容有虚有实,"传奇所用之事,或古或今,有虚有实,随人拈取"。那么,什么是古、今、虚、实呢?他又说:"古者,书籍所载,古人现成之事也;今者,耳目传闻,当时仅见之事也;实者,就事敷陈,不假造作,有根有据之谓也;虚者,空中楼阁,随意构成,无影无形之谓也。"古和今是指题材内容的不同;虚和实是指内容的虚构成分和真实成分。他不赞成"古事多实,近事多虚"说法,认为戏剧作品并非写真人真事,而是虚构的产物。他说:"传奇无实,大半皆寓言耳。""凡阅传奇而必考其事从何来,人居何地者,皆说梦之痴人,可以不答者也。"古事也未必都实,他举例说:"若谓古事皆实,则《西厢》、《琵琶》,推为曲中之祖,莺莺果嫁君瑞乎?蔡邕之饿莩其亲,五娘之干蛊其夫,见于何书?果有实据乎?孟子云:'尽信书不如无书',盖指武成而言也,经史且然,矧杂剧乎?"这种重视艺术虚构思想是对明代中叶以来对文学创作中虚构重要性论述的继承和发展。

那么为什么要虚构呢?李渔看到了虚构具有典型概括作用,可以使人和事达到高度典型化,并起到更大的社会教育作用。他说:

>欲劝人为孝,则举一孝子出名,但有一行可纪,则不必尽有其事,凡属孝亲所应有者,悉取而加之,亦犹纣之不善不如是之甚也。一居下流,天下之恶皆归焉。其余表忠表节,与种种劝人为善之剧,率同于此。

应该说,这是中国古代文学理论中对创作过程中的典型化之意义与作用的最清楚明白的论述。他还提出了对历史题材和现实题材在虚构和真实关系上不同的看法:现实题材可以完全是虚构的,"是谓虚则虚到底也";然而历史题材则不同,因为历史上这些人和事,人们都"烂熟于胸中",如果作者虚构一些内容,人们就会说它不真实,所以,"若用往事为题,以一古人出名,则满场脚色,皆用古人,捏一姓名不得;其人所行之事,有必本于载籍,班班可考,创一事实不得"。强调历史题材严格的真实性,和说"传奇无实,大半寓言",是不矛盾的,因为"古人填古事,犹今人填今事",流传下来的历史记载,并非都是真实的。历史题材创作只是要求必须有载籍的依据,目的是为了防止熟悉历史的人说它不真实,达不到应有的教育效果,而不是要求它绝对是真人真事。所以提出历史题材作品要"实则实到底",并不否定虚构的必要性。不过,李渔的这种说法也有一定的片面性和绝对化倾向,实际上,历史题材的作品多数还是有虚构成分的,只要它不和大家都熟悉的历史记载发生明显的冲突,是可以允许的,也不会影响其艺术的真实性。

二、强调戏剧创作必须对现实生活作客观描写,使之具有广泛深刻的社会意义,反对把戏剧创作变成泄私愤、报私仇的工具,或写些荒诞不经的内容作为个人的消遣之用。为此他特别提出"戒讽刺"和"戒荒唐"的问题。戏剧文学作品是具有强烈的劝善惩恶的教育作用的,但是一个正直的剧作家应当针对社会上的普遍性问题进行歌颂或暴露、褒奖或贬斥,而不应当借戏剧创作来诽谤和讽刺他所不喜欢或者与自己有怨仇的人。他指出戏剧作品比其他的文学作品具有更广泛的社会教育作用,因为它是要演出的,有文化的人和没有文化的人都可以看,识字的和不识字的都可以懂,所以影响特别大。他所说的"戒讽刺",不是指对社会丑恶现象不要讽刺,而是指欲行个人报复之讽刺是绝对要不得的。他要求戏剧作者,"先要涤去此种肺肠,务存忠厚之心,勿为残毒之事",要有"正气"贯穿于作品之中,有诚实正派的创作指导思想,方能写出有价值的作品。文学创作应当真实地描写现实生活,而不能只是表现个人褊狭情绪。因此文学创作从内容上说必须符合"人情物理",而不能任凭作者按照不切实际的主观臆想,去写些荒唐可笑而没有任何现实生活根据的内容。

三、提倡戏剧创作的独创性。这主要表现在"脱窠臼"一节中。中国古代的文学创作由于受儒家"述而不作,信而好古"思想影响,往往有比较严重的复古模拟倾向,所以许多有远见的文学理论批评家,都十分强调"变"的思想,认为文学发展必须要有革新和独创的精神。李渔则从戏剧创作的角度,进一步发展了这种思想。他说:

> 人惟求旧,物惟求新。新也者,天下事物之美称也。而文章一道,较之他物,尤加倍焉。戛戛乎陈言务去,求新之谓也。至于填词一道,较之诗、赋、古文,又加倍焉,非前人所作,于今为旧,即出我一人之手,今之视昨,亦有间焉。昨已见而今未见也,知未见之为新,即知已见之为旧矣。古人呼剧本为"传奇"者,因其事甚奇特,未经人见而传之,是以得名。可见非奇不传。新,即奇之别名也。若此等情节,业已见之戏场,则千人共见,万人共见,绝无奇矣,焉用传之!

从这种追求变革、创新的思想出发,李渔不但强调各人应有自己的特点,而且认为就某一个人来说,他的创作也应该不断有新的变化,他说:"填词之难,莫难于洗涤窠臼;而填词之陋,亦莫陋于盗袭窠臼。"他对当时戏剧创作上模拟因袭、拼凑剽窃之作是非常不满意的,对此他曾进行了极为尖锐的讽刺和嘲笑,他说:"吾观今日之新剧,非新剧也,皆老僧碎补之衲衣,医士合成之汤药,取众剧之所有彼割一段,此割一段,合而成之,即是一种传奇,但有耳所未闻之姓名,从无目不经见之事实。"李渔对能否创新看得非常重,他说:"窠臼不脱,难语填词。凡我同心,急宜参酌。"

四、确立主题和题材,突出主要戏剧冲突。这集中表现在"立主脑"和"减头绪"两节中。李渔所说的"立主脑",包含着两方面的意思:一是指戏剧作品中的主题,他说:"主脑非他,即作者立言之本意也。传奇亦然。"二是指与这个主题直接相联系的基本题材,他说:"一本戏中,有无数人名,究竟俱属陪宾;原其初心,止为一人而设。即此一人之身,自始至终,离合悲欢,中具无限情由,无穷关目,究竟俱属衍文;原其初心,又止为一事而设。此一人一事,即作传奇之主脑也。"主题是通过具体的题材来体现的,也就是说,要通过剧中的主要人物和主要事件来展示。所谓"立主脑",便是要求戏剧创作必须有明确的中心思想和体现这个中心思想的主要人物和主要事件,而其他的人物和事件则是围绕着主要人物和主要事件而展开的。这体现"作者立言本意"的"一人一事"集中反映了剧本的主要矛盾和冲突。例如《琵琶记》的主要人物是蔡伯喈,其主要事件则是重婚牛府,它体现了作者对于见利忘义、背亲弃妻的批评。故李渔说:"如一部《琵琶》,止为蔡伯喈一人;而蔡伯喈一人,又止为重婚牛府一事。其余枝节,皆从此一事而生:二亲之遭凶,五娘之尽孝,拐儿之骗财、匿书,张大公之疏财、仗义,皆由于此。是'重婚牛府'四字,即作《琵琶记》之主脑也。"他又举《西厢记》为例说:"一部《西厢》止为张君瑞一人;而张君瑞一人,又止为白马解围一事。其余枝节,皆从此一事而生:夫人之许婚,张生之望配,红娘之勇于作合,莺莺之敢于失身,与郑恒之力争原配而不得,皆由于此。是'白马解围'四字,即作《西厢记》之主脑也。"无论是"重婚牛府"也好,"白马解围"也好,从表面看似乎只是讲的一个中心事件,实际上其他一切都是由此而生发出来的,这个中心事件包含了剧本中的主要矛盾冲突,其他矛盾冲突都是由此而展开的。因此,"立主脑",即确立一部戏剧作品的主题、题材和主要矛盾冲突,是戏剧创作构思过程中首先要解决的问题。李渔所说的"减头绪"是和"立主脑"密切相关的。一部戏剧作品必须突出主要人物、主要事件和主要矛盾冲突,这和其他文学体裁相比尤为重要。因为戏剧是要演出的,观众在看戏时须凭演员的唱词和对白来了解剧情和体会人物性格特征。演员的说唱一过去就不再重复,不能像读诗文小说那样可以反复阅读研究,为此必须要围绕一个中心展开,不能头绪太多太复杂。一部戏剧一般应该只有一个主要的矛盾冲突,其他次要矛盾冲突要为突出主要矛盾冲突服务,不能喧宾夺主,因此要尽可能减少不必要的人物和事件。李渔说:"头绪繁多,传奇之大病也。《荆》、《刘》、《拜》、《杀》之得传于后,止为一线到底,并无旁见侧出之情。三尺童子,观演此剧,皆能了了于心,便便于口,以其始终无二事贯穿只一人也。"他认为要使戏剧作品有强烈的艺术效果,在一剧中的人物不能太多,否则许多人物上上下下,观众对谁都没有较深的印象。同时观众的年龄层次、文化程度、知识水平都不一样,要使各个不同阶层的人都看得懂,必须使主要人物能得到较多的表演机会,出场次数比较频繁,这样就能给观众以深刻的印象。他说:"与其忽张忽李,令人莫识从来,何如只扮数人,使之频上频下,易其事而不易其人,使观者合畅怀来,如逢故物之为愈乎?"这说明李渔对戏剧的特点是有很深刻的认识的,所以对戏剧文学剧本的创作也有特殊的要求。他指出:"作传奇者,能以'头绪忌繁'四字刻刻关心,则思路不分,文情专一,其为词也,如孤桐劲竹,直上无枝,虽难保其必传,然已有《荆》、《刘》、《拜》、《杀》之势矣。"

五、情节安排的合理性和细节描写的真实性。李渔所说的"密针线"即是指戏剧创作中情节的组织应当是合乎生活实际的,各部分之间需要有照应、有联系,情节的发展要顺应乎情理,符合于生活本身的逻辑。他说:

> 编戏有如缝衣,其初则以完全者剪碎,其后又以剪碎者凑成。剪碎易,凑成难。凑成之工,全在针线紧密;一节偶疏,全篇之破绽出矣。每编一折,必须前顾数折,后顾数折。顾前者,欲其照映;顾后者,便于埋伏。照映、埋伏,不止照映一人,埋伏一事,凡是此剧中有名之人,关涉之事,与前此后此所说之话,节节俱要想到。宁使想到而不用,勿使有用而忽之。

情节安排要合情合理、周密细致,这也是使剧本具有高度真实性的重要条件。他指出元人戏剧往往在这一方面做得不够,常常有不少疏忽之处。他举《琵琶记》为例说:"元曲之最疏者,莫过于《琵琶》,无论大关节目,背谬甚多:如子中状元三载,而家人不知;身赘相府,享尽荣华,不能自遣一仆,而附家报于路人;赵五娘千里寻夫,只身无伴,未审果能全节与否,其谁证之。诸如此类,皆背理妨伦之甚者。再取小节论之。如五娘之剪发,乃作者自为之,当日必无其事。以有疏财仗义之张大公在,受人之托,必能忠人之事,未有坐视不顾,而致其剪发者也。"他还特别指出剧中赵五娘和张大公说的那些话,例如"只为上山擒虎易,开口告人难"等,对一个恩重如山的人来说是很不妥的,似有"怼怨大公之词"。然而他认为《琵琶记》中也有针线很紧密的地方,"如'中秋赏月'一折,同一月也,出于牛氏之口者,言言欢悦;出于伯喈之口者,字字凄凉。一座两情,两情一事,此其针线之最密者"。这里实际讲的是作品中细节的真实性。为此,他提出:"然传奇,一事也,其中义理,分为三项:曲也,白也,穿插联络之关目也。元人所长者,止居其一,曲是也;白与关目,皆其所短。吾于元人,但守其词中绳墨而已矣。"元人擅长于曲,而忽略白与关目,而李渔则特别强调白与关目,这正是他识见高明的地方。

李渔对戏剧的语言也是非常重视的。他在"词采第二"中,对戏剧语言提出了四点要求:"贵显浅"、"重机趣"、"戒浮泛"、"忌填塞"。之所以要"贵显浅",是因为戏剧的语言和诗文、小说等不同,它是依靠听觉来起作用的,而不像别的文学形式是依靠阅读或朗诵来起作用的。阅读文学作品可以反复咀嚼,比较深奥、不易理解的可以多读几遍,然而,戏剧作品则不行,它一听就过去了,如果有一个地方没有听明白,下面就接不上,就会影响对整个剧情的了解。中国古代戏剧和西方戏剧不同,有唱词,有宾白,带有歌剧性质,因此对语言的要求必须考虑到观众的接受能力。他说:

> 曲文之词采,与诗文之词采非但不同,且要判然相反。何也?诗文之词采贵典雅而贱粗俗,宜蕴藉而忌分明。词曲不然,话则本之街谈巷议,事则取其直说明言。凡读传奇而有令人费解,或初阅不见其佳,深思而后得其意之所在者,便非绝妙好词。不问而知,为今曲,非元曲也。元人非不读书,而所制之曲,绝无一毫书本气,以其有书而不用,非当用而无书也。后人之曲,则满纸皆书矣。元人非不深心,而所填之词,皆觉过于浅近,以其深而出之以浅,非借浅以文其不深也。后人之词,则心口皆深矣。

词的浅显,不是鄙俗,而是要深入而浅出,其目的是为了不让观众感到费解,以致影响戏剧效果。他曾举汤显祖的《牡丹亭》(即《还魂记》)"惊梦"一折首句"袅晴丝吹来闲庭院,摇漾春如线"为例说:"以游丝一缕,逗起情丝。发端一语,即费如许深心,可谓惨淡经营矣。然听歌《牡丹亭》者,百人之中有一二人解出此意否?若谓制曲初心并不在此,不过因所见以起兴,则瞥见游丝,不妨直说,何须曲而又曲,由情丝而说及春,由春与情丝而悟其如线也?若云作此原有深心,则恐索解人不易得矣。索解人既不易得,又何必奏之歌筵,俾雅人俗子同闻而共见乎?其余'停半晌,整花钿,没揣菱花,偷人半面'及'良辰美景奈何天,赏心乐事谁家院','遍青山啼红了杜鹃'等语,字字俱费经营,字字皆欠明爽。此等妙语,止可作文字观,不得作传奇观。"但是,李渔也指出汤显祖作品中大部分还是写得很好的,如"寻梦"中"明放着白日青天,猛教人抓不到梦魂前,是这答儿压黄金钏匾","此等曲则纯乎元人","意深词浅,全无一毫书本气也"。对戏剧作家来说,读书要广,知识面要宽,无论经、史、子、集、道家、佛氏、九流、百工之书,甚至《千字文》、《百家姓》之类,都要熟读,不过,"形之笔端,落于纸上,则宜洗濯殆尽",即使偶尔用着成语,也要"妙在信手拈来,无心巧合,竟似古人寻我,并非我觅古人"。

戏剧语言贵显浅并不是要让它变得很粗俗,为此李渔提出要"戒浮泛"。粗俗的语言在戏剧中也不是说完全不能有,但是要看是哪一种角色。他说:"词贵显浅之说,前已道之详矣。然一味显浅,而不知分别,则将日流粗俗,求为文人之笔而不可得矣。元曲多犯此病,乃矫艰深隐晦之弊而过焉者也。极粗极俗之语,未尝不入填词,但宜从脚色起见。如在花面口中,则惟恐不粗不俗;一涉生、旦之曲,便宜斟酌其词。无论生为衣冠、仕宦,旦为小姐、夫人,出口吐词,当有筝雅春容之度;即使生为仆从,旦作梅香,亦须择言而发,不与净、丑同声:以生、旦有生、旦之体,净、丑有净、丑之腔故也。"浮泛"的另一种表现是脱离人物事件的空泛而无意义的景物描写,这在戏剧作品中也是要不得的。李渔要求戏剧中景色描写必须与人物的思想感情、情节的曲折变化紧密相关。如果只写所见之景而不结合情者,"有十分佳处,只好算得五分",因此"善咏物者,妙在即景生情"。例如《琵琶记》中"赏月"四曲:"同一月也,牛氏有牛氏之月,伯喈有伯喈之月。所言者月,所寓者心。牛氏所说之月可移一句于伯喈,伯喈所说之月可挪一字于牛氏乎?"只有情景合一才能做到语言精美而不浮泛。

"重机趣",是说戏剧语言不仅要生动活泼地传达剧情,使之血脉相连,而且要能体现人物的精神风貌、气质个性。他说:"'机趣'二字,填词家必不可少。机者,传奇之精神;趣者,传奇之风致。少此二物,则如泥人、土马,有生形而无生气。"为此他提出了填词必须注意的两条原则:"勿使有断续痕,勿使有道学气。"所谓"勿使有断续痕"者,是指一部戏剧的语言必须有统一的风格,使剧情前后相连,互相之间有所照应,"非止一出接一出,一人顶一人,务使承上接下,血脉相连,即于情事截然不相关之处,亦有连环细笋,伏于其中,看到后来方知其妙"。所谓"勿使有道学气"者,则是说"非但风流跌宕之曲、花前月下之情当以板腐为戒,即谈忠孝节义与说悲苦哀怨之情,亦当抑圣为狂,寓哭于笑",务使戏剧语言要带有鲜明的人物个性。所以李渔说:"填词种子,要在性中带来。性中无此,做杀不佳。"他认为戏剧语言要如王阳明之讲道学,以"良知"为核心,即是此意。语言不能程式化,而要体现各人的不同心态。他还指出:"性中带来一语,事事皆然,不独传奇一节,凡作诗、文、书、画,饮酒、斗棋,与百工技艺之事,无一不具夙根,无一不本天授。"这也可以说是性灵说思想在戏剧语言上的运用。

由于"重机趣",就必须要"忌填塞"。所谓"填塞",就是指戏剧语言过多运用生僻典故,堆砌辞藻,"直书成句"造成的毛病。李渔说:"其所以致病之由,亦有三:借典核以明博雅,假脂粉以见风姿,取现成以免思索。"因为传奇不比文章,"文章作与读书人看,故不怪其深;戏文做与读书人与不读书人同看,又与不读书之妇人小儿同看,故贵浅不贵深"。为此,他说古来填词之家,"其事不取幽深,其人不搜隐僻,其句则采街谈巷议。即有时偶涉诗书,亦系耳根听熟之语,舌端调惯之文,虽出诗书,实与街谈巷议无别者。"李渔对戏剧语言的要求总是处处考虑到其演出的效果,考虑到观众的水平和接受能力。

以上对戏剧语言的要求主要是针对唱词来说的,与此同时,李渔还特别重视戏剧宾白的语言。这一点也是李渔的过人之见,并且是对戏剧理论批评一个重要的发展。因为"自来作传奇者,止重填词,视宾白为末著",于是常有《白雪》、《阳春》其调,而巴人下里其言者。历来戏剧的创作和理论都以唱词为重而轻视宾白,这虽然有戏剧创作发展本身的历史原因,但也确是一个重大缺陷。李渔指出元人之所以重在唱词而不重宾白,是因为元人杂剧中宾白很少,"每折不过数言","即抹去宾白而止阅填词,亦皆一气呵成,无有断续,似并此数言亦可略而不备者"。后人则因为"元人尚在不重,我辈工此何为!遂不觉日轻一日,而竟置此道于不讲也"。为此李渔强调宾白的重要性,他说:"曲之有白,就文字论之,则犹经文之于传注;就物理论之,则如栋梁之于榱桷;就人身论之,则如肢体之于血脉:非但不可相无,且觉稍有不称,即因此贱彼,竟作无用观者。故知宾白一道,当与曲文等视。有最得意之曲文,即当有最得意之宾白。"因为宾白和曲词是互相联系、互相补充、互相促进的,是自然相生而不可分离的。"但使笔酣、墨饱,其势自能相生。常有因得一句好白而引起无限曲情,又有因填一首好词而生出无穷话柄者,是文与文自相触发,我止乐观厥成,无所容其思议。"宾白是构成整部戏剧的有机组成部分,宾白不合适就会损害整个剧本。对宾白语言李渔提出了八点要求,这就是:"声务铿锵"、"语求肖似"、"词别繁减"、"字分南北"、"文贵洁净"、"意取尖新"、"少用方言"、"时防漏孔"。认为宾白语言也要有抑扬顿挫的音乐美,要个性化,要生动活泼地表现人物的性格。宾白语言也不能过繁,应当讲究"洁净",做到当长即长,当减即减。同时宾白还要考虑到南北方语言的差别,但又不可滥用方言。李渔所说的宾白要"意取尖新",这"尖新"就是"纤巧"。"纤巧"一般被认为是带有贬义的词,然而,李渔认为在戏剧创作上独不戒此二字。"传奇之为道也,愈纤愈密,愈巧愈精。""以尖新出之,则令人眉扬目展。"宾白语言切忌"老实",这也是从观众的兴趣爱好和作品的戏剧效果上提出来的。此外,宾白语言还要求严密、准确,防止出现各种漏洞,如道姑错用尼僧语言等。

关于科诨,李渔也提出了不少精辟的见解。他对科诨的重要性作了很深刻的论述。他说:

> 插科打诨,填词之末技也。然欲雅俗同欢,智愚共赏,则当全在此处留神。文字佳,情节佳,而科诨不佳,非特俗人怕看,即雅人韵士,亦有瞌睡之时。作传奇者,全要善驱睡魔。睡魔一至,则后乎此者,虽有《钧天》之乐,《霓裳羽衣》之舞,皆付之不见、不闻,如对泥人作揖、土佛谈经矣。予尝以此告优人,谓:戏文好处,全在下半本。只消三两个瞌睡,便隔断一部神情。瞌睡醒时,上文下文已不接续,即使抖起精神再看,只好断章取

义作零出观。若是,则科诨非科诨,乃看戏人之人参汤也。养精益神,使人不倦,全在于此,可作小道观乎?

把科诨作为全剧中的重要组成部分之一,这也是李渔不同于前人的创见。对科诨的语言,他也提出了"戒淫亵"、"忌俗恶"、"重关系"、"贵自然"等重要原则。他说:"科诨之设,止为发笑。""科诨之妙,在于近俗,而所忌者又在于太俗。"必须"俗而不俗",方是"文人最妙之笔"。更为重要的是,科诨并非只是引人发笑,驱散瞌睡,而应当与剧情发展、人物性格刻画有密切关系,能够"于嘻笑诙谐之处,包含绝大文章",这就叫"重关系"。此外,科诨的运用必须自然,"妙在水到渠成,天机自露。我本无心说笑话,谁知笑话逼人来,斯为科诨之妙境耳"。

李渔所说的"格局",是指戏剧的结构组织方式。戏剧是有一定的组织方式的,这是由戏剧的特点决定的。这种组织方式有的是可以变动的,有的则是不能变动的。他所说的开场、冲场是指戏剧的开端,对此他非常重视,要求开场数语应"包括通篇",而冲场则须"蕴酿全部"。李渔说:"开场数语,谓之家门,虽云为字不多,然非结构已完,胸有成竹者,不能措手。"一剧的起首就把基本的立意、宗旨交代清楚,"如古文之冒头,时文之破题,务使开门见山,不当借帽覆顶"。而"冲场"则"务以寥寥数言,道尽本人一腔心事,又且蕴酿全部精神,犹'家门'之括尽无遗也"。这是中国古代戏剧一种很高明的手法,使观众一下就进入剧情之中,非看一个究竟不可。对于角色的出场,李渔也提出了很好的意见,认为主角不宜出场太迟,以免使配角喧宾夺主,"虽不定在一出二出,然不得出四五折之后"。李渔对结尾也特别重视。他认为上半部之末出应有"小收煞","令人揣摩下文,不知此事如何结果","全本收场,名为大收煞,此折之难,在无包括之痕,而有团圆之趣"。这种"团圆之趣","须要自然而然,水到渠成",而且应当是在"水穷山尽之处,偏宜突起波澜,或先惊而后喜,或始疑而终信,或喜极、心极而反致惊疑,务使一折之中,七情俱备,始为到底不懈之笔,愈远愈大之才,所谓有团圆之趣者也"。

李渔的戏剧理论受金圣叹影响颇深,他对金圣叹之评《西厢》评价极高,在美学思想上也受金圣叹的文章三境说的启发,强调心手统一的化境。他说:"心之所至,笔亦至焉,是人之所能为也。若夫笔之所至,心亦至焉,则人不能尽主之矣。且有心不欲然,而笔使之然,若有鬼物主持其间者,此等文字,尚可谓之有意乎哉?"李渔的戏剧文学创作思想构成一个完整严密的体系,是对中国古代戏剧理论批评发展的全面总结,他和王夫之、叶燮的诗论、金圣叹的小说理论,共同形成了文学理论批评发展成就卓越的新高潮,使明末清初成为中国文学理论批评史上又一个辉煌的时期。

第十六章 清代前中期的诗文词理论批评

第一节 康熙时期的文学批评和朱彝尊的自得说

康熙和乾隆时期是清代也是封建社会后期最为繁荣昌盛的时代,也是文学理论批评发展的高峰时期。清初的钱谦益、王夫之、叶燮等人,都是在诗学上很有贡献的,不过,钱谦益在康熙三年就去世了,王夫之一直不和清廷合作,叶燮生活在康熙时代,和朱彝尊、王士禛基本上是同时代人,他的文学思想主要还是属于明清易代到清代鼎盛的过渡阶段产物。康熙时代文坛上最有影响的是朱彝尊和王士禛,被称为南朱北王。从文学思想上说,两人的侧重点不同,朱彝尊重学问,王士禛重性情,但是他们之间也有可以沟通的地方,朱也不是不讲性情,王也不是不讲学问,只是重心不同而已。其实,这也是唐诗和宋诗的差别,也是宋元明清几百年来一直在争议的诗学中心问题。朱彝尊(1629—1709),字锡鬯,号竹垞,浙江秀水人。朱彝尊在诗文词的创作和理论上都是很有成就的,关于他的词论我们将在后面再讲,这里主要论述他的诗文理论批评。朱彝尊的文学思想核心是重道、宗经、博学,提倡"诗言志"的传统,同时强调言志抒情必须出于"自得",内心之"不得已"。他在《与李武曾论文书》中说他在大同曾"闭户两月,深原古作者之所由得,与今之所由失","然后知进学之必由本,而文章不离乎经术也"。他从历史发展中指出:"西京之文,唯董仲舒、刘向经术最纯,故其文最尔雅。彼扬雄之徒,品行自诡于圣人,务掇奇字,以自矜尚,安知所谓文哉?魏晋以降,学者不本经术,唯浮夸是务,文运之厄数百年。赖昌黎韩氏始创圣贤之学,而欧阳氏、王氏、曾氏继之,而刘氏、三苏氏羽翼之,莫不原本经术,故能横绝一世。"他认为从文章的发展来看,秦、汉、唐、宋都是"文之流委,而非其源也",而六经才是文章的本源。他引用颜之推所说"文章者原出五经",以及柳宗元、王禹偁、李涂等的有关言论,然后明确提出:"是则六经者,文之源也,足以尽天下之情、之辞、之政、之心,不入于虚伪,而归于有用。"不过,虽然是本乎经术,却并不是简单地重复圣人之言,而是要充分地表达自己所要说的意思,不能像前后七子那样陷入复古模拟的死胡同。他在《报李天生书》中说:"仆少时为文,好规仿古人字句,颇类于鳞之体,既而大悔,以为文章之作,期尽我所欲言而已。""期大裨于世道人心,而不为虚发。"在《朱文公文钞序》中说"文原本于道",以"载道"为目的,但又引孟子所说"予岂好辩哉,予不得已也",指出:"夫惟不得已而为文,斯天下之至文矣。"文章既是以"载道"为根本,同时又必须出于己所欲言,其《秋水集序》说:"文之有源者,无畔于经,无窒于理,本乎自得,抒中心所欲言,固不在袭古人以求同,离古人以自异也。"这是朱彝尊不同于一般载道派的地方,也是他文论思想的根本所在。这种出于己所欲言的"自得"之文,也是一种合乎天地自然的"无心成文"之文。他在《禹峰文集序》中说:"夫惟无心成文,辞必已出,革剿说雷同之弊,宣以天地自然之音,洵斯文之英绝者矣!"

朱彝尊论诗的基本思想也是和论文一样的。从大的方面看,他是主张以言志为中心的"诗教"传统的,这和他论文之本道宗经思想相一致的。他在《与高念祖论诗书》中说他自己对于诗的理解是花了近十年时间的:"仆之于诗,非有良师执友为之指诲也,盖尝反复求之。其始若瞽之无相,伥伥乎坠于渊谷而不知,如是者十年,不敢自逸,然后古人若引我于周行,而作者之意庶几其遇之矣。"确实,要真正懂得诗歌是不容易的,朱彝尊在经过长期潜心钻研后,充分肯定了传统的"诗言志"说,而且注重诗歌的美刺教化作用,他说:

> 《书》曰:"诗言志。"《记》曰:"志之所至,诗亦至焉。"古之君子,其欢愉悲愤之思感于中,发之为诗。今所存三百五篇,有美有刺,皆诗之不可已者也。夫惟出于不可已,故好色而不淫,怨悱而不乱,言之者无罪,闻之者足以戒。后之君子诵之,世治之污隆,政事之得失,皆可考见。故不学者比之墙面,学者斯授之以政,使于四方,盖诗之为教如此。魏、晋而下,指诗为缘情之作,专以绮靡为事,一出乎闺房儿女子之思,而无恭俭好礼廉静疏达之遗,恶在其为诗也?唐之世二百年,诗称极盛,然其间作者,类多长于赋景而略于言志,其状草木鸟兽甚工,顾于事父事君之际,或阙焉不讲。惟杜子美之诗,其出之也有本,无一不关乎纲常伦纪之目,而写时状景之妙,自有不期工而工者。然则善学诗者舍子美其谁师也欤?明诗之盛,无过正德,而李献吉、郑继之二子深得子美之旨,论者或诋其时非天宝、事异唐代,而强效子美之忧时。嗟乎!武宗之时,何时哉?使二子安于耽乐而不知忧患,则其诗虽不作可也。今世之为诗者,或漫无所感于中,惟用之往来酬酢之际。仆尝病之,以为有赋而无比兴,有颂而无风雅,其长篇排律,声愈高而曲愈下,辞未终而意已尽。四始六义阙焉,而犹谓之诗,此则仆之所不识也。

在传统的"言志"派和"缘情"派的对立中,朱彝尊明确表示赞成"言志"派而反对"缘情"派,不过,他并不认为诗歌只是儒家伦理纲常的说教,而是承认诗歌是抒发感情的,并且强调诗歌必须是诗人真正有感于内心,而不得不发之作,所以说"古之君子,其欢愉悲愤之思感于中,发之为诗",反对那种"漫无所感于中,惟用之往来酬酢"的作品。不过,这种感情应当体现对"世治污隆"、"政事得失"的感受,表现温良恭谨让的道德质量,而不只是单纯的"闺房儿女之思",批评唐诗是"长于赋景而略于言志",他举杜甫诗为例说明诗歌并不是不要"赋景",而是要像杜诗一样,先有"关乎纲常伦纪"之本,再来达到"写时状景之妙",这样方能做到"不期工而工"。朱彝尊虽然是在言志彰教、有关政事的大前提下来论诗的,然而他更为实际的是在提倡出于"自得"的"不得已"之作。如果我们再看他的《钱舍人诗序》,就可以明白朱彝尊其实是非常肯定诗歌的缘情特点的,只是希望它能具有雅正的风貌,而不要过于轻佻淫艳。他说:"缘情以为诗,诗之所由作,其情之不容已者乎!夫其感春而思,遇秋而悲,蕴于中者深,斯出之也善,长言之不见其多,约言之不见其不足,情之挚者,诗未有不工者也。后之称诗者,或漫无所感于中,取古人之声律字句而规仿之,必求其合;好奇之士,则又务离乎古人,以自鸣其异。均之为诗,未有无情之言可以传后者也。惟本乎自得者,其诗乃可传焉。盖古人多矣,吾辞之工者未有不合乎古人,非先求合古人而后工也。"可见,诗歌实乃人之内心感情受到刺激,到不得不发、非说不可的时候才产生的,有"不容己"之情,本于"自得",其诗方能传之于后,而具有永久的魅力。他很欣赏中书舍人钱芳标的诗作,认为"其辞雅以醇,其志廉以洁。其言情也,绮丽而不佻,信夫情之挚而一本乎自得者欤"。

从"本乎自得"的思想出发,朱彝尊批评了复古派的主张,认为诗歌创作必须要从诗人内在的心性出发。他在《王先生言远诗序》一文中说:"顾正、嘉以后,言诗者本严羽、杨士弘、高棅之说,一主乎唐,而又析唐为四,初、盛为正始正音,目中、晚为接武遗响,斤斤权格律声调之高下,使出于一。吾言其志,将以唐人之志为志,吾持其心,乃以唐人之心为心,其于吾心性何与焉?至谓唐以后事不必使,唐以后书不必读,则惑人之甚者矣。韩退之有云:'惟古于辞必己出,降而不能乃剽贼。'夫辞非己出,未有不流为剽贼者。"朱彝尊虽然是尊唐的,但是他竭力反对模拟唐人,也不认为唐以后诗无可学,而是强调一定要做到辞自己出,以抒发自己的心性为主。所以他称赞王言远的诗作,"凡山川风土,废兴治乱之迹,友朋离合之感,皆见于诗。不傍古人,不下古手,不为格律声调所缚,类发乎心性所得,而绝剽贼之患,盖卓然可传者也"。他在《高舍人诗序》中还提出诗歌创作要不"蹈袭古人"而能"发诸性情",方为真正佳作。在《叶指挥诗序》中他说:"三十年来海内谈诗者,每过于规仿古人,又或随声逐影,趋当世之好,于是己之性情汩焉不出。"重视"己之性情",这和公安派的"性灵"说是一致的。他和陈子龙一样,是在回归传统的前提下,又肯定从自己心灵出发的重要性;既提倡"言志""彰教"、重视诗歌社会教育功能,又要求诗歌必须写不得已的"自得"之情;在严厉批评复古模拟的同时,又充分肯定唐诗的经典范式意义,主张"以唐为师"、"以唐人为径"。他在《王学士西征草序》中引用王瑁湖学士的话说,写文章如登山,必须有正确的路径,登华山则必须"极于三峰",学诗的道理也是如此。他说:"学诗者以唐人为径,此遵道而得周行者也。唐之有杜甫,其犹九达之逵乎,外是而高、岑、王、孟,若李,若韦,若元、白、刘、柳,则如崇期剧骖,可以交复而岐出;至若孟郊之硬也,李贺之诡也,卢同、刘义、马异之怪也,斯绠縻而登险者也。正者极于杜,奇者极于韩,此跻夫三峰者也。宋之作者不过学唐人而变之尔,非能轶出唐人之上,若杨廷秀、郑德源之流,鄙俚以为文,诙笑嬉亵以为尚,斯为不善变矣。顾今之言诗,或效之,何与夫登山者亦各有所乐矣。援琴而弹,坐石而啸,荷筱而行吟,其为音不同,皆足以移人之情。使杂以屠沽阛阓之声,熏以糟浆之气,游者将掩耳蒙袂疾走焉。舍唐人而称宋,又专取其不善变者效之,恶在其善言诗也。"有了正确的路径,学诗才能走上正道。学唐而不泥唐,善于从自己的心性出发,吸取前人创作的艺术经验,以成就最高的唐诗为典范,这样才能使自己的创作有因有革,既不脱离传统,又有自己新的创造。其实他也并不是绝对不主张学宋,而是认为应当从研究汉魏六朝诗的发展变迁中,充分地理解和认识唐诗,然后才会知道宋诗的长处和不足,他在《丁武选诗集序》中说:"三十年来海内谈诗者,知嫉景陵邪说,顾仍取法于廷礼,比复厌唐人之规幅,争以宋为师。夫惟博观汉魏六代之诗,然后可以言唐,学唐人而具体,然后可以言宋,彼目不睹全唐人之诗,辄随响附影,未知正而先言变,高诩宋人,诋唐为不足师,必曰离之始工,吾未信其持论之平也。"

不论是文章写作还是诗歌创作,朱彝尊都认为要以博学作为基础。有深厚渊博的学识,才能在创作上自由驰骋。因此他对严羽作了严厉的批评,其《斋中读书》十二首曾说:"诗篇虽小技,其源本经史。必也万卷储,始足供驱使。别材非关学,严叟不晓事。"他特别看不起空疏浅薄的诗人,他在《栋亭诗序》中说:"今之诗家,空疏浅薄,皆由严仪卿'诗有别才,匪关学'一语启之,天下岂有舍学言诗之理?"严羽其实并不否定学问的重要。不过,他和朱彝尊的看法也确实有不同。严羽只把学问作为一种修养和基础,并不要求在创作时处处显示学问,也就是说文学创作和学问不是那么直接地联在一起的。朱彝尊则认为文学创作和学问的关系是比较直接的,当诗人有"不得已"的"自得"之情需要抒发时,没有丰富的知识学问"供驱使",肯定是写不好的,而且创作本身也要让人感到作者知识学问的广博。

朱彝尊对诗歌发展的历史,尤其是明代诗歌的发展,作过相当深入的研究。明末清初,钱谦益曾编《列朝诗集》,收集有明一代诗人近两千家,并对各个诗人写有小传,总结了明诗的发展。朱彝尊对此很不满意,也不赞同钱谦益的评价,所以重新做了总结梳理明诗的工作,编辑了《明诗综》,共收明代诗人达三千四百余家,并对每个诗人作简要评述,其后,钱塘姚柳依将其中诗话摘出,编辑为《静志居诗话》出版。朱彝尊在《明诗综》里所体现的文学思想和他上面有关诗文的论述是一致的。他不像钱谦益那样尖锐地批评前后七子,也没有像钱谦益那样高度评价以袁宏道为代表的公安派。他在充分肯定前后七子成就的同时,指出了他们在创作上模拟蹈袭的错误。他在肯定公安派理论的核心价值时,着重批评了他们忽视传统、陷入空疏浅俗的弊病,而对竟陵派则和钱谦益一样,给了严厉的批评。这些我们从他在《明诗综》里对这些代表人物的评价中可以看得很清楚。例如他和钱谦益都是比较肯定茶陵派李东阳的,但是朱彝尊更强调他的出于"自得",说他"宏奖群英,力追正始,由其天才颖异,长短丰约,高下疾徐,滔滔莽莽,唯意所如。其自序谓:'耳目所接,兴况所寄,左触右激,发乎言而成声,虽欲止之,有不可得而止者。'此其自得之言也"。至于李梦阳,则认为当时台阁体和理学家的性气诗使"诗道傍落,杂而多端",所以"北地(李梦阳)一呼,豪杰四应,信阳(何景明)角之,迪功(徐祯卿)犄之","霞蔚云蒸,忽焉丕变,呜呼盛哉",认为他的那些模仿之作,多"生吞语","非得意诗也"。而其"唐以后书不必读,唐以后事不必使",则是"英雄欺人之言"。朱彝尊对李攀龙的创作还是批评居多,肯定很少的,说他的乐府是"止规字句,而遗其神明";五言学步苏、李、曹、刘,"差具神理,然新警者寡矣";七古五律绝句,"要非作家";"唯七律人所工推,心慕手追者,王维、李颀也"。所以,"合而观之,句重字复,气断续而神孤离,亦非绝品"。他认为王世贞"才气""十倍于鳞","乐府变,奇奇正正,易陈为新,远非于鳞生吞活剥者比",但是"病在爱博",当时人们对他有"推崇过实"之处。可见,朱彝尊对前后七子都是有批评的,很不喜欢他们的模拟蹈袭,不过,还是肯定了他们的历史功绩。他在评价袁宏道时,应该说也是比较公允的。他说:"传有言,琴瑟既敝,必取而更张之,诗文亦然,不容不变也。隆、万间,王、李之遗派充塞,公安昆弟起而非之,以为'唐自有古诗,不必选体,中、晚唐皆有诗,不必初、盛,欧、苏、陈、黄各有诗,不必唐人。唐时色泽鲜妍,如旦晚脱笔砚者,今诗才脱笔砚,已是陈言。岂非流自性灵,与出自剽拟,所从来异乎'?一时闻者涣然内神悟,若良药之解散,而沉疴之去体也。"问题是当时那些效法公安的"不善学者",专门以袁宏道集中那些"俳谐调笑"之作为典范,于是就陷入了鄙俚之弊。由此我们可以知道朱彝尊的文学主张其实还是在调和七子和公安,以唐为师而不排斥宋,在充分重视学问的前提下,提倡写"不得已"的"自得"之情。所以他和王渔洋虽然诗学主张不同,但是并没有发生明显的对立。

第二节　王士禛的神韵说

清初的诗文创作和诗文理论以王士禛和方苞为主要代表,故袁枚的《仿元遗山论诗绝句》中有"一代正宗才力薄,望溪文集阮亭诗"之说,不仅方苞的文章和王士禛的诗是清初的"一代正宗",而方苞的文论和王士禛的诗论,也同样是清初最有代表性的文学理论。之所以这样说,是因为他们的文学思想是适应于当时清廷的政治需要,并且也是清廷文化政策下的产物。康熙、雍正、乾隆时期是清代、也是中国封建社会后期鼎盛时期,这也是清代文学理论批评发展最繁荣的时期。在诗歌理论方面出现了四个主要的派别,这就是以王士禛为代表的神韵派、以沈德潜为代表的格调派、以袁枚为代表的性灵派和以翁方纲为代表的肌理派。这是就诗歌理论批评发展的主要流派而言的,实际上还有许多人虽不能列入某一派,但对诗歌理论批评同样也作出了很重要的贡献。在这四派中以王士禛的神韵说在艺术理论上的贡献最大,袁枚的性灵说具有一定的突破传统的叛逆精神,影响较大,而从总体上说,他们都对传统诗歌理论批评作了认真的总结,并有许多新的发展。在散文理论批评方面,自方苞以后有刘大櫆、姚鼐等,发展为声势浩大的桐城派。

王士禛(1634—1711),字子真,一字贻上,号阮亭,又号渔洋山人,山东新城(今桓台)人。他死后,因避雍正皇帝讳,改名为士正,乾隆时诏命改士禛。王士禛是康熙时期最著名的诗人和诗论家,与朱彝尊并为当时文坛主要人物,称为南朱北王。他和朱彝尊在诗学思想上有比较明显的差别。朱彝尊是主张宗经明道重学的,认为"文章之不离乎经术"(《与李武曾论文书》)"是则六经者,文之源也,足以尽天下之情之辞之政之心,不入于虚伪,而归于有用。"(《答胡司皋书》)诗歌创作上则提倡"言志"传统,强调"自得",要有不得不发之情,故诗皆"类发乎心性所得"(《王先生言远诗序》),同时肯定"温柔敦厚"、"发乎情止乎礼义"的"诗教"。所以要求诗人要有深厚的学问。可是,王士禛则偏重于诗歌的艺术方面,要求诗歌创造超脱空灵、意味无穷的艺术境界,从各个不同方面阐述和总结了中国古代的艺术审美传统。王士禛的诗论著作,除了《渔洋诗话》以外,尚散见于他的文集和其他各种笔记杂著之中,如《池北偶谈》、《香祖笔记》、《古夫于亭杂录》、《居易录》、《分甘余话》、《花草蒙拾》等,另外他的诗歌选本如《唐贤三昧集》等也都体现了他很重要的文学思想。他的学生张宗楠曾将他的诗论收集在一起,分类编排,辑为《带经堂诗话》三十卷。渔洋诗论的核心是提倡神韵,这一基本思想从他年青时代开始,一直到晚年都没有变化。他早年编《神韵集》刚28岁,后来编《唐贤三昧集》

时为 55 岁。雍正三年俞兆晟写的《渔洋诗话序》曾引用渔洋自述,说明其一生诗学思想的发展变化:少年时"博综该洽,以求兼长","入吾室者,俱操唐音";"中岁越三唐而事两宋";晚年则"以太音希声,药淫哇锢习,《唐贤三昧》之选,所谓乃造平淡时也。"渔洋创作虽一生三变,但其神韵主张则始终如一。神韵,是指一种理想的艺术境界,其基本美学特征是自然传神,韵味深远,天生化成,而无人工造作的痕迹。这从神韵一词的最初原始意义即可看出来。神韵,最早见于南朝谢赫的《古画品录》,所谓"神韵气力",就是指"气韵生动"。气,指生气,即人的生命活力,传神者自有生气活力;韵,指韵味,含蓄蕴藉之余味。神韵、气韵相近,均指绘画的传神写照、韵味幽远而言。后来,唐代张彦远在其《历代名画记》中又有所发挥,他说:"至于鬼神人物,有生动之可状,须神韵而后全。若气韵不周,空陈形似;笔力未遒,空善赋彩,谓非妙也。"把神韵和气韵看做是一回事,而与形似对举,则侧重于指传神、神似之意。司空图的"韵外之致"即味外之味。范温《潜溪诗眼》论韵的含义是:"有余意之谓韵。"明代胡应麟在《诗薮》中也多次论到神韵,也是偏重在自然神到、韵味深长,所谓"神韵超然,绝去斧凿"(卷五论七言),但与气势壮阔略相左,故云"唐人诗主神韵,不主气格"(同上)。王夫之的诗论也多次论到神韵,大都是指神理自然、风韵飘逸,艺术上的一种"天工"境界。如《古诗评选》中说:汉高祖《大风歌》"一比一赋脱然自致","岂亦非天授也哉"?故"神韵所不待论"。虽然王渔洋以前各家论神韵和王渔洋的论神韵含义不尽相同,但神韵的某些基本美学特征是一致的。不过,王渔洋论神韵则是在前人基础上的重大发展,他以神韵为核心形成了自己的诗歌美学体系。王渔洋的神韵作为一种理想艺术境界,是对中国古代文学艺术审美传统的总结,着重体现了具有民族特色的特定创作原则和美学风貌,所以它存在于不同时代、不同作家的作品中,也存在于许多不同风格的作品中,并不像翁方纲《七言诗三昧举偶》中所理解的那么狭隘,这从王渔洋的《芝廛集序》一文中可以看得很清楚。

渔洋论神韵有受清代前期政治思想、文化思想影响的方面,他生活在清初政治局面稳定、经济繁荣发展的时期,他是忠实地为清廷效力的汉族文人,他的文艺思想也是和清廷的文化政策相一致的。清代从康熙时期开始一方面对汉族文人拉拢收买,另一方面竭力加强思想控制,大兴文字狱,严厉镇压有反清思想的文人。同时大力提倡程朱理学,提倡空谈义理心性,引导文人脱离现实,在书斋中消磨光阴。与此相关,以"清真雅正"作为科举考试中取录文章的标准,从而影响到其他一切文学。方苞的文论和渔洋的诗论都与此有密切联系。所以王渔洋论神韵,特别强调其"清远"的特色,他在《池北偶谈》中说:

汾阳孔文谷云:"诗以达性,然须清远为尚。"薛西原论诗,独取谢康乐、王摩诘、孟浩然、韦应物,言:"'白云抱幽石,绿篠媚清涟',清也;'表灵物莫赏,蕴真谁为传',远也;'何必丝与竹,山水有清音。'景昃鸣禽集,水木湛清华。'清远兼之也。总其妙在神韵矣。""神韵"二字,予向论诗,首为学人拈出,不知先见于此。

"清远",就是"清真雅正"文风在诗歌上的表现,故王渔洋特别推崇王维、韦应物冲和淡远的田园山水诗。他选《唐贤三昧集》以严羽、司空图的诗论为指归,以"隽永超诣"为标准,选王右丞而下42人,表面上说仿王安石《唐百家诗》例,不录李、杜,实际上还是和他的"清远"宗旨有关。从王渔洋诗论的政治倾向这个角度讲,翁方纲在《七言诗三昧举偶》中所说:"盖专以冲和淡远为主,不欲以雄鸷奥博为宗。"也还是有一定道理的。渔洋不太喜欢杜甫诗歌,据赵执信《谈龙录》云:"阮亭酷不喜少陵,特不敢显攻之,每举杨大年'村夫子'之目以语客。又薄乐天而深恶罗昭谏。"他不主张在诗歌中写政治性、现实性很强的内容,也不喜欢在诗歌中发泄牢骚不满,因此他认为孟浩然的诗不如王维的诗,"孟诗有寒俭之态,不及王诗天然而工"(见《师友诗传续录》)。这大约是指孟浩然诗中有"不才明主弃,多病故人疏"之类感慨而言的。他对韦柳评价和苏轼不同,认为柳宗元不如韦应物,也是指柳诗在清远、冲淡方面不如韦诗。他在《分甘余话》中说:"东坡谓柳柳州诗在陶彭泽下、韦苏州上,此言误矣。余更其语曰:韦诗在陶彭泽下、柳柳州上。余昔在扬州作《论诗绝句》有云:'风怀澄淡推韦柳,佳句多从五字求。解识无声弦指妙,柳州那得并苏州。'又尝谓陶如佛语,韦如菩萨语,王右丞如祖师语也。"因为柳宗元屡遭贬斥,长期生活在边远荒蛮地区,他的诗颇多牢骚不满,所以在艺术上不像韦应物诗那样冲和淡远,含有更多的深远韵味和言外之意。

但是王渔洋提倡神韵还有更为重要的一方面,这就是总结中国古代文学创作的丰富艺术经验,研究民族审美传统的独特特点,神韵就是他对这种特点所作出的理论概括。神韵作为一种富有民族特色的诗歌艺术境界,根据王渔洋的论述,其主要特点有如下几方面:

第一,从诗歌的构思和创作方面说,神韵说中心是要充分发挥意境创造中"虚"的作用,可以说他的一系列有关神韵论述,都是围绕着这一中心而展开的。赵执信的《谈龙录》中曾记载了他和洪昇一起在王渔洋家中以画龙比喻作诗的故事。其云:

> 钱塘洪昉思,久于新城之门矣,与余友。一日,并在司寇宅论诗,昉思嫉时俗之无章也,曰:"诗如龙然,首、尾、爪、角、鳞、鬣一不具,非龙也。"司寇哂之曰:"诗如神龙,见其首不见其尾,或云中露一爪一鳞而已,安得

全体！是雕塑绘画者耳。"余曰："神龙者，屈伸变化，固无定体；恍惚望见者，第指其一鳞一爪，而龙之首尾完好，故宛然在也。若拘于所见，以为龙具在是，雕绘者反有辞矣。"

此所说"神龙"即指具有神韵的诗歌，如何才能画出"神龙"，也就是如何才能创作出有"神韵"诗歌的问题。洪昇所说是一种完全写实的方法，但正如渔洋所说是一种"死法"，这样画出来的龙是死龙，是图画上假龙，不是活龙、真龙。而诗歌创作是没有固定法式可循的，有如"神龙行空，云雾灭没，鳞鬣隐现，岂令人测其首尾哉"！（《带经堂诗话·答问类》）王渔洋所说是一种虚实结合、充分发挥"虚"的作用的方法，它只画龙在云雾中露出的一爪一鳞，其他隐藏在云雾中的部分，则不需要画出来而由读者去想象。这样的龙就可能有无数种生动的姿态，而用实的描绘无法充分表现出来的龙的风神、气势、活力，都可以在人的想象中得到更加完美的体现。这才是真正的"神龙"，是由创作者和鉴赏者所共同创造的。这种画龙的原理运用到诗歌创作上，也就是王渔洋所特别欣赏的"不着一字，尽得风流"。艺术创作上讲究虚实结合，强调"虚"的意义与作用，这是中国古代文艺美学发展中的重要传统之一，它源于老子的"大音希声，大象无形"以及庄子的"天籁"、"天乐"。文学创作上所强调的"文外之旨"、"言外之意"、"境生象外"、"象外之象"、"景外之景"、"韵外之致"、"味外之旨"等等，都是由此生发出来的，它也是构成艺术意境关键所在。渔洋在其诗论中有不少这方面论述，如他在《香祖笔记》中说："《新唐书》如近日许道宁辈画山水，是真画也。《史记》如郭忠恕画天外数峰，略有笔墨，然而使人见而心服者，在笔墨之外也。右王楙《野客丛书》中语，得诗文三昧。司空表圣所谓'不着一字，尽得风流'者也。"（转引自《带经堂诗话》，下凡引此者均不再注明出处。）艺术之妙在引起人的联想，使人产生无穷的意趣，最忌说尽写尽，而不给人留下想象的余地。从某种意义上说，没有"虚"也就没有艺术。神与形相比，形是实的，而神是虚的；韵之妙则更在于"虚"，从声韵上来说，声比较实而韵比较虚，至于论人物风貌之韵致，可以说完全是虚的了，由此而引申到文学上自然也是如此。"神韵"实质上是讲的诗歌艺术的审美特征。神韵的特点就在其似有非有、似无非无、若隐若现、若存若亡，故如"蓝田日暖，良玉生烟，可望而不可置于眉睫之前"，于虚虚实实之间，见镜花水月之景。这样的诗歌意境具有含蓄不尽的言外之意，使人感到回味无穷，其深沉旨趣远超乎文字之表，如禅宗之顿悟，心领神会而不可言喻，能给人以真正的美感享受。

所以王渔洋特别欣赏严羽以禅悟论诗主张，他自己也经常以禅宗话头来说明神韵的微旨。他在《居易录》中说："《林间录》载洞山语云：'语中有语，名为死句；语中无语，名为活句。'予尝举似学诗者。今日门人邓州彭太史直上来问予选《唐贤三昧集》之旨，因引洞山前语语之，退而笔记。夹山曰：'坐却舌头，别生见解；参他活意，不参死意。'达观曰：'才涉唇吻，便落意思，并是死门，故非活路。'"所谓诗歌创作要做到"语中无语"、"参他活意"等，即是指严羽所说的"不涉理路，不落言筌"也。严羽的"兴趣"，正是王渔洋之所谓"神韵"也。因此，王渔洋非常欣赏严羽的"镜花水月"之说，也特别强调"妙悟"，认为是"不易之论"，而对钱谦益、冯班对严羽的责难极为不满。他多次强调诗歌之神韵境界可以悟禅。他在《香祖笔记》中说："唐人五言绝句往往入禅，有得意忘言之妙，与净名默然，达摩得髓，同一关捩。观王裴《辋川集》及祖咏《终南残雪》诗，虽钝根初机亦能顿悟。"其《蚕尾续文》中说："严沧浪以禅喻诗，余深契其说，而五言尤为近之。如王裴辋川绝句，字字入禅。他如'雨中山果落，灯下草虫鸣'，'明月松间照，清泉石上流'，以及太白'却下水精帘，玲珑望秋月'，常建'松际露微月，清光犹为君'，浩然'樵子暗相失，草虫寒不闻'，刘眘虚'时有落花至，远随流水香'，妙谛微言，与世尊拈花，迦叶微笑，等无差别。通其解者，可语上乘。"渔洋所举这些唐人名句，一方面具有清远、冲淡的特色，另一方面又都是含蓄深远、意在言外，融禅意与诗境为一体，富有韵外之致、味外之味之作。

第二，神韵之作以自然、入神为其重要特色。他在《渔洋诗话》中说道："律句有神韵天然，不可凑泊者，如高季迪：'白下有山皆绕郭，清明无客不思家。'曹能始：'春光白下无多日，夜月黄河第几湾。'李太虚：'节过白露犹余热，秋到黄州始解凉。'程孟阳：'瓜步江空微有树，秣陵天远不宜秋。'是也。余昔登燕子矶有句云：'吴楚青苍分极浦，江山平远入新秋。'或亦庶几尔。"他在《香祖笔记》中也有类似的一段话，说这些诗句"皆神到不可凑泊"，这与严羽所提倡的"诗之极致有一，曰入神"，在艺术美特色上是一致的，但严羽的"入神"之作以李、杜为标准，而王渔洋所举的明人诗句，则大都是接近于王、孟之作。王渔洋又说道："宋景文云：左太冲'征衣千仞冈，濯足万里流'，不减嵇叔夜'手挥五弦，目送飞鸿'。愚案：左语豪矣，然他人可到；嵇语妙在象外。六朝人诗，如'池塘生春草'、'清晖能娱人'，及谢朓、何逊佳句多此类，读者当以神会，庶几遇之。"(《古夫于亭杂录》)可见"神会"之作和"妙在象外"是紧密联系在一起的，必须含意深远、神游象外，方能使人感到神韵超然。《香祖笔记》说："张道济手题王湾'海日生残夜，江春入旧年'一联于政事堂。王元长赏柳文畅'亭皋木叶下，陇首秋云飞'，书之斋壁。皇甫子安、子循兄弟论五言，推马戴'猿啼洞庭树，人在木兰舟'，以为极则。又若王籍'蝉噪林愈静，鸟鸣山更幽'，当时称为文外独绝。孟浩然'微云淡河汉，疏雨滴梧桐'，群公咸阁笔,不复为继。司空表圣自标举其诗曰:'回塘春尽雨,方响夜深船。'玩此数条,可悟五言三昧。"渔洋所举这些诗都有自然超脱之妙,也是"清远"之作,说明从神韵的美学特征来看,韵味深远的山水田园隐逸诗,很明显地更易于符合神韵的要求。

渔洋之所以认为此种诗境之可以悟禅,即在其有化工肖物,与自然造化相吻合的特色。故《香祖笔记》中说:"舍筏登岸,禅家以为悟境,诗家以为化境,诗禅一致,等无差别。"可见渔洋认为诗禅说的妙处,正在于借禅以为喻而对诗歌创作上的化工境界获得透彻的领悟。其《居易录》中又说:"当笔忘手,手忘心,乃可。此道人语,亦吾辈作诗文真诀。"所谓"笔忘手,手忘心",就是金圣叹所说"心之所不至,手亦不至焉"的"化境"。这种没有任何人工痕迹、达到了化境的诗作,相当于绘画中的"逸品",王渔洋《分甘余话》云:"或问'不著一字,尽得风流'之说。答曰:太白诗:'牛渚西江夜,青天无片云;登高望秋月,空忆谢将军。余亦能高咏,斯人不可闻;明朝挂帆去,枫叶落纷纷。'襄阳诗:'挂席几千里,名山都未逢;泊舟浔阳郭,始见香炉峰。常读远公传,永怀尘外踪;东林不可见,日暮空闻钟。'诗至此,色相俱空,正如羚羊挂角,无迹可求,画家所谓逸品是也。"绘画中"逸品"的特点就是自然天成而臻化工造物之境界。北宋黄休复《益州名画录》中明确将逸品置于神、妙、能三品之上,并指出其特点是:"得之自然,莫可楷模,出于意表,故目之曰逸格尔。"得之自然,方能出于意表,故而意在言外和自然传神是不可分割的。王渔洋于《香祖笔记》中说道:"郭忠恕画山水,入逸品。"而郭忠恕之画重要特点是妙在笔墨之外。王渔洋在《古夫于亭杂录》中说嵇康"手挥五弦,目送归鸿","妙在象外",又说"顾长康云:'手挥五弦易,目送归鸿难。'兼可悟画理。"所以,"逸品"就是自然、入神,意在言外的表现,它就是诗歌中的"神韵"。

第三,具有神韵的诗歌境界,只有在诗人灵感爆发、兴会神到之时方能创造出来,也就是说,神韵的诗歌境界,是诗人自然而达到,非人力强求所能实现。这和刘勰在《文心雕龙·神思》篇中说的"秉心养术,无务苦虑;含章司契,不必劳情"是一样的。所以,渔洋十分注重"伫兴",他在《渔洋诗话》中说:"萧子显云:'登高极目,临水送归,蚤雁初莺,花开叶落,有来斯应,每不能已。须其自来,不以力构。'王士源序孟浩然诗云:'每有制作,伫兴而就。'余平生服膺此言,故未尝为人强作,亦不耐为和韵诗也。"重在"伫兴",正是强调创作必须顺乎自然,必待兴会神到,自然高妙,若是苦吟强作,必无神韵。他在《香祖笔记》中又说:"南城陈伯玑允衡善论诗,昔在广陵评予诗,譬之昔人云'偶然欲书',此语最得诗文三昧。今人连篇累牍,牵率应酬,皆非偶然欲书者也。坡翁称钱塘程奕笔云:'使人作字不知有笔。'此语亦有妙理。"创作必待作家灵感萌发有所冲动,而灵感之涌现是有偶然性的,不是你想要它来它就能来的,常常是你没有想到它却来了,你想留也留不住,如陆机所说"藏若景灭,行犹响起"。他又说:"越处女与勾践论剑术曰:'妾非受于人也,而忽自有之。'司马相如答盛览论赋曰:'赋家之心,得之于内,不可得而传。'诗家妙谛,无过此数语。"(同上)无论是"偶然欲书"也好,或是"忽自有之"也好,都是指诗歌创作重在兴会神到,而苦思强作的诗歌是很难具有神韵境界的。在兴会神到时所创作的作品,往往不拘泥于时间、地点是否确切,例如他说:"世谓王右丞画雪中芭蕉,其诗亦然。如'九江枫树几回青,一片扬州五湖白',下连用兰陵镇、富春郭、石头城诸地名皆寥远不相属,大抵古人诗画只取兴会神到,若刻舟缘木求之,失其指矣。"(《池北偶谈》)这也就是诗人和经生家、诗歌和一般学术文章不同之所在。故他在《渔洋诗话》中又说:"香炉峰在东林寺东南,下即白乐天草堂故址;峰不甚高,而江文通《从冠军建平王登香炉峰》诗云:'日落长沙渚,层阴万里生。'长沙去庐山二千余里,香炉何缘见之?孟浩然《下赣石》诗:'暝帆何处泊?遥指落星湾。'落星在南康府,去赣亦千余里,顺流乘风,即非一日可达。古人诗祇取兴会超妙,不似后人章句,但作记里鼓也。"诗歌当随情性之所至,而无任何人为造作之痕迹,不必讲究是否符合具体时间、地点等的真实性。王渔洋"神韵说"所包含的这种美学特征是不是只在冲和淡远的诗歌中才有呢?也不是。冲和淡远的诗歌中确实更易于体现神韵的特色,但是雄浑劲健的诗歌中也同样可以有神韵的特色。神韵和雄浑劲健并不是对立的,而是可以统一的。神韵既是对中国古代文艺审美传统的理论总结,它并非仅指一个时代、一个流派而言,如以王、孟为代表的冲和淡远类作品,而是认为不同时代、不同流派的作品都可以有神韵。这一点王渔洋在《芝廛集序》中说得很清楚。他说:"古澹闲远而中实沉着痛快,此非流俗所能知也。""沉着痛快,非惟李、杜、昌黎有之,乃陶、谢、王、孟而下莫不有之。子之论论画也,而通于诗,诗也而几于道矣。"王渔洋在此说的是神韵深层内涵。画家之逸品,并非只有古澹闲远者方能达到,沉着痛快者亦可进入逸品等级,而古澹闲远中实沉着痛快尤为不易,诗歌也是如此,画论可以通于诗。渔洋的这种文学思想并非他自己所独创,也是有历史渊源的。为渔洋所敬仰的司空图在竭力推崇王、韦的同时,并不排斥李、杜,而是给予了很高评价的,并不把冲和淡远和雄浑劲健对立,也是要求在冲和淡远中有雄浑劲健。苏轼《书黄子思诗集后》中认为"李太白、杜子美以英玮绝世之姿,凌跨百代",而"独韦应物、柳宗元发纤秾于简古,寄至味于淡泊,非余子所及也"。说明他也是崇尚简古淡泊,又不排斥豪放雄健的。严羽《沧浪诗话》强调"兴趣",他所推崇的"羚羊挂角,无迹可求"的"言有尽而意无穷"的诗歌境界,虽更明显地体现在"优游不迫"风格的诗歌上,但同样也体现在"沉着痛快"风格的诗歌上。而于"优游不迫"中见"沉着痛快",岂不更好?从这个角度说,翁方纲的《七言诗三昧举偶》中所说,则是并不确切的。所以,对渔洋的神韵诗论,既要看到它和当时政治背景相关而倾向冲和淡远的一面,又要看到它在艺术上总结了传统审美特征,而并不局限于冲和淡远、同时可以兼容雄鸷奥博的一面。这样方能对渔洋的神韵论作出比较全面而公正的判断,也才能对渔洋诗论的历史功过给予符合实际的正确评价。

第三节 雍正、乾隆时期的文学批评和沈德潜的格调说

康熙在位61年,王士禛死于康熙五十年,雍正朝只有13年。在康熙后期和雍正时期,比较重要的文论家是方苞,关于他我们将在下面论桐城派时再谈。在诗论方面有一定影响的是赵执信和李重华。赵执信(1662—1744)是王士禛的甥婿,但是赵执信个性很强,相当自负,对王士禛很不服气,在诗论上对王士禛有很多指摘批评。他们在诗歌主张上也很不一致,赵执信推崇冯班及其《严氏纠缪》,吴乔的《围炉诗话》支持冯班,也受到赵执信的倚重,把吴乔的"诗之中须有人在"说作为自己的论诗纲领,又从《东坡题跋》中拈出"诗外尚有事在"作为补充,并处处标榜和王士禛的不同,实际他自己并没有什么新的见解。不过他的《谈龙录》中记载了王士禛以画龙喻作诗的重要见解,倒是很有意义的。李重华(1682—1754)有《贞一斋诗话》,其中比较有价值的是提出了"诗有三要":音、象、意。什么是"音"?他说:"诗本空中出音,即庄生所云'天籁'是已。"这是从声音的角度来说的,中国古代论诗是声、义并重的,说诗是"天籁",就是强调诗歌是人内心声音的自然流露。什么是"象"?他说:"物有声即有色,象者,摹色以称音也。"就是指诗歌的意象,所以说"诗家写景是大半工夫"。音是体现在象中的。什么是"意"?他说:"意之运神,难以言传,其能者常在有意无意间。""意立而象与音随之。"这说的是诗歌创作过程中作家的立意和构思,只有立意和构思后,象和音才能体现出来。到了清代乾隆年间,文学批评进入更为繁荣的高峰,它在继承康熙时期文学批评的基础上,有了很多新的发展,成就最高的就是沈德潜和袁枚。

沈德潜(1673—1769),字确士,号归愚,江南长洲(今江苏苏州)人。著有《沈归愚诗文全集》,其诗学理论批评主要见于诗话《说诗晬语》及他所编选的《古诗源》、《唐诗别裁集》、《明诗别裁集》、《清诗别裁集》等。他的诗歌创作受到乾隆皇帝赏识,并常与之唱和。乾隆曾说:"朕与德潜,可谓以诗始,以诗终矣。"(《太子太师礼部尚书沈文悫公神道碑》)所以,在乾隆时期诗坛,沈德

潜处于执牛耳的重要位置。沈德潜是叶燮的学生,他的诗学思想在强调"诗教"、提倡"温柔敦厚"方面是和叶燮一致的,是与清廷之提倡程朱理学相适应的,特别是由于他晚年在政治上的特殊地位,其诗学思想自然会具有明显的维护封建正统色彩。但在学唐还是学宋的方面他则和叶燮不同,叶燮偏重学宋,而沈德潜偏重学唐。他在乾隆三年《明诗别裁集序》中明确提出其选诗原则是:"皆深造浑厚和平渊雅,合于言志永言之旨,而雷同沿袭浮艳淫靡,凡无当于美刺者,屏也。"乾隆二十五年《清诗别裁集序》中,谓其所选诗"唯祈合乎温柔敦厚之旨,不拘一格也"。乾隆二十八年重新修订《唐诗别裁集》,增收了"有补世道人心"之作,并且提出了诗歌理论批评总的原则和标准:"诗教之尊,可以和性情、厚人伦、匡政治、感神明,以及作诗之先审宗指,继论体裁,继论音节,继论神韵,而一归于中正和平。"王士禛之诗论产生于清代政治、思想开始稳定,反清复明的思潮被镇压下去的时期,所以重点是在引导士人远离政治而移情山水,超脱现实而不问世事;而沈德潜之诗论则是产生于清代经历了长期稳定之后进入繁荣发展高潮的时期,士人中反清复明的民族思潮已成为过去,绝大多数人已适应了清代的统治,都在服服帖帖的考科举、求功名,故要求士人积极入世,以便为巩固清代统治,为封建政治、经济、文化的繁荣发展作更多贡献。从诗歌艺术上说,沈德潜是讲究格调的,这也是与他提倡"温柔敦厚"的"诗教"相一致的。渔洋欣赏隐居于山水田园的"清远"之作,故归之于有味外味的"神韵",德潜主张有益"诗教"、有补于世道人心的"中正和平"之作,故而归之于有法可循、以"唐音"为准的的"格调"。不过,沈德潜的格调与明代前后七子的格调又有较大的差别。他肯定他们提倡唐音,但不赞成他们模拟因袭。他在《明诗别裁集序》中把前后七子作为"正声",把公安、竟陵作为"变体",认为是衰世之音,这是从"诗教"的标准所作出的评价。但他又指出前后七子由于模拟因袭而导致"规格有余,未能变化",所以无"自得之趣"。可见,前后七子的"格调"是以拟古的死法为基础的,而沈德潜的"格调"则是在神韵基础上侧重含蓄蕴藉而形成的,他所要遵循的"法",是活法而非死法,是合乎自然之"法"。其《说诗晬语》说:"诗贵性情,亦须论法。杂乱而无章,非诗也。然所谓法者,行所不得不行,止所不得不止,而起伏照应,承接转换,自神明变化于其中。若泥定此处应如何、彼处应如何,不以意运法,转以意从法,则死法矣。试看天地间水流云在、月到风来,何处着得死法?"他所说的"以意运法"和"以意从法"的区别,显然与公安派袁中道在《中郎先生全集序》中所说的应当"以意役法"而不应当"以法役意"是一致的。可见,他虽然对公安派持否定态度,但在批评前后七子的时候,实际上是吸收了公安派思想的积极方面的,他只是对公安派之背离"诗教"有所不满而已。

沈德潜不只是提倡浑厚、宏大的"唐音",更重要的是他在总结以唐诗为代表的古代诗歌艺术经验中,对诗歌艺术的审美特征、创作方法、艺术技巧等,提出了许多很有价值的见解,对中国文学理论批评发展作出了十分重要的贡献。这些归纳起来主要有以下几点:

第一,重在"蕴蓄",而不尚"质直"。《说诗晬语》(下引此书不再注明)云:"事难显陈,理难言罄,每托物连类以形之。郁情欲舒,天机随触,每借物引怀以抒之。比兴互陈,反复唱叹,而中藏之欢愉惨戚,隐跃欲传,其言浅,其情深也。倘质直敷陈,绝无蕴蓄,以无情之语而欲动人之情,难矣。"诗歌中的事、理、情正是借助于"托物连类"、"借物引怀"的比兴方法来表现的,这正是诗歌艺术形象创造中的重要审美特征。蕴藉含蓄而不质直敷陈,方能有言浅意深、反复唱叹之妙,而能起到动人之情的作用。愈是深沉的感情,愈难用言语直白说出,必须要让读者自己去体会。所以他在评《诗经·陟岵》时说:"《陟岵》,孝子之思亲也,三段中但念父母兄之思己,而不言己之思父母与兄,盖一说出,情便浅也。情到极深,每说不出。"因为重在"蕴蓄",故特别强调诗歌的言外之意、味外之味,他在《唐诗别裁集·凡例》中说:"唐诗蕴蓄,宋诗发露。蕴蓄则韵流言论外,发露则意尽言论中。愚未尝贬斥宋诗,而趣向旧在唐诗。"他赞扬谢朓的诗说:"齐人寥寥,谢玄辉独有一代,以灵心妙悟,觉笔墨之中,笔墨之外,别有一段深情妙理。"又论七言绝句云:当以"语近情遥,含吐不露为主。只眼前景、口头语,而有弦外音、味外味,使人神远,太白有焉"。所以沈德潜的"格调"和王渔洋的"神韵"并不矛盾,是可以统一的。其《重订唐诗别裁集序》说:"新城王阮亭尚书选《唐贤三昧集》,取司空表圣'不着一字,尽得风流',严沧浪'羚羊挂角,无迹可求'之意,盖味在盐酸外也。而于杜少陵所云'鲸鱼碧海',韩昌黎所云'巨刃摩天'者,或未之及。余因取杜、韩语意定《唐诗别裁》,而新城所取亦兼及焉。"

第二,说理和议论不能违背诗歌的审美特征。他认为诗歌创作应当富有"理趣",而不应当以"理语"入诗。其《虞山释律然息影斋诗钞序》说:"诗贵有禅理禅趣,不贵有禅语。王右丞诗:'行到水穷处,坐看云起时。''松风吹解带,山月照弹琴。'韦苏州诗:'经声在深竹,高斋空掩扉。''水性自云静,石中本无声,如何两相激,雷转空山惊。'柳仪曹诗:'寒月上东岭,泠泠疏竹根。''山花落幽户,中有忘机客。'皆能悟入上乘。"沈德潜所举王维、韦应物、柳宗元等的诗句,并无一字是禅家术语,却都体现着深刻的禅理禅趣。王维诗中也有以禅语入诗者,例如其《夏日过青龙寺谒操禅师》中云:"欲问义心义,遥知空病空。山河天眼里,世界法身中。"但是这样的诗句反而没有禅趣,自然也没有诗味。他在《清诗别裁集·凡例》中说:"诗不能离理,然贵有理趣,不贵下理语。"比如谢灵运的诗在描写清新秀丽的山水中,常常含有深奥的玄理,两者比较紧密地联系在一起,所以特别富有理趣,有时也有理语入诗,但仍能与山水胜景融为一体。故其评谢诗云:"大约匠心独造,少规往则,钩深极微,而渐近自然,流览闲适中,时时浃洽理趣。"其《古诗源》中也说谢诗"山水闲适,时遇理趣",并说他的《从游京口北固应诏》一诗"理语入诗,而不觉其腐,全在骨高"。所谓"理语"即是王夫之所说的"名言之理"或"经生之理",而所谓"理趣"实即王夫之所谓"诗人之理"。对于"理趣"与"理语"的不同,沈德潜还曾用杜甫的诗和道学家邵雍的诗进行比较,作过十分生动、形象的说明。他说道:"杜诗:'江山如有待,花柳自无私。''水深鱼极乐,林茂鸟知归。''水流心不竞,云在意俱迟。'俱入理趣。邵子则云:'一阳初动处,万物未生时。'以理语成诗矣。王右丞诗不用禅语,时得禅理。"杜甫在这些诗中,都是说的一些非常深刻的道理,然而又都是以生动的形象来体现的,故有"理趣"而无"理语"。然而,邵雍的诗则是以诗歌的形式讲道学的义理,以抽象的理学说教代替具体的艺术形象,所以枯燥无味而无理趣。沈德潜对"理趣"与"理语"不同的分析,是在王夫之论述基础上的发展,对自宋代以来诗歌创作中有关"理"的争论,作了一个很深刻的总结。与此相关的是他对诗歌创作中"议论"的看法,他说:"人谓诗主性情,不主议论,似也,而亦不尽然。试思二《雅》中,何处无议论?杜老古诗中,《奉先咏怀》、《北征》、《诸葛》诸作,纯乎议论。但议论须带情韵以行,勿近伧父面目耳。戎昱《和蕃》云:'社稷依明主,安危托妇人。'亦议论之佳者。"诗歌是抒情的,是富有审美趣味的,不能像理论文章那样干巴巴地发议论。所谓"议论须带情韵以行",正是指诗歌中议论的特点及其和一般文章中议论的不同处。杜甫写的《自京赴奉先县咏怀五百字》及《北征》二诗,都是夹叙夹议之作,议论融入抒情和叙事之中,诗从总体上看描写的是杜甫在旅途中的感受。他结合自己一路上的所见所闻,抒写了很多深沉的感慨,同时也对当时的社会状况和政治形势,发表了很多重要的议论,但这些议论着重在表现诗人的忧国忧民精神,是塑造诗歌抒情主人公形象的重要组成部分,都是"带情韵以行"的,和一般理论文章的议论完全不同。议论要成为全诗总体审美形象的一个组成部分,这就和一般文章的抽象议论不同了。所以他说:"读《秋兴》八首、《诸将》五首,不废议论,不弃藻绘,笼盖宇宙,铿戛韶钧,而横纵出没中,复含酝藉微远之致。"杜诗中的议论正是诗歌中议论的典范。

第三,以自然入神的化工境界为诗歌艺术的审美理想。他赞美《孔雀东南飞》道:"诗共一千七百四十五言,杂述十数人口中语,而各肖其声口性情,真化工笔也。"又称赞李白的诗道:"太白想落天外,局自变生,涛浪自涌,白云卷舒从风变灭。此殆天授,非人力也。"从诗歌的音韵说,也要"天机自到,人工不能勉强"。他在《说诗晬语自序》中十分强调诗歌要表现"元声"、"元气"。他对孟郊诗的批评,正是在其苦吟强作而元气有损:"孟东野诗,亦从《风》《骚》中出,特意象孤峻,元气不无斫削耳。"他十分赞扬陶渊明的诗作:"若渊明'采菊东篱下,悠然见南山','平畴交远风,良苗亦怀新',中有元化,自在流出,乌可以道里计?"此所谓"元化",即指陶诗如天地间元声,合于自然造化,而无任何人工痕迹。他在《古诗源》中评陶诗"采菊东篱下"云:"胸有元气,自然流出。稍着痕迹便失之。"他又评"平畴交远风"云:"昔人问《诗经》何句最佳? 或答曰:'杨柳依依',此一时兴到之言,然亦实是名句。倘有人问陶公何句最佳,愚答云:'平畴交远风,良苗亦怀新。'亦一时兴到也。"《说诗晬语》中还说:"太白《夜泊牛渚》、孟浩然《晚泊浔阳》、释皎然《寻陆鸿渐》等章,兴到成诗,人力无与,匪垂典则,偶成标格而已。"此与王渔洋所欣赏的"兴会神到"是完全一致的。沈德潜很重视诗歌的"以声为用"的意义,认为诗歌的音韵美全在自然天机,而不能以人工求之。诗歌创作必须要做到一气贯穿,而不受人工的束缚。

第四,强调文学创作内容的主导作用。他曾说:"古人意中有不得不言之隐,借有韵之语以传之。如屈原《江潭》、伯牙《海上》、李陵《河梁》、明妃《远嫁》,或慷慨吐臆,或沈结含凄,长言短歌,俱成绝调。若胸无感触,漫尔抒词,纵办风华,枵然无有。"他所举出的这些作品都是有充实感人的内容的,并非仅仅是艺术形式上的华美。他特别强调诗歌必须要有寓意,体现诗人自己对现实的评价和观点。他所主张的"以意运法"而不"以意从法",正说明了他要求形式为内容服务,而不能以内容去屈从形式。所以他提出:"有第一等襟抱,第一等学识,斯有第一等真诗。"诗人的心胸必须要很开阔,有高尚的理想抱负,有过人的远见卓识,有广博的知识学问,然后才能创作出第一等的真诗。他认为诗歌构思过程中必须首先注重立意,他说:"写竹者必先有成竹在胸,谓意在笔先,然后着墨也。惨淡经营,诗道所贵。倘意旨间架,茫然无措,临文敷衍,支支节节而成之,岂所语于得心应手之技乎?""意在笔先",本是书画创作上的理论,但其原理是和诗歌创作一致的。他又说:"沈云卿《龙池乐章》,崔司勋《黄鹤楼》诗,意得象先,纵笔所到,遂擅古今之奇;所谓'章法之妙,不见句法,句法之妙,不见字法'者也。"

从上述几方面看来,沈德潜的诗论并非像有些研究者所说那样,完全是维护传统"诗教"的、保守的封建诗学观,其实,他的诗学思想中有许多很有价值的内容,他对诗歌艺术的审美特征是很有认识的,特别是他的几本诗选,选诗都是很有艺术眼光的,像《唐诗别裁集》、《古诗源》都有相当大的影响,至今仍不失为很好的选本。他在这些诗选的评语中,不仅有对诗歌背景的介绍,有对诗歌思想内容和艺术特征的扼要分析,还包含有他的感想和发挥。应该说他对中国古代文学理论批评的发展是作出了重要贡献的。

第四节　袁枚的性灵说

乾隆时期和沈德潜在文学思想上处于对立地位的是袁枚。袁枚(1716—1797),字子才,号简斋,浙江钱塘(今杭州)人。著有《小仓山房诗文集》、《随园诗话》、《子不语》等,共三十余种。袁枚的思想是比较复杂的,从总的方面看,他有一定的反传统、反道学的叛逆精神,有追求个性解放的色彩,但也有不少维护封建正统伦理道德的言论。这种复杂的思想矛盾是和当时的社会经济条件和政治思想状况分不开的。从文学思想的历史发展来说,袁枚的文学思想与明代中叶以后文艺新思潮有密切关系,是对李贽和公安派文学思想之继承和发展。中国封建经济到了明清时期已发展到了后期,走向了没落崩溃的阶段,从明代中叶起已经有了资本主义因素的萌芽,从思想界来说,也已出现了反皇权、反君权、反传统的叛逆精神,体现了某些具有启蒙色彩的个性解放和自由平等的民主主义思想因素。但是,满族入关建立了清朝统治之后,使封建经济的发展在某种程度上有所回升,而资本主义经济因素的发展也受到了压抑。在思想文化上竭力提倡程朱理学,加强了严格的控制,所以具有民主主义色彩的启蒙思想和文艺上的新思潮之发展,也受到了严重的挫折,一度变得比较沉寂。然而这一切毕竟是暂时的,社会总是要向前发展的,新的思想也不可能长期被压制下去。到了乾隆中期,经济上的资本主义萌芽因素之发展又有了新的回升,思想界也重新开始活跃起来了,然而毕竟还是比较微弱的,不足以与千百年来形成的封建传统相抗衡,所以虽然文艺上有些新思潮出现,也还是带有很多旧的痕迹,像曹雪芹的《红楼梦》和袁子才的诗学,都是在这样的背景下产生的。

袁枚诗学思想的核心是提倡"性灵"。"性灵"这个概念并非袁枚首创,亦非公安派所首创,早在六朝时就已经提出来了,最早是刘勰、钟嵘,其后有颜之推、李商隐、杨万里等。不过公安派和袁枚所说的"性灵"与历史上的"性灵"概念不完全相同,他们是以"性灵"作为反道学、反传统、反复古,主张个性解放的理论武器,他们把"性灵"理解为"性情"的同义语。所谓"性情"或称"情性",本是包含着"性"与"情"两方面含义的,然而在运用这个概念的时候,其侧重点是可以很不同的。经生家、道学家大都重在"性",而多数诗人和文学批评家则重在"情",例如道学家的"吟咏情性"和严羽的"吟咏情性"就很不同。袁枚所说"性情"和严羽一致,与"情"的含义基本一致。袁枚说:"诗者,人之性情也。"(《随园诗话》,下引此书不再注明。)"凡诗之传者,都是性灵,不关堆垛。"《随园尺牍·答何水部》中又说:"诗者,心之声也,性情所流露者也。""文以情生,未有无情而有文者。"在《答蕺园话诗书》中也说:"诗者,由情生者也,有必不可解之情,而后有必不可朽之诗。"其《续诗品》中说:"惟我诗人,众妙扶智。但见性情,不著文字。"这些都可以充分说明,袁枚的"性灵"与"性情"、"情"实际上是一回事。袁枚认为诗歌创作的好坏,完全决定于是否是性情的真实表现,"千古善言诗者,莫如虞、舜,教夔典乐曰:'诗言志。'言诗之必本乎性情也"。儒家传统所讲的"诗言志"的"志",虽也包括了"情"在内,但那是经过儒家伦理道德规范的"止乎礼义"之"情",而不是诗人发乎心灵的真实自然之"情","志"的内容主要是指儒家的抱负,"齐家治国平天下"之志,实际也就是儒家之道,故"言志"和"载道"没有本质的差别。然而袁枚所说的"诗言志"的"志",则是指的性情,亦即是情,而且是不受"礼义"束缚的、没有儒家伦理道德色彩的自由之情,所以它与传统所说"言志"有本质不同。袁枚对《诗经》就有与传统不同的独特看法,他十分赞同常宁欧永孝序江宾谷诗时所说的:"《三百篇》,《颂》不如《雅》,《雅》不如《风》。何也?《雅》、《颂》,人籁也,多后王、君公、大夫修饰之词。至十五《国风》,则劳人、思妇、静女、狡童矢口而成者也。《尚书》曰:'诗言志。'《史记》曰:'诗以达意。'若《国风》者,真可谓之言志而能达矣。"袁枚认为《诗经》是普通百姓直抒性灵之作,这就是他们的"志",它和封建礼义是没有什么牵连的。他在《与邵厚庵太守论杜茶村文书》中说:"诗言志,劳人、思妇都可以言,《三百篇》不尽学者作也。"他又引尹文端公曰:"言者,心之声也。古今来未有心不善而诗能佳者。《三百篇》大半贤人君子之作。溯自西汉苏、李五言,下至魏、晋、六朝、唐、宋、元、明,所谓大家、名家者,不一而足。何一非有心胸、有性情之君子哉?"因此他理解的"诗言志"已经摆脱了陈腐的"载道"内容,《再答李少鹤》中说:"来札所讲'诗言志'三字,历举李、杜、放翁之志,是矣。然亦不可太拘。诗人有终身之志,有诗外之志,有事外之志,有偶然兴到、流连光景、即事成诗之志。'志'字不可看杀也!"这个"志"就是"情",而且是没有受过道学污染的"情"。他说他最爱周栎园论诗时所说的:"诗,以言我之情也,故我欲为则为之,我不欲为则不为。原未尝有人勉强之,督责之,而使之必为诗也。是以《三百篇》称心而言,不著姓名,无意于诗之传,并无意于后人传我之诗。嘻!此其所以为至与!"正是从强调性情出发,他说:"余作诗,雅不喜叠韵、和韵及用古人韵。以为诗写性情惟吾所适。"所以他认为"提笔先须问性情"(《答曾南村论诗》),若无性情也就没有诗歌了。袁枚并由此引申出了要求抒写真情、表现

四 中国文学理论批评的繁荣和鼎盛
——明清时期

个性、提倡独创、化工自然、天才灵感等一系列重要的文学创作思想。

表现性灵,抒写性情,其最重要的意义是强调真实。袁枚和公安派一样,认为真正的诗歌应当是诗人真情的自然流露。他说:"诗难其真也,有性情而后真;否则敷衍成文矣。"真情是人内心感情之毫无掩饰的表现,诗歌必须表现这样的真情才有价值。能得"性情之真",方能"成一家之盛"。这种真情是与封建礼教、封建道学的假理、伪情相对立的。袁枚这种提倡真情的思想是对受王阳明心学影响的李贽童心说之继承和发挥。所谓童心即是真心,亦即赤子之心,袁枚说:"余常谓:诗人者,不失其赤子之心者也。"诗人有未被封建的闻见道理所污染的"赤子之心",直接抒发内心的感想和怀抱,就能在诗歌创作中写出真情。今人作诗之所以不及古人其原因也正在此。他说:"《三百篇》不著姓名,盖其人直写怀抱,无意于传名,所以真切可爱。今作诗,有意要人知,有学问,有章法,有师承,于是真意少而繁文多。"所以袁枚认为诗人性情的真实自然流露才是"诗之本旨"(《答施兰垞论诗书》)。他又说:"熊掌、豹胎,食之至珍贵者也;生吞活剥,不如一蔬一笋矣。牡丹、芍药,花之至富丽者也;剪彩为之,不如野蓼山葵矣。味欲其鲜,趣欲其真,人必如此,而后可与论诗。"只有真实的作品才有真正的美。

人的性情是各不相同的,袁枚说:"人问:'杜陵不喜陶诗,欧公不喜杜诗,何也?'余曰:'人各有性情。陶诗甘,杜诗苦;欧诗多因,杜诗多创:此其所以不合也。元微之云:鸟不走,马不飞,不相能,胡相讥?'"诗歌在抒写人的性情时,必然会展示每个人的不同个性特征。他说:"凡作诗者,各有身分,亦各有心胸。"是凡情至之语皆能活灵活现地显出诗人的个性,故云:"诗有情至语,写出活现者。"从诗歌中的情景两方面来说,写景比较容易,景物总有其一定的特点,而言情则比较难,因为各人的情都是不同的。他说:"凡作诗,写景易,言情难。何也?景从外来,目之所触,留心便得;情从心出,非有一种芬芳悱恻之怀,便不能哀感顽艳。"人之性各不相同,故其情亦各有异,诗歌必须真实地表现各人不同的情才能有感人的力量。所以他提出作诗不可"无我"的主张,他说:"为人,不可以有我,有我,则自恃很用之病多,孔子所以'无固'、'无我'也。作诗,不可以无我,无我,则剿袭敷衍之弊大,韩昌黎所以'惟古于词必己出'也。北魏祖莹云:'文章当自出机杼,成一家风骨,不可寄人篱下。'"诗歌如果"有人无我,是傀儡也"。袁枚在其《续诗品》中专有"著我"一章,其云:"不学古人,法无一可;竟似古人,何处著我。字字古有,言言古无,吐故吸新,其庶几乎!孟学孔子,孔学周公,三人文章,颇不相同。"在重视文学创作的独特个性方面,袁枚比公安三袁要更为突出,其论述也是相当充分的。

与重视诗歌体现个性特征相联系的,是强调诗歌的独创性,反对雷同因袭。他说:"高青邱笑古人作诗,今人描诗。描诗者,像生花之类,所谓优孟衣冠,诗中之乡愿也。譬如学杜而竟如杜,学韩而竟如韩,人何不观真杜、真韩之诗,而肯观伪杜、伪韩之诗乎?"他认为:"萧子显云:'若无新变,不能代雄。'陆放翁曰:'文章切忌参死句。'黄山谷曰:'文章切忌随人后。'皆金针度人语。"袁枚不仅提倡诗歌的独创性,并从这一角度进一步对复古模拟思想进行了批判。诗歌是抒写性灵的,所以不必去强分唐宋优劣,他说:"诗分唐、宋,至今人犹恪守。不知诗者,人之性情;唐、宋者,帝王之国号。人之性情,岂因国号而转移哉?"各个时代的人有各自的性情,唐、宋、元、明各有自己的特色。他在《答施兰垞论诗书》说:"诗无所谓唐、宋也。唐、宋者,一代之国号耳,与诗无与也。诗者,各人之性情耳,与唐、宋无与也。若拘拘焉持唐宋以相敌,是子之胸中,有已亡之国号,而无自得之性情,于诗之本旨已失矣。"对于一个朝代来说,各个诗人各有自己特点,他说:"诗如天生花卉,春兰秋菊,各有一时之秀,不容人为轩轾。音律风趣,能动人心目者,即为佳诗;无所谓第一、第二也。"文学创作最怕的是依傍前人而无自己的创造性,袁枚在《答王梦楼侍读》中说:"诗宜自出机杼,不可寄人篱下,譬作大官之家奴,不如作小邑之簿尉。"

从提倡表现赤子之心的真情出发,袁枚在诗歌艺术境界上要求有自然化工之美,反对有任何的人工痕迹。他说:"诗为天地元音,有定为无定,恰到好处,自成音节,此中微妙,口不能言。"他欣赏的是一种天籁境界,他说:"桐城张征士若驹《五月九日舟中偶成》云:'水窗晴掩日光高,河上风寒正长潮。忽忽梦回忆家事,女儿生日是今朝。'此诗真是天籁。"天籁,是一种自然化工的境界,它没有任何的人工痕迹。所以文学从创作构思的角度说,他特别喜欢萧子显《自序》中所说的:"凡有著作,特寡思功;须其自来,不以力构。"他也欣赏陆游的"文章本天然,妙手偶得之"之说。他说:"自古文章所以流传至今者,皆即情即景,如化工肖物,着手成春,故能取不尽而用不竭。"从这一方面说,袁枚的性灵和王士禛提倡的神韵是不矛盾的,是可以互相包容的,所以袁枚的《续诗品》中也有"神悟"一章。

袁枚在文学观点上和沈德潜也并非完全对立,但在某些问题上有较大分歧,曾经和沈德潜发生过激烈争论。他写有《与沈大宗伯论诗书》及《再与沈大宗伯书》。他和沈德潜的分歧主要有以下几方面:一、袁枚不赞成沈德潜提倡"温柔敦厚"的"诗教",他认为,沈德潜"所云诗贵温柔,不可说尽,又必关系人伦日用。此数语有褒衣大袑气象,仆口不敢非先生,而心不敢是先生。何也?孔子之言,戴经不足据也,惟《论语》为足据"。袁枚认为《礼记》所载"温柔敦厚"的"诗教",未必真是孔子的话,而《论语》中记载孔子的"兴、观、群、怨"说,则是对诗歌的比较科学论述。在《答李少鹤》中,袁枚曾明确指出:"《礼记》一书,汉人所述,未必皆圣人之言。"又说:"故仆以为孔子论诗,可信者兴观群怨,不可信者温柔敦厚也。"其实,袁枚提倡诗人要有"赤子之心",诗歌创作要表现性灵,抒写真情,包含着反对诗歌创作要"发乎情,止乎礼义"的意思,就体现了对"温柔敦厚""诗教"的叛逆精神。二、袁枚不赞成沈德潜专门提倡"唐音"、主张效法古人的创作思想,认为文学创作之优劣,不能以古今或唐宋来区分,而应当以是否真实地体现了性情、是否有创新变化来作为标准,否则就可能走上复古模拟的错误道路。他指出:"尝谓诗有工拙,而无古今。自葛天氏之歌至今日,皆有工有拙,未必古人皆工,今人皆拙。即《三百篇》中,颇有未工不必学者,不徒汉、晋、唐、宋也;今人诗有极工极宜学者,亦不徒汉、晋、唐、宋也。"他又说:"至于性情遭遇,人人有我在焉,不可貌古人而袭之,畏古人而拘之。今之莺花,岂古之莺花乎?然而不得谓今无莺花也。今之丝竹,岂古之丝竹乎?然而不得谓今无丝竹也。天籁一日不断,则人籁一日不绝。"由此,他也反对提倡格调,"须知有性情,便有格律,格律不在性情外"。各人不同的性情中,自有不同的格调,"《三百篇》半是劳人思妇率意言情之事,谁为之格?谁为之律"?文学发展的基本规律是"变","唐人学汉魏变汉魏,宋学唐变唐,其变也,非有心于变也,乃不得不变也。使不变,则不足以为唐,不足以为宋也"。三、袁枚不赞成沈德潜对艳诗的评价,认为不应该把艳诗即爱情诗看做是有悖"诗教",有伤社会风化的作品。他在《再与沈大宗伯书》中说:"闻《别裁》中独不选王次回诗,以为艳体不足垂教,仆又疑焉。夫《关雎》即艳诗也,以求淑女之故,至于展转反侧。使文王生于今遇先生,危矣哉!《易》曰:'一阴一阳之谓道。'又曰:'有夫妇然后有父子',阴阳夫妇,艳诗之祖也。"而且,"情所最先,莫如男女。古之人屈平以美人比君,苏、李以夫妻喻友,由来尚矣"。袁枚对艳诗的充分肯定,也明显地体现了他对封建礼教的不满,具有对传统的叛逆精神。他对沈德潜在上述三方面的批评,正好击中了沈德潜诗学思想中的保守方面,也体现了袁枚文学思想的进步方面。

  袁枚的性灵说和明代后期以公安派为代表的性灵说相比,又有不少新的发展,这主要表现在以下三个方面:

  第一,他主张"师心"和"师古"的结合。公安派只强调"师心",而反对"师古",也有明显的片面性。只讲究表现性情之真,而不注意吸取前人的创作经验,常常会产生浅薄、俚俗之弊病。袁枚在这方面和公安派有所不同,他比较注意克服公安派的弱点,主张在以抒写性灵为主的前提下,也要十分重视广泛地向古人学习。他曾说:"人闲居时,不可一刻无古人,落笔时,不可一刻有古人。平居有古人,而学力方深;落笔无古人,而精神始出。"他在《续诗品》

中说:"不学古人,法无一可;竟似古人,何处著我?""博习"一章又云:"曰不关学,终非正声。"这也是对严羽思想的一种修正,诗歌创作要以吟咏情性为主,但知识学问也是不可或缺的重要方面。第二,他主张诗歌创作要以天工自然为主,但又不否定人工修饰的必要,应当是由人工修饰而达到天工自然之美。他说:"叶庶子书山曰:'子言固然。然人功未极,则天籁亦无因而至。虽云天籁,亦须从人功求之。'知言哉!"他认识到天籁是最终的目的,但天籁也须从人功而求之,若无人工努力,天籁亦不易得。他说:"诗宜朴不宜巧,然必须大巧之朴;诗宜澹不宜浓,然必须浓后之澹。"这里的"朴"是指天然而言的,"巧"指的就是人工;"澹"是天然境界的体现,而"浓"是人为努力的表现。所谓"大巧之朴"和"浓后之澹",就是指由人工之极而达到天工的境界。第三,在诗人的修养上他认为应当把先天禀赋和后天学习结合起来。他说:"诗文自须学力,然用笔构思,全凭天分。"他引赵松雪《论诗》云:"到老始知非力取,三分人事七分天。"和公安派之只重才不重学不同。袁枚认为诗人天赋不可因学问而被掩盖起来,使之得不到发挥,然而,诗人也不能只靠天赋而遗弃学问,应该借后天的学问之精粹,来发扬其先天之才华。他说:"诗文之作意用笔,如美人之发肤巧笑,先天也;诗文之征文用典,如美人之衣裳首饰,后天也。"所以,天分和学力两方面不能有所偏废,都是不可废弃的。

袁枚的诗学思想从反传统、反理学的方面看,是有很明显的进步意义的,但是在诗学理论上新的重大的创造并不多,虽然他也提出了一些新见解,然而深度不够。因此,把袁枚的诗学说得比王士禛、沈德潜要高出很多,也是不符合实际的。

第五节 翁方纲的肌理说

翁方纲(1733—1818),字正三,号覃溪,顺天大兴(今北京市)人,著有《复初斋诗文集》、《石洲诗话》等。翁方纲生活在乾隆、嘉庆考据学派盛行之时,他的诗学思想也受此影响,以学问是否丰富笃实、典故是否确切有据、义理是否清晰深入、文辞是否合乎法度来作为评论诗歌优劣的标准。这和袁枚力主性情的文学思想是对立的。什么是他所谓"肌理"呢?"肌理"之词出于杜甫《丽人行》的"肌理细腻骨肉匀",翁方纲强调诗文之写作当如肌肤之有纹理,也就是说,诗歌创作不能流于空疏而要讲究切实,如人的肌肤之有具体清晰纹理。这也是他所以不赞成神韵、格调而要提倡肌理的原因,其《志言集序》中说:"士生今日,经籍之光,盈溢于世宙,为学必以考证为准,为诗必以肌理为准。"他在《蛾术篇序》中说:"士生今日经学昌明之际,皆知以通经学古为本务,而考订诂训之事与词章之事,未可判为二途。"诗歌创作必须以扎扎实实的学问为基础,要经得起严格考证的检验。不过,诗歌中的"理"和文章中的"理"是有差别的,所以其《延晖阁集序》中说:"诗必研诸肌理,而文必求其实际。"道学家的"理"和诗人的"理",从根本含义上说是并无不同的,但在实际表现上则是各异的,他在《杜诗"熟精〈文选〉理"理字说》中说杜甫的"理"不同于陈白沙、庄定山所推崇的《伊川击壤集》之"理":"少陵所谓理者,非夫《击壤》之流为白沙、定山者也。""若白沙、定山之为《击壤》派也,则直言理耳,非诗之言理也。"可见,翁方纲所说的"肌理"之"理",不是抽象的理、直言之理,而是包含在艺术形象中"不外露"的理,其实际意义是要求诗歌能"言有物"和"言有序"。他说:"义理之理,即文理之理,即肌理之理。""肌理"之理从思想倾向方面说,是"义理之理",而从艺术表现方面说是"文理之理"。"义理之理"即在"文理之理"中,"文理之理"也不能离开"义理之理"。他认为:不论是杜甫的"熟精《文选》理",还是韩愈的"雅丽理训诰",也都既是"义理之理",又是"文理之理"。他在《韩诗"雅丽理训诰"理字说》中说:"风、雅、颂为三经,赋、比、兴为三纬,经与纬皆理也。理之义备矣哉!"三经主要是义理,而三纬则主要是文理,但经纬交错,两者在作品中是不可分割的。

从提倡"肌理"出发,翁方纲在诗歌创作上强调要讲究诗法。他指出:法是必须遵循的,但法又有其灵活的一面。他的《诗法论》说:"欧阳子援扬子制器有法以喻书法,则诗文之赖法以定也审矣。忘筌忘蹄,非无筌蹄也。律之还宫,必起于审度,度即法也。顾其用之也无定方,而其所以用之,实有立乎法之先而运乎法之中者。故法非徒法也,法非板法也。"对于同一诗、同一法,各人"用之之理、用之之趣",都不相同。翁方纲的诗学思想受儒家传统和理学思想影响较深,所以非常重视法度,但又要求不拘泥于古人死法,要以古人诗法为基础,按照今时、今地、今人的不同情况,而采取不同的创新方法。"同一时、同一境、同一事之作,而其用法之所以然,父不能得之于子,师不能传之于弟;即同一在我之作,而今岁不能仿昨岁语,今日不能用昨日之语,况其隔时地、分古今,而强我以就古人之法,强执古人以定我之法,此则蔑古之尤者也,而可谓之效古哉?"那么,怎样才能使"求诸古人"和适应实际创作需要相统一呢?翁方纲认为关键是在诗人的灵活运用,"诗中有我在也,法中有我以运之也"。最终还是要达到这样的境界:"行乎所不得不行,止乎所不得不止。应有者尽有之,应无者尽无之。"

翁方纲的"肌理"说之核心是突出学问在诗歌创作中的主导作用,其弊病主要是往往会发展为以堆砌学问代替诗歌创作的倾向。这种诗学观点和创作倾向在中国古代也有其久远的历史渊源,刘宋时代的颜延之即是一个典型代表,宋代严羽曾批评江西诗派"以才学为诗",浙派朱彝尊、厉鹗等在诗歌创作方面,也是注重学问,以学为诗的,清代朱彝尊曾说:"天下岂有舍学言诗之理。"(《楝亭诗序》)厉鹗也说:"故有读书而不能诗,未有能诗而不读书。"(《绿杉野屋集序》)桐城派也是主张学问渊博的,当时姚鼐就特别提出义理、考据、文章的统一,这一派后人称之为学者之诗,这些对翁方纲的文学思想有直接的影响,"肌理"说正是在这个基础上的发展,使"学者之诗"成为较有影响的诗派。因此,翁方纲的诗论也可以说是对历来学者诗论的总结和发展。

翁方纲在提出他的肌理说时,还特别阐述了它和神韵说、格调说的关系,他专门写有《神韵论》上、中、下三篇和《格调论》上、中、下三篇。他没有写有关性灵说的论著,但是实际上肌理说的提出和性灵说有密切的关系。袁枚在诗歌创作上虽不否定学问的必要性,然而始终是明确地把性灵放在第一位的,认为如无性灵则无诗,而无学问则仍可以有诗,不过不易写出艺术上高水平的精致之作而已。所以民间的劳人思妇虽无高学问,也仍可以写出有真性灵的佳作。正是在这一点上,翁方纲的观点与之完全相反。翁方纲也并不否定性情,但他认为诗歌创作首要的是学问,有广博扎实的学问,然后可以言诗。所以,他的肌理说是作为性灵说的否定而出现的。而袁枚对浙派的强调学问就已经有过尖锐的批评。"近见作诗者,全仗糟粕,琐碎零星,如僧剃发,如拆袜线,句句加注,是将诗当考据作矣。"所以,袁枚说他们是"误把抄书当作诗"。翁方纲认为他的肌理说是为了补神韵说和格调说的不足而提出来的,从根本上说肌理说和神韵说、格调说没有什么区别。他在《神韵论上》中说:"吾谓新城变格调之说而衷以神韵,其实格调即神韵也。今人误执神韵,似涉空言,是以鄙人之见,欲以肌理之说实之。其实肌理亦即神韵也。"不过这只是翁方纲的一种理解,实际上神韵、格调、肌理虽然有某种内在联系,都是指诗歌创作所要达到的一种理想境界,但是它们各自有很不同的特点。翁方纲是把神韵理解为形神之神,神韵即是传神,所以神韵也就无所不该、无所不包了。当然,神韵之作是能够传神的,但是传神不等于就是神韵。翁方纲对格调的批评,其矛头主要针对明前后七子,而不涉及沈德潜,这是因为在提倡"诗教"、学古而不模仿其形迹这方面,他和沈德潜没有什么区别,只是翁方纲偏向于学宋,强调学问考据的重要,沈德潜提倡学唐,主张含蓄抒情,这是不一样的。翁方纲的肌理虽是对神韵、格调的补偏纠弊之说,然而从诗歌创作来说,实际上更加偏离了正确的方向,不管是王士禛的神韵说也好,沈德潜的格调说也好,都还是相当重视诗歌的抒情本质和审美特征的,可是翁方纲的肌理说,恰好在这个根本问题上出了差错,以学问考据代替诗歌创作,实际上也就是走上了严羽所批评的江西诗派的老路。

第六节　桐城派的文论

　　清代桐城派的文章理论影响非常大,之所以称为桐城派,因为它的三位主要代表人物:方苞、刘大櫆、姚鼐,都是安徽桐城人。桐城派的理论主要是讲文章的写作,而这文章的概念是相当广泛的,它几乎包括了一切用语言文字书写的著作。因此,他们讲的是文章学的理论和创作,不能简单地说成就是文学理论和创作。但是,他们所说的这种极为广义的文章,也是包含了文学在内的。他们的文章学理论有不少是和文学创作理论相通的,且有许多主要是针对文学创作而说的,所以对文学理论批评的发展曾产生了很深远的影响。桐城派古文理论上承以韩、柳为代表的唐宋八大家,其理论核心是提倡文章写作上的义理、考据、文章的统一,这也是和当时清廷鼓吹程朱理学,引导文人钻故纸堆的思想一致的。因此,从总体上说,桐城派是为适应清代统治者为巩固封建制度之需要而产生的思想文化方面的重要流派,然而对桐城派的评价不能简单化,应当有分析地对待。

　　桐城派的始祖方苞(1668—1749),字灵皋,号望溪,著有《方望溪文集》。方苞是桐城派的创始人,他的文章学理论之核心是强调"清真古雅"的"义法","义法"从其词义上说,是从司马迁《史记·十二诸侯年表》中说孔子删定《春秋》"约其辞文,去其烦重,以制义法,王道备,人事浃"而来。方苞在《又书货殖传后》中说:"《春秋》之制义法,自太史公发之,而后之深于文者亦具焉。义即《易》之所谓言有物也,法即《易》之所谓言有序也。义以为经而法纬之,然后为成体之文。"他又在《书归震川文集后》一文中说道:"孔子于艮五爻辞释之曰'言有序',家人之象系之曰'言有物',凡文之愈久而传未有越此者也。""义"是指文章的内容,"法"是指与其内容相统一的形式。"法"是随"义"之不同而有所变化的。从方苞《书五代史安重诲传后》中对"义法"的论述看,所谓"义",包括了文章的叙事内容和作者的议论评价,而所谓"法",则是文章的写作方法和技巧,指组织严密、条理清楚等而言。方苞在康熙、雍正两朝深受清廷赏识,他所说的"义法"有其时代特征,它是与清廷所提倡的程朱理学密切联系着的,因为他的"义法"论不只是就古文说的,也包括时文,即八股文,其"义法"有具体的标准,这就是"清真古雅"。由他所编选的乾隆时钦定四书文之《凡例》中说:"故凡所录取,皆以发明义理,清真古雅,言必有物为宗,庶可以宣圣主之教思,正学者之趋向。"这"清真古雅"是直接根据雍正、乾隆时的圣谕而提出来的,它也是对古文写作的要求。"清真古雅"是对"义法"说的具体发挥。"清真",是对"义"的要求;"古雅",是对"法"的要求。

"清真古雅"就是他说的"雅洁"。"清真"的要求在"理之是",而"理"的内容必溯源六经而穷究宋元诸儒之说,即是要合乎理学的思想原则。"古雅"的要求在"辞之是",而"辞之当"必贴合题意而取材于三代两汉之书。理是"辞之当"的水平之高下,体现在作品"气之昌"与否,而这又是和作者的学识修养直接相关的,所以他尤重人品与文品的统一。其《答申谦居书》说:"若古文,则本经术而依于事物之理,非中有所得,不可以为伪。"他对作者仁义道德修养之重视,显然是继承了韩愈等古文家的传统思想的。

继方苞之后,对古文写作理论作了进一步发挥的是方苞的学生刘大櫆。刘大櫆(1689—1779),字才甫,号海峰,著有《论文偶记》,他是在方苞和姚鼐之间承前启后的重要人物。刘大櫆在其《论文偶记》中,首先提出文章写作艺术技巧的重要性,他认为文章的内容固然是最重要的,内容和形式的关系也要有主有次,但是文章形式有其相对独立性,不重视这一点,文章也是写不好的。他说:"盖人不穷理读书,则出词鄙倍空疏。人无经济,则言虽累牍,不适于用。故义理、书卷、经济者,行文之实,若行文自另是一事。譬如大匠操斤,无土木材料,纵有成风尽垩手段,何处设施?然即土木材料,而不善设施者甚多,终不可为大匠。故文人者,大匠也;神气、音节者,匠人之能事也;义理、书卷、经济者,匠人之材料也。"义理、书卷、经济是文人进行文章写作的材料,然而对这些材料如何设施,则又是另一回事,并不是有了材料就一定能写好文章的。例如大匠虽有丰富的优质材料,若无善于设施的才能和本领,则不能成器。所以他说:"自古文字相传,另有个能事在。"他特别重视文章写作中的艺术技巧和方法的重要性。他认为:"作文本以明义理,适世用。而明义理,适世用,必然有待于文人之能事;朱子谓'无子厚笔力发不出'。"这样明确地、突出地强调文章写作的形式技巧之重要作用,不仅是对方苞文论思想的重大发展,也是对唐宋以来古文家理论思想的重大突破。他的《论文偶记》之要害是在探讨这"另一个能事"的具体内容,亦即怎样才能使文章达到"成风尽垩"的高超手段。

刘大櫆认为衡量文章美不美的标准是能否达到神、气的自然流露,他说:"行文之道,神为主,气辅之。曹子桓、苏子由论文,以气为主,是矣。然气随神转,神浑则气灏,神清则气逸,神伟则气高,神变则气奇,神深则气静,故神为气之主。"刘大櫆所说的神、气的含义是什么呢?神是指文章中自然天成、不落痕迹,又能充分展示作者精神面貌特征的化工境界,气是指文章中具体体现这种化工境界、并带有作者个性气质的行文气势。神与气的关系,他也有相当精辟的论述,他说:"神者,文家之宝。文章最要气盛;然无神以主之,则气无所附,荡乎不知其所归也。神者气之主,气者神之用。神只是气之精处。"神是比较抽象的,而气则相对地说比较具体,气是神的集中表现。他非常赞赏唐代李德裕《文章论》中所引李翰的话:"文章如千军万马;风恬雨霁,寂无人声。"认为"此语最形容得气好"。刘大櫆的主要贡献是在提出了神气、音节、文字三者的关系,使神气不再玄虚不可捉摸,而变得具体可求了。《论文偶记》中说:"神气者,文之最精处也;音节者,文之稍粗处也;字句者,文之最粗处也;然论文而至于字句,则文之能事尽矣。盖音节者,神气之迹也;字句者,音节之矩也。神气不可见,于音节见之;音节无可准,以字句准之。"他认为文章中的神气并不是抽象而难以把握的,神气是通过文章的音节而体现出来的,只有在吟诵的过程中才能深深地体会神气之特点。他的这种说法虽然也有一点绝对化,却是符合中国文学的传统特点的。因为中国古代的诗文不只是写给人看,而首先是要求人们来吟诵的;只有在吟诵中才更容易领会其神气韵味,所以特别讲究文字的音韵之美。不仅诗歌和骈文有严密的格律,即使是散体的古文也要求有自然的、和谐的、节奏感很强的、抑扬顿挫的音乐美。然而,音节之美毕竟还是不够具体的,难于有明确的准则,所以就要落实到文字。文字有四声,有平仄的不同,有清浊、轻重的差别,故音节之美要从文字上体现出来。他说:"音节高则神气必高,音节下则神气必下,故音节为神气之迹。一句之中,或多一字,或少一字;一字之中,或用平声,或用仄声;同一平字仄字,或用阴平、阳平、上声、去声、入声,则音节迥异,故字句为音节之矩。积字成句,积句成章,积章成篇,合而读之,音节见矣;歌而咏之,神气出矣。"重神气而从音节、文字上着手,不管怎么说,都给予作者以一种具体的方法。从文学创作实际来说,神气并不都体现在音节上,它首先是与意象的构成和意境的创造密切相关的,自然音乐美也是其重要的组成部分之一。从一般非文学的文章来说,神气也是和其思想内容、逻辑力量等有直接关系的,也不全在音节、文字上。因此,刘大櫆的神气、音节、文字之说有过分强调文字技巧的缺点,这是我们必须清醒地认识到的。此外,刘大櫆还提出了对文章艺术美的一些具体要求,如文贵奇、高、大、远、简、疏、变、瘦、华、参差、去陈言等。他要求文章有独创性,含蓄深远,有味外之味。要求文章富于变化,不拘常法,应该朴中见华,淡中有浓。总之,他在方苞的基础上从文章艺术技巧方面大大地丰富了桐城派的理论。

  桐城派文论的最重要代表人物是姚鼐。姚鼐(1731—1815),字姬传,又字梦谷,著有《惜抱轩文集》十六卷,《惜抱轩诗集》十卷,《惜抱尺牍》等,并选有《古文辞类纂》四十八卷。姚鼐对方苞、刘大櫆的古文理论作了全面的总结,把桐城派的古文理论和创作推向最高峰,形成了相当完整的体系,并在理论内容上有不少重要的新发展。姚鼐在方苞"义法"论的基础上,明确提出了桐城派文论的纲领:义理、考证、文章的统一。《述庵文钞序》说:"余尝论学问之事有三端焉,曰:义理也,考证也,文章也。是三者,苟善用之,则皆足以相济;苟不善用之,则或至于相害。"姚鼐指出:义理、考证、文章三者统一才是最高最美的境界,而学者往往各有偏至,不能兼通;即使有兼长之美,又往往因为"自喜之太过","智昧于所当择",而"不善用之",反而使三者"相害"。为此他特别强调要"善用"三者而使之"皆足以相济",既有精深而不芜杂的义理,又有翔实而不繁碎的考证,并能用鲜明、生动、准确的语言来表达,这样才是最理想的完美文章。姚鼐提倡义理、考证、文章三者统一,自然有其维护封建统治的政治思想背景。不过从治学本身来看,士人才能在这三方面往往是有所偏的,他在《谢蕴山诗集序》中说道:"且夫文章学问一道也,而人才不能无所偏擅,矜考据者每窒于文词,美才藻者或疏于稽古,士之病是久矣。"故而他主张义理、考证、文章的统一也还是有其合理性的。如果我们撇开其封建性内容的话,要求把鲜明的思想观点、确凿的事实材料、精练的文字表达三者统一,实是一种严谨踏实的学风,至今仍是有现实意义的。

姚鼐所编纂的大型《古文辞类纂》,是体现桐城派文论思想的古文选集。《古文辞类纂》之体裁共分为13类:论辨、序跋、奏议、书说、赠序、诏令、传状、碑志、杂记、箴铭、颂赞、辞赋、哀祭。从这个分类来看,姚鼐所说的古文辞所包括的范围是相当广泛的,与传统所说的广义的文章概念是一致的,也就是经史子集四部中的集部中除诗歌以外的部分。其中有很多不是文学作品,而是一般的应用文章,然而姚鼐在归纳文章写作方法时所提出的八个大字:神、理、气、味、格、律、声、色,则是偏向于文学作品的创作方法与艺术技巧的。他在《古文辞类纂序目》中说:

> 凡文之体类十三,而所以为文者八。曰:神、理、气、味、格、律、声、色。神、理、气、味者,文之精也;格、律、声、色者,文之粗也。然苟舍其粗,则精者亦胡以寓焉?学者之于古人,必始而遇其粗,中而遇其精,终则御其精者而遗其粗者。

这八个字是对刘大櫆的神气、音节、文字说的继承和发展。神,是与刘大櫆所说含义一样的,指文章中的神化境界。理,此非指义理之理,乃是指文理通顺之理,即文章中自然文理。气,也与刘大櫆一样,指行文的气势。味,是指文章的韵味,即含蓄的言外之意。这神、理、气、味,是指文章中比较虚的方面,也是比较难于把握的方面,然而正因为这样,才是"文之精"处。格,是指文章的格调,格调有高下之分。律,是指文章的律法、法度,其中也包括声律的内容。声,是指文章的音乐美,包括抑扬、轻重、节奏感等。色,是指文章的色彩,即辞藻的华美等。格、律、声、色，是指文章中比较实的方面，也就是比较具体的方面，所以说是"文之粗"处。他所说的"文之精"处寓于"文之粗"处，也就是刘大櫆所说"神气不可见，于音节见之；音节无可准，于字句准之"的意思。这种思想他在《答翁学士书》中也说过："夫道有是非，而技有美恶。诗文皆技也。技之精者必近道，故诗文美者，命意必善。文字者犹人之言语也。有气以充之，则观其文也，虽百世而后，如立其人而与言于此，无气则积字焉而已。意与气相御而为辞，然后有声音节奏高下抗坠之度，反复进退之态，采色之华，故声色之美，因乎意与气而时变者也。"意与气是文之精者，而辞之音节、色彩则是文之粗者，是随意与气而时变者也。但是他又发展了刘大櫆的思想，提出了既要寓精于粗，又要御精遗粗的思想，非常精辟地阐明了文章写作过程和鉴赏过程的不同特点。作者在写作时是寓精于粗，先有神理气味而后以格律声色来表述之；读者的鉴赏则是先接触其粗而后领会其精，恰如刘勰所说的"夫缀文者情动而辞发，观文者披文以入情"，并且还要遗其粗方能得其精，颇类似于庄子所说的得意必忘言。

  姚鼐对中国古代文学理论批评的最大贡献，是对阳刚之美和阴柔之美关系的论述。这虽然是从广义的文章角度提出来的，但实际上是对中国古代文艺和美学风格论的总结和发展。这集中反映在他的《复鲁絜非书》和《海愚诗钞序》两篇文章中。姚鼐认为文章之美虽然千姿百态，各不相同，但总的说起来不外乎阳刚之美和阴柔之美两大类。他在《复鲁絜非书》中说：

> 自诸子而降，其为文无弗有偏者。其得于阳与刚之美者，则其文如霆，如电，如长风之出谷，如崇山峻崖，如决大川，如奔骐骥；其光也，如杲日，如火，如金镠铁；其于人也，如冯高视远，如君而朝万众，如鼓万勇士而战之。其得于阴与柔之美者，则其文如升初日，如清风，如云，如霞，如烟，如幽林曲涧，如沦，如漾，如珠玉之辉，如鸿鹄之鸣而入寥廓；其于人也，漻乎其如叹，邈乎其如有思，暖乎其如喜，愀乎其如悲。观其文，讽其音，则为文者之性情形状举以殊焉。

从姚鼐的生动形象描绘中，可以看出阳刚之美指一种雄伟壮阔、崇高庄严、汹涌澎湃、刚劲有力之美，而阴柔之美则是指一种柔和悠远、温婉幽深、细流涓涓、纤秾明丽之美。这大致也符合西方的壮美和优美。

  那么，为什么文章的风格美可以分为阳刚之美和阴柔之美两大类呢？姚鼐认为其根源在宇宙本身就是阴阳二气结合的产物。天地万物都是禀阴阳二气而生的，人为万物之灵，自然也是如此，所以其个性、气质就有阴阳刚柔的不同。文如其人，文章是人的心灵世界之表现，当然也就有阳刚、阴柔的不同。

其《复鲁絜非书》说:"鼐闻天地之道,阴阳刚柔而已。文者天地之精英,而阴阳刚柔之发也。"《海愚诗钞序》说:"苟有得乎阴阳刚柔之精,皆可以为文章之美。"他是从中国传统的天人合一思想来论述文章风格美的。他在《敦拙堂诗集序》一文中说得更明确:"夫文者,艺也。艺与道合,天与人一,则为文之至。"真正的诗人并不为诗而写诗,而是与天地自然相合。然而,文章中的阳刚之美和阴柔之美指的是两种基本的风格美类型,对具体作家作品来说并不是绝对的"一有一绝无",而只是或偏重于阳刚之美,或偏重于阴柔之美。同是阳刚之美或同是阴柔之美,也有强弱多少之差别,深浅浓淡之不同。阳刚之美和阴柔之美是可以互相调剂、互相补充的,所以文章的风格美也就千差万别、纷纭复杂。这是和宇宙万物的状况一致的:"且夫阴阳刚柔,其本二端,造物者糅而气有多寡进绌,则品次亿万,以至于不可穷,万物生焉。故曰:一阴一阳之为道。夫文之多变,亦若是已。糅而偏胜可也,偏胜之极,一有一绝无,与夫刚不足为刚,柔不足为柔者,皆不可以言文。"姚鼐认为最好的理想文章应当是刚柔并重而无所偏的,不过那是非常难也是非常少的,"惟圣人之言,统二气之会而弗偏,然而《易》、《诗》、《书》、《论语》所载,亦间有可以刚柔分矣"。姚鼐认为文章的艺术美应该刚柔相济而又有所侧重,"偾强而拂戾"和"颓废而暗幽"都是不好的,"雄伟而劲直"和"温深而徐婉"相结合才是真正的好文章。

　　姚鼐的阳刚之美和阴柔之美说的提出有其长远的历史渊源。中国古代的阴阳说起源很早,《周易》中的乾坤二卦就以符号的形式反映了这种观点。最早以阴阳二气来解释文学风格的是曹丕,他所说的"清气",即是指阳刚之美,而他所说的"浊气",则偏向于阴柔之美。刘勰在《文心雕龙·体性》篇中曾指出:"风趣刚柔,宁或改其气。"认为作家的个性气质之阳刚或阴柔,是影响作品风格的重要因素之一。后来宋代的严羽在《沧浪诗话》中论诗之品时说:"其大概有二:曰优游不迫,曰沉着痛快。"所谓"沉着痛快"即是指阳刚之美,而"优游不迫"即是指阴柔之美。这些应该说对姚鼐都是有影响的,但是都远没有姚鼐论述得那么充分、那么深入,成为对中国古代文学风格美的重要理论总结,并对中国古代美学的发展作出了十分重要的贡献。

第七节　清代的词论

　　词学的发展在明代和词的创作一样是处于衰落时期。从论词的著作来说,也只有陈霆《渚山堂词话》、王世贞《艺苑卮言》中论词数十则、俞彦《爰园词话》、杨慎《词品》等数种。而从词学理论上说除王世贞偶有独立识见外,余均无较深入之论述。到了清代,词的创作有了大的发展,词学理论批评也得到复苏,词学著作也就相当多了。清初之词论当以李渔《窥词管见》颇有新意,他提出词当立于诗曲二者之间:"作词之难,难于上不似诗,下不似曲,不淄不磷,立于二者之中。""当令浅者深之,高者下之,一俛一仰,而处于才不才之间,词之三昧得矣。"并指出:"词之关键,首在有别于诗固已。"而许多曲语在词则是用不得的。他还提出词贵意新,语贵自然,不能有道学气、书本气、禅和子气。而且强调词的创作主要在情景二字,而情景有须分主客,"情为主,景是客"。这都说明李渔对词的特点还是有比较清醒的认识的。

清代词学的发展兴盛的关键是以朱彝尊为代表的浙派词的兴起以及他们的词学观点之影响。朱彝尊(1629—1709),字锡鬯,号竹垞,浙江秀水人。他曾辑自唐以至元人所为词共二十六卷为《词综》(后汪森补十卷为三十六卷),所选词以"雅正"为指归,其《词综发凡》中指出:"言情之作,易流于秽,此宋人选词多以雅为目。"又在《群雅集序》中说:"盖昔贤论词,表出于雅正。"这种词学思想和选词标准,实和当时清廷提倡"清真雅正"的文章直接有关的。所以,他认为韩愈"欢愉之言难工,愁苦之言易好"的观点,只适用于诗,而不适用于词。他在《紫云词序》中说:"至于词或不然,大都欢愉之辞,工者十九,而愁苦者十一耳。""词宜于宴嬉逸乐,以歌咏太平,此学士大夫并存焉而不废也。"朱彝尊论词特别推崇南宋姜夔,认为词和诗是不同的,它善于表达诗所不能表达的内容,他在《陈纬云红盐词序》中说:"词虽小技,昔之通儒巨公往往为之。盖有诗所难言者,委曲倚之于声,其辞愈微,而其旨益远。善言词者,假闺房女儿之言,通之于《离骚》、变雅之义,此尤不得志于时者所寄情焉耳。"这也说明他并没有完全把词作为"歌咏太平"之作,仍是肯定词有其寄托哀怨之意的。他的朋友汪森在为《词综》所写的序中特别强调不能把词看做"诗余",认为"古诗之于乐府,近体之于词,分镳并骋,非有先后;谓诗降为词,以词为诗余,殆非通论矣"。他还认为西蜀、南唐以后词之发展,"言情者或失之俚,使事者或失之伉。鄱阳姜夔出,句琢字练,归于醇雅"。于是沿之而起者纷纷然,"而词之能事毕矣"。汪森的思想正可与朱彝尊互相发明,成为浙派词人之基本词学观。与朱彝尊同时,而在词学观点上不太相同的有陈维崧,他在《词选序》中不赞成"极意《花间》,学步兰畹,矜香弱为当家,以清真为本色"的词学观点和创作倾向,而特别推崇苏、辛的豪放派词作,认为"东坡、稼轩诸长调,又骎骎乎如杜甫之歌行与西京之乐府也"。

清代词学发展的最重要变化是常州词派的兴起。常州词派的理论基础是强调词要有寄托,这实际上是用传统论诗的观点来论词。浙派论词重在"雅正",而以姜夔为代表,常州词派讲"寄托",其面就比较宽。其代表人物为张惠言(1761—1802),字皋文,江苏武进人。他在词的理论和创作上影响最大的是其所编辑之《词选》。他在《词选序》中说:

> 词者,盖出于唐之诗人,采乐府之音以制新律,因系其词,故曰"词"。传曰:"意内而言外,谓之词。"其缘情造端,兴于微言,以相感动,极命风谣里巷男女哀乐,以道贤人君子幽约怨悱不能自言之情,低徊要眇,以喻其致。盖诗之比兴,变风之义,骚人之歌,则近之矣。然以其文小,其声哀,放者为之,或跌荡靡丽,杂以昌狂俳优。然要其至者,莫不恻隐盱愉,感物而发,触类条鬯,各有所归,非苟为雕琢曼辞而已。

他认为词与《诗》、《骚》相比,在"缘情造端,兴于微言,以相感动"方面并无根本区别。他强调词不只是一种赏心悦目的娱宾遣兴之作,而是和诗歌一样有抒情达志作用的文学形式,不过其表现方法更为含蓄委婉,更重视"意内而言外"而有所寄托。按照这种观点,《词选》中的评语也大都体现了类似的思想。如评欧阳修《蝶恋花》(亭院深深深几许)云:"'亭院深深',闺中既以邃远也。'楼高不见',哲王又不寤也。'章台'、'游冶',小人之径。'雨横风狂',政令暴急也。"由此可见,张惠言在具体分析词的寄托内容时,颇多牵强附会之处,往往并不符合作者原意,而是以己意强加于作者。不过从总体上说,认为词并非"苟为雕琢曼辞"而是有所为而作,是寄托了作者某种思想情绪的,这一点基本观点还是符合许多词家的实际创作思想的。

常州词派主要理论家是周济(1781—1839),字保绪,又字介存,号止庵,其主要词论著作是《介存斋论词杂著》和他所编选的《宋四家词选》的目录序论。他在强调词的确寄托方面,比张惠言更为突出,他在《宋四家词选目录序论》中说:

> 夫词,非寄托不入,专寄托不出。一物一事,引而伸之,触类多通,驱心若游丝之罥飞英,含毫如郢斤之斫蝇翼。以无厚入有间,既习已,意感偶生,假类毕达,阅者千百,声欬勿违,斯入矣。赋情独深,逐境必寤,酝酿日久,冥发妄中;虽铺叙平淡,摹缋浅近,而万感横集,五中无主;读其篇者,临渊窥鱼,意为鲂鲤,中宵惊电,罔识东西,赤子随母笑啼,乡人缘剧喜怒,抑可谓能出矣。

这篇序中周济明确地提出了词"非寄托不入,专寄托不出"的重要思想,后来谭献在《复堂词话·宋四家词选》中说:"以有寄托入,以无寄托出,千古辞章之能事尽,岂独填词为然!"所谓"非寄托不入",是指词的创作应包含有作者的深刻寓意,而不是泛泛的即兴之作;所谓"以无寄托出",是指从词的表面上不易直接看出作者之寓意,也就是所谓"意内而言外",必须对词作反复涵泳,方能体会其中之深意。而从读者来说,则是见仁见智,可以各以其不同感受而得到美的享受。他在《介存斋论词杂著》中说:"初学词求空,空则灵气往来。既成格调,求实,实则精力弥满。初学词有寄托,有寄托,则表里相宜,斐然成章。既成格调,求无寄托,无寄托,则指事类情,仁者见仁,智者见智。"词的创作既要空又要实,空灵则给人以丰富的想象余地,实则让人感到具体生动,启发人去了解其寄托之真意所在。所以他说:"学词先以用心为主,遇一事、见一物,即能沈思独往,冥然终日,出手自然不平。"所谓"沈思独往,冥然终日",就是要使自然的情志能恰到好处地寄寓于事物之中,而不是随意对事物作无目的描写。故周济特别强调词要含蓄,他批评苏轼词说:"人赏东坡粗豪,吾赏东坡韶秀;韶秀是东坡佳处,粗豪则病也。"他不喜欢豪放爽直,而喜含蓄蕴藉,既要求有寄托,又不主张坦率直露。他说:"感慨所寄,不过盛衰:或绸缪未雨,或太息厝薪,或已溺已饥,或独清独醒,随其人之性情学问境地,莫不有由衷之言。见事多,识理透,可为后人论世之资。诗有史,词亦有史,庶几自树一帜矣。若乃离别怀思,感士不遇,陈陈相因,唾沈互拾,便思高揖温、韦,不亦耻乎?"周济特别欣赏浑厚之作,他说周邦彦的词"愈钩勒愈浑厚",批评辛稼轩的有些词"锋颖太露",说姜夔的作品"惟'暗香'、'疏影'二词,寄意题外,包蕴无穷,可与稼轩伯仲。余皆俱据事直书,不过手意近辣耳",也都是要求浑厚含蓄的意思。常州词派的文学思想是和诗歌创作上王渔洋和沈德潜的美学观比较接近的,也许正是诗学思想的影响在词学上的反映吧。

五　中国文学理论批评和西方文艺美学的交汇
——近代时期

概　说

　　中国文学理论批评发展到近代时期,产生了一个明显的变化,这就是传统文学理论批评和新传入的西方文学理论与美学思想的碰撞和交汇,并向现代文学理论批评过渡。这个变化自然是和中国社会发展的变化相适应的。1804年鸦片战争的大炮,轰开了清朝闭关自守的封建王国大门,中国从此进入了一个半封建半殖民地的时代。在西方政治经济势力侵入古老中国的同时,西方的思想文化也开始逐渐地被介绍到中国来。许多志士仁人在受到国耻的羞辱,而对帝国主义的暴行表示强烈愤恨的同时,也对腐败的清王朝产生了极度的不满,要求改革的呼声日益高涨,而这种改革的目标已经不是传统的"仁政",而是西方的科学和民主,是"君主立宪",以后又逐渐发展到推翻帝制,建立资产阶级的共和国。不过,这种变化也是一个相当长的过程,而并非一开始就那么明确的。早在鸦片战争之前,一些先进的知识分子就已经感受到腐朽黑暗的封建专制制度的严重压抑,而迫切地希望打破那种"万马齐喑"的沉闷局面,并对烂透了的清王朝进行了有力的批判。但是,他们拿不出什么能使人耳目一新的改革方案,诚如龚自珍所说的:"何敢自矜医国手?药方只贩古时丹。"(《己亥杂诗》)经历了鸦片战争的耻辱,他们中间有些人虽也提出了要"师夷之长技以制夷"(魏源《海国图志序》)的新思想,然而,并没有从根本的政治体制上提出改革主张。一直到 19 世纪 90 年代,以康有为、梁启超为代表的变法维新思想兴起才有了较大的变化,君主立宪乃至共和政体的思想开始变得时髦起来。后来,由于变法维新的失败,才产生了以孙中山为代表的激进的资产阶级革命派,开始了推翻帝制,建立资产阶级共和国的革命斗争。

　　近代文学理论批评的发展也是与近代社会发展的状况一致的。从鸦片战争到甲午战争前的五十年中,文学思想的发展基本上还是以承继传统为主的,但也有一些新的特点,这主要表现在从带有启蒙色彩思想的角度出发,对腐朽黑暗现实的批判和提倡经世致用;反对程朱理学对人性的压抑,而主张抒写人的真实感情,表现人的自然个性。这些当然也是在明代中叶以来李贽、公安派、袁枚等人思想基础上的发展,不过,社会发展已经到了封建制度走向彻底崩溃的时期,像龚自珍、魏源等人在对社会认识的深刻程度上已远非前人可比,他们自觉不自觉地感到了这个封建王朝已不可救药,而需要有狂暴的"风雷"来冲击它,应当有一个新的社会秩序来代替它,但这个新的社会秩序是什么,他们也还说不清楚。然而,他们文学思想中所包含的要挽救民族危亡的忧患意识,则显然是前所未有的。由于他们并没有一个不同于以往的、新的文学思想体系,因此,他们在文学理论批评方面的功绩,仍然是在发扬古代文论中的积极内容,总结具有民族特色的审美传统,这一方面最有成就的当推刘熙载的《艺概》以及陈廷焯、况周颐的词话。从 19 世纪 90 年代开始,由于洋务运动的发展,变法维新的兴起,西方的科学文化大量输入,改良派的文学思想有了很大的发展,其早期代表人物就是黄遵宪。随后,更为激进的是梁启超,他主张以"欧西文思"之输入作为"起点",明确提出了"诗界革命"和"文界革命"、"小说界革命"的口号。由此开始了东西文化思想的直接交流与融会,而在这一方面真正做出了很大成绩,并对后来文学思想发展由古代向现代过渡产生了重大影响的是王国维,他是把传统文艺美学和西方文艺美学有机结合起来的第一人,是世纪转换时期最重要的文艺理论批评家。

第十七章 传统文学思想的总结和革新

第一节 龚自珍和魏源的文学思想

龚自珍(1792—1841),字尔玉,号定盫,浙江仁和(今杭州)人,道光九年(1829)进士,曾任内阁中书、礼部主事等官,是一位开近代风气的重要思想家和文学家,诚如梁启超所说:"晚清思想之解放,自珍确与有功焉。"(《清代学术概论》)龚自珍主要生活在鸦片战争的前夕,正是封建社会日薄西山、崩溃没落的时代。他出生在一个世代书香门第,是戴震高足段玉裁的外孙,其思想颇受戴震的影响,但他对以乾嘉学派为代表的汉学之脱离现实又是颇为不满的。他赞同章学诚的"六经皆史"说,反对文人只钻故纸堆,或空谈义理心性,要求把学术研究和当时的社会政治密切结合起来,提倡经世致用,从单纯的训诂考据中走出来,而重在借古论今议论政事。所以他对公羊学很有兴趣,"往往引公羊义讥切时政,诋排专制"。(同上)他在《明良论》、《乙丙之际箸议》、《尊隐》等文章和《己亥杂诗》等诗歌中,痛斥当时封建专制的极端腐败,揭露现实政治的种种弊端,呼唤着扫荡污秽的"风雷",盼望着切中要害的"改革"。他说:"一祖之法无不敝,千夫之议无不靡,与其赠来者以劲改革,孰若自改革?"(《乙丙之际箸议第七》)他已预感到封建社会如"将萎之华",故"起视其世,乱亦竟不远矣",为严重的时局危机,他深深地感到忧虑:"是故智者受三千年史氏之书,则能以良史之忧忧天下。"(《乙丙之际箸议第九》)他曾写过《赋忧患》一诗,其云:"故物人寰少,犹蒙忧患俱。春深恒作伴,宵梦亦先驱。"为此,他迫切地希望有风雷激荡的改革来打破当时那种"万马齐喑"的局面,他的文学思想是和这种政治思想密切地联系在一起的。

从这种具有鲜明时代特色的忧患意识和经世致用的现实目的出发,龚自珍对那些高谈阔论、评文说诗而脱离社会现实的文论家,是很不感兴趣的,所以他说自己"口绝论文","独不论文得失,未尝为书一通"(《绩溪胡户部文集序》)。但是,实际上他并不是没有自己的文学观点,他在不少诗文论著中还是发表了很多重要的见解,要求文学能为挽救国家民族的危亡、为改革现实社会的弊病发挥应有的作用。龚自珍强调文学创作是人内心思想感情不得不发之产物,他说:"言也者不得已而有者也,人其胸臆本无所欲言,其才武又未能达于言,强使之言,芒茫然不知将为何等言。"(《述思古子议》)他又说:"古之民莫或强之言也。忽然而自言,或言情焉,或言悟焉,或言事焉,言之质弗同,既皆毕所欲言而去矣。"(《绩溪胡户部文集序》)因此他反对那些"剿掠脱误,摹拟颠倒,如醉如癫以言,言毕矣,不知我为何等言"的文章(《述思古子议》),而赞扬像江南生那样的,"必欲达其意而后已",这种"意"乃是"平生蓄于中心,时时露于文采者也"(《江南生橐笔集序》)。龚自珍的思想和李贽在《杂说》中的观点是一致的。所以他特别强调要"尊情",重视情的不得不发之真切自然的表达,他在《长短言自序》中说:

> 情之为物也,亦尝有意乎锄之矣;锄之不能,而反宥之;宥之不已,而反尊之。龚子之为《长短言》何为者耶?其殆尊情者耶?情孰为尊?无住为尊,无寄为尊,无境而有境为尊,无指而有指为尊,无哀乐而有哀乐为尊。情孰为畅?畅于声音。声音如何?消替以终之。如之何其消替以终之?曰:先小咽之,乃小飞之,又大挫之,乃大飞之,始孤盘之,闶闶以柔之,空阔以纵游之,而极于哀,哀而极于瞽,则散矣毕矣。

为什么要"尊情"?他说得很清楚,是因为它:"无住",即指它是自由自在、不受拘束的,不受儒、道、佛等各家思想限制;"无寄",即指它不以声色狗马或烦琐考证等来遣情;"无境而有境",它并不一定要专门创造某种境界而自有其境界;"无指而有指",它并不一定要具体地有所指而自有其所指;"无哀乐而有哀乐",它看似无哀乐而自有其哀乐。情之所以可尊,就在于它是人们在自己都无法压抑的,在强烈的忧患意识触动下,自然喷发出来的真实感情。由于它是和国家兴衰、民族危亡紧密联系在一起的,所以他又说:"虽曰无住,予之住也大矣;虽曰无寄,予之寄也将不出矣。"尊重这样的"情",也就是尊重自己的个性,尊重自己的人格,尊重产生于这个特定时代的忧患意识。他说:"且惟其尊之,是以为《宥情》之书一通;且惟其宥之,是以十五年锄之而卒不克。"他在《宥情》一文中,对儒、佛等各家之论"情"明显地表示了不满,而他所感受到的是一种真正出乎"童心"的感情:"予童时逃塾就母时,一灯荧然,一砚、一几时,依一妪抱一猫时,一切境未起时,一切哀乐未中时,一切语言未造时",如他引江沅所说,"其心朗朗乎无滓,可以逸尘埃而登青天",此时"阴气沈沈而来袭心",这正是时代所造成的忧郁感情之自然流露。由此可见,龚自珍提倡的"尊情"乃是对明代中期以后李贽、公安派所主张的"童心"、"真情"说的发展,要求摆脱传统思想的束缚,在个性解放的基础上,充分体现时代所造成的忧患意识。

  龚自珍认为文学和时代环境有密切的关系,什么样的时代就有什么样的文学,这是他强调文学要表现时代的忧患意识之理论根据。他在《四先生功令文序》中说:"其为人也惇博而愈夷,其文从容而清明,使枯腊之士,习之而知体裁,望之而有不敢易视先达之志。盛世之盛,唐之开元、元和,宋之庆历、元祐,明之成化、弘治,尚近似之哉!尚近似之哉!其人多深沈恻悱,其文叫啸自恣,芳逸以为宗,则陵迟之征已。夫庄周、屈平、宋玉之文,别为初祖,而要其羡周任、史佚、尹吉甫之生,而愿游其世,居可知也。"盛世有盛世之文,衰世则有衰世之文,在封建专制制度面临崩溃之际,应当有彻底批判旧社会、迎接新社会到来的崭新的文学。面对当时的现实,文学创作要唤醒更多的人,使之都具有这种忧患意识。龚自珍认识到不仅社会时代对文学有重要影响,而且自然环境对文学也有很大的影响。《送徐铁孙序》中说:"平原旷野,无诗也;沮洳,无诗也;硗确狭隘,无诗也;适市者,其声嚣;适鼠壤者,其声嘶;适女闾者,其声不诚。"因此他所提倡的诗歌之极境是:"于是乃放之乎三千年青史氏之言,放之乎八儒、三墨、兵刑、星气、五行,以及古人不欲明言,不忍卒言,而故猖狂恢诡以言之言,乃亦撅证之以并世见闻,当代故实,官牍地志,计簿客籍之言,合而以昌其诗,而诗之境乃极。则如岭之表,海之浒,磅礴浩泅,以受天下之瑰丽,而泄天下之拗怒也,亦有然。"以"猖狂恢诡之言"、"泄天下之拗怒"为诗歌之极境。所以诗歌应该和诗人的个性是完全一致的,其《书汤海秋诗集后》一文云:"人以诗名,诗尤以人名。唐大家若李、杜、韩及昌谷、玉溪;及宋、元,眉山、涪陵、遗山,当代吴娄东,皆诗与人为一,人外无诗,诗外无人,其面目也完。"人的个性都有鲜明的时代特色,诗歌是人的个性之体现,同时也自然而具有时代的特征。这种个性鲜明的诗歌,也就是"童心"、"真情"的自然流露,他说:"何以谓之完也?海秋心迹尽在是,所欲言者在是,所不欲言而卒不能不言在是,所不欲言而竟不言,于所不言求其言亦在是。要不肯捋撘他人之言以为己言,任举一篇,无论识与不识,曰:此汤益阳之诗。"

与提倡"尊情"、"言其所不得不言"的诗学思想直接相关的是,龚自珍在诗歌艺术上强调自然美而反对人为造作,主张创新而反对模拟因袭。他曾说:"民饮食,则生其情矣,情则生其文矣。"(《五经大义终始论》)情与文都生于自然,"剽掠脱误,摹拟颠倒"(《述思古子议》),是最可耻的。"今世科场之文,万喙相因,词可猎而取,貌可拟而肖"(《与人笺》),怎么能求得真才呢?他在杂文《病梅馆记》中,非常清楚地表达了他崇尚自然的美学观点:

> 江宁之龙蟠,苏州之邓尉,杭州之西溪,皆产梅。或曰:梅以曲为美,直则无姿;以欹为美,正则无景;梅以疏为美,密则无态。固也。此文人画士,心知其意,未可明诏大号,以绳天下之梅也;又不可以使天下之民,斫直,删密,锄正,以夭梅、病梅为业以求钱也。梅之欹、之疏、之曲,又非蠢蠢求钱之民,能以其智力为也。有以文人画士孤癖之隐,明告鬻梅者,斫其正,养其旁条,删其密,夭其稚枝,锄其直,遏其生气,以求重价,而江浙之梅皆病。文人画士之祸之烈至此哉!

梅的美在于它自然生长的姿态,而不是在人们强为之之态,如果一定要"斫直"、"删密"、"锄正"、"夭其稚枝"、"遏其生气",那么只能使原来生气勃勃的梅生病夭折,也就没有什么美可言了。所以他说:"万事之波澜,文章天然好。"(《自春徂秋偶有所触拉杂书之漫不诠次得十五首》)龚自珍提倡不受传统束缚的独立创造精神,他在《文体箴》中说:"予欲慕古人之能创兮,予命弗丁其时!予欲因今人之所因兮,予莈然而耻之。"他在《己亥杂诗》中赞扬汤海秋的诗说:"觥觥益阳风骨奇,壮年自定千首诗。勇于自信故英绝,胜彼优孟俯仰为。"充分肯定了他勇于独创的自信精神。龚自珍为大家所传诵的名篇"九州生气恃风雷,万马齐喑究可哀!我劝天公重抖擞,不拘一格降人才",实际也是呼唤一种不拘泥于传统的、新的创造精神之出现。

魏源(1794—1857),字默深,湖南邵阳人。魏源生活在鸦片战争前后,与龚自珍、林则徐相友好,思想上颇受他们的影响。他和龚自珍都是倾向于今文经学而提倡经世致用的。鸦片战争前,魏源主要是读书、考科举,并在陶澍、林则徐等的幕府协助他们作一些改革弊政的工作,鸦片战争中他曾入裕谦幕府参与了浙东抗英斗争。鸦片战争失败的耻辱激发了他强烈的爱国热情和民族自尊心,他写了长达四十余万字的《圣武记》,叙述了鸦片战争的过程,揭露了清政府在军事和政治上存在的问题。后来他又受林则徐的委托,编撰著名的《海国图志》,并在序中提出了"以夷攻夷"、"师夷之长技以制夷"的重要思想。他到51岁方中进士,后曾任高邮知州,晚年辞官,潜心佛学。魏源非常清醒地认识到了清王朝已不可救药,亲身感受到了国家民族的危机,不仅具有强烈的忧患意识,而且是一位比较早地提出要向西方学习的人,虽然还只限制在学习西方"长技"的方面,但在当时则是相当激进的观点。

魏源和龚自珍一样,也要求诗歌能充分体现诗人的忧患意识。他有关诗文的论述,从表面上看似乎是比较传统的、保守的,他强调"文以贯道"、"诗以言志",重视"诗教",但是实际上他的论述和儒家传统的说法有很大的不同,或者说已经有了质的改变,因为魏源是在他的"六经皆圣人忧患之书"的前提下来作这些论述的。他在《默觚上·治篇二》中说:"君子读《二雅》之厉、宣、幽、平之际,读《国风》之《二南》《豳》之诗,喟然曰:六经其皆圣人忧患之书乎!"在《啸古吟八首与陈太初修撰为连日谈诗而作》中他说:"六经忧患书,世界忧患积。"在《京师接家书》中他又说:"文章声价贱,书史患忧真。"他在为自己的《诗古微》所写的序中曾说:"《诗古微》何以名?曰:所以发挥齐、鲁、韩三家诗之微言大谊,补苴其罅漏,张皇其幽渺,以豁除毛诗美、刺、正、变之滞例,而揭周公、孔子制礼正乐之用心于来世也。"魏源所理解的"周公、孔子制礼正乐之用心",不是别的,而是指他们忧患天下之用心。他又指出"明乎礼乐而后可以读《雅》、《颂》","明乎《春秋》而后可以读《国风》","礼乐者,治平防乱,自质而之文;《春秋》者,拨乱反治,由文而返质。故《诗》之道,必上明乎礼乐,下明乎《春秋》,而后古圣贤忧患天下来世之心,不绝于天下"。所以他特别推崇司马迁"发愤著书"的思想,强调要继承自《诗经》、《楚辞》以来的这个优秀传统。他在为陈沆《诗比兴笺》所写的序中说:"蕲水陈太初修撰以笺古诗《三百篇》之法,笺汉、魏、唐之诗,使读者知比兴之所起,即知志之所之也。"这个"志",就是发愤著书之志,他又说道:"《离骚》之文,依诗取兴,引类譬喻,辞不可径也,故有曲而达,情不可激也,故有譬而喻焉:善鸟香草,以配忠贞;恶禽臭物,以比谗佞;灵修美人,以媲君王;宓妃佚女,以譬贤臣;虬龙鸾凤,以托君子;飘风雷电,以喻小人;以珍宝为仁义,以水深雪雰为谗构。荀卿赋蚕,非赋蚕也,赋云,非赋云也。诵诗论世,知人阐幽,始知《三百篇》皆仁圣贤人发愤之所作焉,岂第藻绘虚车已哉?"可见,魏源心目中的《诗经》、《楚辞》乃至荀卿的赋篇,都是古代圣贤忧患意识的流露,愤激心情之喷发,而决非"藻绘虚车"之作。他所论虽是传统之说但都是针对现实、有鲜明时代意识的。这在他的《简学斋诗集序》中可以看得很清楚:"昔人有言'欢娱之词难工,愁苦之言易好',使李、杜但在天宝以前,除《清平调》及《何将军山林》外,亦无以鸣豫而鼓盛。故诗人之境,类多萧瑟嵯峨,而《三百篇》皆仁贤发愤之所作焉。"他惋惜陈沆"中年即逝",并赞扬他之诗作"清深肃括之际,常有忧勤惕厉之思","使天假之年,大用于世,其所就岂独诗人已哉!然使君至今日目击东南之民物事变,其感怆承平清晏之福,又当如何"!他这里所说的"今日目击东南之民物事变",显然就是指鸦片战争事件。由于他亲身经历了这个巨大的国耻,故而对时局危机有了十分深刻的了解,大大加强了他的忧患意识,因此在诗歌创作上也就更加强调"发愤之所作",并进一步体会到韩愈所说的"欢娱之词难工,愁苦之言易好"确为至理名言。无论是读古人之诗还是自己创作之诗,他都和对时局危机的感慨紧紧地联系在一起。其《秦中杂感十三首》之十三说:"诗到邠岐销慷慨,游穷燕赵转和平。旅人忧乐关天下,客梦山川不世情。"其《寰海后十首》之九说:"曾闻兵革话承平,几见承平话战争。""梦中疏草苍生泪,诗里莺花稗史情。"

为此,魏源十分重视文学的社会功用,要求文学必须为救世济时服务,使之成为挽救时局危机、振兴国家民族的重要工具。他在《默觚上·学篇二》中曾说:"文之用,源于道德而委于政事,百官万民,非此不丑;君臣上下,非此不腼;师弟友朋,守先待后,非此不寿。夫是以内蘉其性情而外纲其皇极,其缊之也有原,其出之也有伦,其究极之也,动天地而感鬼神,文之外无道,文之外无治也;经天纬地之文,由勤学好问之文而入,文之外无学,文之外无教也。执是以求今日售世谀世之文,文哉!文哉!《诗》曰:'巧言如簧,颜之厚矣!'"他把"文"和"道"、"治"、"学"、"教"合而为一,强调文学必须经世致用,而不能为文而文。其《秦中杂感十三首》之十一中说:"天地有时龙变化,英雄无运鹿奔驰。文章更在经纶后,落日柯亭吊所思。"他所希望的并不是文章的显赫,而是在经天纬地,为改革时弊贡献自己的才华。魏源的这些文学观点对近代传统文学思想的革新起了很重要的作用。

第二节 姚莹的文学批评和方东树的《昭昧詹言》

桐城派自姚鼐之后,比较重要的有方东树、姚莹、管同、梅曾亮,称为姚门四弟子。方、姚为桐城人,管、梅是上元(即今南京)人。其中管同(1780—1831)早死,其他三人均在鸦片战争后十多年才去世。他们在继承桐城三祖的文论同时,都有自己的创造性发挥,特别是方东树和姚莹在诗歌理论上论述较多,成为桐城派在诗学上的理论上的代表人物。他们四人中,方东树最大。方东树(1772—1851),字植之,别号副墨子,是姚门弟子中特别重视义理心性、提倡程朱理学的人物,曾撰写著名的《汉学商兑》。他和姚莹是桐城派中对诗学研究得比较多,论述得比较充分的人。

姚莹(1785—1853),字石甫,号明叔,自号幸翁,安徽桐城人。嘉庆十三年(1808)进士,道光十八年(1838)年为台湾兵备道,积极抗英,后被贬官,咸丰时为广西按察使,参与镇压太平天国起义,后病死军中。姚莹是桐城派大师姚鼐的嫡传子弟,他在桐城派文学思想的发展中最突出的成就有两个方面:一是强调文章的经世致用价值,要有益于"经济世务""关乎人心风俗之盛衰";二是强调"诗之与文,尤无二道",以文论诗,在桐城诗学发展上作出了重要贡献。

姚莹论文的中心也是在强调"载道",其《复吴子方书》说:"仆少即好为诗古文之学,非欲为身后名而已,以为文者,所以载道,于以见天地之心,达万物之情,推明义理,羽翼六经,非虚也。"但是这"道"并非抽象的义理,而是"见天地之心,达万物之情"的、能解决现实具体问题的"道"。他在《复杨君论诗文书》中说得更为清楚,他认为孟子所讲"浩然之气"的"配义与道",虽"不为诗文言之,吾以为诗文之道,无以易此矣"。他又说:"夫诗之与文,其旨趣不同矣。顾欲善其事者,要必有囊括古今之识,胞与民物之量,博通乎经史子集以深其理,遍览乎名山大川以尽其状,而一以浩气行之,然后可以传于天下后世,岂徒求一韵之工,争一篇之能而已哉。""夫文者将以名天地之心,阐事物之理,君臣待之以定,父子赖之以亲,夫妇朋友赖之以叙其情,而正其义,此文之昭如日月者,六经所以不废。为文苟求其不废,舍斯道无由也。"说明他所讲究的"道",是经济实用之道,如《黄石香诗序》所说"文章之大者,或发明道义,陈列事情,动关乎人心风俗之盛衰"。他对不关经济世务的文章是很不感兴趣的。在《与陈恭甫书》中说:"海内名人先达,生平闻见多矣。精考订或拙于文章,工辞翰又弱于气节,至于经济世务,多迂曲鲜通。阁下独驰骋于翰墨之场,研参于贾郑之席,气节世务,矫然通伟,宜可以膺当世之任而塞人士之望矣。"他认为从这样的角度出发,文之与诗,实为一道,并无区别。他在《复杨君论诗文书》中说:"故夫六经者,海也;观于《六经》,斯大才矣。诗文者,艺也;所以为之善者,道也。道与艺合,斯气盛矣。文与《六经》,无二道也;诗之与文,尤无二道也。凡此皆有得于天而又得于人者是也。"其实,诗文无二道的思想并非姚莹的发明,桐城派的集大成者姚鼐以神、理、气、味、格、律、声、色八字论文,实际上就是以创作诗歌的方法来要求文章的写作,以艺术美的标准来衡量一般文章的好坏,即是以诗论文,只是没有姚莹那么明确地提出诗无二道而已!

姚莹有关诗歌的论述主要见与他的60首《论诗绝句》。这是姚莹一组系统的论述诗歌史上各个代表诗人创作特色的论诗诗，起自汉魏古诗一直到清代康熙年间的王士禛。姚莹对历代诗人的评价中，我们可以清楚地看出他的诗学思想特点。他论诗要求符合孔子"兴观群怨"的宗旨。他说："辛苦十季摹汉魏，不知何故远风骚。而今悟得兴观旨，枉向凡禽乞凤毛。"从汉魏诗中学习风骚的传统毕竟已落第二义矣，只有直接从"诗"、"骚"中领会方能得其真谛。在诗歌艺术风貌上主张风清骨峻的气概和自然流畅之本色美，所以他论建安文学，特别推崇曹植的诗作和左思的《咏史诗》，其云："高燕陈诗铜雀台，子桓兄弟不须猜。胡床粉署天人语，独有思王八斗才。"论正始文学则引用刘勰《文心雕龙》的评价，很赞赏"嵇旨清峻"和"阮旨遥深"。论西晋文学则对陆机、潘岳的辞采富艳华丽不感兴趣，而对左思的风骨给予充分肯定："伧父当年笑左思，三都赋出竟雄奇。宁知陆海潘江外，别让临淄咏史诗。"对陶、谢的真切自然十分钦佩："文章真性柴桑酒，山水清音康乐辞。一种天然去雕饰，后人何事竞钻皮。"他感慨庾信的乡关之思，对陈子昂的《感遇》诗及其力振衰淫的功绩给以高度评价，认为四杰、沈、宋均无法与之相比。论盛唐诗歌则重在李白之纯真和杜甫之雄才，他和严羽一样特别强调盛唐诗歌的"兴趣"："王李高岑竞一时，盛唐兴趣是吾师。何人解道襄阳俗，始信嘉州已好奇。"论中唐诗既则心折于韦应物的平淡寂静："古澹谁如韦左司，空山叶落暮钟时。分明一卷楞伽字，未许声闻小果知。"又十分同情柳宗元的幽怨牢骚："史洁骚幽并有神，柳州高咏绝嶙岣。吴兴却选淮西雅，不及平生五字真。"他赞扬韩愈"主持雅正"、"文起八代之衰"的伟大功绩，也大力肯定他在诗歌创作上独辟蹊径的创造性："文体能兴八代衰，韵言尤自辟藩篱。主持雅正惟公在，底事卢樊别赏奇。"对于清代诗学批评中的唐宋之争，他站得高、看得远，认为每个时代各有自己的特色，各有自己的优秀诗人，不应当偏于哪一个时代。他说："妙语天成偶得之，眉山绝趣苦难追。纷纷力薄争唐宋，断港横流也未知。"他对南宋的陆游尤为欣赏，正是从陆游始终不渝的爱国热情中受到鼓舞，也表现了他对民族危亡之秋的深深忧虑："铁马楼船风雪里，中原北望气如虹。平生壮志无人识，却向梅华觅放翁。"对于明初的诗人，姚莹比较推崇高启和贝琼。他对前后七子的才华和贡献有比较高的估计，而对公安、竟陵则颇多批评，所以他不太满意钱谦益，而给予陈子龙为代表的云间派以很高的地位。他对王渔洋也不大满意，认为他过分流于"空冥"。由此可见，姚莹的《论诗绝句》60首，实际上是对诗歌史的发展作了一个历史性的总结，他的观点是比较公平和稳妥的。

方东树的《昭昧詹言》是桐城派最重要的诗话著作，它的中心是"以文论诗"。方东树受方苞"义法"说的影响很深,用"言有物"和"言有序"的标准来论诗,是他的基本出发点。他在《昭昧詹言》中说:"诗以言志。如无志可言,强学他人说话,开口即脱节。此谓言之无物,不立诚。若又不解文法变化精神措注之妙,非不达意,即成语录腐谈。是谓言之无文无序。"他又根据唐人李翱《答朱载言书》中的说法,提出文、理、义三要素,认为写文写诗都要把握好此三要素。他说:"文者,辞也;其法万变,而大要在必去陈言。理者所陈事理、物理、义理也;见理未周,不赅不备,体物未亮,状之不工,道思不深,性识不超,则终于粗浅凡近而已。义者法也;古人不可及,只是文法高妙,无定而有定,不可执著,不可告语,妙运从心,随手多变,有法则体成,无法则伦荒。率尔操觚,纵有佳意佳语,而安置布放不得其所,退之所以讥六朝人为乱杂无章也。"由于主张诗文的统一,以文为诗,所以他特别推崇杜甫和韩愈:"唯杜公,本《小雅》、《屈子》之志,集古今之大成,而全混其迹。韩公后出,原本《六经》,根本盛大,包孕众多,巍然自开一世界。"他正是运用韩愈有关古文写作的理论来论述诗歌创作的。他说:"姜坞先生(姚范)曰:'大凡文字援据,虽有详略,然必具见端末。'余谓作诗无援据之事,而必有序题。大凡变化恣肆,文法高古,超妙入神,全在此一事上讲求。"(以上均见《昭昧詹言》卷一)他认为杜甫、韩愈的诗是诗家之极致,最高的典范,他说:"杜、韩尽读万卷书,其志气以稷、契、周、孔为心,又于古人诗文变态万方,无不融会于胸中,而以其不世出之笔力,变化出之,此岂寻常龌龊之士所能辨哉!"他把杜甫和韩愈比作诗歌创作中的稷、契、周、孔,强调他们的诗作全是"元气",而非一般人所能比拟。他说:"杜公包括宇宙,含茹古今,全是元气,迥如江河之挟众流,以朝宗于海矣。"(以上见卷八)"韩公诗,文体多,而造境造言,精神兀傲,气韵沈酣,笔势驰骤,波澜老成,意象旷达,句字奇警,独步千古,与元气侔。"桐城派的文学观念是比较复杂的,他们本来讲的是文章学理论,他们所说的文章包含着艺术文学的部分和非艺术文学的部分,而且后者还占有主要地位,也就是说,他们所说的文章含义是十分宽广的,但是在桐城派文论的发展过程中,逐渐趋向于用艺术文学创作的方法来论述广义的文章写作,这在桐城派集大成的代表人物姚鼐身上体现得最为明显。他所提出的八个大字:神、理、气、味、格、律、声、色,其实就是运用诗歌艺术的审美标准来要求广义文章的写作,可以说就是以诗论文。而方东树论诗则是用一般文章的写作方法来讲诗歌创作,是典型的以文论诗。他们没有对广义文章中属于艺术文学的部分和非艺术文学的部分加以区分,没有正确地认识到非艺术的文章和艺术文学在思维和创作上的差别。当然,这是中国传统文学观念发展上的一个老问题,我们也不必对他们过于责备,不过,在我们研究他们的文论和诗论时,必须对此有清醒的认识。

第三节　刘熙载的《艺概》和陈廷焯、况周颐的词论

龚自珍和魏源在文学理论批评史上的贡献,主要是把时代的忧患意识引进文学,而在总结和发展传统文论的成就,特别是审美理论的成就方面,在近代贡献比较大的主要是刘熙载、陈廷焯和况周颐,以及更晚一些的王国维。(关于王国维我们将在下章再专论。)

刘熙载(1813—1881),字伯简,号融斋,又号寤崖子,江苏兴化人,道光二十四年(1844)进士,官至国子司业、广东提学使,晚年在上海龙门书院讲学,著有《古桐书屋六种》及《古桐书屋续刻三种》。《古桐书屋六种》中的《艺概》是他有关文艺美学方面的代表作,也是近代时期总结和发展传统文论方面的最重要著作。据作者在《艺概》自序中说,定稿于清同治十二年(1873),为作者晚年之作。《艺概》分为《文概》、《诗概》、《赋概》、《词曲概》、《书概》、《经义概》六个部分,说明刘熙载对"艺"的认识是相当宽泛的,他所说的"文"包括六经在内,而《经义概》则是讲流行的八股文,但其书的主要部分还是诗、文、词、赋等纯文学。他的书之所以称为"概",并非仅仅讲一般概况,而是指各类文艺创作最主要的要点。他在序中说:"若举此以概乎彼,据少以概乎多,亦何必殚竭无余,始足以明要乎!"又说:"庄子取'概乎皆尝有闻',太史公叹'文辞不少概见','闻'、'见'借以概为言,非限于一曲也。概得其大义,则小缺为无伤,且触类引申,安知显缺者非即隐备者哉!"《艺概》既是一部各类艺术史的著作,又是对各类艺术创作理论的阐述。它采取纵横结合、史论并重的方法,深刻地论述了作者对文艺基本问题的看法。《艺概》中六个部分的每一部分,都包括了三个方面的内容:一是对此类文艺的历史发展过程之概要叙述,二是对有代表性的作家创作特征的分析,三是对此类文艺创作理论和表现手法的研究。史以论为依据,论以史为内容,两者皆以对最重要的作家作品准确深入的分析为基础,充分体现了文学理论批评和文学创作实际紧密结合的特点,这一方面它明显地受到刘勰《文心雕龙》的影响。

《艺概》在文学理论批评上的主要成就有以下几方面:第一,刘熙载的文学理论批评既认真总结了传统文论的成就,又不受传统文论的束缚,而有自己的独立见解,这当然是与他所处的时代思想比较解放,传统观念遭到人们怀疑有密切关系的。所以他论文虽也以六经为本源,引刘勰《文心雕龙》"百家腾跃,终入环内"之说,但主要还是从文体形式方面来论的,而并不强调"原道"、"载道"之说。特别是他论文不局限于六经,而兼重诸子百家,对《左传》与《庄子》的评价尤为突出。他对《左传》的写作艺术极为欣赏,曾说:"左氏叙事,纷

者整之,孤者辅之,板者活之,直者婉之,俗者雅之,枯者腴之,鬲裁运化之方,斯为大备。"又说:"文得元气便厚,左氏虽说衰世事,却尚有许多元气在。"对《庄子》的文学特色他也认识得很清楚。他说:"庄子文看似胡说乱说,骨里却尽有分数。彼固自谓猖狂妄行而蹈乎大方也,学者何不从蹈大方处求之?""庄子寓真于诞,寓实于玄,于此见寓言之妙。""意出尘外,怪生笔端,庄子之文可以是评之。""文之神妙,莫过于能飞,庄子之言鹏曰'怒而飞',今观其文,无端而来,无端而去,殆得飞之机者。"由此可见,刘熙载对《左传》及《庄子》的艺术表现特征都有相当精辟的论述。他论诗文颇受刘勰、钟嵘的影响,但又能对他们的不足之处或片面之处提出不同见解。例如《诗概》中说:"《古诗十九首》与苏、李同一悲慨,然《古诗》兼有豪放旷达之意,于苏、李之一于委曲含蓄,有阳舒阴惨之不同。知人论世者自能得诸言外,固不必如钟嵘《诗品》谓《古诗》出于《国风》,李陵出于《楚辞》也。"在论建安诗歌时,又说:"曹公诗气雄力坚,足以笼罩一切,建安诸子,未有其匹也。子建则隐有'仁义之人,其言蔼如'之意。钟嵘品诗,不以'古直悲凉'加于'人伦周、孔'之上,岂无见乎?"他认为曹操诗在当时最有代表性、成就最高,这也是很有见地的。在《赋概》中,他对刘勰关于赋的特点是"体物写志"说作了补充,他说:"《屈原传》曰:'其志洁,故其称物芳。'《文心雕龙·诠赋》曰:'体物写志。'予谓志因物见,故《文赋》但言'赋体物'也。"他也不同意传统以"正变"论赋的说法,他说:"赋当以真伪论,不当以正变论,正而伪,不如变而真。"他对班固在《汉书·艺文志》中所说"学诗之士,逸在布衣,而贤人失志之赋作矣"提出了不同看法。他说:"余案:所谓失志者,在境不在己也。屈子《怀沙》赋云:'离慜而不迁兮,愿志之有像。'如此虽谓失志之赋即励志之赋可矣。""余谓赋无往而非言志也。"他在《词概》中论到词的发展,不赞成一般人所说苏轼"以诗为词"、以"豪放"易"婉约"是词之变体的说法,而认为最早的词是以豪放为正体的,他说:"太白《忆秦娥》,声情悲壮,晚唐、五代,惟趋婉丽,至东坡始能复古。后世论词者,转以东坡为变调,不知晚唐、五代乃变调也。"这些地方我们都可以看出刘熙载不囿于传统而具有自己独创性见解的特点。

第二,刘熙载对文艺的特点和规律有相当深刻的认识。他对不同形式文学体裁创作特点的分析都清楚地指出了文学从根本上说是人的情志之体现,而人的情志又是要借助于天地自然的物象来表现的。他在《诗概》中说道:"《诗纬·含神雾》曰:'诗者,天地之心。'《文中子》曰:'诗者,民之性情也。'此可见诗为天人之合。"所谓"天人之合",实际上就是人与自然之结合,情志与物象的统一。诗和赋从根本上说,都是人情志的体现,但其表达的方式有所不同:"诗或寓义于情而义愈至,或寓情于景而情愈深";"赋起于情事杂沓,诗不能驭,故为赋以铺陈之"。所以说:"诗为赋心,赋为诗体。"然而,赋也同样言情,不过更强调借物以言情,故云:"叙物以言情为之赋。"他引《西京杂记》中所载司马相如的"赋心"、"赋迹"之说道:"迹,其所;心,其能也。心迹本非截然为二。"又说:"《楚辞》《涉江》、《哀郢》,'郢',迹也;'涉'、'哀',心也。推诸题之但有迹者亦见心,但言心者亦具迹也。"所谓"心"与"迹",实际上也就是指人与自然,"在外者物色,在我者生意,二者相摩相荡而赋出焉"。词的创作也是如此,"词或前景后情,或前情后景,或情景齐到,相间相融,各有其妙"。他又说:"词深于兴,则觉事异而情同,事浅而情深。"情和景,或情和事,也就是指情和物,或心和迹。上述有关诗、赋、词的论述,充分说明了文学创作的本质即是主体和客体的统一。由于刘熙载对文学特征有相当深入的认识,所以他在论广义的"文"的时候,也能侧重于从文学特征角度来分析,像《庄子》《史记》本属于子、史的范围,而刘熙载的分析则着重讲它们的文学特色。《庄子》已见前论。它分析《史记》的文学特色重在一个"情"字,他说:《史记》"第论其恻怛之情,抑扬之致,则得于《诗》三百篇及《离骚》居多"。《史记》本是一部历史著作,但其"叙事,文外无穷,虽一溪一壑,皆与长江、大河相若",有文学散文的特点。尤其是它"学《离骚》得其情",使它的许多人物传记篇章成为优秀的文学传记散文之典范。

刘熙载对艺术意象的创造,一方面指出它在根本上是天地自然之象的反映,另一方面又指出它在"构象"上有"按实肖像"和"凭虚构象"的不同。"按实肖像"是指直接模仿自然物象的艺术意象,也就是运用具体写实方法而形成的艺术意象;而"凭虚构象"则是指由作家虚构而产生的艺术意象,也就是按照表现理想的原则来创作的艺术意象。刘熙载认为在这两种方法中,后者比前者要更难一些。他说:"赋以象物,按实肖像易,凭虚构象难,能构象,象乃生生不穷矣。"由此可见,刘熙载对艺术创造中虚构的极端重视,这是和明清以来文艺思想发展中摒弃简单的"实录"和对虚构的强调分不开的。他在《赋概》中曾说:"相如一切文,皆善于架虚行危,其赋既会造出奇怪,又会撇入窅冥,所谓'似不从人间来者'此也。至模山范水,尤其末事。"刘熙载这里所说的"按实肖像"和"凭虚构象",实际上也就是后来王国维所说的"写境"和"造境"。

第三,刘熙载在论述文学理论问题的时候充满了辩证的观点,善于运用对立统一的原则去分析文学的创作原理和艺术表现方法。其《文概》说:"《易·系传》:'物相杂故曰文。'《国语》:'物一无文。'徐锴《说文通论》:'强弱相成,刚柔相形,故于文"人乂"为文。'《朱子语录》:'两物相对待故有文,若相离去便不成文矣。'为文者,盍思文之所由生乎?"中国古代有"和"、"同"之论,《国语·郑语》记载史伯曾说:"夫和实生物,同则不继。"又说:"声一无听,物一无文,味一无果,物一不讲。"认为宇宙万物的生长发展都是由于其内部矛盾的对立统一,是不同因素相互作用而又和谐统一的结果。如果事物都是相同的、一样的,就不可能有发展变化,也不会有新的事物产生。"和",才能产生美;如果都是"同",就没有美了。然而光讲"对立"也是不够的,必须看到"统一"的意义,刘熙载特别提出了"一"和"不一"的关系,他说:"《国语》言'物一无文',后人更当知物无一则无文。盖一乃文之真宰,必有一在其中,斯能用夫不一者也。"他在这里所说的"一"和"不一"的关系,也就是"一"和"多"的关系。刘勰在《文心雕龙》中曾提出过"杂而不越"和"乘一总万"的思想,司空图在《二十四诗品》中曾提出过"不着一字,尽得风流"和"万取一收"的思想,刘熙载所论正是对他们的发展。强调在"一"和"不一"的关系中"一"的重要性,这可能和清初石涛《画语录》中提倡"一画之法"的思想有关,石涛曾说:"盖自太朴散而一画之法立矣,一画之法立而万物著矣。"艺术意象必须是一个完整的整体,但它又包含了许多不同的因素、对立的因素,所以"一"和"不一"是不能偏废的。刘熙载运用这种思想去看待文学的本质,遂提出了"天人之合"、物我一体的观点。运用这种思想去分析庄子散文的浪漫主义特征,遂得出了寓真实于玄诞的结论。运用这种思想去研究继承和创新的关系,则指出了用古和变古相结合的必要性,要"阐前人所已发,扩前人所未发",要"因时适变","通其变,遂成天地之文"。运用这种思想去考察艺术意境的特征,则突出了结实与空灵相结合,他说:"文或结实,或空灵,虽各有所长,皆不免著于一偏。试观韩文,结实处何尝不空灵,空灵处何尝不结实。"运用这种思想去论述文学的风格,则强调阳刚与阴柔的相互调剂,要求骨与韵的并重,"情韵婉"与"魄力雄"的统一,他说:"刘梦得诗稍近径露,大抵骨胜于白,而韵逊于刘。"又说:"唐初七古,节次多而情韵婉,咏叹取之;盛唐七古,节次少而魄力雄,铺陈尚之。"运用这种思想去研究文学的表现技巧和方法,故提倡工与不工的统一,放得开与收得回的统一,文与质的统一,自然与人工的统一(即"立天定人"与"由人变天"的统一)。

第四,刘熙载对重要作家和作品的艺术特征,各类文体的创作要点,有很多深刻而精辟的概括。他善于运用历史的比较的方法,对作家作品的艺术特征作出切中要害的评述。有时虽然只有三言两语,却有很重的分量。例如他在《文概》中论司马迁与司马长卿时说:"学《离骚》得其情者为太史公,得其辞者为司马长卿。长卿虽非无得于情,要是辞一边居多,离形得似,当以史公为尚。"这不仅对他们的创作渊源作了准确的分析,而且把他们的各自所长与相互区别也论述得清清楚楚。又比如《诗概》中论李白云:"太白诗言在口头,想出天外,殆亦如是。""李诗凿空而道,归趣难穷,由风多于雅,兴多于赋也。"又论杜甫云:"杜诗云:'畏人嫌我真',又云:'直取性情真',一自咏,一赠人,皆与论诗无与,然其诗之所尚可知。""'不敢要佳句,愁来赋别离'二句,是杜诗全旨。""太白早好纵横,晚学黄、老,故诗意每托之以自娱。少陵一生却只在儒家界内。"这就把唐代两位大诗人创作一重理想、一重现实的艺术特色以及他们的思想渊源,论述得明明白白。在《词曲概》中他论苏、辛词的特征也是十分精当的。他说:"东坡词颇似老杜诗,以其无意不可入,无事不可言也。若其豪放之致,则时与太白为近。""东坡词具有神仙出世之姿,方外白玉蟾诸家,惜未诣此。"指出苏词兼有李白、杜甫诗的特点,既有李之豪放磊落,又有杜之深远广大。他又评辛词云:"稼轩词龙腾虎掷,任古书中理语、廋语,一经运用,便得风流,天姿是何夐异!"辛弃疾的词虽用典很多,但是他的长处也正在用典而能更得风流,故而说:"稼轩豪杰之词。"他认为苏、辛同为"至情至性人",所以他们的词有"潇洒卓荦"之姿。

刘熙载对文、赋、诗、词等各类文体的创作特点,都作了较为深刻的分析,并且对各种文体的不同特点进行了比较。他认为文学作品都是体现作家之"志"的,但是又各有不同。关于"文",他认为从广义上说,都是"明理"的,"文无论奇正,皆取明理"。作者之"志"是从"明理"中显示出来的,然而文艺性的散文,则尚需有"情"有"态"。"'圣人之情见乎辞',为作《易》言也。作者情生文,斯读者文生情。"情和气不可分,所以"文要与元气相合"。情和气往往是从对人事物态的描写中表现出来的,他说:"柳州记山水,状人物,论文章,无不形容尽致;其自命为'牢笼百态',固宜。"他又说:"李习之文,苏子美谓'辞不逮韩,而理过于柳';苏老泉《上欧阳内翰书》取其'俯仰揖让之态'。合理与态,而其全见矣。"关于诗,他认为是人的性情之流露,"情"中有"志",并以比兴为其主要表现方法。故"文所不能言之意,诗或能言之,大抵文善醒,诗善醉,醉中语亦有醒时道不到者,盖其天机之发,不可思议也"。文以明理为主,故善醒人;诗以言情为主,故善醉人。然诗亦有以言理为主者,但需有"理趣",而不可坠入"理障"。他曾说:"陶、谢用理语各有胜境。钟嵘《诗品》称孙绰、许询、桓、庾诸公诗,皆平典似《道德论》。此由乏理趣耳,夫岂尚理之过哉!"又说:"朱子《感兴诗》二十篇,高峻寥旷,不在陈射洪下。盖惟有理趣而无理障,是以至为难得。"赋的创作中也有理趣、理障之不同,他说:"以老、庄、释氏之旨入赋,固非古义,然亦有理趣、理障之不同。如孙兴公《游天台山赋》云:'骋神变之挥霍,忽出有而入无。'此理趣也。至云:'悟遣有之不尽,觉涉无之有间。泯色空以合迹,忽即有而得玄。释二名之同出,消一无于三幡。'则落理障甚矣。"赋是古诗之流,刘熙载说:"言情之赋本于《风》,陈义之赋本于《雅》,述德之赋本于《颂》。"赋的特点是铺陈叙物而寓情于其中。赋之有别于诗者,"诗辞情少而声情多,赋声情少而辞情多"。古代辞、赋并称即说明其"尚辞"之特点。赋也言情,但它是"叙物以言情"。赋也言志,但它是"志因物见"。这就把赋和诗的不同分析的很清楚。他指出词曲实际就是乐歌:"乐歌,古以诗,近代以词。""故词,声学也。"词曲是配乐的诗歌,所以若说诗是"言有尽而意无穷",则词曲就是"言有尽而音意无穷也"。他还指出:"词导源于古诗故亦兼具六义",但是"六义之取,各有所当,不得以一时一境尽之"。词不仅在形式上以长短句而与诗有别,而且在艺术表现上有其独特之处。他说:"空中荡漾,最是词家妙诀。上意本可接入下意,却偏不入,而于其间传神写照,乃愈使下意栩栩欲动,《楚辞》所谓'君不行兮夷犹,蹇谁留兮中洲'也。"这是强调词在创作上要更讲究意象的跳跃性,从而启发人们丰富的联想。词和曲有共同的地方,也有不同的地方。曲是词之一种,好像赋是诗的一种一样。"词如诗,曲如赋,赋可补诗之不足者也。昔人谓金元所用之乐,嘈杂凄紧缓急之间,词不能按,乃更为新声,是曲亦可补词之不足也。"对每一类文体中不同形式的作品,刘熙载也都能指出其不同创作特点,并给以具体分析。如对诗歌中的古体、近体、乐府、律诗、绝句、五言、七言等不同形式,他都作了详细的论述。因此艺概也是一部研究各种文学体裁特点及历史发展状况的专著。

近代词学理论批评有比较高的成就,其主要代表人物是陈廷焯、况周颐和王国维。本章中我们先介绍陈廷焯、况周颐的词论。

陈廷焯(1853—1892),原名世焜,字耀先,又字亦峰,江苏丹徒人,后流寓泰州。光绪十四年(1888)举人。陈廷焯一生未曾为官,专攻词学。早年学浙派,编有词选《云韶集》,并著《词坛丛话》。后受庄棫影响,改从常州词派,如他所说:"过此以往,精益求精,思欲鼓吹蒿庵(庄棫),共成茗柯(张惠言)复古之志。"(《白雨斋词话》卷六,以下凡引本书只注卷数。)他编选了《词则》,著有《白雨斋词话》十卷,经五易其稿,于光绪十七年末定稿,此书在他生前未曾刊行,乃其学生许正诗整理,由其父陈铁峰审定,删成八卷,与《白雨斋诗钞》、《白雨斋词存》一同刊行。《白雨斋词话》是中国古代词话中篇幅最大、成就较高的一部重要著作,今人屈兴国曾有《白雨斋词话足本校注》,为本书较好的注本。

陈廷焯的词学思想核心是强调"沉郁"。其自序中称:"萧斋岑寂,撰《词话》十卷,本诸《风》、《骚》,正其情性,温厚以为体,沉郁以为用,引以千端,衷诸一是,非好与古人为难,独成一家言,亦有所大不得已于中,为斯诣绵延一线。"这说明他之提倡"沉郁",是有所寄托的。"沉郁"的含义按他自己所说是:

> 所谓沉郁者,意在笔先,神余言外,写怨夫思妇之怀,寓孽子孤臣之感。凡交情之冷淡,身世之飘零,皆可于一草一木发之。而发之又必若隐若现,欲露不露,反复缠绵,终不许一语道破。非独体格之高,亦见性情之厚。(卷一)

又说:

> 作词之法,首贵沉郁,沉则不浮,郁则不薄。顾沉郁未易强求,不根抵于《风》、《骚》,乌能沉郁?十三国变风,二十五篇《楚词》,忠厚之至,亦沉郁之至,词之源也。不究心于此,率尔操觚,乌有是处?(卷一)

陈廷焯在这两段对"沉郁"的论述中,不仅说明了"沉郁"在思想内容上的特点,同时也指出了"沉郁"在艺术形式上的特色。历来论词都分为豪放、婉约两派,而陈廷焯认为:"诚能本诸忠厚,而出以沉郁,豪放亦可,婉约亦可;否则豪放嫌其粗鲁,婉约又病其纤弱矣。"(卷一)"沉郁"是对所有各种风格词的共同要求。"沉郁"在思想内容上的特点是:"哀怨"、"忠厚"。"哀怨"中充满着"凄惋"与"感慨",这自然是和他所处的时代与现实环境分不开的。陈廷焯生活在封建专制制度极端腐朽、帝国主义列强入侵的民族危亡之秋,每一个有良心的中国人都在为国家的前途担忧,陈廷焯也不例外,他所推崇的词的"哀怨",正反映了他对国家民族命运的关心。所以他赞扬:"飞卿词全祖《离骚》,所以独绝千古。""飞卿《菩萨蛮》十四章,全是变化《楚骚》,古今之极轨也。"他又说:"后主词,思路凄惋,词场本色。"并强调韦庄的《菩萨蛮》四章有"惓惓故国之思,而意惋词直",认为其中"未老莫还乡,还乡须断肠"、"凝恨对斜晖,忆君君不知"等,与《归国遥》、《应天长》词中"别后只知相愧,泪珠难远寄"、"夜夜绿窗风雨,断肠君信否","皆留蜀后思君之辞,时中原鼎沸,欲归不能,端已人品未高,然其情亦可哀矣"。他对辛弃疾的《水调歌头》评价很高,说它有"一种悲愤慷慨,郁结于中"。又说:"稼轩《鹧鸪天》云:'却将万字平戎策,换得东家种树书。'衰而壮,得毋有'烈士暮年'之慨耶!"(均见卷一)他特别欣赏姜夔的词,曾说:"南渡以后,国势日非,白石目击心伤,多于词中寄慨。不独《暗香》、《疏影》二章,发二帝之幽愤,伤在位之无人也。特感慨全在虚处,无迹可寻,人自不察耳。感慨时事,发为诗歌,便已力据上游。特不宜说破,只可用比兴体,即比兴中亦须含蓄不露,斯为沉郁,斯为忠厚。"(卷二)他还说:陈允平的"西湖十咏,多感时之语,时时寄托,忠厚和平";王沂孙的词有"感时伤世之言,而出以缠绵忠爱",并说他的《望梅》"惓惓动故国,忠爱之心,油然感人,作少陵诗读可也"。他又说:张炎的词"感时伤事,与碧山(王沂孙)同一机轴"(卷二)。这些可以充分说明,陈廷焯非常重视感时伤事的词作,他是借历史上爱国词人的作品来表示自己对当时国事日非的深沉忧虑,《丹徒县志》说他:"性磊落,敦品行,素有抱负,尤能豪饮。念朝政不纲,辄中宵不寐,痛饮沉醉。"年轻时为诗学杜,其友王耕心说:"吾友陈君亦峰,少为诗歌,一以少陵杜氏为宗,杜以外不宵道也。"(《白雨斋词话序》)而杜诗的特点正是沉郁顿挫,这种风格刚好深刻地体现了杜甫的忧国忧民深厚感情,陈廷焯恰好在这一点上和杜甫有着强烈的共鸣。不过,陈廷焯并没有接受多少西方新思想影响,他对清王朝还是抱有幻想的,所以在提倡"沉郁"的同时也十分强调"忠厚",主张"哀怨"而不能过分,要求符合"温柔敦厚"的原则,把"诗教"思想运用到词的创作中。他主张:"词贵缠绵,贵忠厚,贵沉郁。"又说,秦观的词"恋恋故国,不胜热中,其用心不逮东坡之忠厚,而寄情之远,措语之工,则各有千古"。他评价周邦彦的《满庭芳》说:"但说得虽哀怨,却不激烈,沉郁顿挫中,别饶蕴藉。"说黄公度的《眼儿媚》"情见乎词矣,而措语未尝不忠厚"。(以上见卷一)他的思想没有越出封建正统的范围,然而又是十分希望国家富强兴旺、人民安居乐业的,对当时的现实表示了深深的忧虑和热切的关怀。

"沉郁"说在艺术上的特征是:"意在笔先,神余言外","若隐若现,欲露不露"。陈廷焯撰《白雨斋词话》的重要目的之一,是为了深入阐明词的艺术特点,全书开宗名义就说:"词兴于唐,盛于宋,衰于元,亡于明,而再振于我国初,大畅厥旨于乾、嘉以还也。国初诸老,多究心于倚声,取材宏富,则朱氏彝尊《词综》;持法精严,则万氏树《词律》,他如彭氏孙遹《词藻》、《金粟词话》同上、《西河词话》毛奇龄《词苑丛谈》徐釚等类,或讲声律,或极艳雅,或肆辩难,各有可观,顾于此中真消息,皆未能洞悉本原,直揭三昧。余窃不自量,撰为此编,尽扫陈言,独标真谛,古人有知,尚其谅我。"那么什么是词的"本原"和"三昧"呢?他认为就是"沉郁"。诗也有"沉郁"的,但词的"沉郁"和诗有所不同。他说:"诗词一理,然亦有不尽同者。诗之高境,亦在沉郁,然或以古朴胜,或以冲淡胜,或以钜丽胜,或以雄苍胜:纳沉郁于四者之中,固是化境;即不尽沉郁,如五言七言大篇,畅所欲言者,亦别有可观。若词则舍沉郁之外,更无以为词。盖篇幅狭小,倘一直说去,不留余地,虽极工巧之致,识者终笑其浅矣。"(卷一)又说:"诗词皆贵沉郁,而论诗则有沉而不郁,无害其为佳者,杜陵情到至处,每多痛激之辞,盖有万难已于言之隐,不禁明目张胆一呼,以舒其愤懑,所谓不郁而郁也。作词亦不外乎是。惟于不郁处,犹须以比体出之,终以狂呼叫嚣为耻,故较诗为更难。"(卷六)他还提出了诗词"同体异用"的思想,他说:"温厚和平,诗词一本也。然为诗者,既得其本,而措语则以平远雍穆为正,沉郁顿挫为变,特变而不失其正,即于平远雍穆之中,亦不可无沉郁顿挫也。词则以温厚和平为本,而措语即以沉郁顿挫为正,更不必以平远雍穆为贵。诗与词同体异用者在此。"(卷十)词由于它的特殊形式所决定,篇幅都比较狭小,没有诗那种五言、七言大篇,所以特别讲究要含蓄、凝练,留有余地,而不可一直说破。诗可以痛快淋漓,也可以平远雍穆,而词则不然,它更要求沉郁顿挫,如周邦彦那样"意余言外,而痕迹消融",像秦少游那样"义蕴言中,韵流弦外"。(卷十)"沉郁"在艺术上的特点正是在此。常州词派讲"比兴"、"寄托",也具有这种意思,而陈廷焯讲"沉郁",则进一步发挥了常州词派的词学思想,更突出地强调了词不同于诗的艺术特点。这种思想也体现在陈廷焯对明、清词的创作的评价中,他说:

> 明代无一工词者,差强人意,不过一陈人中而已。自国初诸公出,如五色朗畅,八音和鸣,备极一时之盛,然规模虽具,精蕴未宣,综论群公,其病有二:一则板袭南宋面目,而遗其真,谋色揣称,雅而不韵;一则专习北宋小令,务取秾艳,遂以为晏、欧复生,不知晏、欧已落下乘,取法乎下,弊将何极?况并不如晏、欧耶!反是者一陈其年,然第得稼轩之貌,蹈扬湖海,不免叫嚣。樊榭窈然而深,悠然而远,似有可观,然亦特一丘一壑,不足语于沧海之大,泰、华之高也。(卷一)

他认为明、清两代词人均未得宋词之真谛,"学古人词,贵得其本原,舍本求末,终无是处。其年学稼轩,非稼轩也;竹垞学玉田,非玉田也;樊榭取经于《楚辞》,非《楚辞》也,均不容不辩"。这里陈廷焯并不是要后人机械地模仿因袭宋词,而是说后人创作的词,不如宋词那样具有词的独特特点。他说:"词至美成,乃有大宗。前收苏、秦之终,后开姜、史之始,自有词人以来,不得不推为巨擘。后之为词者,亦难出其范围。然其妙处,亦不外沉郁顿挫。顿挫则有姿态,沉郁则极深厚。既有姿态,又极深厚,词中三昧,亦尽于此矣。""沉郁顿挫"为什么能尽"词中三昧"呢?这是因为它有"若隐若现,欲露不露"的特点,它虽抒情写物,而又并不"一语道破",他说:"美成词,极其感慨,无处不郁,令人不能遽观其旨。如《兰陵王》柳云:'登临望故国,谁识京华倦客。'二语是一篇之主。上有'隋堤上,曾见几番,拂水飘棉送行色'之句,暗伏'倦客'之根,是其法密处。故下接云:'长亭路,年去岁来,应折柔条过千尺。'久客淹留之感,和盘托出,他手至此,以下便直抒愤懑矣;美成则不然,'闲寻久踪迹'二叠,无一语不吞吐,只就眼前景物,约略点缀,更不写淹留之故,却无处非淹留之苦。直至收笔云:'沉思前事,似梦里,泪暗滴。'遥遥挽合,妙在才欲说破,便自咽住,其味正自无穷。"他又说周邦彦的《齐天乐》结尾"醉倒山翁,但愁斜照敛"二句,"几于爱昔寸阴,日暮之悲,更觉余于言外。此种结构,不必多费笔墨,固已意无不达"。这样就给人以无穷的余味,引起读者更丰富的联想。

为此他最反对词中有"激烈"、"叫嚣"和"剑拔弩张"的表现,而要求"温厚"、"浑雅"。他说:"辛稼轩,词中之龙也。气魄极雄大,意境却极沉郁。不善学之,流入叫嚣一派,论者遂集矢于稼轩,稼轩不受也。"他认为辛稼轩的《破阵子》、《水龙吟》等作,"不免剑拔弩张",而他的《鹧鸪天》等作,"信笔写去,格调自苍劲,意味自深厚。不必剑拔弩张,洞穿已过七札,斯为绝技"。(上均见卷一)他又说:"姜尧章词清虚骚雅,每于伊郁中饶蕴藉,清真之劲敌,南宋一大家也。"上文曾引他说姜夔《暗香》、《疏影》二章于"比兴"中"含蓄不露",亦是此意。他还说:"白石长调之妙,冠绝南宋,短章亦有不可及者,如《点绛唇》丁未过吴淞作一阕,通首只写眼前景物,至结处云:'今何许,凭栏怀古,残柳参差舞。'感时伤事,只用'今何许'三字提唱;'凭栏怀古'下,仅以'残柳'五字咏叹了之,无穷哀感,都在虚处。令读者吊古伤今,不能自止,洵推绝调。"(卷二)这里所说的"无穷哀感,都在虚处",正是"沉郁"词作在艺术上的精妙之处。他特别赞扬姜白石的词有"神味"、"韵味","难以言传",其意也正在此。他说:"白石《翠楼吟》武昌安远楼成后半阕云:'此地宜有神仙,拥素云黄鹤,与君游戏。玉梯凝望久,叹芳草、萋萋千里。天涯情味,仗酒祓清愁,花消英气。'一纵一操,笔如游龙,意味深厚,是白石最高之作。此词应有所刺,特不敢穿凿求之。"(卷二)姜夔的词意境深远,含蓄蕴藉,其意难以直白说尽,此词如陈廷焯所说"应有所刺",但很难具体坐实,而其妙也正是在此。

因此,陈廷焯很重视词的意境创造,他有关词的意境的论述对王国维的意境论有直接的影响。他认为只有达到"沉郁",才是词之"高境"、"胜境"、"化境"。不过,陈廷焯论词的意境,很注重要把艺术上的"神余象外"、"欲露不露"和内容上的"忠厚之意"结合在一起,所以他说柳永词之所以"意境不高",即是因为他失去了"温、韦忠厚之意",又说"毛泽民词,意境不深,间有雅调"(卷一),而辛稼轩之词则"气魄极雄大,意境却极沉郁"。故他在评周邦彦时说:"美成《菩萨蛮》上半阕云:'何处望归舟,夕阳江上楼。'思慕之极故哀怨之深。下半阕云:'深院卷帘看,应怜江上寒。'哀怨之深,亦忠爱之至。似此不必学温、韦,已与温、韦一鼻孔出气。"(卷一)为此,他要求词的意境必须要"深厚",它既是艺术表现上的"深厚",也是思想内容上的"深厚"。他评张翥的《水龙吟》云:"'船窗雨后,数枝低入,香零粉碎。不是当年,秦淮花月,竹西歌吹。'系以感慨,意境便厚。"(卷三)他又说:"钱湘瑟(钱芳标)工为艳词,造语尤妙。如《忆少年》云:'小屏残烛,小窗残雨,小楼残梦。铢衣已烟散,只蘼芜香重。'雅丽语能入幽境,意味便永。然亦仅在皮毛上求深厚,非吾所谓深厚也。"(卷三)真正意境深厚的词作,应当像姜夔词那样"情景逼真",而使"无穷哀感,都在虚处",方有含蓄不尽的无穷"韵味"。他说:"白石《扬州慢》淳熙丙申至日过扬州云:'自胡马窥江去后,废池乔木,犹厌言兵。渐黄昏,清角吹寒,都在空城。'数语写兵燹后情景逼真,'犹厌言兵'四字,包括无限伤乱语。他人累千百言,亦无此韵味。""白石长调之妙,冠绝南宋。短章亦有不可及者,如《点绛唇》丁未至吴淞作一阕,通首只写眼前景物,至结处云:'今何许,凭栏怀古,残柳参差舞。'感时伤事,只用'今何许'三字提唱;'凭栏怀古'下,仅以'残柳'五字咏叹了之,无穷哀感,都在虚处。令读者吊古伤今,不能自止,洵推绝调。"(卷二)思想感情必须深厚才有力量,他说:"渔洋词含蓄有味,但不能深厚;盖含蓄之意境浅,沉厚之根柢深也。彼力量者,每以含蓄为深厚,遂谓效法北宋,亦吾所不取。"他批评纳兰性德的《饮水词》"意境不深厚,措辞亦浅显",又说彭孙遹的词"意境较厚,但不甚沉着,仍是力量未充"。(卷三)运用凝练的简洁语句,对眼前景物作逼真描写,寄托无穷的哀怨情思,意在言外而不说尽,故使读者感到韵味深长,浑厚有力,从而产生浮想联翩的艺术效果。这就是陈廷焯对词的"深厚"意境的追求。陈廷焯还多次讲到"造境"的问题,对创造词的独特艺术境界,是有自己的看法的。

　　陈廷焯虽然强调词有不同于诗的特别沉郁顿挫、含而不露的境界,但他并不由此而排斥豪放派的词,相反,由于他从所处的时代及本人的爱国主义精神出发,对豪放派词给予了充分的肯定。当然陈廷焯对豪放派词的认识和评价,也有一个发展过程,早年编《云韶集》时虽然对豪放派词已经有较高评价,但是仍沿用旧说归入"非正声"一类,如云:"两宋词人,前推方回、清真,后推白石、梅溪、草窗、梦窗、玉田诸家,苏、辛横其中,正如双峰耸峙,虽非正声,自是词曲内缚不住者;其独至处,美成、白石亦不能到。"(《云韶集》卷五)而在《白雨斋词话》中则多次明确否定了"非正声"说法。他说:"苏、辛并称,然两人绝不相似。魄力之大,苏不如辛;气体之高,辛不逮苏远矣。东坡词寓意高远,运笔空灵,措语忠厚,其独至处,美成、白石亦不能到。昔人谓东坡词非正声,此特拘于音调言之,而不究本原之所在,眼光如豆,不足与之辨也。"又说:"太白之诗,东坡之词,皆是异样出色,只是人不能学,乌得议其非正声?"(卷一)昔人批评苏轼"以诗为词",而非词之"正声",除音调外主要是说苏轼以诗语入词,而陈廷焯对此则有自己的看法。他说:"诗中不可作词语,词中不妨有诗语,而断不可作一曲语。温、韦、姜史复起,不能易吾言也。"有说:"昔人谓:诗中不可著一词语,词中亦不可作一诗语,其间界若鸿沟。余谓诗中不可作词语,信然;若词中偶作诗语,亦何害其大雅?且如'似曾相识燕归来'等句,诗词互见、各有佳处。彼执一而论者,真井蛙之见。"(卷七)这些充分说明陈廷焯有许多超越前人的独到之见。

　　在清末四大词人王鹏运、郑文焯、况周颐、朱祖谋中,从词论方面说,最有成就的当推况周颐。况周颐（1859—1926），原名周仪，字夔生，号蕙风词隐，广西临桂（今桂林）人。其主要论词著作是《蕙风词话》五卷，续编二卷。另有《玉栖述雅》，为未刊稿，写于1920至1921年间，后唐圭璋收入《词话丛编》。此外，在《蕙风丛书》所收的随笔中也有一些有关词和词人的考订，其中的《薇省词钞》十卷也反映了他的某些词学主张。况周颐在词学上的主要贡献是有关词的"重、拙、大"的意境的论述。近代词论家在词学批评上都比较普遍地使用"意境"的概念，这从刘熙载的《艺概》中即可以看出来，而到陈廷焯、况周颐就更加明显了。况周颐使用"意境"概念的频率是最高的，不过，可惜的是他没有对意境概念作出系统的理论分析，所以就不像王国维那样有重大的影响。但是他有关词的意境的许多论述和王国维是接近的。《蕙风词话》的刊行在1911年，比王国维的《人间词话》发表要晚三年，但它实际写作时间可能要早一点。

《蕙风词话》的中心是讲"词境"的特征及其创造。所谓"词境"，实际就是说的词的意境。况周颐认为"词境"的形成和创造，需要词人能进入一个特殊的精神境界，也就是我们传统所说的"虚静"、"物化"的境界。他在《蕙风词话》卷一中说：

> 人静帘垂，灯昏香直。窗外芙蓉残叶飒飒作秋声，与砌虫相和答。据梧冥坐，湛怀息机。每一念起，辄设理想排遣之。乃至万缘俱寂，吾心忽莹然开朗如满月，肌骨清凉，不知斯世何世也。斯时若有无端哀怨怅触于万不得已；即而察之，一切境象全失，唯有小窗虚幌、笔床砚匣，一一在吾目前。此词境也。三十年前，或月一至焉。今不可复得矣。

这是对词人在进入构思创作时的"虚静"、"物化"境界的极其生动、形象的描绘。"湛怀息机"、"万缘俱寂"，也就是《庄子·达生》篇所说的"斋以静心"，或如刘勰《文心雕龙·神思》篇所说的："疏瀹五藏，澡雪精神。"排除了一切主观和客观因素的干扰，具备了一种纯净的心灵世界，消除了物我的界限，也忘却了有自身的存在，"若有无端哀怨怅触于万不得已；即而察之，一切境象全失"。此时按照自己的直觉感受书之于纸，方有可能创造情景融和之词境。况周颐此处所说的"词境"，并非是已经描写出来的词的意境，而是指进行词的创作时词人灵感勃发时的精神状态。不仅词的创作需要这种境界，词的鉴赏也同样需要这种境界。他说："读词之法，取前人名句意境绝佳者，将此意境，缔构于吾想望中。然后澄思渺虑，以吾身入乎其中，而涵泳玩索之。吾性灵与相浃而俱化，乃真实为吾有而外物不能夺。"（卷一）在词的意境创造过程中，况周颐强调要充分体现词人内心世界的真实感情，他称此为"词心"。他说：

> 吾听风雨,吾览江山,常觉风雨江山外有万不得已者在。此万不得已
> 者,即词心也。而能以吾言写吾心,即吾词也。此万不得已者,由吾心酝
> 酿而出,即吾词之真也,非可强为,亦无庸强求。视吾心之酝酿何如耳。
> 吾心为主,而书卷其辅也。书卷多,吾言尤易出耳。(卷一)

这里所说的"万不得已者",即是词人内心酝酿许久、不吐不快的真情;他所说的"词心"和"书卷"的关系,实际上也就是传统诗学中所说的性情和学问的关系。诗和词在本质上是一样的,都是人的性情或性灵的自然流露。"吾心为主,而书卷为辅",正是为了强调词的创作必须以性灵为中心,但他并不否定学问的重要作用。所以他又说:"填词之难,造句要自然,又要未经前人说过。自唐五代已还,名作如林,那有天然好语,留待我辈驱遣。必欲得之,其道有二:曰性灵流露,曰书卷酝酿。性灵关天分,书卷关学力。学力果充,虽天分少逊,必有资深逢源之一日。书卷不负人也。中年以后,天分便不可恃。苟无学力日见其衰退而已。江淹才尽,岂真梦中人索还囊锦耶?"(卷一)"词境"的创造虽以体现"词心"为根本目的,然而"词心"则又必须借"词境"来表达,所以他说:"填词要天资,要学力。平日之阅历,目前之境界,亦与有关系。无词境,即无词心。"(卷一)这种"万不得已"的"词心",出现在灵感闪光的时刻,带有偶然的直觉的性质,故而它在"词境"中的体现也是含蓄的、朦胧的,具有"言有尽而意无穷"之妙。对此,况周颐有一段极为精彩的论述:"吾苍茫独立于寂寞无人之区,忽有匪夷所思之一念,自沈冥杳霭中来。吾于是乎有词。迨吾词成,则于顷者之一念若相属若不相属也。而此一念,方绵邈引演于吾词之外,而吾词不能殚陈,斯为不尽之妙。非有意为是不尽,如书家所云无垂不缩,无往不复也。"(卷一)他描绘的这种词家所创造的艺术效果,其实和陈廷焯所说的"沉郁"的艺术特征,"意在笔先,神余言外","若隐若现,欲露不露",所达到的艺术效果是一致的,但况周颐是从词家的构思和创作的全过程来说的,所以分析得要更为透彻一些。从上述认识出发,况周颐也把情和景看成是构成意境的两个基本要素,他说:"盖写景与言情,非二事也。善言情者,但写景而情在其中。"(卷二)优秀的词作贵"能融景入情,得迷离惝恍之妙"(卷二)。"填词景中有情,此难以言传也。"(卷三)他比较看重王国维所说的那种"无我之境",他说:"词有淡远取神,只描取景物,而神致自在言外,此为高手。然不善学之,最易落套。亦如诗中之假王、孟也。刘招山《一剪梅》过拍云:'杏花时节雨纷纷。山绕孤村。水绕孤村。'颇能景中寓情。"(《续编》卷一)这里我们还要着重指出的是,况周颐在论词的意境创造时,不仅强调了"词心"的重要以及直觉感受和艺术灵感的作用,而且充分肯定了深厚的学力和熟练的技巧的必要性。他所一再说到的"词笔",即是指词不同于诗、文的独特写作技巧。

对词的意境之美学要求，况周颐强调的是"重、拙、大"。他说："作词有三要，曰重、拙、大。"（卷一）这虽然并不是他的发明，而是对王鹏运主张的阐释，其《餐樱词自序》中说："己丑（1889）薄游京师，与半塘（王鹏运号）共晨夕。半塘词夙尚体格，于余词多所规诫，又以所刻宋元词属为斠雠，余自是得窥词学门径。所谓重、拙、大，所谓自然从追琢中出，积心领神会之，而体格为之一变。"但是，王鹏运本人并未留下直接论述，因此，对于"重、拙、大"的论述还应该归功于况周颐。什么是"重、拙、大"？从总的方面说，是指词的意境美，具体地说，"重"是指词的意境之沉着、深厚，有真情实感的孕育，有理论抱负的寄托，神理自然而无雕琢之痕，含蓄不尽而有无穷余味。这和陈廷焯所说的"沉郁顿挫"也是一致的。故况周颐说："重者，沉着之谓。在气格，不在字句。于梦窗词庶几见之。即其芬菲铿丽之作，中间俊句艳字，莫不有沉挚之思，灏瀚之气，挟之以流转。令人玩索而不能尽，则其中之所存者厚。沉着者，厚之发见乎外者也。"（卷二）他又指出："填词先求凝重。凝重中有神韵，去成就不远矣。所谓神韵，即事外远致也。"沉着、凝重和词人的性情、学力都有关系："词学程序，先求妥帖、停匀，再求和雅、深秀，乃至精稳、沉着。精稳则能品矣。沉着更进于能品矣。精稳之'稳'与妥帖迥乎不同。沉着尤难于精稳。平昔求词词外，于性情得所养，于书卷观其通。优而游之，餍而饫之，积而流焉。所谓满心而发，肆口而成，掷地作金石声矣。情真理足，笔力能包举之。纯任自然，不假锤炼，则'沉着'二字之诠释也。"（卷一）如果说"重"比较侧重指词的意境所包含的情思内容特色，那么，"拙"则比较侧重在指词的意境之艺术表现特色。所谓"拙"，是指词的意境的朴素自然之本色美，它和人为雕琢的工巧美是相对的。他说："问哀感顽艳，'顽'字云何诠？释曰：'拙不可及，融重与大于拙之中，郁勃久之，有不得已者出乎其中而不自知，乃至不可解，其庶几乎。犹有一言蔽之：若赤子之笑啼然，看似至易，而实至难者也。'"（卷五）这里所谓"融重与大于拙之中"，正是说要使深沉、浑厚、博大的情思熔铸于朴素自然的艺术形式之中。《老子》中曾说："大直若屈，大巧若拙，大辩若讷。"此所谓"拙"，非真拙也，实为"大巧"，而非"小巧"，是没有经过人为加工的、"纯任自然"的美。他说："真字是词骨。情真、景真，所作必佳，且易脱稿。""诗笔固不宜直率，尤切忌刻意为曲折。以曲折药直率，即已落下乘。昔贤朴厚醇至之作，由性情学养中出，何至蹈直率之失。若错认真率为直率，则尤大不可耳。"（卷一）区别"真率"和"直率"非常重要。"直率"如元、白之诗，意思说尽而无余味，此于诗尚且不可，于词则更为切忌。"真率"则看来似拙，而实质纯朴自然而韵味无穷。他说："宋词名句，多尚浑成。""朴质为宋词之一格。""清真又有句云：'多少暗愁密意，唯有天知。''最苦梦魂，今宵不到伊行。''拚今生,对酒对花,为伊泪落。'此等语愈朴愈厚,愈厚愈雅,至真之情,由性灵肺腑中流出,不妨说尽而愈无尽。"(卷二)然而,他所说的"拙",又并不排斥修饰加工,不反对人为的努力,他说:"欲造平淡,当自组丽中来。"(《续编》卷一)又说:"曾鸥江《点绛插》后段云:'来是春初,去是春将老。长亭道。一般芳草。只有归时好。'看似毫不吃力,正恐南北宋名家未易道得。所谓自然从追琢中出也。"(卷三)所谓"大",况周颐本人没有作具体的阐述,然而,从他的整体词学思想来看,当是指词的整体的博大、精深,既有内容上的含义宽广、托旨远大,又有形式上的不假造琢、浑成秾粹,也可以说就是"重"与"拙"相结合而显示出的大气魄、大手笔。他所希望的词应是大家闺秀,而不是小家碧玉。从词人来说,要有广阔的胸襟怀抱,故云:"填词第一要襟抱。唯此事不可曰,并非学力所能到。"(卷二)从词作来说,要有宏大的气魄和高雅的风度。不仅要有元遗山词的"浑雅"、"博大",还要有苏轼词的豪放、雄健。(参见卷三)重、拙、大又是互为依托,不可分割的,三者相统一而构成理想的艺术美。况周颐还指出,词的"重、拙、大"之美,是和静穆的意境密切地联系在一起的。他说:"词有穆之一境,静而兼厚、重、大也。淡而穆不易,浓而穆更难。知此,可以读《花间集》。""词境以深静为至。韩持国《胡捣练令》过拍云:'燕子渐归春悄。帘幕垂清晓。'境至静矣,而此中有人,如隔蓬山。思之思之,遂由浅而见深。"(卷二)这种静穆的意境似乎看不见主体的存在,而实际是"此中有人",需经读者反复思索,而其义愈见深远,景中之情亦味之不尽。况周颐把"重、拙、大"的美学原则贯穿在他对历代词人和词作的具体批评之中。它之所以在当时产生了重大影响,主要是因为"重、拙、大"之说进一步深化了常州词派的词学思想,把深远的寄托、朴素的形式和高雅的风格融为一体,是对我国古代传统文艺美学思想的继承和发展。

第四节　黄遵宪的"我手写吾口"诗歌理论

黄遵宪是我国近代文学思想发展中从传统向现代的转型时期的一个有代表性的人物。黄遵宪(1848—1905),字公度,号人境庐主人,广东嘉应州(今梅县)人。光绪二年(1876)举人,次年得同乡何如璋保举,随其出使日本,为驻日使馆参赞。光绪八年调任驻美国旧金山总领事,光绪十一年回国。光绪十五年随薛福成出使英、法、比、意四国,任驻英使馆参赞,光绪十七年调任驻新加坡总领事。在比较长时期的国外生活中,他接触到许多西方的新思想,对清王朝的腐败颇为不满,积极主张实行改良,所以光绪二十年末回国后,曾参加了不少维新变法活动。因此,他在文学思想和文学创作实践上,都锐意改革,作出了不少成绩,被梁启超称为"诗界革命"的代表人物(《饮冰室诗话》)。黄遵宪诗歌理论的核心,是提倡"我手写吾口",反对"《六经》字所无,不敢入诗篇"的模拟因袭古人倾向,诗从心灵出,"古岂能拘牵"?(《杂感》)但是他与晚明公安派和乾隆时以袁枚为代表的性灵派不同,虽然他们在理论思想上有内在联系,然而由于时代的差异,黄遵宪的诗歌理论具有资产阶级的改良主义特色,如梁启超所说"近世诗人能熔铸新理想以入旧风格者,当推黄公度"(同上)。据黄遵宪的弟弟黄遵楷《人境庐诗草跋》中记载,黄遵宪曾说:

> 人各有面目,正不必与古人相同。吾欲以古文家抑扬变化之法作古诗,取《骚》、《选》、乐府、歌行之神理入近体诗。其取材以群经、三史、诸子、百家及许郑诸注,为词赋家所不常用者。其述事以官书、会典、方言、俗谚及古人未有之物,未辟之境,举吾耳目所亲历者,皆笔而书之。要不失为以我之手,写我之口云。

黄遵宪在光绪十七年于伦敦使署所写的《人境庐诗草自序》中也有类似的说法,并说:"士生古人之后,古人之诗号专门名家者,无虑百数十家,欲弃去古人之糟粕,而不为古人所束缚,诚戛戛乎其难。虽然,仆尝以为诗之外有事,诗之中有人;今之世异于古,今之人亦何必与古人同?"从黄遵宪的诗歌创作实践来看,他在自己的诗歌和其他著作中,不仅表现了对帝国主义入侵的愤怒、对爱国将领(如冯子材)的歌颂,而且从描写他"耳目所亲历者"中,表现了他主张学习西方的科学技术,对某些民主政治内容的肯定,以及加强国防、抵抗帝国主义侵略等进步思想,因此他的"以我之口,写我之手",写"古人未有之物,未辟之境",实际上是突破了旧的封建传统,引进了具有资产阶级改良主义的内容。然而,他的诗歌理论的缺点是没有能鲜明地点出这种旧风格中的"新理想",所以,从理论本身看就不像梁启超那样具有强烈的改良色彩。

黄遵宪在诗歌创作上十分重视向民歌学习,主张用比较平易的口语来写作,强调言文的一致性。他在光绪十七年寄给胡晓岑的嘉应州《山歌》15 首后所写《题记》中说:"十五国风妙绝古今,正以妇人女子矢口而成,使学士大夫操笔为之,反不能尔,以人籁易为,天籁难学也。余离家日久,乡音渐忘,辑录此歌谣,往往搜索枯肠,半日不成一字。因念彼冈头溪尾,肩挑一担,竟日往复,歌声不歇者,何其才之大也!"他还讲到所收集的其他一些民歌,也都给予了很高的评价。他在此《日本国志·学术志二·文学》中特别强调了言文一致的重要性,他说:"文字者,语言之所从出也。虽然,语言有随地而异者焉,有随时而异者焉;而文字不能因时而增益,画地而施行。言有万变而文止一种,则语言与文字离矣。""余闻罗马古时,仅用腊丁语,各国以语言殊异,病其难用。自法国易以法音,英国易以英音,而英、法诸国文学始盛。""盖语言与文字离,则通文者少;语言与文字合,则通文者多,其势然也。"他看到当时已出现了一些"明白晓畅,务期达意","绝为古人所无"的新文体,有些小说家"更有直用方言以笔之于书者,则语言与文字几几乎复合矣"。为此,他迫切地希望改革文体,创造出一种使"天下之农工商贾妇女幼稚皆能通文字之用"的、"适用于今、通行于俗"的新文体。这是与他诗歌创作上的"我手写吾口"主张一致的。此外,他还十分注意要创造自己特殊的风格,具有艺术上的独创性。在《与周朗山论诗书》中,他认为诗歌创作应该写"今日所遇之时,所历之境,所思之人,所发之思",不能"舍我以从人,而曰吾汉、吾魏、吾六朝、吾唐、吾宋,无论其非也,即刻画求似而得其形,肖则肖矣,而我则亡也;我已忘我,而吾心声皆他人之声,又乌有所谓诗者耶"。黄遵宪的诗歌理论表现了在社会转型时期对传统的大胆突破,他的"我手写吾口"的主张对新文学的崛起具有一定的启发意义。

第十八章　中西文学思想的交汇和梁启超、王国维的文学思想

第一节　梁启超的文学思想和近代小说理论批评的发展

近代中国文学理论批评的发展,除了对传统文学理论批评的总结和革新外,最大的特点是开始了中西文学思想的直接交流和融会,而梁启超和王国维则是这方面最为重要的代表人物。梁启超(1873—1929),字卓如,号任公,别署饮冰室主人,广东新会县人。他不仅是中国近代最著名的改良主义思想家、政治家,而且也是中国近代学术史上声名卓著、影响深远的人物,是开一代新风气的文学理论批评家。郑振铎先生在1929年梁启超逝世后所写的纪念文章《梁任公先生》中曾说:"他生于同治十二年癸酉正月二十六日,正是中国受外患最危急的一个时代;也是西欧的科学、文艺以排山倒海之势输入中国的时代;一切旧的东西,自日常用品以至社会政治的组织,自圣经旧典以至思想、生活,都渐渐的崩解了,被破坏了,代之以起的是一种崭新的外来东西。梁任公恰恰生活于这一个伟大的时代,为这一伟大时代的主角之一。"梁启超于光绪十五年(1889)中乡试,第二年赴京会试下第归,秋天拜谒康有为,从之学陆、王心学并兼及史学、西学,"自是决然舍去旧学"。光绪二十年又到北京,与夏曾佑、谭嗣同等为莫逆之交。甲午战争失败后,他随康有为发动公车上

书,请求变法。强学会成立,他为书记员。黄遵宪在上海办《时务报》请他南下担任撰述,他写了许多鼓吹变法的文章,又到湖南时务学堂讲学,影响很大。戊戌变法前他再次到北京,参与变法维新活动,受命办大学堂译书局事务。戊戌变法失败后他流亡到日本,开始了他以办报、著述,进行舆论宣传的新时期。他创办《清议报》、主办《新民丛报》、《新小说》杂志,发表了大量文章和著作,在日本的十多年可说是他一生中最辉煌的时期。他通过日文的翻译,研究和阅读了许多西方的学术文化著作,思想言论也比原来更为激进,努力介绍西方的科学、文化,批判中国的封建旧学,积极宣传政治、学术、文化的改革,同时运用新的思想和方法来研究中国传统文化,成为改良主义文学运动中的领袖人物。辛亥革命后他回国,曾任袁世凯政府司法总长,后又反对袁世凯称帝,并参与段祺瑞讨平张勋复辟,出任财政总长,不久即辞职。他于1918年出游欧洲,1920年回国,以后主要从事学术著作,曾在清华大学研究院任国学教授。这一时期他撰写和出版了很多重要著作,涉及哲学、文学、历史、法学、宗教、艺术等许多人文科学领域,成为中国近代学术思想发展的主要代表人物。

梁启超的文学思想是和他激进的改良主义政治主张不可分割地连在一起的。他清醒地看到了旧社会、旧制度的极端腐败,特别是在经历了百日维新的失败、谭嗣同等六君子的被杀、又在日本接受了大量西方文化思想影响之后,认为要挽救中国的危亡,改变中国的落后面貌,奋发图强、振兴中华,必须要从政治体制到学术文化上,彻底粉碎和抛弃一切旧的东西,学习西方的科学与文化来改造社会,以建立一个繁荣富强的新的中国。他在《新民说》这部名著中的《论进步》一篇里说:

> 然则救亡求进步之道将奈何?曰:必取数前年横暴混浊之政体,破碎齑而粉之,使数千万如虎如狼如蝗如蝻如蛾如蛆之官吏,失其社鼠城狐之凭藉,然后能涤荡肠胃以上于进步之途也。必取数千年腐败柔媚之学说,廓清而辞辟之,使数百万如蠹鱼如鹦鹉如水母如畜犬之学子,毋得摇笔弄舌舞文嚼字为民贼之后援,然后能一新耳目以行进步之实也。而其所以达此目的之方法有二:一曰无血之破坏,二曰有血之破坏。无血之破坏者,如日本之类是也;有血之破坏者,如法国之类是也。中国如能为无血之破坏乎,吾馨香而祝之。中国如不得不为有血之破坏乎,吾衰经而哀之。虽然,哀则哀矣,然欲使吾于此二者之外,而别求一可靠救国之途,吾若无以为对也。呜呼!吾中国果能行第一义也,则今日其行之矣,而竟不能,则吾所谓第二义者遂终不可免。呜呼!吾又安忍言哉!呜呼!吾又安忍不言哉!

他希望中国走日本的明治维新之路,而不希望走法国大革命之路,但又感到实际上中国已经无法走明治维新之路,而最终不可避免要走法国大革命之路,这说明他的思想已经比变法维新时有了进步,但还并没有达到革命派的思想水平。他认为要达到改造中国的目的,使国家兴旺发达,关键是在提高国民的素质,改变落后的国民性格,所以他大力鼓吹"新民之道",在《新民说·叙论》中,他说:"国也者,积民而成。""未有其民愚陋怯弱涣散混浊,而国犹能立者。""欲其国之安富尊荣,则新民之道不可不讲。"故提出"新民为今日中国第一急务"。那么,怎样才能"新民"呢?他在《新民说·释新民之义》中说:"新民云者,非欲吾民尽弃其旧以从人也。新民之义有二:一曰淬厉其本有而新之,二曰采补其所无而新之,而者缺一,时乃无功。"这就是说,要改造国民,既要改造传统,又要引进西方,并使二者结合起来。要有新的国家,首先要有新的国民。"凡一国之能立于世界,必有其国民独具之特质,上自道德法律,下至风俗习惯文学美术,皆有一种独立之精神。"而文学艺术对宣传"新民之道",培养"新民",有着特别重要的地位和作用,所以,他竭力提倡"诗界革命"、"文界革命"、"小说界革命",都是本着这样一个目的出发的。

"诗界革命"的口号是梁启超在流亡日本之后,于1899年所写的《夏威夷游记》(又名《汗漫录》)中提出的,其目的是要以"欧洲之真精神真思想"输入中国,改造中国传统的诗歌,使之具有"新意境"、"新语句",但是又不完全抛弃自己的传统,"以古人之风格入之",具备这样三条,就可以成为"诗界之哥仑布、玛赛郎",他说:"吾虽不能诗,惟将竭力输入欧洲之精神思想,以供来者之诗料,可乎?要之,支那非有诗界革命,则诗运殆将绝。虽然,诗运无绝之时也。今日者革命之机渐熟,而哥仑布、玛赛郎之出必不远矣。"可见所谓"诗界革命",就是要运用诗歌作为武器,批判封建的旧制度、旧秩序、旧道德、旧风俗,提倡西方资本主义的科学、民主、自由、人权以及由此而建立的政治体制,以改变中国的贫困落后、备受欺凌面貌。从诗歌创作实践上看,在戊戌变法以前,谭嗣同、夏曾佑等人已开始写作新体诗,梁启超在《饮冰室诗话》中说:"复生(谭嗣同字)自喜其新学之诗。""盖当时所谓新诗者,颇喜挦撦新名词以自表异。丙申、丁酉间,吾党数子皆好作此体。提倡之者为夏穗卿,而复生亦綦嗜之。"他又说:"谭浏阳(谭嗣同为浏阳人)志节学行思想,为我中国二十世纪开幕第一人,不待言矣。其诗亦独辟新界而渊含古声。"不过,他最为推崇的"诗界革命"代表诗人则为黄遵宪,他在《饮冰室诗话》中给予极高的评价:"近世诗人能熔铸新理想以入旧风格者,当推黄公度。"这里所说的"新理想",正是指黄遵宪随使日本、欧美之后,在西方文明的启发和影响下,对腐败的封建社会之愤恨,对国家民族危亡的忧虑。梁启超说:"黄公度尝语余云:'四十以前所作诗多随手散佚。庚辛之交,随使欧洲,愤时势之不可为,感身世之不遇,乃始荟萃成编,藉以自娱。'即在湘所见之稿也。""要之,公度之诗,独辟境界,卓然自立于二十世纪诗界中,群推为大家,公论不容诬也。"他又说:"吾推公度、穗卿、观云为近世诗家三杰,此言其理想之深邃闳远也。"他说黄遵宪的《以莲菊桃杂共一瓶作歌》"半取佛理,又杂以西人植物学、化学、生理学诸说,实足为诗界开一新壁垒"。又赞扬黄遵宪的《出军歌》,特别是其末章中所写"鼓勇同行,敢战必胜,死战向前,纵横莫抗,旋师定约,张我国权",说:"其精神之雄壮活泼沉浑深远不必论,即文藻亦二千年所未有也,诗界革命之能事至斯而极矣。"在《人境庐诗草跋》中,梁启超对黄遵宪诗中所体现的"新理想"作过如下的说明,他说:"人境庐主人者,其诗人耶?彼其劬心营目憔形,以斟酌损益于古今中外之治法,以忧天下,其言用不用,而国之存亡、种之主奴,教之绝续,视此焉。吾未见古之诗人能如是也。"梁启超认为"诗界革命"的这种"新理想"不应该仅仅停留在用一些新名词上,而主要是在以新思想新精神来创造新意境。他说:"过渡时代,必有革命。然革命者,当革其精神,非革其形式。吾党近好言诗界革命。虽然,若以堆积满纸新名词为革命,是又满洲政府变法维新之类也。能以旧风格含新意境,斯可以举革命之实矣。苟能尔,则虽间杂一二新名词,亦不为病。不尔,则徒示人以俭而已。"他很欣赏丘逢甲的一联诗:"黄人尚昧合群理,诗界差存自主权。"认为它"意境新辟"。梁启超所提倡的"诗界革命"在艺术形式上虽然强调要继承传统,"以旧风格含新意境",但是要求在语言上比较平易通俗,如黄遵宪之以"我手写吾口",尽可能向口语靠拢。所以梁启超非常赞赏丘逢甲的《己亥秋含》八首中"遗偈争谈黄檗禅"一首,认为:"以民间流行最俗最不经之语入诗,而能雅驯温厚乃尔,得不谓诗界革命一巨子耶?"这些思想对后来白话诗之产生与发展不无启迪之处。

在倡导"诗界革命"同时,梁启超也大力提倡"文界革命"。他在《汗漫录》中说:"余既戒为诗,乃日以读书消遣,读德富苏峰所著《将来之日本》及《国民丛谈》数种。德富氏为日本三大主笔之一,其文雄放隽快,善以欧西文思入日本文,实为文界别开一生面者,余甚爱之。中国若有文界革命,当亦不可不起点于是也。"由此可见,梁启超的"文界革命"也是为了救国而引进"欧西文思",反对封建的旧思想、旧文化,以开发民智,造就"新国民"。他在《清议报第一百册祝辞并论报馆之责任及本馆之经历》一文中也有类似的观点,他认为报纸应该做到"思想清而正","摧陷廓清""古来误谬之理想","取万国之新思想以贡于其同胞",特别是对那些切中时弊、符合中国需要的新思想,尤其要"全力鼓吹之","以语言文字开将来之世界也"。所以凡是"觉世之文",文章的语言形式就要作有利于宣传新思想的改革,能为普通民众所读懂,务求浅显明白、通俗易懂,其《湖南时务学堂学约》提出:"学者以觉天下为任,则文未能舍弃也。传世之文,或务渊懿古茂,或务沉博绝丽,或务瑰奇奥诡,无之或可。觉世之文,则辞达而已矣。当以条理细备,词笔锐达为上,不必求工也。"故而梁启超在倡导"文界革命"时,特别要求做到言文一致,使文章尽可能接近口语,在这一点上他和黄遵宪的主张是一致的。他在《变法通议·论幼学》中说:"古人之言即文也,文即言也。自后世语言文字分,始有离言而以文称者。然必言之能达,而后文之能成,有固然矣。"他在《沈氏音书序》中说:"国恶乎强？民智斯国强矣。民恶乎智？尽天下人而读书而识字斯民智矣。""言与文合,而读书识字之智民,可以日多矣。"他认为言文分离的原因是文字没有随着口语的变化而变化:"抑今之文字,沿自数千年以前,未尝一变；而今之语言,则自数千年以来,不啻万百千变,而不可以数计。以多变者与不变者相遇,此文言相离之所由起也。"其实古代的文学很多就是用当时的口语写的,他说:"古者妇女谣咏,编为诗章,士夫问答,著为辞令,后人皆以为极文字之美,而不知皆当时之语言也。"言文的分离是和崇古思想有关系的,"后之人弃今言不屑用,一宗于古,故文章尔雅,训词深厚,为五洲之冠"。"是以中国文字能达于上不能逮于下,盖文言相离之为害,起于秦汉以后,去古愈久,相离愈远,学文愈难,非自古而即然也。"梁启超这种文体改革思想与谭嗣同的思想也是一致的,谭嗣同在《〈管音表〉自序》中曾说:"今中国语言声音变既数千年,而犹诵写二千年以上之文字,合者由是离,易者由是难,显者由是晦,浅者由是深。""求文字还合乎语言、声音,必改象形字体为谐声,易高文典册为通俗。"同时,梁启超还认为西方各国之强盛,也是与他们言文一致,能够充分运用百姓都能读懂的文章来传播新思想有密切关系的。他也在自己的写作实践中贯彻了这种主张,其《清代学术概论》中说:"启超夙不喜桐城派古文,幼年为文,学晚汉魏晋,颇尚矜炼。至是自解放,务为平易畅达,时杂以俚语、韵语及外国语法,纵笔所至不检束。学者竞效之,号新文体。老辈则痛恨,诋为野狐。然其文条理明晰,笔锋常带感情,对于读者,别有一种魔力焉。"不过,梁启超并没有进一步提出白话的问题,其文体改革还是在文言的大范围之内,而与他对言文关系看法一致的裘廷梁(1857—1943),则比他要更为激进,他在1897年发表于《苏报》的著名文章《论白话为维新之本》中不仅强调要"崇白话而废文言",而且把提倡白话看做"维新之本",认为白话有八大优点:一是"省日力",二是"除骄气",三是"免枉读",四是"保圣教",五是"便幼学",六是"炼心力",七是"少弃才",八是"便贫民"。"使古之君天下者,崇白话而废文言,则吾黄人聪明才力无他途以夺之,必且务为有用之学,何至暗没如斯矣?"变法维新失败后,各地提倡白话的思想不断继续,出现了不少白话报纸,成为白话文发展的最早渊源。

梁启超在提倡"诗界革命"、"文界革命"的同时,还特别强调"小说界革命",这比前两者影响要更大,他在这方面的代表作是发表于他所编的《新小说》杂志创刊号(1902)上的《论小说与群治之关系》,这是一篇近代改良主义小说理论的纲领性论著。梁启超在这篇文章中突出地强调了小说在当时的政治、思想、文化、道德、风俗、习惯等方面的彻底改革中之重要作用。他说:

> 欲新一国之民,不可不先新一国之小说。故欲新道德,必新小说;欲新宗教,必新小说;欲新政治,必新小说;欲新风俗,必新小说;欲新学艺,必新小说;乃至欲新人心,欲新人格,必新小说。

为什么小说有这么大的作用呢?梁启超认为这是小说的特点所决定的。因为小说和别的文学作品不同,它有最广泛的读者,这不仅仅是由于它的语言形式比较平易通俗,更重要的是由于小说对社会生活的描写要比别的文学作品更为全面、更为详细、更为生动、也更为感人。"小说之以赏心乐事为目的者固多,然此等顾不甚为世所重;其最受欢迎者,则必其可惊可愕可悲可感,读之而生出无量噩梦,抹出无量眼泪者也。"梁启超认为产生这种状况的原因有二:一是人们往往不满足于实际的现实生活,而希望看到或向往一种理想的生活,而这可以在小说中得到最为充分的体现。"凡人之性,常非能以现境界而自满足者也。""故常欲于其直接以触以受之外,而间接有所触有所受,所谓身外之身,世界外之世界也。"二是人们在长期的生活实践中,经历过许多令人难忘的喜怒哀乐和不少惊心动魄的兴衰际遇,但自己往往并不能深刻理解它,"有行之而不知,习之矣不察者;无论为哀为乐,为怨为怒,为恋为骇,为忧为惭,常若知其然而不知其所以然",更没有能力将其生动真实地描绘出来,而小说家却能替你再现它,让你明白其中的底蕴缘由,把一切"和盘托出,彻底而发灵之",你怎么能不为之"拍案叫绝"呢?

更进一步,他还十分具体地分析了小说特有的高强度的艺术感染力。"抑小说之支配人道也,复有四种力。"这就是:"熏"、"浸"、"刺"、"提"。所谓"熏"和"浸",都是指小说的艺术熏陶力量,不过前者是从空间上说的,后者是从时间上说的。"熏"的作用能使小说境界迅速占领人的心灵世界,其整个精神为小说境界所支配;"浸"的作用能使小说的境界在读完作品之后长期留在人的心灵里,"如酒焉,作十日饮,则作百日醉"。所谓"刺",是指小说在对人"熏"、"浸"的过程中,所给予人的强烈刺激作用,使人感情达到不能自制的程度,并与作品中人物共悲喜、同欢戚。所谓"提",是指读者入于小说之中,而将自身化为小说之主人公,"当其读此书时,此身已非我所有,截然去此界以入于彼界"。此时读者的精神境界已得到净化和升华,进入到了完全虚静、物化的状态,甚至忘记了自身的存在。梁启超这种对艺术感染力的深刻领会,是和他对文学表情特质的认识分不开的。这一点我们对照他后期所写的文章可以看得更清楚。他在《中国韵文里头所表现的感情》中说:"天下最神圣的莫过于情感。""情感教育最大的利器,就是艺术。音乐、美术、文学这三件法宝,把'情感秘密'的钥匙都掌住了。"因为文学是以最强烈的情感去引起人的情感的共鸣,所以才会有如此巨大的艺术魅力,使小说具有"熏"、"浸"、"刺"、"提"这四种力,并能利用它来宣传改革,开发民智,培养新民,振兴国家。

梁启超对小说与群治关系之理解,显然有它的片面性,过分强调了小说的作用,他认为人们思想观念上的种种封建旧观念,大都是受旧小说影响之结果,他说:"吾中国人状元宰相之思想何自来乎?小说也。吾中国人佳人才子之思想何自来乎?小说也。吾中国人江湖盗贼之思想何自来乎?小说也。吾中国人妖巫狐鬼之思想何自来乎?小说也。""知此义,则吾中国群治腐败之总根源,可以识矣。"为此,他认为:"故今日欲改良群治,必自小说界革命始;欲新民,必自新小说始。"但是,他由此而引出的对小说界革命必要性和小说对群治重要作用的强调,则是很有意义的,也产生了极为广泛的影响。为了宣传西方的新思想,他特别重视对欧洲的政治小说的翻译,在《译印政治小说序》中,他说:"政治小说之体,自泰西人始也。""在昔欧洲各国变革之始,其魁儒硕学,仁人志士,往往以其身之所经历,及胸中所怀,政治之议论,一寄之于小说。于是彼中缀学之子,黉塾之暇,手之口之,下而兵丁、而市侩、而农氓、而工匠、而车夫马卒、而妇女、而童孺,靡不手之口之。往往每一书出,而全国之议论为之一变。彼美、英、德、法、奥、意、日本各国政界之日进,则政治小说为功最高焉。英名士某君曰:'小说为国民之魂。'岂不然哉!岂不然哉!"由此可见,梁启超是把小说革命作为挽救国家民族的危亡的最有力武器来看待的。他所主持的《新小说》报社,所发的广告性文章《中国唯一之文学报"新小说"》中说:"本报宗旨,专在借小说家言,以发起国民政治思想,激厉其爱国精神,一切淫猥鄙野之言,有伤德育者,在所必摈。"他倡导"小说界革命"的政治目的是非常清楚的。梁启超所说的"小说界革命"其范围并不限于小说,也包括戏剧在内,因为戏剧也同样有小说这些作用,故而他也提倡戏剧的改革。他不仅有理论批评,也有不少创作实践,创作了像《新中国未来记》等新小说。

在梁启超《论小说与群治之关系》一文发表前,严复、夏曾佑在他们所办的《国闻报》上曾发表了《本馆附印说部缘起》,虽然没有提出"小说界革命"的口号,但是他们对小说和变法维新的政治改革之关系、小说在传播西方先进的科学文化和新思想新精神方面的重要作用等的认识是一致的,如说:"夫说部之兴,其入人之深,行世之远,几几出于经史上。而天下之人心风俗,遂不免为说部之所持。""且闻欧、美、东瀛,其开化之时,往往得小说之助。"这些对梁启超《论小说与群治之关系》之写作有直接影响。梁文发表后,他所提倡的"小说界革命"在当时引起了巨大的反响,在他周围也有不少人写了鼓吹"小说界革命"的文章。梁启超还在《新小说》上发表连载于一、二卷的《小说丛话》,以笔谈的形式组织了许多人发表有关小说和社会政治关系、小说的社会地位和社会作用、小说的艺术特征等问题的见解。夏曾佑写了《小说原理》与梁文相呼应,其基本思想和梁启超是一致的,认为在提倡学习西方新思想之际,"欲求输入文化,除小说更无他途"。但是他也看到了这种宣传政治改革的"导世"小说,往往难于有较高的艺术水平。他认为写小说有五易五难:写小人易而写君子难,写小事易而写大事难,写贫贱易而写富贵难,写实事易而写假事难,叙实事易而叙议论难。然而,要写社会政治内容的"导世"小说,则"不能不写一第一流之君子,是犯第一忌;此君子必与国家之大事有关系,是犯第二忌;谋大事者必牵涉富贵人,是犯第三忌;其事必为虚构,是犯第四忌;又不能无议论,是犯第五忌。五忌俱犯,而欲求其工,是犹航断港绝潢而至于海也。"可见,他对"小说界革命"所鼓吹的政治宣传作品和小说本身特点难以统一的问题是看得很清楚的。又如楚卿(即狄葆贤,或号平子)的《论文学上小说之位置》在肯定梁启超《论小说与群治之关系》一文基本观点的同时,又作了补充阐述,认为小说在文学领域的各种文体中占有最重要的地位,"小说为文学之最上乘"。在文学作品的简与繁、古与今、蓄与泄、雅与俗、实与虚这五个方面,只有小说能"禀后五端之菁英以鸣于文坛者也"。他也十分赞同梁启超提倡通俗文学、主张言文一致的思想,他说:"饮冰室主人常语余,俗语文体之流行,实文学进步之最大关键也。各国皆尔,吾中国亦应有然。"而"言文分离,此俗语文体进步之一障碍,而即社会进步之一障碍也"。陶佑曾在《论小说之势力及其影响》中说:"自小说之名词出现,而膨胀东西剧烈之风潮,握揽古今利害之界线者,唯此小说;影响世界普通之好尚,变迁民族运动之方针者,亦唯此小说。"他把小说的作用提得非常之高,认为"学术固赖以进步,社会亦赖以文明,个人固赖以卫生,国家亦赖以发达"。"欲革新支那一切腐败之现象,盍开小说界之幕乎?欲扩张政法,必先扩张小说;欲提倡教育,必先提倡小说;欲振兴实业,必先振兴小说;欲组织军事,必先组织小说;欲改良风俗,必先改良小说。同胞注意注意!"他的观点虽有偏激之处,过分夸大了小说的作用，但对小说乃至整个文学的革新仍是有很积极的促进作用的。在这个声势浩大的"小说界革命"号召下，出现了很多有关小说理论批评的论著，其范围不仅限于改良主义的小说理论，而且也涉及很多对古典小说的评价问题以及有关翻译小说的理论。像吴趼人、李伯元、王钟麒、黄人、林纾等，都是很重要的小说理论批评家。

梁启超在近代文学理论批评发展中的重要贡献，不仅表现在引进西方新思想新精神，主张文学救国，提倡"诗界革命"、"文界革命"、"小说界革命"上，同时还表现在他能运用西方的新思维、新方法来研究中国文学，从而使传统的文学理论批评发生了质的变化，为向现代文学理论批评的发展打开了通路。他在《论小说与群治之关系》一文中对小说的分类已经抛弃了传统以题材内容分类的方法，而把它们分为"理想派"和"写实派"两类，这是运用西方文学创作方法中的浪漫主义和现实主义之不同对小说所作的分类。这种方法后来也被他运用在对古代诗词的分析中。在《中国韵文里头所表现的情感》里，他把中国古代韵文里的感情表现方法，分别从感情内容的表现特点和创作方法的表现特点作了分类，并对每一种类型的特点结合具体作品作了详细的阐述。他认为中国古代韵文里的感情表现，从内容上说可以分为奔进的表情法、回荡的表现法、蕴藉的表现法等；从创作方法上说又可以分为象征派的表情法、浪漫派的表现法、写实派的表情法。后者显然是直接从西方输入的文学批评观点，前者则是运用西方擅长的科学分析的思维方法，对中国古代韵文作品中表现感情状况的分类。梁启超这部著作虽然比较晚，是他1922年在清华讲学的讲稿，但其中的基本思想和研究方法，则在20世纪初他流亡日本时已经有了，是和《论小说与群治之关系》一致的。它和梁启超在"五四"以后所写的《情圣杜甫》、《屈原研究》、《陶渊明》等文学研究著作，都鲜明地表现了运用西方的新思维、新方法研究中国古代文学所取得的成就。这些都为促进文学理论批评由古代向现代的转变起到了积极的推动作用。

第二节　王国维的文学思想及其《人间词话》

王国维（1877—1927），字静安，号人间、观堂等，浙江海宁人。王国维是我国近、现代相交时期的一位著名学者，尤以古文字的研究成就最为卓越。他的学问是极其广博的，诚如梁启超所说"以通方知类为宗"（《王静安先生墓前悼词》）。他也是十分重要的美学思想家、文艺批评家。他和梁启超都是在东西文化碰撞中所孕育出来的学术大师，对现代思想文化的发展产生过极为深远的影响。梁启超主要一位政治家、思想家，而王国维则主要是一位学者，在学术上有极深造诣。

王国维出生于一个书香门第,自小接受严格的传统文化教育,有极好的国学根底,少年时代即被誉为"海宁四才子",16岁即考中秀才。青年时代又受像潮水一般涌入的西方思想文化的冲击,在政治上倾向于资产阶级改良主义,十分敬慕康、梁的变法维新思想。戊戌变法那年,他到上海在梁启超等办的《时务报》馆当职员,同时在罗振玉的东文学社学习日文、英文及数理化科学,热衷于西方的科学、文化,尤其是哲学和美学。1901年在罗的资助下留学日本,不久即因病回国。其后,他在苏州和南通的师范学堂任教,讲授哲学、心理学、伦理学、社会学等课程,并从事哲学和美学的研究,对康德、叔本华、尼采等人的著作发生了浓厚的兴趣,也接触到洛克、休谟等的著作。他写过一些很有影响的文章,着重介绍了康德、叔本华、尼采的哲学和美学思想。1906年经罗振玉推荐,他到北京任学部总务司行走,后任京师图书馆编译,一直到辛亥革命爆发。这个时期他着重研究了文学史和艺术史,尤其是对词曲研究更为注意,撰写了《文学小言》(1906)、《屈子文学之精神》(1906)、《人间词话》(1908)和一些有关戏曲的论著(1913年初撰成《宋元戏曲考》,后改为《宋元戏曲史》)。辛亥革命失败后,他随罗振玉流亡到日本,开始逐渐转向古史研究。1916年回国后,曾在仓圣明智大学任教授,1925年后在清华大学研究院任教授,王国维后期在经学、史学、小学、考古等方面都有相当深入的研究,撰写了大量高水平的学术论著,特别是甲骨文、金文的研究,取得了令世人瞩目的巨大成就,如梁启超所说:"这是他的绝学!"(同上)1927年自杀于颐和园之昆明湖。

王国维的文艺美学思想的基本特征是中西结合,是中国传统的古典文艺美学和西方当时流行的文艺美学思想相结合的产物。王国维对我国古代的文艺和美学有深厚的功底和专门的研究,同时又深入地钻研过西方的哲学和美学,特别爱好康德和叔本华的著作,并对中西学术的不同认真地作过对照比较。从他学术研究的发展历程来看,正是在多年学习和研究西方的哲学和美学之后,紧接着进行有关古典诗词和戏曲的研究,所以他很自然地把西方的许多文艺和美学观点以及西方学术研究的方法,引入到中国古代文艺和美学的研究中来。他不是简单地搬用一些新名词、新概念,而是善于运用西方的一些比较科学的新思维、新方法,来革新和改造中国传统的文艺研究。更为可贵的是,他清醒地看到了西方的学术观点和研究方法中也有它的缺点和片面性,而中国传统的学术观点和研究方法虽然有明显的缺点和不科学之处,但也有它的科学的、有价值的方面,他善于对中西双方的学术研究,取其所长,弃其所短,因而使他对中国古代文艺和美学的研究取得前人所难以达到的重大成就。

他的这种学术研究的思路以及他对中西思维和研究方法的异同,在《论新学语的输入》一文中有很清楚、也是很正确的论述。他说:

> 抑我国人之特质,实际的也、通俗的也;西洋人之特质,思辨的也、科学的也,长于抽象而精于分类,对世界一切有形无形之事物,无往而不用综括及分析之二法,故言语之多,自然之理也。吾国人之所长,宁在于实践之方面,而于理论之方面则以具体的知识为满足,至分类之事,则除迫于实际之需要外,殆不欲穷究之也。……故我中国有辩论而无名学,有文学而无文法,足以见抽象与分类二者,皆我国人之所不长,而我国学术尚未达自觉之地位也。况于我国夙无之学,言语之不足用岂待论哉。夫抽象之过,往往泥于名而远于实,此欧洲中世学术之一大弊,而今世之学者犹或不免焉。乏抽象之力者,则用其实而不知其名,其实亦遂漠然无所依,而不能为吾人研究之对象。何则?在自然之世界中,名生于实,而在吾人概念之世界中,实反依名而存故也。事物之无名者,实不便于吾人之思索,故我国学术而欲进步乎,则虽在闭关独立之时代犹不得不造新名,况西洋之学术骎骎而入中国,则言语之不足用固自然之势也。

这是一段非常深刻而精要的概括和分析,他指出了西方的思维和研究方法重在科学的抽象的思辨的方面,善于用概括和分类的方法揭示事物的理性本质,而它的缺点是常常过于抽象而脱离具体的实际;中国传统的思维和方法重在具体的实际,不善于概括和分类,缺乏抽象的思辨的能力,因此难于对事物的本质作理性的概括,也缺少这种名词,所以就需要输入"新学语",实际也就是输入新思想,因为"言语者,思想之代表也"。他既清醒地认识到我国学术要进步,必须吸收西方的新思维、新方法,但又很冷静地看到了西方新思维、新方法所表现出来的弱点,而这又恰恰是我国传统学术之所长,所以真正要使学术能健康地向前发展,应该扬长避短,东西结合。王国维正是在这样一种思想和认识的指导下来研究中国的文艺和美学的。他的《红楼梦评论》、《文学小言》、《屈子文学之精神》,特别是《人间词话》和《宋元戏曲史》,之所以有如此深刻的理论价值,对中国文学理论批评的发展产生重大影响,其原因就在这里。

20世纪初是西学东渐的时代,由于清朝的落后、腐败,帝国主义的入侵,很多具有爱国思想的人,为了挽救国家民族的危亡,求助于西方的物质文明和"坚船利炮",对西方的科学文化采取全盘接受的态度。但王国维是一个有独立见解的人,他对于西方流行的美学思想虽然很欣赏,然而并不一味照搬,而是有自己的看法和评价的。他也一再说明对康德、叔本华等的哲学和美学思想是有一个认识过程的。比如对叔本华的哲学思想,开始他是十分崇拜的,"自癸卯(1903)之夏,以至甲辰(1904)之冬,皆与叔本华之书为伴侣之时代也。其尤所惬心者,则在叔本华之《知识论》,汗德之说得因之以上窥。然于其人生哲学观,其观察之精锐,与议论之犀利,亦未尝不心怡神释也"。然而,没有多久,他就发现叔本华哲学中有许多主观空想而不符合客观实际的东西,因此也对它产生了不少怀疑,"后渐觉其有矛盾之处,去夏(指 1904 年夏)所作《红楼梦评论》,其立论虽全在叔氏之立脚地,然于第四章内已提出绝大之疑问。旋悟叔氏之说,半出于其主观的气质,而无关于客观的知识"(《静庵文集自序》)。王国维由于政治上的改良主义立场,以及因改良主义在中国的失败而导致的悲观主义思想,使他和叔本华的悲观主义人生哲学产生了共鸣,但是感情上的投合和理性上的认识,又在他思想上发生了很大的矛盾。他在《自序二》中说:"哲学上之说,大都可爱者不可信,可信者不可爱。余知真理,而余又爱其谬误。伟大之形而上学,高严之伦理学,与纯粹之美学,此吾人所酷嗜也。然求其可信者,则宁在知识论上之实证论,伦理学上之快乐论,与美学上之经验论。知其可信而不能爱,觉其可爱而不能信,此近二三年中最大之烦闷,而近日之嗜好所以渐由哲学而移于文学,而欲于其中求直接之慰藉者也。"所以,在王国维的文学理论批评著作中,除《红楼梦评论》受叔本华的唯意志论和悲观主义思想影响较深以外,以《人间词话》为代表的其他文学理论批评著作中,主要是运用西方的一些科学文学观念和新的思维方法,对中国古代诗词和戏曲所作的理论研究,特别是运用了西方擅长的"综括"和"分类"的方法,加强了抽象的、思辨的分析,但又能结合中国具体的文学创作实际,发扬了传统研究方法中的优点,因而取得了具有突破性的重大成就。下面我们以《人间词话》为中心来研究王国维的文学思想。

　　《人间词话》是王国维最有代表性的、影响最为广泛深刻的文学理论批评著作。它于 1908 年起在《国粹学报》上分三期刊出,但这只是其主要部分,由作者自己在词话手稿中选出来的。1926 年出单行本。王国维死后,赵万里编辑其遗著,又发表了《人间词话未刊稿及其他》。其后罗振玉编王国维遗书,合两者为《人间词话》上、下卷。后来徐调孚的《校注人间词话》,又收集他论词片断,作为第三卷。最近一二十年来研究王国维的人很多,有的研究者又增补了十多条,并将其全部内容按原稿次序编排,这对我们研究王国维的文学思想之发展过程是有益的。不过,我们评价《人间词话》,当以王国维自己选编、发表于《国粹学报》的为主。因为王国维在从原稿中选出来时,显然是经过了郑重考虑,是按照其理论体系来排列的,而且影响最大的也是这部分,其他部分只能作为参考之用,否则会冲淡对他的词学理论体系之认识。

《人间词话》的核心是讲境界,境界是属于艺术的审美方面的问题。王国维强调境界是和他对文学的基本认识有关系的。他认为文学是纯艺术的、超功利的,这是和他受康德、叔本华思想的影响分不开的。他在《叔本华之哲学及其教育学说》中说:"唯美之为物,不与吾人之利害相关系,而吾人观美时,亦不知有一己之利害。何则?美之对象,非特别之物,而此物之种类之形式,又观之我,非特别之我,而纯粹无欲之我也。"在《红楼梦评论》中说:"美术之务,在描写人生之苦痛与其解脱之道,而使吾侪冯生之徒,于此桎梏之世界中,离此生活之欲之争斗,而得其暂时之平和,此一切美术之目的也。"他在《论哲学家与美术家之天职》中又说:"天下有最神圣、最尊贵而无与于当世之用者,哲学与美术是已。天下之人嚣然谓之曰无用,无损于哲学美术之价值也。至为此学者自忘其神圣之位置,而求以合当世之用,于是二者之价值失。夫哲学与美术之所志者,真理也。真理者,天下万物之真理,而非一时之真理也。其有发明此真理(哲学家),或以记号表之(美术)者,天下万世之功绩,而非一时之功绩也。唯其为天下万世之真理,故不能尽与一时一国之利益合,且有时不能相容,此即其神圣之所存也。"王国维认为哲学家和美术家(按:包括文学家和艺术家)不同于政治家和实业家,他们所创造的是"天下万世之真理",而非"一时之真理",不是为眼前某种实用的目的而创造的。所以他认为文学艺术的价值是在它的审美功能上,故而把境界的创造看做最关键的所在。这种观点自然有他的片面性,但是文艺的审美特征确也是一个重大的根本性问题,对它作深入的研究是非常必要的。《人间词话》中所论述的境界,也正是在审美是超功利的前提下提出来的。

　　《人间词话》中主要是讲诗词的境界,有时也讲意境,而在他托名樊志厚写的《人间词》甲乙稿两篇序中,则更多的是讲意境,《宋元戏曲史》中也是讲的意境。那么,境界和意境是什么关系呢?这两个概念的含义是相同的呢,还是有差别的呢?研究王国维的学者对此颇有不同看法。我们认为在中国古代文艺批评中所讲的境界和意境,其基本含义是一致的。境界的概念是直接从佛教中移植过来的,清人丁福保在《佛学大辞典》中的解释是"自家势力所及之境土",或"我得之果报界域"。佛教中称人的眼、耳、鼻、舌、身、意为六根,即指人的六种感觉器官,其所对应的是六境,即色、声、香、味、触、法。意根是指人的心之意识,法境是指这种意识所达到的状态。之所以称为境,丁福保说:"心之所游履攀缘者,谓之境。如色之为眼识所游履,谓之色境。乃至法为意识所游履,谓之法境。"所以,境界既可以是外界具体景象的状态,也可以是人意识到的内在心灵世界的状态。意境就是指文学艺术中所表现出来的这种状态。不过,文学艺术中的境界即使是外界具体的景象,也和其内在心灵世界是紧紧结合在一起的。因此,从一般的意义上说,境界的概念比较宽泛,可以有思想境界、精神境界、宗教境界、艺术境界等等,而意境的概念专指文学艺术中的境界。文学艺术中所讲的境界和意境概念是没有什么区别的。

文学艺术中的境界和意境,并不是王国维首先提出的,它有一个漫长的产生发展过程。自唐代以来有很多文学理论批评家论述过意境的问题,但是王国维是对意境理论论述得最全面、最充分、最深刻的一位文学理论批评家。他是从文学创作的本质和特征来认识和理解意境的美学内容的。他在《文学小言》中说:"文学中有二原则焉:曰景,曰情。前者以描写自然及人生之事实为主,后者则吾人对此种事实之精神的态度也。故前者客观的也,后者主观的也;前者知识的也,后者感情的也。"这里的"情"和"景"都是广义的,和王夫之所说的"情"、"景"之含义是一致的,也就是说文学是心和物、主观和客观相结合的产物。王国维认为文学意境的本质也是如此,他在托名樊志厚所写的《人间词乙稿序》中说:"文学之事,其内足以摅己,而外足以感人者,意与境二者而已。"意境就是意和境的融合、统一,不过两者结合的状态可以有不同的情况:"上焉者意与境浑,其次或以境胜,或以意胜。"这两方面可以"有所偏重,而不能有所偏废","苟缺其一,不足以言文学"。他又说:"原夫文学之所以有意境者,以其能观也。出于观我者,意余于境。出于观物者,境多于意。"意必由境而显,故王国维说"非物无以见我";境必以意之需要而有所取舍,故"观我之时又自有我在"。其实,这也就是刘勰所说的"情以物兴"和"物以情观",以及因此而出现的王夫子所说"情中景"和"景中情"。王国维的论述对意境所体现的文学审美特征作了很深刻的分析。这也和他对文学艺术和哲学、历史等其他人文科学的不同之认识有关。他在《论哲学家与美术家之天职》中说哲学家是在"积年月之研究,而一旦豁然悟宇宙人生之真理",这自然是理性的、思辨的;而美术家则"以胸中惝恍不可捉摸之意境一旦表诸文字、绘画、雕刻之上",则是具体的、感性的。其《奏定经学科大学文学科大学章程书后》中说:"特如文学中之诗歌一门,尤与哲学有同一之性质。其所欲解释者,皆宇宙人生上根本问题。不过其解释之方法,一直观的,一思考的;一顿悟的,一合理的耳。"艺术境界是由文艺家所创造的,没有文艺家也就没有艺术境界,因为艺术境界是主观和客观两方面的统一。王国维在《清真先生遗事尚论三》中说:"山谷云:'天下清景,不择贤愚而与之,然吾特疑端为我辈设。'诚哉是言!抑岂独清景而已,一切境界,无不为诗人设。世无诗人,即无此种境界。夫境界之呈于我心而见于外物者,皆须臾之物。惟诗人能以此须臾之物,镌诸不朽之文字,使读者自得之。遂觉诗人之言,字字为我心中所欲言而又非我之所能自言,此大诗人之秘妙也。"所以,"诗人之境界"与"常人之境界"是不同的。

从上面王国维对意境本质的分析来看,说明他认为意境从根本上说也就是文学作品的艺术形象,但又并非所有的文学作品都有意境,而只是一些优秀的作品才有意境。因此,意境应该说是一种特殊的艺术形象。王国维《人间词话》开宗名义第一条就说:"词以境界为最上。有境界则自成高格,自有名句。"可见,有境界的词毕竟是少数,然而不能说没有境界、不成高格的词就没有艺术形象。所以,艺术的意境不能等同于一般情景交融的形象。那么,意境作为一种特殊的艺术形象,有什么独有的特征呢?《人间词话》(以下凡引本书,包括删稿及附录,均不再注出处)中对此是有许多具体论述的,这些大都和历史上其他文学理论批评家的论述是一致的。王国维认为他所说"境界"和严羽所说"兴趣"、王渔洋所说"神韵"实际是一回事。他说:"沧浪所谓'兴趣',阮亭所谓'神韵',犹不过道其面目,不若鄙人拈出'境界'二字,为探其本也。"这是有道理的,所谓"兴趣"、所谓"神韵",实际都是对境界美学特色的一种描绘。关于境界不同于一般形象的美学特征,王国维主要论述了以下几个方面:

第一,要有"言外之味","弦外之响"。他说:"古今词人格调之高,无如白石。惜不于意境上用力,故觉无言外之味,弦外之响,终不能与于第一流之作者也。"中国古代文艺创作由于受道家、玄学、佛学之"言不尽意"、"得意忘言"论影响,历来强调文学作品必须要有"言外之意",而不能"意尽言中",方有无穷"滋味"。刘勰的"隐秀"论和钟嵘以"文已尽而意有余"释"兴",是由魏晋玄学中言、象、意关系论向文学上的意境论转变之关键,唐代意境论的提出以及对它的美学特征的阐述正是在此基础上发展起来的。刘禹锡的"境生于象外"说和司空图的"象外之象,景外之景"说、"味外之旨"说,则为意境的美学特征作出了最为深刻而概括的说明。后来苏轼、严羽、王夫之、叶燮、王士禛、陈廷焯等,又从不同的角度对此作了补充,王国维的"言外之味","弦外之响"说,正是对我国古代文艺美学中有关意境美学特征论述的总结。

第二,意境的创造必须具有自然真实之美。王国维说:"境非独谓景物也。喜怒哀乐,亦人心中之一境界。故能写真景物、真感情者,谓之有境界。否则谓之无境界。"这种所谓"真景物、真感情"是指合乎自然造化,而无人为雕琢痕迹的事物和人心的自然态势。它来自作家的深刻观察和认识,而又有"即景会心"的直观性和偶然性。他说:"大家之作,其言情也必沁人心脾,其写景也,必豁人耳目。其辞脱口而出,无矫揉妆束之态。以其所见者真,所知者深也。"又说:"纳兰容若以自然之眼观物,以自然之舌言情。此初入中原,未染汉人风气,故能真切如此。北宋以来,一人而已。"他在《宋元戏曲史》中说:"元曲之佳处何在？一言以蔽之,曰:自然而已矣。古今之大文学,无不以自然胜,而莫著于元曲。"这种自然真实之美,在我国古代也有悠久的传统,庄子所强调的"天籁"之美,其特点即是如此。到了六朝遂有"出水芙蓉,自然可爱"之说,钟嵘以之论诗,要求抒写"即目""所见"、具有"自然英旨"的"直寻"之作。唐代皎然赞美谢灵运之诗"真于性情,尚于作用,不顾词采,而风流自然"。司空图也在《诗品·自然》中说:"如逢花开,如瞻岁新。真予不夺,强得易贫。"自唐宋以后这一类论述更是不胜枚举,从苏轼的"行云流水"、"文理自然",到严羽的"镜花水月",到元好问的"一语天然万古新,豪华落尽见真淳",到王渔洋的"神韵天然,不可凑泊",都把自然真实作为诗歌的最高审美境界。而王国维则明确将之作为艺术境界的基本美学特征之一。

第三,意境以传神为美,重在神似而不在形似。他说:"词之雅郑,在神不在貌。"又举具体例子说:"美成《青玉案》(按:当是《苏幕遮》)词:'叶上初阳乾宿雨。水面清圆,一一风荷举。'此真能得荷之神理者。觉白石《念奴娇》、《惜红衣》二词,犹有隔雾看花之恨。"这种重神似不重形似的思想,又和自然真实之美是分不开的。他又说:"人知和靖《点绛唇》、圣俞《苏幕遮》、永叔《少年游》三阕为咏春草绝调。不知先有正中'细雨湿流光'五字,皆能摄春草之魂者也。"所谓"摄春草之魂",即是指能传春草之神也。他说:"温飞卿之词,句秀也。韦端己之词,骨秀也。李重光之词,神秀也。"句秀,只是形似;骨秀、神秀方是传神。意境之妙全在神似逼真,而不在形似刻削。故他说:"'红杏枝头春闹',著一'闹'字,而境界全出。'云破月来花弄影',著一'弄'字,而境界全出矣。"这"闹"、"弄"两字有如绘画中的画龙点睛,传神写照之妙正在这里。

有了以上这些特点,才能达到"意与境浑",而具备"不隔"之美。王国维认为"隔"与"不隔"是判别意境优劣的基本标准。他说:"白石写景之作,如'二十四桥仍在,波心荡、冷月无声'、'数峰清苦,商略黄昏雨'、'高树晚蝉,说西风消息',虽格韵高绝,然如雾里看花,终隔一层。梅溪、梦窗诸家写景之病,皆在一'隔'字。北宋风流,渡江遂绝。抑真有运会存乎其间耶?"王国维这里对姜夔、史达祖、吴文英的批评,说他们写景之病在一"隔"字,主要是指他们用典僻涩、语言雕琢,而缺乏自然真切之美。他对"隔"与"不隔"的差别,曾举具体词例作过分析。他说:

> 问"隔"与"不隔"之别,曰:陶谢之诗不隔,延年则稍隔已。东坡之诗不隔,山谷则稍隔矣。"池塘生春草"、"空梁落燕泥"等二句,妙处唯在不隔,词亦如是。即以一人一词论,如欧阳公《少年游》咏春草上半阕云:"阑干十二独凭春,晴碧远连云。二月三月,千里万里,行色苦愁人。"语

语都在目前,便是不隔。至云:"谢家池上,江淹浦畔",则隔矣。白石《翠楼吟》:"此地。宜有词仙,拥素云黄鹤,与君游戏。玉梯凝望久,叹芳草、萋萋千里。"便是不隔。至"酒祓清愁,花消英气"则隔矣。然南宋词虽不隔处,比之前人,自有浅深厚薄之别。

陶、谢之诗"不隔",是因为不堆砌典故,而有平淡自然、"芙蓉出水"之美;而颜延之的诗"殆同书抄","错采镂金"、"雕缋满眼",自然就"隔"了。苏轼的诗如"行云流水","文理自然",故"不隔";黄庭坚的诗则词语生僻,"掉书袋","无一字无来历",所以就"隔"了。欧阳修的词上阕自然传神,语如直叙,而下半阕则用典过深,意思不明朗,因而有"隔"与"不隔"之别。姜夔的词也是如此,上半阕清新自然、无斧凿之痕,而至"酒祓清愁,花消英气",则语句雕琢之迹明显。可见,"不隔"的作品应当描写即目所见、即景会心之境界,务求自然传神,如化工造成物一般。故云:"语语都在目前,便是不隔。"此种思想在《宋元戏曲史》中也有所表述。他说:"然元剧最佳之处,不在其思想结构,而在其文章。其文章之妙,亦一言以蔽之,曰:有意境而已矣。何以谓之有意境?曰:写情则沁人心脾,写景则在人耳目,述事则如其口出是也。古诗词之佳者,无不如是。"他还指出文学创作不论写情还是写景,都有"隔"与"不隔"的区别。他说:"'生年不满百,常怀千岁忧。昼短苦夜长,何不秉烛游?''服食求神仙,多为药所误。不如饮美酒,被服纨与素。'写情如此,方为不隔。'采菊东篱下,悠然见南山。山气日夕佳,飞鸟相与还。''天似穹庐,笼盖四野。天苍苍,野茫茫,风吹草低见牛羊。'写景如此,方为不隔。""不隔"的思想一方面是受西方美学思想中强调艺术直观特性及重视艺术直觉作用的影响,他认为"美术之知识全为直观之知识,而无概念杂乎其间","故科学上之所表者,概念而已矣。美术上之所表者,则非概念,又非个象,而以个象代表其物之一种之全体,即上所谓实念者是也,故在在得直观之。如建筑、雕刻、图书、音乐等,皆呈于吾人之耳目者。唯诗歌(并戏剧小说言之)一道,虽藉概念之助以唤起吾人之直观,然其价值全存于其能直观与否。诗之所以多用比兴者。其源全由于此也"。(《叔本华之哲学及其教育学说》)另一方面这也是总结我国传统的文艺美学思想的产物。从绘画上宗炳的"应目会心"论,到文学上刘勰的"目既往还,心亦吐纳"论;从诗学上钟嵘的"直寻"说,到司空图的"直致所得,以格自奇"说;从梅尧臣、欧阳修的"状难写之景,如在目前"说,到王夫之提倡"即景会心"的"现量"说,乃至严羽的"妙悟"说、王渔洋的"神韵"说,都可以鲜明地看出重视艺术直觉作用的历史发展线索。王国维的"不隔"说正是结合中西美学思想的历史经验而提出来的。

王国维在《人间词话》中还运用西方有关浪漫主义和现实主义的理论,分析了创造艺术境界的基本方法。他指出艺术境界的构成有两种类型:一是写境,二是造境。前者以具体写实为主,后者以表现理想为主。前者是现实主义的作品,后者是浪漫主义的作品。同时他又指出了写境和造境是很难绝对对立的,因为"大诗人所造之境,必合乎自然,所写之境,亦必邻于理想故也"。浪漫主义和现实主义是就其主要表现方式来说的,实际上在文学创作中的理想和现实不可能截然分开。他说:"自然中之物,互相联系翻来覆,互相限制。然其写之于文学及美术中也,必遗其关系,限制之处。故虽写实家,亦理想家也。又虽如何虚构之境,其材料必求之于自然,而其构造,亦必从自然之法则。故虽理想家,亦写实家也。"现实生活内容是极其丰富的,现实事物之间也有十分复杂的关系,作家在描写现实生活的时候,只能写其中的一个侧面,不可能把它全部描写出来,必然要有所取舍,而这种取舍毫无疑问是按照作家的理想和意愿来进行的。同样,作家在描绘自己的理想境界时,而组成这种境界的材料,又必然是从现实中来的,其中所体现的一些原则也是符合于现实的。比如《离骚》中所写的望舒开路、风伯护后,羲和驾车,雷神巡行这些神话境界,也都有现实生活中帝王诸侯外出巡行的影子。自然界之善鸟香草与恶禽丑物,亦人间善恶两类人物之象征。王国维对造境与写境的区分以及对它们关系的论述,也是运用西方文学观念对中国古代文学和文学思想发展的总结。中国古代不仅有这两类作品的悠久发展历史,在文学思想上也有重在"实录"写真和重在奇幻夸诞之不同,而且在"实录"写真过程中都强调有理想的"寄托",在描写奇幻夸诞时也从不忘"幻中有真"。

王国维还从美学上对境界的基本形态作了概括和分类。他认为境界可以分为"有我之境"和"无我之境"两种。他说:

> 有有我之境,有无我之境。"泪眼问花花不语,乱红飞过秋千去。""可堪孤馆闭春寒,杜鹃声里斜阳暮。"有我之境也。"采菊东篱下,悠然见南山。""寒波澹澹起,白鸟悠悠下。"无我之境也。有我之境,以我观物,故物我皆着我之色彩。无我之境,以物观物,故不知何者为我,何者为物。古人为词,写有我之境者为多,然未始不能写无我之境,此在豪杰之士能自树立耳。

所谓"有我之境"是指作家带着浓厚的主观感情去描写客观事物,故物皆含有明显的作家主观感情色彩,也就是说物"人化"了。所谓"无我之境"是指作家在对客观事物的描写中,把自己的意趣隐藏于其中,表面上看不出有作家主观的感情色彩,也就是说人"物化"了。前者由于作家主观意识强烈,使客观的物主观化了,物本身的客观特征反而不明显了。后者则作家的主观意识淡化到了客体之中,所以看起来似乎是"无我",但实际上也是有"我"的。这就是说的文学创作中心和物结合的两种不同类型,亦即是《人间词乙稿序》中说的"意余于境"和"境多于意"。中国古代由于受老庄"物化"思想的影响,比较重视"无我之境",认为它是艺术创造中的最高境界,因而对这一类创作推崇备至。例如嵇康的"目送归鸿,手挥五弦",陶渊明的"采菊东篱下,悠然见南山",谢灵运的"池塘生春草,园柳变鸣禽",王维的"行到水穷处,坐看云起时",常建的"曲径通幽处,禅房花木深"等等。王国维认为这两类境界在美学风貌上的特点是:"无我之境,人惟于静中得之。有我之境,于由动之静时得之。故一优美,一宏壮也。"这种说法是直接从西方美学思想中引入的,他在《叔本华之哲学及其教育学说》中说:"而美之中,又有优美与壮美之别。今有一物,令人忘利害之关系,而玩之不厌者,谓之曰优美之感情。若其物直接不利于吾人之意志,而意志为之破裂,唯由知识冥想其理念者,谓之曰壮美之感情。"在《红楼梦评论》中他说:"而美之为物有两种:一曰优美,一曰壮美。苟一物焉,与吾人无利害之关系,而吾人之观之也,不观其关系,而但观其物;或吾人之心中,无丝毫生活之欲存,而其观物也,不视为与我有关系之物,而但视为外物,则今之所观者,非昔之所观者也。此时吾心宁静之状态,名之曰优美之情,而谓此物曰优美。若此物大不利于吾人,而吾人生活之意志为之破裂,因之意志遁去,而智力得独立之作用,以深观其物,吾人谓此物曰壮美,而谓其感情曰壮美之情。……而其快乐存于使人忘物我之关系,则固与优美无以异也。"可见王国维对优美、壮美的认识是建立在艺术与功利无关的基础上的,但是他在《人间词话》中对"无我之境"和"有我之境"、"优美"和"壮美"的分析,并没有直接把这种思想带进来,而这种分类本身对我们深入认识中国古代文学的艺术美特征是很有启发的。中国古代对文学作品艺术美的分类,认为有"阳刚之美"和"阴柔之美"的区别。虽然它的明确提出是清人姚鼐,但其思想渊源是很早的,在《周易·系辞》中解释八卦时,就提出了"阳刚"和"阴柔"的思想。刘勰论文学风格曾有"风趣刚柔,宁或改其气"之说,已经接触到了文学作品艺术风貌的刚柔问题。后来严羽《沧浪诗话》中说诗歌风格有"沉着痛快"和"悠游不迫"两类,说的就是"阳刚之美"和"阴柔之美"问题。姚鼐所说的"阳刚之美"和"阴柔之美"和西方的"壮美"和"优美"是比较接近、基本一致的。然而,王国维由于受康德、叔本华艺术与功利无关思想的影响,说"无我之境"是"优美","有我之境"是"壮美",则是不很合适、也不够确切的。从中国古代文学创作的实际来看,"无我之境"并非都是"优美",而"有我之境"也不都是"壮美"。比如李白的《庐山谣》中所写:"登高壮观天地间,大江茫茫去不还。黄云万里动风色,白波九道流雪山。"自然是一种"壮美",但显然属于"无我之境"。又比如李清照的《声声慢》写道:"寻寻觅觅,冷冷清清,凄凄惨惨戚戚。乍暖还寒时候,最难将息。三杯两盏淡酒,怎敌他,晚来风急!雁过也,正伤心,却是旧时相识。"这自然是"有我之境",但可以肯定说只是"优美"而不能说是"壮美"。

为了创造最美的意境,就有一个诗人的修养问题。(这里所说的诗人是广义的,即是指文学家,包括诗文、词曲、小说等作家。下同。)王国维对此也有一些重要的见解:

第一,王国维认为诗人必须要能"对宇宙人生,须入乎其内,又须出乎其外。入乎其内,故能写之;出乎其外,故能观之。入乎其内,故有生气;出乎其外,故有高致"。所谓"入乎其内",是指作家要对具体的"宇宙人生"有深刻的观察和理解,能真正投入于其中,有亲身的实践经验,不仅要有丰富的阅历、广博的知识,而且要懂得很多生活的道理。所谓"出乎其外",是指作家必须从具体的"宇宙人生"中摆脱出来,从一个更高的角度、更客观地来看待"宇宙人生",对它作出正确的评价和真实的描写,而不至于"坐井观天",只见树木不见森林。这也是从总结中国古代文学理论批评的历史经验而得来的。刘勰在《文心雕龙》中讲到创作前准备时,一方面强调"虚静",另一方面又强调知识学问和经验阅历,这就包含了"出"和"入"两方面的意思。苏轼在《送参寥师》一诗中说诗人既要"阅世走人间",又要"观身卧云岭",也是讲的"入"和"出"的问题。宋代陈善在《扪虱新语》中说读书要懂得"入"和"出",他曾说:"读书须知出入法。始当求所以入,终当求所以出。见得亲切,此是入书法;用得透脱,此是出书法。"这虽是讲读书,但和文学创作上的道理是一样的。王国维还曾说过:"诗人必有轻视外物之意,故能以奴仆命风月。又必有重视外物之意,故能与花鸟共忧乐。"所谓"轻视外物",是指诗人要善于通过描写外物来表现自己的思想感情,而不是突出主观,否定客观。所谓"重视外物",是指诗人必须真实地描写客观事物,符合于事物本身的客观规律,而使自己的感情很自然地寄寓于其中。这也就是讲的"出"和"入"的问题。

第二,诗人在艺术上要达到炉火纯青的程度,需要对艺术有极为深刻的领悟,而这种对艺术的领悟必然要经过三个不同的发展阶段。他说:"古今之成大事业、大学问者,必经过三种之境界:'昨夜西风凋碧树。独上高楼,望尽天涯路。'此第一境也。'衣带渐宽终不悔,为伊消得人憔悴。'此第二境也。'众里寻他千百度,回首蓦见,那人却在,灯火阑珊处。'此第三境也。"这实际上说的是诗人领会和掌握艺术的特殊规律之过程,这里不全是一种理性的认识,而更重要的是培养自己灵敏高超的艺术悟性。第一境界说的是要对文学艺术有广泛的学习和了解,熟悉各种不同的文体和各种不同风格的作家作品,体会他们不同的创作经验,也就是严羽所说的"遍参"各家,以识别其高下。第二境界说的是要刻苦地进行具体的创作实践,要有决心下一番苦工夫,虽体质减弱、精力耗尽,亦在所不惜。第三境界说的是经历了艰难的磨炼后,必然会在文学创作上由必然的王国进入到自由的王国。这时自己所创造的高水平艺术境界,看起来似乎带有偶然性,但实际上是功到自然成,是有内在的必然性的。这三个阶段无论对学者还是对文学家,都是同样必须要经历的,也是符合人的认识和实践规律的。不过对艺术家来说,他所经历的这三个阶段不一定是很自觉的,而是隐蔽地体现在他艺术悟性逐步提高的过程中的。

第三,诗人在创造艺术境界时必须有自己的真情实感。他曾引尼采的话说:"一切文学,余爱以血书者。"他赞扬李后主的词,认为这就是以血书者。他说:"词人者,不失其赤子之心者也。故生于深宫之中,长于妇人之手,是后主为人君所短处,亦即为词人所长处。"所谓"赤子之心",表面看来似乎和李贽所说的"童心"差不多,其实它们的含义是不同的。李贽所说的"童心",是指没有受过道学污染、没有世俗"闻见道理"侵入的纯真之心;而王国维所说的"赤子之心"是指完全超功利的、不受任何利害关系束缚的纯真之心。但是,他们都强调了诗人要写自己真情实感的重要性,这是和我们传统文学理论批评中要求人品和文品高度统一的思想一致的。不过,王国维由此而提出:"主观之诗人,不必多阅世。阅世愈浅,则性情愈真,李后主是也。"这是不正确的,显然也是和他强调艺术的无功利性有关的。其实,李后主词中最有价值的部分,恰恰是他经历了国破家亡之深沉痛苦、社会地位发生了根本性变化之后,阅世更多以后所写的那些作品。

王国维还曾提出:"词人观物,须用诗人之眼,不可用政治家之眼。"因为,"政治家之眼,域于一人一事。诗人之眼,则通古今而观之"。对于这一点有些研究者对他批评比较多,其实也应该有分析地来看待。他要求诗人观察事物,不可像政治家那样,受某种利害关系的影响,局限于一人一事,而应该从全局上、从整个历史发展上来考虑,这无疑是正确的。但是他忽略了以下两点:一、政治家的情况也有不同,先进的政治家并不局限于一人一事,而能高瞻远瞩,从全局上来观察事物,不受狭隘的利害关系影响。二、诗人情况也有不同,有的诗人观察事物也是有局限性的,也不能摆脱狭隘利害关系的束缚,并不都能很客观地去看待事物。

王国维以《人间词话》为中心所体现的文学思想,充分反映了我国近现代交替时期文学思想发展的特点,是在中西文化思想碰撞影响下的产物,他标志着中国古代文学理论批评发展的终结和现代文学理论批评发展的开始。他是这个历史发展的重大转变时期最具有代表性的文学理论批评家。他不仅为中国古代文学理论批评发展作了很好的总结,而且为现代文学理论批评的产生和发展开辟了新路。虽然他也存在着这样那样的不足,但是他的重大贡献必将随着历史的发展而愈来愈为人们所认识,并受到应有的尊重。

修订后记

　　本书出版后已经印过多次,近年来中国文学理论批评史的研究有很多新的发展,我自己在研究中也有一些新的看法,为此决定对这本教材作一次修订。这中间包括一些和批评史研究的角度和方法有关系的方面,譬如研究文学理论批评史和艺术理论批评史的关系问题,这次我强调了先秦的诗论是从乐论中派生出来的观点,并指出不管是儒家还是道家,实际上乐论是他们文艺思想的核心,即使到了汉代也还是如此。《礼记·乐记》就是代表儒家文艺思想的经典文献,而《毛诗大序》则是它在诗学领域里的延伸。在对一些重要的文学理论批评著作和文学理论批评家的评价方面,也有不少重要的修改。例如关于司空图的《二十四诗品》,原来对它的真伪问题持存疑态度,只是附录在司空图后面讲,经过这些年来学者们的研究和我自己的研究,否定是司空图所作的一些论据逐渐被推翻,现在我比较倾向于还是司空图所作,因此仍然把它作为司空图的主要著作来论述。有关刘勰的身世,也根据我自己的研究,按照我的《有关刘勰身世几个问题的考辨》一文作了一些重要的修改。此外,我还对清代的文学批评内容作了一些增补,在近代部分增写了关于后期桐城派一节,着重论述姚莹和方东树的文学批评。希望这本教材在保持原来特色的前提下,能够不断补充新的研究成果,跟上学术研究的时代步伐。

张少康于香港宝马山树仁学院寓所
2004 年 6 月 20 日

再修订后记

本书自出版以来,已经印了 28 次,这次修订是根据教学实践的需要,参照我的两卷本《中国文学理论批评史》作了某些补充,有些则作了重新改写,同时也考虑到文学理论批评史当前研究的一些新成果。和原书相比大约增加了五分之一左右。这样,可以更全面、更完整地反映文学理论批评史的发展。然而,不当之处也在所难免,恳请专家和读者不吝指正。

张少康于香港树仁大学寓所
2011 年 3 月 20 日

《中国文学理论批评史教程》(修订本)教学课件申请表

尊敬的老师：

您好！我们制作了与《中国文学理论批评史教程》(修订本)一书配套使用的教学课件光盘，以方便您的教学。在您确认将本书作为指定教材后，请您填好以下表格(可复印)，并盖上系办公室的公章，回寄给我们，我们将免费向您提供该书的教学课件光盘。我们愿以真诚的服务回报您对北京大学出版社的关心和支持！

您的姓名	
系	院/校
您所讲授的课程名称	
每学期学生人数	＿＿＿＿＿人　＿＿＿＿＿年级　＿＿＿＿＿学时
课程的类型	□ 全校公选课　　□ 院系专业必修课 □ 其他＿＿＿＿＿＿＿＿＿＿＿＿＿＿＿
您目前采用的教材	作者＿＿＿＿＿＿　书名＿＿＿＿＿＿＿ 出版社＿＿＿＿＿＿＿＿＿＿＿＿＿＿
您准备何时采用此书授课	
您的联系地址	
邮政编码	
您的电话(必填)	
E-mail(必填)	
目前主要教学专业、科研方向(必填)	
您对本书的建议	系办公室 盖　　章

邮寄地址：北京市海淀区成府路 205 号北京大学出版社文史哲事业部
　　　　　刘祥和或徐丹丽收
邮　　编：100871